KB042279

고려후기 한시의
미적 특질

고려후기
한시의
미 적
특 질

하정승

박영사

   필자는 대학원에서 고려후기 한시를 주제로 박사학위를 준비한 이래 지금까지 줄곧 우리 한시의 미적인 특질에 관심을 갖고 공부해 왔다. 필자가 한시의 미적인 특질에 관심을 갖게 된 것은 한시야말로 한문학의 정수라는 믿음 때문이다. 이는 비단 필자만의 생각은 아니며, 중세시대 문학사에서 시가 차지하는 비중은 매우 커서 문학의 중심에 시가 있었다는 것은 이미 상식처럼 알려진 사실이다. 특히 한문학의 경우 이러한 현상은 더욱 두드러졌으니, 예컨대 역대 문인들의 개별 문집을 보면 한시가 차지하는 비중이 압도적으로 많은 것을 쉽게 찾을 수 있다. 필자는 한시 중에서도 작가가 문학적 의식이나 목적, 또는 어떠한 문학적 소양을 갖고 써내려간 시들, 특히 작가의 미의식과 한시 미학에 큰 흥미를 느껴왔다. 여기에서 미의식, 또는 미학이라고 부른 범주에는 당시풍의 감각적인 시, 사대부로서의 의식이 드러나 있는 시, 삶의 일상에서 접하는 특별한 감정을 시화詩化한 것, 시의 품격, 노래를 시로 옮긴 것[사] 등이 포함된다.

   또한 본서는 시기적으로 고려 시대의 시인들에 집중되어 있다. 한국한문학사에서 고려시대는 매우 중요한 의미를 갖는다. 고려초기 과거제가 실시된 이후로 한문학의 비약적 발전을 이루어 많은 작가와 작품들이 생산되었다는 점이 그 전 시대와 구별되는 가장 큰 특징이다. 후기로 올수록 작품의 양뿐만 아니라 질적인 측면에서도 우수한 시들이 많이 창작되었고, 장르적인 면에서도 단순히 시뿐 아니라 시비평까지 출현하여 고려후기 시문학이 상당한 경지에 도달하게 되었음을 알 수 있다. 특히 당대當代 중국 문단과의 활발한 교유는 고려 문학 발전에 큰 기여를 하였다. 성리학 도입 이후 중국으로부터 많은 영향을 받았는데, 이는 문학의 영역에서도 동일하였다. 작시作詩에 있어 다양한 시도와 시비평의 발전은 그 비근한 예다. 이를 바탕으로 고려후기에 이르면 한시의 소재나 주제, 시의 형식과 시체詩體, 수사법, 압운법, 표현 기법 등과 같은 다양한 측면, 곧 시의 형식, 구조, 성률, 표현, 의상, 의경, 품격 등 시학詩學을 구성하는 핵심적인 제요소에 있어서 시인들이 주목할 만한 성과를 내기 시작하였다. 사실 한국의 한시사에서 고려후기 이후 조선후기까지 이뤄낸 갖가지 성과들은 고려후기 시인들의 다양한 시도와 실험정신에 힘입은 바가 크다. 따라서 한국 한시사에 대한 전체적인 조망을 위해서도 고려의 시정신을 정치하게 살펴볼 필요가 있다.

이 책의 제1부 <고려후기 한시와 당풍>에는 총 3편의 논문을 수록하였다. 사실 한시사에서 당시풍과 송시풍에 대한 논의는 오래된 명제로 작시의 주요한 특징이자 개념 중 하나였다. 고려후기 시단에서는 당시풍과 송시풍이 모두 공존하였는데, 본서에서는 고려후기 시인 중 당풍이 두드러진 정포, 김구용, 이숭인을 살펴보았다. 정포는 문학에 뛰어난 재주를 보였는데, 특히 매우 감성적이고 감각적인 당시풍 한시에 조예가 깊었다. 그의 시학은 아들 원재 정추, 손자 복재 정총으로 계승되어 고려후기 문학사의 한 축을 담당하였다. 김구용은 신라 경순왕의 후손으로 14세기 전반기에 활약했던 저명한 문인 급암 민사평의 외손이기도 하다. 명문가의 자제답게 학문에 뛰어나 18세에 과거에 급제하고 환로에 올랐으나 원·명 교체기의 혼란 속에서 명으로 사행을 갔다가 명 태조에 의해 유배를 당하고 결국 머나먼 이역에서 생을 마감한 비운의 시인이다. 이숭인은 여말삼은麗末三隱의 한 명으로 널리 알려져 있는데, 문학사에서는 특히 시에 매우 뛰어난 것으로 평가받고 있다. 본서에서는 그의 시의 가장 큰 특징을 "당풍"으로 규정하고 그 두드러진 특징을 살펴보았다.

2부 <고려후기 한시와 사대부>에서는 고려후기 지식인 계층을 대변하는 소위 '사대부'들의 면모가 드러나는 시들을 살펴보았다. 여말의 혼란 속에서 참여와 은둔의 출처出處에 대한 고민, 경세제민의 포부와 다짐, 절의와 충忠의 정신, 사대부 문인들 간의 교유관계 및 그 양상 등이 주요 내용이다.

3부 <고려후기 한시와 일상>에서는 우리 한시의 주요 제재 가운데 하나인 일명 '제야시除夜詩' 및 '화조시花鳥詩'를 다루었다. 옛 선비들은 한 해를 마무리하고 새해를 맞이하는 섣달 그믐의 밤에 자신을 돌아보며 시를 쓰곤 했는데, 이를 제야시라고 부른다. 제야시에는 삶에 대한 반성과 성찰이 두드러지게 나타나 사대부 문인의 특징적 면모를 파악할 수 있을 뿐만 아니라 개별 작가들의 시적인 개성이 시화詩化된 경우가 많아서 문학적으로도 매우 흥미로운 연구 분야이다. 전통적인 한시의 소재 가운데 가장 많은 양을 차지하는 것 중 하나가 새이다. 한시사에서는 새나 꽃을 다룬 시들을 "화조시"라고 명명해 왔는데, 본서에서는 고려후기 한시에서 많이 나타나는 9종의 새들, 즉 두루미[鶴], 제비[燕], 기러기[雁], 갈매기[鷗], 꾀꼬리[鶯], 닭[鷄], 까마귀[烏], 참새[雀], 까치[鵲]를 다룬 시들에 나타난 표현과 풍유, 그리고 영물詠物을 통해 시인이 말하고자 하는 정신에 대해서 살펴보았다.

4부 <고려후기 한시와 처완·비개의 미>는 죽림고회를 대표하는 임춘과 여말격변기를 치열하게 살다간 이종학의 시를 통해서 고려후기 한시의 미학적 특질을 고찰한 것이다. 임춘은 무신의 난 때 멸문에 가까운 화를 입고 실의에 빠져 평생을 살았던 시인이다. 따라서 그의 문학에는 울분과 비감이 가득하다. 일찍이 당나라의 문인 한유는 마음에 불평不平이 있어야 문학적 울림이 나타난다고 했는데, 이런 관점에서 보면 임춘은 시인으로서의 내적·외적 조건을 모두 갖춘 셈이다. 본서에서는 임춘 시의 주된 품격을 '비개미'로 규정하고 살펴보았다. 이종학은 고려말을 대표하는 문인이자 학자, 정치가였던 목은 이색의 둘째 아들이다. 이른바 '폐가입진廢假立眞'의 정치적 논리에 의해 창왕이 폐위되고 공양왕이 즉위한 이후로 이종학은 목은과 더불어 정치적 불운을 겪으며 수차례의 유배, 투옥을 반복하다가 결국 1392년 유배지에서 비참한 죽음을 맞이하였다. 현재 남아있는 그의 시는 대부분 유배 기간에 쓴 유배시들로 '처완'한 미적 특질을 나타내주고 있다.

5부 <고려후기 한시와 노래>는 사詞 문학을 다룬 것이다. 주지하다시피 사는 일종의 노랫말의 가사에 해당되는바 문학성과 음악성이 매우 뛰어나서 주목할 작품들이 많음에도 불구하고, 그간 한시 연구에 비하여 소외되었던 것이 사실이다. 본서에서는 고려후기 사문학의 전개 양상과 주요 작가 및 작품을 개괄하고 문학적 특징을 살펴보았으며, 더불어 한국의 운문 문학사에서 고려후기 사가 차지하는 위상 및 그 의미를 따져보았다.

한시는 이제 더 이상 문학사의 주요 장르가 아니다. 한국의 경우에는 이미 100여 년 전부터 한글로 지어진 현대시가 한시의 자리를 대신하고 있고, 중국의 경우에도 옛 한시 창작 형식이나 기법과는 전혀 다른 백화문白話文의 현대시로 시가 생산되고 있다. 요컨대 한시는 이제 박물관의 박제처럼 구시대의 유물이 되어 버렸다. 그렇다면 한시는 지금의 우리에게 아무런 필요가 없는 것인가? 결코 아닐 것이다. 오히려 지금 창작을 하는 이가 거의 없기에 그만큼 옛 시는 더 소중하다. 따라서 한시 연구를 업業으로 하는 연구자의 입장에서는 현대의 독자들에게 한시를 번역하고 풀어서 알기 쉽게 설명하려는 노력이 중요하다. 이 같은 작업이 활발하게 이뤄지면 한시는 더 이상 박물관의 유물이 아닌 현재성을 갖는 유의미한 문학으로 살아서 그 영향력을 유지할 수 있게 될 것이다. 이 책은 그러한 작업 과정에서 나온 작고 보잘 것 없는 결과물이다. 아무쪼록 동학同學들의 많은 질정叱正을 바란다. 끝으로 어려운 여건 속에서도 책을 출판해주신 박영사의 안종만 대표와 꼼꼼하게 편집과 교정을 맡아준 문선미 과장, 책의 출간을 기획해준 송병민 과장께도 아울러 감사의 말씀을 전한다.

2017년 겨울, 춘천의 연구실에서
하 정 승

차례

1부,
고려후기 한시와 당풍

설곡雪谷 정포鄭誧 시에 나타난 당시풍唐詩風 경향과 미적 특질

1. 문제제기

설곡雪谷 정포鄭誧(1309-1345)는 14세기 초반, 주로 충숙왕忠肅王과 충혜왕대忠惠王代에 활동했던 문인이다. 본관은 청주로 그의 가계는 정해鄭瑎 → 정책鄭㥽 → 정포鄭誧 → 정추鄭樞 → 정총鄭摠으로 이어지는 고려후기의 신흥 명문가였다. 특히 정포, 정추, 정총은 할아버지에서 손자에 이르는 3대가 모두 문장으로 이름을 날렸으며, 정총의 동생 정탁鄭擢은 조선조 개국공신으로 세종 때 우의정을 지내기까지 하였고, 게다가 정포의 8대손이자 정총의 6대손은 조선중기의 큰 학자였던 한강寒岡 정구鄭逑이니, 가히 당대를 대표할 만한 명문가 중 하나라고 불러도 괜찮을 것이다.[1] 고려후기의 문학사에서는 특히 정포와 정추 부자父子가 시인으로 유명한데,[2] 이들이 지은 시의 특징은

---

[1] 설곡 정포에서부터 한강 정구에 이르기까지의 가계도를 작성해보면 다음과 같다. 鄭誧(雪谷) → 鄭樞(圓齋) → 鄭摠(復齋) → 鄭孝忠(上護軍) → 鄭沃卿(司憲府執義) → 鄭胤曾(鐵山郡守贈吏曹判書) → 鄭應祥(司憲府監察 贈承政院左承旨) → 鄭思中(贈吏曹判書) → 鄭逑(寒岡). 이상에 대한 사항은 하정승, 『한국 한시의 분석과 해석』, 역락출판사, 2011, 298-299면을 참조할 것.

[2] 정포는 문집으로 『설곡집』, 정추는 『원재집』을 남겼는데, 『설곡집』에는 시가 모두 98題, 『원재집』에는 237題의 시가 실려 있다(이상 시의 편수는 『한국문집총간해제』 참조). 고려시대는 물론 한국한시사 전체를 통해서도 정포와 정추처럼 父子間에 시인으로 文名을 크게 떨치고 문학사에 그 이름을 남긴 경우가 이곡·이색 父子 등 아주 없지는

섬세한 시적 감각을 바탕으로 매우 아름답고 표현력이 뛰어난 당시풍의 한시라는 점이 주목된다. 정포는 '청려淸麗', '섬미纖美'한 시풍으로 알려져 있고,[3] 정추의 경우에는 "기운이 웅장하고 말 만드는 솜씨가 넉넉한데다가 운치가 높고 명랑해서 거의 예전 사람의 문장을 따라갈 만하여 뒷사람들이 충분히 볼 만하다."[4]라는 권근의 평에서 알 수 있듯 두 사람 모두 시인으로 일가를 이루었으니, 즉 시의 표현기법은 물론 의경과 품격이 뛰어난 작품을 많이 지었다고 평가할 수 있다. 본고에서는 특히 정포의 '청려', '섬미'한 시풍에 주목하고자 한다. 이 같은 시풍은 당시풍 한시에서 보이는 두드러진 특징으로, 정포의 시에 당풍적 요소가 많음을 말해주고 있다.

중국문학사에서 당대唐代는 양적인 면이나 질적인 면에서 모두 시의 전성기라고 할 정도로 주목할 만한 시인과 좋은 시들이 생산된 시기였다. 워낙 많은 시인들이 배출되었기에 같은 당나라에서도 다양한 경향의 시들이 지어졌고, 각 시기에 따라서 시풍의 변화도 있었다. 가령 성당과 만당은 자못 서로 다른 시풍이 존재하던 때였다. 이와 같이 당시라고 해서 어떤 하나의 경향만 존재하는 것이 결코 아니었지만, 그럼에도 당시는 그 이전의 위魏·진晉의 시나 그 후의 송시宋詩와는 확연히 다른 당시만의 시풍이 존재하는 것도 또한 사실이다. 중국문학사에서 소위 '시풍'이라고 부를 수 있는 문학적 경향이 본격적으로 시작된 때라고 해도 좋을 것이다. 이 같은 당시풍의 한시는 고려조에서도 한문학이 점차 숙성되어 가고 많은 시인들이 배출되면서 자연스럽게 나타나기 시작하였다. 이 점은 한국한시사의 전개 과정에서 매우 의미있고 주목할 만한 현상이다. 훗날 조선조에 가서도

않지만, 상당히 드문 일이다.

3) 이색은 『雪谷詩藁序』(『雪谷集』 권수)에서 "予觀雪谷之詩, 淸而不苦, 麗而不淫, 辭氣雅遠, 不肯道俗下一字."라고 하여 설곡시의 품격을 淸麗하다고 평하였고, 17세기의 비평가 南龍翼은 그의 저서 『壺谷詩話』에서 "余以臆見…(中略)…鄭雪谷誧之纖美"라고 하여 정포의 시를 纖美하다고 평하였다.

4) 권근, 「圓齋先生文稿序」, 『圓齋稿』 권수. "氣雄而詞贍, 淸高而瀏亮, 殆軼前光而可爲後觀矣."

'삼당시인' 등에 의해 당시풍 한시가 유행하고 문학사의 중요한 조류가 되었음을 상기해 본다면, 고려조의 문단에서 당시풍 한시의 발생과 전개는 더욱 중요한 문제가 된다.

필자는 고려조 시단에서 당시풍 한시의 대표적인 작가로 정지상鄭知常, 홍간洪侃, 안축安軸, 정몽주鄭夢周, 김구용金九容, 이숭인李崇仁과 더불어 정포를 꼽고 싶다.5) 전술한 바와 같이 정포는 이미 당대當代에 이제현李齊賢, 이색李穡 등에 의해 훌륭한 시인으로 평가받았고, 『동인시화』를 비롯한 후대의 여러 비평집에서 주로 청려淸麗, 섬미纖美, 청절淸絶하다는 비평을 받았다.6) 그런데 여기에서 사용된 청려, 섬미, 청절 등의 비평어는 모두 당시의 특징과 관련되어 있다는 점이 주목된다. 청려, 청절 등 청자계淸字系 시품詩品은 일반적으로 법당法唐을 한 당시풍의 시들에서 많이 나타나는 품격으로, 예컨대 삼당시인三唐詩人을 비롯한 조선중기 당시풍 시인들의 주된 품격도 청신淸新과 같은 청자계 시품이었다.7) 또한 섬미 역시 시상詩想의 세련됨과 시어의 아름다움과 조탁을 중시하는 시에서 나타나는 품격으로 당시풍 한시의 중요한 특징 가운데 하나이다. 지금까지 정포의 시문학 연구는 주로 원나라에서 벼슬길을 구하다가 요절했던 그의 생애와 관련된 것이 주를 이루고, 기타 그가 지은 사詞에 대한 것, 또는 설곡시의 일반적 특징에 대한 사항이 대부분이다.8) 본고에서는 고려후기 당시풍

---

5) 정지상, 홍간, 정포, 안축, 정몽주, 김구용, 이숭인은 모두 고려시대를 대표하는 시인들이면서 특히 당시풍 한시를 지은 것으로 알려져 있다. 이에 대한 사항은, 하정승, 「이숭인 시에 나타난 당시풍 경향과 미적 특질」, 『한문학논집』, 근역한문학회, 2014, 331-332면을 참조할 것.

6) 淸麗는 이색이, 纖美는 남용익이, 淸絶은 『동인시화』에서 서거정이 설곡시를 비평한 용어이다.

7) 이상 당시풍 한시와 청자계 시품의 관련 양상에 대한 것은 유호진, 「김구용 시의 청정의상에 내포된 정신적 의미」, 『한국한문학연구』 30집, 한국한문학회, 2002, 189면 및 216면을 참조할 것. 또한 삼당시인을 중심으로 한 조선중기의 시풍 변화와 淸新·淸麗한 품격과의 관계에 대해서는 이종묵, 「조선중기 시풍의 변화 양상」, 『한국 한시의 전통과 문예미』, 태학사, 2002, 475-476면 참조.

8) 설곡의 생애 등 작가론 및 한시 일반론에 대한 것으로는 김경숙, 「설곡 정포의 시문학세계 연구」, 『동양고전연구』 3호, 동양고전학회, 1994; 김동욱, 「설곡 정포의 생애와

한시 창작을 대표하는 시인이었던 정포를 통해 그의 시에 보이는 당풍적 요소가 무엇이며, 또 그 같은 당풍적 시창작이 문학사에서 갖는 의미를 고찰해보고자 한다. 더불어 고려후기 한시사에서 당시풍 한시의 전개과정이 어떻게 되는지, 또 그것이 조선조 한시사에서 어떻게 수용되는지도 함께 살펴보기로 하겠다.

2. 고려후기 한시의 당시풍 경향과 전개양상

고려조의 시단은 초기부터 중국의 영향을 직·간접으로 받으며 전개됐다. 고려의 시단에 영향을 준 왕조는 당唐과 송宋이다. 주지하다시피 신라를 계승한 고려초기의 시풍은 전반적으로 당풍적 색채가 강했다. 그러다가 고려중기 이후 무신란을 거치면서 등장한 이인로李仁老, 임춘林椿 등에 이르면 북송北宋의 소동파蘇東坡·황정견黃庭堅을 모범으로 하는 풍조가 두드러지게 나타난다.9) 12세기 시단에서 큰 역할을 했던 죽림고회竹林高會의 핵심 구성원들이 송풍을 추숭하는 시작詩作을 했다는 것은 우리 문학사에서 큰 의미가 있다. 고려중기 이후 유행처럼 퍼진 소동파·황정견에 대한 추숭의 시발점이기 때문이다. 이 같은 송풍을 본받는 법송法宋의 풍조는 특히 13세기 안향安珦

문학세계」, 『어문학연구』 5호, 상명대 어문학연구소, 1997; 김철웅, 「설곡 정포의 생애와 도교관」, 『한국사학보』 1권, 고려사학회, 1996; 배주연, 「설곡 정포의 시문학연구」, 이화여대대학원 석사학위논문, 1998; 신승운, 「고려판 설곡시고에 대하여」, 『서지학보』 23호, 한국서지학회, 1999; 어강석, 「정포 한시에 나타난 좌절과 대응양상」, 『개신어문연구』 15호, 개신어문학회, 1998; 이경우, 「정포론」, 『한국한시작가연구』 2권, 한국한시학회, 1996; 탁준호, 「정포의 생애와 작품 발견」, 『한국언어문화』 3집, 한국언어문화학회, 1985; 허정윤, 『설곡시의 雨 이미지 연구』, 고려대대학원 석사학위논문, 2004가 참고가 된다. 설곡의 詞에 대한 것은 김현수, 「高麗末鄭誧詞的中國詞接受融合情況」, 『중국연구』 47호, 한국외대 중국연구소, 2009; 이태형, 「이곡과 정포의 사에 투영된 울주팔경 형상 고」, 『선도문화』 9호, 국제뇌교육종합대학원 국학연구원, 2010 등이 있다.

9) 이인로, 임춘 등 죽림고회 시인들의 소동파와 황정견의 추숭에 대한 사항은 이휘교, 「12·3세기 고려의 숭당시풍」, 『동양학』 6권, 단국대 동양학연구소, 1976, 61-62면 참조.

에 의해 송나라로부터 성리학이 유입된 이후에는 더욱 가속화되는 경향을 보인다. 특히 성리학으로 사상과 학문적 배경을 삼은 소위 신흥 사대부와 같은 집단에서 송시의 대표적인 장르인 염락풍濂洛風의 시들이 본격적으로 지어지던 것도 13·14세기 시단의 특징이다.[10] 요컨대 고려중기 이후 시단의 법송에 대한 풍조는 동시대 중국 문단의 영향과 함께 성리학의 전래와 정착화, 그리고 당대當代 시단을 이끌었던 이인로, 임춘과 같은 유력 시인들의 작시 풍조와도 맞물려 문단의 큰 흐름으로 전개되었다고 정리해 볼 수 있겠다. 하지만 여기에서 간과해서는 안 될 것은 이 같은 송풍을 추숭하는 풍조에서도 국초부터 이어진 당시풍 한시는 여전히 계속해서 창작되었고, 그 영향력을 발휘하고 있었다는 점이다. 특히 한국문학사에서 12세기 시단에서 이인로와 더불어 가장 큰 영향력을 발휘했던 이규보李奎報를 비롯하여 진화陳澕, 최자崔滋, 유승단兪升旦과 같은 시인들은 이백·두보를 추숭하는 당시풍 한시를 즐겨 지었다.[11] 이처럼 고려중기 이후의 시단은 작시에 있어서 당풍과 송풍이 함께 섞여서 나타나는 양상을 보인다는 것도 이 시기 문학사의 주요한 특징이라 할 수 있다.

고려조 시단에서 당시풍 한시의 시작은 최치원崔致遠으로 거슬러 올라간다. 최치원은 신라말엽에 활동한 문인이지만 그가 당에서 배워온 시풍은 고려전기 시인들에게 많은 영향을 주었던 것으로 보인다. 가령 최승우崔承祐, 박인량朴寅亮, 최충崔沖, 곽여郭輿, 정지상鄭知常, 김부식金富軾, 김황원金黃元, 정습명鄭襲明, 고조기高兆基, 최유청崔惟淸, 이자연李子淵 등 고려초엽에서 무신란 이전, 즉 12세기까지의 고려시단을 대표하는 시인들은 대체로 당시풍의 시작詩作을 했다. 물론 어느 한 시인의 시풍을 한 가지로만 말하는 것은 무리일 수 있다. 시풍이란 다분히 가변적이어서 시인의 생애에 따라 어느 시기는 당풍적 시

---

10) 13·14세기 성리학 수용과 한시의 특징에 대한 사항은 이병혁, 『고려말 성리학 수용과 한시』(태학사, 2003)에 자세히 기술되어 있어서 참고가 된다.
11) 이규보, 진화, 최자의 이백·두보 추숭과 당시풍 詩作에 관한 사항은 이휘교, 앞의 논문, 53-54면을 참조할 것.

를, 또 어느 시기에는 송풍적 시를 즐겨 쓰기도 한다. 심지어 같은 시기에도 사상과 감정의 변화에 따라 당풍과 송풍의 시가 혼용해서 나타날 수도 있다. 따라서 어느 시인, 또는 어느 시기를 지칭하여 당풍이니 송풍이니 하면서 한 가지로 규정하는 것 자체가 실상에 부합하지 않을 가능성은 있다. 하지만 그럼에도 불구하고 문학사의 전체 흐름을 볼 때에는 어느 특정한 시기, 특정한 시인들에게서 두드러진 시풍이나 시적 경향이 분명히 나타나기도 한다. 고려전기에서 무신란 이전까지의 시풍도 마찬가지이다. 이 시기 시들은 예외도 있겠지만, 큰 틀에서 보자면 당풍적 요소가 강하게 나타난다고 규정할 수 있다.

고려초부터 13세기 중반까지의 문풍을 짐작할 수 있는 좋은 자료 중의 하나가 「한림별곡翰林別曲」이다. 주지하다시피 「한림별곡」은 고려 고종高宗 때 한림翰林의 여러 유생들이 지은 경기체가景幾體歌로 모두 8장으로 구성되어 있는데, 그중 시문과 문학을 논한 1장과 당시 유생들이 공부했던 서적을 노래한 2장이 주목된다. 먼저 1장에서 시로써 거명된 인물은 이인로李仁老, 이규보李奎報, 진화陳澕, 김양경金良鏡[일명一名 김인경金仁鏡] 등 도합 4인이다. 이 중에서 이인로를 제외한 나머지 세 명은 모두 당시풍의 작시를 했던 인물들이다. 고려중기까지만 해도 시단에 당시풍의 시작이 압도적으로 우세였음을 알 수 있다. 이러한 현상은 다음 2장을 통해서도 확인할 수 있다.

唐漢書 莊老子 韓柳文集
李杜集 蘭臺集 白樂天集
毛詩尙書 周易春秋 周戴禮記
위 註조처 내 외景 긔 엇더니잇고
太平廣記 四百餘卷 太平廣記 四百餘卷
위 歷覽ㅅ景 긔 엇더니잇고12)

---

12) 『樂章歌詞』, 「歌詞上」.

위에서 인용된 서적들은 당시 유생들이 과거를 준비하거나 또는 자신의 학문과 문학적 역량을 쌓기 위해 수련했던 교과서들이다. 내용도 다양하여 『모시毛詩』, 『상서尙書』, 『주역周易』, 『춘추春秋』, 『주례周禮』, 『예기禮記』와 같은 경서를 비롯 『당서唐書』, 『한서漢書』와 같은 역사서, 『노자老子』, 『장자莊子』 같은 제자백가, 그리고 개인 문집류가 나열되어 있다. 말하자면 소위 경사자집經史子集이 두루 다 구비된 셈이다. 마지막에 언급되어 있는 『태평광기太平廣記』는 북송北宋 때 편찬된 설화, 잡록 등을 수록한 방대한 필기류筆記類이다. 당시 유생들의 독서의 폭이 매우 넓었음을 보여준다. 여기서 필자가 주목하는 부분은 개인 문집류이다. 경서나, 역사서, 제자백가야 어느 시대 누구를 막론하고 모두 공부하는 필독서이기 때문이다. 유생들이 언급한 개인문집은 모두 5명의 것이고, 또 다른 하나인 『난대집蘭臺集』은 한漢나라 때 난대령사蘭臺令使들의 시문을 모은 공동문집이다. 개인문집을 보면 한유韓愈, 유종원柳宗元, 이백李白, 두보杜甫, 백낙천白樂天 등의 것으로 모두가 하나같이 중국 문학사에서 당나라를 대표하는 시인들이다. 소동파와 같은 송나라의 시인은 단 한 명도 언급되어 있지 않다. 혹시 이를 두고 송나라는 한림별곡의 제작과 시기적으로 너무 가깝기에 일부러 뺀 것이라고 말할 수도 있겠으나, 이는 이치상 맞지 않는다. 왜냐하면 개인문집을 거론한 바로 아래에서 송나라 때 편찬된 『태평광기』를 언급하고 있기 때문이다. 따라서 이를 통해 적어도 13세기 중반까지 고려의 시단은 이백·두보·백거이(백낙천)·한유·유종원을 모범으로 하는 당시풍의 시를 짓는 것이 큰 흐름이자 대세였음을 알 수 있다. 고려전기 시단에서의 이 같은 당풍적 작시 경향은 무신란 이후에는 송시풍의 유행에 맞춰 당풍과 송풍이 공존하는 양상을 보인다. 전술한 바와 같이 13세기 문단에서 송시풍 한시의 대표적 작가가 이인로와 임춘이라면, 당시풍 한시의 대표적 작가는 이규보, 진화, 김극기, 유승단, 최자를 꼽을 수 있다. 고려후기인 14세기에 들어서는 당풍을 추구하는 주목할 만한 시인들이 등장했는데, 홍간洪

侃13), 정포鄭誧, 안축安軸, 정몽주鄭夢周, 김구용金九容, 이숭인李崇仁 등이 그들이다. 홍간의 시는 허균이 『성수시화』에서 "사인舍人 홍간의 시는 농염濃艷하고 청려淸麗하다. 그 「나부인懶婦引」과 「고안孤雁」 등의 시편은 가장 훌륭하여 성당盛唐 시인들의 작품과 비슷하다."14)고 하였고, 홍만종도 『소화시평』에서 "고려조에는 모든 사람들이 동파를 숭상하여 과거를 치른 뒤에는 33명의 동파가 나왔다는 말까지 있을 정도였는데, 유독 홍애洪崖 선조만은 당시의 음조를 깊이 터득하여 송인宋人의 기습氣習을 벗어났다."15)고 하여, 송시풍이 만연했던 고려 후기 시단에서 당시풍의 대표적인 시인으로 홍간을 꼽고 있을 정도로 홍간은 당시에 정통했던 것으로 알려져 있다. 홍간이 홍만종의 12대 조임을 감안하더라도 위의 『소화시평』이나 『성수시화』의 평은 당시當時 시단에서의 홍간의 위치를 알 수 있는 좋은 지침이 된다. 안축의 경우에는 기존 문학사에서는 대체로 애민愛民과 우국憂國의 시인으로만 알려져 있지만, 사실 그의 시는 매우 감각적인 시풍이 큰 특징인데, 그의 시 중 특히 산수·전원시는 대체로 한적閑適한 품격과 처완悽惋한 의경과 같은 당시풍이 주를 이루고 있다.16)

포은 정몽주 시에 나타나는 당풍적 요소는 특히 계절적 배경을 가지고 지어진 시들에서 섬세한 감성을 드러내는 당풍적인 시가 많은

---

13) 홍간은 몰년이 1304년(충렬왕 30)이므로 주로 13세기에 활동한 시인이지만, 13세기 후반에서 14세기에 걸쳐 활약한 당시풍의 대표적인 작가이므로 여기에서 함께 거론하였다.

14) 許筠, 『惺所覆瓿藁』 권25, 『惺叟詩話』. "洪舍人侃詩, 穠艷淸麗, 其懶婦引孤雁篇最好, 似盛唐人作."

15) 洪萬宗, 『小華詩評』, 권상. "麗朝皆尙東坡, 至於大比有三十三東坡之語, 獨洪崖先祖深得唐調, 擺脫宋人氣習." 참조.

16) 기존의 문학사에서는 안축이 江陵道存撫使로 재직 중에 보고 들은 것을 시로 지어서 엮은 『關東瓦注』에는 우국과 애민의 정서를 읊은 시가 많다고 기술되어 있다. 이 말이 기본적으로는 상당히 맞는 말이기도 하지만, 이는 안축의 문학세계에 있어서 한 부분만을 조명한 것에 지나지 않는다. 사실 안축의 문집인 『謹齋集』을 살펴보면 우국과 애민의 시 외에 매우 감각적인 당풍의 시도 많이 지었음을 알 수 있다. 특히 이 같은 감각적인 당풍의 시는 산수·전원시에서 두드러지게 나타나는 경향을 보인다. 안축의 산수·전원시의 특징에 대해서는 하정승, 「안축 시의 표현 양식과 미적 특질」, 『동방한문학』 34집, 동방한문학회, 2008, 154-162면을 참조할 것.

것이 특징이다. 대체로 이 같은 시들에서는 시어의 선택과 그 시어들과 시의詩意를 운용하는 의상적意象的인 측면에서 당시풍의 면모가 나타난다. 표현기법적인 면에서 볼 때는 시각·청각 등 감각적 이미지를 구사하여 시의를 드러내는 경우가 많다. 또한 '호방豪放'·'호탕豪宕'하고 '표일飄逸'하다고 평가되는 포은시의 품격도 그 내면을 자세히 살펴보면 당풍적인 면모와 밀접하게 연관되어 있음을 알 수 있다.[17] 척약재惕若齋 김구용金九容은 비평가들에 의해 주로 "청신淸新·청섬淸贍·고형苦夐"하다는 평을 받았는데, 그의 시의 주를 이루는 '청자계淸字系' 시품은 바로 당시풍 한시의 핵심 요소이기도 하다.[18]

도은 이숭인은 고려후기의 시인들 중 가장 감각적인 시쓰기를 구사했던 시인이다. 도은시에 나타난 감각미는 대체로 이미지의 구사와 관계되어 있다. 그리고 그 이미지들은 시각적 요소가 강하게 나타난다. 하지만 이숭인 시의 이미지들은 단순히 그림을 그려내는 것에 머물지 않는다. 그의 시에는 시각을 비롯한 여러 가지 감각적 이미지들이 서로 얽혀서 하나의 의미를 지니는 이미지의 그물을 만들어낸다. 이러한 이미지의 그물은 회화성을 추구하는 당시풍 한시의 주요한 특징이다.[19]

이상에서 살펴본 바와 같이 최치원에서 비롯된 고려시단의 당시풍 한시의 창작은 12세기 정지상, 김부식, 고조기, 최유청 등을 거쳐 13세기에는 이규보, 진화, 최자 등으로 이어지고 고려말엽인 14세기에는 홍간, 안축, 정포, 정몽주, 김구용, 이숭인 등에 의해 꽃이 피워졌음을 알 수 있다. 13세기 후반에서 14세기까지의 한시사에서 중요

---

17) 포은시의 당풍적 특징에 대해서는 하정승, 「정몽주 시에 나타난 당시풍 경향과 미적 특질」, 『포은학연구』 14집, 포은학회, 2014, 103면을 참조할 것.

18) 김구용 시의 당시풍적인 요소에 대해서는 유성준, 「고려 김구용과 그 시의 浪漫隱逸的 意識 考」(『중국연구』 29권, 한국외대 중국연구소, 2002)에서 자세히 다루고 있다. 또한 청자계 시품과 당시풍과의 관련·양상에 대한 것은 이종묵, 「조선중기 시풍의 변화 양상」, 『한국 한시의 전통과 문예미』, 태학사, 2002, 475-476면을 참조할 것.

19) 이숭인 시의 당풍적 요소에 대한 것은 하정승, 「이숭인 시에 나타난 당시풍 경향과 미적 특질」, 『한문학논집』 39집, 근역한문학회, 2014, 332-348면 참조.

한 위치에 있는 익재益齋 이제현李齊賢과 목은牧隱 이색李穡이 빠진 것은 그들 시의 다양성에 기인한다. 이제현은 성리학적 소양이 깊으면서도 문학적 자질도 뛰어났는데, 깊은 학문만큼이나 시의 경향도 다양하여 산수 · 전원의 풍광을 읊은 자연시 계열도 있고, 성리학적 세계관을 드러낸 시도 있으며, 유학을 기반으로 한 정치가 · 목민관으로서의 의식을 다룬 시들도 있다.[20] 시론에 있어서도 익재는 용사用事와 신의新意를 아울러야 한다는 작시론을 견지하고 있었다.[21] 이를 정리하면 익재시는 당풍과 송풍을 망라하고 있으며, 다루고 있는 장르 역시 한시만이 아니라 사詞, 부賦, 소악부小樂府에 이르기까지 매우 다양한 것이 특징이라 할 수 있겠다. 목은의 경우에도 당시풍과 송시풍을 넘나들며 실로 엄청난 양의 다작을 했기에, 당풍 또는 송풍에 국한시켜 목은시의 특징[22]을 서술하기에는 무리가 있다는 것을 밝혀둔다.

---

[20] 이제현 시의 다양한 경향에 대한 것으로는 다음과 같은 선행 연구가 참고가 된다. 박경신, 「이제현의 시세계」, 『한국한시작가연구』 1권, 한국한시학회, 1995; 김건곤, 『이제현의 삶과 문학』, 이회문화사, 1996; 김동욱, 「익재 이제현론」, 『어문학연구』 15권, 상명대 어문학연구소, 2004; 윤상림, 『익재 이제현 시문의 형상화 기법』, 태학사, 2004; 김진영, 「익재 이제현의 풍모와 시세계」, 『고전문학과 교육』, 8집, 한국고전문학교육학회, 2004; 윤인현, 「익재 이제현과 자하 신위의 시세계」, 『사학과 언어학』 10권, 사학과 언어학회, 2005.

[21] 정종대, 「이제현의 시와 사대부 의식」, 『국어교육』 87권, 한국어교육학회, 1995, 422면 참조.

[22] 이색의 다양한 시세계에 대한 사항은 다음과 같은 선행 연구가 참고가 된다. 호승희, 「목은 이색의 선적 취향의 한시에 대하여」, 『비교문학』 11집, 한국비교문학회, 1986; 정재철, 「목은 이색 시의 연구」, 고려대학원 박사학위논문, 1997; 하정승, 「목은 이색 시의 품격 연구」, 『동방한문학』 20집, 동방한문학회, 2001; 여운필, 「목은시의 다양한 지향과 면모」, 『진단학보』 102호, 진단학회, 2006; 김재욱, 『목은 이색의 영물시』, 다운샘, 2009; 어강석, 「목은 한시의 구어체 시어에 대하여」, 『동방한문학』 50집, 동방한문학회, 2012; 김동준, 「목은 이색의 한시에 나타난 노년의 일상과 시적 형상」, 『한국한시연구』 21집, 한국한시학회, 2013.

3. 설곡시雪谷詩에 나타난 섬미纖美한 시풍과 당풍적 면모

정포의 시는 이미 당대當代에 많은 문인들의 관심을 받았는데, 이색은 『설곡집』 서문에서 다음과 같이 말하고 있다.

동년同年 정공권鄭公權 보가 자기 선친 간의공諫議公의 소작을 기록하여 이름을 『설곡시고雪谷詩藁』라 하였는데, 모두 두 권이다. 나에게 주며 그 머리에 서문을 쓰라는 것이다. 내가 설곡의 시를 보니 맑아도 고고孤高하지 않고, 아름답지만 지나치지 않아서, 사기辭氣가 우아하고 심원하여 결코 저속한 글자는 하나도 사용하지 않았다. 그 득의작을 보면 왕왕 내가 중국에서 보던 경대부卿大夫와 더불어 서로 대등하였으며, 동시에 당唐의 요姚·설薛 제공의 틈에 끼어도 부끄럽지 아니하다. …(중략)… 다른 날에 사가史家가 예문지를 만들 때는 장차 이 시집에서 증빙하게 될 것이며, 혹시 예산猊山 농은農隱의 동문東文을 유선類選한 것을 계승하는 자가 있다면, 역시 이 시집에서 간추리게 될 것이니, 장차 이 시집으로 하여 더욱 오랠수록 설곡의 이름이 더욱 드러날 것이 아닌가.[23]

위의 인용문을 보면 『설곡집』의 간행 경위와 함께 설곡시의 중요한 특징을 파악할 수 있다. 먼저 이색은 설곡시의 품격을 "淸而不苦, 麗而不淫[맑아도 고고孤高하지 않고, 아름답지만 지나치지 않음]"이라고 하고 있다. 이 말을 한마디로 줄이면 '청려淸麗'가 된다. 필자의 생각에도 『설곡집』에 실린 98제[24]의 시들 중 상당수가 청려한 품격에

---

23) 李穡, 『雪谷集』 卷首, 「雪谷詩藁序」. "同年鄭公權父, 錄先諫議公所作, 號曰雪谷詩藁, 凡二卷. 授予序其端, 予觀雪谷之詩, 淸而不苦, 麗而不淫, 辭氣雅遠, 不肯道俗下一字. 就其得意, 往往與予所見中州才大夫相上下, 置之唐姚薛諸公間不愧也. …(中略)… 他日太史氏志藝文將於是集乎徵, 或有踵猊山農隱類東文, 亦將於是集乎取, 則雪谷之名, 愈久而愈顯."
24) 『설곡집』의 시의 분량은 『한국문집총간해제』 1에 실린 오세옥이 쓴 「설곡집 해제」를 인용하였음.

속한다고 생각된다. 주지하다시피 청려는 당시풍의 한시를 대표하는 시품이자 미감이다.[25] 조선후기의 비평가 남용익도 그의 시화집『호곡만필』에서 정포의 시를 "섬미纖美"하다고 평했다.[26] '섬미' 역시 당시풍의 한시에서 나타나는 전형적인 시품이다. 정포의 시에 대한 이색과 남용익의 평은 설곡시가 얼마나 당시풍에 가까운지를 여실히 보여주는 일례라 하겠다. 다음 설곡시를 살펴보자.

양주 객사의 벽에 쓰다

오경의 등불 그림자가 일그러진 단장을 비출 때	五更燈影照殘粧
이별을 이야기하려니 먼저 창자가 끊어지네	欲話別離先斷腸
마당 한쪽 지는 달빛에 문을 밀고 나가보니	落月半庭推戶出
살구꽃 성긴 그림자 옷에 가득차네	杏花疏影滿衣裳[27]

위의 인용시는 시인이 양주梁州(지금의 경남 양산)의 객사에 머물며 쓴 것이다. 『동인시화東人詩話』에서 서거정徐居正은 위 시를 신천辛蔵(?-1339)[28]의 시와 비교하면서 "정포의 시가 더욱 맑고 뛰어나[淸絶] 한 때의 심정을 잘 그려내고 있다."[29]고 비평하고 있다. 정포는 1342년(충혜왕 복위 3년)에 중국에 가서 왕제王弟를 도우려 한다는 모함을 받아 울주蔚州(지금의 경남 울산)의 군수로 일종의 좌천성 유배를 당하였는데, 인용시는 이 무렵 지은 것으로 추측된다. 1-2구의 내용으로 보아 시인은 지금 이별을 앞에 두고 있는 것 같다. 물론 그 이

---

25) '淸麗'와 唐詩와의 관계는 이종묵, 「조선중기 시풍의 변화양상」,『한국 한시의 전통과 문예미』, 태학사, 2002, 476면 및 차현정, 「풍격 용어 '淸麗' 변석」,『중어중문학』24집, 한국중어중문학회, 1999, 277-278면을 참조할 것.

26) 앞의 주 3) 참조.

27) 鄭誧,『雪谷集』권하, 「題梁州客舍壁」.

28) 본관은 靈山, 호는 德齋로 고려후기에 활동했던 문인이다. 安珦의 제자로 안향을 文廟에 종사하게 하는 데에 공을 세웠다. 벼슬은 判密直司事를 역임하였고, 시호는 凝淸이다.

29) 徐居正,『東人詩話』권하. "鄭詩尤淸絶, 能寫出一時情境."

별은 사랑하는 여인과의 이별이다. 그 여인이 누구인지는 확실하지 않지만, 정황상 아마도 기녀일 가능성이 높아 보인다. 1구에서 "오경五更"이라고 했으니 시인은 새벽무렵까지 잠 못 이루고 여인과 마주 대하고 있었을 것이다. 혹은 새벽에 잠자리에서 눈을 떠보니 여인이 벌써 일어나 곱게 단장을 하고 있었는지도 모른다. 서로 사랑하는 연인들에게 이별은 가슴 아픈 일이다. 시인은 이 아픔을 "창자가 끊어"진다고 말한다.

3-4구는 마당에 나와 바라본 풍경이다. 마당의 한쪽으로 저물어가는 새벽 달빛이 비추고 있다. 시인은 그 빛을 받으며 문을 열고 나가 마당의 살구나무 아래에서 이별의 아픔을 삭인다. 그때 달빛에 비치는 살구나무 그림자가 시인의 옷을 덮는다. 여기서 주의깊게 살펴볼 시어는 "성긴[疏]"과 "가득차네[滿]"이다. 얼핏 매우 대조적인 의미를 가지고 있는 듯한 이 두 단어는 묘한 조화를 이루며 시의 의경을 감각적으로 구성하게 만드는 중요한 역할을 담당하고 있다. 살구꽃의 그림자를 "성기다"고 한 것은 살구꽃이 몇 송이 피지 않았음을 의미한다. 그림자가 옷에 "가득차다"고 한 것은 살구꽃과 시인과의 거리가 가까움을 말한다. 여기에서 성긴 살구꽃은 여인과 나눈 짧은 사랑을 의미하고, 그림자가 옷에 가득하다는 것은 짧은 사랑에도 불구하고 여인을 향한 정이 깊다는 것을 상징한다고 해석할 수 있다. 시인이 하필 성긴 그림자가 옷에 가득찬 것을 강조하며 시를 끝맺고 있는 이유도 여기에 있다. 인용시는 등불, 달빛, 마당, 살구꽃, 그림자 등의 감각적인 시어들이 서로 얽혀 이별의 슬픔과 아픔을 그려내고 있고, 거기에 "성긴"·"가득차네" 등의 대조적인 시어를 통해 극적인 효과와 시적 긴장까지 불러일으키는 데 성공하였다. 이는 설곡의 시적 기교가 뛰어나다는 점과 아울러 그의 시풍이 감각적인 당시풍에 경도되어 있음을 보여주는 것이라 하겠다. 다음 시 역시 전형적인 당시풍의 감각미를 보여준다.

동래 잡시

청명절도 잠깐 사이 지나고	暫過淸明節
한가롭게 적취헌에 올라보았네	閑憑積翠軒
땅은 엄숙하게 화극을 벌린 듯하고	地嚴森畫戟
산은 고요하게 붉은 문을 둘러쌌네	山靜衛朱門
바람이 솔솔 부니 대나무 그늘과 어울리고	風細竹陰合
비가 활짝 개니 꽃기운 한창이네	雨晴花氣繁
풍악 소리에 자던 새가 놀라 깨는데	笙絃驚宿鳥
떨어진 꽃잎 금술잔에 가득하네	落蘂滿金尊30)

위의 인용시는 동래부에서 지은 것이다. 정포가 동래東萊를 방문한 것은 전술한 바와 같이 1342년(충혜왕 복위 3년) 울주군수 시절에 인근 지역이었던 동래까지 왔을 것으로 추정된다. 인용시는 총 8수의 연작시 중 네 번째 작품이다. 1구의 내용으로 보아 시인이 동래를 찾은 때는 청명절이 지난 직후였으니, 봄이 한창일 무렵이었다.31) 2구의 "적취헌積翠軒"은 동래객사東萊客舍 뒤편에 있었던 정자로 "적취정積翠亭"이라고도 부른다.32) 동래객사는 현재 부산시 동래구 동래시장 인근에 있었는데, 여기에서 바라보는 풍광이 좋아 예부터 수많은 시인 묵객들이 즐겨 찾던 곳이기도 하다. 3구 이하는 적취헌에 올라서 바라본 풍광을 묘사한 것이다. 4구의 "산"은 아마도 동래객사 뒤편의 동래읍성을 두르고 있는 산줄기를 지칭하는 것으로 보인다.

이 시의 핵심은 후반부인 경련과 미련에 있다. 적취헌에 올라 대

---

30) 鄭誧, 『雪谷集』 권하, 「東萊雜詩」.

31) 실제로 정포는 1342년 가을에 울주로 유배를 가서 그 이듬해 여름에 안동으로 이배되었다가 그 해 겨울에 해배되어 집으로 돌아왔으니 인용시는 1343년 봄에 쓴 것으로 추정된다.

32) 『新增東國輿地勝覽』 권23, 「東萊縣」, "古跡". "在客館後, 今廢." 참조.

나무 그늘 아래에 앉아 있던 시인은 때마침 불어오는 봄바람을 맞으며 꽃을 감상한다. 비가 갠 뒤라 꽃들은 활짝 피어 있어 봄날은 절정에 이른 느낌이다. 시인은 이를 "꽃기운 한창이네"라고 쓰고 있다. 마지막 7-8구는 인용시가 당풍적 경향을 갖는 데 결정적인 역할을 하고 있는 구절이다. 어딘가에서 따뜻한 봄날을 즐기는 악기소리가 울려 퍼지자 자던 새도 놀라서 깨어난다. 하지만 좀 더 생각해보면 새만 깨어난 것이 아니라 나무와 온갖 꽃들, 풀, 벌레, 각종 동물들을 포함하여 온 세상이 새봄을 맞아 깨어난 것이다. 8구의 "떨어진 꽃잎 금술잔에 가득하네"는 꽃잎마저 봄의 소리에 놀라 떨어지고 있음을 감각적으로 표현한 것이다. 또한 꽃잎이 떨어진 곳이 금술잔이라는 것도 재미있다. 금술잔이라는 말로 보아 시인은 지금 나무 밑에 앉아 술잔을 기울이고 있었던 것으로 보인다. 아름다운 봄날, 자연을 벗 삼아 마시는 한 잔의 술에 꽃잎이 떨어져 '꽃술[花酒]'이 되었다. 그 꽃술을 마시고 취하지 않을 시인은 없을 것이다. 마치 이백의 「월하독작月下獨酌」과 매우 유사한 의경意境을 지니고 있으며,[33] 감각적 미가 돋보이는 시라고 할 수 있겠다.

늦은 봄

꽃 피는 철의 비바람은 원수와 같아서	花時風雨政如讐
가지 위는 없어지고 땅에서는 무성하네	枝上將稀地上稠
나그네는 별 생각 없이 오직 졸음에 겨워	客子少思唯管睡
오후의 창가에서 꽃이 지는 것을 근심한다네	午窓却得惜花愁[34]

위 시는 어느 해 늦은 봄날, 꽃이 지는 것을 안타까워하는 시인

---

33) 李白의 「月下獨酌」 其三에 "삼월 함양성의/ 온갖 꽃은 비단을 펼쳐 놓은 듯/ 누가 봄날의 수심을 홀로 떨칠 수 있겠는가/ 이런 풍경 대할 땐 술마시는 게 최고지(三月咸陽城/千花晝如錦/誰能春獨愁/對此徑須飮)"라는 구절이 있다.

34) 鄭誧, 『雪谷集』 권상, 「春晚」.

의 마음을 그리고 있다. 봄날 피는 꽃들의 최대의 원수는 비바람이
다. 비바람이 한번 치고 나면 꽃들은 모두 떨어진다. 그것은 곧 꽃의
죽음을 의미한다. 그래서 시인은 "꽃 피는 철의 비바람은 원수와 같"
다고 하였다. 비바람은 나뭇가지 위의 꽃을 떨어뜨리고 꽃잎은 땅바
닥에 무성하게 쌓인다. 봄날이 아름다운 것은 꽃 때문인데, 그 꽃이 다
지고 말았으니 시인은 이 봄이 아무 의미없고 무료하기만 하다. 그래
서 시인은 "별 생각 없이 오직 졸음에 겨워" 나른한 봄날의 오후를 보
낼 뿐이다. 시인이 하는 일이란 그저 창밖을 바라보며 그나마 남은 꽃
이 지는 것을 근심하는 것 밖에 없다. 3구의 "나그네"는 곧 시인 자신이
다. 인용시는 비바람이 불고 난 뒤 꽃이 다 져버린 늦봄의 하루를 마치
그림을 그리듯이, 또는 사진을 찍듯이 섬세하고 세밀하게 그려내고 있
다. 이 같은 섬세한 묘사는 당시唐詩의 가장 중요한 특징 가운데 하나이
다.35) 이 같은 양상은 다음 시에서도 그대로 나타나 있다.

태화루에서 해봉을 보내며

잔 술로 서로 만나는 곳에서 　　　　　　　尊酒相逢地

가을바람은 다하려하네 　　　　　　　　　秋風欲盡頭

강들과 산은 맑기가 그림같고 　　　　　　江山淸似畫

풍경은 빠르기가 물과 같다네 　　　　　　光景疾如流

나의 뜻을 무엇으로 채울 수 있나 　　　　吾意何由滿

그대 걸음 조금도 멈추지 않았는데 　　　　君行不少留

석양에 소매를 붙잡고 　　　　　　　　　斜陽照執袂

함께 태화루에 서있네 　　　　　　　　　共倚大和樓36)

---

35) 당시의 일반적인 특징에 대한 사항은 전송열, 「조선조 초기학당의 변모 양상 연구」, 연
　　세대학교 박사학위논문, 2000, 20−22면 및 변종현, 「唐·宋詩가 고려조 한시에 미
　　친 영향」, 『동방한문학』 27집, 동방한문학회, 2004, 41면과 김종서, 「포은 정몽주 시
　　의 당풍적 성격」, 『포은학연구』 4집, 포은학회, 2009, 139−141면을 참조할 것.
36) 鄭誧, 『雪谷集』 권하, 「太和樓送海峯」.

시제의 태화루太和樓는 진주의 촉석루, 밀양의 영남루와 더불어 영남의 3대 누대로 불리던 울산을 대표하는 누대이다. 해봉海峯은 누구를 지칭하는지 정확히 알 수 없지만, 설곡이 울주군수 시절에 교유를 나눴던 인물로 보인다. 시의 내용으로 볼 때 계절은 가을이고 때는 석양이 지는 저녁무렵이다. 시인은 해봉을 떠나보내면서 태화루에서 친구를 위한 마지막 술잔을 기울인다. 함련은 태화루에서 바라본 풍경이다. 태화루는 현재의 울산시 중구 태화강변에 자리하고 있는데, 예부터 빼어난 풍광으로 수많은 시인 묵객들이 다녀간 곳이다. 3구의 강은 태화강을 지칭하는 것이고, 4구의 "빠르기가 물과 같다네"라는 표현은 태화루 밑의 용검소龍黔沼를 흘러가는 빠른 물살을 의미하는 것이다. 경련은 해봉을 보내기 섭섭한 시인의 마음을 표현한 것이다. 시인의 마음은 해봉의 걸음을 조금이라도 멈추게 하고 싶지만, 해봉은 아랑곳하지 않는다는 말이다. 물론 실제로는 떠나는 해봉도 이별을 아쉬워했겠지만, 시인은 헤어짐의 슬픔을 두드러지게 표현하기 위해 이같이 쓴 것이다.

미련은 시인의 감수성을 가장 효과적으로 그려내고 있는 이 시의 화룡점정 같은 구절이다. 시인은 이별의 섭섭함에 해봉의 소매를 붙잡고 놓지 못한다. 해봉 역시 같은 심정이었는지 두 사람은 그렇게 한참을 태화루에 서있다. 그때 석양의 황혼 빛이 두 사람을 비친다. 흡사 영화의 엔딩 같은 한 폭의 그림이다. 이 같은 뛰어난 묘사는 독자로 하여금 자연스럽게 시 속으로 빨려 들어가게 하며, 마치 자신이 설곡과 해봉의 이별의 현장에 함께 있는 듯한 착각을 하게 만든다. 소위 '시중유화詩中有畵'라는 당시의 '그리기 기법'에 정확히 들어맞으며 설곡시가 지니고 있는 당풍적 속성을 잘 보여준다고 할 수 있겠다.

서강에서의 흥취

열흘간의 가을장마가 강위를 덮고	十日秋霖江面肥
남은 구름 다시 부슬부슬 비를 만드네	殘雲更作雨霏霏
밤이 되어 누대 아래에서 파도소리 세차더니	夜來樓下濤聲壯
맑은 새벽에 인가의 사립문이 물에 반쯤 잠겨있네	清曉人家水半扉37)

위 시는 가을비가 내린 뒤의 감흥을 쓴 것이다. 시제의 서강西江
은 황해도를 관통하는 예성강禮成江의 별칭이다.38) 예성강은 수도인
개경과도 근접해 있기 때문에 인용시 또한 개성과 인접한 예성강의
어느 지류쯤에서 쓴 것으로 보인다. 같은 제목으로 칠언절구의 연작
시 9수가 있는데, 인용시는 그중 다섯 번째 작품이다. 가을비는 지난
열흘간이나 계속되다가 이제 좀 그쳤다 싶었더니 또다시 "남은 구름"
이 "부슬부슬 비를 만"든다. 비에 지친 시인은 밤새도록 잠을 이루지
못하고, "누대 아래에서" 들려오는 "파도소리"를 들으며 새벽까지 깨
어 있다. 기·승·전구가 상황에 대한 서술인 것에 비해 마지막 결구
는 스케치하듯 그려낸 묘사로 이뤄져 있다. "맑은 새벽[清曉]"이라고
한 것으로 보아 비는 새벽쯤 그친 것 같다. 그러나 밤새도록 내린 비
에 "인가의 사립문"은 "물에 반쯤 잠겨있"다. 여기에서 재미있는 점
은 사립문이 완전히 잠긴 것도 아니고, 그렇다고 전혀 잠기지 않은
것도 아닌 반만 잠겼다는 것이다. 사실 완전히 잠겼거나 또는 전혀
잠기지 않았다면 시로써 묘사할 필요가 없을 것이니, 어찌보면 반만
잠겼다는 것은 시의 전개상 당연한 것인지도 모르겠다. 하지만 좀 더

---

37) 鄭誧, 『雪谷集』 권하, 「西江雜興」.
38) 우리나라에서 '西江'으로 불려지는 강은 예성강 외에도 서울의 한강 지류, 강원도 영월
의 서강 등 여러 개이지만, 「서강잡흥」이라는 제목의 연작시 다른 수에서 "昌陵"을 지
나겠다고 한 표현으로 보아 인용시의 "서강"은 예성강을 지칭하는 것이 확실하다. 昌
陵은 고려 태조 왕건의 부친 王隆의 무덤으로 예성강가에 있기 때문이다.

생각해보면 이 말은 시인의 정서적 상태를 대변하는 의미로도 해석될 수 있다. 즉 세계를 향해 완전한 개방도 또는 철저한 폐쇄도 아닌 이중적 성격을 가진 시인의 정신지향인 것이다. 또한 이 같은 현장감이 있는 생생한 묘사는 독자로 하여금 마치 현장에 와 있는 듯한 상상력을 불러일으킨다. 특히 마지막 구절을 묘사로 끝맺음으로써 인용시의 회화성은 더욱 돋보이게 되니, 이는 물론 정포의 뛰어난 시적 감각과 구성력에 기인한 것이라 하겠다.

계미년 겨울 북으로 돌아와서 광주 초평장에서 쓰다

천 리 밖의 나그네 오려고	千里行人至
울타리 너머 까치 울음소리 기뺐구나	疏籬喜鵲鳴
살아 돌아온 것이 정말로 꿈과 같으니	生還渾似夢
상대함에 다정하지 않을 수 있겠는가	相對可無情
오랫동안 앉아 있으니 등불도 약해져가고	坐久燈花路
밤이 깊으니 나무 그림자 평평해지네	更深樹影平
잠을 못 이뤄 달빛을 보려고	不眠看月色
때맞춰 다시 뜰 아래로 내려간다	時復下階行39)

시제의 계미년癸未年은 1343년(충혜왕 복위 4)을 지칭하는데, 정포는 이 해 겨울에 해배解配되어 유배지에서 경기도 광주의 초평장으로 돌아왔다. 수련은 유배에서 풀려난 기쁨을 까치의 울음과 연관시켜 설명하고 있다. 예부터 민간에서 까치는 좋은 소식을 전해주는 전령사라는 믿음이 있었다. 시인은 함련에서 유배를 마치고 집으로 돌아온 심정을 "살아 돌아온 것이 정말로 꿈과 같"다고 말한다. 그래서 마주 대하는 모든 사람과 일에 마음을 다할 수밖에 없다. 경련은 밤 늦도록 잠을 이루지 못하고 상념에 빠져있는 시인의 모습과 시인이

---

39) 鄭誧, 『雪谷集』 권하, 「癸未冬北還, 題廣州草坪莊」.

바라본 주변 풍경을 묘사한 것이다. 5구의 등불이 약해져간다는 말은
그만큼 등불을 오래 켜놨다는 것이고, 6구의 나무 그림자가 평평해졌
다는 말은 달이 중천에 떠오를 정도로 밤이 깊었음을 말하는 것이다.
마지막 미련은 이 시에서 가장 중요한 부분인데, 매우 서정적인 필치
로 그려져 있다. 늦은 밤, 시인은 잠을 이룰 수 없어 방문을 열고 달
빛 가득한 마당으로 내려간다. 여기서 주목할 표현은 8구의 "다시
[復]"이다. 시인은 달빛을 보기 위해 이미 밖으로 나갔다가 들어왔는
데, 또다시 나갔다는 말로 해석할 수 있다. 결코 잠을 잘 수 없을 만큼
지금 시인은 유배지에서 집으로 돌아온 기쁨과 감격이 큰 것이다. 이
처럼 시인의 감정을 설명이나 진술이 아닌 사물에 대한 섬세한 묘사를
통해 나타내는 것이 전통적인 당시의 주요한 기법이다. 정포 시의 특
징이라 할 수 있는 이 같은 감각적인 묘사는 다음 시에도 잘 그려져
있다.

은월봉

하늘이 가까워 은하수 그림자도 밝고   天近明河影

봉우리 높으니 달꽃도 숨는다   峯高隱月華

지팡이 짚고 멀리 푸른 봉우리에 오르니   扶筇遠上碧嵯峨

오솔길은 구름에 들어가 비껴 있네   細路入雲斜

오래된 나무는 가을빛을 머금고   古樹含秋色

허공의 바위는 저녁노을을 떨치고 있다   空巖拂晚霞

깊은 숲속에 절집 있음을 알겠노라   深林知有梵王家

종소리와 북소리 산언덕으로 막혀 있네   鐘鼓隔山阿[40]

은월봉隱月峯은 울주팔경蔚州八景의 하나로 정포가 꼽았던 곳이
다.[41] 그중 은월봉은 울산의 남산 열 두 봉우리 가운데 하나로 예부

---

40) 鄭誧, 『雪谷集』 권하, 「隱月峯」.

터 전망이 좋은 것으로 유명하였다. 달을 숨긴 봉우리라는 이름에 걸맞게 특히 야경이 좋은 것으로 알려졌는데, 인용시 역시 밤의 풍경을 그리고 있다. 1-2구에서는 은월봉이 높아 하늘과 가깝고 은하수까지 바라볼 수 있으며 달조차 숨는다고 하고 있다. 사실 논리적으로 설명하면 이 말은 과장 내지는 왜곡된 표현이다. 왜냐하면 실제 은월봉은 해발 121m밖에 되지 않기 때문이다. 그럼에도 설곡의 시가 거짓이라고 할 수도 없다. 은월봉에 오르면 실제로 전망이 탁 트여 있어 하늘과 가깝게 느껴지고, 예부터 달그림자가 이 봉우리에 숨는다고 할 정도로 달을 감상하기에 좋은 산이기 때문이다. 3-4구는 시인이 은월봉에 오르는 장면을 묘사한 것이다. 4구의 "오솔길은 구름에 들어가 비껴 있네"는 구름이 자욱하게 끼어 은월봉이 구름속에 들어가 있는 것을 말한 것으로, 나지막한 산임에도 구름과 일기의 변화가 무쌍함을 알 수 있다. 5-6구의 "오래된 나무는 가을빛을 머금고"는 가을 산에 단풍과 낙엽이 진 것을 묘사한 것이고, "허공의 바위는 저녁노을을 떨치고 있다"는 석양이 은월봉의 바위 위에 비치는 것을 묘사한 것이다. 이를 통해 시인이 은월봉에 오른 시점이 어느 가을날 해질 무렵임을 알 수 있다. 마지막 7-8구는 극적인 감각미가 돋보인다. 7구의 "절집"은 신라 승려 자장慈藏이 태화강변에 세웠다고 전해지는 태화사太和寺를 지칭한다. 8구 "종소리와 북소리 산언덕으로 막혀 있네"는 태화사에서 저녁예불 때 울려 퍼지는 종소리와 북소리가 남산에 막혀 더 이상 뻗지 못하고 메아리로 되돌아오는 것을 묘사한 것이다. 시각적인 이미지로 시 전체를 구성하다가 마지막에 가서 청각적 이미지로 급전환시켜 독자의 주의를 집중시키고 있는 점도 훌륭하지만, 그 청각적 이미지가 사찰의 종소리와 북소리를 메아리로 만

---

41) 정포는 울주군수 시절에 이곳저곳을 돌아다니며 울주의 명승지 8곳을 정해 일명 "蔚州八景"이라고 명명하였고, 이를 "울주팔경"이라는 여덟 수의 연작시로 作詩하였다. 정포가 정한 울주팔경을 살펴보면 大和樓, 平遠閣, 藏春塢, 望海臺, 碧波亭, 白蓮嵒, 開雲浦, 隱月峯 등이다. 현재에도 울산시에서는 "울산 12경"이라 하여 울산의 명승지 12곳을 지정해 놓고 있는데, 정포가 정한 "울주팔경"과는 상당한 차이를 보인다.

들어 소리의 울림을 극대화 시키고 있다는 점에서 정포의 시를 짓는 솜씨, 특히 그의 감각적인 시쓰기가 절정에 달한 느낌이다. 이러한 점 또한 정포 시의 당시풍 특성을 보여주는 사례라 할 것이다. 다음 시는 시인이 느끼는 근원적인 고독감과 쓸쓸함을 그린 것이다.

혜음원 가는 길

말을 몰고 유유히 작은 시내 건너니	驅馬悠悠渡小溪
석양 비치는 오래된 비석엔 풀만 무성하네	斜陽古碣草萋萋
산촌의 사월에는 행인도 적고	山村四月行人少
깊숙한 나무에 꾀꼬리만이 홀로 울고 있네	深樹黃鸝自在啼42)

위의 시는 시인이 혜음원惠陰院으로 가는 도중에 쓴 것인데, 계절은 늦봄에서 초여름으로 넘어가는 무렵이다. 혜음원은 지금의 경기도 파주시 광탄면 용미리 일대에 있었던 숙박시설로 국왕이 머물던 일종의 행궁行宮으로서의 역할과 일반 관리들이 머물던 여관으로서의 역할을 겸하고 있었다.43) 인용시는 전체적으로 사경寫景 위주로 되어 있지만, 묘사된 자연물 속에 시인의 뜻이 담겨 있는 전형적인 정경교융情景交融의 수법44)을 보이고 있다. 시인은 지금 말을 탄 채 혜음원으로 가고 있다. 1구에서 "유유히"라고 했으니 한가롭고 여유있게 길을 나선 것임을 알 수 있다. "석양 비치는" 저물 무렵에 시인은 풀만 무성한 오래된 비석을 지나간다. 이 비석은 아마도 무덤 앞에 세워둔

---

42) 鄭誧,『雪谷集』권상, 「惠陰院途中」.

43) 혜음원에 대한 사항은 『신증동국여지승람』권11, 「坡州牧」, "驛院" 및 문화재청 홈페이지 문화재검색 사이트(http://www.cha.go.kr) "坡州 惠陰院址" 참조.

44) 중국한시사에서 정경교융의 시론을 주장한 대표적인 인물은 명말청초의 문인 王夫之(1619-1692)이다. 그는 정과 경은 이름은 둘이지만 실제로 분리될 수 없으며 시를 잘 짓는 사람은 이 둘을 자연스럽게 결합시킬 수 있어야 한다고 주장하였다. 왕부지의 정경교융에 대한 사항은 유약우 저, 이장우 역, 『중국시학』, 명문당, 1994, 147-158면 및 심경호, 「한국, 중국의 한시와 자연」, 『민족문화연구』45호, 고려대 민족문화연구원, 2006을 참조할 것.

묘비석일 것이다. 풀만 무성하다는 것은 아무도 이 무덤을 찾지 않았음을 의미한다. 석양과 낡은 비석, 잡초만 무성한 무덤은 모두 유기적으로 연결되어 쓸쓸하고 퇴락한 이미지를 창출한다. 이 같은 이미지는 3-4구에도 그대로 이어지는데, 궁벽한 산촌이라 지나는 행인이 아무도 없고, 오직 보이는 것은 홀로 울고 있는 꾀꼬리뿐이다. 여기에서 시인은 왜 하필 "홀로" 있는 꾀꼬리를 주목했을까? 그것은 시인이 현재 홀로 있고 고독하기 때문이다. 시인이 만약 친구와 함께 있었다면 한 쌍의 꾀꼬리가 노는 것을 읊었을 것이다. 위의 시에는 직접적인 감정을 표현하는 단어는 없고 노중路中에서 마주친 풍경들만 말하고 있지만, 그 속에는 시인의 외로움과 쓸쓸함이 잘 드러나 있다. 이러한 기법은 당시에서 흔히 볼 수 있는 정경교융의 수법으로 인용시가 당시풍의 시작법을 따랐음을 보여주고 있다.

빗속에 친구를 기다리며

책이 가득한 서재에 사람의 소리는 없고	詩書一室少人聲
비바람 치는 사립문은 종일토록 닫혀 있다	風雨雙扉盡日扃
울적하고 고독한 마음 누구와 풀어볼까	鬱鬱孤懷誰與展
책상에 기대어 서니 다시 몇 개 창살만 보인다	倚牀聊復數窓欞[45]

위 시는 우중雨中에 친구를 기다리는 시이다. 시인의 집은 "책이 가득한 서재"이다. 그러나 그 집에서 사람 소리가 들리지 않는다. 시인 외엔 아무도 없기 때문이다. 그 집에 사람이 없는 이유는 아무도 방문하는 이가 없어서이다. 2구 "비바람 치는 사립문은 종일토록 닫혀 있다"는 이 같은 사실을 말해준다. 시인 집의 사립문이 오늘 하루만 닫혀 있었는지, 항상 닫혀 있었는지는 정확히 알 수 없지만, 정황상 평소에도 방문하는 이가 그리 많은 것 같지는 않다. 아무도 없는

---

45) 鄭誧, 『雪谷集』 권상, 「雨中邀友人」.

집이기에 "울적하고 고독한 마음"을 풀어줄 친구도, 마땅한 방법도 없다. 그래서 시인은 "책상에 기대어 서"보지만, 보이는 것은 가로막힌 몇 개의 창살뿐이다. 여기에서 "창살"은 2구의 닫힌 사립문과 마찬가지로 시인과 세상을 단절시키는 비극적 존재로 작용하고 있다. 사실 문학작품에서 창 또는 창문은 자아와 세계를 연결해주는 다리이자 통로의 기능을 하는 것이 일반적이다.[46] 하지만 이 시에서 창문은 그 반대의 역할을 하고 있다. 창문이 세상을 연결해 주지 못하고 오히려 세상과의 담이 된 직접적인 원인은 2구의 "비바람[風雨]"에 있다. 시인은 아무도 오지 않는 이유를 전적으로 "비바람"에 돌린다. 하지만 "비바람"에 이 모든 책임이 있다는 것은 과장된 것이다. 진정한 친구가 있다면 비바람을 뚫고서라도 올 것이기 때문이다. 사실 지금 시인에게는 비바람을 무릅쓰고 와줄 친구가 전혀 없는 것이다. 마지막 4구는 빗속에 친구를 아무리 기다려 보지만, 친구가 오지 않는 비극적 현실을 그리고 있다. 이런 의미에서 보면 인용시는 앞의 「서강잡흥西江雜興」에서 "사립문이 물에 반쯤 잠겨 있네"라고 하여 세상과의 연결고리를 조금 남겨 놓은 것에 비해, 시인의 단절감이 보다 깊어져가고 있다고 해석할 수 있다. 세상과 불통되고 고립되어 버린 유폐된 자아의 고독과 그 비극성을 "비바람", "창문", "닫힌 사립문" 등의 비유어를 통하여 매우 상징적으로 그려낸 수작이라 생각된다. 다음 시에 그려진 쓸쓸함은 친구를 떠나보내는 이별의 쓸쓸함이자 서운함이다.

---

46) 사실 눈, 시선, 시각, 바라보기 등은 문학과 예술, 철학, 심리학 등의 영역에서 매우 중요한 주제이자 화두가 아닐 수 없다. 그래서 동서고금의 많은 철학자, 사상가, 예술가, 문인들이 이 문제에 천착해왔고 지금까지도 이 문제는 현재진행형이다. 이와 관련하여 필자가 본 서적 중에 임철규가 쓴 『눈의 역사 눈의 미학』(한길사, 2004)은 매우 흥미로웠으며, 문학의 영역에 국한해서 놓고 보더라도 시인의 시선과 대상의 주·객관화라는 문제는 앞으로 계속해서 연구해야 할 과제라는 생각이 든다.

하동河東으로 놀러가는 백개부白介夫를 보내며

십 년 동안 서울서 함께 즐기며 놀다가	十年京洛共遊歡
오늘 강의 다리에서 이별하자니 서운하네	今日河梁別更難
휘이잉 가을바람은 해진 갓에 불어오고	獵獵秋風吹破帽
쓸쓸하게 아침 비는 말안장을 적시네	凄凄朝雨濕征鞍
나무 성긴 촌 주막에 들어가 투숙도 하고	樹疏野店投人宿
산 좋거든 시냇길에서 말 세우고 구경하게	山好溪途立馬看
그렇지만 남쪽 고을에서 오래 머물지는 말게	莫向南州苦留滯
어머니 문에 기대시고 애타게 기다린다네	倚閭慈母眼長寒47)

시제의 백개부白介夫는 백미견白彌堅을 지칭하니, 위 시는 시인이
백미견과 이별하며 그를 전송하는 것이다. 백미견은 자세한 생평은
알 수 없지만, 1347년(충목왕 3)과 1350년(충정왕 2) 두 차례에 원나
라 과거에 응시했다는 기록으로 보아 설곡보다는 후배임을 짐작할 수
있다.48) 시제의 하동은 현재의 경상남도 하동군을 의미한다. 제 1구
를 통해 정포와 백미견이 개경에서 함께 관직생활을 했음을 알 수 있
다. 2구는 한나라 장수 이릉李陵이 흉노에 붙잡혔다가 함께 억류되었
던 소무蘇武를 하량河梁에서 이별했던 고사를 인용하여 백미견과의 이
별을 아쉬워하고 있다. 함련은 서로 이별하는 장면을 묘사한 것인데,
표현이 매우 감각적이다. "휘이잉 가을바람은 해진 갓에 불어오고",
때마침 "아침 비"까지 내려서 "말안장을 적시"고 있다. 바람에 날리
는 갓, 비에 젖은 말안장이라는 청각과 촉각을 활용한 감각적 이미지

---

47) 鄭誧, 『雪谷集』 권상, 「送白介夫遊河東」.
48) 『고려사』 권74, 「선거」2 항목에 "충목왕 3년 9월에 尹安之, 白彌堅, 朴中美를 원나라
로 보내 과거에 응시하게 하였다."고 되어 있고, 뒤이어 충정왕 2년 조에서도 "백미견,
金仁琯을 원나라로 보내 과거에 응시하게 하였다."는 기록이 보인다. 이로 보면 백미
견은 고려에서 급제한 뒤 원나라의 과거에도 두 차례 응시했지만, 급제하지 못했던 것
으로 추정된다.

도 뛰어나지만, "엽엽獵獵", "처처淒淒" 같은 바람부는 것과 비가 내리는 모습을 형용한 의태어의 구사도 뛰어나다. 이 같은 감각적인 시어의 활용과 묘사력이 쓸쓸한 시의 의경을 형성하는 데에 큰 역할을 담당하고 있다. 경련과 미련은 백미견에게 하는 시인의 당부이다. 개경에서 하동까지 가는 길은 거리도 멀뿐만 아니라 갖가지 좋은 풍경과 많은 사람을 만날 수 있는 여정이다. 때로는 시골의 허름한 주막에서 투숙하기도 해야 하는 어려움도 있겠지만, 그 모든 것을 여행의 즐거움으로 생각하고 즐기라는 선배로서의 당부이다. 시인은 아무리 풍경이 좋다고 여행하는 재미에 빠져 너무 오래 머물지는 말라는 말로 마무리를 하고 있다. 왜냐하면 백미견에게는 아들이 돌아오기를 애타게 기다리는 어머니가 계시기 때문이다. 길 떠나는 벗에 대한 서운함과 쓸쓸한 심정, 그리고 당부의 말을 주변 풍광에 대한 묘사를 통해 감각적으로 그리고 있는 시라고 할 수 있겠다.

4. 결어

한국한시사를 살펴보면 오랜 역사만큼이나 각 시대별로 다양한 개성을 가진 시인과 다양한 경향의 시들이 존재해 왔다. 그런데 소위 '시풍詩風'이라고 할 수 있는 문학집단 공통의 창작 경향 내지는 유행이 본격적으로 존재한 것은 아무래도 한문학 창작이 숙성되고 여러 시인들이 등장하기 시작하는 고려후기부터라고 보는 것이 타당할 듯싶다. 고려의 시단은 초기에는 신라 하대를 계승하여 당시唐詩의 영향을 받다가 성리학이 전래된 중기 이후에는 당대當代 중국의 시풍을 받아들여 송시宋詩의 영향 하에 있었다는 것이 일반적인 통설이다. 그러나 사실은 고려후기에도 당시풍과 송시풍이 공존하였고, 심지어 한 시인에게서도 당풍적인 시와 송풍적인 시가 함께 작시作詩되는 경우가 많았다. 이러한 경향은 성리학을 공부한 소위 신흥사대부의 문학에서 두드러지는데, 이는 아마도 당시풍의 낭만적 시쓰기와 성리학으로 무장된 사상적 시쓰기를 함께 추구한 데에서 나타나는 결과였다고 판단된다.

고려후기 문단에서 당시풍 한시 창작을 대표하는 시인들로는 홍간, 정포, 안축, 정몽주, 김구용, 이숭인 등을 꼽을 수 있다. 특히 본고에서 대상으로 삼은 설곡 정포는 시인으로서의 뛰어난 자질과 더불어 37세라는 젊은 나이에 원나라에서 병사病死한 생애로 인해 오래전부터 비평가들의 주목을 받았고 여러 시화집에서 거론되었던 인물이다. 더구나 그의 아들 원재圓齋 정추鄭樞, 손자 복재復齋 정총鄭摠 등이 모두 시문으로 이름을 날리고 문집을 남겼기 때문에 고려조 문학사에서 보기 드문 3대에 걸친 저명한 시인 가문이라는 점도 특기할 만하다.

전대의 비평가들은 정포 시의 가장 큰 특징으로 청려淸麗, 섬미纖美, 청절淸絶함을 꼽고 있다. 청려·청절등 청자계淸字系 시품은 일반적으로 당시풍 한시에서 나타나는 주된 품격으로 알려져 있다. 섬미역시 아름답고 세련된 시어의 구사와 시상의 전개에서 나오는 품격으로 당시와 관련이 깊다. 설곡시에 청자계 시품이 나타나는 것은 세속적인 물욕이나 명예와 거리를 두었던 그의 인생관과 관련이 있다. 또한 그의 선친대부터 집안 대대로 내려오는 강직하고 꼿꼿한 선비정신도 그의 시세계 구축에 영향을 주었던 것으로 보인다. 고려후기를 대표하는 당시풍 시인들, 예컨대 홍간, 정포, 김구용, 이숭인 등이 모두 청신淸新·청려淸麗·청섬淸贍등의 시품인 점을 주목할 필요가 있다. 이로 보면 고려후기의 당시풍 한시 창작은 세속적 가치와 거리를 두는 청자계 시품으로 발전하고 있음을 확인할 수 있다. 이것은 고려말이라는 정치적·사회적 혼란과도 일정한 관계가 있을 것으로 생각된다. 정포의 당시풍 시쓰기, 특히 '청자계 시품'의 전통은 선배 홍간을 이어받고, 김구용과 이숭인으로 계승되었다가 멀리는 조선조 중엽 소위 삼당시인을 비롯한 당시풍 작가들의 시쓰기로 이어진 것으로 보인다. 따라서 문학사적인 관점에서 볼 때 설곡시는 초기 한국한시의 당풍적 창작경향을 대표하고, 이후로 전개된 당시풍 한시의 작시에 있어 일정한 영향력을 주었다는 점에서 중요한 의미를 갖는다고 할 수 있다.

척약재惕若齋 김구용金九容 시에 나타난 당시풍唐詩風 경향과 미적 특질

1. 문제제기

척약재惕若齋 김구용金九容(1338-1384)은 14세기를 대표하는 문인이다. 그는 고려후기의 명문가인 안동김씨로 13세기에 활약했던 정치가이자 명장인 김방경金方慶의 현손玄孫이기도 하다.1) 또한 그의 외조부는 익재益齋 이제현李齊賢과 더불어 문명을 떨쳤던 급암及菴 민사평閔思平이니 친가와 외가 모두 당대를 대표하는 명문가라고 해도 좋을 것이다. 척약재는 명문가의 자제답게 1355년(공민왕 4) 18세의 나이에 과거에 급제하여 환로에 오른 뒤 여러 관직을 거쳐 30세 때인 1367년(공민왕 16)에 그의 인생에서 매우 중요한 의미를 갖는 벼슬을 하게 된다. 공민왕恭愍王이 개혁정치의 하나로 인재양성을 위하여 성균관을 중건하며 목은牧隱 이색李穡을 대사성으로 임명하고 정몽주鄭夢周, 박상충朴尙衷, 이숭인李崇仁 등을 학관學官으로 뽑을 때 김구용도 뽑혀서 학관으로 참여하게 되었다. 이를 계기로 이색, 정몽주, 박상충, 이숭인 등과 평생의 교유를 나누게 되었으며, 정치적인 입지는 물론 학문적·문학적으로도 큰 영향을 받게 되었다. 그후 1375년(우왕 1)에

---

1) 金方慶으로부터 金九容까지 이어지는 세계도를 직계로만 살펴보면 다음과 같다. 金方慶→金愃→金承澤→金昴→金九容. 즉 김구용은 김방경의 4대손임을 알 수 있다.

는 북원北元의 사신을 받아들이지 말자고 주장하다가 당시 집권자인 이인임李仁任의 미움을 받아 여흥驪興으로 유배를 당하게 된다. 이때 유배를 떠났던 인물로는 정몽주, 박상충, 이숭인, 정도전 등으로 대부분 성균관 학관 시절을 함께했던 사람들이며, 정치적으로는 이색의 후배 내지는 제자뻘인 목은계 인사들이다. 김구용은 외가가 있는 여흥에서 약 6년이 넘는 기간동안 유배생활을 하다가 1381년이 되어서야 해배되었다. 그후 성균관 대사성 등을 역임하며 정치적으로 복권되었나 싶었는데, 1384년(우왕 10) 그의 나이 47세 되던 해에 행례사行禮使가 되어 명明나라로 떠났으나 외교적인 문제가[2] 발생하여 요동에서 중국 황제의 명에 의해 운남雲南 대리위大理衛로 유배를 당하였다. 유배 도중 사천四川 노주瀘州의 객사客舍에서 병으로 죽게 되었으니 그의 인생은 참으로 드라마 같은 극적인 삶이었다고 할 수 있겠다.

지금까지 김구용 시에 대한 연구는 주로 그의 생애와 교유관계를 중심으로 이뤄져 왔고, 그 외 품격이나 의상意象을 비롯한 척약재 시의 미적인 측면, 여흥과 운남 유배를 다룬 시, 의식이나 사상을 다룬 것 등으로 구분해 볼 수 있다.[3] 본고에서는 고려후기 한시사의 전

---

2) 사실 김구용의 운남 유배는 당시 고려와 명나라 간의 외교적 상황, 그리고 고려 조정 내의 정치적 상황 등이 복잡하게 얽힌 사건이었다. 당시 명나라 태조 朱元璋은 元과 明나라 사이에서 외교적 중립노선을 취하며 실리적 외교정책을 펴려 했던 고려조정을 불신하고 있었다. 그때 마침 김구용은 왕명을 받아 고려 조정의 行禮使로 요동에 갔다가 가지고 간 외교문서의 咨文에 말 '五十匹'을 '五千匹'로 잘못 적었다는 이유로 明太祖의 노여움을 사 수도인 南京에 압송되었고, 결국 운남으로 유배를 가게 되었다. 이때 명 태조는 척약재가 말 五十匹을 五千匹로 잘못 기록한 외교 문서를 가져오자 고려 조정에 실제로 말 오천필을 보내야 사신을 놓아주겠다고 하였다. 이때 고려의 권력을 잡고 있던 李仁任은 親元派의 대표적인 인물로서, 척약재와는 정치적으로 다른 입장에 있었기 때문에 끝내 중국에 말을 보내지 않았고 결국 척약재는 이역만리에서 죽음을 당하게 되었다. 당시 고려와 중국의 외교상황과 김구용의 유배에 대한 사항은 하정승, 「여말선초 사대부의 운남 유배와 유배시의 미적 특질」, 『연행록연구총서 3』, 학고방, 2006, 199–205면을 참조할 것.

3) 지금까지 진행된 김구용 문학에 대한 주요 연구성과를 정리해 보면 다음과 같다. 유성준, 「척약재 김구용의 생애와 시」, 『한국한문학연구』 5집, 한국한문학회, 1980; 성범중, 「척약재 김구용의 운남 유배시 연구」, 『울산어문논집』 10호, 울산대학교, 1995; 성범중, 「척약재 김구용의 한시 연구」, 『한국한시작가연구』 2권, 한국한시학회, 1996; 성범중, 『척약재 김구용의 문학세계』, 울산대학교 출판부, 1997; 김진경, 「김구용 시

개에 있어서 척약재시가 차지하는 문학적 자리와 문학사적 의미를 주로 당시풍 경향과 관련시켜 살펴보고자 한다. 김구용 시문학은 이미 당대에서부터 주목을 받았다. 다음 글을 보자.

> 목은 선생은 중국에서 배워서 탁월하게도 고명한 견해가 있었다. 그는 우리나라 사람의 시 가운데 허여한 것이 적었으나 오직 선생의 작품에 대해서는 감탄하며 칭찬하여 말하기를, '평담정심平澹精深하여 급암及菴과 매우 비슷하다' 하였으니 시가 평담정심함에 이르는 것이 어찌 쉬운 일이겠는가. 또 여러 사람의 작품 중에서 일찍이 선생의 한 구절을 들어 말하기를, '정문일침頂門一鍼이라 할만하다' 하였으니 선생의 시법詩法이 한 시대에 높고 빼어나 다른 사람들이 미칠 수 있는 바가 아님을 믿을 만하다.[4]

위의 인용문은 김구용의 문집인 『척약재학음집惕若齋學吟集』에 실린 하륜河崙이 쓴 서문의 일부이다. 하륜은 목은의 말을 인용해서 척약재시의 우수성을 이야기하고 있는데, 요약하면 목은이 평소 다른 사람들의 시를 칭찬하는 일이 적은데, 유독 척약재시에 대해서는 극찬을 아끼지 않았다는 것이다. 목은뿐만 아니라 정도전 또한 "척약재시는 청신아려淸新雅麗하여 꼭 그 사람됨과 같았으니 경지敬之는 시도

의 현실인식과 풍격」, 『한국한시연구』 5호, 한국한시학회, 1997; 하정승, 「척약재 김구용 시의 일고찰-여흥 유배기의 시를 중심으로」, 『한문학보』 1집, 우리한문학회, 1999; 하정승, 「척약재 김구용 시의 품격 연구」, 『한문교육연구』 15호, 한국한문교육학회, 2000; 유호진, 「김구용 시 청정 의상에 내포된 정신적 의미」, 『한국한문학연구』 30집, 한국한문학회, 2002; 유성준, 「고려 김구용과 그 시의 낭만은일적 의식 고」, 『중국연구』 29권, 한국외대 중국연구소, 2002; 하정승, 「여말선초 사대부의 운남 유배와 유배시의 미적 특질」, 『연행록연구총서 3』, 학고방, 2006, 김진경, 「척약재 김구용 사행시에 형상화된 정회와 그 특징」, 『한민족어문학』 59집, 한민족어문학회, 2011; 남인국, 「척약재 김구용의 생애와 교유양상」, 『역사교육논집』 53집, 역사교육학회, 2014.

4) 河崙, 『惕若齋學吟集』 권수, 「惕若齋學吟集序」. "牧隱先生學於中國, 卓爾有高明之見. 其於東人之詩, 少有許可者, 獨於先生之作, 有所嘆賞曰, 平澹精深, 絶類及菴, 詩而至於平澹精深, 亦豈易哉. 又於衆作之中, 嘗擧先生一句曰, 可謂頂門上一針, 信乎先生之詩格高出於一時, 非他作者所能髣髴也."

詩道에 있어 완성되었다고 할 수 있겠다."5)라고 했으니 김구용 시의 문학적 완성도와 뛰어남을 요약적으로 보여주는 것이라 하겠다. 이러한 평은 조선조의 비평가들도 마찬가지인데, 허균은 "척약재 김구용의 시는 매우 청섬淸贍하다"고 했고, 홍만종 역시 청섬하다고 했으며, 남용익은 고형苦敻하다고 평하고 있다.6) 필자는 여기에서 청신·아려·청섬 등의 비평어에 주목하고자 한다. 사실 이 비평어들은 모두 당시풍 시에서 두드러지게 나타나는 시품詩品들이다. 청신·청섬 등 청자계 시품은 당시와 밀접한 관련이 있고,7) 아려는 전아典雅·기려綺麗의 줄임말로 뜻과 표현력이 아름다운 시문의 품격을 의미하는데 이는 당시唐詩의 주요한 특징이기도 하다.8) 특히 허균이나 홍만종 등의 시비평은 당시풍 한시의 우수성을 드러내는 데에 주력하였는데, 그 이면은 문학은 문학다워야 하고, 시는 시다워야 한다는 문예의식9)에 바탕한 것이다. 허균이나 홍만종이 김구용을 높게 평가한 것도 기실 이와 관련이 있다.

14세기 고려후기의 한시사에서 김구용은 홍간洪侃, 정포鄭誧, 정몽주, 이숭인과 더불어 당시풍의 한시 창작을 주도했던 인물이다. 14세기 고려문단의 당시풍 시작詩作은 멀리는 신라하대 최치원崔致遠으

---

5) 鄭道傳, 『惕若齋學吟集』 권수, 「惕若齋學吟集序」. "道傳嘗見敬之作詩, …(中略)… 其爲詩也淸新雅麗, 殊類其爲人, 敬之之於詩道, 可謂成矣."

6) 許筠, 『惺叟詩話』(『詩話叢林』 收錄). "金惕若九容, 詩甚淸贍." 및 洪萬宗, 『小華詩評』 卷上. "麗朝作者 …(中略)… 惕若之淸贍." 및 南龍翼, 『壺谷詩話』(『詩話叢林』 收錄). "余以臆見, 妄論勝國與本朝之詩曰 …(中略)… 金惕若九容之苦敻." 참조.

7) 이종묵, 「조선중기 시풍의 변화 양상」, 『한국 한시의 전통과 문예미』, 태학사, 2002, 475-476면 참조.

8) 하정승, 『고려조 한시의 품격 연구』, 다운샘, 2002, 61-65면 및 115-122면 참조.

9) 한국한문학사에서 문학의 독립성 내지 문예주의적 문학사상을 가지고 있었던 문인은 여러 명 들 수 있겠지만, 그중 대표적인 한 사람을 꼽으라면 영조시대 활약한 東谿 趙龜命을 들 수 있다. 조귀명은 "문예는 스스로 문예이고[文自文] 도학은 스스로 도학이니[道自道] 서로 섞여서는 안 된다."라고 하며 문예의 독립성 또는 독자성을 추구하였다. 한국한시사에서 당시풍 한시를 추구하고 그 중요성을 강조했던 것도 이 같은 문학사상과 관련이 깊다고 본다. 조귀명의 문학사상 및 한국한문학사에서 문예를 강조한 문인에 대한 사항은 이종호, 『조선의 문인이 걸어온 길』, 한길사, 2004, 47-48면을 참조할 것.

로 거슬러 올라가고,10) 가까이는 12세기의 정지상鄭知常과 13세기의 이규보李奎報, 진화陳澕를 계승하였다는 문학사적 의미가 있다.11) 김구용의 시는 동시대 시인들 중에서도 정포나 이숭인의 매우 감각적인 당풍적 시풍과는 구별되는 척약재만의 독특한 시풍을 보여준다. 본고에서는 이 점에 주목하여 척약재시의 표현기법, 당시풍으로서의 특징을 살펴보고, 아울러 고려후기 당시풍 작가로서의 척약재의 위상과 문학사적 의미에 대해서도 함께 고찰해 보기로 하겠다.

2. 고려후기 한시의 당시풍 전개 양상과 문학사적 의미

한시 창작에 있어서 당시풍과 송시풍의 차이점 및 상호 우월성에 대한 문제는 오래전부터 논란 거리였다. 수 천 년의 중국문학사에서 시풍을 거론하면서 굳이 당과 송만을 언급하는 것은 당과 송의 시대에 주목할 만한 시인과 다양한 작시활동이 있었기 때문이다. 중국 한시사에서 이 두 나라야말로 시의 나라[詩國]라고 부를 수 있다.12) 다음으로 생각해 볼 문제는 시를 쓰는 작법 또는 태도에 대한 문제다. 당시풍과 송시풍을 구분하는 가장 핵심적인 사항은 시인이 자기

---

10) 사실 신라말의 최치원뿐만 아니라 그보다 한 세대 정도 앞서는 발해의 王孝廉 같은 시인에게서도 당풍적 면모가 보이므로 한국한시사에서 당시풍 한시의 연원은 최치원은 물론 왕효렴 등의 발해시인들까지 포함해야 할 것이다. 왕효렴 시의 당풍에 대한 사항은 이구의, 「왕효렴 시에 나타난 자아와 외물」, 『한국사상과 문화』 36호, 한국사상문화학회, 2007을 참조할 것.

11) 하정승, 「이숭인 시에 나타난 당시풍 경향과 미적 특질」, 『한문학논집』 39집, 근역한문학회, 2014, 324-332면 참조.

12) 사실 중국의 문학사는 시의 문학사라고 불러도 좋을 만큼 중국은 시가 왕성하게 창작된 나라이고, 당과 송은 수많은 왕조 중에서도 가장 詩作 활동이 활발했던 때였다. 중국문학사에서 시가 차지하는 위치를 다음 글은 단적으로 이렇게 설명하고 있다. "중국은 시의 나라다. 중국문학의 모든 장르 속에는 원초적인 시적 성격이 배어 있으며, 중국 문학가의 예술의식 속에는 시적 경지에 대한 추구가 수천 년간 내재해 왔다. 이러한 의식은 인생의 詩化라는 본원적 추구로 나타났을 뿐만 아니라 각종 장르 속에서 시적 언어·시적 의경의 운용으로 나타났다. 중국 고전문학 작품에는 소설 희극 산문을 막론하고 헤아릴 수 없이 많은 '시'적 요소를 찾아낼 수 있다."(이효홍 저, 김혜준 역, 『중국 현대산문론』, 범우사, 2000, 155면 참조).

의 사상과 감정을 표현함에 있어서 어떤 방식을 취할지에 대한 문제라고 할 수 있다. 시의 소재, 제재, 주제 등과 시풍이 약간의 관계는 있을지 몰라도 이 또한 당풍과 송풍을 구분하는 결정적인 문제는 아니다. 문학사에서 각 시대마다 언급되는 시파詩派와 시풍과는 상관관계가 있기도 하고, 그렇지 않기도 하다. 문학사를 살펴보면 시파에 따라서 시풍의 차이가 확연한 경우도 있지만, 그렇지 않은 경우도 많기 때문이다. 예컨대 송나라 때 황정견·진사도를 중심으로 하는 강서시파의 경우에는 송시풍의 작시법이 두드러졌지만, 남송의 사상가이자 학자로 소위 영가학파永嘉學派의 대표적 인물이었던 섭적葉適같은 이는 만당을 본받은 사령시파四靈詩派를 지지하면서도 동시에 만당풍에 함몰된 폐단을 지적하기도 하였고, 또한 성재체誠齋體라 불리어진 남송 시단의 대가 양만리楊萬里의 경우에도 초기에는 강서시파의 특징을 본받았으나 후기에는 만당풍으로 돌아서기도 하였다. 따라서 시작에 있어서 당풍과 송풍을 거론할 때, 어떤 시파 안에서는 물론이고 심지어 한 개인의 일생에 따라서도 시풍은 얼마든지 변할 수 있음을 문학사를 통해 확인할 수가 있다. 이 같은 현상은 중국만이 아니라 우리나라에서도 마찬가지인데, 특히 사상적·학문적·문화적으로 성리학과 불교가 뒤섞여 있었던 고려후기에는 더욱 심하여 문학의 영역에도 영향을 주었으니, 가령 목은 이색이나 포은 정몽주 같은 이의 시에서는 성리학자로서의 모습을 볼 수 있는 염락풍濂洛風의 송시풍과 유미적唯美的인 당시풍이 공존하는 양상을 보여준다.

당시와 송시의 논쟁에서 주의할 점은 '당풍', 또는 '당시풍'이라고 할 때, 이 말의 의미는 당나라 때의 시를 지칭하는 것이 아니라 '당대적唐代的 시詩'를 말한다는 점이다. 그리고 '당대적 시'의 핵심은 당시가 지니는 품격品格[또는 풍격風格]을 의미한다. 이는 '송풍', 또는 '송시풍'이라고 할 때도 마찬가지이다. 이 같은 논리에서 보면 당풍의 시는 당나라는 물론 송, 원, 명, 청에서도 얼마든지 있고, 심지어 중국이 아닌 고려나 조선조의 시들에서도 쉽게 찾아볼 수 있는 것이다. 당시와 송시를 거론할 때 역대 중국의 많은 비평가들은 일반적으로 당시의 대표성을 '성당盛唐'에, 송시의 대표성을 '강서시파江西詩派' 혹은 '소동파蘇東坡'에 두곤 하였다.13)

사실 당시와 송시의 쟁점은 당나라 초기에서 청나라 말기까지 이어지는데, 이를 좀 더 세분하면 네 개의 시기로 구분해 볼 수 있다. 첫째는 당초唐初에서 북송말北宋末까지 약 500여 년으로 문학사에서 당시와 송시의 논쟁 또는 쟁점이 시작된 시기다. 둘째는 남송초에서 원초까지로 소위 강서시파에 의해 당시 송시의 쟁점이 주도된 시기다. 셋째는 원초에서 명말·청초까지의 약 300여 년으로 소위 전·후 칠자들에 의해 "시필성당詩必盛唐"의 구호가 외쳐지고 송시가 극도로 배척받던 시기다. 이 시기는 성당시 주도기라고 요약할 수 있다. 마지막은 청초에서 청말까지 약 300여 년으로, 시를 논하는 자들이 다양하게 출현하여 각자의 논리를 형형색색으로 주장하던 시기이며 백가쟁명기로 부를 수 있다.14) 그렇다면 당시와 송시의 쟁점에 대한 핵심은 성당시盛唐詩와 강서시파의 특징을 밝히는 데에 있다.15) 당시풍 시의 개념이나 특징을 파악하기 위해 먼저 성당시의 특징을 살펴보면, 당나라 최고의 번성기와 전란을 함께 겪었던 만큼16) 이전의 시에 비하여 좀 더 다양하고 다채로운 내용과 감정 및 개성적인 시어, 그리고 소재와 제재題材의 폭이 넓어졌다는 특징이 있다. 시인들 역시 다양한 경향을 가진 수많은 시인들이 출현하였다. 왕유·맹호연 등의

---

13) 이에 대한 사항은 戴文和, 『唐詩, 宋詩之爭 硏究』, 臺灣 文史哲出版社, 1997, 349면을 참조할 것.

14) 이상 중국문학비평사에서 당시와 송시의 논쟁을 四期로 구분하는 것은 대문화의 앞의 책, 349-350면을 참조할 것.

15) 본고에서는 당시풍 한시라는 논지를 집중시키기 위해 성당시의 특징을 살피는 것으로 국한하고, 강서시파의 특징에 대한 사항은 생략하기로 한다. 당시풍과 송시풍의 비교 및 대조, 영향관계 등에 대한 것은 차후 별개의 논문을 통하여 고구해 보기로 하겠다.

16) 주지하다시피 성당은 당 현종 개원 원년(713년)에서 숙종 상원 2년(761년)까지의 약 48년간을 가리킨다. 당나라 역사에서 현종 때는 정치·경제·문화적인 최고의 전성기였던 반면, 동시에 755년에서 763년까지 약 9년간에 걸쳐 일어난 '안사의 난'으로 인해 온 나라가 전란에 휩쓸리고 백성들이 고통스런 세월을 겪는 등 명암이 공존하는 시기였다.

자연시파, 고적·잠삼 등의 변새시파를 비롯하여 시의 전범이 된 이백과 두보 등 가히 당나라에서도 시의 전성기라고 할 수 있을 정도다.

성당 시대 시의 특징적 면모를 구체적으로 알기 위해서는 명대明代 "문필진한文必秦漢, 시필성당詩必盛唐"의 기치를 내세웠던 전·후 칠자들의 논거를 살펴보면 도움이 된다. 전칠자를 대표하는 문인 이몽양李夢陽은 "시필성당"에서 성당의 핵심을 두보로 보고 있다. 그는 시를 짓는 데에 있어 반드시 두보를 배워야 한다고 강조하고 그 이유로 두시杜詩는 시의 법도가 가감을 허락할 수 없는 완벽한 경지에 이르렀다고 설명한다.17) 요컨대 시작詩作의 기법과 기교의 전범을 두보로 잡은 것이다. 하지만 전칠자의 또 다른 핵심 일원인 하경명何景明은 "시필성당"의 성당을 두보뿐만 아니라 이백까지 포함시키고 심지어 초당初唐의 진자앙陳子昻을 비롯한 여러 시인들도 모범으로 삼을 것을 주장하였다. 또한 하경명은 작시의 모범을 시의 종류에 따라 달리하고 있는데, 즉 가행체歌行體나 근체시의 경우에는 이백과 두보를 비롯한 성당의 시인은 물론이고 진자앙 등 초당의 여러 시인들을 본받아야 하고, 고체시의 경우에는 한漢·위魏의 시를 기준으로 삼아야 한다는 것이다.18) 이몽양에 비하면 시의 모범인 성당의 기준을 훨씬 더 넓히고 있음을 주목할 필요가 있다. 하경명의 이 같은 생각은 이들보다 한 세대 정도 후배인 후칠자들에게 계승된다. 후칠자 중 가장 연장자였던 사진謝榛의 다음 글을 보자.

> 십 사가가 지은 것들을 두루 보니 모두 법으로 삼을 만한 것들이다. 마땅히 여러 시집들 중에서 가장 좋은 것을 뽑아 한 질로 만들어, 숙독을 해서 신기神氣를 빼앗고 노래로 읊조려서 성조聲調를 찾고 감상하고 음미하여 그 정화精華를 모아야 한다. 이 세 가지 요체를 터득하면 혼연渾然

---

17) 차주환, 『중국시론』, 서울대출판부, 2003, 302면 참조.
18) 차주환, 위의 책, 304면 참조.

하고 완전한 경지에 도달하게 될 것이니 적선謫仙[이백]을 흉내내거나 소릉少陵[두보]을 그릴 필요가 없는 것이다.[19]

사진의 위의 주장은 다음 두 가지로 정리된다. 첫째, 시의 전범으로 삼을 만한 시인은 이백과 두보를 비롯한 초당·성당의 14명의 시인들이다. 둘째, 이들의 시중에서도 가작들을 따로 뽑아 공부를 하되 특히 신기神氣와 성조聲調와 정화精華를 중점적으로 해야 한다. 이것이 이뤄지게 되면 굳이 이백이나 두보를 흉내내지 않아도 스스로 일가를 이룰 수 있다는 것이다. 앞의 하경명과 마찬가지로 성당의 개념이 초당까지를 포함한 것으로 그 폭이 넓고, 작시에 있어서 기와 성조를 매우 중시하고 있다는 점을 알 수 있다. 기와 성률[성조]을 중시하는 이러한 태도는 후칠자의 대표적인 이론가인 왕세정王世貞 역시 마찬가지이다. 그는 "성당의 시는 그 기운이 완비되었고, 그 성조는 쟁쟁하고 평탄하며, 그 색은 아름답고 전아典雅하며, 그 힘은 침착하면서도 웅장하고, 그 뜻은 융화되어 흔적이 없으니 그러므로 성당의 시를 작시의 준칙으로 삼아야 한다고 말할 수 있다."[20]라고 주장하였다.

왕세정도 다른 전·후칠자들처럼 성당시를 시의 기준으로 삼은 것은 마찬가지인데, 그 근거를 기와 성조, 색, 힘, 뜻의 다섯 가지로 구분하고 있다. 여기에서 기와 성조는 앞의 사진의 논리와 동일하지만, 왕세정은 거기에 색, 힘, 뜻을 덧붙여 좀 더 시론을 구체화시키고 있다. 색은 시어와 시상을 의미하는 것으로 보이며 힘은 앞의 기와도 연관이 되는데, 시인이 시를 쓰는 기상과 시의詩意를 전개하는 필력, 수법 등을 총칭하는 말로 보인다. 마지막에 언급한 뜻은 물론 시의 주제, 즉 시의를 지칭한다. 왕세정이 성당시의 특징으로 꼽은 다섯

---

19) 謝榛, 『四溟詩話』 권3(丁福保 편, 『歷代詩話續編』下, 중화서국, 2001 수록). "歷觀十四家所作, 咸可爲法. 當選其諸集中之最佳者, 錄成一帙, 熟讀之以奪神氣, 歌詠之以求聲調, 玩味之以袞精華. 得此三要, 則造乎渾淪, 不必塑謫仙而畵少陵也."

20) 王世貞, 『弇州四部稿』 권65, 「徐汝思詩集序」. "盛唐之於詩也, 其氣完, 其聲鏗以平, 其色麗以雅, 其力沈而雄, 其意融而無迹. 故曰盛唐其則也."

가지 사항을 정리해 보면 성당의 시는 성조와 운율, 평측 등이 리듬감이 있으면서도 평탄하여 어색하지 않으며, 시어와 시상은 아름답고 전아하고, 시인의 기상은 힘차면서도 침착하며, 마지막으로 시의는 겉으로 드러내지 않고 시속에 감춰져 있어야 한다는 것이다. 왕세정이 언급한 다섯 가지 요소를 고려해보면 여기에 가장 근접한 시인은 두보나 이백이라는 판단이 든다. 아마도 이 때문에 전·후칠자들의 복고주의의 핵심에 이백과 두보가 자리하고 있는 것이라 생각된다. 왕세정의 이 같은 시론은 전·후칠자들의 성당시에 대한 개념이 어떤 것인지를 아는 데 유용할 뿐만 아니라, 중국이나 한국의 한시비평사에서 항상 존재해왔던 "시필성당"의 논리와 더 나아가 당시풍 한시의 일반적인 개념 및 특징21)을 이해하는 데에도 매우 중요한 지침이 된다.

사실 시의 전범으로서의 성당시의 위치는 비단 중국의 문인들만이 아니라 우리나라의 경우에도 마찬가지이다. 예컨대 17세기 최고의 비평가 중 한 사람인 허균은 그의 비평집 『성수시화』에서 좋은 시에 대한 기준을 성당시로 잡고 시를 평하고 있으며, 이러한 시평詩評은 홍만종의 『소화시평』에서도 동일하고 기타 다른 많은 비평가들 역시 이에서 벗어나지 않고 있음을 볼 때, 우리나라 역시 좋은 시의 기준은 성당시였음을 알 수 있다.22)

---

21) 당시풍 한시의 일반적인 특징에 대한 사항은 다음과 같이 정리해 볼 수 있다. 1) 당시는 시인의 감정이 중시되기에 主情的인 성격이 강하다. 2) 함축을 통한 유원함을 추구하기 때문에 詩想이 상징적이며 깊은 여운이 있다. 3) 당시의 표현 기법은 주로 묘사를 통하여 시상을 그려낸다. 따라서 比와 興에 기탁하여 흥취를 그려내는 경우가 많다. 4) 情과 景이 융화된 경계, 즉 '情景交融'의 수법이 많이 나타난다. 5) 시의 구성에서도 詩句 사이의 語意를 생략하고 함축하고 屈伸시켜 시어의 心氣를 조절한다. 6) 心象的이며 상징적 요소가 많아 상상력을 통한 시적 정감의 내적 확충을 기한다. 7) 聲律, 또는 音律的 요소가 많아 음악성이 뛰어나고 樂府體 시가 많다. 8) 시가 繪畵的이며 이른바 '詩中有畵'라고 할 수 있는 작품들이 많다. 9) 쉽고 평범한 시어를 즐겨 쓴다. 10) 가능한 典故의 활용을 자제한다. 11) 宋詩가 동사를 즐겨 사용하는 것에 비해 당시는 명사를 즐겨 사용한다. 12) 송시가 대상과의 거리를 유지하며 대상을 객체화시키는 것에 비해서 당시는 시적 자아가 대상에 몰입되어 있는 경우가 많다. 이상에 대한 사항은 하정승, 「정몽주 시에 나타난 당시풍 경향과 미적 특질」, 『포은학연구』 14집, 포은학회, 2014, 101-102면을 참조할 것.
22) 우리 학계에서 성당시의 특징에 대해 논한 연구는 여러 편 있지만, 그중 李九義의 다

13·14세기 고려시단의 흐름은 그 앞 시대와 마찬가지로 당시풍과 송시풍이 공존하는 시대였다. 하지만 13세기에 송나라로부터 성리학이 수용된 이후로는 학문 분야는 물론 문학과 사상 등 사회 전반에 걸쳐 성리학의 영향력이 힘을 발휘하였는바, 시풍에 있어서도 송시풍이 좀 더 확산되는 추세였다. 물론 어느 한 시대, 또는 어느 한 작가의 시풍을 말하면서 특정한 어느 한 시풍만을 거론하는 것은 실상에 부합하지 않을 수도 있다. 왜냐하면 같은 시대에서도 다양한 시풍이 존재할 수 있고, 또 한 사람의 시인에게서도 마찬가지로 다양한 시풍이 나타날 수 있기 때문이다. 13세기의 당시풍을 대변하는 시인이 이규보와 진화, 홍간이라면 14세기는 안축, 정몽주, 정포, 김구용, 이숭인이라고 할 수 있다.

　　14세기를 대표하는 당시풍 시인들은 성리학과 송시풍 유행의 시대적 추세 속에서도 시인으로서의 타고난 기질과 감수성을 발휘하며 작시에 열중하였다. 물론 이들이 당시풍 한시 창작을 계속할 수 있었던 것은 개인적인 취향이나 기질 때문만은 아니고, 자기들끼리의 친분과 교유, 그리고 공동 창작이라는 요인도 존재하였다. 위에서 언급한 시인들, 예컨대 정몽주, 김구용, 이숭인은 정치적·사상적·학문적·문학적인 유대감 속에 동지적 관계를 형성하고 있었고, 정포 역시 이 세 명의 시인들보다는 한 세대쯤 선배지만 가정 이곡과 매우 두터운 사이였으며 그의 아들 원재 정추도 목은 이색의 막역한 지우였다. 그렇다면 정몽주, 김구용, 이숭인을 하나의 그룹으로 묶고 그들보다 한 세대 선배인 이색·정추 그룹, 그보다 앞선 이곡·정포 그룹, 그리고 이곡이나 정포의 스승 혹은 선배격인 이제현·최해·민사평 등의 그룹으로 13세기 후반부터 14세기까지의 고려시단을 정리해 볼

음 논문은 성당시의 핵심을 잘 요약했다고 생각된다. 그는 성당시를 "웅후한 물질을 기초로 한 강대한 정신적 동력이라는 측면과 개방적이고 박식하며 자신감이 있고 진취적인 면, 체재가 다양하고 전달 매체가 광범한 詩作"이라는 세 측면으로 다루고 있다. 또한 성당시 작가의 특징을 ① 식견이 넓음 ② 외향적 성격 ③ 흉금이 넓고 큼 ④ 자신감이 강함으로 나누어 설명하고 있다. 이상 성당시에 대한 사항은 이구의, 「성당시가 유정 논략」, 『한민족어문학』 34집, 한민족어문학회, 1999를 참조할 것.

수 있겠다.

이들 중에서도 특히 가장 마지막 세대인 정몽주, 김구용, 이숭인 그룹은 친밀도 면에서 다른 어떤 그룹보다도 앞서 있었다. 이들의 교유관계에는 목은 이색의 가까운 후배 또는 제자라는 요인과 앞장에서 서술한 성균관 학관으로 함께 근무했던 요인이 크게 작용하였다. 이들은 1375년 북원北元의 사신 문제로 유배를 당할 때에도 모두 같은 처지였고, 척약재 사후에 포은과 도은은 이성계·정도전 등의 급진적 혁명파에 대항하여 고려왕조를 지키기 위해 함께 한 정치적 동지이기도 했다. 이들은 시작에 있어서도 평소 차운 등을 통하여 함께 공동의 창작을 많이 하였는데,23) 이 같은 요인이 이들의 당풍적 시세계에 큰 영향을 주었음은 물론이요, 고려말 시단의 당시풍 전개에도 하나의 중요한 요인이 되었다고 판단된다. 14세기 고려시단에서 당시풍을 대표하는 시인들로 홍간, 정포, 정몽주, 김구용, 이숭인 등을 꼽을 수 있는데, 크게 보아 홍간과 정포를 하나로, 또 정몽주, 김구용, 이숭인을 다른 하나로 묶을 수 있겠다. 그 구별점은 대체로 전자가 당시풍의 시작을 주로 했다면, 후자는 당시풍 작시와 더불어 성리학자로서의 염락풍 한시도 상당수 보인다는 점이다. 이는 아마도 정몽주, 김구용, 이숭인 등은 홍간이나 정포에 비하여 성리학이라는 정치적·학문적 이데올로기에 더 경도되었기 때문으로 판단된다. 하지만 그렇다고 해서 정몽주, 김구용, 이숭인 등이 당시풍 한시 작가로서의 위상이나 의미가 없어지는 것은 아니다. 이들의 시집에는 그 누구보다 당풍적 색채로 충만한, 문학적으로 의미있는 시들이 많이 있기 때문이다. 필자는 정몽주, 김구용, 이숭인 시에 나타나는 이러한 이중성을 이들 문학의 한 중요한 특징으로 보고 싶다.

---

23) 정몽주, 김구용, 이숭인 그룹의 시적 교유에 대한 것은 강혜선, 「고려말 사대부의 교유시 연구」, 『한국한시연구』 22호, 한국한시학회, 2014를 참조할 것.

3. 척약재시惕若齋詩에 나타난 청섬淸贍한 시풍과 낭만적 정서

김구용의 시를 시기적으로 구분해보면 환로기의 시, 여흥 유배기의 시, 중국 사행기의 시, 운남 유배기의 시 등으로 나눌 수 있다. 이 중 환로기의 시는 18세인 1355년(공민왕 4)에 과거에 합격한 후 관직생활을 시작하여 1375년(우왕 1) 여흥으로 유배를 당할 때까지의 시와 1381년 해배 후 1384년(우왕 10) 행례사로 중국에 파견될 때까지의 시이다. 여흥 유배기의 시는 1375년에서 1381년까지 여흥에 유배당하여 쓴 시이고, 중국 사행기의 시는 1372년(공민왕 21) 8월 성절사聖節使로 중국 명나라에 사행을 떠나 이듬해인 1373년 7월 귀국할 때까지의 시이며, 마지막 운남 유배기의 시는 1384년 1월 행례사로 고려를 떠나 명태조의 노여움을 받아 유배를 당하고 7월에 사천성 노주에서 병사하기까지 약 6개월 정도에 걸쳐 쓴 시들이다.

지금 전하는 김구용의 문집인 『척약재학음집』에는 총 401제 537수의 시와 7수의 사가 실려 있다.[24] 400여 제의 시들 중 당시풍이라고 판단되는 시들이 상당수이다. 문집에 보이는 시들 중 두드러지게 당시풍의 특징이 드러나는 대표적인 시들을 뽑아서 정리해 보면 다음과 같다.[25]

◇ 『척약재학음집』 소재 당시풍 한시 일람표

일련번호	시제詩題	형식	권수
(1)	金郊驛重送	칠언절구	권상
(2)	西掖夜直	칠언절구	권상
(3)	夏日同達可宿靈通寺	오언율시	권상
(4)	送李判官之任西都	칠언절구	권상
(5)	贈達可	칠언절구	권상

---

24) 성범중, 『척약재 김구용의 문학세계』, 울산대출판부, 1997, 37 – 38면 참조.

25) 물론 여기에서 거론하지 않은 시중에서도 당시풍의 作風을 보이는 작품도 여러 수 있다. 이 표는 당시풍을 대표하는 것으로 보이는 작품만 언급했음을 밝혀둔다.

(6)	康安殿藏經法席聞樂有感	칠언절구	권상
(7)	有感	칠언절구	권상
(8)	偶題	오언절구	권상
(9)	初夜	칠언절구	권상
(10)	送浩然鄭先生	칠언절구	권상
(11)	宮詞	칠언절구	권상
(12)	龍潭縣示蘇至善	칠언절구	권상
(13)	有寄	칠언절구	권상
(14)	三陟沈中書以詩見寄次韻奉呈	칠언절구	권상
(15)	寄朴諫議	칠언절구	권상
(16)	呈漁隱先生東亭相公廉興邦	칠언절구	권상
(17)	奉和東亭相公枕流亭四絶足成八首次韻	칠언절구	권상
(18)	題圓通蘭若	오언절구	권상
(19)	寄蔡判事璉	칠언절구	권하
(20)	大雪同靜亭謁東亭相公權鎬廉興邦	칠언절구	권하
(21)	上靜亭權公	칠언절구	권하
(22)	彌勒院路上相別宿崇善寺奉寄牧伯相公	칠언절구	권하
(23)	題美人簇子	칠언절구	권하
(24)	明日與法泉僧回委轡醉睡馬自近江覺而迷路相與大噱因有一絶奉獻東亭	칠언절구	권하
(25)	寄人	육언고시	권하
(26)	驪江五絶寄遁村李浩然集	칠언절구	권하
(27)	遁村寄詩累篇次韻錄呈浩然寓居川寧道美蘭若	칠언절구	권하
(28)	送廉使裴佐郎歸京	오언율시	권하
(29)	用前韻寄金正言	오언율시	권하
(30)	感薄命兒寄朴代言	칠언절구	권하
(31)	次韻	칠언절구	권하
(32)	歎花	칠언절구	권하
(33)	呈葵軒	칠언절구	권하
(34)	寄忠州李使君	오언율시	권하
(35)	呈柳簽書源	칠언절구	권하
(36)	秋日晩晴	칠언절구	권하
(37)	朴秘監宅賞花戲呈觀物齋	칠언절구	권하
(38)	將赴雲南泝江而上寓懷錄呈給事中兩鎭撫三位官人	칠언율시	권하
(39)	武昌	칠언절구	권하
(40)	新月五月初三日作	오언절구	권하

(41)	夜	칠언절구	권하
(42)	大峽灘	오언율시	권하
(43)	題目未詳	오언율시	『신증동국여지승람』 권14, 「충주목」 소재

『척약재학음집』은 대체로 시기별로 편집되어 있는데, 당시풍의 한시는 권상과 권하 모두에 비교적 골고루 분포되어 있지만, 특히 권하로 갈수록 더 많아지는 것도 주목할 점이다. 이는 척약재가 나이 들수록 당시풍에 더욱 경도되었다는 것으로 해석할 수 있다. 또한 시의 형식에 있어서 전체 43제 중에서 32제로 칠언절구가 압도적으로 많다는 것도 하나의 특징이다. 물론 문집 전체를 놓고 봐도 척약재의 시에서 칠언절구가 가장 많은 분량을 차지하지만, 그 비율상 당시풍 시들에서 칠언절구가 차지하는 정도가 매우 심함을 위 표를 통해 확인할 수 있다.[26] 이는 동시대의 다른 시인들과 비교해 보아도 마찬가지인데, 예컨대 정몽주나 이숭인의 시들에서도 칠언절구가 많기는 하지만, 척약재시의 경우처럼 심하지는 않음을 볼 때 이 점 역시 척약재 시풍의 주요한 특징으로 판단된다. 다음 시를 살펴보자.

초저녁

어젯밤 가을바람이 서울로 들어와서	昨夜秋風入玉京
많은 집의 주렴과 장막에 살짝 서늘함이 생겨났네	十家簾幕嫩凉生
수레와 말 달리던 길가엔 먼지가 처음으로 걷히고	街頭車馬塵初斂
누대 위의 생황 소리에 달은 홀로 밝구나	樓上笙歌月獨明[27]

---

26) 위 표에 수록하지 않은 당시풍 경향을 보이는 시들의 경우에도 비슷하게 칠언절구가 많이 나타난다.

27) 『惕若齋學吟集』 권상, 「初夜」. 본고에서 인용하는 김구용 시의 저본은 한국고전번역원 발간, 『한국문집총간』 6 수록의 『척약재학음집』임을 밝혀둔다. 아울러 한시의 번역은 성범중의 『척약재 김구용의 문학세계』(울산대출판부, 1997)를 참조하여 부분적으

위의 인용시는 척약재가 서울에서 한창 환로에 있을 때 쓴 작품으로 보인다. 계절은 어느 가을날이고, 때는 초저녁이다. 가을날의 저녁바람은 차갑고 쓸쓸하다. 그래서 시인은 2구에서 바람을 맞은 온 도성의 집들에 "살짝 서늘함이 생겨났"다고 하였다. 하지만 가을바람이 마냥 해로운 것만은 아니다. 왜냐하면 수레와 말이 달리던 먼지 자욱했던 길가에 먼지가 걷히고 깨끗해졌기 때문이다. 시인이 깨끗하고 청량해진 가을 저녁의 공기를 만끽하고 있을 때 누대 위로부터 누군가 불어대는 생황소리가 들려온다. 마침 하늘에는 달이 떠올라 온천지를 밝게 비추고 있다. 앞에서 정도전, 허균, 홍만종 등이 김구용의 시를 청신·청섬이라고 평했다 했는데, 위 인용시의 의경意境과 부합된다 하겠다. 이 시의 특징은 시인이 시상을 전개해가는 방식이 전적으로 감각적인 이미지에 의존한다는 점이다. 시의 주요 제재로 등장하는 "가을바람[秋風]"부터가 감각적인 시어이고, 2구의 "서늘함[凉]", 3구의 "먼지[塵]", 4구의 "생황[笙]", "달[月]" 등도 모두 촉각, 청각, 시각을 자극하는 단어들이다. 이 제재들은 뒷받침해주는 동사인 "생겨나다", "걷히다", "밝다" 등과 호응을 이루며 시를 매우 감각적으로 만들고 있다. 이 같은 감각적인 이미지의 구사[28]는 당시풍 한시의 주요한 기법 중의 하나임을 고려할 때,[29] 그리고 청신·청섬 등의 청자계 시품이 당풍의 전형적인 시풍임을 감안할 때, 인용시

로 필자가 수정을 가하였다. 이하 본고에서 인용하는 모든 시의 경우도 이와 같음을 밝혀둔다.

[28] 사실 우리 고전시가의 연구에서 이미지에 대한 사항은 매우 중요하다. 고전시가 속에서 우리 민족이 지나온 역사를 관통하는 거대한 구도는 해석하기 어려운 이미지에 대한 직접적인 설명뿐 아니라, 그것이 등장하도록 한 미학과 미의식의 진화과정, 이미지와 의식 간의 긴장이 어떻게 예술적 창조로 이어지게 되느냐라는 과정에 대한 연구이기도 하다. 이상 고전시가의 이미지에 대한 사항은 신두환, 「고전시가에서 문자 메시지와 이미지의 상관관계에 관한 일 연구」, 『한국시가연구』 17호, 한국시가학회, 2005를 참조할 것.

[29] 당시풍 한시의 전반적인 특징에 대한 사항은 전송열, 「조선조 초기 학당의 변모 양상 연구」, 연세대대학원 박사학위논문, 2000, 20-22면 및 변종현, 「당·송시가 고려조 한시에 미친 영향」, 『동방한문학』 27집, 동방한문학회, 2004, 41면과 김종서, 「포은 정몽주 시의 당풍적 성격」, 『포은학연구』 4집, 포은학회, 2009, 139-141면을 참조할 것.

는 당풍의 작시를 따르고 있음을 알 수 있다.

궁사

대궐에 봄 깊으니 푸르름이 붉은 꽃에 비치고	禁院春深綠映紅
비단창 밖의 물시계에선 소리가 울려퍼지네	紗窓玉漏響丁東
이름난 꽃들은 성대하게 피고 날은 더디기만 한데	名花灼灼舒遲日
가는 버들 한들한들 바람에 흔들리네	細柳依依弄慢風30)

　　위의 시는 제목에서 알 수 있다시피 궁사宮詞의 형식으로 지은
것이다. 궁사는 임금이나 비빈, 후궁, 궁녀들의 궁중생활을 소재로 쓴
시를 말하는데, 특히 궁녀들의 근심과 적막한 심경, 궁중생활의 외로
움을 다룬 경우가 많다. 형식은 대체로 칠언절구가 중심을 이루고 특
히 당시 중에 궁사가 많은 것도 한시사에 나타나는 특징인데, 예컨대
왕창령王昌齡의 「춘궁곡春宮曲」, 이신李紳의 「후궁사後宮詞」, 이상은李商隱
의 「한궁사漢宮詞」, 왕건王建의 「궁사宮詞」 등이 유명하다.31) 인용시
역시 시인이 궁인宮人의 입장에서 대궐의 풍광과 그곳에서 살아가는
모습을 비유적으로 그리고 있다. 기구起句는 봄이 한창인 대궐의 모습
을 나무와 꽃들을 통해 표현하고 있는데, "푸르름", "붉은" 등과 같
은 색채감이 두드러진다. 승구承句는 대궐의 풍경을 또 다른 각도에서
보여준 것인데, 앞의 구가 시각적인 것에 비해 매우 청각적이다. "비
단창"은 비빈이나 궁녀가 거처하는 방을 의미한다. "물시계에선 소리
가 울려퍼지네"라고 했으니 그만큼 시적화자가 위치한 공간이 고요
하고 적막하다는 것을 말하고 있다. 봄이 되어 현상적으로는 나무들
은 신록을 자랑하고 온갖 꽃들은 아름답게 피어났지만, 시적 화자에
겐 결코 봄이 온 것 같지 않다. 그에게 이 아름다운 봄날은 그저 지

---

30) 『惕若齋學吟集』 권상, 「宮詞」.

31) 임종욱, 『중국문학에서의 문장 체제 인물 유파 풍격』, 이회, 2001, 149-150면 참조.

루하고 답답한 일상일 뿐이다. 사실 물시계에서 떨어지는 방울 소리가 그리 크게 들릴 이유가 없는데, 그 소리가 울려퍼진다는 것은 시적 화자의 지루하고 답답한 심적 상태를 대변하는 것이다.

전구轉句와 결구結句에는 이 같은 심정이 더욱 구체적으로 그려져 있다. 아름다운 꽃들은 성대하게 피어났지만 시적 화자에게 봄날은 더디게만 간다. 그의 눈엔 버드나무 가지가 봄바람에 한들한들 흔들리는 것까지 보일 정도다. 시적 화자의 일상이 이렇게 따분하고 지루한 이유는 정확히는 알 수 없지만, 다른 많은 궁사들에서 보이는 것처럼 임금의 관심에서 벗어난 궁녀의 삶을 말하고 있는 것이라 추측된다. 이 시는 버림받고 소외된, 또는 적어도 주목을 받지 못하는 한 궁녀의 반복되는 일상을 봄날이라는 제재를 통해 매우 섬세한 필치로 그려냄으로써 궁녀의 심회까지도 효과적으로 시화詩化하였다고 평가할 수 있겠다. 다음에 살펴볼 시 역시 당시의 전형적인 모습을 보여준다.

박간의朴諫議에게 주다

버들 그늘에 단풍 그림자로 온 강에 가을인데　　柳陰楓影滿江秋
일엽편주에 한 곡조 어부가 울려나네　　一曲漁歌一葉舟
낚시질 마치고 돌아오니 적막하기만　　釣罷歸來人寂寞
달은 밝은데 도리어 흰 갈매기 모래톱에서 자네　　月明還宿白鷗州32)

위 시는 가을날의 강가 풍경이다. 시제의 박간의는 『척약재집』에 두 번 보이는데, 위 시 외에도 또 다른 칠언절구 한 수의 시가 있다.33) 박간의가 정확히 누구인지는 확실하지 않으나 추정컨대 고려

---

32) 『惕若齋學吟集』 권상, 「寄朴諫議」.
33) 시제는 "박간의가 감귤을 전해오고 또 부모님께 드리라는 말씀이 있었다. 감사하는 마음에 이 시를 주고 웃는다[朴諫議以傳柑見惠且有獻高堂之語 感謝之餘寄此發笑]"이다.

말의 문신이었던 박대양朴大陽으로 보인다.[34] 박대양은 밀양박씨로 4형제가 모두 과거에 급제하여 문명을 떨친 인물이었다.[35] 기구의 내용으로 보아 시인이 있는 강은 버드나무가 많고 단풍이 아름다운 지역으로 보인다. 가을은 절정에 달해 온 강이 가을로 가득하고, 그곳에서 시인은 배를 띄우고 낚시질을 하고 있다. 그가 탄 배에서는 일명 '어부가漁父歌'가 울려 퍼지며 가을날의 흥은 절정으로 치닫는다. 어부가는 조선조에서는 농암 이현보나 고산 윤선도의 국문시가로 유명하지만, 한시에서도 당나라의 왕유를 비롯하여 많은 시인들이 즐겨 지었던 장르이다.[36] "어부가" 또는 "뱃노래[棹歌]"를 제재로 한 시들은 대체로 의경이 한가롭고 고즈넉하며 때로는 외로움과 쓸쓸함, 수심에 찬 경우가 많고, 당시풍의 특징을 보여준다.[37] 인용시 역시 마찬가지인데, 전구와 결구는 전형적인 도가풍棹歌風의 의경이다. 낚시질을 마치고 돌아온 시인의 거처에는 조금 전 뱃노래의 흥은 사라지고 적막하기만 하다. 시인의 집이 적막한 이유는 시인 홀로 있기 때문이다. 시인은 외로움을 달랠 길이 없어 늦은 밤까지 잠을 못 이루고, 밝은 달이 비추는 모래톱에 나아와 외로움과 적막함을 견뎌본다. 이 같은 도가풍의 분위기는 다음 시에서도 그대로 이어지고 있다.

---

34) 圓齋 鄭樞의 시(『圓齋稿』권상)에 "答言朴諫議大陽"이라는 말이 보이는데, 고려후기 문인들의 문집에 등장하는 인물 중 박씨이면서 諫議 벼슬을 한 사람은 朴大陽밖에 찾을 수 없으므로 일단 위 시의 박간의를 박대양으로 추정해본다.

35) 목은 이색이 쓴 「賀竹溪安氏三子登科詩序」(『東文選』권86)에 朴密陽·朴大陽·朴三陽·朴啓陽 등의 4형제가 등과한 것으로 나온다.

36) 왕유의 「酬張少府」, 장지화의 「漁父詞」를 비롯 어부가 부르는 노래를 다룬 당시는 매우 많다. 고려조에서도 안축의 「再遊三日浦次板上詩」, 이곡의 「天曆己巳六月舟發禮成江南往韓山江口阻風」, 정포의 「舟行」, 정몽주의 「四月十四日淮陰水驛登舟」를 비롯한 많은 시에서 漁父歌 또는 뱃노래[棹歌]가 등장하고 있다.

37) 하정승, 「정몽주 시에 나타난 당시풍 경향과 미적 특질」, 『포은학연구』 14집, 포은학회, 2014, 106면 참조.

여강오절驪江五絶, 둔촌 이집에게 주다

①
저물무렵 흰 마름꽃 핀 물가를 천천히 걷는데   晩來徐步白蘋洲
바람과 이슬은 서늘하고 맑고 달그림자 흘러가네   風露凄淸月影流
생황에 노래를 부르고 싶지만 시끄러운 것 싫어   欲喚笙歌嫌擾擾
홀로 시구를 읊으며 고기잡이 배에 오르네   獨吟詩句上漁舟

②
달빛과 강물소리에 더위도 가시니   月色江聲暑氣微
늙은 어옹은 때때로 이끼 긴 물가에 가까이 가네   老魚時復近苔磯
낚싯줄 거두고 노를 거두어도 아무 일 없으니   收絲卷棹人無事
작은 배에 맡긴 채 천천히 돌아오네   穩放輕舠緩緩歸[38]

위의 시는 칠언절구로 된 5수의 연작시 중 첫 번째와 세 번째
작품이다. ①번 시와 ②번 시를 보면 알 수 있지만, 위의 시들은 다
섯 수의 연작 모두가 시간의 순서에 따라 차례대로 써내려간 것이다.
시의 배경이 되는 곳은 경기도 여주를 관통하여 흐르는 남한강의 별
칭인 여강이다. ①시는 저물 무렵 여강의 주변을 천천히 산책하는 시
인의 모습으로 시작되고 있다. 저녁 바람은 서늘하고도 맑고 달빛은
밝다. 분위기에 취한 시인은 생황 반주에 노래라도 부르고 싶었지만,
노랫소리에 시끄러워져 오히려 흥이 깨질까봐 조용히 시를 읊조리며
고깃배에 오른다. 김구용 시를 관통하는 또 다른 특징 중 하나는 낭
만성, 또는 낭만적 정서이다. 노을이 지는 황혼에 홀로 시를 읊조리
며 고기잡이 배에 오르는 모습은 김구용 시의 낭만성을 여실히 보여
준다. 이는 한시사적 맥락에서 보면 당나라 이백의 낭만적 정서와 시

---

38) 『惕若齋學吟集』 권하, 「驪江五絶寄遁村李浩然集」.

정신을 계승한 것이다.39)

②는 고깃배에서 낚시질하는 장면이다. 시간은 흘러 어느덧 저녁에서 밤이 되었고, 차가운 달빛과 강물소리만으로도 더위가 가실 정도다. 시인은 배를 몰아 이끼가 긴 물가로 가까이 다가가기도 하며 낚시질에 몰두하다가 이내 낚싯줄을 거두고 철수한다. 마지막 결구는 낚시를 마친 시인이 돌아오는 장면인데, 시인은 노를 젓지 않고 작은 배에 몸을 그대로 맡긴 채 물결에 따라 천천히 움직이고 있다. 그야말로 유유자적이요 한적함의 절정이다. 이처럼 한가롭고 한적하며 고즈넉한 분위기는 도가풍 어부가의 전형적인 의경이고, 또한 이 같은 어부가는 당시풍 한시의 주요 제재이기도 하다. 앞의 1장에서도 밝힌 바와 같이 척약재시는 평담平淡하다는 평을 많이 받았는데, 이러한 비평은 특히 당풍의 시풍을 보이고 있는 시와 밀접한 관련이 있다고 생각된다. 위의 인용시에서 볼 수 있는 것처럼 한적閒適·평담平淡[平澹]한40) 품격의 시는 낭만적 정서의 형태로 드러나 있는 경우가 많으며, 이는 결국 척약재만의 당시풍을 형성하는 데에 큰 역할을 하고 있다고 할 수 있다. 다음 시에는 한 폭의 그림같은 장면이 펼쳐져 있다.

제목 미상

구름을 더위잡고 어지러운 고개를 뚫고	攀雲穿亂嶺
물결을 횡단하여 긴 내를 걷는다	截浪過長川
보리가 패어나니 꿩이 처음으로 울고	麥秀雉初雊
뽕잎이 드무니 누에는 이미 자고 있다	桑稀蠶已眠

---

39) 김구용 시에 나타난 낭만적 정서에 대한 사항은 유성준, 「고려 김구용과 그 시의 낭만은일적 의식 고」, 『중국연구』 29권, 한국외대 중국연구소, 2002를 참조할 것.

40) 詩品에서 閑適과 平淡은 상호 관련성이 매우 깊다. 한적은 율곡 이이가 『精言妙選』에서 밝힌 "閑美淸適"과 같은 시품으로 한적한 품격의 시들은 대체로 평담한 양상을 보이는 경우가 많다. 한미청적과 평담 또는 沖澹한 품격과의 관계 및 어부가와의 관련성은 이민홍, 『조선조 시가의 이념과 미의식』, 성균관대출판부, 2000에서 자세히 다뤄져 있어 참고가 된다.

오래된 다리에는 다시 설 판자가 없고	古橋無復板
파리한 말은 채찍을 사양하지 않는다	羸馬不辭鞭
가고 가매 해가 서쪽으로 떨어지니	去去日西落
앞마을에 흰 연기가 난다	前村生白烟[41]

위의 인용시는 어느 초여름날 초저녁 무렵의 풍광을 그린 것이다. 김구용의 문집인 『척약재학음집』에는 없고, 『신증동국여지승람』의 「충주목」 편에 김구용의 시로 제목 없이 전해지고 있다. 시인은 지금 말을 타고 여행 중이다. 매우 높고 험한 고개를 넘었는지 제1구에서 "구름을 더위잡고 어지러운 고개를 뚫고"라고 했고, 게다가 "물결을 횡단하여 긴 내를 건넌다"고 했으니 거친 시냇물까지 건넜음을 짐작할 수 있다. 이렇게 고생하며 산천을 건넜더니 드디어 들판이 나타난다. 함련頷聯에서 "보리가 패어나니"라고 했으니 계절이 늦봄에서 초여름으로 넘어가는 때임을 알 수 있다. 보리밭엔 추수할 보리들로 가득하고 어디선가 나타난 꿩은 시끄럽게 울어댄다.

경련頸聯은 말을 타고 다리를 건너는 모습이다. 오래된 다리는 건너기가 매우 위태롭지만 시인은 용기를 내본다. 말도 건너기가 두려웠던지 주춤거리자 시인은 채찍을 때리며 타고 가는 말을 독려한다. 그렇게 다리를 건너서 한참을 가니 어느덧 해는 서산으로 기울고 집들은 저마다 흰 연기를 뿜어 마을은 온통 연기로 가득하다. 아마도 그 연기는 저녁 식사를 준비하는 연기일 것이다. 전체적으로 시가 매우 회화적이고 이미지의 구사가 뛰어나다. 또한 시간의 흐름에 따라, 장면의 전환에 따라 주도적 의상意象이 자리잡고 있으면서 이미지를 창출한다. 가령 수련首聯에서는 구름으로 둘러싸인 고갯마루와 시냇물, 함련에서는 보리밭과 뽕나무, 경련에서는 오래된 낡은 다리, 미련尾聯에서는 석양과 앞마을의 흰 연기가 그것이다. 이 같은 의상들은 각각 색채적 이미지를 갖고 있으니, 구름과 시냇물은 회색과 푸른색,

---

41) 『신증동국여지승람』 권14, 「미상」.

보리밭은 푸른색, 낡은 다리는 어두운 색, 황혼과 밥 짓는 연기는 붉은색과 흰색이다. 거기에 3구에서는 꿩이 등장하여 청각적인 이미지까지 가세하고 있다. 이 같은 화려한 이미지의 구사는 감각적인 미를 만들어 내고, 결과적으로 위 시가 당풍을 띠게 하는 데에 큰 역할을 하고 있다고 판단된다.

> 첨서 유원에게 바치다
>
> | 푸르고 붉은 꽃잎들 정말로 향기롭구나 | 千紅萬綠正芬芳 |
> |---|---|
> | 꽃기운은 가득한데 날은 점점 길어진다 | 花氣濛濛日漸長 |
> | 홍에 겨워 아득하게 걷다가 길을 잃었으니 | 乘興渺然迷去路 |
> | 뒤집어진 갓에 패옥을 떨어뜨린 한 명의 광인이라네 | 倒冠落佩一疏狂[42] |

인용시의 주제는 봄날의 애상감이다. 자고로 봄의 홍취를 느끼거나 또는 지는 봄을 안타까워하며 시화하는 것은 시인들의 오래된 일상이요 전통이기도 하다. 하지만 위의 시는 단순히 봄을 즐기거나 안타까워하는 것에서 끝나는 것이 아니라 봄으로 인해 광적인 모습으로 취한다는 점에 그 특징이 있다. 1구와 2구는 꽃향기 가득한 봄 풍경을 말하고 있는데, 문제는 이러한 봄날이 점점 길어진다는 데에 있다. 온 천지가 꽃으로 뒤덮이고, 그같은 날이 계속 이어진다면 시인은 제정신으로는 살아가기 힘들다. 그래서 시인은 꽃기운에 취하기로 마음먹는다. 2구의 꽃기운이 가득 퍼진 상태를 "몽몽濛濛"이라고 했지만, 사실 이 시어는 이중성을 띠고 있다. 일차적으로는 어떤 냄새나 기운이 가득 퍼진 상태를 형용하는 것이지만, 동시에 어떤 기운에 취해 흐릿해진 정신을 묘사하는 말이기도 하다. 시인은 이처럼 시어를 교묘히 구사하여 자신의 감정 상태를 나타내고 있다. 3-4구에서는 꽃기운에 취한 시인이 홍을 견딜 수 없어 술에 취해버린 모습을

---

42) 『惕若齋學吟集』 권하, 「呈柳簽書源」.

보여주고 있다. 3구의 "흥에 겨워 길을 잃었"다는 것은 술에 취한 것을 의미한다. 4구를 보면 시인이 어느 정도로 취했는지가 여실히 나타난다. 갓은 뒤집어지고 옷에 달려 있던 패옥은 떨어져 있다. 아마도 완전히 만취 상태로 정신을 잃은 것 같다. 시인 스스로도 자신을 가리켜 한 명의 "광인狂人"이라고 말하고 있다. 술에 취한 시인이 자신을 광인이라고 한 것은 다분히 이백을 염두에 둔 것이다. 이백의 시에 "나는 본래 초나라의 광인으로/ 봉가鳳歌를 불러 공구孔丘를 비웃었다"[43]는 유명한 구절이 있은 이후로 이백은 술에 취한 광인을 대표하는 시인이 되었다. 위의 시에서 척약재 역시 술에 취한 자신을 광인이라고 부른 것은 이백을 동경하고 따라하는 의미로 쓴 것이라 해석할 수 있다. 이백 시와 마찬가지로 이 같은 면에서도 척약재시의 낭만적 정서가 드러나 있다.

정치가 안정되고 경제가 번영한 시대에는 건축과 공예 등이 발전하고, 사회가 어지럽고 민생이 어려우면 문학과 회화가 상대적으로 더 발전하는 경향이 있다는 이론은 상당한 설득력이 있다.[44] 이러한 관점에서 보면 척약재나 이숭인 같은 고려말의 당시풍 경향과 유행도 당시의 혼란한 정치·사회적 현상과 깊은 관련이 있다고 가정해 볼 수 있다. 특히 척약재시에 자주 보이는 어부가漁父歌·도가櫂歌 계열의 자연시나 위 인용시에서 볼 수 있는 취중광인의 형상은 작시의 동기와 그 시정신을 고려하면 같은 맥락에서 나온 것으로 해석되며, 이런 점은 척약재시의 당시풍 경향에 있어서 중요한 특징이라고 할 수 있겠다. 다음에 살펴볼 시는 당시풍 한시의 또 다른 측면이다.

---

43) 이백이 盧虛舟에게 준 시 「廬山謠寄盧侍御虛舟」의 첫 구절이다. 인용한 부분의 원시는 "我本楚狂人/鳳歌笑孔丘"이다.

44) 이는 현대 중국을 대표하는 미학자 중의 한 명인 이택후의 대표적인 논설이다. 이에 대한 사항은 이택후 저, 윤수영 옮김, 『미의 역정』, 동문선, 1991을 참조할 것.

미인 족자에 쓰다

지붕 위로 아침햇살이 붉은 누각을 비치는데	屋頭初日射紅樓
비취빛 향기로운 발 옥 갈고리에 걸렸네	翡翠香簾上玉鉤
화장을 마친 여인 웃음을 띠고 서있으니	粧罷美人舍笑立
모든 봄빛이 일시에 부끄러워 하는구나	百般春色一時羞[45]

위의 시의 제목을 보면 미인을 그린 족자를 보고 쓴 일종의 제화시로 되어 있다. 하지만 단순히 그림에서 끝나는 것이 아니라 그림 속의 여인이, 그리고 그 여인과의 사랑이 실재實在일 가능성이 높아보인다. 인용시는 이른 아침의 햇빛이 지붕 위를 비추는 장면으로 시작된다. 아침의 붉은 태양과 붉은 누각, 시는 붉은 색의 색채 이미지가 지배하고 있다. 그런데 "붉은 누각[紅樓]"이라고 했으니, 이 집은 기생집이요 여인은 아마도 기생일 것이다. 2구는 아름답고 향기로운 발이 걸려 있는 것을 묘사한 것이다. "발[簾]"을 수식하고 있는 "향기로운[香]"이라는 단어는 발이 걸려 있는 방의 주인공이 아름다운 여인임을 암시한다. 이 발은 여인이 거처하는 공간과 바깥 세계와의 단절과 소통이라는 양면성을 갖고 있다. 발이 내려지면 여인은 세상과 단절되고, 반대로 발이 걷히면 세상과 소통할 수 있게 된다. 그런데 지금은 그 발이 갈고리에 걸렸다고 했으니 세상과 소통하고 싶은 여인의 심경을 대변하는 것이다. 여인이 발을 걷고, 방을 개방하고, 자신을 드러낸 이유는 제3구에 나타나 있다. 화장을 마친 여인이 웃음을 띠고 서있다는 것은 간밤에 사랑하는 님을 만났다는 것을 암시한다. 자신이 사랑하는 님과 운우지락雲雨之樂을 즐겼기에 여인은 지금 더할 나위 없이 행복하다. 이 같은 추측은 4구의 "모든 봄빛이 일시에 부끄러워"한다는 말을 통해 가능해진다. 봄빛이 부끄러워한다는

---

45) 『惕若齋學吟集』 권하, 「題美人簇子」.

것은 기실 여인이 부끄러운 빛을 띠고 있음을 말한다. 사랑하는 님과
행복한 밤을 보내고 일어난 여인의 눈에는 세상의 모든 풍경이 아름
답고, 또 한편으로는 부끄럽다. 이 시에는 사실에 대한 어떠한 직접
적인 진술도 없다. 단지 여인의 모습에 대한 묘사만 있을 뿐이다. 하
지만 그 묘사를 통해서 시인은 독자에게 여러 가지 이야기를 들려주
고 있다. 이처럼 서술이나 진술이 아닌 묘사를 통해 시의를 전달하는
것은 당시의 큰 특징 중 하나이다.

　　또한 이 시의 주제인 남녀간의 사랑과 염정艶情을 다루는 것 역
시 당시에서 추구했던 주요한 시적 제재이다.[46] 고려후기에 지어졌
던 염정풍의 시적 전통은 그 후 조선조로 계승되어 한국한시사의 주
요 갈래가 되었다. 마지막으로 이 시에 나타난 시인의 시선을 살펴볼
필요가 있다. 1구에서는 시선이 햇빛과 지붕에 있다가 2구로 오면 발
을 주목하고, 3구에서는 방안의 여인을 바라보고 있다. 말하자면 바
깥 → 중간 → 안으로 시선이 점점 좁혀져 오는 것이다. 이러한 시적
구성은 독자에게 흥미를 유발하고 시를 재미있게 만든다. 인용시가
당시풍 한시로 성공할 수 있었던 데에는 치밀한 시적 짜임새와 구성
력도 한 요인이었다고 볼 수 있겠다. 다음에 살펴볼 시는 김구용이
명 태조에 의해 유배를 떠나는 과정에서 지어진 것이다.

무창

황학루 앞에서 강물은 용솟음치고　　　　　黃鶴樓前水湧波
강가의 주렴과 장막 그 몇 집인가　　　　　沿江簾幕幾千家
돈을 거두어 술을 사서 회포를 푸니　　　　釀錢沽酒開懷抱
대별산은 푸른데 해는 이미 기울었구나　　　大別山靑日己斜[47]

---

46) 특히 晚唐의 李商隱이나 溫庭筠, 韓偓 같은 시인들이 이러한 시풍을 대표한다고 할
　　수 있다. 사랑을 제재로 한 이 같은 시풍은 만당풍 한시의 주요한 특징 중 하나이다.
47) 『惕若齋學吟集』 권하, 「武昌」.

인용시는 허균의 『성수시화』에 언급되어 있다. 허균은 "척약재 김구용의 시는 매우 청섬淸贍하였으니, 목은이 '경지敬之가 붓을 내려 쓰면 마치 운연雲煙과 같다.'고 칭찬한 것이 바로 이를 두고 이른 말이다."48)라고 하고 위의 인용시를 소개하고 있다. 시제의 무창武昌은 지금의 호북성湖北省 무한시武漢市이다. 김구용의 유배 경로는 고려 → 요동 → 남경 → 대리大理[四川]였는데, 무창은 남경에서 대리로 가는 도중에 있다. 특히 남경에서 대리로 가는 길은 험하고 멀었을 뿐만 아니라 돌아올 기약도 없는 고난의 여정이었다. 1구의 황학루는 무창의 양자강揚子江가에 있는 누각으로 예부터 중국의 4대 누각으로 불려질 정도로 이름난 곳이다. 시인 일행은 배를 타고 장강을 건너고 있다. 시인은 황학루 앞에서 잠시 배를 정박하고 강가에 줄지어 서있는 수많은 집 중의 한 곳으로 들어간다. 일행은 오랜만에 술을 마시며 서로 회포를 풀었다. 사실 남경에서 대리까지의 유배는 길도 험난했을 뿐만 아니라 머나먼 이국에서의 유배라는 정신적인 두려움과 허탈감이 더욱 시인을 괴롭혔을 것이다. 게다가 척약재는 이미 고려에서부터 사행을 떠나 온 것이니 물리적인 이동 거리도 엄청나고 그에 따른 육체적 피곤함도 상당했으리라 짐작된다. 실제로 유배를 함께 떠난 일행들 중에 상당수는 도중에 죽음을 맞이할 정도로 험한 여정이었다.49) 그래서 생사고락을 함께 하는 일행과 마시는 술은 여느 때의 일반적인 술과는 느낌부터가 달랐다.

　1-3구까지가 상황적 진술이라면 마지막 4구는 묘사를 통한 감정의 드러내기이다. "대별산"은 중국 하남성河南省과 안휘성安徽省과 호북성湖北省의 경계에 자리하고 있으며 장강長江과 회하淮河의 분수령이 되는 산으로 유명하다. 시인이 위치한 무창에서 보면 동쪽에 있는

---

48) 許筠, 『惺所覆瓿藁』 권25, 「惺叟詩話」. "金惕若九容詩甚淸瞻, 牧老所稱敬之下筆如雲煙者是已."

49) 이 무렵 지은 척약재의 「悼亡」(권하)이라는 시에 "백 명이 와서 이웃이 되었는데/ 나그네 길이라 한 해의 봄이 초췌하기만/ 지금 병으로 죽은 사람이 벌써 대여섯이니/ 겨우 운남에 도착한들 몇 명이나 남겠는가(一百人來爲結隣, 客中憔悴一年春, 如今病歿已五六, 直到雲南餘幾人)"라는 구절이 보인다.

데, 멀리 보이는 대별산으로 어느덧 해가 지고 있다. 이 말은 술집에서 회포를 푸느라 시간이 가는 줄을 몰랐다는 의미이다. 대별산이라는 지명은 크게 이별하는 산이라는 이름답게 의미하는 바가 크다. 원래는 장강과 회하가 나뉘는 곳이기에 그렇게 이름지어졌을 것으로 추정이 되지만, 척약재의 입장에서는 기약없는 유배길을 떠나고 있기에 일부러 시에 대별산을 끌어들인 것으로 보인다. 같은 맥락에서 "해는 이미 기울었다"는 말도 이중적인 의미를 지니고 있다. 일차적으로는 시간의 경과이고, 그 이면엔 죽음, 소멸, 이별이라는 부정적인 의미가 담겨 있다. 이를 통해 시인의 심적 상태가 매우 복잡함을 짐작할 수 있다. 힘겨운 노정에서 술 한잔 하며 쉼을 가질 수 있기에 다행이기도 하지만, 동시에 내일 일을 예측하기 힘든 무거운 현실 앞에 좌절하고 있는 것이다. 위의 시는 이처럼 복잡다단한 시인의 심정을 비유와 상징적인 기법을 통해 간접적으로 드러내고 있다는 측면에서 당풍적인 면모가 엿보인다고 생각된다.

대협탄

여울이 험하니 배는 올라가기 어렵고	灘險舟難上
봉우리는 높아 길은 다시 작아지네	峯高路更微
잠자던 구름은 비를 머금고 떠나가고	宿雲含雨去
느릿느릿 해는 산을 돌아 옮겨간다	遲日轉山移
세 잔의 술에 취하고	酩酊三杯酒
한 수의 시에 비통해지네	悲涼一首詩
뱃전을 두드리며 길게 휘파람불며 읊조리니	打舷吟嘯永
강가의 새들 홀연히 놀라 날아가네	江鳥忽驚飛[50]

시제의 대협탄大峽灘은 사천성과 호북성의 경계지역인 초서산지

---

50) 『惕若齋學吟集』 권하, 「大峽灘」.

楚西山地를 양자강이 가로지르는 곳에 형성된 협곡인 일명 삼협三峽을 흐르는 지류이다. 수련에서 배가 올라가기 어렵고 봉우리는 높고 길은 작아진다고 했으니 삼협의 명성만큼이나 산은 험하고 강물은 세찬 것 같다. 함련 역시 산의 높고 험준함을 말한 것이니, 구름도 잠시 머물다 가고, 해도 산을 돌아갈 정도이다. 경련은 여정의 피로와 유배의 불안감을 시주詩酒로 달래는 모습인데, 단 세 잔의 술에 취기가 오르고 한 수의 시에 비감을 느낄 정도로 시인은 지금 감정적인 격동의 상태에 처해 있다. 마지막 미련은 이 시의 압권이자 당시풍 작가로서의 척약재의 모습을 확인하게 만드는 구절이다. 시인은 이 같은 격정적 상태를 이기려는 듯 마음을 잡고 뱃전을 두드리며 시를 읊조려본다. 그 휘파람 소리에 강가에 내려앉아 있던 새들이 깜짝 놀라며 홀연히 날아가 버린다. 마지막 8구는 얼핏 보면 단순히 상황을 묘사한 사경寫景같지만, 그 속에는 자신을 새에게 빗대어 불안한 시인의 심적 상태를 나타내고 있는 전형적인 '정경교융情景交融'의 기법이다. 이 같은 정경교융의 수법은 『시경』이후로 중국시가의 전통적인 시학이기는 하지만, 특히 당시풍 한시의 보여주기 기법과 연관되어 당시에서 더욱 두드러지게 나타난다. 당풍의 한시는 시인과 읊는 대상이 하나가 되는 정경교융의 수법이 많이 사용되며, 이러한 정경교융의 수법은 '그림같은 시'를 뜻하는 '시중유화詩中有畵'의 경지에 자주 도달하게 되는데, 시인이 그림의 내부에 존재하면서 시인과 대상이 하나가 되는 교융交融이 일어나게 되는 것이다.[51] 이 같은 맥락에서 위의 인용시에서 보이는 정경교융의 기법은 당풍적 속성을 지닌 척약재시에서도 주요하게 사용되고 있는 미적 특질이라 할 수 있겠다.

---

51) 당시풍 한시의 정경교융에 대한 것은 이종묵, 「조선전기 한시의 당풍에 대하여」, 『한국한문학연구』 18집, 한국한문학회, 1995, 217－227면을 참조할 것.

초생달

집은 송악산 아래에 있는데	家在松山下
배는 강가로 나아가네	舟行江水濱
황혼의 한 조각달이	黃昏一片月
두 곳의 사람들을 나눠서 비추네	分照兩鄉人52)

시제에 의하면 위의 시는 1384년 5월 3일에 지은 것이니 척약재
가 고려를 떠난 지 약 4개월 뒤의 작품이고, 『척약재학음집』이 대체
로 시간의 순서에 따라 지어졌음을 고려한다면 남경에서 대리 사이의
어느 지점에서 쓴 것으로 추정할 수 있다. 1구는 상상 속의 그림이
고, 2구는 현실 속의 그림이다. 이처럼 인용시는 서로 다른 두 개의
공간과 두 곳의 사람들을 겹치게 하는 일명 오버랩(overlap)의 기법
을 통하여 시적 효과를 높이고 있다. 즉 현실의 몸은 유배를 가는 도
중의 배 위에 있지만, 상상 속에서의 몸은 개성 송악산 아래의 집에
있으니, 유배지의 배와 상상 속의 고향집이라는 두 화면이 1구와 2구
에 겹쳐져 나타나고 있는 것이다. 3−4구는 황혼에 뜬 조각달이 시인
이 현재 위치한 중국과 멀리 떨어진 고향집의 두 곳을 동시에 비춰줄
것이라는 기대와 소망을 담은 것이다.53) 달을 매개로 하여 두 공간의
사람들이 상상 속에서 만나 서로에 대한 그리움을 달래는 시적 수법
은 이미 당시에서 사용된 전례가 있다.54) 위의 인용시는 기본적으론
두보의 시작법에 영향을 받아 쓴 것이지만, 시의 발상과 시의를 전달

52) 『惕若齋學吟集』 권하, 「新月五月初三日作」.

53) 이 시에 대한 분석은 하정승, 『고려조 한시의 품격 연구』, 다운샘, 2002, 244−245면
참조.

54) 예컨대 杜甫의 「月夜」 중 "오늘밤 부주의 저 달을/ 규방의 아내는 홀로 보고 있겠지
(今夜鄜州月, 閨中只獨看)"라고 하여 하늘에 뜬 달을 매개로 두보와 아내가 서로 연
결되는 시적 효과를 보이고 있다.

하는 기법만 가져왔을 뿐, 시의 구성과 시어의 구사는 척약재의 독창
성이 인정된다. 더구나 표현적인 측면에서 "조각달이 두 곳의 사람들
을 나눠서 비춘다"고 함으로써 두보 시와는 또 다르게 고향과 가족에
대한 간절한 그리움을 시적으로 잘 형상화하고 있다. 작시법에서 두
보시를 본받는 법당法唐의 자세와 더불어 서정적인 필치와 묘사를 통
해 주제를 드러내는 수법으로 볼 때, 인용시를 당풍으로 규정할 수
있다고 생각한다.

4. 결어

　김구용은 13세기의 정치가였던 김방경의 후손으로 안동김문이라
는 명문가의 자제로 태어나 이른 나이에 과거에 급제하고 벼슬길에
오른 뒤 승승장구하였지만, 여홍 유배와 중국 운남 유배라는 큰 시련
을 겪기도 하였다. 결국에는 운남 유배 도중에 먼 이역의 땅인 사천
에서 죽게 되는 비극이 있었고, 이는 그의 시에 고스란히 담겨 있다.
때문에 중국 유배시절의 작품에는 처절하고 처참한 슬픔과 고독이 바
탕을 이루고 있으며, 환로 시절의 작품들과는 또 다른 정서를 보여주
고 있다. 따라서 척약재시에 나타나는 당시풍은 환로기와 유배기로
크게 구분해서 살펴보는 것이 적절하다. 하지만 이와 동시에 여홍이
나 운남 유배기의 작품들에서도 환로기 때의 작품들과 마찬가지의 정
서가 보여지기도 하니, 그것은 근본적으로 척약재만의 시정신에 바탕
하여 작시되었기 때문이다.
　고려후기, 특히 14세기 시단을 이끌었던 대표적인 시인은 이색,
정몽주, 이숭인, 김구용, 정포, 정추, 안축 등을 꼽을 수 있는데, 이들
중 몇 명을 제외하곤 당시풍의 작시를 하였다. 특히 정몽주, 이숭인,
정포는 당풍을 주도했던 인물들이며 김구용 역시 그중의 한 명이다.
전대의 비평가들은 김구용 시의 가장 큰 특징으로 청신淸新·아려雅麗·
청섬淸贍 등을 말하였는데, 이 시품들은 모두 당시풍과 관련되어 있

다. 사실 문학사적 관점에서 보았을 때, 위의 청자계淸字系 시품은 비단 김구용만이 아니라 14세기에 당풍을 추구했던 주요 시인들, 예컨대 위에서 언급한 이숭인이라든가 정포 같은 시인들에게서 공통적으로 보이는 현상이다. 다시 말해 14세기 고려문단에서 당시풍 한시 작가들의 공통된 품격은 청신, 청섬, 청려淸麗 등으로 이들 청자 계열 시품에 대한 이해는 고려후기 당시풍 한시의 문학사적 흐름과 전개 과정을 살펴보는 데에 있어서 매우 중요하다고 하겠다.

척약재 김구용은 기본적으로 그의 외조부인 급암 민사평에게 시를 배워 급암시와 작시법이 비슷하다. 이 점에 대해서는 목은 이색이 이미 밝힌 바가 있다. 급암시의 가장 큰 특징은 평담平淡·충담沖澹인데 척약재시에도 평담함이 그대로 나타나 있다. 평담이나 충담의 시품은 자연시 계열의 당시풍 작품들에서 흔하게 보이는 품격으로 척약재시의 전반적인 이해를 위해서는 매우 중요한 사항이다. 당풍의 시풍을 보이고 있는 척약재시에서도 평담은 한적閑適이나 낭만적 정서의 형태로 드러나는 경우가 많으며, 이는 결국 척약재만의 낭만적인 당시풍을 형성하는 데에 큰 역할을 하고 있다. 척약재 등이 추구했던 고려후기의 이러한 시풍은 조선초에도 그대로 이어져 선초의 성임成任같은 만당풍을 추구했던 시인들에게 일정한 영향을 주었다고 판단된다.

도은陶隱 이숭인李崇仁 시에 나타난 당시풍唐詩風 경향과 미적 특질

1. 문제제기

　도은陶隱 이숭인李崇仁(1347－1392)은 고려후기를 대표하는 시인
이다. 역사에서 그는 소위 '여말삼은麗末三隱'의 한 명으로 거론되어
왔지만,[1] 목은牧隱이나 포은圃隱에 비하면 상대적으로 주목받지 못했
던 것도 사실이다. 하지만 최소한 한시 작가라는 면에서 보자면 그는
목은, 포은과 비교해도 전혀 뒤지지 않는 뛰어난 시인이었다. 일찍이
전대前代의 비평가들 중에는 시인으로서 이숭인의 면모에 관심을 가
지고 이숭인 시문학의 특징에 대해 언급한 사람들이 있었다. 예컨대
고려말 문단의 영수였던 목은 이색은 "이 사람의 문장은 중국에서 찾
아보아도 많이 얻을 수 없다. 우리나라에 문사가 있은 이후로 그와
비견할 만한 자가 드물다."[2]라고 하였고, 조선초의 문인 양촌陽村 권

---

[1] 여말삼은에 대해서는 牧隱 李穡, 圃隱 鄭夢周, 冶隱 吉再를 꼽는 설과 함께 야은 대
신 陶隱 李崇仁을 넣어야 한다는 학계의 두 가지 의견이 있다. 본고는 여말삼은의 설
정에 대한 것이 주제가 아니므로 이에 대한 상론은 하지 않기로 한다. 또한 길재든 이
숭인이든 두 명 모두 고려말의 충신이자 문인이요 학자로 여말을 대표하는 인물에 들
어갈 수 있다고 본다. 다만 목은, 포은 및 그 주변 인물들, 예컨대 李集, 金九容, 鄭道
傳 등과의 교유와 문학적 활동 등을 고려해보면, '여말삼은'이라는 하나의 정치·학
문·문학적인 그룹으로 묶기에는 도은 이숭인이 좀 더 타당하리라 생각한다.

[2] 權近, 『陶隱集』 권수, 「陶隱先生文集序」. "韓山牧隱李文靖公每加歎賞曰, '此子文
章, 求之中國, 世不多得, 自有海東文士以來鮮有其比者也.'"

근權近은 "고려가 창업한 지 5백여 년 동안에 백성을 잘 기르고 가르쳤으므로, 인재의 많음과 문헌의 아름다움이 중화에 비교할 만하기는 하다. 그러나 세상에 이름이 있는 사람으로서 목은의 성대함과 도은의 우아함과 같은 이는 있지 않다."[3]라고 하였으며, 조선중기의 비평가 간이簡易 최립崔岦은 "목은의 문장과 도은의 시가 우리 동방의 시문 가운데 으뜸이다."[4]라고 하였다. 심지어 조선중기의 문인 서애西厓 유성룡柳成龍은 "나는 우리나라의 시인들 중에 도은 이숭인을 가장 좋아한다. 그를 제외한 나머지 작품들은 모두 미친 듯이 괴이하고[狂怪], 노하여 꾸짖으며[怒罵], 겉만 번드르르하고[肥膩] 화려하게 치장한[腐爛] 말들뿐이어서 시의詩意가 삭연索然하다. 이것은 시를 아는 자와 논할 수는 있으나 속인과 더불어 이야기하기는 어렵다."[5]라고 까지 이야기하고 있다. 고려와 조선조의 한시사에서 오직 이숭인 한 명만을 시인으로 인정하겠다는 유성룡은 물론 이색이나, 권근, 최립 모두 이숭인을 고려조 최고의 시인으로 평가하고 있다는 점은 동일하다.

하지만 위에서 언급한 이색이나 최립은 단순히 "우리나라에 문사가 있은 이후로 그와 비견할 만한 자가 드물다."라거나 "도은의 시가 우리나라의 시문 가운데 으뜸이다."라고 언급하고 있어서, 이숭인 시의 특장을 거론하고 있지는 않다. 유성룡의 경우에는 이숭인 시의 특징을 직접적으로 거론하지는 않았지만, 그를 제외한 다른 시인들의 시를 "모두 미친 듯이 괴이하고[狂怪], 노하여 꾸짖으며[怒罵], 겉만 번드르르하고[肥膩] 화려하게 치장한[腐爛] 말들뿐이어서 시의가 삭연하다."라고 하였으니, 이로 보면 도은시는 그 대척점에 있게 된다. 그렇다면 도은시의 시어는 광괴狂怪·노매怒罵·비이肥膩·부란腐爛하

---

3) 權近, 『陽村集』 권20, 「陶隱李先生文集序」. "高麗有國五百年, 休養生息, 涵濡作成, 人才之多, 文獻之美, 侔擬中華. 然其名世者, 未有若牧隱之盛, 陶隱之雅者焉."

4) 崔岦, 『簡易集』 권3, 「新印陶隱詩集跋」. "牧隱之文, 陶隱之詩, 吾東第一家數也."

5) 柳成龍, 『西厓集』 권18, 「書亂後詩稿後」. "東方詩人中, 余最愛李陶隱. 其餘皆狂怪怒罵, 肥膩腐爛語, 詩意索然. 此可與識者道, 難與俗人言."

지 않고 시의 역시 삭연하지 않다는 말이다. 여기에서 시의가 삭연하다는 말은 시의 주제나 시어의 함의含意가 풍부하거나 다채롭지 못하고 협소하며 상투적이고 개성이 없어서 흥미가 없다는 것을 의미한다. 결국 이것은 도은시가 갖고 있는 시어의 엄정함, 시의의 풍부하고 개성적인 측면을 강조한 것이라 보여진다.

권근의 경우에는 이색이나 최립과 비교해볼 때 도은시의 특징을 짧게나마 밝히고 있다. 그는 이숭인의 시문을 이색과 비교하면서 "우아하다[雅]"라고 평하고 있는데, 여기에서 "우아하다"는 말은 이색에 대한 평어인 "성대하다[盛]"라는 말에 비해서는 다분히 문학적 특징을 내포하고 있는 평어이다. "성대하다"는 말이 경우에 따라서는 여러 가지로 해석될 소지가 있기는 하나, 일단 생각해 볼 수 있는 점은 다분히 그 양적인 측면을 말하고 있는 것으로 보인다. 실제로 이색의 문집은 매우 방대하여 고려후기 작가들 가운데 단연 최대라는 것은 주지의 사실이다. 따라서 목은에 대한 평어인 "성대하다"는 말보다 도은에 대한 평어인 "우아하다"는 말은 그 문학적 특징을 상당히 강조하고 있는 것이라 해석할 수 있다.

그러나 여기에 사용된 '우아'하다는 비평어는 전문적으로 사용하는 시품詩品 용어가 아니고, 사람의 성품을 거론할 때 일반적으로 쓰는 말이어서 그 개념이 상당히 포괄적이고 애매모호하다. 그렇다면 과연 여기에서 사용된 "우아하다"는 평어의 정확한 개념은 무엇이고, 그 범주에 드는 작품들의 미적 특질은 무엇일까? 이것은 이숭인 시의 어떤 점이 그를 고려조 최고 시인의 반열에 오르게 한 것인가라는 문제와 맥이 닿아 있다. 그리고 또한 바로 이 점을 밝히는 것이 이숭인 시문학을 이해하는 열쇠이자 고려조 한시 작가와 한시를 깊이 있게 읽어내는 단초이기도 하다.

필자는 이숭인 시의 가장 큰 특징을 빼어난 감각미라고 규정하고 싶다. 그런데 이 감각적 아름다움은 주로 표현기법과 관련되어 있다. 그리고 그 표현기법의 핵심은 감각적인 이미지의 구사에 있다.

이숭인은 이미지 구사에 탁월한 시인이었다. 이숭인이 구사하는 이미지는 시각, 청각, 후각, 촉각을 아우르는 공감각적 이미지들로 구성되어 있다. 더불어 이숭인은 그러한 감각의 미를 효과적으로 드러내기 위해서 짜임새 있게 시를 배치한다. 즉 그의 시에는 감각미와 구성미가 아우러져 있다. 권근의 평어인 '우아' 역시 이와 관련되어 있는 것으로 보인다.

한편 도은시에 나타나는 이와 같은 이미지즘의 극대화는 한시사의 사적 맥락에서 보면 당시풍의 창작 경향과 맥을 같이한다.[6] 필자가 생각할 때 이숭인은 고려시대의 시인들 중 안축安軸, 정몽주鄭夢周, 김구용金九容과 더불어 가장 당시풍적인 요소를 많이 가지고 있는 것으로 보여진다.[7] 한국한시사에서 고려시대의 시풍은 이미 신라후기

---

[6] 지금까지 학계에 보고된 당시풍 한시에 대한 연구 논문을 정리해보면 다음과 같다. 이휘교, 「12·3세기 고려의 숭당시풍」, 『동양학』 6권, 동양학연구소, 1976; 이종묵, 「조선전기 한시의 당풍에 대하여」, 『한국한문학연구』 18집, 한국한문학회, 1995; 정민, 「16·7세기 학당풍의 성격과 그 풍정」, 『한국한문학연구』 19집, 한국한문학회, 1996; 주승택, 「조선말엽 당시풍과 송시풍의 갈등 양상」, 『한국시학연구』 1권, 한국시학회, 1998; 정민, 「16·7세기 당시풍에 있어서 낭만성의 문제」, 『한국시가연구』 5집, 한국시가학회, 1999; 이종묵, 「16·17세기 한시사 연구─시풍의 변화 양상을 중심으로」, 『정신문화연구』 81호, 한국학중앙연구원, 2000; 전송열, 「조선조 初期學唐의 변모 양상 연구」, 연세대 대학원 박사학위논문, 2001; 유성준, 「고려 김구용과 그 시의 浪漫隱逸의 意識 考」, 『중국연구』 29권, 한국외대 중국연구소, 2002; 이은주, 「양포 최전의 시세계─16세기 당시풍의 한 경향」, 『한국한시작가연구』 7권, 한국한시학회, 2002; 조융희, 「성수시화의 풍격비평 양상─허균의 당시풍적 대안의 특징」, 『한국고전연구』 8호, 한국고전연구학회, 2002; 변종현, 「당·송시가 고려조 한시에 미친 영향」, 『동방한문학』 27집, 동방한문학회, 2004; 김종서, 「16세기 호남시단과 당풍」, 성균관대 박사학위논문, 2004; 윤재환, 「고려조 시풍 전환의 의미」, 『한민족어문학』 44호, 한민족어문학회, 2004; 박병익, 「옥봉 백광훈의 당시풍 전개 양상고」, 『고시가연구』 14호, 한국고시가문학회, 2004; 홍윤기, 「최광유 한시에 나타난 만당풍과 시의 특징에 대하여」, 『중국어문논총』 28집, 중국어문연구회, 2005; 권혁진, 「10세기 중후반 한문학연구─시풍의 변화를 중심으로」, 『인문과학연구』 13집, 강원대 인문과학연구소, 2005; 박병익, 「사암 박순의 당시풍 수용과 전개 양상」, 『한국한시연구』 14호, 한국한시학회, 2006; 윤호진, 「정지승 시의 당시적 특성에 대하여」, 『한문학보』 19집, 우리한문학회, 2008; 김종서, 「포은 정몽주 시와 당풍적 성격」, 『포은학연구』 4집, 포은학회, 2009; 김건곤, 「유경의 삶과 학술사상에 대한 소고」, 『돈암어문학』 26집, 돈암어문학회, 2013.

[7] 안축의 시에도 회화적 이미지를 비롯한 감각미가 두드러지게 나타난다. 안축시가 갖고 있는 이미지즘, 감각적인 요소 등에 대한 사항은 하정승, 「안축 시의 표현양식과 미적

에 도입된 만당풍의 면모와 송시풍적인 요소를 동시에 가지고 있었다.[8] 본고에서는 고려후기 한시사에서 당풍적인 요소가 어떤 시인들에 의해서 어떻게 전개가 되었으며 그 문학적 특징은 무엇인지 살펴보고자 한다. 아울러 고려시대의 이러한 시적 경향을 대표하는 것으로 보여지는 이숭인 시문학에 있어서 당시풍의 면모가 어떻게 나타나 있는지를, 특히 감각적 이미지 구사와 연관하여 도은시의 두드러진 표현기법에 대해서 고찰해 보기로 하겠다. 이 같은 작업을 통해 앞으로 고려후기 시인들의 시창작 경향과 문학적 흐름을 정리하는 과제의 출발로 삼고자 한다.

2. 고려후기 한시의 당시풍 경향과 특징적 면모

신라 말엽 활약한 최치원崔致遠 이후로 한국의 시단은 당시풍 한시가 유행을 이루고 있었다. 주지하다시피 최치원은 당나라에 유학을 가서 당시를 배워 신라로 귀국하였다. 이후 신라의 시단은 당나라 문단의 영향을 받아 당풍唐風의 시풍이 유행하게 된다. 이러한 당풍의 시풍은 고려로 들어와서도 계속되었다. 하지만 고려조에서는 당대當代의 중국, 즉 북송北宋의 영향을 받아 송시풍宋詩風의 시들도 함께 유행하였다. 특히 북송의 문인들 중에서도 고려 시단에 가장 큰 영향을 끼친 사람은 소동파蘇東坡와 황정견黃庭堅이었다. 따라서 고려의 시단은 당시풍의 시와 송시풍 경향의 시가 함께 공존했던 시대로 정리할 수 있겠다.

당나라 시인들 중에서 고려의 시인들에게 영향을 준 시인은 이백李白, 두보杜甫, 백거이白居易를 꼽을 수 있다. 특히 이규보李奎報의 경우에는 기호나 성격적 측면에서 이백에게 크게 매료된 듯하다. 이규보는 호주好酒·모선慕仙·방광放曠등과 같은 면에서 이백을 좋아하

특질」(『동방한문학』 34집, 동방한문학회, 2008)을 참조할 것.

8) 이에 대한 사항은 김태준의 『조선한문학사』를 필두로 이가원의 『한국한문학사』, 조동일의 『한국문학통사』 등의 문학사 저서들에서 공통적으로 보이는 견해들이다.

였고, 실제로 작시에서도 굉사宏肆, 굴강屈强, 표연飄然, 호방豪放 등의 시풍이 이백을 닮아 있다.9) 뿐만 아니라 진화陳澕나 최자崔滋 등 이규보와 문학적으로 밀접한 관계를 맺고 있었던 문인들도 이규보의 경우처럼 이백과 두보를 추숭했던 것으로 보인다. 이에 비해 소위 '죽림고회竹林高會'를 이끌었던 이인로李仁老, 임춘林椿 등은 상대적으로 소동파·황정견 등 송시풍의 영향을 많이 받았다고 할 수 있다.10)

그런데 이와 같은 논의에서 먼저 규정해야 할 사항은 당풍이나 송풍이라는 개념이 단순한 시기적 구분이 아니라는 점이다. 즉 당나라 때의 시가 당풍이고, 송나라 때의 시가 송풍이 아니라는 말이다. 또한 당풍이나 송풍이 당대唐代와 송대宋代의 한시 전체에 모두 적용될 수 있는 것은 더더욱 아니다. 당대唐代의 시인들에게서도 송풍의 특징이 나타나는 경우가 있고, 송대宋代의 시인들에게서도 당풍의 특징이 나타나는 경우가 있다. 여기에서 당풍이나 송풍이라는 말은 시의 특징, 시의 체제, 시풍을 아우르는 개념으로 보아야 한다.11) 원래 문학이라는 것이 지극히 주관적이고 예외성도 많아서 과학기술처럼 정확한 분류나 산출을 하기 힘든 면이 있지만, 그럼에도 불구하고 대략적인 송시풍의 특징으로는 성리학과의 연관성, 사변적, 서술적, 산문적, 공용적功用的, 생활에의 밀착, 시의 평담화平淡化 등을 들 수 있다.12) 이에 비하여 당시는 기본적으로 시인의 감흥을 중시하는데 서술대상에 대한 감정을 직접적으로 드러내기 보다는 대상 속에 감정을 이입하는 경우가 많다. 또한 당풍의 한시는 시인과 읊는 대상이 하나가 되는 이른바 '정경교융情景交融'의 수법이 많이 나타난다. 이러한 정경교융의 수법은 '그림같은 시'를 뜻하는 '시중유화詩中有畵'의 경지

---

9) 이휘교, 「12·3세기 고려의 숭당시풍」, 『동양학』 6권, 동양학연구소, 1976, 53-54면 참조.
10) 이휘교, 위의 논문, 61-62면 참조.
11) 이에 대한 사항은 이종묵, 「조선전기 한시의 당풍에 대하여」, 『한국한문학연구』 18집, 한국한문학회, 1995, 208면을 참조할 것.
12) 이상 송시의 특징에 대한 사항은 김학주, 『중국문학개론』, 신아사, 1993, 79-98면을 참조할 것.

에 자주 도달하게 되는데, 시인이 그림의 내부에 존재하면서 시인과 대상이 하나가 되는 교융交融이 일어나게 되는 것이다. 시인의 감정을 중시하는 이 같은 당풍의 한시들은 시의 체제로 보면 악부체를 선호한다는 점도 큰 특징이다.13) 사실 한시비평사에서 당시와 송시의 우열 또는 특징에 대한 논의는 역대로 의론이 분분하였고, 평자에 따라 서로 의견이 다른 경우가 많았기에 어느 한 가지로 결론을 내리기에는 어려운 점이 많다.14) 그럼에도 불구하고 지금까지 전개된 당시와 송시의 차이점을 대비적으로 살펴보면 다음과 같이 정리가 된다.

① 당시는 주정적主情的이고 송시는 주리적主理的[또는 주기적主氣的]이다.
② 당시는 주로 성정性情을 표현하는 데 비해 송시는 의론적議論的인 성격이 강하다.
③ 당시의 주된 표현기법은 묘사인데, 송시에는 포진鋪陳[진술]이 많다.
④ 당대에는 시가 성행하였고 송대에는 시법詩法[시론詩論]이 성행하였다.
⑤ 당시는 명사를 즐겨 사용하고 송시는 동사를 즐겨 사용한다.
⑥ 당시는 시적 자아가 대상에 몰입되어 있는 데 비해, 송시는 대상과의 거리를 유지하면서 대상을 객체화시킨다.15)

물론 위에서 정리한 당시와 송시의 구별이 절대적인 것은 결코 아니다. 앞에서도 서술했지만 시란 시인의 주관적 감정과 사상의 산물이기에 일률적으로 재단하여 말하기 힘든 점이 많다. 가령 어떤 한 시대의 시에도 다른 시대의 시에서 보이는 특징이 나타날 수 있고, 또 한 명의 시인에게서도 당시풍과 송시풍적인 요소가 공존하는 것이 얼마든지 가능하기 때문이다. 하지만 위에서 언급한 당·송시에 대한

---

13) 이종묵, 앞의 논문, 217-227면 참조.
14) 변종현, 「唐·宋詩가 고려조 한시에 미친 영향」, 『동방한문학』 27집, 동방한문학회, 2004, 40면.
15) 이상 ①에서 ⑥까지 당시와 송시의 대비적 차이점은 변종현의 앞의 논문, 41면을 참조할 것.

정리가 당시와 송시의 대체적인 특징을 이해하는 데에는 충분히 도움을 주리라 생각한다. 역사적 관점에서 보았을 때, 고려후기는 중국으로부터 성리학이 수입되어 사상과 학문의 깊이를 더해갔고, 문학적으로도 그간 축적된 한문학의 창작 전통이 무르익어 상당한 발전을 보이던 때였다. 즉 삼국시대 이후 수백 년간 이어져 내려온 한시 창작의 문화가 정착되고 꽃을 피웠으며, 많은 시인들이 나타나고 본격적으로 시집이나 문집이 간행되던 때였다. 한국문학사에서 문단文壇 또는 시단詩壇이라고 부를 수 있게 된 것이 출현한 것도 이때가 처음이고, 문풍文風·시풍詩風이라고 할 수 있는 것이 등장한 것도 이때가 처음이다. 이것은 아마도 과거제의 활발한 시행과 성리학 도입 이후의 학문의 발전과정과도 밀접한 관련이 있을 것으로 생각된다.

특히 고려조 특유의 문화였던 좌주와 문생과의 관계형성은 정치적인 측면에서 뿐만 아니라 문풍이나 시풍의 형성에도 큰 영향을 끼쳤을 것으로 본다. 가령 익재益齋 이제현李齊賢에서 목은牧隱 이색李穡으로의 계승은 단지 학문적인 사제관계를 넘어서 문학적으로도 당대當代 문단의 흐름과 문풍·시풍의 형성에 크게 기여했다는 것을 그 예로 들 수 있다. 물론 목은 이후에도 이 같은 현상은 계속 이어져 목은이 그 제자들이나 후배들에게 끼친 영향력과 문풍의 형성은 앞의 익재 → 목은에 있어서보다 더욱 컸다. 한국한시사의 큰 맥락에서 보면 고려후기 시단의 이 같은 활발한 문예창작은 이후 조선조로 그대로 계승되어 한국문학의 발전에 큰 기여를 했다고 평가해야 할 것이다. 본고에서 다루고자 하는 이숭인은 고려후기 시단의 중심인물이요, 그가 추구했던 당풍의 시는 한국한시의 전개과정에 있어서 중요한 문학사적 의미를 가지고 있다는 점에서 연구의 필요성과 연구 목적은 분명해진다고 하겠다. 우선 고려시대 문단의 흐름과 문풍을 알 수 있게 해주는 다음 글을 살펴보자.

과거 응시자들의 시부詩賦를 읽고 느낌이 있어 짓다

당풍은 본디 율부律賦를 숭상했는데	唐風崇律賦
흐르는 폐단이 동방에 성대하네	流弊盛東方
음운은 평측을 서로 조화시키고	音韻諧平側
문장은 장단구로 국한을 정하여	文章局短長
청류를 일으키고 탁류를 치면서	揚清仍激濁
백색 황색을 짝하여 늘어놓았네	配白故抽黃
추구芻狗를 끝내 그 어디에 쓰리요	芻狗終安用
사람을 절로 한탄스럽게 한다	令人自歎傷16)

위 시는 목은 이색이 과거 응시생들이 적어 낸 시부를 읽고 느
낀 점이 있어 쓴 것이다. 제1구에서 말한 당풍이란 당시풍으로 지은
시부詩賦를 의미하는 것이고, 율부律賦란 엄격한 격률格律에 의해 지어
진 부賦의 한 종류를 말하는 것이다. 특히 이 부체賦體는 음운音韻과
대우對偶를 정교하게 맞추도록 엄격한 규정을 두었는데, 당나라 때부
터 과거시험에서 많이 사용된 것으로 알려져 있다.17) 목은은 제1−2
구에서 당나라에서 과시체科詩體로 지어진 부체賦體가 우리나라에 들
어와 지나치게 형식화되어 그 폐단이 심각함을 지적하고 있다. 함련
頷聯과 경련頸聯에서는 이 같은 폐단을 좀 더 구체적으로 설명하고 있
다. 작시를 함에 있어서 형식의 엄정성과 내용의 충실함이 함께 병행

---

16) 이색, 『牧隱集』 권22, 「讀擧子詩賦有感」.
17) 明나라의 徐師曾은 『文體明辯』에서 부를 문체에 따라 排賦·律賦·文賦로 분류하였
다. 律賦는 唐代에 이르러 과거에 詩賦를 과목의 하나로 채택함으로써 본격적으로 지
어졌는데, 科文의 하나로 생겨났기에 위의 세 가지 賦體 중에서도 매우 규격화된 것이
그 특징이다. 율부를 지을 때는 對句뿐만 아니라 平仄의 조화까지도 중요시했다. 사실
이 같은 율부의 출현에는 沈約이 주창했던 '四聲八病'의 聲律論에 기인한 바가 크다.
내용을 배제한 채 형식적인 면을 지나치게 강조한 율부는 송나라 초기의 과거시험에도
그대로 채용되었고, 이것이 고려문단에까지 수입되었던 것으로 보인다. 이상 율부에
대한 사항은 김학주, 『중국문학개론』, 135면을 참조할 것.

되어야 하는데, 그 내용은 온데간데 없이 사라지고 형식만 남게 되었다는 것이다. 가령 평측平仄 및 대구對句와 대우對偶의 지나친 강조라든가 험운險韻으로 압운하는 것, 과도한 미사여구의 사용 등은 모두 시의 형식적인 면을 강조한데서 나온 폐단인데, 고려의 시단詩壇이 이 같은 잘못을 범하고 있다는 것이다. 제7구의 "추구芻狗"란 짚으로 만든 개를 말한다. 옛날에 제사를 지낼 때에 쓰던 것인데, 제사가 끝나면 바로 내버리는 것이므로, 당시 고려에서 유행하던 율부같은 형식적인 시체들도 결국 추구처럼 쓸모없게 될 것을 말한 것이다. 목은의 이 시는 고려후기 문단에서 유행하던 당풍, 그중에서도 특히 형식적인 시의 율격을 쫓는 당풍의 폐단을 지적한 것으로 이는 그만큼 당시 풍 한시가 고려의 문단에 큰 영향력을 끼치고 있었음을 말해주고 있는 것이다. 사실 고려사회의 법당法唐 풍조는 문학의 영역에서만 이뤄진 것이 아니었던 것 같다. 태조 왕건이 후왕들에게 남긴 소위 '훈요십조'의 네 번째 항목에 다음과 같은 말이 보인다.

> 4조 : 우리 동방은 옛날부터 당나라의 풍속을 본받아 문물과 예악이 모두 그 제도를 준수하여 왔으나, 나라가 다르면 사람의 성품도 다르니 반드시 구차히 같게 하려 하지 말라. 거란契丹은 짐승이나 다름없는 나라이므로 풍속이 같지 않고 언어 역시 다르니 부디 의관衣冠 제도를 본받지 말라.[18]

위 인용문은 기본적으로 거란을 경계하려는 의도로 쓴 것이지만, 이를 통해 중국의 문물과 문화가 우리나라에 어떠한 영향을 끼치고 있었는지 짐작할 수 있다. 여기에서 언급한 "옛날부터"라는 말은 아마도 삼국시대를 지칭하는 듯하니, 우리나라에서는 삼국시대 이후로 당나라의 문화와 풍속을 수용하여 문물과 예악과 각종 제도 등이

---

18) 『高麗史節要』 권1, 「太祖神聖大王」. "其四曰, 惟我東方, 舊慕唐風, 文物禮樂, 悉遵其制, 殊方異土, 人性各異, 不必苟同. 契丹, 是禽獸之國, 風俗不同, 言語亦異, 衣冠制度, 愼勿效焉."

수입되었고 유행하였다는 것이다. 가령 우리나라에서 한자가 사용되고 한문학이 본격적으로 시작된 것도 삼국시대였음을 상기할 때 위의 태조의 언급은 상당히 믿을 만하다. 문제는 문학의 영역에서도 이 같은 현상이 그대로 이어져 고려의 시풍은 당시풍의 한시창작이 유행하였다는 것이다. 이 같은 풍조는 고려의 개국초부터 고려말까지 계속되었다. 다만 무신란을 거치면서 고려후기로 접어들면 학문적으로는 성리학의 수용 정착과 더불어, 문학의 영역에서는 소동파나 황정견 등을 본받는 법송法宋의 풍조가 법당法唐의 풍조와 병행되었던 것으로 보인다.

그렇다면 법당이라고 했을 때 기준으로 삼는 시인은 누구일까? 그것은 대체로 이백·두보·왕유·백거이로 말할 수 있겠다. 그중에서도 특히 이백과 두보를 핵심적인 인물로 보는 데는 이론의 여지가 없다.[19] 고려시대 문단에서 법당의 풍조는 동시대의 시비평집인 여러 글을 통해서도 확인할 수 있다. 예컨대 고려후기의 문인 최자는 그의 비평집『보한집』서문에서 고려조의 대표적인 문인들을 나열하며 이들을 통해 고려의 문단에서 한문漢文과 당시唐詩가 성대하게 되었다고 말하고 있다.[20] 최자의 다음 글은 작시에 있어서 이백·두보를 모범으로 하는 당시풍의 영향력이 얼마나 컸는지를 여실히 보여준다.

특히 시와 문은 각기 다를 뿐만 아니라 시와 문장 가운데는 또한 각각 독특한 문체가 있다. 옛사람이 말하기를, "시를 배우는 자는 대율시구對律詩句에 있어서는 자미子美에게서 본받고, 악장樂章은 태백太白을 본받아야 하며, 고시체古詩體는 한유韓愈·소식蘇軾을 본받아야 하고, 문사文辭

---

19) 한국한시사에서 이백과 두보의 위치는 확고부동하다. 가령 고려시대 및 조선초의 시에 대한 비평집인『補閑集』,『白雲小說』,『東人詩話』등에서는 거의 모든 시비평의 기준을 두보와 이백에 두고 있는 것을 쉽게 찾아볼 수 있다. 이 같은 현상은 조선후기까지도 대체로 이어져『惺叟詩話』,『小華詩評』,『芝峯類說』,『東詩話』등 조선조를 대표하는 대부분의 시화집에서도 이와 비슷한 기준에서 시비평을 전개하고 있다.

20) 崔滋,『補閑集』권수,「補閑集序」. "厥後朴寅亮, 崔思齊思諒 …(中略)… 星月交輝, 漢文唐詩於斯爲盛." 참조.

같은 것에 있어서는 곧 각 문체가 한유의 글에 다 갖춰져 있기 때문에 충분히 읽고 깊이 생각하면 그 체를 터득할 수 있다."라고 하였다. 비록 그러하지만 이백·두보의 고시도 한유·소식의 그것에 뒤떨어지지 않는데 이처럼 각각 지적하여 말한 것은 후진들로 하여금 널리 여러 사람의 문체를 배우게 하고자 해서일 따름이다.[21]

위의 인용문은 시를 처음 배우는 자들이 어떻게 공부해야 하는지를 말하고 있는데, 최자는 옛사람의 말을 인용하여 각각의 시체詩體에 따라 대구對句나 율시律詩같은 근체시는 두보를, 악부체 시는 이백을 모범으로 할 것을 말하고 있다. 재미있는 점은 옛사람은 고시의 경우 한유와 소동파를 본받으라고 했지만, 최자는 고시의 경우에도 이백과 두보를 법으로 삼아도 된다고 말하고 있다는 점이다. 이 글은 고려후기에 이르면 이미 작시에 있어서 이백과 두보가 교과서와도 같은 존재가 되었음을 보여주고 있다.

하지만 고려문단에서 유행한 당풍이 반드시 이백·두보에만 국한된 것은 아니다. 성당盛唐이나 중당中唐이 아닌 만당晚唐의 시풍도 있었으니, 가령 "정지상의 시는 어운語韻이 맑고 화려하며[淸華] 시구詩句의 격이 호일豪逸하여 만당의 시법을 깊이 체득하였는데 특히 요체拗體에 능하였다."[22]라는 시평은 고려의 시단에 정지상을 대표로 하는 유미적唯美的인 만당의 시풍도 있었음을 말해준다. 정지상뿐만 아니라 포은 정몽주의 시도 당시풍으로 평가받았다. 가령 허균은 "정포은은 이학理學과 절의가 일시의 으뜸이었을 뿐 아니라 문장도 호방하고 걸출하였다. 그가 북관北關에서 지은 시에, …(중략)…라고 했으니, 음절音節이 질탕跌宕하여 성당盛唐의 풍격이 있다. 포은의 시에 …(중략)…라고 했으니, 호탕한 풍류가 천고에 빛을 내며 시 또한 악부

---

21) 崔滋, 『補閑集』 권상. "非特詩與文各異, 於一詩文中亦各有體. 古人云, 學詩者, 對律句體子美, 樂章體太白, 古詩體韓蘇, 若文辭則各體皆備於韓文, 熟讀深思, 可得其體. 雖然李杜古詩不下韓蘇, 而所云如此者, 欲使後進, 汎學諸家體耳."

22) 徐居正, 『東人詩話』 권상. "鄭詩語韻淸華, 句格豪逸, 深得晚唐法, 尤長於拗體."

樂府와 흡사하다."[23]라고 하였고, 홍만종 역시 정몽주가 남경으로 사행을 가서 쓴 시를 소개하며 "포은은 성리학만 동방의 조종이 아니라 문장 또한 높은 품격을 지닌 당시라 하겠다."[24]라고 평하고 있다. 여기에서 허균이 포은시에 대해서 평한 "음절이 질탕"하다던가 "악부와 비슷하다"는 등의 말은 당시의 전형적인 특징으로 거론되는 것들이니, 포은시가 얼마나 당시와 가까운지를 확인할 수 있다. 정몽주의 시는 형상 속에 내포되어 있는 정감으로 형성된 경계를 표현하는데, 표면적으로는 그림이나 영상처럼 시각적으로 인식되도록 하면서 내면적으로는 정서가 간직되어 말 밖의 뜻[言外之意]을 전달하는 당시의 함축적 표현을 잘 살려내었다. 사용된 언어는 쉽고 뜻은 심원하고 깊으며 불필요한 것을 덜어내고 있으며, 명사구의 시행들만으로 배열하여 시적 함축효과를 극대화하였으니,[25] 이로 보면 정몽주의 시는 유미적인 만당풍적인 요소가 다분하다고 할 수 있겠다.

사실 고려후기의 문인들 가운데에는 감각적인 당풍의 시풍을 지닌 시인들이 포은 이외에도 여러 명 있었다. 홍간洪侃, 안축安軸, 정포鄭誧, 정추鄭樞, 김구용金九容, 이숭인李崇仁 등이 그 대표적인 경우인데,[26] 본고에서는 그중에서도 이숭인의 시에 주목하고자 한

---

23) 허균, 『성수시화』. "鄭圃隱非徒理學節誼冠于一時, 其文章豪放傑出. 在北關作詩曰 … (中略)… 音節跌宕, 有盛唐風格. …(中略)… 風流豪宕, 輝映千古, 而詩亦酷似樂府."

24) 홍만종, 『소화시평』 권상. "鄭圃隱奉使南京, 有詩曰, …(中略)… 非徒理學爲東方之祖, 其文章亦唐詩中高品."

25) 김종서, 「포은 정몽주 시와 당풍적 성격」, 『포은학연구』 4집, 포은학회, 2009, 131-132면 참조.

26) 홍간의 시에 대해서는 허균이 『성수시화』에서 "穠艷하고 淸麗하여 盛唐의 작품과 비슷하다."고 하였고, 홍만종도 『소화시평』에서 "唐詩의 음조를 깊이 터득하여 宋人의 氣習을 벗어났다."고 하였다. 홍간의 시에 대한 사항은 성범중, 「홍간 한시의 연구」 (『한국한시작가연구』 1권, 한국한시학회, 1995)가 참고가 된다. 안축의 감각적인 시풍이나 정추의 시에 대한 사항은 하정승, 『한국 한시의 분석과 해석』(역락출판사, 2011)을 참조할 것. 雪谷 鄭誧는 정추의 부친으로 일찍부터 詩名이 있었는데, 17세기의 비평가 南龍翼은 그의 저서 『壺谷詩話』에서 정포의 시를 纖美하다고 평하였다. 이는 당시풍의 시에서 보이는 두드러진 특징으로 정포의 시에 당풍적 요소가 많았음을 알 수 있다. 정포의 시에 대한 특징을 다룬 것으로는 김동욱, 「설곡 정포의 생애와 문학세계」(『어문학연구』 5권, 상명대 어문학연구소, 1997)가 참고가 된다. 惕若齋 金九容은

다.27) 필자의 견해로는 이숭인은 정몽주, 김구용과 함께 고려후기 시
단에서 가장 당풍적인 시를 잘 쓴 시인이며, 그가 구사했던 감각적인
시어와 이미지는 후대 시인들에게도 큰 영향을 끼쳤을 것으로 판단된
다. 특히 이숭인의 시에는 청정淸淨한 의경意境을 통한 탈속의 추구,
시어의 조탁 및 정련精鍊을 통한 회화성의 강조와 이미지즘이 두드러
지게 나타나는데, 이 점에서는 앞의 정몽주나 김구용을 훨씬 능가하
는 것으로 생각된다.28) 고려시대 한시사를 통틀어 볼 때, 도은시야말
로 중국시론에서 전통적으로 이야기되어 왔던 소위 "시중유화詩中有畵,
화중유시畵中有詩"의 가장 전형이 아닐까 생각된다. 그럼 이제 도은시
의 이 같은 특징을 당대當代 문단의 당시풍 수용양상과 관련하여 살
펴보기로 하겠다.

주로 "淸新·淸贍·苦復"하다는 평을 받았는데, 그의 시에는 唐風的 요소가 매우 강
하게 나타나 있다. 김구용 시의 당시풍적인 요소에 대해서는 유성준, 「고려 김구용과
그 시의 浪漫隱逸의 意識 考」(『중국연구』 29권, 한국외대 중국연구소, 2002)에서 자
세히 다루고 있다.

27) 이숭인 시를 다룬 주요 선행 연구 논문은 다음과 같은 것들이 있다. 임종욱, 「도은 이
숭인의 시문학 연구」, 『한국문학연구』 11집, 동국대 한국문학연구소, 1988; 박성규,
「도은 이숭인론」, 『동양학』 21호, 단국대 동양학연구원, 1991; 박재완, 「도은 이숭인
의 시문학론」, 『동악한문학논집』 6집, 동악한문학회, 1992; 정재철, 「도은시의 사상적
지향과 풍격 연구」, 『태동고전연구』 15호, 태동고전연구소, 1998; 강구율, 「도은 이숭
인 한시에 있어서 가야산의 의미」, 『안동어문학』 4호, 안동어문학회, 1999; 어강석,
「도은 이숭인의 삶과 시문학의 특징」, 『청계논총』 15호, 한국학중앙연구원, 2000; 하
정승, 「도은 이숭인 시의 품격 연구」, 『한국한시연구』 8호, 한국한시학회, 2000; 최광
범, 「도은 이숭인 시의 풍격」, 『어문논집』 44집, 민족어문학회, 2001; 양진조, 「도은
이숭인의 시세계 연구」, 중앙대 박사학위논문, 2001; 송재소, 「도은 이숭인의 시문학」,
『여말선초 한문학의 재조명』, 태학사, 2003; 하정승, 「도은 이숭인 시의 의상과 미의
식의 표출양상」, 『동방한문학』 27집, 동방한문학회, 2004; 이정화, 「도은 이숭인의 누
정시 연구」, 『한국사상과 문화』 36호, 한국사상문화학회, 2007; 장재천, 「이숭인의 삶
과 족적에 대한 평가」, 『한국사상과 문화』 62호, 한국사상문화학회, 2012; 하정승,
「이숭인의 만시류 작품에 나타난 죽음의 형상화와 미적 특질」, 『한국한시연구』 21호,
한국한시학회, 2013; 김재욱·송혁기, 「도은 이숭인의 불교시 연구」, 『한문학논집』 38
집, 근역한문학회, 2014.

28) 이숭인 시의 意象과 이미지에 대한 것은 하정승(2004)의 앞의 논문을 참조할 것.

3. 도은시에 나타난 감각미의 시화詩化와 표현기법

한국한시비평사에서 탁월한 비평적 안목을 자랑하는 허균許筠은 이숭인 시를 평하면서 다음과 같이 말하고 있다.

> 이도은李陶隱의 오호도嗚呼島 시를 목은은 추장하여 성당盛唐에 비길 만하다고 하였는데 이로 인해 삼봉三峯과 서로 사이가 좋지 않게 되고 기구한 화마저 당하게 되었다. 지난날 주태사朱太史가 이 작품을 보고 또한 매우 감탄하였다. 그 '산의 북쪽과 남쪽으로 오솔길은 나뉘었고/ 송화가루 비 머금고 어지럽게 떨어진다/ 도인은 물 길어 띠집으로 돌아가고/ 한 줄기 푸른 연기는 흰 구름을 물들인다'라고 한 시는 유수주劉隨州[당나라 유장경劉長卿]와 비교해도 어찌 모자란다 할 수 있겠는가!29)

위의 인용문은 이숭인 시를 이해하기 위한 좋은 지침 두 가지를 제공해 주고 있다. 첫째는 당대當代 학계의 스승이자 문단의 영수인 목은 이색이 제일의 시인으로 꼽은 사람은 이숭인이라는 사실이고, 둘째는 이숭인 시는 당풍적인 색채가 매우 짙으며 특히 중당中唐의 유명한 시인인 유장경劉長卿과 매우 흡사하다는 것이다. 허균은 목은이 도은시를 칭찬한 것과 이로 인해 훗날 삼봉 정도전과 관계가 나빠져 도은이 화를 입게 된 것을 간단히 서술하고 있지만, 17세기의 비평가 홍만종洪萬宗은 이를 좀 더 자세하게 서술하고 있어서 참고가 된다. 즉 목은이 이숭인이 지은 「오호도嗚呼島」 시를 칭찬하자 며칠 후에 삼봉 정도전 역시 같은 제목의 시를 써서 가지고 왔는데, 목은은 삼봉의 작품을 도은의 작품보다 못한 것으로 평가했고 이 일로 인해 삼봉이 훗날 권력을 잡고 나서 도은을 장살杖殺시켰다는 것이

---

29) 許筠, 『惺叟詩話』, "李陶隱, 嗚呼島詩, 牧隱推轂之, 以爲可肩盛唐, 由是不與三峯相善, 仍致奇禍. 頃日朱太史見此作, 亦極加嗟賞. 其'山北山南細路分, 松花舍雨落紛紛, 道人汲井歸茅舍, 一帶靑烟染白雲'之作, 何減劉隨州耶!"

다.[30) 사실 「오호도」 시는 정도전의 작품 1수 외에 정몽주도 2수나 썼지만, 목은은 그 모든 「오호도」 관련 시 중에 도은의 작품을 제일로 쳤다. 이는 비단 「오호도」 시에만 국한되는 것은 아니었다. 전술한 바와 같이 목은을 비롯한 권근, 최립, 유성룡에 이르기까지 많은 문인들에게 도은은 우리나라 제일의 시인으로 꼽혀왔다.

그렇다면 도은시의 가장 큰 특징이자 장점은 무엇일까? 이에 대한 답은 위 인용문의 허균의 말에서 찾을 수 있다. 허균은 도은의 칠언절구 「제승사題僧舍」를 인용한 뒤 당나라 유장경과 비교해도 결코 떨어지지 않는다고 하였다. 이숭인 시를 평하는데, 그 비교 대상을 당나라 시인 유장경으로 했다는 것을 주목해야 한다. 유장경은 중당에 활약한 시인으로 특히 산수시山水詩와 자연시自然詩에 특장이 있었다. 그의 산수시는 전대前代의 왕유王維 등이 이룩한 산수시의 수법을 계승하면서도 좀 더 조탁에 힘썼는데, 당시사에서 유장경이 주로 활동한 중당 전기의 산수시는 마치 정밀화와도 같은 세밀한 필치와 묘사가 특징이었다.[31) 즉 유장경은 시를 그림처럼 그리듯이 쓰는 대표적인 시인이고, 이숭인을 그에 비긴 것은 이숭인 또한 그와 같은 시풍을 가지고 있다는 의미이다. 이를 좀 더 적극적으로 해석하면 단순히 그같은 시풍을 지니고 있다는 데에서 끝나는 것이 아니라, 이숭인 시의 핵심이 바로 그림같은 시라는 점이며 이를 빼놓고는 이숭인 시를 논할 수 없다는 것이라 해도 좋다. 도은시에 대한 이 같은 해석은 다음 이수광의 비평에서도 그대로 이어진다.

---

30) 洪萬宗, 『小華詩評』 권상. "李陶隱崇仁與三峯鄭道傳同師牧隱, 才名相埒, 然牧老每當題評, 先李而後鄭. 嘗稱陶隱曰, 此子文章, 求之中國, 不多得也. 一日陶隱嗚呼島詩極口稱譽, 間數日, 三峯亦作嗚呼島詩, 謁牧老曰, 偶得此詩於古人集中, 牧隱曰, 此眞佳作, 然君輩亦裕爲之, 至於陶隱詩, 不易得也. 三峯自此積不平, 後爲柄臣, 令其私臣出宰陶隱所配邑, 杖殺之, 嗚呼島之詩盖爲禍祟," 참조. 「오호도」 시와 관련된 기사는 『소화시평』 외에 서거정의 『東人詩話』 권상에도 거의 유사한 내용으로 나와 있다.

31) 유장경 시의 특징에 대한 것은 배다니엘, 「유장경의 산수시 연구」, 『중국학연구』 11집, 중국학연구회, 1996, 142—152면을 참조할 것.

도은 이숭인은 고려 말년의 여러 학사들 중에 가장 후진으로서 글에 대해 이름이 나지 않았다. 하루는 옛그림 병풍을 벽에 걸어놓고 그 위에 절구 한 수를 써놓았는데, "산의 북쪽과 남쪽으로 오솔길은 나뉘었고/ 송화가루 비 머금고 어지럽게 떨어진다/ 도인은 물 길어 띠집으로 돌아가고/ 한 줄기 푸른 연기는 흰 구름을 물들인다"라고 하였다. 목은이 보고 당시에 아주 가깝다고 하였다. 그리하여 드디어 명성이 성대하게 되었다.[32)

여기 인용된 시 역시 앞의 허균의 글과 동일한 이숭인의 「제승사」이다. 이수광은 도은시에 직접적인 평을 하는 대신에 목은의 시평을 인용하여 인용시가 "당시에 아주 가깝다[逼唐]"고 하였지만, 사실 이는 이수광 본인의 생각이기도 하다. 덧붙여 이수광은 도은이 이 시로 인하여 고려후기 문단에서 시명詩名을 떨치게 되었다고 하였다. 필자는 인용문에서 "하루는 옛그림 병풍을 벽에 걸어놓고 그 위에 절구 한 수를 써놓았는데"라는 부분을 주목하고 싶다. 즉 이를 통해서 도은의 「제승사」에 대한 그림이 당시에 유행했음을 짐작할 수 있다. 일종의 제화시題畵詩인 셈이다. 그만큼 도은시는 그림과 밀접한 관련이 있다. 사실 도은시에 나타나는 이 같은 회화성은 좀 더 깊이 따져보면 '청신淸新'한 품격과 맑고 깨끗한 의경意境에 바탕한 것이다. 이색의 다음 글을 보자.

도은시 몇 편을 읽어보니 구슬이 소반 위를 구르는 것 같고 얼음 덩어리가 산골짜기를 흘러나와 가득찬 것 같다. …(중략)… 도은의 시어는 쇄락灑落하여 한 점의 티끌도 없고 그 나아감이 오직 여기에 있어 족히 사람의 정성精性의 바름을 느끼게 하며 사무사思無邪의 경지로 돌아가게 한다.[33)

---

32) 李睟光, 『芝峰類說』, 「文章部」. "李陶隱崇仁, 在麗末諸學士·中, 最後進, 文譽未著. 一日, 揭古畵障于壁, 書一絶其上曰, '山北山南細路分, 松花含雨落紛紛, 道人汲水歸茅舍, 一帶靑烟染白雲', 牧隱見之, 以爲逼唐, 聲名遂盛."

33) 李穡, 『陶隱集』 권수, 「陶隱先生文集跋」. "讀陶隱詩數篇, 如珠走盤, 如氷出壑. …

인용문은 이숭인의 문집인 『도은집』 발문의 일부이다. 도은시에 대한 목은의 평을 이해하기 위해서는 "구슬이 소반 위를 구르는 것 같고 얼음 덩어리가 산골짜기를 흘러나와 가득찬 것 같다"라는 말의 의미를 파악하는 것이 급선무다. 평이 매우 비유적이고 상징적이어서 그 의미를 정확히 이해하기가 쉽지 않다. 하지만 이 말을 이해하는 것이 불가능한 것만은 아니다. 목은이 그 뒤에 덧붙인 "도은의 시어는 쇄락灑落하여 한 점의 티끌도 없고"라는 말이 하나의 단서가 될 수 있다. 여기에서 시어가 쇄락하여 한 점의 티끌도 없다는 말은 우선 시의가 세속적인 권력, 명예, 부귀, 영화와 같은 것에서 멀리 벗어나 있기에 탈속적인 것을 의미한다. 이 같은 주제의 시들은 대체로 앞에서도 언급한 유장경과 같은 산수시와 자연시를 쓰는 시인들에게서 많이 나타난다. 또한 시의적인 측면만이 아니라 시의 전체적인 이미지가 빚어내는 의상과 의경 역시 탈속적이라는 것도 중요한 특징이 된다. 이와 같은 점을 염두에 두고 다시 "구슬이 소반 위를 구르는 것 같고 얼음 덩어리가 산골짜기를 흘러나와 가득찬 것 같다"라는 평을 생각해보면, 도은의 시는 '청신'한 품격과 '청정'한 의상및 의경에 바탕을 둔 시라는 것을 알 수 있다.

　　한시에서 청신의 시품은 '청정비범清淨非凡'을 지칭하는 용어로서 '청清'이란 속되거나 혼탁함에 대對가 되는 말이며, '신新'이란 독창적인 견해로 진부하지 않은 것을 지칭하는 말이다. 시문이 청신한 품격이 되기 위해서는 도습蹈襲과 주작做作을 하지 않고 꾸밈이 적어 신의新意가 있어야 한다.[34] 사실 도은을 비롯 목은 이색, 척약재 김구용 등 고려말의 시인들은 '청신清新' 계열의 품격에 속한 시들을 즐겨 창작하였다. 이를 좀 더 확대해석하면 청신 계열의 시는 목은계 사인士人들에게 공통적으로 나타나는 일종의 문학현상이었다고 말할 수 있

　　(中略)… 陶隱詩語旣灑落, 無一點塵, 而其趣惟在於此, 足以感人情性之正, 而歸於無邪矣."

34) 한시의 '清新' 品格에 대한 사항은 하정승, 『고려조 한시의 품격 연구』, 다운샘, 2002, 170−171면을 참조할 것.

다.35) 도은 이숭인 또한 청신한 시어와 의경을 통해 주로 고결한 자신의 생활이상을 시로써 표현하고자 하였다.36) 일반적으로 한국한시사에서 법당을 한 당시풍의 시들에서는 그 미감에서 '청신'·'청려淸麗'와 같은 맑음을 그 특징으로 하는 작품들이 많이 나타난다. 가령 조선중기 당시풍을 주도했던 손곡蓀谷 이달李達의 경우가 그 대표적인데, 사실 손곡뿐만 아니라 삼당시인三唐詩人을 비롯한 조선중기 당시풍 시인들의 주된 품격은 청신이었다.37) 따라서 고려후기 시인들 중 청신한 품격의 대표자로 꼽히는 이숭인의 시가 당시풍을 지닐 수밖에 없었던 이유도 당시풍의 시와 청신의 품격과의 밀접한 관계를 고려하면 그 해답을 찾을 수 있으리라 본다. 그럼 이제 도은시를 살펴보자.

절집에서 쓰다

산의 북쪽과 남쪽으로 오솔길은 나뉘었고	山北山南細路分
송화가루 비 머금고 어지럽게 떨어진다	松花含雨落繽紛
도인은 물 길어 띠집으로 돌아가고	道人汲井歸茅舍
한 줄기 푸른 연기는 흰 구름을 물들인다	一帶靑烟染白雲38)

---

35) 여기에서 '牧隱系 士人'이란 목은 이색을 중심으로 교유를 나눴던 그룹을 지칭하는 용어다. 그 주요 구성원을 보면 李穡을 비롯 鄭夢周, 金九容, 李崇仁, 朴尚衷, 朴宜中, 鄭道傳, 李集 등을 꼽을 수 있다. 이들은 정도전과 이집을 제외하면 대체로 이색이 1367년 成均館 大司成으로 있을 때 學官으로 참여한 인물들로 이를 계기로 평생의 교유관계를 지속했던 것으로 보인다. 이에 대한 자세한 사항은 하정승의 앞의 책, 89-90면을 참조할 것.

36) 유호진, 「김구용 시의 청정 의상에 내포된 정신적 의미」, 『한국한문학연구』 30집, 한국한문학회, 2002, 189면 및 216면 참조.

37) 손곡 이달 시의 청신한 품격에 대한 사항은 김종서, 「손곡 이달 시의 풍격」, 『한국한시연구』 13호, 한국한시학회, 2003, 169-170면을 참조할 것. 또한 삼당시인을 중심으로 한 조선중기의 시풍 변화와 淸新·淸麗한 품격과의 관계에 대해서는 이종묵, 「조선중기 시풍의 변화 양상」, 『한국 한시의 전통과 문예미』, 태학사, 2002, 475-476면을 참조할 것.

38) 『陶隱集』 권3, 「題僧舍」. 앞으로 본고에서 인용하는 도은시는 기본적으로는 『국역 도은집』(이상현 역주, 한국고전번역원 간행, 2008)의 번역을 그대로 따랐으며, 부분적으로 수정할 부분이 있을 경우에만 필자가 수정을 가했음을 밝혀둔다.

앞에서도 언급한 것처럼 위의 인용시는 허균의 『성수시화』, 이
수광의 『지봉유설』 등 전대前代의 여러 비평집에서 이숭인의 대표시
로 가장 많이 소개된 작품이다. 이수광은 목은 이색의 말을 인용하여
이 시가 당시와 아주 가깝다고 평하고 제화시로 소개하였다. 허균의
경우에는 이 시를 두고 "유수주劉隨州[당나라 유장경劉長卿]와 비교해
도 어찌 모자란다 할 수 있겠는가"라고 평하였다.[39] 유장경은 중당中
唐을 대표하는 시인으로 특히 자연을 그대로 옮겨놓은 듯한 회화적인
시에 특장이 있었다.[40] 사실 유장경과 위응물韋應物을 대표로 하는 중
당의 자연시파 시인들에 대한 추숭은 16세기 삼당시인들에게서 나타
난다. 특히 손곡 이달이 당시를 처음 배우면서 이태백의 시집 및 『당
음唐音』과 함께 유장경과 위응물의 시집을 숙독했다는 사실[41]은 당시
사唐詩史에서 유장경의 위치와 중요성을 상징적으로 보여주는 일이라
하겠다. 허균이 이숭인의 위의 시를 유장경과 비교한 것은 이 시가
갖고 있는 뛰어난 회화성 때문이다. 이 점은 도은의 시를 이수광의
『지봉유설』에서 제화시로 소개하고 있는 것과도 일맥상통한다. 당시
풍의 시들에서 가장 두드러지게 나타나는 현상 가운데 하나가 활발한
제화시의 창작임을 상기할 때,[42] 도은의 인용시는 전형적인 당시풍

---

39) 「제승사」에 대한 이수광과 허균의 평은 각각 『지봉유설』과 『성수시화』에 실려 있는
데, 이 인용문과 한문 원문은 앞에서 기술했으므로 여기에서는 생략한다.

40) 유장경 시에 대한 사항은 배다니엘의 앞의 논문과 오윤숙, 「유장경·위응물 자연시 비
교 연구」(성균관대대학원 박사학위논문, 1998)을 참조할 것.

41) 이달이 유장경·위응물의 시를 탐독한 사실에 대한 사항은 허균이 쓴 「蓀谷山人傳」
(『惺所覆瓿藁』 권8 수록)의 다음 기사에 자세히 나와 있다. 참고로 「손곡산인전」의
해당 기사만 살펴보면 다음과 같다(번역은 한국고전번역원 발행, 『국역 성소부부고』를
인용했음). "하루는 思菴 朴淳이 이달에게 말해주기를, '詩道는 마땅히 唐詩로 하는
것이 正道가 되네. 子瞻의 시는 豪放하기는 하지만 이미 당시의 아래로 떨어지네.'하
였다. 그리고는 시렁 위에서 李太白의 樂府·歌吟詩, 王維·孟浩然의 近體詩를 찾아
내어 보여주었다. 이달은 깜짝 놀란 듯 정법이 거기에 있음을 알았다. 드디어 전에 배
운 기법을 완전히 버리고, 예전에 숨어 살던 蓀谷의 田莊으로 돌아갔다. 『文選』과 이
태백 및 盛唐의 十二家·劉隨州·韋左史와 伯謙의 『唐音』까지를 꺼내서 문을 닫고
외었다. 밤이면 날을 새운 적도 있었고, 온종일 무릎을 자리에서 떼지 않기도 하였다.
이렇게 하여 5년을 지내자 어렴풋이 깨우쳐짐이 있었다. 시험삼아 시를 지었더니 어휘
가 무척 淸切하여 옛날의 수법은 완전히 씻어졌다."

의 시라고 할 수 있겠다.

　인용시에 등장하는 시적 화자(persona)는 철저하게 객관적 시선을 유지한 채 관찰자의 입장에서 시를 기술하고 있다. 소설의 시점으로 보면 3인칭 관찰자시점(director–observer point of view)인 셈이다. 시의 처음은 길에 대한 묘사로 시작된다. 숲속의 작은 오솔길은 북쪽과 남쪽의 두 갈래로 나뉘어 있다. 숲 전체에 대한 조망이기에 다분히 약간은 멀리 떨어져서 바라본 원경遠景이다. 이에 비해 제2구는 숲속의 소나무에 아주 근접하여 바라본 근경近景이다. 자세히 보니 비가 오고 난 후의 숲속엔 많은 것이 달라져 있다. 수많은 나무들과 대지를 비롯한 숲 전체가 온통 젖어있으니, 예컨대 소나무의 꽃가루[松花]는 잔뜩 비를 머금은 채 어지럽게 흩어져 있는 것이다. 여기에 사용된 주된 감각은 물론 시각이지만, 나무와 풀, 꽃들의 신선한 냄새와 감촉까지 더해져 있으니 후각과 촉각까지 아울러 동원된 것이다. 독자는 이를 통해 시적화자가 매우 섬세하고 정치精緻한 내레이터(narrator)임을 쉽게 알 수 있다. 다음 3구로 가면 시선이 숲속의 나무와 풀, 꽃들에서 다시 이동하여 오솔길을 걷고 있는 사람과 그가 머물고 있는 띠집으로 멀어진다. 이를테면 원경 → 근경 → 원경인 셈이다. 마지막 4구는 회화성이 강한 이 시에서도 가장 그림같은 장면이다. "한 줄기 푸른 연기는 흰구름을 물들인다"라는 표현은 아마도 당시唐詩의 어느 구절과 비교해도 뒤지지 않는 감각미의 절정이다. 물을 길어 돌아간 도인의 띠집에서 연기가 올라온다. 그 연기는 비가 그친 청량한 하늘 위로 한없이 솟아오르고 흰구름마저 푸르게 물들이고 만다. 한 폭의 수채화와도 같은 맑고, 깨끗하고, 담백한 표현이다. 특히 '물들인다[染]'라는 시어는 마지막 4구에서도 압권이자 일종의 '시안詩眼'이라고 할 수 있다. 이 같은 시어로 인해 이 시의 회화성이 극대화되고 있기 때문이다. 앞에서 소개한 이수광의 제화시 언급이나 허

---

42) 정민, 「16·7세기 학당풍의 성격과 그 풍정」, 『한국한문학연구』 19집, 한국한문학회, 1996, 197–201면 참조.

균의 유장경과의 비교에는 기실 마지막 4구가 핵심적인 역할을 하고 있는 셈이다.

절집

성곽 동쪽에 위치한 금강의 절간	金剛僧舍在城東
사원 가득 붉은 한 그루 동백나무	一樹山茶滿院紅
어느 날에야 다시 꽃 밑의 나그네 되어	何日更爲花下客
공중에 퍼지는 향 안개를 취해 바라볼까	醉看香霧洒空濛[43]

인용시는 칠언절구의 두 수로 된 연작시인데, 그중 앞의 시 한 수만 살펴보기로 하자. 앞에서 살펴본 「제승사題僧舍」와 시제도 거의 같고 시적 배경도 유사하며 작시 방식 역시 비슷하다. 우선 시를 쓰고 있는 곳이 절이라는 점과 시각적 이미지와 회화성이 두드러진다는 점이 유사하다. 또한 제1구에서 2구로의 전개 방식이 원경에서 시작하여 근경으로 가고 있다는 점도 유사하다. 하지만 두 시 사이에 차이점도 있다. 가장 큰 차이점은 시점의 변화이다. 앞의 시가 3인칭 시점이었다면, 위의 인용시는 1인칭 시점으로 바뀌었다. 즉 시적 화자의 주관적 개입이 이뤄지고 감정의 표현이 나타나 있다는 말이다. 앞의 「제승사」가 시인의 주관적 감정을 최대한 배제한 채 철저하게 객관적 묘사에만 치중했다면, 위의 시는 이른바 '선경후정先景後情'의 수법을 통해서 서경敍景과 서정敍情을 조화시키고 있다. 인용시는 전통적인 중국시학에서 가장 이상적인 작시법 중의 하나로 꼽혀온 '정경교융'의 원칙에 잘 들어맞는다. 중국시사中國詩史에서 정情과 경景에 관한 독보적인 이론을 펼친 청나라의 문인 왕부지王夫之는 "정情과 경景은 이름은 둘이지만, 실제로 그것은 분리될 수 없다. 시에 있어서 신묘한 작품들은 그 둘을 묘하게 합치시킴이 끝이 없다. 잘된 시는

---

43) 『陶隱集』 권3, 「僧舍」.

정情 속에 경景이 있고, 경景 속에 정情이 있어야 한다."라고 하였다. 심지어 그는 한걸음 더 나아가 다음과 같이 말한다. "정과 경이 비록 하나는 마음에 있고, 또 하나는 사물에 있다는 구분이 있기는 하지만, 경은 정을 생성시키고 정은 경을 생성시키는 것이다."[44] 사실 이같은 정경교융의 한시작법은 이미 원나라의 문인 양재楊載에게서 보이는데, 그는 『시법가수詩法家數』에서 "경치를 묘사할 경우에는 경치 속에 뜻을 담아야 하고, 서사敍事 속에도 그 정경을 그려볼 수 있도록 해야 한다. 세밀하면서도 청담해야 하고 진부하거나 수식을 많이 가해서는 안 된다. 뜻을 묘사할 경우에도 뜻 속에 경치를 담아내야 의론이 더욱 분명해질 수 있다."[45] 이처럼 전통적으로 한시 창작에서는 정과 경의 결합 또는 합치를 매우 중요시 하였다.

　인용시의 제1－2구는 서경敍景이고, 3－4구는 서정敍情이므로 선경후정의 작법을 통해 정과 경의 합치를 추구하고 있음을 알 수 있다. 시는 절집과 그 절 안에 자리한 한 그루의 동백나무를 그리는 것으로 시작된다. 특히 인상적인 표현은 제2구 "사원 가득 붉은 한 그루 동백나무"라는 말이다. 그런데 여러 그루도 아닌 한 그루의 동백나무를 두고 사원에 가득하다고 한 것은 아마도 다음 두 가지 경우 중 하나 때문일 것이다. 한 그루의 나무로도 절에 가득 찰 정도로 시인이 자리잡고 있는 절집이 작은 규모이거나 아니면 절은 작지 않지만 상대적으로 동백나무를 강조하기 위해 그렇게 표현했을 수 있다. 만약 후자의 경우라면 붉게 핀 동백의 아름다움을 극적으로 강조한 것이므로 더욱 시적 운치가 있게 된다. 여기에서 "붉은"이라고 하는 것으로 보아 계절적 배경은 동백꽃이 활짝 피는 이른 봄으로 추정된다. 어느 아름다운 봄날, 시인은 한가롭게 절집의 동백꽃 아래에서 여유를 즐기고 있다. 하지만 아무래도 이 같은 여유는 앞으로 다시

---

44) 이상 왕부지의 시론에 대한 사항은 유약우 저, 이장우 역, 『중국시학』, 명문당, 1994, 150면을 참조할 것. 본고에서 인용한 번역문은 『중국시학』을 참조하여 필자가 수정한 것임.

45) 이병한 편저, 『중국 고전시학의 이해』, 문학과지성사, 1992, 103－104면.

누리지 못할 것 같은 생각이 든다. 그래서 시인은 3-4구에서 "어느 날에야 다시 꽃 밑의 나그네 되어/ 공중에 퍼지는 향 안개를 취해 바라볼까"라고 자조한다. 바로 이 같은 표현이 앞의 「제승사」와는 달리 시인의 주관적 감정 개입이 이뤄진 부분으로, 독자들은 동백꽃 활짝 피어 있는 꽃나무 밑에서 나그네로 있는 시인의 모습을 통해 봄날의 아름다움과 동시에 알 수 없는 어떤 애상감을 느끼게 되는 것이다. 특히 "꽃 밑의 나그네[花下客]"라는 시어는 매우 감성적이고 서정적인 표현으로 당시풍의 아름다움을 물씬 느끼게 해주고 있다. 또한 이 시에는 "금강의 절간", "붉은 한 그루 동백나무", "꽃 밑의 나그네", "향 안개[香霧]", "취해 바라보다[醉看]" 등과 같은 시각·후각·촉각적 이미지를 갖고 있는 시어들이 동시에 등장하여 감각미를 극대화시키고 있다. 시에서는 이같이 여러 감각기관을 뒤섞어 사용함으로써 인상印象과 감각기관 사이를 뒤엉키게 하고, 또 다른 감각기관으로 옮겨 표현하기도 하는데, 이것은 시의 의상意象을 생동감 넘치게 한다.46) 당시의 특징 중 하나가 감각적 이미지를 구사함으로써 감성을 극대화시키는 것임을 상기할 때, 인용시는 전형적인 당시의 요소들을 갖추고 있다고 판단된다. 이러한 감각미는 다음 시에서도 계속된다.

왕 박사의 연석宴席에서

화려한 집 깊은 곳에 펼쳐진 멋진 잔치   畫堂深處綺筵開
애끊는 가인의 휘돌아 가는 춤사위여   腸斷佳人舞袖廻
취해 돌아가려다가 몸이 기우뚱 넘어지며   醉裏欲歸仍健倒
모자챙의 꽃잎 조각 금 술잔에 떨어지네   帽簷花片落金杯47)

---

46) 黃永武, 『中國詩學』, 「談意象的孕現」, 17면. "故意將接納感官交綜運用, 造成印象與感官間的錯綜溹生新." 하정승, 「도은 이숭인 시의 意象과 미의식의 표출양상」, 『동방한문학』 27집, 동방한문학회, 2004, 22-23면에서 재인용.
47) 『陶隱集』 권3, 「王博士席上」.

위의 시는 시인이 왕 박사라는 어떤 인물의 잔치 자리에 참여한 광경을 그리고 있다. 예부터 잔치 자리에 빠지지 않는 것이 있다. 음주가무이다. 아름답고 화려한 집에 멋진 잔치가 벌어졌다. 아마도 주인은 잔치의 흥을 돋우기 위해 아름다운 가기歌妓를 초청한 것 같다. 끊어질 듯한 가는 허리를 자랑하며 여인은 춤을 춘다. 정신없이 휘돌아 감기는 춤사위에 숨이 막힐 지경이다. 춤추는 모습을 묘사한 제2구를 읽고 있으면 잔치 자리에 참여한 모든 사람의 시선이 오직 여인 한 명에게 집중되어 있음을 느끼게 된다. 그만큼 묘사가 섬세하고 역동적이다. 또한 이 장면은 단순히 시각적 요소만 있는 것이 아니다. 얼핏 보면 춤추는 여인과 춤사위만을 묘사한 것 같지만, 자세히 읽어 보면 그 여인이 추는 춤과 함께 잔치 자리에 동원된 음악 소리, 사람들의 시끌벅적한 웃음 소리, 떠드는 소리까지 들려온다. 다음 3-4구에 가면 이 시의 묘사력이 절정에 이른다. 시인은 술에 취하여 먼저 돌아가려고 자리에서 일어난다. 하지만 워낙 취한 상태인지라 몸이 말을 듣지 않고 기우뚱하며 그 자리에서 넘어져 버리고 말았다. 술에 취한 시인이 우스꽝스럽게 넘어지는 모습도 재미있지만, 시를 읽는 독자들도 마치 같은 술자리에 있는 것처럼 동작 하나하나와 상황에 대한 묘사가 치밀한 것이 훌륭하다. 더욱 놀라운 것은 다음 4구이다. 비틀거리며 넘어지는 순간 시인이 쓰고 있던 모자 위에 있던 꽃잎이 상 위의 술잔으로 떨어진다는 표현이다. 4구 역시 앞의 3구와 마찬가지로 일단 묘사가 상당히 섬세하다. 예컨대 모자라고 해도 좋을 것을 굳이 "모자챙[帽簷]"이라고 한다든지, 또는 꽃잎이라고 해도 괜찮은데 "꽃잎 조각[花片]"이라 말하며, 술잔이라 하지 않고 "금 술잔[金杯]"이라고 부르고 있는 것이 그 예다.

또한 묘사가 섬세할 뿐 아니라 묘사를 해내는 기법과 시의 구성까지 치밀하다. 가령 제2구에서 3구로, 또 3구에서 4구로 진행되는 과정을 꼼꼼히 살펴보면 동작에 대한 묘사가 점점 작아지고 있음을 발견할 수 있다. 즉 2구에 묘사된 여인의 춤동작은 굉장히 선이 굵고

크며 또 공간도 많이 차지하는 반면, 3구에서 시인이 술에 취해 넘어지는 장면은 그보다 동작이 훨씬 작고 차지하는 공간도 제한적이다. 4구의 술잔에 떨어지는 꽃잎은 동작이 작은 정도가 아니라 거의 정지 상태라고 해도 좋을만큼 순간적인 움직임이며 상대적으로 정적靜的이다. 전체적인 구성은 "동중정動中靜"으로 되어 있다. 칠언절구의 짧은 시 형식에서 이 같은 구성방식은 시의 긴장감을 최대한 살려주고 묘사까지 더욱 생생하게 만드는 효과가 있다. 바로 이러한 치밀한 구성력도 도은시의 묘사력을 극대화 시키는 데 중요한 요소가 된다. 또한 가지 생각해 보아야 할 점은 모자 위의 꽃잎이 술잔에 떨어진다는 발상이다. 이 같은 표현은 흔하게 보는 것이 아니어서 일차적으로 독자로 하여금 참신하다는 느낌을 주게 된다. 전술했던바 도은시에 대한 일반적인 평어인 "청신淸新"도 이러한 점과 밀접하게 관련이 있을 것으로 판단된다. 또한 이러한 표현은 참신할 뿐만 아니라 독자로 하여금 최대한 상상력을 발휘할 수 있도록 생각의 여운을 남기게 해준다. 시인이 독자에게 모든 것을 다 설명해 주는 것이 아니라 최대한 독자의 상상력을 끌어올리는 이른바 여운과 숨김의 구조 역시 당시가 갖는 또 하나의 특징이다.[48] 이상에서 살펴본 여러 가지 특징이 바로 이숭인을 당시풍의 대표적인 시인으로 만들어 주는 역할을 하고 있다고 생각한다.

실제失題

(1)

저녁 햇빛 아직도 나무에 걸려 있는데	斜陽猶在樹
말을 세워 인가를 묻는다	立馬問人家
봄풀은 텅 빈 마을에서 자라고	春草生墟巷

---

48) 독자의 상상력을 자극하고 여운과 숨김을 중시하는 당시의 이 같은 미학에 대해서는 전송열, 「조선조 초기학당의 변모 양상 연구」, 연세대대학원 박사학위논문, 2000, 20-22면을 참조할 것.

배는 모래톱에 매여 있네　　　　　　江舡閣岸沙

막혀 있는 땅에 산기슭 끊어지고　　地窮山趾斷

활짝 트인 하늘에 갈림길 멀어라　　天豁路歧賒

내일 또 내일　　　　　　　　　　　明日又明日

가고 가도 늙음을 어이하랴　　　　行行老奈何

(2)

깊은 산골 적막한 동네　　　　　　　深山寂寞境

연일 자욱이 내리는 봄비　　　　　　春雨連朝昏

돌아가지 못하는 천리의 길손　　　　千里未歸客

감상에 젖어 문에 홀로 기대어 있다　多情獨倚門

이때 새로 찾아온 제비는　　　　　　此時新鷰到

어딘가에 옛 둥지가 있으련마는　　　何地舊巢存

애석해라 진흙 물고 날아가는 곳　　可惜含泥處

모두 지난해의 마을이 아니구나　　　都非去歲村

(3)

푸르고 아득한 세밑의 하늘　　　　　蒼茫歲暮天

새로 내린 눈이 온 산천을 뒤덮고 있네　新雪遍山川

새들은 산 속의 나무를 잃고　　　　鳥失山中木

스님은 돌 위의 샘물을 찾네　　　　僧尋石上泉

굶주린 까마귀는 들 밖에서 울고　　飢鳥號野外

얼어붙은 버들은 시냇가에 누워 있네　凍柳臥溪邊

어느 곳에 인가가 있는가　　　　　　何處人家在

먼 숲에서 흰 연기 일어나네　　　　遠林生白煙[49]

---

49) 『陶隱集』 권2, 「失題」.

위에서 인용한 세 수의 시는 원 문집인 『도은집』에는 제목이 없고, 인용시의 말미에 "이상의 세 수는 사람들이 전하며 암송한 시들 중에서 얻은 것들인데, 그 편제篇題는 알 수가 없다."50)라는 후주後註가 달려있다. 아마도 후대 문집의 편찬자가 해놓은 주석일 것이다. 시의 형식은 세 수 모두 오언율시이다. 먼저 (1) 시를 보자. 저물 무렵 시인은 말을 타고 어딘가를 향해 가고 있다. 석양은 아직 나무 위에 남아서 마지막 빛을 불태우고 있다. 그때 말을 타고 천천히 등장한 시인은 말을 세우고 누군가에게 인가를 묻는다. 시의 도입부부터가 매우 시각적이면서 인상적이다. 마치 서부영화에서 주인공 총잡이가 등장하는 시작 부분과 상당히 유사하다. 함련과 경련은 완벽한 대구對句로서 주변의 풍경을 그려내기 위한 묘사이다. 그런데 사용된 시어를 꼼꼼히 살펴보면 한 가지 특이한 점을 발견할 수 있다. "텅 빈 마을[墟巷]", "막혀 있는 땅[地窮]", "끊어지고[斷]", "갈림길[路歧]", "멀다[賒]" 등의 시어는 하나같이 부정적이고, 비관적이다. 이 같은 비극적 세계인식은 마지막 미련에까지 이어지고 있다. "내일 또 내일/가고 가도 늙음을 어이하랴" 등의 시구는 삶에 대한 쓸쓸함이 지나쳐 허무하기까지 하다. 이 구절은 일차적으로 한평생 살아온 인생을 되돌아보니 남은 것은 늙은 몸밖에 없다는 늙음에 대한 자탄으로 보인다. 이렇게 시를 보면 처음 1－2구에 등장하는 스러져 가는 저녁의 황혼이 마지막 7－8구의 늙음과 어우러져 소위 수미상관首尾相關의 구성 방식이 된다. 물론 이렇게 시를 해석하면 큰 무리없이 시가 읽히기도 한다. 그러나 좀 더 자세하고 꼼꼼하게 읽어보면, 7－8구는 장차 다가오는 늙음에 대한 막연한 두려움과 탄식만은 아니라는 것을 알 수 있다. 이숭인의 세계관은 그보다 훨씬 더 비관적이다. 그 비관은 단순히 늙음에 대한 두려움이나 아쉬움 정도가 아니라는 말이다. 이는 다음에 이어지는 (2) 시에 좀 더 명확하게 드러난다.

---

50) 『陶隱集』 권2, 「失題」. "以上三首, 得於傳誦, 失其篇題." 원제는 없지만, 『국역 도은집』(이상현 역주, 한국고전번역원 간행)의 체제를 따라서 본고에서는 제목을 「失題」로 처리하기로 하겠다.

(2) 시 역시 앞의 시와 마찬가지로 계절적 배경은 봄이다. 또한 앞의 시와 마찬가지로 사용한 시어들 역시 부정적이고 비관적이다. 가령 "적막한[寂寞]", "자욱이[昏]", "돌아가지 못하는 길손[未歸客]", "감상에 젖어[多情]", "홀로[獨]", "애석해라[可惜]", "아니구나[非]" 등과 같은 시어들이 그 예이다. 시의 배경이 되는 깊은 산골 외딴 마을은 고요하기만 하다. 3구에 등장하는 "돌아가지 못하는 길손"은 시인 본인을 지칭하는 말이다. 길손은 지금 문에 기대어 선 채 하염없이 봄비를 바라보며 깊은 상념에 잠겨 있다. 이렇듯 숨 막힐 듯한 정적을 깨뜨린 것은 작년에 이어 다시 찾아온 제비다. 일 년 만에 다시 옛집을 찾은 제비는 그러나 옛 둥지를 찾아내지 못한다. 애석하게도 그 제비는 원래 살던 마을과는 전혀 다른 곳으로 보금자리를 찾아 떠난다. 여기에서 제비가 예전의 집을 찾지 못하고 다른 마을로 떠난다는 것은 무엇을 의미하는가? 그것은 아마도 3구에 등장하는 "돌아가지 못하는 길손"을 의미하는 것으로 풀이된다. 이숭인의 비극적 세계인식은 이 시에서도 제비가 끝내 제 둥지를 찾지 못하는 것으로 나타나고 있다. 전술했던 이숭인의 세계관이 늙음을 두려워하는 정도보다 훨씬 더 비관적이라는 말은 이 시를 통해 확인이 된다.

(3)의 시는 계절적 배경이 봄에서 겨울로 바뀌었다. 앞의 시들에선 봄을 상징하는 "봄풀", "봄비", "제비"들이 등장했다면, 여기에서는 겨울을 상징하는 "눈"이 등장한다. 한시에 등장하는 눈은 일반적으로 깨끗함, 고결함, 상서로움, 평화로움, 풍년 등을 비유하는 경우가 많다.[51] 하지만 도은의 시에서 눈은 전혀 다른 의미를 지닌다. 우선 눈 때문에 새들은 산 속의 둥지를 잃고 헤매고, 스님은 샘물을 찾기에 어려움을 겪는다. 제5구와 6구에서는 눈으로 상징되는 겨울날의 혹독한 추위로 인한 피해를 그리고 있으니, 까마귀들은 굶주린 채 들

51) 이는 눈을 제재로 한 많은 시편들을 통해서 확인할 수 있는데, 가령, 고려후기의 문인 민사평의 시에 등장하는 눈은 풍요와 풍년, 때로는 평화가 가득한 이상적인 세계를 기원하는 의미로 사용되고 있는 것이 그 한 예다. 이에 대한 사항은 하정승, 「급암 민사평의 한시 연구」, 성균관대대학원 석사학위논문, 1994, 42–45면을 참조할 것.

밖에서 울고 있고, 버들마저 꽁꽁 얼어붙어 시체처럼 누워있다. 앞에서 살펴본 (1), (2) 시와 마찬가지로 (3)의 시 역시 이처럼 인생의 비극성을 그려내고 있다. (3)의 시가 앞의 시들과 다른 점이 있다면 마지막 미련인 7−8구일 것이다. "어느 곳에 인가가 있는가/ 먼 숲에서 흰 연기 일어나네" 이 구절은 얼핏 보면 혹독한 추위를 피할 수 있는 민가를 발견한 삶에 대한 희망으로 읽힌다. 하지만 좀 더 생각해 보면, 그 희망은 마치 굴뚝 위로 피어오르는 흰 연기처럼 아련히 사라지는 불확실하고 불분명한 것일 뿐이다. 도은시에 나타나는 비극성은 이처럼 그 편폭이 깊다. 다음 시에는 비극성의 또 다른 모습인 애상감哀傷感이 잘 드러나 있다. 그 애상감은 당시풍 시들에서 나타나는 중요한 특징 가운데 하나이다.

떠나는 봄

병중에 너무도 바삐 서둘러 떠나는 봄   病裏春歸大劇忙
우거진 푸른 잎새에 이슬방울 반짝이네   蔥蔥綠葉露華光
봄바람은 이토록 사람 마음 몰라주나   東風可是無情思
남은 꽃잎마저 담 너머로 날려 보내니   吹送餘花過短墻52)

자고로 한시사에서 봄을 노래한 수많은 시인들이 읊은 것 중의 압권은 역시 봄날의 애상감을 노래한 시일 것 같다. 시인들은 이상하리만큼 떠나는 봄, 지는 꽃에 대해 집착한다. 저무는 봄은 비단 한시에서만 다루어지는 것이 아니라 현대시, 현대소설, 영화, 음악 등 다양한 예술영역에서 공통적으로 등장하는 소재이다. 그만큼 아름다운 봄날과 그 봄날에 대한 아쉬움은 작가에게는 창작의 동기가 된다고 할 수 있겠다. 이 시는 봄날이 너무도 빨리 지나간다는 자탄으로 시작된다. 그 시간이 얼마나 빠른지, 시인에게는 마치 일부러 서둘러서 바

---

52) 『陶隱集』 권3, 「春歸」.

삐 떠나가는 야속한 사람처럼 느껴진다. 사실 봄이 이처럼 빨리 가버린다는 인식을 모든 사람이 동일하게 갖고 있는 것은 아니다. 유독 시인이 이 같은 느낌을 갖게 된 이유는 제1구의 "병중에[病裏]"라는 말을 살피면 알 수 있다. 아마도 지금 시인은 몸이 매우 좋지 못한 상태에 있는 것 같다. 이 시에서 말하고 있는 도은이 앓고 있던 병이 정확히 무엇인지는 알 수 없지만, 실제로 도은은 평생토록 안질眼疾을 비롯하여 갖가지 병치레를 겪었던 것으로 보인다.[53] 와병 중인 사람에게 봄은 어쩌면 삶에 대한 희망이요 의지일지 모른다. 혹독한 겨울의 추위가 끝나고 찾아온 새봄은 생명을 상징한다. 그렇기에 병을 앓고 있는 시인은 봄을 붙잡아 두고 싶고, 또 그럼에도 불구하고 떠나가 버리는 봄이 야속한 것이다. 제2구 "우거진 푸른 잎새에 이슬방울 반짝이네"는 봄날에 가져보는 병으로부터의 회복, 더 나아가서는 앞날에 대한 소망을 비유적으로 표현한 것이다.

누구나 봄 하면 가장 먼저 꽃을 떠올릴 정도로 봄과 꽃은 불가분의 관계에 있다. 이 시 역시 마찬가지다. 제3-4구에서 시인은 병중에 가져보는 삶에 대한 희망을 봄날의 소망으로 말하면서, 또 그 봄날의 소망을 꽃으로 나타내고 있다. 그런데 문제는 지금 그 희망의 상징인 봄꽃이 얼마 남지 않았다는 점에 있다. 설상가상으로 봄바람이 어디선가 불어와 "남은 꽃잎마저 담 너머로 날려 보내"고 만다. 남은 하나의 꽃잎이 사라져 버렸다는 것은 생명의 소멸, 곧 죽음을 암시한다. 이 시에 나타나 있는 시인의 인식과 세계관은 이처럼 기본적으로 매우 비극적이다. 그리고 그 비극적 세계 인식은 시를 매우 애상적으로 만들어준다. 또한 애상감은 죽음, 쇠잔, 소멸과 같은 이미지로 시화詩化되어 나타난다. 도은시에 종종 나타나는 애상감의 기저에는 바로 이 같은 비극성과 허무의식이 자리잡고 있다. 비개미悲慨美, 애상감哀傷感이 만당풍의 시들에서 보이는 주요한 특징임을 상기

---

53) 도은의 병치레와 그것을 다룬 시에 대해서는 하정승, 「이숭인의 만시류 작품에 나타난 죽음의 형상화와 미적 특질」, 『한국한시연구』 21권, 한국한시학회, 2013, 122-125면을 참조할 것.

할 때,[54] 도은의 위의 시는 당풍, 특히 만당의 시풍과 밀접하게 연관 되어 있음을 알 수 있다.

4. 결어

이숭인은 한국한시사에서 가장 감각적인 시를 썼던 시인 중의 한 사람으로 판단된다. 도은의 감각적인 시쓰기는 한시사적인 면에서 보면 당시풍의 도입과 관계되어 있다. 이숭인이 활동하던 고려후기의 시단은 당시풍과 송시풍의 시작법이 공존했던 것으로 보인다. 이 같 은 시대적·문학적 흐름 속에서 시작詩作을 했던 이숭인은 당대當代 시풍의 영향과 더불어 본인의 타고난 감수성과 시인으로서의 기질을 십분 발휘하여 매우 감성적이고 감각적인 당시풍의 시를 남기게 되 었다.

도은시에 나타난 감각미는 대체로 이미지의 구사와 관계되어 있 다. 그리고 그 이미지들은 시각적 요소가 강하게 나타난다. 하지만 이숭인 시의 이미지들은 단순히 그림을 그려내는 것에 머물지 않는 다. 그의 시에는 시각을 비롯한 여러 가지 감각적 이미지들이 서로 얽혀서 하나의 의미를 지니는 이미지의 그물을 만들어낸다. 이러한 이미지의 그물에는 시인이 의도한 시의가 담겨있기에 그것은 단순한 이미지가 아니라 전통적인 한시 작법에서 이야기하는 '의상意象'과 밀 접한 관련이 있다.

사실 당시풍이니 송시풍이니 하는 말들은 그 의미가 애매모호한 점이 있다. 왜냐하면 한시사에서는 다양한 기질을 지닌 시인들만큼이 나 다양한 경향의 시풍이 존재해 왔기 때문이다. 따라서 당시에서도

---

54) 예컨대 만당을 대표하는 시인인 李商隱의 경우 綺麗하고 精麗한 표현, 精緻한 구성과 함께 상실과 상처로 인한 깊은 슬픔, 즉 애상감이 그의 시의 기반을 이루고 있다는 사 실을 들 수 있겠다. 비단 이상은뿐만 아니라 杜牧, 溫庭筠, 司空圖 등 만당의 대표적인 다른 시인들도 이와 비슷한 경향을 보여주고 있다. 이상은·두목을 비롯한 만당시의 전 반적인 현상에 대한 것은 유성준, 『중국 만당시론』(푸른사상, 2003)이 참고가 된다.

일반적으로 말하는 송시적인 경향이 존재하고, 그 반대로 송시에서도 당시적인 경향이 존재한다. 하지만 그렇다 해도 분명 한 시대를 풍미했던 시풍은 존재했다. 더구나 중국문학사에서 가장 뛰어났던 시인들을 배출한 당나라 때의 시풍은 분명 의미가 있고 중요하기도 하다. 그러므로 한국한시사에서 당풍의 시를 도입하고 발전시켰던 고려시대의 시를 고찰해 보는 것은 상당히 의미가 있다. 더욱이 고려시대 당시풍 시를 창작한 시인들 중 가장 두드러지는 사람 가운데 한 명인 이숭인 시에 나타난 당풍의 모습과 그 특질을 살펴보는 것은 고려시대 한시사 연구에 반드시 필요한 작업이라 생각된다. 이를 계기로 앞으로 연구의 범위를 넓혀 한국 한시사 전체에서 당시풍적인 면모와 그 변천과정, 그리고 고려시대와 조선시대 당시풍 한시의 차이점들을 밝혀 보고자 한다.

2부,
고려후기 한시와 사대부

고려후기 한시에 나타난 사대부 문인들의 현실 참여의식과 내적 갈등
— 목은 이색을 중심으로 포은·도은·삼봉의 경우 —

1. 문제제기

우리 문학사에서 고려후기는 다양한 의미를 갖는다. 첫째, 정치적인 격변기라는 시대 상황이 문학에도 많은 영향을 주었다. 둘째로 고려초기부터 배출되어 온 수많은 문인들에 의해 한시, 산문, 문학비평 등 각 영역에서 문학사의 발전[1]이 이뤄졌고, 이에 따라 한시 분야에서도 시인들의 숫자가 비약적으로 늘어났으며 다양한 한시 장르의 실험적인 시작詩作[2]이 이루어졌다. 예컨대 익재益齋와 급암及菴의 소

---

[1] 고려전기 이후로 많은 문인이 배출된 것은 여러 가지 이유가 있겠으나 그중에서도 과거제의 시행을 꼽지 않을 수 없다. 고려의 과거제는 제술업과 명경업으로 나뉘어 각각 문학과 경학 분야의 발전을 이룩하였다. 또 한 가지 이유를 들자면 중국 문단이나 학계와의 활발한 교류이다. 여기에는 중국사행이 큰 역할을 하였는데, 고려의 문인들은 이를 통해 최신의 중국 문학사조를 수입하고, 각종 서적을 들여왔다. 이를 통해 고려의 문단은 물론 학문 발전에도 큰 영향을 받게 되었다. 가령 문학에서는 송이나 원나라 문단에서 비평문학이 발전하고 각종 비평서가 출현하자 이 영향으로 고려에서도 『파한집』·『보한집』이 출간된 것을, 학문에서는 성리학의 수입과 같은 예를 들 수 있겠다.

[2] 고려후기에 이르면 한문학이 전반적으로 발전하게 되었지만, 그중에서도 특히 한시와 비평의 발전은 주목된다. 한시의 경우 고려중엽까지만 해도 주로 절구나 율시와 같은 근체시가 주를 이루었으나 후기로 갈수록 근체시뿐만 아니라 고체시의 창작도 활발해졌다. 형식적인 측면 외에 내용적인 면에서도 소재나 제재의 다양화, 각종 詩體의 작시화, 수사법 구사의 원숙함, 다양한 의상과 품격 등 놀랄 만한 한시 문학의 발전이 이루어졌는데, 특히 다양한 작시 분야에서는 목은 이색의 공로를 인정해야 한다. 목은은 분량 면에서도 엄청난 양의 시를 창작했지만, 각종 시체의 실험적 구사, 폭넓은 소재와 제재 등 후배 시인들에게 막대한 영향을 끼친 시인이었다고 할 수 있다. 목은 이색의 삶과 한시에 대한 것으로는 여운필, 『이색의 시문학 연구』, 태학사, 1995; 어강석, 『목은 이색의 삶과 문학』, 한국학술정보, 2007을 참조할 것.

악부小樂府 창작 같은 것이 그 대표적인 예이다. 이전 시기에 비해 문집의 편찬이 보편화된 점은 그 결과물이라 할 수 있겠다. 셋째, 송으로부터 수입된 성리학의 영향이다. 성리학은 사상과 학문은 물론 문학의 영역에도 큰 영향을 끼쳐 성리학적 사유를 기반으로 한 각종 산문과 한시가 등장하게 되었다. 한국문학사 전체를 놓고 보면 조선조에 꽃피운 각종 문학적 성과는 기실 고려후기에 이미 시작된 다양한 시도 하에서 더욱 발전된 것이므로, 고려후기는 문학사적으로 매우 중요한 의미를 갖는다. 가령 조선전기 『동인시화』에 나타난 비평문학의 발전은 고려조의 『파한집』이나 『보한집』에 바탕한 것이었다. 사실 세부적인 문학 장르로 따져보면 이 같은 실례實例가 한 둘이 아닐 정도로 고려후기는 다양한 문학적 시도가 이뤄진 실험의 시기였다. 본고에서는 문학사에서 고려후기가 갖는 이 같은 중요성에 바탕하여 당시 문인들의 현실 참여의식과 내적 갈등을 주목하고자 한다.

주지하다시피 고려후기는 정치적으로 혼란과 격변의 시기였다. 사실 지식인들이 갖는 참여와 은거의 딜레마는 비단 고려후기 문인들만의 것은 아니고, 또한 우리나라 문인들만의 것도 아니다. 이미 고대 중국의 공자 때부터 이 문제는 매우 힘든 선택 사항이었으며 그로 인한 갈등은 수많은 문인들에게 있어 왔다. 그리고 이는 현대를 살아가는 지식인들에게도 그대로 적용되는 화두이기도 하다. 그럼에도 불구하고 고려후기 지식인들에게서 이 문제를 주목하는 것은 이것이 고려후기의 정치, 사상, 학문, 문학을 이해하는 중요한 열쇠 중 하나이기 때문이다. 정치 상황이 혼란하고 복잡할수록 지식인들의 처세는 어려워진다. 심지어 동일 인물의 경우에도 인생 여정에 따라 다양한 처세의 형태가 나타나기도 한다. 고려후기라는 공간은 이러한 점에서 사대부 문인들의 삶의 고뇌와 갈등, 도전과 탐색 등 다양한 모습이 연출된 무대와도 같다. 필자는 14세기를 대표하는 문인이자 당대 최고의 지성이었던 목은을 중심으로 포은, 도은, 삼봉 등 고려후기 지식인들의 출처出處와 현실 참여의식을 고찰하고자 한다. 본고에서 특

별히 목은을 선택한 이유는 목은이 14세기 문학사·정치사·사상사에
서 핵심적인 인물이기 때문이다.3)

　　14세기 지성사에서 목은을 빼놓고는 할 만한 얘기가 별로 없다
고 해도 그리 큰 과장은 아닐 것이다. 특히 목은은 과거시험을 주관
하거나 또는 성균관 대사성을 역임하며 수많은 제자와 후배들을 배출
하였는데, 고려말엽을 대표하는 상당수의 지식인들은 목은의 영향 하
에 있었다. 목은은 정치적으로나 사상적으로 온건한 합리주의자라고
해도 좋을 것 같다. 이는 그의 기질이나 성격과도 깊은 관련이 있는

---

3) 지금까지 보고된 목은의 삶과 문학사적 의의를 다룬 주요 연구들은 다음과 같은 것들
　이 있다. 유광진, 「목은 이색의 시문학 연구」, 성신여대대학원 박사학위논문, 1992; 박
　희, 「목은 이색의 시문학 연구」, 세종대대학원 박사학위논문, 1994; 여운필, 『이색의
　시문학 연구』, 태학사, 1995; 정재철, 「목은 이색 시의 연구」, 고려대대학원 박사학위
　논문, 1997; 신천식, 『목은 이색의 학문과 학맥』, 일조각, 1998; 임형택, 「고려말 문인
　지식층의 동인의식과 문명의식 - 목은 문학의 논리와 성격에 관한 서설」, 『실사구시의
　한국학』, 창작과비평사, 2000; 하정승, 「목은 이색 시의 품격 연구」, 『동방한문학』 20
　집, 동방한문학회, 2001; 원주용, 「<南谷記>를 통해본 牧隱의 出處觀」, 『한문학보』
　10집, 우리한문학회, 2004; 여운필, 「목은시의 다양한 지향과 면모」, 『진단학보』 102
　호, 진단학회, 2006; 채웅석, 「목은시고를 통해서 본 이색의 인간관계망」, 『역사와현
　실』 62호, 한국역사연구회, 2006; 김보경, 「목은 이색의 버들골살이와 시」, 『동양고전
　연구』 27집, 동양고전학회, 2007; 어강석, 『목은 이색의 삶과 문학』, 한국학술정보,
　2007; 이익주, 「목은시고를 통해 본 고려말 이색의 일상」, 『한국사학보』 32호, 고려사
　학회, 2008; 김진영, 김동건, 「목은 이색의 삶과 시세계의 몇 국면」, 『국어국문학』
　150호, 국어국문학회, 2008; 원주용, 『목은 이색 산문 연구』, 한국학술정보, 2008; 김
　재욱, 「목은 이색의 영물시 연구」, 고려대대학원 박사학위논문, 2009; 강민구, 「목은
　이색의 질병에 대한 의식과 문학적 표현」, 『동방한문학』 42집, 동방한문학회, 2010;
　김재욱, 「목은 이색의 시와 꽃」, 『고전과해석』 8집, 고전문학한문학연구학회, 2010;
　김주순, 「목은 이색의 한시에 나타난 도연명의 은일관」, 『고시가연구』 25집, 한국고시
　가문학회, 2010; 성범중, 「목은 이색의 서연 진강시 연구」, 『석당논총』 50집, 동아대
　석당학술원, 2011; 어강석, 「목은 칠언절구의 장법과 시적 효과」, 『한국한문학연구』
　48집, 한국한문학회, 2011; 어강석, 「목은 유배기 시의 정감 양상」, 『한국언어문학』
　82집, 한국언어문학회, 2012; 어강석, 「목은시정선의 자료적 성격과 특징」, 『장서각』
　28집, 한국학중앙연구원, 2012; 하정승, 「고려후기 만시에 나타난 죽음의 형상화와 미
　적 특질」, 『동방한문학』 50집, 동방한문학회, 2012; 권상호, 「목은 사군자시 연구」,
　경희대대학원 박사학위논문, 2013; 성범중, 「목은 이색의 풍속 관련 한시 일고」, 『한
　국한시연구』 21호, 한국한시학회, 2013; 김동준, 「목은 이색의 한시에 나타난 노년의
　일상과 시적 형상」, 『한국한시연구』 21호, 한국한시학회, 2013; 어강석, 「목은 가행시
　에 나타난 특징적 구법」, 『한국한시연구』 22호, 한국한시학회, 2014; 유지봉, 「이색과
　두보의 시문학 비교 연구」, 경희대대학원 박사학위논문, 2014; 어강석, 「목은 이색의
　절의 실천과 후대의 평가」, 『포은학연구』 16집, 포은학회, 2015.

데, 이 같은 그의 기질은 정치적 행보에도 그대로 나타났다. 목은과 함께 살펴볼 포은 정몽주의 경우에는 고려말엽 정계의 핵심인사였다는 점에서, 또한 고려왕조와 운명을 함께 한 충절의 대명사라는 점에서 고려후기 사대부의 현실 참여와 내적 갈등을 고찰하는 본고의 취지에 부합되는 인물이다. 특히 그는 평생을 종군과 사행의 현장에서 활동하였음에도 항상 집으로 돌아가기를 꿈꾸었다는 점이 주목된다. 그의 이 같은 고백이 으레 하는 공치사였는지 아니면 진심이었는지는 시문을 통해 면밀히 고찰해 볼 필요가 있다. 도은 이숭인의 경우에는 목은이나 포은에 비해서 출사出仕에 대해 좀 더 분명하고 단호한 태도를 보이고 있다. 그는 환로를 처음 시작할 때부터 이미 출세나 부귀보다는 인의仁義와 충신忠信을 지향하는 다짐을 한다. 불과 16세에 문과에 급제하고, 21세에 성균관박사가 된 그가 빠른 출발에 비해 다른 이들보다 상대적으로 정치적 불우를 겪은 것은 그의 출처관이나 관직에 대한 태도에서 비롯된 것이라 할 수 있다.

삼봉三峯 정도전鄭道傳은 주지하다시피 풍운아이자 혁명가였다. 그의 출처관은 앞의 도은 이숭인과 매우 닮아 있다. 그는 혁명가답게 정치에 대한 소신과 철학이 매우 뚜렷하였고, 또 그것을 지키기 위해 애를 썼다. 관직이나 부귀보다는 의義와 명名을 중시하는 태도를 보이는데, 동시대 두각을 나타냈던 다른 인사들에 비하여 상대적으로 내세울 것이 없는 가문 출신이었기에 더욱 확고한 신념으로 정치적인 변혁과 새로운 세상을 꿈꾸었는지도 모른다. 삼봉과 포은은 모두 성리학적 세계관을 바탕으로 한 개혁적 성향의 신진 지식인이었으나, 한 명은 급진적인 개혁을, 다른 한 명은 보다 온건한 범주 안에서의 개혁을 추구하였기에 서로 다른 길을 걷게 되었다. 하지만 삼봉도 조선 개국 후 1차 왕자의 난 때 정치적 희생을 당하였기에 결국 그가 꿈꾸던 정치적 이상을 다 펼쳐보지는 못하였다. 이러한 면에서 보면 그가 추구한 혁명은 미완의 혁명이었다고 할 수 있겠다.

이외에도 주목할 만한 인물로 최해崔瀣, 안축安軸, 백문보白文寶,

길재吉再, 원천석元天錫 등이 있다. 이들은 크게 보면 모두 다 중앙 정치에서 한 걸음 비켜 있었다는 공통점이 있지만, 그 이면을 들여다보면 모두 다른 삶의 양상을 보여준다. 그것은 개인적 처지, 기질, 시대 상황 등 다양한 요소에 기인한다. 우선 이들의 공통점은 다섯 명 모두 결국에는 귀거래하여 은거했다는 점이다. 하지만 그 구체적 면모는 서로 다르다. 선배뻘인 최해는 원元나라의 제과制科에 합격할 정도로 실력은 인정받았으나 다른 이들과 쉽게 어울리지 못하는 강직한 성품 때문에 은거를 택하게 된다. 안축의 경우에는 42세에 원의 회시에 합격했는데, 다른 이들보다 출사가 늦은 편이었기에 정계의 중심 인물이 되기에는 한계가 있었다. 백문보 역시 강직한 성품으로 인해 환로에는 올랐으나 공경대부의 지위를 얻지 못했다. 그의 주요 정치적인 이력이 시대 상황을 왕에게 간언한 데 있었다는 점이 그의 정치적 행보를 대변해준다. 길재와 원천석은 위 세 명과는 또 다른 것이, 여말교체기에 관직생활을 하며 끝내 신왕조에 가담하지 않고 은거를 택했다는 점이다. 이상에서 언급한 고려후기 문인들의 공통점과 차이점은 결국 그 시대 정치사와 지성사를 읽어내는 매우 중요한 지표가 될 수 있다. 본고에서는 이러한 문제의식을 바탕으로 고려후기 사대부들의 현실 참여의식과 그 내면적 갈등을 목은을 중심으로 하여, 포은, 도은, 삼봉 등 그 주변 인물들이 남긴 시문을 바탕으로 살펴보고자 한다.

2. 시대 상황과 사대부의 정치적 처지

대체로 어느 왕조든지 말엽이 되면 극도의 혼란이 있었듯이 고려후기 역시 마찬가지 현상을 보여준다. 더구나 고려후기는 성리학 수입이라는 매우 큰 이슈가 있었고, 이는 정치·사상·문학에도 영향을 주었기 때문에 고려후기를 거론하면서 성리학을 빼놓고 이야기 할수는 없다. 하지만 동시에 모든 문제를 성리학과 결부시키는 것도 상당히 위험한 발상이다. 요컨대 고려후기 지식인들에게 성리학은 많은 영향을 끼친 것이 사실이나 당대의 현상을 논함에 있어서는 좀 더 다양하고 폭넓은 시각이 필요하다. 고려후기를 이끌어 간 정치세력은 기득권을 갖고 있었던 권문세족과 새롭게 중앙정계에 등장한 사대부들이었다. 기본적으로 권문세족 역시 유교적 학문관을 바탕으로 한 지식인들이었으나 양자는 성리학 수용과 그를 바탕으로한 세계관이라는 점에서 많은 차이를 드러낸다.[4] 고려후기 사대부들이 가졌던 현실인식 역시 성리학적 사유와 더불어 그들의 정치적·가문적 배경이 크게 작용하였다. 특히 경제적인 측면에서 보면 사대부들의 입장이 더욱 분명하게 드러나는데, 농장과 토지 등 기득권을 갖고 있었던 권문세족에 비해 상대적으로 경제적인 열세에 처해 있었기에 이들은 좀 더 적극적인 현실비판과 개혁을 주장할 수 있었다. 따라서 그들의 글에는 현실 정치를 바라보는 시각이 좀 더 비판적으로 드러나고 사회의 개혁에 좀 더 적극적이었다. 거기에 같은 사대부 계급이라 하더라도 정치적 입지가 모두 달랐고, 개인적인 기질까지 서로 상이하여 사대부들의 현실 인식을 구체적으로 살펴보면 매우 다양한 양태로 나타난다.

그들의 현실 인식이 나타난 글들의 내용을 살펴보면 정치·경제·외교·학문·교육·행정·국방·생활문화·종교 등 너무도 다양하다. 그만큼 고려후기의 사대부들은 현실 정치에 관심이 컸고, 백성들의 삶의 현장을 중요시했다. 물론 이 같은 태도는 사대부 이전에도 정치를 하는 유가 지식인들이라면 대체로 갖고 있었던 기본 덕목이었지만, 그 관심의 폭과 방법론의 깊이가 문벌귀족이나 권문세족들에 비해 한층 진일보했다고 할 수 있다. 하지만 아직까지 권문세족들이

---

[4] 물론 기존의 세족(또는 귀족) 출신 중에서도 성리학을 받아들이고 과거를 통해 정계에 진출한 경우도 있었지만, 고려후기 성리학 수용을 주도했던 세력이 신흥사대부들이었음은 분명해 보인다. 세족과 사대부들의 가장 두드러진 차이점은 과거급제를 통한 정계진출 여부, 성리학 수용, 경제적 기반, 원·명에 대한 외교정책 등을 들 수 있다. 이에 대한 사항은 고혜령, 「신진사대부의 대두와 그 성격」, 『한국사』 19, 국사편찬위원회, 2003, 110–112면 참조.

기득권을 가지고 있던 상황에서 사대부들의 운신의 폭은 넓지 않았다. 공민왕대 이후에는 상당히 힘이 있는 자리를 사대부들이 차지하기도 했으나, 같은 사대부 안에서도 정치적으로 소외되는 그룹들이 생겨나기 시작했다. 또한 공민왕 사후 우왕대에는 이인임·염흥방을 비롯한 세력들이 정권을 쥐게 되었는데, 이들은 정서적으로 신진사대부들보다는 기존 권문세족과 가까웠기 때문에 사대부들의 정치 참여는 어려운 점이 많았다. 따라서 고려말엽 사대부들이 정권을 완전히 장악하고 그들의 이상 정치를 실현하였던 기간은 이성계가 위화도회군으로 정권을 잡았던 창왕과 공양왕대 몇 년밖에는 되지 않았다. 그런 의미에서 이들의 꿈은 조선조 개국을 통해 실현되었다고 볼 수 있다. 그 구체적인 실례로는 정도전으로 대표되는 개국을 주도했던 사대부들을 꼽을 수 있다. 다음 최해의 글에는 사대부들의 현실인식이 어느 정도였는지 잘 나타나 있다.

> 묻노라. 수기치인修己治人을 집안에서 출발하여 국가로 확대하는 것이 유자儒者의 학문이다. 맹자孟子가 이르기를, "어려서 배우는 것은 장성하여 실행하기 위한 것이다." 하였는데, 장차 다스림의 효과를 보려면 먼저 가까운 데에서부터 시작해야 한다. 제군들은 모두 과거 공부를 하여 앞으로 대과大科에 응시할 터이니, 또한 그 배운 바를 실행하고자 하고 천하와 국가에 뜻을 두었을 것으로 생각된다. 그러니 어찌 한 때의 명성을 훔쳐서 자기 한 몸의 영화만 도모하는 데에 그칠 수 있겠는가. … (중략)… 그러나 근년에 들어 토지가 다 개척되어 나라에 추가 수입이 없고, 인구는 점점 불어나는데 백성들에게 정해진 거처가 없으며, 관부에 재정이 고갈되어 관리들에게 봉록을 제대로 지급하지 못하게 되었다. 선비들 중에는 예의염치를 차리는 이가 드물고, 가문들은 토지의 겸병에 열을 올리고 있으며, 풍속은 선악과 시비가 뒤죽박죽이 되어 사람들이 원망을 품은 채 살아가면서 억울한 일이 있어도 풀 곳이 없다. 이러한 폐단은 시대 상황으로 볼 때 아무리 능력 있는 이가 힘써 노력

한다 하더라도 조만간에는 바로잡을 수 없을 듯하다. 그렇다면 누가 그 책임을 져야 하는가? 이러한 폐단을 끝내 구제할 수 없단 말인가? 구제하는 데에 방법이 있다면 어찌하면 되겠는가? 만약 지금 갑자기 일어나 이 폐단을 구제하고자 한다면 아마도 고관대작을 얕본다는 혐의를 받게 될 것이요, 편안히 앉아 지켜보기만 한다면 형수가 물에 빠졌는데도 손으로 끌어올리지 않는 고지식함과 똑같을 것이니, 또한 어진 이의 마음이 아니다. 제군들은 지금 한창 경국제세經國濟世에 관심이 집중되어 있을 터인데 이상의 두 가지 가운데 어떤 태도로 대처하겠는가? 그대들의 뜻이 어디에 있는지 보기를 원하노라.5)

위 인용문은 최해가 당시 과거를 준비하던 유생들에게 질문하는 형식으로 쓴 글로 지금으로 치면 일종의 논술시험의 형식이라고 볼 수 있다. 최해는 먼저 유학의 공부법 및 실천 방법에 대해 이야기한다. 수기치인修己治人을 개인과 가정에서 시작하여 사회와 국가로 확대해야 한다는 것이다. 그러면서 맹자의 말을 인용하여 배움의 목적은 사회와 국가를 위해 사용하기 위함임을 분명히 하고 있다. 즉 학문의 실천성을 강조하고 있는 것이다. 인용문의 후반부는 국가와 사회가 당면해 있는 어려움과 유생으로서 해야 할 일, 즉 실천적 지식인으로서의 역할을 묻고 있다. 국가의 수입은 줄어들어 재정은 관리들의 녹봉을 지급하지 못할 정도로 고갈 상태인데도 유력 가문들은 개인의 토지 겸병에만 열을 올리고 있고, 사회의 풍속은 흐트러져 선

5) 최해, 『졸고천백』 권1, 「問學業諸生策二道」. "問, 夫修己治人, 自家而國, 儒者之學也. 孟子曰, 幼而學之, 壯而欲行之也. 將責治效, 先自近者始. 諸君咸治學業, 將應大科, 意者亦欲行其所學, 而志在天下國家, 安能竊取一時之名, 以圖一己之榮而已哉? …(中略)… 然而比年土田盡闢, 而國無加入, 生齒漸繁, 而民無定居, 府竭其財, 官不足俸. 士罕修於廉恥, 家爭效於兼幷, 俗故混淆, 人懷怨讟, 雖有其冤, 伸之無處. 以時觀之, 雖使能者力爲之, 似不可朝夕矯正也. 然則任其咎者誰歟? 其卒莫救之歟? 救之有術, 如何則可? 今欲遽起而謀之, 恐處鄙其肉食之嫌, 若久安然坐視, 則同傻溺不援之固, 且非仁人之心. 諸君方銳意於經濟者, 二者之間, 何以處之? 願觀其志之所在." (위 번역문은 한국고전번역원 DB의 국역을 인용하였음. 이하 본고에서 인용하는 인용문들도 특별한 언급이 없는 한 마찬가지임을 밝힌다)

악과 시비의 기준이 없는 혼돈의 상태라는 것이다. 즉 여기에서 최해는 경제적인 면과 윤리적인 면의 두 가지 측면으로 문제제기를 하고 있는데, 한 시대의 현실 상황과 문제점을 파악하는 데에 있어서 매우 논리적으로 접근하고 있음을 알 수 있다. 위 글은 유자의 기본 소양과 의무가 현실 정치의 적극적인 참여에 있음을 분명하게 밝히고 있다는 데에 그 의의가 있다.

13－14세기의 고려사회는 격변기였다. 고려전기부터 이어져 내려온 권력집단인 문벌귀족과 권문세족은 유학을 바탕으로 한 유가적 지식인이었으나 이미 대를 이어 권력과 부를 독점해 왔기에 보수화되어 대내외 정책 추진에 있어 치열한 문제의식이나 참신한 아이디어를 기대하기는 어려웠다. 이에 따라 13세기 후반 안향 등에 의해 전래된 성리학을 사상적 기반으로 하는 사대부들이 기존의 기득권 세력을 대체할 그룹으로 급부상하였다. 이들은 정치적·경제적·사상적·학문적·종교적인 여러 측면에 있어 기존 권문세족과는 다른 양상을 보여주었다. 초기 성리학 수용을 주도했던 인물들은 공통된 몇 가지 특징을 보여준다. 첫째, 이들은 권문세족과는 달리 원元의 제과制科를 비롯 과거급제자가 다수를 차지한다. 즉 자신의 학문적 실력을 바탕으로 정계에 진출했다는 의미다. 둘째, 이들의 가계를 보면 소수의 몇 명을 제외하곤 대체로 권문세족 출신이 아닌 새롭게 등장한 세력들이며, 그 기점은 무신란 이후라는 것이다. 셋째, 경제적인 면에서 보면 대토지를 소유한 이들도 있었기는 하지만, 대체로는 지방의 중소지주 출신이 많았다.6) 이상의 몇 가지 사항을 종합해보면 고려후기 성리학을 수용하는 데 앞장섰던 사대부들은 기존의 세족과는 달리 학문적 실력과 지성을 갖춘 신흥 지식인층이었음을 알 수 있다. 이들은 자신이 공부한 유가적 세계관을 현실 정치에 접목시켜 실현하는 것에 매우 큰 사명감을 갖고 있었다는 점에서 전형적인 실천적 지식

---

6) 이상의 성리학 수용을 주도했던 인물들의 특징에 대한 것은 변동명, 『고려후기 성리학 수용 연구』, 일조각, 1995, 57－63면에서 자세하게 다뤄져 있다.

인이었다고 할 수 있겠다.[7]

하지만 사대부들도 심각한 한계가 있었다. 우선 정치적으로 독점적인 권력을 쥐고 정책을 펴 나갈 수가 없었다. 사대부들이 그러한 권력을 갖게 된 것은 우왕 사후 약 4−5년밖에는 되지 않았다. 우왕 대禑王代까지만 해도 중앙정계에는 많이 진출해 있기는 했었지만, 최고 권력층은 권문세족 또는 그들과 밀접하게 연계된 세력들이었다. 따라서 사대부들은 자신들의 사상과 정치적 포부를 실현하기 어려운 상황이었다. 둘째, 성리학을 기반으로 하는 사대부들 사이에서도 시간이 지남에 따라 소외계층이 생겨나기 시작했다. 중앙 정계에서 소외된 사대부들은 낙향하여 저술과 교육에 종사하거나 비판적 지식인으로 활동하였다.[8] 셋째, 사대부들은 정치적 · 경제적 · 사상적으로 기존 지식인들과 다르기도 했지만, 또 동시에 그들과 완전히 차별화된 모습을 갖지 못했던 경우도 허다했다. 가장 두드러진 것이 불교와의 관련성이다. 물론 사대부들 중에도 백문보나 정도전과 같이 불교를 완전히 멀리하고 비판했던 세력이 있기는 했지만, 전체적으로 놓고 보면 이러한 사람들은 소수였다. 대부분의 사대부들은 정치 · 경제적으로는 기존 권문세족과 다른 모습을 취했지만, 종교적인 면에서만큼은 아직도 친불교적이거나 혹은 적어도 불교를 배격하지는 못했다. 당대의 저명했던 고승들과의 친밀한 교유가 이를 단적으로 말해준다. 이와 같은 한계에도 불구하고 사대부들은 고려후기 정치 · 사회 변화의 중심에 있었고, 조선 개국의 주축 세력이었으며, 역사발전에 상당한 공이 있었음은 부인할 수 없는 사실이다.

사대부는 자기의 출처出處를 분명히 해야 한다. 사대부들에게 있어서 출처는 정치 권력에 대한 개인의 입장을 결정하는 것으로 매우

---

7) 이병혁은 이를 가리켜 충 · 효 · 의를 강조한 실천궁행의 지식인이라고 규정하였다. 이병혁, 『고려말 성리학 수용기의 한시 연구』, 태학사, 1989, 67면 및 165면 참조.

8) 여기에 속하는 가장 대표적 인물로 최해를 들 수 있다. 최해는 원의 제과에 합격하고 잠시 벼슬을 했다가 귀국한 뒤 줄곧 재야의 비판적 지식인으로서 활동하였다. 이외 백문보, 박익, 탁광무, 길재 등이 여기에 속하는 인물들이다.

중요한 의미를 갖고 있다. 출出을 택하기도 하고 처處를 택하기도 하는 사대부의 양면성은 그들 문학으로 하여금 양면적 세계를 가지게 하였다.9) 옛부터 물러나 독서하는 사람을 '사士'라 하고 벼슬자리에 참여하는 사람을 일컬어 '대부大夫'라고 하였다. 이 말은 그때그때의 상황에 따라 현실 정치에 나아가기도 하고 또 물러나기도 해야 한다는 것이다. 유학을 따르는 선비들은 옛부터 "나라에 도가 있으면 벼슬길에 나아가고, 나라에 도가 없으면 자신의 재능을 숨긴다"10)는 공자의 유명한 가르침을 따라왔다. 공자의 논리를 실제로 실천했는지의 여부와는 별개로, 공자의 지침은 적어도 표면적으로는 유자의 출처관을 설명하는 오래된 금과옥조였다. 이는 고려후기 사대부들의 경우에도 마찬가지였다. 그렇다면 이제 핵심은 지금 나라에 도가 있는지 없는지의 여부를 판단하는 일이 된다. 이에 따라 지식인들의 출처가 달라질 것이기 때문이다. 물론 이 문제는 매우 판단하기가 어려울 뿐만 아니라 지극히 주관적이고 자의적인 해석이 나올 수 있고, 따라서 각 개인마다 다른 결론에 도달할 수 있다. 이는 비단 고려후기만이 아니라 조선조 오백 년간도 그러했고, 실은 지금도 마찬가지이다. 따라서 중요한 것은 한 시대 지식인들의 집단적 가치관과 그에 상응, 또는 반대되는 개인의 행동 유형을 파악하는 일이다.

　　이와 관련하여 한 가지 주목할 점은 고려말기 '은隱'자 호의 유행이다. 주지하다시피 고려말엽에는 '삼은三隱'이니 '사은四隱'이니 심지어 '팔은八隱'이니 하는 수식어가 회자될 정도로 '은'자가 들어가는 호가 유행이었다. 이 같은 현상은 사대부들이 '은'을 하나의 고상한 지취志趣로 여겼음을 보여주는 것이며, 중앙정계에 관료로 새롭게 등장한 사대부들의 일종의 생활의식이라고도 할 수 있다.11) 물론 고려 말엽만이 아니라 조선조에서도 '은'자가 호에 들어가는 사람들은 수

---

9) 임형택, 『한국문학사의 시각』, 창작과 비평사, 1984, 360면.
10) 『論語』, 「衛靈公」. "君子哉, 蘧伯玉! 邦有道則仕, 邦無道則可卷而懷之." 참조.
11) 임형택, 앞의 책, 387－388면 참조.

없이 많았지만, 고려말엽처럼 매우 짧은 단기간에 많은 사람들이 유행처럼 사용한 경우는 드물며, 특히 이 호들이 삼은, 사은, 팔은과 같이 역사상 유의미한 수식어로 집중적으로 쓰인 경우는 흔치 않았다. 고려말엽 '은'자 호의 유행은 앞의 공자의 논리를 빌리자면, 나라에 도가 없다는 의미로 해석된다. 그렇다면 적어도 '은'자 호를 사용한 사람들은 현실 정치에 참여하는 것을 자제해야 했는데, 실상을 보면 그렇지 않았다. 역사적으로 많이 거론되는 사은을 놓고 보면, 초야에 묻혀 은거한 길재를 제외하곤 나머지 세 명은 모두 현실 정치에 매우 활발하게 참여하였다. 본고에서는 이와 같은 역설적이고 아이러니한 현상에 주목하여 이를 어떤 시각으로 바라보고 해석해야 하는지, 그리고 같은 사대부들 사이에서도 미묘하게 차이점을 보이는 출처관과 출사의식이 어떻게 삶에서 구체적으로 실현되었는지를 살펴보고자 한다.

3. 사대부의 현실 참여의식과 출처관出處觀

최해는 14세기 전반기를 대표하는 사대부 문인이다. 그는 가문의 배경이나 재산이 아닌 자신의 실력으로 원나라 과거에 급제하고 벼슬길에 올랐지만, 귀국 후엔 정치적 시련과 좌절로 인해 귀거래를 택했던 전형적인 사대부 지식인이라고 할 수 있다. 만년에는 스스로 농사를 지어 먹고 살기에도 빠듯할 정도로 궁핍한 생활을 했던 것으로 잘 알려져 있다. 따라서 현실 정치에 대한 그의 꿈과 좌절은 고려후기 사대부 문인들이 가졌던 현실 참여의식과 갈등을 보여주는 주요한 사례라 할 수 있다. 재미있는 점은 최해는 경주최씨로 최치원의 12대 손인데, 그의 삶의 행적이 최치원과 매우 닮아 있다는 것이다. 자신의 재능을 발휘할 수 없는 현실을 극복하고자 중국행을 택했던 것도 같고, 고국에 돌아와 좌절하고 은거의 삶을 택했던 것도 같다.[12]

---

12) 이상 최해의 삶 및 최치원과의 관계에 대해서는 조동일, 「최해의 문학사적 위치」, 『고

물론 그 현실적 상황이라는 것이 최치원의 경우에는 6두품의 한계였음에 비해, 최해는 정치적인 배경이나 입지가 약해서라기보다는, 그의 세속과 영합하지 않는 타협을 모르는 개인적 기질이 더 크게 작용했다는 차이점이 있기는 하다. 최해에게 당대當代는 도가 없는 시대요, 물러나 어리석게 지낼 수밖에 없었던 시대였다. 최해는 잘 먹고 잘살기 위해 출세하는 것은 용렬한 사람이나 하는 짓이지, 군자가 할 일은 아니라고 생각하였다. 최해는 한걸음 더 나아가, 나라에 도가 없어 선비나 군자가 물러날 수밖에 없는 시대는 그 선비의 개인적인 불행이 아니라 모든 백성들의 불행인 것이라고 말한다. 다음 최해의 글을 보자.

> 선비가 이 세상에 태어나서 때를 잘 만나는 사람도 있고 만나지 못하는 사람도 있는데, 잘 만나면 그 도가 행해져 은혜를 입게 되는 자가 많으며, 만나지 못하면 그 몸을 물러나게 하여 스스로 얻는 것이 온전하게 되는 것이다. 그렇다면 세상을 잘 만나고 못 만나는 것은 다른 사람들에게 있어서 다행과 불행이 되는 것이지, 내게 있어서야 무엇이 손해가 되고 이익이 되는 것이겠는가.[13]

선비가 이 세상에 태어나서 때를 잘 만날 수도 있고 또 그렇지 못할 수도 있는데, 때를 잘 만났다면 도가 행해져 그에게 은택을 입은 자들이 많아질 것이며, 때를 만나지 못했다면 물러나 자기 몸을 숨기고 홀로 수양을 하면 그뿐이라는 것이다. 이와 같이 생각하면 선비가 때를 잘 만나고 혹 만나지 못하는 것은 본인에게 손나 이익이 되는 것이 아니라 동시대를 살아가는 다른 이들에게 행운이나 불행을 가져다주는 것이 된다. 최해의 이러한 철학은 본인이 성현의 가르침

려명현 최해 연구』, 국학자료원, 2002, 169면 참조.

[13] 최해, 『拙藁千百』 권1, 「故司憲持平金君墓誌銘」. "夫士生斯世, 有遇有不遇, 遇則其道行, 蒙施博, 不遇則其身退, 自得者全. 然則遇不遇洒在於人之幸不幸爾, 胡有損益於我哉."

을 지키고 따르는 선비요 군자라는 확고한 인식 없이는 나오기 힘든 것이다. 그만큼 최해는 누구보다도 강한 '사士'의식을 지니고 있었다. 그리고 이러한 '사'의식은 성인의 가르침에 의해 벼슬에 나아가기도 하고 또 물러나기도 하겠다는 출처出處에 대한 분명한 신념을 심어주었다. 최해의 은거는 바로 여기에 기인한 것이다.14) 이에 비해 목은의 경우에는 임금이 부르면 오고, 물리치면 떠나야 하는 것이 신하의 기본 도리이자 자세라고 생각했다. 다음 글을 보자.

> 공이 이르기를, "이것은 속이는 짓이다. 신하의 도리는 오직 임금의 명령대로 따라서 부르면 오고 물리치면 떠나야 한다. 죽음도 피하지 않는 것인데, 왕래하는 것쯤을 어찌 걱정할 것이 있겠는가." 하였다. 조정에 이르러서는 다시 한산부원군에 봉해졌다.15)

권근이 쓴 이색의 행장 중 일부이다. 이 글은 1391년(공양왕 3) 겨울 목은이 함창咸昌 유배에서 해배된 후 조정으로 올라오라는 부름을 받고 귀경하는 길에, 권근이 서울로 가면 위험할 수 있다는 말을 하자 그에 대한 답변으로 한 말이다. 짧지만 이색의 출처 의식을 엿볼 수 있는 좋은 자료이다. 이색은 기본적으로 관직을 유자로서 국가에 봉사해야 하는 마땅한 의무이자 권리라고 생각한 것 같다. 따라서 임금이 부르면 가는 것은 신하의 마땅한 도리이다. 거기에 이색의 기질과 성격도 그의 처신을 결정하는 중요한 요소로 작용하였다. 이색은 기쁨과 슬픔, 가난과 부, 현달과 영락, 더 나아가서는 생과 사자체를 대비직이거나 내립적인 개념으로 파악하지 않았다. 그 모든 것은 인생을 사는 데 하나의 부분적인 요소일 뿐이었다. 다음 글을 보자.

---

14) 하정승, 「최해 시에 나타난 졸박과 비개의 미」, 『한국한시연구』 15호, 한국한시학회, 2007, 209−210면.

15) 권근, 『목은집』 권수, 「朝鮮牧隱先生李文靖公行狀」. "公曰, 是則詐也. 人臣之道, 唯君所命, 召之則來, 揮之卽去, 死且不避, 往來何恤焉. 旣至, 復封韓山府院君."

공이 집을 다스림에 있어서는 먹을 것이 있고 없음을 묻지 않았고 비록 먹을 것이 자주 떨어지는 지경에 이르러도 그것 때문에 마음을 움직이지 않았다. 평생에 급한 말이나 당황하는 기색이 없었고, 가인家人이나 노복奴僕이 혹 과실이 있을 경우에는 반드시 천천히 사리로써 깨우쳐 타일러 주었고, 일찍이 성내는 말을 한 적이 없었다. 술자리에서는 조용하고 침착하게 처신하여 또한 어지러운 지경에 이르지 않았고, 심회가 쾌활하고 언동이 조용하며 희노喜怒와 규각圭角을 드러내지 않아서 혼연한 일단一團의 화기和氣일 뿐이었다. 오랫동안 총록寵祿의 지위에 있었으나 교만한 태도를 볼 수 없었고, 만년에는 험난한 시기를 만났으나 실의에 찬 모습을 볼 수 없었으며, 감옥에 갇힌 것도 욕될 것이 없었고, 높은 관작도 영화로울 것이 없었으니, 공은 마음을 잘 수양하고 지켜 실천하는 것에 대하여 또한 확고하여 흔들리지 않았다고 이를 만하다.16)

위 인용문 역시 권근이 쓴 행장이다. 이 글을 보면 이색은 쉽게 화를 내지 않는 매우 차분하고 침착한 성격이며, 온순하고 교만하지 않았음을 알 수 있다. 무엇보다 만년에 정치적인 불우에 처했을 때에도 실의에 차지 않았으며, 높은 관직에 있으나 혹은 감옥에 갇혀 있으나 별로 다름이 없는 태도를 유지하였다. 물론 이 말은 어느 정도 과장된 면이 있을 수 있지만, 목은의 인생관 혹은 가치관을 파악하는 데에는 도움이 된다. 이색은 처음 환로에 들어선 이유를 부모를 영화롭게 봉양하기 위해서라고 「관어대소부觀魚臺小賦」의 서문17)에서 밝

---

16) 권근, 『목은집』 권수, 「朝鮮牧隱先生李文靖公行狀」. "爲家不問有無費, 雖至屢空, 不以動心. 平生無疾言遽色, 家人僕隷或有失, 必徐以理曉譬之, 未嘗加以怒言. 尊俎之間, 油油然而處, 亦不及亂, 襟懷洒落, 言動從容, 喜怒不形, 圭角不露, 渾是一團和氣. 久居寵利, 而不見其驕盈, 晚遭屯難, 而不見其隕穫, 縲絏非辱, 圭組非榮, 公之操存守履, 亦可謂確乎不拔者矣."

17) 「관어대소부」의 병서에 "이는 古文도 아니요 나의 뜻도 아닌데, 나의 뜻이 아니면서도 이것으로 出身을 한 것은 바로 이것이 아니면 부모를 영화롭게 봉양할 계제가 없기 때문이었으니, 아, 슬프다."라는 구절이 보인다.

히고 있다. 다음 시에는 첫 출사에 대한 젊은 목은의 기대와 다짐이
잘 드러나 있다.

동문東門에서 가군家君을 송별하다

만리 밖으로 멀리 감은 부모 생각 때문인데	遠游萬里爲思親
어버이 동으로 돌아 가시니 코가 절로 시큰하네	親却東還鼻自辛
천지 사이에 이 한몸 온통 꿈만 같은데	天地一身渾似夢
속세는 사면이 어두워 심신을 상하게 한다	風塵四面暗傷神
학문은 어디에나 있지만 아직도 길을 헤매고	書林底處猶迷路
벼슬길은 끝이 없으니 시험 삼아 나루터 묻네	宦海無涯試問津
스스로 노력하여 마땅히 일초의 시각도 아껴서	努力分陰當自惜
좋이 태평한 시대에 공업功業을 세우리다	好將功業樹昌辰18)

　　인용시는 1-2구의 내용으로 보아 아마도 목은이 원나라 국자감
에서 유학하고 있던 1348년 작품으로 보인다.19) 시인은 첫 구절에서
머나먼 중국까지 오게 된 것은 부모 때문이었다고 밝히고 있다. 원나
라 국자감에서 많은 공부를 하고, 이를 바탕으로 태평성대에 높은 관
직을 누려서 부모의 은혜에 보답하겠다는 것이다. 이 같은 생각은 앞
에서 언급한 「관어대소부」의 서문과 마찬가지 맥락이다. 21세의 젊
은 목은은 앞으로 펼쳐질 환로에 대한 기대를 표시하면서도, 5-6구
에서 "학문은 어디에나 있지만 아직도 길을 헤매고/ 벼슬길은 끝이
없으니 시험 삼아 나루터 묻네"라고 하여 본인이 가고자 하는 길이
과연 옳은 것인지 스스로 묻고 고민하는 태도도 함께 보여준다. 하지

---

18) 이색, 『목은집·시고』권2, 「東門送家君」. 이상 본고에서 인용하는 목은시는 모두 한
　　국고전번역원 인터넷사이트인 「한국고전번역원 DB」(db.itkc.or.kr)의 국역을 인용하
　　되 부분적으로 필자가 수정한 것임을 밝혀둔다.

19) 이색은 21세인 1348년에 원나라에 가서 국자감 생원이 되어 1351년 1월 부친 이곡이
　　사망하여 귀국할 때까지 원에 있었는데, 이곡이 1348년 원나라 조정에서 벼슬을 하다
　　가 귀국하였기 때문에 인용시는 내용으로 보아 1348년 작으로 판단된다.

만 젊은 시절의 목은은 "태평성대에 누가 숨으려 하랴/ 밝은 임금을 내 일찍이 만났거늘(淸時誰欲隱, 明主我曾逢)"20)이라고 하여 자신이 태어난 세상을 태평성대로, 임금을 어진 현군으로 인식하고 있었다. 목은은 벼슬길에 나갈지 말지를 결정하는 출처의 문제는 천명에 달려 있는 것이라 생각하였다.21) 즉 재주와 능력이 있어도 여건과 상황이 벼슬할 수 없는 경우가 있고, 또 그 반대의 경우도 있는 것이다.

하지만 목은은 "때로 행하거나 그침에 경법과 권도가 있는 것인데/ 스스로 판단할 걸 왜 하늘에 묻는단 말인가(時行時止有經權, 自斷何煩更問天)"22)라고 하여 행하고 그침에 있어서[行止] 원칙을 지켜야 할 경우가 있고, 권도로 처리해도 될 경우가 있다고 유연한 태도를 보인다. 그런 경우에는 스스로의 판단으로 해야지 그것까지 하늘에 물을 필요는 없다는 것이다. 이 말은 앞에서 언급한 출처가 천명에 달려 있다는 것과 배치되는 것이 아니다. 한 사람의 운명을 좌우할 환로는 기본적으로는 천명에 달려 있는 것이지만, 그 운용에 있어서는 스스로의 판단과 권도가 필요하다는 의미로 해석이 된다. 이른 나이에 환로에 오른 목은은 벼슬길을 밟아가면서 점점 출처의 문제에 더욱 고민하게 된다. 다음 시를 보자.

즉사

대신에게 당일의 국가 안위가 부쳐졌지만	大臣當日寄安危
후일 만전의 좋은 계책 다 펴지 못했네	善後良圖未盡施
남전의 옥 가루 먹는 법이 본디 있으니	飧玉藍田雖有法
창해에 돛 거는 때가 어찌 없겠는가	掛帆滄海豈無時

---

20) 이색, 『목은집 · 시고』 권7, 「感事」.

21) 「卽事」(『목은집 · 시고』 권8)에서 "출처는 예로부터 천명에 달려 있거니와(出處由來在天命)"라고 읊고 있다.

22) 이색, 『목은집 · 시고』 권7, 「卽事」.

찬 이슬 맞은 국화는 마치 젖은 돈 같고	菊花露冷金錢濕
바람 받은 소나무는 푸른 일산이 기운 듯하네	松樹風微翠蓋欹
억지로 쓰고 읊조리자니 읊조림 절로 괴롭구나	強筆偶吟吟自苦
출처를 고인 가운데에서 누구를 따라야 할까	古人出處欲從誰23)

시인은 수련에서 국사를 맡은 신하에겐 국가의 안위가 결정될 만큼 막중한 책임이 있는 것이지만, 만전의 좋은 계책을 다 펼치지 못했다며 아쉬워한다. 이어지는 함련에서는 다시 분위기가 전환되어 환로에서의 다짐과 희망을 이야기 하고 있다. 제3구는 옛날에 장수長壽를 위해서 옥가루를 먹었다는 고사이고, 4구는 이백의 「행로난」 중 "長風破浪會有時, 直挂雲帆濟滄海"에서 따온 것으로 관직 생활을 오래하다 보면 어떠한 시련도 극복하고, 돛을 높이 달고 푸르른 바다를 건너는 날이 오게 될 것이라는 희망과 다짐을 표현한 것이다. 마지막 미련은 다시 한번 관직에 대한 고민을 솔직하게 토로하는 장면이다. "출처를 고인 가운데에서 누구를 따라야 할까"라고 하여 관직 생활에 대한 고민이 깊음을 나타내고 있다. 원하지 않는 벼슬, 또는 능력에 맞지 않는 벼슬은 개인은 물론 나라와 백성에게도 피해를 주게 될 것이다. 그래서 목은은 환로에 대한 입장, 출처에 대한 태도는 일률적으로 말할 수 있는 것이 아니라 각 개인마다 다르게 적용해야 한다는 태도를 보이고 있다. 가령 "출처는 마땅히 특립독행하여야 하고/ 몸과 명성은 둘 다 온전해야 하기에/ 벼슬 더해지는 것이 오히려 걱정이 되네"24)라고 하여 출처의 판단은 개인별로 다르게 고유한 가치관과 개인적인 상황에 따라 결정해야 한다고 강조한다. 이 같은 목은의 생각을 잘 표현한 다음의 시구는 목은의 현실 참여의식과 출처관을 파악하는 데에 좋은 근거가 된다.

---

23) 이색, 『목은집·시고』 권4, 「卽事」.
24) 이색, 『목은집·시고』 권8, 「卽事」. "出處宜孤立, 身名要兩全, 尙憂加爵級."

돌아가련다

재주 없는데도 벼슬 구했으니 진정 미치광이 같고	非才求仕眞如狂
벼슬하며 숨으려 함은 도리어 속임수 같은 것	入仕欲隱還如詐
미친 것도 속임수도 아닌 하나의 양심으론	非狂非詐一良心
부모 영화롭게 하고 봉양함에 오르내리는 것 어렵구나	
	榮親養親難上下
(중략)	(中略)
그 당시엔 태평을 이룰 만했어도 그러했는데	當時太平勢可致
더구나 천하가 한창 어려운 이때임에랴	奈此四海方多艱
벼슬 버리고 곧장 하늘 동쪽으로 달려가	掛冠徑向天東走
내 생애 스스로 결단하는 걸 누가 막으리요	自斷此生誰掣肘
돌아가자 돌아가자 좋이 어서 돌아가자	歸來歸來好歸來
위에는 모친이 아래로는 처자가 있질 않은가	下有妻孥上有母25)

　　본인의 환로를 돌아보니 재주가 없음에도 벼슬을 구했다. 이는
미치광이 같은 철없는 행동이었다. 그렇다고 일단 벼슬길에 접어들었
으면 숨는다고 하거나 숨으려 하는 것도 속임수이다. 그렇다면 미친
것도 아니고 속임수도 아니게 행동하려면 어떻게 해야 하는가. 목은
은 그 답을 '양심'에서 찾고 있다. 벼슬을 해야 할지 말아야 할지, 또
는 환로에 있어도 그만두어야 할지를 본인이 갖고 있는 양심에 비추
어 판단하라는 의미로 해석된다. 하지만 양심에 비추어 판단하는 것
이 그리 말처럼 쉬운 것은 아니다. 그래서 시인은 "서로 오르내리는
것 어렵구나"라고 고백하고 있다. 이때 출처를 도와줄 거의 유일한
근거는 자기 시대가 태평성세인지 난세인지에 대한 판단이다. 목은은
"천하가 한창 어려운 이때"라고 함으로써 당대가 난세임을 밝히고 있

---

25) 이색, 『목은집·시고』 권3, 「歸來」.

다. 그렇다면 결론은 벼슬을 버리고 고향으로 돌아가는 것이다. 마지막 두 구절 "돌아가자 돌아가자 좋이 어서 돌아가자/ 위에는 모친이 아래로는 처자가 있질 않은가"는 이제 목은이 환로를 버리고 귀거래를 결심했음을 보여준다.

자신을 책망하다

스스로 책망하노니 이 간의는	自責李諫議
사람됨이 후안무치도 하여라	爲人多厚顏
한림원의 직학사에다	翰林直學士
사관의 편수관을 지내고	史館編修官
더구나 지제고까지 역임하여	況復知制誥
직임이 모두 청한하였거늘	職任俱清閑
시위소찬을 부끄러워 않는 데다	旣不愧尸祿
또 사직할 것도 생각지 않으니	又不思掛冠
군자들은 더럽게 여겨 비웃고	君子所鄙笑
소인들은 영광되게 여기는구나	小人所榮觀
다만 가슴속의 마음 하나만은	只有方寸地
기쁨과 슬픔을 잊은 지 이미 오래라오	久已忘悲歡26)

하지만 벼슬을 버리는 일이 그리 쉬운 일은 아니다. 귀거래를 결심했지만 이를 실행에 옮기는 것은 또 다른 어려움이다. 한림원 학사, 사관, 지제고, 간의까지 지내서 더 이상 관직에 연연하지 않아도 되었지만, 시인은 자신이 아직도 시위소찬尸位素餐을 하고 있고, 더구나 사직은 꿈에도 생각지 않고 있다고 자탄한다. 시인은 그러한 자신의 모습을 "후안무치"하다고 표현하고 있다. 마지막 두 구절 "다만 가슴속의 마음 하나만은/ 기쁨과 슬픔을 잊은 지 이미 오래라오"는

26) 이색, 『목은집·시고』 권4, 「自責」.

시인의 고민과 속앓이가 오랫동안 계속되어 왔음을 암시한다. 청운의 꿈을 품고 환로에 오른 유자가 벼슬을 버리는 것은 쉬운 선택이 결코 아닌 것이다. 목은은 또 다른 시에서 "달려가는 것은 오직 나의 말이요/ 흔들리는 것은 오직 내 마음이네"[27]라고 하여 한없이 앞만 보고 달려왔던 자신의 인생길을 되돌아보며, 벼슬과 사직 사이에서 주춤하고 머뭇거리는 자신의 모습을 그리고 있다. 이렇게 평생을 관직에 있던 목은은 환로에 있던 중간에 잠시 벼슬에서 물러났을 때 귀거래를 하였지만, 그것은 진정한 의미에서의 사직이라고 할 수 없다. 목은이 벼슬에서 물러난 것은 그의 만년에 정치적인 불우를 겪으면서 유배를 가거나 하옥을 당했을 때가 유일했다. 그리고 보면 목은이 평생 자의적으로 환로에서 내려온 일은 거의 없었다고 보는 것이 옳을 것 같다. 이것을 좀 더 근원적으로 따져보면 목은 특유의 '자연' 또는 '고향'에 대한 개념 인식에서 비롯된 것이라고 할 수 있다. 다음 시를 보자.

　　우연히 쓰다

　　산림이라고 궁벽한 곳이 아니요　　　　　山林非僻處
　　조정이나 저자 또한 한적할 수 있다네　　朝市亦閑居
　　두 무릎만 용납할 수 있다면　　　　　　雙膝如容得
　　때를 따라 즐거움이 남음이 있다네　　　隨時樂有餘[28]

　　인용시를 보면 산림이라고 해서 모두 궁벽한 곳은 아니요, 조정이나 저자라고 시끄러운 것은 아니다. 몸은 산림에 있어도 마음이 항상 조정에 가 있으면 그는 궁벽한 곳에 있다고 할 수 없으며, 같은 논리로 시끌벅적한 조정이나 저자에 있어도 그 마음은 산림에 가 있을 수가 있다. 그렇다면 '귀향'이나 '귀거래'라고 할 때, 과연 어디로

---

27) 이색, 『목은집 · 시고』 권4, 「途中」. "駸駸惟我馬, 搖搖惟我心."
28) 이색, 『목은집 · 시고』 권6, 「偶題」.

● 고려후기 한시에 나타난 사대부 문인들의 현실 참여의식과 내적 갈등　119

돌아가는 것인지를 따져볼 필요가 있다. 논리를 확대해 보면 고향이나 시골, 자연은 어느 특정한 장소를 지칭하는 것이 아니라 자기의 마음먹기에 달려 있는 것이라고 해석된다. 따라서 두 무릎만 용납할 수 있는 곳이라면 얼마든지 때를 좇아 누리는 즐거움이 있는 것이다. 목은이 평생 관직 생활에서 자의적인 사직을 하지 않은 것도 어쩌면 조정이나 재야나 몸이 어디에 있느냐가 중요한 것이 아니라는 인식에서 비롯된 것이라고 추정해 볼 수도 있겠다. 벼슬에 대한 집착이나 애정이 반드시 나쁜 것이라고 할 수는 없다. 그것은 전술한 바와 같이 유자가 가져야 할 사명으로 볼 수도 있는 것이다. 이와 관련하여 '은隱'에 대한 목은의 생각이 담긴 다음 글을 보자.

옛사람 가운데 조정에 몸을 숨긴 자가 있었으니, 『시경詩經』에 나오는 영관伶官과 한漢나라 때의 골계滑稽가 바로 그들이요, 저잣거리에 몸을 숨긴 자가 있었으니, 연燕나라의 도구屠狗와 촉蜀 땅에서 매복賣卜하던 이가 바로 그들이다. 진晉나라 때에 술을 마시며 숨었던 자들이 죽림竹林이라면, 송宋나라 말년에 고기잡이를 하며 숨었던 이는 초계苕溪였다. 그 밖에 '숨을 은' 자를 가지고 자신의 이름을 표기한 적도 있었으니, 당唐나라의 이씨李氏와 나씨羅氏 같은 사람들의 경우가 그렇다고 하겠다. 우리 삼한三韓은 그 기풍이 워낙 유아儒雅해서 예로부터 걸출한 인재가 많다고 일컬어져 왔다. 그리하여 드높은 풍도를 지니고 절세絶世의 기예를 소유한 이들이 각 시대마다 모자람이 없이 배출되었는데, 정작 '은隱'이라는 글자를 가지고서 자신의 호로 삼은 사람은 보기가 드물었다. 이는 출사出仕하는 것이 그들의 뜻이었기 때문에 '숨을 은' 자를 말하는 것 자체가 부끄러워서였을까, 아니면 은거하는 것이 일상적인 일이었기 때문에 구태여 '숨을 은' 자를 가지고서 자신을 드러내려 하지 않아서였을까. 도대체 무슨 이유로 이처럼 들을 수가 없게 되었던 것일까. 그러다가 근세에 들어와서는, 계림鷄林의 최졸옹崔拙翁[崔瀣]이 자신의 호를 농은農隱이라 하였고, 성산星山의 이시중李侍中[李仁復]은 자신의 호를 초은樵隱이라 하였으며, 담양潭陽의 전정당田政堂[田祿生]은 자신의 호를 야은野隱이라 하였고, 나 역시 '목牧'이라는 글자 속에다 나 자신을 숨기게 되었다. 그런데 지금 또 시중의 족자族子인 자안子安 씨가 이 대열에 참여하였는데, 그가 대개 숨을 곳을 찾은 것은 바로 '도陶'라는 글자를 통해서였다. 도라는 글자 속에는 순舜임금이 바로 이것을 기반으로 해서 위에 알려지고, 주周나라도 바로 이것을 바탕으로 해서 장차 떨쳐 일어나게 된 그런 의미가 깃들어 있는데, 이러한 내용들이 서책에 기재되어 있으니 충분히 살펴볼 수가 있다. …(중략)… 자안 씨는 이름이 숭인崇仁인데, 그 이름 속에는 어떤 한 가지 일이라도 인仁 아닌 것이 없게 하려는 뜻이 들어 있다고 할 것이다. 자안 씨가 이미 그러한 경지 속에 안온하게 거하고 있으면서 다시 도陶라는 글자를 가지고 자신의 거처를 이름하였으니, 이는 또 예禮의 근본으로 돌아가려는 뜻이 분명하다고 하겠다. 그리고 보면 천하 사람들이 그 인仁으로 돌아갈 것 또한 확실하다고 할 것이니, 이는 바로 세상에 드러나는 것이라고 할지언정 결코 숨는 것[隱]은 아니라고 하겠다.

『주역周易』에 이르기를 "천지가 막히면 어진 이가 숨는다.[天地閉 賢人隱]"고 하였다. 그런데 지금은 밝은 임금과 어진 신하가 서로 만나서 허심탄회하게 국정을 논하며 태평을 구가하고 있으므로, 물고기도 물에서 자유롭게 헤엄치고 새도 구름 사이를 훨훨 날아다닌다. 그리고 관작과 녹봉을 풀어 놓아 사람들에게 보여 주면서 마음껏 경쟁하도록 배려하고 있기 때문에, 지금 우루루 떼를 지어 몰려드는 사람들을 보면 모두가 산림에 몸담고 있던 수재들뿐이다. 나야 이제 늙었으니 '숨을 은' 자를 가지고 나의 호로 삼아도 괜찮겠지만, 자안 씨는 지금이야말로 남보다 우뚝 솟구쳐서 앞으로 용감하게 나아가야 할 때인데, 은隱이라는 글자로 자처해서야 되겠는가. 나와 자안 씨는 모두 남양공南陽公[홍언박洪彦博을 가리킴]의 문인門人인 데다, 성균관成均館의 동료로 서로 어울려 지낸 지가 또 오래되었다. 그래서 이런 의문이 들기에 한 번 물어보는 것이니, 자안 씨는 더욱 힘을 내기 바란다.29)

위 인용문은 도은 이숭인에게 준 글로, 주로 '은'과 관련하여 도은이라는 호의 의미를 해설하고 있다. 목은에 의하면 중국에서 호나 이름에 '은'을 넣은 사람은 당나라 시인 이상은李商隱, 나은羅隱을 비롯하여 송나라의 초계어은苕溪漁隱 호자胡仔였다. 하지만 우리나라에서는 이름이나 호에 '은'자가 들어간 경우가 없었는데, 목은은 그 이유를 두 가지 가능성으로 설정한다. 첫째는 처음부터 출사出仕를 목표로 공부하였기 때문에 이름이나 호에 은자를 쓸 필요가 없었다. 둘째는 그 반대의 경우로 은거하는 것이 일상화된 일이었기에 굳이 자기 이름에 은자를 써서 자기를 드러내고 과시할 필요가 없었다. 목은은 그 답을 알 수 없다고 하였지만, 필자의 견해로는 첫 번째 의견이 훨씬 더 타당해 보인다. 그 이유는 목은이 글을 썼던 당시 선비들에게 은거가 일상화된 일은 아니었으며, 그 후 은자 호를 사용했던 사람의 면면을 보면 대개 관직에 종사했던 사람들이었기 때문이다. 어쨌든 고려후기로 접어들면서 점차 은자 호가 생겨나기 시작했는데, 농은農隱 최해崔瀣, 초은樵隱 이인복李仁復, 야은野隱 전녹생田祿生이 그들이다. 이들을 이어 목은 본인이 호에 은자를 썼고, 이제 후배인 이숭인이 도은이라고 호를 삼았기에 이에 대한 경계와 격려로 글을 쓰게 되었다는 것이다.

목은은 우선 도은의 '도陶'에 주목한다. 중국의 순임금이 젊은 시절 질그릇을 구워 생활한 것부터가 의미가 있다. 거기에 도은의 이

---

29) 이색, 『목은집·문고』 권4, 「陶隱齋記」. "古之人隱於朝者, 詩之伶官, 漢之滑稽是已. 隱於市者, 燕之屠狗, 蜀之賣卜者是已. 晉之時, 隱於酒者, 竹林也, 宋之季, 隱於漁者, 苕溪也. 其他以隱自署其名者, 唐之李氏羅氏是已. 三韓儒雅, 古稱多士, 高風絶響, 代不乏人, 鮮有以隱自號者, 出而仕其志也, 是以羞稱之耶? 隱而居其常也, 是以不自表耶? 何其無聞之若是耶? 近世雞林崔拙翁自號曰農隱, 星山李侍中自號曰樵隱, 潭陽田政堂自號曰野隱, 予則隱於牧. 今又得侍中族之子子安氏焉, 蓋陶乎隱者也. 陶者, 舜之升聞, 周之將興, 以之爲地者也, 方冊所載, 可見已. …(中略)… 子安氏, 崇仁其名也, 無一事非仁. 子安氏安於其中矣, 而又以陶名其居, 信乎其復於禮之本矣. 天下之歸仁也必矣, 是達也, 非隱也. 曰, 天地閉, 賢人隱, 今則明良遭逢, 都兪吁咈, 魚川泳而鳥雲飛也. 流示之爵祿而鹽其利, 是以, 于于焉者皆山林之秀也. 而吾老矣, 猶之可也, 子安氏卓然勇往之時也, 而以隱自名可乎? 予與子安氏, 俱南陽公之門人也, 同寮成均, 相從也又久. 故問焉以質之, 子安氏其勖之哉."

름은 인을 높인다는 숭인崇仁이니, 인仁에 거하고 또 도陶를 거처로 삼은 것은 결국 극기복례克己復禮의 정신이다. 그렇다면 이숭인이 도은을 호로 삼은 것은 세상에 선비정신을 드러내는 것이지 결코 숨겠다는 의도가 아니라고 결론 내리고 있다. 목은은 마지막으로 밝은 임금과 어진 신하가 만나서 국정을 논해야 할 태평시대에 굳이 '은'으로 호를 삼은 이숭인에 대해 경계와 염려를 덧붙인다. 본인은 나이가 많아 이제 숨을 은자를 가지고 호를 삼아도 괜찮지만, 한창 관직을 통해 나라의 일을 감당해야 할 젊은 학자가 은자로 호를 삼고 숨어지내서는 안 된다는 것이다. 이는 물론 자기의 제자뻘인 도은에 대한 애정 어린 충고와 질책이지만, '은'에 대한 목은의 솔직한 생각이 잘 드러나 있어 매우 흥미롭다.

우선 목은은 호에 은자가 들어 있어도 은보다는 그 앞 글자에 더 큰 의미부여를 하고 있음을 알 수 있다. 좀 더 정확히 말하면 앞 글자를 통해 은자를 쓴 이유까지도 해석하려는 태도라고 할 수 있다. 또한 '은'은 글자 그대로 숨는다는 의도도 있을 수가 있지만, 경우에 따라서는 정반대로 자신의 생각과 가치를 세상에 드러내겠다는 의미로 사용될 수 있다는 것이다. 마지막으로 목은 본인이 호에 은자를 넣은 것은 정말 숨겠다는 의도가 아님을 알 수 있다. 인용문의 마지막 부분에서 도은에게 적극적으로 관직생활을 하며 국가에 봉사하라고 권면한 것을 보면 분명해진다. 그렇다면 목은에게는 처음부터 은거하거나 귀거래의 의도가 없었음을 짐작할 수 있다. 이것은 목은이 정치적 불우를 겪었던 마지막 만년까지도, 심지어 유배를 가 있는 동안에도 서울의 조정과 임금에게 돌아갈 수 있기를 희망한 것을 통해 더욱 분명해진다. 다음 시를 보자.

첨서簽書에게 부치다

어찌 차마 들으리오 쓸쓸히 내리는 밤비 소리	夜雨蕭蕭不忍聞
새벽 창가에 시름겹게 마주한 온 산의 구름이라	曉窓愁對萬山雲
갑자기 한바탕 큰바람이 불어 닥쳐서	須臾一陣長風起
대궐에서 성군을 축수할 희망을 가져 보자꾸나	快望丹霄祝聖君30)

　　인용시는 목은이 둘째 아들인 종학種學에게 준 것인데, 그는 첨서밀직사사簽書密直司事를 지냈기에 시제에서 첨서라고 지칭한 것이다. 목은은 1390년과 1391년에 각각 한 차례씩 함창으로 유배를 당했는데, 그 무렵 지어진 시이다. 시인은 지금 새벽까지 잠을 이루지 못한 채 고민하고 있다. 창밖으론 밤비가 내리는데 그 빗소리마저 차마 들을 수 없을 만큼 시인의 마음은 착잡하다. 그래서 마주보는 구름조차 "시름겹게" 느껴지는 것이다. 하지만 전구와 결구에서는 분위기가 전환되니, 한바탕 큰 바람이 불어와 모든 상황이 바뀌고 다시 궁궐로 돌아가 임금을 만날 수 있게 되기를 희망하고 있다. 이종학은 이 시기 부친인 목은과 더불어 옥에 갇히는 등 정치적으로 큰 고초를 당했기에31) 이 같은 시를 써서 보낸 것으로 보인다. 이 시를 통해 목은이 함창 유배 시절에서도 끝까지 조정으로 돌아가고자 하는 희망을 잃지 않고 있음을 알 수 있다. 이것은 다음 시에서도 그대로 드러난다.

---

30) 이색, 『목은집·시고』 권35, 「寄簽書」.

31) 실제로 이종학은 29세 되던 해인 1389년 12월 부친과 함께 파직되어 순천으로 첫 유배를 당한 후, 청주옥에 갇히고, 상산[鎭川]에 유배되고, 다시 1392년 함창으로 유배되었다가 그 해 8월 장사현으로 이배 도중 교살당하여 32세의 젊은 나이로 죽음을 맞이하였으니 파란만장한 삶을 살았다고 이를 만하다.

장난삼아 지음

마을 사람들 앞 다투어 적선옹을 비웃으니	鄕人爭笑謫仙翁
촌 노래 들 피리 불며 곤드레 취했다고	泥醉村歌野笛中
설령 조정에 돌아간들 무슨 소용이 있겠는가	縱使得還何所用
치아도 다 빠지고 눈빛도 몽롱한 것을	齒牙落盡眼朦朧[32]

이 시 역시 앞의 인용시와 마찬가지로 함창 유배 시절에 쓴 것
이다. 함창은 지금의 경상도 상주의 옛 이름이다. 1구의 "적선옹"은
물론 목은 자신을 가리킨다. 마을 사람들은 유배 온 시인을 조롱하고
비웃는다. 그도 그럴 것이 피리 불고 노래 부르며 거나하게 취했기
때문이다. 이렇듯 촌로들에게도 비웃음을 받는 처지이니 설령 조정으
로 돌아간다고 한들 무슨 소용이 있겠는가. 이미 치아도 다 빠지고
눈도 흐릿하여 늙을대로 늙어 버렸으니 말이다. 하지만 3구를 곰곰이
생각해보면 조정으로 돌아가고픈 내면의 심정이 무의식중에 드러난
것임을 알 수 있다. 그렇지 않다면 굳이 조정으로 돌아간다는 말을
할 필요도 없기 때문이다. 이상에서 살펴보았듯이 목은은 매우 이른
나이에 과거에 합격하여 환로에 오른 후 관직 생활을 시작하였고, 이
때는 다른 유자들과 마찬가지로 앞날에 대한 희망과 정치적 포부로
설렘과 기대가 가득하였다. 하지만 벼슬을 계속할수록 끊임없이 회의
가 들었고 결국 과거 급제한 것을 후회하는 태도까지 보이게 된다.
그럼에도 불구하고 목은은 한 번도 자의적인 선택에 의해서 본인이
희망하여 벼슬을 그만둔 적은 없었다. 공민왕 사후 약 10여 년간 정
치적 불우와 건강상의 문제를 겪으면서 귀향하였지만,[33] 이 기간에

---

32) 이색, 『목은집 · 시고』 권35, 「戲題」.
33) 원주용은 공민왕이 죽은 해인 1374년 목은의 나이 47세 되던 해부터, 1387년 이인임
이 실각하던 목은의 나이 60세 되던 해까지를 실의기로 규정하고, 이 시기 목은의 관
심이 仕에서 隱으로 바뀌게 되었다고 설명하고 있다. 이에 대한 사항은 원주용, 「<南

도 은거를 하는 중간에 잠시 벼슬을 다시 맡기도 하였으니, 이는 벼슬아치들이 일상으로 겪는 환로의 한 과정이기에 본인이 원해서 내려놓은 것은 아니었다. 공양왕대에 이르러 수차례의 투옥과 유배를 겪으면서 벼슬을 그만두게 되었지만, 이 역시 본인의 희망은 아니었고 정치적인 부침에 따른 결과였으며, 그마저 유배 도중에도 계속해서 서울의 조정을 생각하고 관직에 대한 미련을 버리지 못하였다. 따라서 목은은 평생 출처에 대한 갈등과 고민은 있었지만, 기본적으로 재조在朝 지향의 태도를 일관되게 유지했는데, 이는 그의 출처관이나 기질 등에 따른 것이었다.

목은에게는 우선 귀향이나 귀거래라고 할 때, '돌아간다'는 것과 '고향'이라는 개념 자체가 독특하다. 아무리 몸이 산림에 있어도 그 마음이 조정이나 도시에 가 있으면 그는 참다운 의미에서 귀향한 것이 아니다. 이는 결국 몸보다는 마음이 중요하다는 것인데, 이 같은 논리를 확대 적용한 이가 포은 정몽주이다. 포은은 색色을 피하기 위해 산림에 은거할 필요는 없다고 말한다. 포은은 여강驪江에 은거하고 있는 둔촌 이집에게 준 시에서, "시골을 떠나더라도 능히 색을 피할 수 있으니/ 반드시 산림 속에 있을 필요 없다네"[34] 라고 자신의 서울 생활의 정당성을 밝히고 있다. 여기에서 '색'은 나를 둘러싼 모든 외물外物을 지칭한다. 몸은 비록 서울에 있어도 얼마든지 외물에 구속되지 않을 수 있으니 굳이 산림에 은거할 필요가 없다는 말이다. 이와 같은 논리를 이어받은 이는 도은 이숭인이다. 다음 글을 보자.

> 나는 말한다. "식암의 식息은 '육신을 쉬는 것[息形]'이 아니고 '마음을 쉰다[息心]' 하는 그 식息이다. 육신을 쉬는 차원에서 말한다면, 비록 눈을 감고 단정히 앉아서 마른 나뭇등걸처럼 움직이지 않는다고 하더라도, 이른바 좌치坐馳한다고 하는 경우도 간혹 있는 법이다. 그러나 마

谷記>를 통해 본 牧隱의 出處觀」, 『한문학보』 10집, 우리한문학회, 2004, 87−90면을 참조할 것.
34) 정몽주, 『圃隱先生集』 권2, 「又次遁村韻」. "遁村能避色, 不必在山林."

음을 쉬는 차원에서 말한다면, 방촌方寸 사이가 담연淡然히 공적空寂해서 외물에 부림을 받지 않을 것이니 산림에 가든 조시朝市에 가든 언제든 쉬지 못하는 때가 있겠는가."35)

　　인용문은 여러 지방으로 유람하기 위해 길을 떠나는 승려인 식암息菴에게 주는 글이다. 도은은 여기에서 육체가 아닌 마음이 중요하며, 따라서 산림이든 조시朝市든 장소에 관계없이 마음먹기에 따라 얼마든지 쉴 수 있다는 논리를 펼치고 있다. 앞의 목은의 논리와 매우 흡사하다. 이로 보면 목은과 포은, 도은의 출처관 또는 출사에 대한 인식, 귀거래에 대한 논리는 매우 닮아 있을 뿐만 아니라 실제 정치적인 행적까지도 동일선상에 있는 듯한 느낌을 준다. 아마도 포은과 도은, 두 사람에게 사상적·학문적·정치적으로 가장 큰 영향을 끼친 이가 목은이었기 때문일 것이다. 하지만 좀 더 구체적인 감정의 기복이라든지 삶의 양태는 조금씩 다른 모습을 보여준다. 가령 포은의 경우에는 평생을 종군從軍과 사행使行등 정치 일선에 머무르게 만든 원인을 본인의 '호기豪氣'로 규정하고 있다.36) 예컨대 "구월의 높은 바람은 나그네 시름에 잠기게 하고/ 평생의 호기는 서생書生의 신세를 그르쳤네"37)라든지 "봄바람 맞을 때마다 멀리 떠난 나그네 되고 보니/ 비로소 알겠네 호기가 사람 그르침이 많음을"38)과 같은 시구들이 그것이다. 요컨대 포은은 목은에 비해서 훨씬 더 산림 지향적 속성을 보이며, 현실 정치에 얽매이고 있는 자신의 모습을 "그르쳤다[誤]"라는 극단적인 용어를 사용하여 자탄하고 있다. 이에 비해 도은은 목은, 포은보다 한층 더 강하고 굳센 면모를 보여준다. 그는 유자

---

35) 이숭인, 『도은집』 권4, 「送息菴游方序」. "予曰, 息菴之息, 非息形也息心也, 自其息形者言之, 雖瞑目端坐, 塊如槁木, 而所謂坐馳者或有之矣. 自其息心者言之, 方寸之間, 淡然空寂, 不物於物, 之山林, 之朝市, 何嘗不息也?"

36) 포은시에 나타난 豪氣에 대해서는 송재소, 「포은의 시세계」, 『포은사상연구논총』 1, 포은사상연구원, 1992, 387면 참조.

37) 정몽주, 『포은선생집』 권2, 「登全州望景臺」. "九月高風愁客子, 百年豪氣誤書生."

38) 정몽주, 『포은선생집』 권1, 「洪武丁巳奉使日本作」. "每向春風爲客遠, 始知豪氣誤人多."

로서 지켜야 할 가장 큰 덕목을 절의節義로 규정하고, 군자는 이해득실에 따라 움직여서는 안 된다고 말한다.[39] 가령 "득실得失과 이해利害가 정해진 때가 없이 우리에게 닥쳐오지만, 군자는 여기에 처하기를 편안히 한다."[40]와 같은 언급이 바로 그것이다. 이것은 다음 시에서 더욱 구체적으로 드러나 있다.

> 향승 지암이 나의 초상화를 그렸기에 찬을 짓다
>
> | 어쩌다 남쪽 바닷가로 쫓겨나더라도 | 或擯瘴海之濱 |
> | 그 때문에 더 슬퍼하지도 않고 | 而無所加慼 |
> | 어쩌다 조정에서 노닐더라도 | 或游巖廊之上 |
> | 그 때문에 더 기뻐하지도 않으면서 | 而無所加欣 |
> | 오직 두려운 마음으로 스스로 단속해야 하니 | 惟其惕然而自修 |
> | 그렇게 해야 마음을 속이지 않는다고 하리라 | 庶幾不欺於心君乎[41] |

　　인용시는 지암이라는 승려가 초상화를 그려주자 거기에 찬을 쓴 것이다. 초상화에 어울릴만한 스스로의 다짐이자 일종의 좌우명과 같은 것이라고 보아도 좋겠다. 중앙정계에서 활약하다가 남쪽 바닷가로 쫓겨나더라도 슬퍼하지 않을 것이며, 조정에서 대신의 반열에 오르더라도 기뻐하지도 말 것이다. 왜냐하면 처음 벼슬을 시작할 때부터 공경대부가 목적이 아니었기 때문이다. 도은은 하늘이 내려주는 벼슬, 즉 '천작天爵'을 꿈꾸었다. 그는 환로의 초창기인 26세 되던 해, 생일날에 쓴 시에서 "귀한 천작을 모쪼록 닦을지니/ 세간의 가난쯤은 두렵지 않아"[42]라고 스스로 다짐한다. 여기에서 천작이란 하늘이 내려

---

39) 이숭인 시에 나타난 절의정신에 대해서는 하정승, 「陶隱 李崇仁 시에 나타난 절의정신과 충절의 형상화」, 『포은학연구』 16집, 포은학회, 2015 참조.

40) 이숭인, 『도은집』 권4, 「送李侍史知南原序」. "得喪利害, 其來也無時, 君子處之安焉."

41) 이숭인, 『도은집』 권5, 「鄉僧止菴寫余陋眞因作讚」.

42) 이숭인, 『도은집』 권2, 「自壽」. "顧修天爵貴, 不怕世間貧."

준 벼슬로, 인의충신仁義忠信이나 선善을 좋아하고 게으르지 않는 것, 좋은 기질과 성품, 아름다운 덕행 등을 의미한다.[43] 그에게 벼슬이란 충신과 인의로써 나라와 백성을 위해 봉사하는 행위일 뿐이다. 따라서 부귀영화와 출세는 처음부터 관심 밖에 있었고, 자신이 지향하는 관직 생활을 성실하게 수행하기 위해 "오직 두려운 마음으로 스스로 단속하는" 것에만 관심을 두었다.

실제로 도은은 말로만이 아니라 실생활에서 평생을 청렴하게 살아갔다. 그의 집에 쌀이 떨어져서 때때로 지기가 보내줘야 하는 형편인 경우도 있었다.[44] 이로 보건대 도은은 목은이나 포은에 비해서 좀 더 확고한 출처관을 지녔고, 자신의 신념을 그대로 실천하기 위해 노력했던 실천적 지식인이었음을 알 수 있다. 도은이 다른 문인들에 비해 매우 이른 나이에 과거에 합격하여 일찍부터 환로에 올랐지만, 상대적으로 정치적인 입지가 약하고 높은 벼슬에 오르지 못했던 이유도 실상은 그의 출처관과 출사의식에 기인한 것이었다. 이 같은 도은의 출처관이나 출사의식과 가장 닮아 있는 사람은 삼봉 정도전이다. 정도전이 정몽주에게 준 다음 시를 살펴보자.

차운하여 정달가에게 부치다

마음을 같이한 벗이   夫何同心友

하늘 한 구석에 각각 있는지   各在天一方

때때로 생각이 여기에 미치니   時時念至此

저절로 사람을 슬프게 하네   不覺令人傷

봉황새는 천 길을 높이 날아서   鳳凰翔千仞

---

[43] 『맹자』 「告子」 上에 "인의충신과 선을 좋아하여 게으르지 않는 이런 것이 바로 천작이요, 공경대부 이런 것은 인작일 뿐이다(仁義忠信樂善不倦, 此天爵也, 公卿大夫, 此人爵也)"라는 구절이 있다.

[44] 승려 식곡이 쌀을 보내준 것에 감사하는 시에서 도은은, "나의 생은 내키는 대로, 그리고 되는 대로/ 집 안에 약간의 양식 없어진 지도 오래되었네(吾生潦倒復龘疏, 久矣家無擔石儲)"(「謝息谷惠米」, 『도은집』 권3)라고 말하고 있다.

돌고 돌아 동쪽 산으로 내려가는데	徘徊下朝陽
이 사람은 출처에 너무 어두워	伊人昧出處
한 번 움직이면 법에 저촉이 된다	一動觸刑章
지초와 난초는 불탈수록 향기 더하고	芝蘭焚愈馨
좋은 쇠는 갈수록 빛이 더 나네	良金淬愈光
굳고 곧은 지조를 함께 지키며	共保堅貞操
서로 잊지 말자 길이 맹세를 하세	永矢莫相忘45)

시제에 붙어있는 소서에 "유락流落과 이별 속에 해가 가고 달이 가니 그리운 정회가 어찌 끝이 있겠습니까?"46)라는 말이나 1-2구의 "마음을 같이한 벗이/ 하늘 한 구석에 각각 있는지"라는 것으로 보아 인용시는 아마도 1375년 북원의 사신을 맞이하는 일에 반대했다가 정몽주, 박상충, 김구용, 이숭인 등과 함께 유배를 당했을 때의 작품으로 보인다.47) 정도전은 본인이 출처에 너무나 어두워 행동거지가 모두 법에 저촉된다고 고백한다. 하지만 지초와 난초는 불탈수록 향기가 더욱 진해지고, 좋은 쇠는 갈수록 더욱 단단해지는 것처럼 지금의 시련을 견뎌내고 굳고 곧은 지조를 함께 지켜 나가자고 포은에게 당부하고 있다. 사실 이 말은 당부의 형식을 취하기는 했지만 본인 스스로의 다짐이기도 하다. 이처럼 삼봉은 스스로의 지조와 신념에 투철했던 정치가였다. 그가 스승인 목은과 절친한 벗들인 포은·도은 등을 버리고 역성혁명에 가담한 것도 워낙 정치적인 신념과 고집이 강했기 때문으로 해석할 수도 있다. 삼봉 역시 도은과 마찬가지로 정치란 출세를 위한 도구가 아니라 유자로서의 신념과 포부를 펼칠 수 있는 자아실현의 장과도 같은 것이었다.

---

45) 정도전, 『삼봉집』 권1, 「次韻寄鄭達可」.

46) 정도전, 『삼봉집』 권1, 「次韻寄鄭達可」. "流落分離, 日月逝矣, 眷戀之懷, 曷有其極?"

47) 정몽주를 비롯한 당시 이들의 나이는 대체로 30대였는데, 환로에 오른 뒤 처음으로 겪는 정치적 시련인지라 정신적인 충격과 고통이 매우 컸던 것으로 보인다. 이들의 문집 속에서 당시의 심회를 다룬 시들이 유독 많이 보이는 것 역시 이와 무관치 않다.

그는 또 다른 시에서 "높은 관직은 어쩌다 오는 것이요/ 부귀는 구름처럼 둥둥 뜬 물건/ 군자가 소중한 건 오직 의義뿐이니/ 천추만대千秋萬代 이름이 남는 거라오(軒冕兮儻來, 富貴兮雲浮, 惟君子所重者義兮, 名萬古與千秋)"[48]라고 함으로써 높은 관직과 부귀를 추구하지 말고, 의義와 명名을 소중히 여기는 태도를 보이고 있다. 목은이나 포은이 도은이나 삼봉과는 다른 출사의식을 지녔음은 다음 글을 통해서도 확인할 수 있다.

벼슬을 하지 않는다면 숨어 살 수밖에 없고 숨어 살지 않는다면 벼슬을 할 수밖에 없는데, 만약 물러나서 내가 종신토록 살아갈 길을 찾는다면 채마밭을 가꾸는 것만한 것도 없겠다고 생각할 수도 있었을 것이다. … (중략)… 그가 언젠가 나에게 말하기를, "버드나무 가지를 꺾어 채마밭에 울타리를 치면, 아침과 저녁이 구분되는 것을 통해서 하늘의 도에 일정한 법칙이 있다는 것을 알 수가 있고, 시월에 채마밭에다 타작마당을 닦고 수확을 하면, 춥고 더운 계절의 운행을 통해서 백성의 일에 순서가 있다는 것을 알 수가 있다. <u>아래로 민사民事를 다스리고 위로 천도天道를 따른다면, 이것이야말로 학문이 지향하는 궁극의 목표요 성인이 할 수 있는 모든 일이 끝나는 것이라고 하겠다.</u> 그러니 내가 이것을 놔두고서 또 무엇을 따르겠는가." 하였다. 그러고는 이번에 자신의 거처에다 '포은圃隱'이라는 이름을 붙이고 나서 나에게 기문을 청해 왔다. …(중략)… <u>그런데 지금 달가達可는 채마밭에 숨어 살겠다고 하면서도, 조정에 서서 사도斯道[儒道]를 자임하고 있는가 하면, 낯빛을 엄하게 하고서 배우는 이들의 사표師表가 되고 있으니, 진짜 은자가 아닌 것만은 분명하다고 하겠다.</u> 그렇다면 달가는 목은입네 도은입네 하는 사람들과 함께 한번 어울려 보고 싶어서 포은이라고 이름을 붙인 것일까. 기미년(1379, 우왕5) 2월 경신일에 짓다.[49]

48) 정도전, 『삼봉집』 권2, 「江之水詞」.
49) 이색, 『목은집·문고』 권5, 「圃隱齋記」. "不仕則隱, 不隱則仕, 退而求吾終身之地, 莫圃若也.…(中略)…嘗曰, 折柳樊圃, 則因晨夜之限, 通乎天道之有常, 十月築圃, 則因

이 글은 목은 이색이 포은의 호를 풀이하여 쓴 「포은재기」의 일부이다. 인용문의 앞부분은 공자의 제자 번지樊遲가 채마밭 가꾸는 일을 하고 싶다고 한 것에 대한 이야기이다. 요컨대 포은이 호에 '포圃' 자를 쓴 유래가 있다는 것이다. 인용문 앞부분의 밑줄 친 부분은 포은이 한 말인데, 채마밭을 만들어 농사를 짓는 효과이다. 계절의 운행을 통해 백성들의 일에는 순서가 있다는 사실을 알게 되고, 이를 통해 아래로는 민사를 다스리고 위로는 천도를 따르게 된다면 학문의 목표를 이루게 된다는 것이다. 포은의 이 말을 통해서도 '포은'이라는 호의 지향점은 '은'에 있는 것이 아니라 '포'에 있으며, 그것은 결국 민생을 잘 살피고 정치를 잘해보겠다는 의도로 귀결된다. 목은은 이 사실을 정확히 읽어내어 포은이 숨어 살겠다고 표방한 것은 진심이 아니고, 포은은 진짜 은자가 아니라고 밝히고 있다. 그러나 이것은 비단 포은에게만 해당되는 것이 아니라 목은 자신에게도 그대로 적용된다. 인용문 말미의 "목은입네 도은입네 하는 사람들과 함께 한번 어울려 보고 싶어서 포은이라고 이름을 붙인 것"이 아니겠는가 라는 말은 이들 삼은三隱의 '은隱'이 작명된 배경과 그 지향하는 바가 무엇인지를 시사해준다.50)

그러나 고려말 '은'자 호를 사용한 모든 사람들이 다 이와 같은

寒暑之運, 而知民事之有序. 民事治于下, 天道順于上, 學問之極功, 聖人之能事畢矣. 吾舍此何適哉? 於是, 以圃隱名其齋, 求予記. …(中略)… 今達可隱於圃, 而立于朝, 以斯道自任, 抗顏爲學者師, 非其眞隱也明矣. 將與牧者陶者而伯仲乎? 己未春二月庚申, 記."

50) 이 같은 면에서 보면 목은이나 포은은 소위 '吏隱' 또는 '大隱'·'中隱'에 해당한다고 볼 수 있다. '이은'이란 몸은 관직에 있지만, 마음은 항상 은거를 생각하고 동경하는 사람을 지칭하는 말이다. '대은'은 당나라 시인 白居易가 「中隱」에서 한 말로 조정이나 저자에 숨는 사람이고, '小隱'은 산림에 들어간 사람이며, '중은'은 대은과 소은 양자를 절충한 형태로 일부러 낮은 관직에 있으면서 은자로서의 삶을 누리는 것이다. 이 같은 백거이의 중은사상은 후대 소동파를 비롯한 많은 문인들에게 영향을 주었으며, 이는 그대로 우리나라 사대부 문인들에게도 영향을 준 것으로 판단된다. 목은이나 포은이 호에 은자를 사용하면서도 또 반드시 산림에 은거할 필요가 없다고 말한 것도 모두 이와 연관된 것이라 보인다. 백거이의 중은사상에 대한 것으로는 이경일, 「백거이 시가의 삼대 주제 연구」, 북경대대학원 박사학위논문, 2001과 이원호 외, 「백거이의 중은사상과 원림조영」, 『한국전통조경학회지』 33집, 한국전통조경학회, 2015를 참조할 것.

것은 아니다. 위의 인용문에서 목은은, 본인은 물론 도은까지도 끌어들여 '포은'의 의미를 설명하고 있지만, 전술한 바와 같이 도은의 경우는 목은·포은과는 또 다른 삶의 모습을 보여주고 있다는 점에서 그의 출처관은 구별되어야 한다고 본다. 또한 앞에서 언급한 농은 최해나 초은 이인복의 경우만 보더라도 이들은 삶에서 자신의 호를 그대로 적용시키며 살았음을 알 수 있다. 특히 최해의 경우에는 '농은'이라는 호에 걸맞게 실제로 만년에 농사를 짓고 살았으며, 도은과 함께 여말삼은의 또 다른 한 명으로 지목되는 야은冶隱 길재吉再 역시 잘 알려져 있는 바대로 고려 망국 후 은거의 삶을 선택했다. 따라서 고려후기 사대부 지식인들 사이에서도 출처에 대한 생각과 가치관은 매우 다양한 스펙트럼을 보여주며, 그것은 결국 그들의 삶의 행적으로 나타나게 되었음을 알 수 있다.

4. 결어

동서고금을 막론하고 지식인들의 사회 참여 문제는 뜨거운 감자였지만, 고려후기, 특히 본고에서 집중했던 14세기 지식인들에게 있어서는 더욱 중요한 삶의 문제이자 화두였다. 왜냐하면 극도의 정치적 혼란과 변혁, 사회적 변동이 있었기 때문이다. 이러한 시대에 양심적 지식인으로 자기 지조를 가지고 살아가기란 그리 쉬운 일은 아니다. 또한 저마다 가치관과 국가관이 다른 상황에서 출처의 문제를 일률적으로 평가하는 것은 매우 위험한 것이고, 바람직하지도 않다. 지식인들의 출처를 따지기 위해서는 먼저 그들의 현실인식과 세계관을 검토해야 한다. 그리고 그 현실인식과 세계관을 좀 더 깊이 있게 이해하기 위해서는 시대적 상황은 물론, 가문적 배경, 학문적인 사제관계 및 교유관계까지 면밀히 검토해야 온당한 결론에 다다를 수 있다. 사실 한국 지성사에서 출처의 고민과 갈등은 이미 신라말을 대표하는 지식인인 최치원崔致遠, 최언위崔彦撝, 최승우崔承祐 등 이른바 '삼최三崔'부터 제기된 문제였다. 고려조에 들어서도 이자현李資玄이나 김극기金克己, 이인로李仁老, 이승휴李承休, 최해, 안축, 백문보, 이집, 박익朴翊, 이색, 정몽주, 이숭인, 정도전, 탁광무卓光茂, 원천석, 길재 등을 거쳐 조선조의 수많은 지식인들에 이르기까지 출처는 자신의 삶에 있어서 가장 큰 질문이자 내적 갈등의 요소였다. 물론 처음부터 확고하게 환로지향적이거나 그 반대로 은둔지향적이어서 출처에 대해 그다지 큰 고민을 하지 않았던 인물들도 있었지만, 심지어 그들조차도 전자의 경우 겉으로는 '귀거래'를 표방하거나, 혹은 후자의 경우 민생과 현실 정치에 대한 견해를 밝히는 경우가 많았다.

중국의 도연명陶淵明이 '귀거래사歸去來辭'를 읊고 은거를 결행한 이래로 귀거래의 문제는 유가 지식인들에게 꼬리표처럼 따라다녔다. 이는 한국의 경우도 마찬가지였다. 고려조를 거쳐 조선조에 이르면 '귀거래'는 실제로 그 실행 여부의 의지와 전혀 관계없이 지식인들이 상투적으로 표방하는 일종의 형식적인 공치사였던 경우가 상당수였다. 그러한 경우에도 정치적 상황이나 환경이 어쩔 수 없어서 실제 귀거래할 마음이 있었음에도 불구하고 중앙에 머물러야 했던 경우와 그렇지 않은 의례적인 발언을 한 경우로 세분할 수는 있겠다. 물론 본고에서 언급했던 사대부 문인들의 현실 참여의식과 내적 갈등이 귀거래만을 염두에 두고 한 것은 아니다. 처음부터 현실참여에 소극적인 경우나 현실참여를 적극적으로 지향했던 경우도 있기 때문이다.

요컨대 고려후기의 지식인들은 다음 네 가지로 분류해 볼 수 있다. 첫째, 현실 정치에 적극적으로 참여한 경우. 둘째, 현실정치에는 참여하지 않고 재야에 있으면서 현실을 비판하는 경우. 셋째, 현실정치에 깊이 참여해 있으면서도 끊임없이 귀거래를 갈망한 경우. 넷째, 현실정치에 참여하기를 거부할 뿐 아니라 현실을 비판하는 일조차 관심 없는 은둔형으로 주로 학문과 교육에 종사한 경우. 특히 세 번째는 도연명처럼 실제로 은거를 결행한 경우와 귀거래를 꿈꾸면서도 끝내 현실정치에 머무른 경우로 다시 세분할 수 있다. 하지만 이 같은 분류들은 사실 다른 각도에서 해석하면, 그 기준이 매우 모호해질 수 있다. 왜냐하면 참여와 은거는 동전의 양면과도 같아서 같은 사람이 두 가지 속성을 동시에 지니고 있는 경우도 허다하기 때문이다. 그럼에도 불구하고 본고에서 언급한 문인들의 태도와 출처의 갈등 모습은 고려후기를 이해하고 읽어내려는 시도에 도움을 줄 수 있을 것으로 믿는다. 비록 경우에 따라서는 애매모호한 기준이 될 수도 있겠으나, 현실 참여와 출처의 갈등을 세분하여 따져보는 것은 분명 당대 현실을 살아간 지식인들의 다양한 모습을 좀 더 깊이 이해하고 그 시대의 상황을 읽어내는 데에 매우 유익한 작업임에 틀림없기 때문이다.

목은 이색은 위 세 가지 기준 중 첫 번째, 또는 세 번째 중 귀거래를 꿈꾸면서도 끝내 현실정치에 머무른 경우에 해당하는 인물이다. 그는 평생을 관료형 지식인이자 학자로서 살았다. 물론 고려가 망할 무렵에는 정치적인 불운이 연속되고 상당한 고난도 당했지만, 그것 역시 현실 정치인으로 평생을 살아온 그의 삶의 결과물이었다. 그의 학문세계는 매우 다양한 분야에 다양한 관심을 가지고 있었기에, 그 영향을 받은 많은 제자들은 저마다 여러 갈래의 인생을 살게 되었다. 고려후기 서로 다른 정치적 궤적과 사상을 지닌 지식인들의 상당수가 목은의 문하였음은 목은 사상이 얼마나 다채롭고 여러 갈래였는지를 반증해주는 사례라 할 수 있다. 포은 정몽주는 위 세 가지 기준 중 세 번째에 해당하는 인물이다. 그는 평생을 종군과 사행으로 보냈으며, 특히 고려의 마지막 왕인 공양왕대에는 정계의 핵심인물이었다. 따라서 그의 삶은 항상 중앙정계의 중심에 놓여 있었다고 할 수 있다. 하지만 그는 시종일관 벼슬을 사임하고 고향으로 돌아가기를 꿈꾸었다. 물론 그의 이 같은 꿈은 실현되지 못하였다. 말하자면 포은은 꿈과 현실의 갈등 구조 속에서 평생을 살다간 인물이었다. 도은 이숭인 역시 세 번째 유형이라 할 수 있다. 하지만 그는 스승인 목은이나 선배인 포은에 비해 출사에 대한 좀 더 강한 신념과 지조가 있었다. 그는 처음 출사를 시작했을 때부터 인작人爵을 거부하고 천작天

仕을 할 것을 다짐했다. 도은이 다른 문인들에 비해 매우 이른 나이에 과거에 합격하여 일찍부터 환로에 올랐지만, 상대적으로 정치적인 입지가 약하고 높은 벼슬에 오르지 못했던 이유도 실상은 그의 출처관과 출사의식에 기인한 것이었다. 삼봉 정도전은 위의 기준 중 첫 번째 유형에 속한다. 그는 유자로서의 경륜과 포부가 그 누구보다도 컸고 확실하였다. 현실은 그의 꿈을 실천하는 무대였다. 그의 정치적 이상은 상대적으로 순수하였다. 그가 꿈꾸었던 이상적인 환로는 공경대부나 부귀가 되는 것이 아니라 민생이 잘 살게 되는 국가를 건설하는 것이었다. 요컨대 그는 한미한 가문적 배경을 특유의 삶의 역동성으로 극복하고자 했던 실천적 지식인이었다. 위의 기준 중 두 번째에 해당하는 예로는 최해나 백문보가 대표적이고, 네 번째 유형은 여말선초의 은둔형 지식인으로 유명한 원천석과 길재를 꼽을 수 있겠다.

도은陶隱 이숭인李崇仁 시에 나타난 절의정신과 충절의 형상화

1. 문제제기

도은 이숭인(1347-1392)은 고려말의 충신이자 문인이다. 그는 소위 '여말삼은麗末三隱' 또는 '여말사은麗末四隱'의 하나로[1] 포은 정몽주와 함께 고려에 마지막까지 충절을 지키다 희생당한 절의의 대명사이기도 하다. 하지만 그는 역사적으로 목은 이색이나 포은 정몽주에 가려져 그동안 온당한 평가를 받지 못했던 측면이 있다. 목은이나 포은은 학문적·정치적으로 고려말을 대표하는 문인이었고, 특히 충절이라는 면에서는 포은이 한 시대의 표상이었기에 도은은 그들에 비해 주목받지 못했던 것이다. 하지만 적어도 문학적인 측면에서 보았을 때는 도은은 그 누구보다도 고려후기를 대표하는 시인으로 인정 받아왔고, 또 인정을 받아야 마땅하다.[2] 본고에서는 도은 문학이 가지고

---

1) '여말삼은'에 대해서는 牧隱 李穡, 圃隱 鄭夢周, 冶隱 吉再를 꼽는 설과 함께 야은 대신 陶隱 李崇仁을 넣어야 한다는 학계의 두 가지 의견이 있다. 이 논란의 해결책으로 도은과 야은을 모두 합쳐 '여말사은'으로 해야 한다는 의견도 있음을 밝혀둔다. 필자의 개인적인 견해로는 성리학의 계승, 또는 정통성 측면에서 보자면 야은이 고려가 망하고 난 후 영남에서 은거하며 제자들을 양성하여 소위 영남학파를 일구어 냈기에 길재를 꼽는 것이 좋을 듯하고, 목은, 포은과의 개인적인 교분이나 고려말 문학사적인 측면에서는 도은이 문학적으로 중요하게 거론되는 시인이면서 목은, 포은과 밀접한 교유를 나눴기에 이숭인을 꼽는 것이 좋을 듯하다.

2) 고려후기 한문학사에서 도은을 대표적인 시인의 반열로 언급한 것은 이미 목은 이색부터 시작되었다. 목은은 當代의 주목할 만한 시인을 언급할 때, 항상 이숭인을 앞에 두

있는 다양한 측면 중에서도 충절과 의리에 초점을 맞추어 고려후기 정치사 또는 사상사에서 도은이 얼마나 중요한 비중이 있었는지를 밝혀 보고자 한다. 지금까지 이숭인에 대한 연구는 문학 분야에서는 주로 시인으로서의 기질에 주목하여 도은시의 문예미, 미적 특질, 당시풍과의 관계 등 문학사적인 면모에 초점이 맞춰져 있었다.[3] 사학이나 철학의 분야에서는 도은의 삶과 정치적 역할, 역사의식, 사상과 절의의 실천적 측면, 성리학자로서의 측면 등이 연구되어 왔다.[4]

었다. 이는 비단 목은만이 아니라 조선조에 들어와서도 『동인시화』, 『성수시화』, 『소화시평』 등 각종 시화집 또는 문집류에서 고려조 한시사를 언급할 때면 이숭인을 대표적인 시인으로 다루고 있는 것을 통해 확인할 수 있다. 이에 대한 것은 하정승, 「이숭인 시에 나타난 당시풍 경향과 미적 특질」, 『한문학논집』 39집, 근역한문학회, 2014, 318-322면을 참조할 것.

3) 이숭인 시를 다룬 주요 선행 연구 논문은 다음과 같은 것들이 있다. 임종욱, 「도은 이숭인의 시문학 연구」, 『한국문학연구』 11집, 동국대 한국문학연구소, 1988; 박성규, 「도은 이숭인론」, 『동양학』 21호, 단국대 동양학연구원, 1991; 박재완, 「도은 이숭인의 시문학론」, 『동악한문학논집』 6집, 동악한문학회, 1992; 정재철, 「도은시의 사상적 지향과 풍격 연구」, 『대동고전연구』 15호, 태동고전연구소, 1998; 강구율, 「도은 이숭인 한시에 있어서 가야산의 의미」, 『안동어문학』 4호, 안동어문학회, 1999; 어강석, 「도은 이숭인의 삶과 시문학의 특징」, 『청계논총』 15호, 한국학중앙연구원, 2000; 하정승, 「도은 이숭인 시의 품격 연구」, 『한국한시연구』 8호, 한국한시학회, 2000; 최광범, 「도은 이숭인 시의 풍격」, 『어문논집』 44집, 민족어문학회, 2001; 양진조, 「도은 이숭인의 시세계 연구」, 중앙대 박사학위논문, 2001; 송재소, 「도은 이숭인의 시문학」, 『여말선초 한문학의 재조명』, 태학사, 2003; 하정승, 「도은 이숭인 시의 의상과 미의식의 표출양상」, 『동방한문학』 27집, 동방한문학회, 2004; 이정화, 「도은 이숭인의 누정시 연구」, 『한국사상과 문화』 36호, 한국사상문화학회, 2007; 하정승, 「이숭인의 만시류 작품에 나타난 죽음의 형상화와 미적 특질」, 『한국한시연구』 21호, 한국한시학회, 2013; 김재욱·송혁기, 「도은 이숭인의 불교시 연구」, 『한문학논집』 38집, 근역한문학회, 2014; 하정승, 「이숭인 시에 나타난 당시풍 경향과 미적 특질」, 『한문학논집』 39집, 근역한문학회, 2014.

4) 이와 같은 성과를 대변하는 주요 연구물로는 다음과 같은 것들이 있다. 이병혁, 「여말 한문학의 주자학적인 경향에 대하여―도은 이숭인을 중심으로」, 『석당논총』 10집, 동아대 석당학술원, 1985; 고혜령, 「도은 이숭인의 생애와 역사적 위상」, 『민족문화논총』 50집, 영남대학교 민족문화연구소, 2012; 엄연석, 「도은 이숭인의 유학사상과 절의 실천」, 『민족문화논총』 50집, 영남대학교 민족문화연구소, 2012; 정성식, 「도은 이숭인의 역사의식」, 『동양문화연구』 15집, 영산대 동양문화연구원, 2013; 이남복, 「도은 이숭인 연구」, 『동의논집』 24집, 동의대학교, 1996; 한상규, 「한국 유학사를 통해 본 선비정신―목은 이색과 도은 이숭인을 중심으로」, 『시민시대』 306호, 목요학술회, 2010; 장재천, 「이숭인의 삶과 족적에 대한 평가」, 『한국 사상과 문화』 62집, 한국사상문화학회, 2012; 김철웅, 「이숭인의 명 사행과 봉사록」, 『한국인물사연구』 20호, 한

이숭인은 14세 되던 해인 1360년(공민왕 9)에 감시에 합격하고 2년 후인 16세의 나이에 문과에 급제할 정도로 영민하였다. 당시 20세를 전후로 문과에 합격하는 사례가 간혹 있기는 했지만,[5] 도은처럼 16세에 합격하는 일은 유례가 없는 일이었다. 『고려사』기자가 그를 가리켜 "타고난 자질이 뛰어나고 영리했다."[6]라고 평한 것도 그리 과장된 것은 아니었다. 심지어 도은은 고려의 문사文士들을 뽑아 명나라에 보내는 시험에서도 수석으로 뽑혔으나, 나이가 25세에 미달되어 가지 못하기도 하였다. 도은은 21세의 나이에 성균관의 학관學官이 되어 자기 또래의 학생들을 가르치는 등 촉망받는 인재로 벼슬길을 시작하였다. 그러나 20대 후반 이후로 그의 관직 생활은 그리 평탄하지 못하였다. 29세 되던 1375년(우왕 1)에 김구용, 정도전과 함께 북원의 사신을 맞이해서는 안 된다고 상소한 일로 고향인 경산부로 유배를 당하게 된다. 이 유배는 2년 후인 1377년에 해배되어 다시 조정에 복귀하게 되었지만, 그후 42세 되던 1388년에는 당시의 실권자였던 이인임이 실각하자 그의 인척이라 하여 강원도 통주通州로 장류杖流되었다. 그리고 다시 1년 후인 1389년 오사충吳思忠 등의 탄핵을 받아 경산부京山府에 유배되었고, 1390년에는 윤이尹彝 · 이초李初의 옥사에 연루되어 스승인 목은 이색과 함께 청주옥淸州獄에 갇히게 되었다. 그리고 1392년 4월 정몽주가 이방원이 보낸 자객에 의해 선죽교에서 죽임을 당하자 포은과 같은 당이라고 지목되어 유배를 가게 되었고, 얼마 후 정도전이 보낸 사람들에 의해 장살杖殺을 당하고 비참한 최후를 맞이하였다.

이처럼 도은의 일생을 보면 영민한 수재로 그 누구보다도 빨리 과

국인물사연구소, 2013.

[5] 가령 고려후기의 대표적인 수재형 문인인 척약재 김구용이 18세에 과거에 합격하고, 석탄 이존오가 20세, 독곡 성석린이 20세, 원재 정추가 21세에 합격한 것과 비교해 볼 때에도 도은의 16세 합격은 이례적으로 빠른 것이었다. 필자가 찾아본 바로는 이숭인보다 빨리 과거에 합격한 사람은 15세의 나이에 급제하고 17세에 관직생활을 시작한 益齋 李齊賢과 15세에 과거급제한 柳巷 韓脩밖에는 없다.

[6] 『고려사』 권115, 「열전」 권28, <이숭인>. "崇仁天資英銳."

거에 급제하고 관직생활을 일찍 시작하였지만, 그의 인생은 좌천과 유배, 비참한 죽음 등 험난하고 굴곡이 많은 일생이었다. 도은은 아마도 태평의 시대에 그를 알아주는 임금을 만났다면 타고난 훌륭한 자질과 역량을 학문과 정치, 문학의 모든 분야에서 훨씬 더 크게 발휘했을 것이다. 본고에서는 도은의 이와 같은 삶의 모습에 주목하여 도은시에 나타나 있는 충절의 면모를 살펴보고자 한다. 사실 도은이 포은 편에 서서 고려왕조를 끝까지 지키고자 했던 데에는 그의 개인적인 기질과 더불어 그가 공부한 학문과 사상에 바탕한 절의정신이 기저에 자리잡고 있었다. 『도은집』을 살펴보면 도은은 그 누구보다도 성리학적 가치에 정통하고 경세제민의 유학자적 기질이 뛰어났던 인물이었다. 이에 필자는 성리학에 바탕한 도은의 실천적 학문관과 사상을 살펴보고, 그러한 사상을 근간으로 하여 작시된 충절을 주제로 한 시들의 문학적 특징과 문학사적 의미에 대해서도 함께 고찰해보고자 한다. 고려말 파란만장했던 격동의 역사 속에서 목은, 포은, 도은 등 대표적인 충신들의 절의정신을 검토하는 작업은 고려말의 문학사는 물론 정치사, 사상사 연구의 폭을 넓히는 데 필요한 과제라 생각한다.

2. 도은의 실천적 학문관과 사상

이숭인의 가계는 성주이씨로 특히 고려후기에 들어서 가문적 성세를 이룬 명문가였다.[7] 14세기에 들어 이 집안에서 배출된 문인, 학자

---

7) 이숭인을 중심으로 성주이씨의 가계를 정리해보면 다음과 같다. 李長庚(11세)⇒李百年·李千年·李萬年·李億年·李兆年(12세)⇒李麟起(13세)⇒李元具(14세)⇒李崇仁·李崇文(15세). 원래 성주이씨는 대대로 성주지역에 거주했던 성주의 호족 집안인데, 이장경의 아들 5형제가 모두 과거에 급제하면서 중앙에서 관직생활을 할 수 있는 기반이 마련되었고 이를 통해 명문가로 성장할 수 있었다. 특히 이숭인의 종증조부인 이조년은 충혜왕 때 정당문학을 지내고 일명 '다정가'로 유명한 시조 "이화에 월백하고 은한이 삼경인제"를 지은 작자로 문학사에서도 널리 알려져 있다. 또한 이조년의 손자인 이인복은 공민왕 때의 문인이자 학자로 명망이 높았고, 그의 동생 이인임은 우왕 때 정치권력의 핵심에 있었던 권신이었으며, 이인민은 대제학을 지낸 문신이었다. 이인민

들이 여러 명이었는데 특히 공민왕 때 활약한 초은 이인복은 학자로서 명망이 높았다. 이숭인은 이러한 훌륭한 가문적 배경 속에서 일찍부터 학문에 전념할 수 있었던 것으로 보인다. 특히 도은은 앞에서 전술한 것처럼 타고난 영민함까지 갖춰서 학자로 성장하기에는 더없이 좋은 조건이었다. 이숭인이 누구에게 공부를 배웠는지는 기록이 없어 알 수 없다. 하지만 그가 14세에 감시監試에 합격하고 16세에 문과에 급제를 한 것으로 보아 일찍부터 과거에 필요한 유교 경전과 시와 문장을 짓는 공부를 하였음을 알 수 있다. 도은은 1367년(공민왕 16)에 21세의 나이로 성균관의 학관이 되었는데, 이것은 그의 일생에 매우 의미있는 일이었다. 공민왕은 이 해에 국학을 진흥하고자 성균관을 중건하고 명망있는 학자들을 모아 학생들을 가르치게 하였는데, 도은이 여기에 뽑힌 것이었다. 다음 기록을 보자.

> 국학을 다시 짓도록 명하였는데, 서울과 지방의 유관儒官을 시켜서 품계에 따라 베를 내어 그 비용에 충당하게 하였다. 판개성부사判開城府事 이색李穡으로 대사성을 겸하게 하고, 생원을 더 두게 하였다. 경학에 통달한 선비 김구용金九容·정몽주鄭夢周·박상충朴尙衷·박의중朴宜中·이숭인李崇仁 등을 뽑아서 모두 학관을 겸하게 하였다.[8]

『고려사절요』의 위 기록은 공민왕이 국학의 진흥에 얼마나 열의가 있었는지를 여실히 보여준다. 1361년 홍건적의 침입으로 개경이 함락되고 왕이 피신하는 등 전란으로 인하여 성균관이 큰 피해를 보았다. 홍건적이 물러난 후에도 학교 교육이 정상적으로 회복되지 못하자 공민왕은 국학을 진흥시키기 위해서는 중앙의 학교인 성균관을 부

의 아들 형재 이직은 조선의 개국공신으로 영의정까지 지냈다. 이직은 이숭인과는 고조부가 같은 8촌간이고, 이인복·이인임 형제는 도은에게 7촌이 된다.

[8] 『고려사절요』 권28, 「공민왕 3·정미 16년」. "命重營國學, 令中外儒官, 隨品出布, 以助其費, 又以判開城府事李穡, 兼大司成, 增置生員, 又擇經術之士金九容, 鄭夢周, 朴尙衷, 朴宜中, 李崇仁等, 皆兼學官."

흥시켜 전국의 유생들을 불러 모으는 것이 급선무라고 판단했다. 그래서 그는 전국의 선비들에게 비용을 일부 부담시키고, 당시 학문으로 가장 명망이 높은 인사들을 불러 모았던 것이다. 이 일에 총책임을 맡은 이는 목은 이색이었다. 공민왕은 목은을 대사성으로 임명하고 김구용, 정몽주, 박상충, 박의중, 이숭인 등을 학관으로 임명하여 학생들을 가르치게 하였다. 이들이 학관으로 뽑힌 이유에 대해서『고려사절요』의 기자는 경학에 통달하였기 때문이라고 밝히고 있다. 실제로 정몽주를 비롯한 위 인사들은 모두 성리학을 공부하고 유학에 능통한 신진사류들이었다.

이들은 성균관에서 날마다 학문을 강론하고 토론하였는데, 이들이 연구한 학문은 주로 성리학이었다. 『고려사』에서는 이때의 상황을 "이 전에는 관생館生이 수십 명에 불과하였었다. 이색은 교수 방법을 변경해 매일 명륜당明倫堂에 회합해 경서를 분담해 교수를 집행하고 강의를 마친 후에는 서로 토론하였는데, 이색은 피로를 잊었으며 배우는 자들이 많이 모여들어 서로 권장하게 되었다. 정주程朱의 성리학은 이때로부터 보급되기 시작하였다."9)라고 기록하고 있다. 성균관이 중수된 후 실력 있고 젊은 교수들이 열의를 다해 학문을 연구하고 가르침으로써 전란으로 인해 위축되었던 성균관에 전국의 유생들이 많이 모여들었고, 이를 계기로 학교 교육이 부흥되었다는 것이다. 여기에서 필자가 주목하는 것은 "정주의 성리학이 이로 인해 보급되기 시작했다"는 표현이다. 물론 공민왕 이전에 성리학은 이미 고려에 수입이 되어 유생들에게 알려지고 공부 과목으로 정해져 있었던 상태지만,10) 성균관의 중수와 국학의 진흥을 계기로 공민왕 이후에 정주의 성리학이 폭발적으로 널리 보급되고, 과거시험에서도 이와 관련된 문제가 출제됨으로써 보편적인 공부 과목이 되었다는 의미로 위의 인용

---

9) 『고려사』권115, 「열전」권28, <이색>. "先是, 館生不過數十. 穡更定學式, 每日坐明倫堂, 分經授業, 講畢相與論難忘倦. 於是, 學者坌集, 相與觀感, 程朱性理之學始興."

10) 고려후기 성리학 수용 양상에 대한 것은 변동명, 『고려후기 성리학 수용 연구』, 일조각, 1995와 고혜령, 『고려후기 사대부와 성리학 수용』, 일조각, 2001을 참고할 만하다.

문은 해석된다. 이숭인의 성리학적 학문관이 본격적으로 형성된 것도 바로 이 무렵이었을 것으로 추정된다. 목은 이색은 부친으로부터의 가학이 있었을 뿐 아니라 성리학의 대가인 익재 이제현의 제자였고, 또 원나라에 직접 가서 선진 학문을 수용할 기회가 있었기 때문에 당시로서는 최신 학문이었던 성리학에 조예가 매우 깊었다. 정몽주 등 다른 학관들도 모두 경학에 뛰어난 학자들이었기 때문에 이들과 어울리며 강론과 토론을 거치면서 도은의 학문은 깊어졌던 것으로 짐작된다. 다음 글을 보자.

> 성산星山의 도은 이 선생은 고려 말년에 태어났다. 천품이 영특하고 고매한 위에 학문이 또 정밀하고 박식하였으며, 염락濂洛의 성리학에 뿌리를 두고서 경사자집經史子集과 백가百家의 글에도 관통하지 않은 것이 없었다. 조예가 깊을뿐더러 식견이 더욱 높아 정대한 영역에 우뚝 섰으며, 불교와 노장의 학설에 대해서까지도 옳고 그름을 연구하지 않은 것이 없었다.[11]

　　권근이 쓴 『도은집』 서문의 일부이다. 인용문의 내용을 몇 가지로 세분해보면 다음과 같이 정리가 된다. 첫째, 타고난 자질이 영특하다. 둘째, 학문이 정밀하고 박식하다. 셋째, 학문의 특징은 성리학에 기본을 두고 있으면서 제자백가에도 두루 능통하다. 넷째, 불교와 노장사상에도 해박하다. 그리 길지 않은 글이지만 도은의 학문 세계를 요약적으로 잘 보여주고 있다. 특히 성리학에 뿌리를 두고 학문을 했다는 말은 앞에서 살펴본 『고려사』의 내용과도 일치하며 도은의 학문적 기반이자 특징을 정리한 말이다. 노장을 비롯한 제자백가와 불교에 대한 조예는 도은만이 아닌 그 시대 학문이 깊었던 유학자들의 공통된 특징이었다. 다음 글은 도은이 성리학에 침잠하고 해박하게 된 이유를 좀 더 자세히 설명하고 있다.

---

[11] 권근, 『도은집』 권수, 「도은집서」. "星山陶隱李先生, 生於高麗之季, 天資英邁, 學問精博, 本之以濂洛性理之說, 經史子集百氏之書, 靡不貫穿. 所造旣深, 所見益高, 卓然立乎正大之域, 至於浮屠老莊之言, 亦莫不研究其是否."

그리고 오늘날의 목은 이선생은 일찍이 가정의 교훈을 이어받고 북으로 중원에 유학하여 바른 사우師友의 연원을 얻고서 성명性命과 도덕의 설을 궁구하였으며, 동방으로 돌아와서는 제생諸生을 교육하였다. …(중략)… 그중에서도 자안子安은 정심精深하고 명쾌한 면에서 제자諸子를 능가하였다. 그는 선생의 설을 들으면 조용히 이해하고 마음으로 통하여 다시 귀찮게 질문하는 법이 없었고, 혼자서 해득하는 것 역시 사람의 의표意表를 멀리 뛰어넘는 점이 있었으며, 각종 서적을 널리 독파하면서도 한번 보기만 하면 곧장 암기하였다. 그리고 그가 저술한 시와 문 약간 편을 보더라도 『시경』의 비흥比興과 『서경』의 전모典謨에 뿌리를 두었으며, 화순和順함이 안에 쌓여서 영화榮華로 밖에 발한 그것 역시 모두가 예禮와 악樂에서 우러나온 것이었으니, 도의 경지에 깊이 들어간 자가 아니라면 어떻게 그렇게 할 수가 있었겠는가.

황명皇明이 천명을 받아 천하에 군림하면서 문덕文德을 닦고 무력武力을 자제하는 가운데, 문자와 수레가 모두 같게 되었다. 그러니 예악을 제정하고 인문人文을 관찰하여 교화를 펼치면서 천지를 경륜하는 것은 지금이 바로 그때라고 할 것이다. 이러한 시대를 당하여 왕국의 사대事大하는 문자는 대부분 자안 씨에게서 나왔는데, 천자도 이를 보고는 가상하게 여기면서 "표문表文의 말이 참되고 적절[誠切]하다."라고 평하기까지 하였다.[12]

정도전이 쓴 위의 인용문은 1367년 성균관 중수를 계기로 고려의 학계에 성리학이 널리 보급되는 과정에 대해서 설명하고 있다. 목은 이색이 가학을 바탕으로 원나라에 유학하여 성명과 도덕의 설을 공부

---

[12] 정도전, 『도은집』 권수, 「도은집서」. "今牧隱李先生蚤承家庭之訓, 北學中原, 得師友淵源之正, 窮性命道德之說, 旣東還, 延引諸生. …(中略)… 子安精深明快, 度越諸子, 其聞先生之說, 默識心通, 不煩再請, 至其所獨得, 又超出人意表. 博極羣書, 一覽輒記, 所著述詩若文若干篇, 本於詩之比興, 書之典謨, 其和順之積, 英華之發, 又皆自禮樂中來, 非深於道者能之乎. 皇明受命, 帝有天下, 修德偃武, 文軌畢同, 其制禮作樂, 化成人文, 以經緯天地此其時也. 王國事大之文, 大抵出子安氏, 天子嘉之曰, 表辭誠切."

하고 돌아와 성균관 대사성이 되어 젊은 학관들과 더불어 유생들을 가르치면서 당시로서는 최신 학문이었던 성리학을 보급시켰다는 것이다. 이숭인은 당시 학관으로 참여했던 여러 인사들 중에서도 특별히 뛰어났다. 그는 성리학의 여러 학설에 대해 깊이 생각하고 나름대로의 독창적인 해석을 하였는데, 그 학설이 일반인의 의표를 뛰어넘는 생각하기 힘든 경지였다는 것이다. 또한 각종 서적을 두루 읽으면서도 한 번 보기만 하면 바로 암기하는 영민함까지 갖추고 있다고 정도전은 말하고 있다. 이는 전술한 것처럼 『고려사』를 비롯한 여러 글에서 이미 확인한 바와 동일하다.

인용문의 뒷부분은 주로 도은의 문학적인 부분에 대해 언급한 것인데, 시문에 뛰어나서 당시 고려 조정의 외교문서 작성을 도은이 거의 담당했다는 점이 주목할 만하다. 이상에서 살펴본 것처럼 도은은 이른 나이에 성균관의 학관이 되었고 그곳에서 이색, 정몽주, 김구용을 비롯한 당대 최고의 학자들과 교유를 하며 그 학문적 깊이와 사상적 성숙을 이루어 나갔다. 특히 성리학에 대한 공부에 집중하여 자기 나름대로의 학설을 만들 정도로 이미 도은의 학문은 깊이가 있었다.[13] 또한 성균관 학관 시절 만난 포은이나 척약재와는 평생의 지우이자 정치적 운명 공동체가 되었으니, 성균관으로의 진출은 도은의 일생에 가장 중요한 사건이었다고 할 수 있겠다. 이와 같은 학문적 기반 위에서 그는 절의를 중시하는 삶의 지향점을 갖게 되었다. 다음 글을 보자.

---

13) 가령 「大夫士廟祭議」(『도은집』권5 수록)라는 글을 보면 예법과 家禮 등에 대해 논하면서 程伊川과 朱子의 사례를 자세히 원용하여 설명하고 있다. 이는 도은이 정자와 주자의 저서를 숙독했으며 그 바탕 위에서 禮에 대한 나름의 논리를 형성하고 있다는 것을 보여준다. 이처럼 도은은 四書五經과 諸子百家를 바탕으로 거기에 최신의 학문 조류였던 성리학에 대한 각종 서적을 통해 정자와 주자의 학문도 공부하였고, 거기에 자기 나름대로의 학문관과 세계관을 접목시켜 도은만의 학문 세계와 사상적 기반을 완성해 나갔던 것으로 보인다.

대저 대나무도 하나의 식물이다. 식물이 서리와 이슬을 만나면 급격하게 변해서 가지가 꺾여 부러지고 낙엽이 떨어져서 더 이상 생기가 없어지고 만다. 하늘과 땅 사이를 채우고 있는 식물 모두가 이러한데도 오직 대나무만은 가지도 여전하고 잎도 여전한 가운데 홀로 우뚝 서서 향기를 내뿜고 있다. 이러한 까닭에 예로부터 운치 있는 사람들과 절개 있는 선비들 거의 대부분이 대나무를 사랑하였으며, 심지어는 차군此君으로 지목하는 사람이 나오기까지 하였던 것이다.[14]

대나무는 사군자의 하나로 예부터 절의와 절개를 상징하는 나무였다. 위 인용문에서 도은은 가을에 서리가 내리면 모든 나무들은 낙엽이 지고 생기를 잃고 마는데, 대나무만은 가지와 잎을 그대로 보존하면서 홀로 향기를 내고 있다고 말한다. 그래서 예부터 운치 있는 사람들이나 절개 있는 선비들이 대나무를 좋아했다는 것이다. 인용문은 각림상인覺林上人이라는 승려가 '상죽헌霜竹軒'이라는 초당을 짓고 도은에게 기문記文을 부탁하여 쓴 글이기에 각림의 품성과 기질을 대나무에 비유하여 쓴 것이지만, 도은 자신도 대나무 같은 곧은 절의를 가진 선비가 되어야겠다는 스스로의 다짐이기도 하다. 사실 도은이 대나무를 좋아하게 된 근본적인 이유는 그의 의리정신에 있다. 다음 글을 보자.

대저 천지의 변화가 유행하면서 음양의 정기가 엉기고 합쳐서 사람이 태어난다. 그리고 보면 사람을 태어나게 하는 것은 바로 천지의 기운이다. 그러므로 그 기운의 속성이 지극히 크고 지극히 강한 것이다. 지극히 큰 까닭에 천지간의 어디에 이르더라도 모두 준칙準則이 되는 것이요, 지극히 강한 까닭에 금석에 부딪쳐도 그것을 관통하는 것이다. 그 체성體性은 본래 자체적으로 호연浩然한데, 다만 사람이 얼마나 잘 기르

---

14) 이숭인, 『도은집』 권4, 「霜竹軒記」. "夫竹一植物耳, 植物之遭霜露, 其爲變烈矣, 摧折隕墜, 無復生氣. 盈兩間之間者皆是, 而竹也不改柯易葉, 挺然獨秀焉. 是以古之韻人節士率多愛之, 至有以此君目之者焉."

느냐에 달려 있을 뿐이다. 그 기운을 기르는 것을 법도에 맞게 하면 나의 기운은 곧 천지의 그것이 된다. 그 기운이 홀쭉해져서 충만하지 못한 것은 기르는 것을 법도에 맞지 않게 했기 때문이다. 여기에서 법도에 맞게 한다는 것은 의리를 안에 축적하는 것을 말하는데, 의리를 안에 축적한다는 것은 일마다 모두 의리에 합치되게 하는 것을 의미한다. 의리는 내 안에 원래 들어 있는 것으로서 잠시라도 떨어질 수가 없는 것이다. …(중략)… 그래서 맹자가 호연지기는 '의리가 안에 축적된 결과 나오는 것'이라고 말한 것이다. 지금 어떤 사람이 있다고 하자. 그의 용모를 보면 분명히 보통 사람에 지나지 않는데도, 대절大節과 관련된 일을 당했을 때에는 뜻이 확고하여 동요시킬 수 없어서, 도거刀鉅와 정확鼎鑊도 그 위威를 잃고, 헌면軒冕과 규조珪組도 그 귀貴를 잃고, 천사千駟와 만종萬鍾도 그 부富를 잃으니, 이는 무슨 까닭인가. 내 안에 있는 의리 정신이 저들에게 있는 것보다 우월하기 때문이다. 아, 사람이 이런 경지에 이른다면 지극하다고 이를 만하다.[15]

위 인용문은 목은, 포은, 도은과 모두 가까웠던 둔촌 이집이 1374년(공민왕 23) 전녹생을 따라 그의 종사관으로 합포의 막료로 부임하게 되자 도은이 둔촌에게 써준 글이다. 짧은 글 안에 천지의 기와 인간의 본성 및 체성, 그리고 호연지기 등 성리학의 핵심적인 사항에 대한 것이 서술되어 있다. 글의 핵심적 내용을 간단히 정리하면 천지 음양의 기운을 받아 태어난 것이 인간이고, 인간의 체성體性은 본래 호연한 것인데 혹 그렇지 못한 경우가 있는 것은 인간이 하늘로부터 부여받은 기운을 잘 기르지 못했기 때문이다. 하늘이 내게 준 기운을

---

15) 이숭인, 『도은집』 권4, 「送李浩然赴合浦幕序」. "夫大化流行, 二五之精, 絪縕蓼蠁, 人乃生焉. 所以生者卽天地之氣也. 故其爲氣也至大至剛. 夫惟至大也, 放諸天地而準, 至剛也. 觸諸金石而貫, 其體本自浩然, 第在乎善養之爾, 養之得其道, 則吾之氣天地而已矣. 彼餒焉而不充者, 養之失其道也. 於此有道焉, 惟集義乎, 集義者, 事皆合義之謂也. 義吾固有也, 不可須臾離也. …(中略)… 故曰是集義所生也. 今有人, 視其貌固常人耳, 至於臨大節, 確乎其不可拔, 刀鉅鼎鑊失其威, 軒冕珪組失其貴, 千駟萬鍾失其富, 是何也. 在吾之義有以勝夫在彼者也."

잘 받아 기른다는 것은 의리를 내 안에 축적하는 것으로 의리에 합치되게 행동하는 것을 의미한다. 그러므로 의리정신이 안에 충만한 사람은 하늘로부터 부여받은 품성을 잘 간직하고 기른 사람이라고 할수 있다. 의義는 하늘로부터 받은 인간의 본연적인 성품이라고 도은은 해석하고 있다. 이 글을 통해 도은이 의리를 얼마나 중요하게 여기고 있는지를 알 수 있으며, 또한 사단칠정과 같은 성리학의 핵심에 나름의 생각을 갖고 있을만큼 성리학에 대한 공부가 이뤄졌음을 보여준다. 이러한 의리론은 더 나아가 진정한 군자나 선비라면 외물에 구애됨이 없이 오직 자기자신을 지키고 돌아봐야 한다는 생각으로 발전하게 된다.

> 득실得失과 이해利害가 정해진 때가 없이 우리에게 닥쳐오지만, 군자는 여기에 처하기를 편안히 한다. 마치 겨울에 추우면 털옷을 입고 여름에 더우면 베옷을 입는 것처럼 상황에 따라 적절히 대처할 뿐, 털끝만큼도 자득自得하지 못하는 경우가 없다. 그렇기 때문에 '도가 장차 폐해지는 것도 운명'이라고 말했던 것이고, 또 '내가 만나지 못하게 된 것도 하늘의 뜻'이라고 말했던 것이다. 옛사람이 이럴 수 있었던 것은 다른 이유에서가 아니다. 그것은 대체로 득실과 이해는 나의 밖에 있는 것이요 나에게 있는 것은 아니기 때문이다. 나라고 하는 것은 담연湛然히 마음속에 존재한다. 대저 참으로 밖에 있는 것인데도 내가 마음속으로 동요하는 일이 있다면 그것은 미혹된 것이다. 오직 나에게 있는 것을 극진히 할 따름인 것이다.16)

인용문은 인생을 살다보면 득실과 이해가 수없이 찾아오지만, 군자는 여기에서 초연하여 자득自得해야 한다는 것이다. 그렇게 할 수

---

16) 이숭인, 『도은집』권4, 「送李侍史知南原序」. "得喪利害, 其來也無時, 君子處之安焉. 如冬寒而裘, 夏暑而葛, 惟所遇耳, 未嘗有豪髮不自得. 故曰道之將廢也歟命也, 又曰予之不遇天也. 古之人所以能若此者, 無他, 蓋得喪利害, 在外而不在我也. 所謂我者, 湛乎其中存焉, 夫固在外, 而我以有動於中則惑也. 惟盡其在我者而已."

있는 근거는 득실과 이해가 본래 내 안에 있는 것이 아니라 내 밖에 있는 것이기 때문이다. 이처럼 외물外物에 구속되지 않고 인간 본연의 성품을 잘 길러 보존할 것을 강조하는 태도는 조선조의 성리학자들이 수없이 강조했던 사항이다. 이렇게 보면 도은은 퇴계나 남명같은 도학자들의 철학사상에 선구가 되었다고도 할 수 있겠다. 다음 글에는 외물에 구속되지 말고 자득해야 함을 강조한 도은 사상이 명쾌하게 드러나 있다.

향승 지암이 나의 초상화를 그렸기에 찬을 짓다

어쩌다 남쪽 바닷가로 쫓겨나더라도	或擯瘴海之濱
그 때문에 더 슬퍼하지도 않고	而無所加慼
어쩌다 조정에서 노닐더라도	或游巖廊之上
그 때문에 더 기뻐하지도 않으면서	而無所加欣
오직 두려운 마음으로 스스로 단속해야 하니	惟其惕然而自修
그렇게 해야 마음을 속이지 않는다고 하리라	庶幾不欺於心君乎[17]

위 글은 지암止菴이라는 승려가 도은의 초상화를 그려주자 그 뒤에 쓴 찬讚이다. 중앙에서 관직생활을 하다가 멀리 쫓겨나더라도 그로 인해 슬퍼할 필요가 없으며, 같은 논리로 조정에서 공경대부의 높은 벼슬에 오른다고 해도 그로 인해 기뻐할 필요가 없다는 것이다. 군자는 오직 두려운 마음으로 스스로를 단속하고 외물에 구애됨이 없어야 한다. 이 같은 삶의 자세를 견지하고 있으면 세속의 출세와 부귀는 전혀 중요하지 않게 되고, 자신의 신념과 가치관을 지키는 것이 훨씬 중요한 과제가 되는 것이다. 이러한 각도에서 바라보면 고려왕조가 기울어 가는 것을 알고도, 그리고 이성계를 중심으로 하는 새로운 세력에 가담했을 때 현실적인 이득이 생기고 또 유자로서 꿈을 펼칠 수

---

17) 이숭인, 『도은집』 권5, 「鄕僧止菴寫余陋眞因作讚」.

있는 기회가 오리라는 것을 알고서도 고려와 함께 운명을 같이했던 도은의 삶의 자세를 정확히 읽어낼 수가 있는 것이다. 이는 고려말 충절의 대명사였던 포은의 경우나 다른 선비들도 마찬가지이다. 이와 같은 사상적·철학적 바탕 위에서 도은은 현실 정치를 담당하고 있는 유자관료가 어떻게 행동해야 하는지를 다음과 같이 말하고 있다.

> 내가 자격도 없이 시종侍從 자리를 대신 메우고서 삼가 선지宣旨를 받들어 읽어본 적이 있었는데, 거기에 수령의 전최殿最에는 다섯 가지 일[五事]을 적용하라는 분부가 있었다. 공은 상주를 다스리면서 부렴賦斂이 과중하면 공평하게 할 것을 생각하고, 사송詞訟이 번잡하면 간편히 할 것을 생각하고, 호구戶口가 줄었으면 불어나게 할 것을 생각하고, 전야田野가 묵었으면 개간할 방도를 생각하고, 도적이 일어나면 없어지게 할 것을 생각하여, 밤낮으로 분부에 걸맞게 하려고 강구해야 할 것이다. 이것이 바로 순리循吏가 되는 길이요, 이것이 바로 효자가 되는 길이니, 신하의 직분을 극진히 하는 것이 바로 자식의 도리를 다하는 것이다. 이로써 서문을 갈음한다.18)

위 글은 정양생鄭良生이 상주목사로 부임하게 되자 그에게 유자로서 어떻게 정치를 하는 것이 옳은지 몇 가지 사항으로 나눠 당부하고 있는 것이다. 예컨대 세금을 공평하게 걷고, 송사를 간단하고도 명료하게 처리하며, 인구를 증가시키고, 토지를 개간하며, 도적이 일어나지 않게 하는 것과 같은 종류들인데, 지금으로 보아도 행정·경제·치안 등 민생의 핵심적인 사항들이다. 글을 읽는 선비가 일단 현실정치에 참여했다면 최선을 다해서 목민관으로서의 역할을 감당하는 것이 유자의 마땅한 도리이다. 이러한 선정에의 포부, 혹은 다짐은 도

---

18) 이숭인, 『도은집』 권4, 「送尙州牧使鄭公詩序」. "予代匱侍從, 嘗竊伏讀宣旨, 殿最守令, 當用五事. 公之於尙也, 賦斂, 思有以平之, 詞訟繁, 思有以簡之, 戶口耗, 何以增之, 田野荒, 何以闢之, 盜賊興, 何以息之, 夙夜求所以稱旨. 斯能爲循吏矣, 斯能爲孝子矣, 盡臣職, 所以盡子道也. 是爲序."

은의 다른 글에서도 여러 차례 보인다.[19] 요컨대 도은은 지식만 쌓는 학자가 아니라 배운 내용을 현실에 접목시키려 노력했던 실천적 지식인이었다.

이상에서 살펴본 바와 같이 도은은 좋은 가문적 배경위에서 일찍부터 학문에 전념하였고, 1367년 성균관 학관을 맡은 것을 계기로 이색, 정몽주, 김구용, 박상충, 박의중 등과 교유함으로써 그의 학문적 성숙이 이뤄졌다. 그의 학문적·사상적 바탕에는 사서오경을 기본으로 하는 유교적 학문관이 깊게 자리잡고 있었는데, 특히 『주역』과 『춘추』는 중국 황제에게 올린 각종 공식적 표문을 작성할 때에도 계속해서 인용할 정도로 도은의 사상적 배경을 이루고 있는 핵심이라고 할 수 있다.[20] 그 외 『서경』, 『맹자』, 『예기』, 『대학』, 『시경』 등은 도은의 글에 자주 언급이 되는 도은 정신의 근간이었고, 『장자』를 비롯한 제자백가와 불교,[21] 심지어 의학서[22]에 이르기까지 도은의 학문세계는 그 폭이 넓고 깊었다. 특히 당시로서는 중국에서 수입된 최신 학문이었던 주자와 정자를 중심으로 하는 성리학에 깊이 심취되어 있었음은 『도은집』의 여러 글들을 통해 확인할 수 있다.[23] 도은은 이 같은 유학적인 학문의 바탕 위에 이를 현실 정치에 실현하고자 노력하였고, 정치뿐만 아니라 실제의 삶에 있어서도 군자와 선비가 지켜야 할 여러 가지 덕목들을 실행하며 살아가려고 노력하였던 실천적

---

19) 가령 「送李侍史知南原序」(『도은집』 권4)라는 글에서도 남원으로 부임하는 인사에게 목민관으로서의 역할을 부탁하는 내용이 자세히 나온다.

20) 도은은 우왕 때 중국과의 외교문서를 거의 전담했다고 할 정도로 많은 표문을 작성했는데, 그가 중국 황제에게 쓴 글들에는 특히 주역과 춘추가 많이 인용되어 있다. 공식적인 글인 표문 외에도 「送日本釋有天祐上人還國序」(『도은집』 권4)와 「星州夢松樓記」(『도은집』 권4)에는 각각 주역과 춘추에 대한 자세한 인용과 설명이 이어져 있어 도은이 주역과 춘추에 얼마나 해박했었는지를 보여주고 있다.

21) 예컨대 「太古語錄序」(『도은집』 권4)를 보면 역대 불교의 선승과 이론에 대한 설명이 자세히 나타나 있어 도은의 불교에 대한 지식과 관심의 정도를 알 수 있다.

22) 한의학의 기본인 진맥에 대해 설명한 글인 「診脈圖誌」(『도은집』 권4)를 보면 도은의 관심이 의학에까지 미치고 있음을 알 수 있다.

23) 이에 대한 것은 앞의 주 13)을 참조할 것.

지식인이었다. 고려말엽 끝까지 포은의 편에 서서 크게는 고려왕조와 작게는 포은과 운명을 같이하고 죽음을 맞이했던 도은의 모습은 그가 얼마나 훌륭한 실천적 지식인이었는지를 단적으로 보여주는 사례라 할 것이다.

3. 도은시에 나타난 충절의 정신

이숭인은 기본적으로 유가적 가치관과 신념에 충실한 전형적인 유자였다. 그것은 일찍부터 유학을 받아들이고 교육을 중시했던 가문적 전통에 더하여 도은 개인의 기질도 한몫 했던 것으로 보인다. 전술한 바와 같이 도은은 16세에 과거급제하고 21세에 성균관 학관으로 임명되는 등 누구보다 빨리 환로를 시작했지만, 그는 벼슬길의 초기부터 부귀나 공명에 연연해 하지 않겠다는 다짐과 자세를 보여준다. 다음 시를 보자.

생일을 자축하며

오늘은 내가 세상에 태어나서	今朝吾以降
스물여섯 번째 봄을 맞은 날	二十六青春
부모님은 무양하여 기쁘고	父母樂無恙
형제는 마음으로 더욱 친해라	弟兄心更親
귀한 천작天爵을 모쪼록 닦을지니	願修天爵貴
세간의 가난쯤은 두렵지 않아	不怕世間貧
한 잔의 술 가득 따라서	滿酌一杯酒
다시 이 몸을 경축하노라	還將慶此身24)

---

24) 『도은집』 권2, 「自壽」. 앞으로 본고에서 사용하는 도은시의 번역문은 이상현 역주, 『국역 도은집』, 한국고전번역원, 2008을 인용하되 수정이 필요한 부분에 한해 필자가 고치는 것으로 하겠다.

위 시는 제목에도 나타나 있는 것처럼 도은이 26세 되는 생일에 스스로 자축하며 쓴 것이다. 도은이 26세 되는 해는 1372년(공민왕 21)으로, 이때 그는 예문응교藝文應教 · 문하사인門下舍人의 벼슬에 있었다. 문하사인은 중서문하성中書門下省의 중서사인中書舍人이 바뀐 것으로 주로 간쟁諫諍이나 봉박封駁의 임무를 담당하는 간관諫官이었으며 품계는 종4품이었다. 20대 중반의 나이로 보자면 상당히 높은 벼슬이었는데, 부모님이 건강하시고 형제간에 우애가 있어 기쁘다고 먼저 운을 뗀 뒤 경련에서 꽤나 심각한 말을 던지고 있다. "귀한 천작을 모쪼록 닦을지니/ 세간의 가난쯤은 두렵지 않아"는 이 시의 주제인데, 본인은 인작人爵이 아닌 천작天爵의 벼슬살이를 하겠다는 것이다. 인작이란 공경대부와 같은 사람이 주는 벼슬을 의미하는 것이고, 천작이란 하늘이 내려준 벼슬로 인의충신이나 선을 좋아하고 게으르지 않는 것과 같은 좋은 기질과 성품, 아름다운 덕행 등을 의미한다.[25] 이 말은 결국 세속적인 출세보다는 덕행과 충절을 중요한 가치로 여기며 살겠다는 다짐인 것이다. 이제 벼슬길을 시작한 26세의 전도 유망한 젊은이가 하는 말치고는 꽤나 강직하고 강경하다. 사실 대부분의 유자들도 도은과 같이 인작보다는 천작을 바라기는 하지만, 그것이 쉽지만은 않은 이유는 실제로 가정을 가진 생활인으로 살다보니 경제적인 문제가 걸림돌로 작용하기가 쉽기 때문이다. 도은도 당시이미 결혼을 하고 가정을 이룬 상태였기에 이를 예상했는지 가난쯤은 두렵지 않다고 이어서 말하고 있다. 본인이 추구하는 이상적인 유자로서의 벼슬살이를 하자면 세속적인 인작에 얽매여서는 안 되고, 이를 위해서라면 가난한 삶을 살아갈 각오가 필요하다는 스스로의 다짐인 것이다. 실제로 도은은 평생을 청렴하게 살았다. 이처럼 젊은 시절부터 가난에 대해 개의치 않고 청렴한 관직생활을 하겠다는 다짐과 의지가 있었기에 그는 자신의 신념을 실천하는 삶을 살 수 있었던 것

---

25) 『맹자』「告子」上에 "인의충신과 선을 좋아하여 게으르지 않는 이런 것이 바로 천작이요, 공경대부 이런 것은 인작일 뿐이다(仁義忠信樂善不倦, 此天爵也, 公卿大夫, 此人爵也)"라는 구절이 있다.

이다. 하지만 도은에게 닥친 정치현실은 그리 녹록치만은 않았다. 1375년(우왕 1) 그의 나이 29세에 지은 다음 시를 보자.

애추석사

슬프다 처참한 올해의 추석이여	哀秋夕之慘悽兮
비바람 휘몰아쳐 사방이 캄캄한데	風雨颯其晦冥
깊은 시름 안고 잠깐 빠져든 잠 속에서	懷沈憂以假寐兮
혼이 혼자 빠져나가 여행길에 올랐다네	魂耾耾其上征
…(중략)…	…(中略)…
하토에 사는 보잘것없는 신하인 제가	曰下土之微臣兮
답답한 마음 풀 수가 없어 아뢰나이다	心菀結猶未得信
저는 강보의 유아기를 지나자마자	曩余僅免襁褓兮
언행에 반드시 옛사람을 본받으며	動必師乎古之人
중니께서 가르침을 내리신 대로	惟仲尼之垂訓兮
목숨 바쳐 인을 이루고자 하였고	殺身以成仁
지사는 구학에 있는 것을 잊지 않는다는	志士不忘在溝壑兮
이 말씀을 자여처럼 음미하곤 했나이다	子輿味夫斯言
차라리 힘이 모자라서 중도에 쓰러질지언정	寧力不足而或斃兮
언제나 잊지 않고 마음에 간직하였나니	羌佩服以拳拳
임금에게 충성하고 나라를 사랑하는	忠君與愛國兮
그 뜻만 전일하였을 뿐 다른 마음은 없었나이다	志專專其靡他
그런데 어찌하여 시속은 이렇게 험악하여	何時俗之險巇兮
학문은 비뚤어지고 마음은 아부만 할 줄 알아	學曲而心阿
나를 마치 도마 위의 고기로 간주하고서	視余猶机上臠兮
입술을 나불거리고 또 이를 갈단 말입니까	鈂鼓吻又磨牙
저 참소하는 무리들이 제멋대로 활개 치면	彼讒諛之得志兮
예로부터 남의 나라를 망치곤 했나이다	自昔匄人國也

저야 만 번 죽더라도 회한이 없습니다마는	雖萬死余無悔兮
저의 이 뜻이 왜곡될까 두렵나이다	恐此志之不白也
때로 높이 올라 멀리 바라보나니	時陟高以瞰遠兮
제가 이곳 말고 또 어디로 가겠나이까	余舍此而安適
인자하기 그지없는 옥황상제님이시여	惟皇德之孔仁兮
파멸의 위기에서 저를 구해 주소서	拯余乎陸之沈
두 눈의 눈물이 비 내리듯 흘러내리며	涕洟交以雨滂兮
가슴이 메어 걱정과 두려움에 휩싸이자	搴心噎而欽欽
상제가 나의 충정을 불쌍히 여겨 이르기를	皇愍余之深衷兮
이리 와서 그대는 나의 말을 들어보라	徠爾聽我辭
학문의 길을 소중하게 여기는 것은	所貴學之道兮
변통하고 추이할 수 있기 때문이라	能變通而推移
해가 중천에 이르면 서산에 기울고	日中則昃兮
달도 차면 이지러지게 마련이니	月盈而虧
천도도 항상 그대로 있을 수가 없는데	天道亦不可久常兮
인사야 더 의심할 것이 뭐가 있으랴	在人事其何疑
세상이 일단 모난 것을 싫어하게 된 이상에는	世旣惡夫方兮
그대가 둥글게 되는 것을 아낄 것이 뭐 있으랴	爾何惜乎爲圓
세상이 저 흰 것을 최고로 여기고 있는 터에	世旣尚夫白兮
그대는 어찌하여 홀로 이 검음을 지키는가	爾胡獨守此玄
나는 그대의 조난을 슬퍼하는 한편으로	我哀爾之遭罹兮
그대의 책임도 없지 않다 여기노라	亦惟爾之故也
위험을 피해 편안함을 찾으려 한다면	欲去危以就安兮
어찌하여 그대의 도를 반성해 보지 않는가	盍反爾之道也
내가 말없이 물러 나와 조용히 생각건대	余默退而靜思兮
옥황상제의 은혜가 망극하긴 해도	皇恩之罔極也
내가 처음 품은 뜻을 감히 고칠 수는 없고	竊不敢改余之初服兮
차라리 곤궁하게 한평생 마치리라 다짐했네	固長終乎窮阨

나보다 먼저 이렇게 살다 간 천고의 인물들이여	前余生之千古兮
내 뒤로 끝없이 이렇게 살아갈 인물들이여	其在後者無窮
맹세코 나의 이 뜻 변하지 않으리니	矢余志之不回兮
전현前賢을 앙모하며 내 몸을 닦으리라	仰前脩而飭躬
세상이 무지해서 나의 뜻 모르니 어떡하나	世瞀瞀莫余知兮
노래나 한 수 읊어 답답함 혼자서 풀 수밖에	庶憑辭以自通26)

위 시는 제목에서도 밝혀져 있는 것처럼 추석을 맞이하는 심정을 장편의 고시체로 쓴 것이다. 시를 쓴 시점은 1375년으로 이때 북원北元의 사신을 맞이하지 말라고 김구용, 정도전과 함께 도당都堂에 상소를 했다가 당시 권신인 이인임李仁任, 경복흥慶復興 등에 의해 도은은 경산부로, 김구용은 여흥[지금의 경기도 여주]으로, 정도전은 전라도 나주로 유배를 당하게 되었다. 위 인용시 「애추석사」는 적소謫所인 경산으로 가면서 지은 것으로 보인다.27) 도은의 유배는 2년 후인 1377년에 풀리지만, 당시의 유배는 환로에 오른 뒤 처음으로 겪는 큰 시련이었기에 이숭인, 김구용, 정도전 모두에게 충격으로 느껴졌던 것 같다.28) 유배를 보낸 주체인 우왕대禑王代의 권신 이인임은 도은과는 7촌지간의 친족이었으니 여기에서도 도은의 강직한 성품을 짐작할 수 있다.

인용시는 시인이 옥황상제를 만나는 과정, 옥황상제와의 대화,29)

---

26) 『도은집』 권1, 「哀秋夕辭」.

27) 시제에 딸린 주에 "을묘년(1375, 우왕 원년) 가을에 남쪽으로 갈 때에 짓다(乙卯秋南行所作)"라는 기록이 보인다.

28) 김구용과 정도전은 각각 여흥과 나주로 유배를 당한 후, 정도전은 도은과 같은 1377년 7월 해배되어 고향으로 돌아왔고, 김구용은 무려 6년 후인 1381년에야 해배되었다. 유배기간의 답답하고 불우한 심정이 『척약재학음집』과 『삼봉집』의 여러 시편에 잘 나타나 있다.

29) 유배기의 답답한 심회를 상제와의 대화를 통하여 표현한 것은 정도전에게서도 동일하게 나타나는데, 다만 도은이 시로 쓴 것에 비해 삼봉은 「心問」과 「天答」이라는 산문으로 표현한 점이 다르다고 하겠다. 「심문」과 「천답」은 각각 마음이 하늘에 묻고, 이에 대한 답을 하늘이 마음에게 하는 것으로 구성되어 있다. 물론 여기에서 마음은 삼봉 자신을, 하늘은 도은시와 마찬가지로 상제, 즉 조물주를 지칭하는 것이다. 이에 대

시인의 느낌과 다짐으로 구성되어 있다. "슬프다 처참한 올해의 추석이여"로 시작되는데, 이는 물론 전술한 바와 같이 유배지에서 추석을 맞는 심정을 표현한 것이다. 시인은 다시 "비바람 휘몰아쳐 사방이 캄캄한데"라고 하여 도당에 상소했다가 이인임 일파에게 유배를 당한 정치적 상황을 '비바람'과 '캄캄한'이라고 비유적으로 표현한다. 시인은 꿈속에서 여행길에 올라 옥황상제가 있는 궁궐을 찾는다. 옥황상제는 시인을 반갑게 맞이해 주고, 시인은 답답한 심정을 일일이 아뢴다. 시인은 자신이 어렸을 때부터 공자와 맹자의 가르침을 충실하게 따랐으며 임금에게 충성하고 나라를 사랑하는 일에 온전히 전력했다고 강조한다. 그런데 세상에서는 곡학아세하는 사람들이 넘쳐나 마치 도마 위의 고기처럼 도은을 짓누르기 위해 참소하니 죽는 것은 두렵지 않지만 진실을 밝히기 위해 그 억울함을 상제에게 호소한다고 하였다. 얘기를 다 들은 상제는 다음과 같이 말한다. 학문의 길은 변통과 추이를 할 수 있어야 소중한 것이다. 해가 뜨면 지는 때가 있고, 달도 차다 기울어진다. 세상이 모난 것을 싫어한다면 그대가 둥글게 될 필요도 있으니 그대가 어려움을 겪는 것은 그대의 책임도 있는 것이다. 옥황상제의 이야기를 들은 시인은 수긍하지 않고, 비록 곤궁하게 죽는 한이 있더라도 처음에 품은 자신의 뜻을 그대로 고수하겠다고 다짐한다. 그러면서 시의 말미에 "세상이 무지해서 나의 뜻 모르니 어떡하나/ 노래나 한 수 읊어 답답함 혼자서 풀 수밖에"라고 노래함으로써 시를 마치고 있다.

도은과 상제의 대화를 보면 마치 서로 평행선을 달리다 결코 합일되지 못하고 대화를 마친 굴원의 「어부사」에 나타난 어부와의 대화를 보는 것 같다. 상제가 어부라면 도은은 굴원이다. 상제의 세상과 맞춰서 살라고 하는 말은 어부가 말한 진흙탕 속에서 어울리며 살라고 한 것과 같고, 곤궁하게 마치는 한이 있어도 자신의 뜻을 굽히지 않겠다는 도은의 태도는 결코 더러운 세상과는 섞이거나 타협하지 않

한 것은 『삼봉집』 권6을 참조할 것.

겠다는 굴원의 말과 같다. 따라서 인용시의 모티브는 다분히 「어부사」를 모형으로 삼아 작시한 것임을 알 수 있다. 이처럼 도은은 이미 20대의 젊은 시절부터 가난과 곤궁한 삶을 살지언정 세상과 타협하지 않겠다는 확고한 신념을 가지고 있었다. 도은의 만년이 정치적 시련과 역경으로 계속되다 결국 조선을 건국한 세력들에 의해 비참하게 죽음을 당한 것도 이 같은 도은의 기질과 신념에 기인했던 것임을 짐작할 수 있다.

행로난

세상살이 어려워라 인생길 험난해라	行路難行路難
내 지금 한번 울 터이니 그대여 한번 들어보오	我今一鳴君一顧
평시의 평탄한 길이 온통 가시밭길이요	平時坦途盡荊棘
서울 대낮에 승냥이와 범이 횡행하기에	白日大都見豺虎
온갖 근심 걱정으로 애간장을 태우다가	萬慮燒胸腸欲爛
한밤중 닭 소리에 춤추고 싶기도 했지만	聽雞未禁中夜舞
내일 아침 문 나서면 장차 어디로 가야할지	明朝出門將焉如
물길은 배를 뒤엎고 산길은 수레를 부술 테니	水能覆舟山摧車
그대는 보지 못했는가 장안 거리의 부귀아들	君不見長安陌上富貴兒
끝내 한 권의 책도 읽으려 하지 않는 것을	終然不讀一卷書30)

이 세상을 살아가는 일은 신념과 가치관이 확실한 사람에게는 쉬운 일이 아닐 수 있다. 위에서 언급한 굴원이나 도은과 같이 세상의 불의와 타협하기를 거부하기 때문이다. 그래서 예부터 강직한 시인들은 인생길의 험난함을 노래하곤 했다. 가장 대표적인 시는 이백의 「행로난」이다. '행로난'은 본래 한나라 때의 악부체樂府體 잡곡가사雜曲歌辭의 명칭이지만, 진晉나라의 시인 포조鮑照가 「행로난」을 지은 후

---

30) 『도은집』 권1, 「行路難 用古人韻」.

이백이 다시 「행로난」을 지어 문학사에 유명해지게 되었다. 인용시의 2구 "내 지금 한번 울 터이니 그대여 한번 들어보오"는 다분히 한유가 「송맹동야서送孟東野序」에서 말한 "평안함을 얻지 못하면 울게 된다.[不得其平則鳴]"는 구절을 용사한 것이다. 도은은 3-4구에서 도가 없는 이 세상을 "가시밭길" 또는 "대낮에도 승냥이와 범이 횡행하는" 거리로 표현하고 있다. 지금 시인의 마음은 "온갖 근심 걱정으로 애간장을 태우"면서 "내일 아침 문 나서면 장차 어디로 가야할지" 알지 못하는 막막한 상태이다. 시인은 자기에게 닥친 어려움을 "물길은 배를 뒤엎고 산길은 수레를 부술 테니"라고 함으로써, 배로도 수레로도 갈 수 없는 작금의 정치현실을 개탄하고 있다. 한마디로 어떻게 해도 헤쳐나갈 방법이 보이지 않는다는 것이다. 마지막 9-10구에서는 중앙에서 권력을 잡고 있는 자들이 사실은 한 권의 책도 읽지 않는 무식한 자들임을 풍자하고 있다. 실제로 도은은 유배를 마치고 서울의 정계에 복귀했을 때 친구와 충신들은 이미 모두 조정을 떠나고 권력욕에 가득한 간신들만이 가득함을 한탄하기도 하였다.[31] 이렇듯 도은에게 닥친 정치현실은 시련과 절망의 연속이자 본인이 본래 유자로서 꿈꾸었던 왕도정치를 실현시킬 수 있는 공간이 아니었다. 도은은 자신을 유배 보낸 우왕과 이인임 일파가 다스리는 조정에서 지치고 힘들 때면 자신을 등용했던 임금인 공민왕을 떠올린다. 공민왕과 그가 다스리던 시절은 도은에게 있어 도가 있는, 왕도정치가 실현될 수 있는 태평성세였다. 다음 시를 보자.

---

[31] 가령 「스물여덟 글자의 시를 지어 崛山의 근공선사에게 부치다[吟得二十八字寄崛山近公禪師]」(『도은집』 권3)라는 시에서 "도은 선생은 운수가 매우 기박해서/ 천애에 떨어진 삼 년에 머리가 희끗/ 서울에 돌아왔어도 벗님은 드물고/ 동으로 굴산을 바라보며 꿈에도 그린다네(陶隱先生數甚奇, 天涯三載髮如絲, 歸來京國故人少, 東望崛山勞夢思)"라고 하여 해배 후 조정으로 돌아왔지만 이미 조정에는 충신이 모두 사라졌음을 탄식하고 있다.

9월 23일에

선왕이 궁검弓劍을 정호鼎湖에 남기신 뒤로	先王弓劍鼎湖遺
이 세상의 세월로 벌써 일 년이 지났네	歲月人間已一朞
당일 모시던 신하는 유락流落한 나그네 신세	當日侍臣流落客
두 눈의 눈물이 다 마르자 피가 턱까지 흘러내리네	雙眸淚盡血垂頤32)

　　위의 인용시는 공민왕을 추모한 것이다. 공민왕이 죽은 것은
1374년 9월인데, 선왕이 죽은 지 일 년이 지났다고 했으니 인용시는
1375년에 쓴 것이며, 시제에서 9월 23일이라고 했으니 정확히 말하
면 1375년 9월 23일 작품이다. 이때는 전술한 바와 같이 도은이 경
산부京山府로 유배를 간 상태였다. 3구의 "당일 모시던 신하는 유락한
나그네 신세"가 되었다는 말은 정치적 유배 상태를 의미한다. 시인은
공민왕의 1주기를 맞아 유배지에서 참담하고 암울한 심정을 제4구에
서 "두 눈의 눈물이 다 마르자 피가 턱까지 흘러내리네"라고 표현하
고 있다. 어쩌면 도은은 암담한 정치현실 앞에서 자신을 아껴주었던
공민왕을 그리는 것으로 위안을 얻고 다시 시작하고자 하는 힘을 얻
으려 했는지도 모른다. 사실 공민왕에 대한 만시挽詩는 이숭인뿐만 아
니라 그와 정치적 동지였던 이색, 정몽주 등에게서도 동일하게 보인
다.33) 목은의 시는 모두 2수인데, 위의 도은시와 제목이 같은 하나는
공민왕 사후 6년 되던 해인 1380년 9월 23일에 쓴 것이고, 다른 하
나는 염흥방廉興邦과 함께 공민왕의 묘소를 참배하고 돌아와 쓴 것이
다. 포은의 시는 1361년 홍건적의 침입 때 공민왕이 안동으로 피난을

---

32) 『도은집』 권3, 「九月二十三日」.
33) 『목은집』에는 공민왕에 대한 시가 두 수 보이는데, 하나는 『도은집』과 동일한 「九月
　　二十三日」(『목은집』 권19)이라는 제목의 시고, 또 다른 하나는 「與廉東亭拜玄陵夜歸
　　有作」(『목은집』 권13)이다. 『포은집』에는 「送李秀才就赴安東書記 五絶」(권2)이라는
　　시가 있는데, 모두 공민왕 사후 그를 기리는 시들이다.

가자 왕을 호종했던 당시를 추억하며 쓴 것이다. 위의 도은시는 물론 목은시와 포은시 모두 공민왕을 그리워하고 우왕대의 정치 현실을 가슴 아파하고 있다. 그만큼 이들에게 있어서 공민왕의 죽음은 정치적으로 큰 좌절이었으며, 이들의 정치 역정에 영향을 끼쳤던 사건이었다.[34] 왕에 대한 그리움과 추모의 감정은 한걸음 더 나아가 국가에 진정으로 충신이었던 이들을 그리워하고 애도하는 시로 확장된다.

가을날 빗속의 감회

비파 한 곡조의 「정과정」 노랫소리	琵琶一曲鄭過庭
그 소리 처연하여 차마 듣지 못하겠네	遺響凄然不忍聽
고금을 돌아다보니 한이 얼마나 서렸는가	俯仰古今多少恨
주렴 가득 성긴 빗속에서 「이소경」을 읽는다	滿簾疏雨讀騷經[35]

위의 인용시는 고려후기의 문신 사암思菴 유숙柳淑(1324-1368)을 그리며 쓴 것이다. 유숙은 공민왕대의 충신으로 성품이 매우 강직하여 사대부들 사이에 신망이 두터웠는데, 신돈辛旽이 정권을 잡은 뒤에는 치사致仕하고 전라도 영광靈光에 은거하다가 신돈이 보낸 자에 의해 목이 졸려 죽게 되었다. 이숭인은 평소 유숙을 존경하는 은사로 모셨기 때문에 그의 죽음을 듣고 누구보다 슬퍼하였다. 인용시의 세주에 유숙이 죽기 직전에 썼다는 칠언절구가 소개되어 있다. 그 시는 다음과 같다. "타향에서 나그네 되어 머리 온통 세었고/ 가는 곳 만나는 사람마다 반겨주지 않네/ 맑은 밤 깊어 가는데 창엔 달빛만 가득하고/ 비파로 한 곡조 「정과정」 타본다네(他鄕作客頭渾白, 到處逢人眼不靑, 淸夜沈沈滿窓月, 琵琶一曲鄭過庭)"[36]

---

34) 하정승, 「이숭인의 挽詩類 작품에 나타난 죽음의 형상화와 미적 특질」, 『한국한시연구』 21호, 한국한시학회, 2013, 142면 참조.

35) 『도은집』 권3, 「秋日雨中有感」.

36) 세주에 다음과 같이 소개되어 있다. "이것은 思菴 선생이 돌아가시기 직전에 지은 시

유숙의 시 제1-2구 "타향에서 나그네 되어 머리 온통 세었고/ 가는 곳 만나는 사람마다 반겨주지 않네"는 신돈에게 쫓겨 중앙의 관직을 버리고 전라도 영광으로 내려와 은거하자 근심 걱정에 머리는 세고 아무도 반갑게 맞아주지 않는다는 세태의 비정함과 고독감을 표현한 것이다. 유숙은 달빛 찬란한 밤에 잠을 이루지 못할 때면 비파를 가지고 「정과정」을 탄다고 하였다. 「정과정」은 고려 의종 때 간신들의 참소를 받아 동래로 귀양을 가게 된 문신 정서鄭敍가 서울에 있는 임금을 날마다 그리며 지었다는 '충신연주지사忠臣戀主之詞'의 성격을 띤 고려가요다. 유숙이 정서가 지은 「정과정」을 부른 이유는 본인의 심정이 정서와 일치한다고 여겼기 때문일 것이다. 위의 이숭인의 시역시 마찬가지다. 어느 비 내리는 가을날 도은은 비파에 전하여 울려 퍼지는 「정과정」을 듣고 있다. 하지만 이내 "그 소리 처연하여 차마듣지 못하겠"다고 고백한다. 아마도 「정과정」을 들으면서 귀양가서이 노래를 지은 정서와 또 자신의 스승 유숙이 남긴 마지막 시를 떠올렸기 때문일 것이다. 더 이상 슬픈 노랫소리를 듣지 못한 시인은 굴원의 『이소경』을 꺼내 읽는다. 『이소경』역시 초나라의 굴원이 조정에서 쫓겨나서 부른 우국의 시다.

제3구 "고금을 돌아다보니 한이 얼마나 서렸는가"는 중국과 우리의 역사에서 억울한 누명을 쓰고 죽어간 충신들을 떠올리며 한 말이다. 그 대표적 인물로 도은은 초나라의 굴원, 고려의 정서와 유숙을 언급한 것이다. 그리고 시인이 억울한 죽음을 당한 충신들을 언급한 것은 자신이 겪고 있는 암울한 정치적 현실을 이겨낼 어떤 힘이 필요했기 때문이다. 말하자면 도은은 충신들을 기리면서 현재의 고난을 극복하고자 했던 것이다. 충신을 기리고 선정을 다짐하는 이러한 태도는 비단 흘러간 역사에서만이 아니라 도은과 같은 당대의 인물을 통해 그려지기도 한다. 다음 시를 살펴보자.

이다. 여기에 삼가 이렇게 기록한다[此思菴先生臨絶之詩也. 謹錄如左]."

나 판사가 일본에 사신으로 가는 것을 봉송하며

대궐에 비분강개하며 상소문 올리신 분	封章慷慨達宸居
육순의 연세 지난 백발의 일편단심이여	白髮丹心六十餘
부끄러워라 이 서생은 육신도 멀쩡한 터에	慙愧書生身健在
명주 이불에 팥죽 먹으며 내 오두막 사랑하니	紬衾豆粥愛吾廬37)

시제의 나판사는 나흥유羅興儒를 가리킨다. 나흥유는 1375년(우왕1)
에 일본에 통신사로 가겠다고 자청하여 일본으로 간 뒤 왜구의 침입
을 비판하고 재발 방지를 약속할 것을 요구하였다. 이에 일본은 나흥
유를 구속하였고, 나흥유는 승려 양유良柔의 주선으로 풀려나 1년 후
인 1376년에 귀국하게 되었다.38) 나흥유가 일본으로 떠난 시점은 정
확히 1375년 2월이었으니39) 이때는 이숭인이 북원의 사신문제로 유
배당하기 전이었다. 1－2구의 "대궐에 비분강개하며 상소문 올리신
분/ 육순의 연세 지난 백발의 일편단심이여"는 나흥유가 왕에게 상소
문을 올려 통신사로 일본에 들어갈 것을 자청한 사실을 가리킨다. 일
반적으로 나흥유는 생몰년이 미상으로 되어 있지만, "육순의 연세가
지났다"는 도은의 말로 미루어보면 1375년 당시 이미 60세 이상이었
으므로 나흥유의 생년은 최소 1315년 이전이 되는 것이다. 나흥유가
통신사를 자청하여 일본으로 간 것은 물론 왜구의 침입에 대해 항의
하고 재발을 방지하고자 한 것이었다. 그러므로 분명 위험한 일이었
고 실제로 나흥유는 일본에서 1년여의 투옥생활을 하게 되었다.

인용시의 3－4구는 60이 넘은 노신老臣과 비교할 때 본인은 이제
20대의 젊은 몸인데도 안락한 생활을 누리기 위해 일본 사행은 생각

---

37) 『도은집』 권3, 「奉送羅判事使日東 本官上章自行」.

38) 이상의 내용은 『고려사』 권114, 「열전」 권27, <나흥유>전을 참조할 것.

39) 『고려사절요』 권30, 「신우」 1, 2월조에 "判典客寺事 羅興儒가 글을 올려 일본과 화친
하기를 청하므로, 흥유를 通信使로 삼아서 보냈다."라는 기록이 보인다.

지도 못하니 너무나 부끄럽다는 시인 자신의 고백이자 동시에 나홍유의 용기 있는 충성심을 기리는 말이다. 『고려사』 기자는 나홍유에 대해 "사람됨이 가볍고 약삭빠르며 해학을 잘하였다"라든가 "헌사憲司로부터 영전影殿의 목재를 훔쳐 썼다는 탄핵을 받아 파면당했다."는 등 부정적인 평가도 함께 기록하고 있지만,[40] 이숭인은 나홍유가 일본으로 자청하여 떠난 것을 용기있는 진정한 충신으로 평가하고 있다. 나홍유의 진면목이 무엇인지는 논외로 치더라도 도은이 당대의 충신을 통해 본인 역시 그 충심을 본받겠다고 다짐한 사실을 주목할 필요가 있다. 당시의 충신들을 통한 깨달음과 본받으려는 도은의 태도는 지방관으로 파송되는 인사들을 전송하는 시에서 선정에 대해 당부하는 것과 자신 또한 선정을 할 것에 대한 다짐으로 나타난다.

경상도의 염사 송 정랑을 전송하며

비분강개하여 수레바퀴 땅에 묻고	慷慨埋輪日
고삐 손에 쥐고서 조정을 맑게 할 수도 있지만	澄清按轡朝
재질이 높다는 평판을 미쁘게 여기서서	才高孚物議
풍요를 채집하는 중책을 맡겼네	任重採風謠
영남은 인구 조밀한 남쪽의 큰 지방	煙火南區大
멀리서 우러러 북쪽의 임금을 향할 수 있네	星辰北極遙
분명히 알겠네 감당나무 아래의	定知棠茇下
나무꾼에게까지 교화가 골고루 미칠 줄을	宣化及蒭蕘[41]

위 시는 경상도 안렴사로 부임하는 송명의宋明誼에게 준 시다. 송명의는 은진송씨恩津宋氏의 시조인 송대원宋大原의 증손으로 1362년(공

40) 『고려사』권114, 「열전」권27, <나홍유>. "羅興儒, 羅州人. 骨貌輕儇, 善詼諧." 및 "憲司劾興儒盜用影殿之材, 免其官."
41) 『도은집』권2, 「送慶尙道廉使宋正郎 名明誼字宜之」.

민왕 11)에 과거 급제하였으며, 목은이나 포은과도 교유가 깊었던 인물로 조선이 개국되자 왕조에 참여할 것을 거부하고 충청도 회덕懷德 (현재의 대전시 동구 마산동)으로 내려와 은거한 것으로 알려져 있다.42) 수련은 중국 후한後漢 순제順帝 때 인물인 장강張綱의 고사로 장강은 지방에 내려가 순찰하라는 명을 받자, 수레의 바퀴를 낙양洛陽 도정都亭의 땅에 묻고 말하기를, "승냥이와 이리가 지금 조정에서 큰 길을 막고 있으니, 여우와 살쾡이 따위야 굳이 따질 것이 있겠는가. [豺狼當路, 安問狐狸]"라고 했다는 것이다.43) 이 시에서는 송명의가 장강처럼 지방관으로 내려가는 것을 거부하고 중앙의 조정을 일신할 수도 있겠지만, 임금이 송명의에 대한 재질을 아껴서 중책을 맡겼으니 기쁘게 순종하라는 의미이다. 이어서 경련에서는 송명의가 부임하는 경상도는 인구가 많은 남쪽의 큰 지방이니 덕정德政을 펼치면 마치 북극성 주위를 뭇 별들이 에워싸는 것처럼,44) 중앙의 임금을 중심으로 정치적인 교화가 온 나라에 펼쳐질 수 있을 것이라는 의미이다. 마지막 미련은 주나라 소공召公의 고사를 인용하여 송명의에게 선정을 베풀 것을 권하고 또 기대하는 당부이다. 『시경』「소남·감당」에 "무성히 자란 감당나무, 자르거나 베지 말라. 우리 소백께서 쉬셨던 곳이다.[蔽芾甘棠, 勿剪勿伐, 召伯所茇]"라는 말이 나온다. 이 시에서는 주나라 소공의 교화가 온 나라의 만백성에게 미쳐 소공이 다스리는 동안 굶주리는 자가 아무도 없었던 것처럼, 송명의도 경상도 안렴사가 되어 나무꾼에게까지 교화가 골고루 미칠 정도로 선정을 베풀 것을 권면하고 있다. 이는 물론 송명의에게 하는 말이기도 하지만 동시에 시인 자신의 다짐이기도 하다. 도은시에는 이렇듯 선정을 다짐하는 시도 있지만, 환로에 있을 동안 제대로 정치를 하지 못한 것에 대한 부끄러움과 후회를 토로하는 시들도 있다. 이 역시 큰 틀에서

---

42) 이상 송명의에 대한 사항은 「한국역대인물종합정보시스템」(http://people.aks.ac.kr/index.aks)을 참조하였음.

43) 『後漢書』권56,「張王种陳列傳 張綱」참조.

44) 『論語』「爲政」에 "爲政以德, 譬如北辰居其所而衆星共之."라는 말이 보인다.

보자면 선정을 다짐하는 시와 일맥상통한다고 할 수 있다. 다음 시를
보자.

글자를 분류한 당시의 운을 써서 지은 절구 20수를 민망 대제에게
기증하다

①

벼슬길에서 십여 년 세월 노니는 동안	宦遊十餘載
스스로 돌아보건대 무슨 일을 이루었나	自顧成底事
돌아온 것은 단지 이 몸뚱이 하나	歸來只此身
너무도 부끄러워 입을 다물 수밖에	默默多愧意

②

배냇머리 아직 마르지 않은 시절부터	生髮尚未燥
간절히 염원한 것은 성현을 따르는 것	願言追孔周
중도에 그만 확락한 결과만 빚었으니	中塗成濩落
그 계획은 응당 실패했다고 하리라	此計應謬悠45)

위의 인용시는 총 20수의 연작시 중 8번째와 9번째 작품이다. 시
제의 '민망民望'은 고려후기의 문신 염정수廉廷秀(?−1388)의 자이다.
염정수는 호가 휜정塁庭으로 부친은 공민왕대에 주로 활약한 문신이
었던 염제신廉悌臣이며, 이인임, 임견미 등과 더불어 우왕대의 최고
권력자였던 염흥방廉興邦의 아우이기도 하다. 그는 1371년(공민왕 20)
문과에 급제하여 환로에 오른 뒤 정몽주와 함께 원元의 복식제도였던
호복胡服을 폐지하자고 건의하기도 하였다. 1388년(우왕 14)에 최영崔
瑩과 이성계李成桂등이 이인임 일파를 몰아낼 때 형인 흥방과 함께 죽

---

45) 『도은집』 권3, 「絶句二十首用唐詩分字爲韻寄呈民望待制」.

임을 당했다. 고려후기 문인들과의 교유관계를 보면 염정수는 목은, 포은, 도은을 비롯하여 삼봉, 척약재, 양촌 등 신진 학자들과 교유가 깊었고 주고받은 시도 많았다.[46] 그는 형인 염흥방과는 달리 인격적인 면이나 학문적인 면에서도 비난받을 만한 인물은 결코 아니었던 것 같다. 특히 도은과는 매우 친하여 『도은집』에서 그를 언급한 시가 무려 13수나 된다.[47] 아마도 『도은집』에 등장하는 인물 중 빈도수로는 가장 많은 것으로 보이며, 양적인 면뿐만 아니라 내용에 있어서도 염정수에 대한 믿음과 그와의 재회를 바라는 등 매우 다양하다. 이는 도은과 염정수의 관계가 얼마나 깊은 것이었는지를 단적으로 보여준다.

위의 ①번 시는 환로에 오른 지난 10여 년 동안 이룬 것이 아무 것도 없다는 도은의 탄식이다. 인용시 외에 연작시 20수 중에 "귀양 와서 세월이 오래 흐르다 보면(謫來日月久)", "귀양 온 사람이 고통을 어찌 참으리(流人不耐苦)" 등의 표현으로 보아 이 시는 도은이 유배시절 지은 것이 확실하다. 또한 위 시 1구의 "벼슬길에서 십여 년 세월 노니는 동안"이라든지 다른 시의 "언제나 어버이 말씀 받들 수 있을는지(何當奉親語)" 등의 표현으로 보아 도은의 모친이 살아계셨던 1375년에서 1377년 까지의 유배 시절에 쓴 것으로 추정된다.[48]

---

46) 염정수와 관계된 시는 『도은집』 외에도 『목은집』, 『포은집』을 비롯하여 『삼봉집』, 『척약재학음집』, 『양촌집』 등에 여러 수가 보인다.

47) 이 시들 중에는 염정수에게 직접 써준 시도 있고, 시 중에 염정수를 언급한 것도 있다. 이들 시의 제목은 다음과 같다. 「重九感懷」(권1), 「琊山行寄息谷上人」(권1), 「至日用民望韻再賦用別韻」(권2), 「舟次高郵湖憶圃隱萱庭浩亭三峯」(권2), 「山居卽事 次民望韻」(권2), 「元日天氣淸明可喜遂賦一篇呈民望」(권2), 「次民望韻」(권2), 「夜坐次民望韻」(권2), 「民望傳郭秘丞見心歿嗚呼見心已矣吾與民望流離嶺表行且徂歲存歿可哀情見乎詩 見心名復」(권2), 「至日 用民望韻」(권2), 「鄕生朴歸父之行民望以詩爲贐次韻」(권2), 「用民望韻呈天民州判」(『도은집』 권3), 「絶句二十首用唐詩分字爲韻寄呈民望待制」(권3).

48) 도은은 1362년에 관직생활을 시작했고, 도은의 모친은 1381년에 세상을 떠났으니, 1375년에서 1377년까지의 유배시절에 시를 지은 것으로 추정한다면 "벼슬길에서 십여 년 세월 노니는 동안"이나 "언제나 어버이 말씀 받들 수 있을는지" 등의 표현과 서로 어긋남이 없게 된다.

그러면서 시인은 남은 것은 단지 몸뚱이 하나뿐이라 너무나 부끄러워 입을 열 수조차 없다고 하고 있다. ②번 시에서는 도은의 부끄러움이 좀 더 명확하게 그려져 있다. 공부를 처음 시작한 어린 시절부터 성현의 말씀을 좇아 살겠다고 결심했지만, 이제 와 돌아보니 입으로만 큰소리쳤을 뿐 실제로는 이뤄놓은 것이 아무것도 없어 어린 시절의 계획은 실패로 끝나고 말았다는 말이다. 물론 이 시를 짓게 된 배경이 유배 시절이라는 점을 감안한다 하더라도 도은은 자신을 지나치게 심하게 책망하고 있다는 느낌이 든다. 이는 도은의 기질적인 측면도 있겠으나 다른 한편으로는 그만큼 유자로서의 포부와 경륜을 현실 정치에서 펼치고 싶다는 간절한 염원의 또 다른 표현으로도 볼 수 있다. 다시 말해 나라와 백성과 조정을 위해 충성을 다해 봉사하고 싶은 도은의 염원이 담긴 시로 해석할 수 있다는 말이다. 다음에 살펴볼 시에는 도은이 절의를 얼마나 소중히 생각하고 있는지 잘 그려져 있다.

대신 시를 지어 법수사의 장로에게 부치다

가을바람 기러기를 남으로 날려 보내는 때	秋風吹送雁南飛
새로운 시 한 수 지어 푸른 산에 부치노라	一首新詩寄翠微
송학과 암원은 응당 슬픔에 잠겼겠지	松鶴巖猿應悵望
거년에 노닐던 객이 돌아오지 않으니까	去年游客不曾歸[49]

시제의 법수사法水寺는 경상북도 성주군 가야산 남쪽에 있었던 절이다.[50] '장로'란 불교에서 절의 주지승려나 혹은 법랍法臘이 높고 존경받는 승려에게 붙여주는 호칭이다. 아마도 도은은 평소에 법수사의 장로와 교유관계가 있었던 것 같다. 1구에서 "가을바람"이라고 했으

---

[49] 『도은집』 권3, 「代書寄法水長老」.
[50] 『신증동국여지승람』 권28, 「星州牧·佛宇」. "在伽倻山南." 참조.

니 시를 지은 시기는 가을철이다. 이 시의 주제는 3−4구이다. 결구의 "거년에 노닐던 객"이란 벼슬을 위해 의리를 저버린 사람을 의미한다. 이 구절은 중국 문인 공치규孔稚圭가 지은 「북산이문北山移文」을 용사한 것이다. 「북산이문」에서 공치규는 일찍이 종산鍾山에서 함께 노닐다가 변절하고 벼슬길에 나간 친구 주옹周顒을 나무라면서 "향초로 엮은 장막이 텅 비니 밤의 학은 원망하고, 산에 살던 사람이 떠나가니 새벽 원숭이는 놀라네."[51]라고 하였다. 인용시에서 도은이 누구를 주옹에 빗대어 표현한 것인지는 확실하지 않으나, 이를 통해 벼슬을 위해 절의를 굽히는 행동은 하지 않겠다는 도은의 신념과 가치관을 읽을 수 있다. 다음 시는 포은과 더불어 고려왕조에 목숨을 바쳐 충성을 바치고 절의를 지키겠다는 결연한 다짐이다.

포은에게 부치다

①

포은이 높은 반열에서 묘당을 주관하는 지금	圃隱崇班押廟堂
청운에 지기가 있어 내가 도리어 빛이 나네	青雲知己倒輝光
남쪽에 내려가 머무를 꾀를 어찌 감히 내겠는가	南歸敢作留連計
서늘해지면 멋진 모임에 얼른 나아가야지	佳會應須趁早涼

②

젊어서부터 시단에서 모시고 노닌 이 몸	少日陪游翰墨場
중간에 죽거나 살면 둘 다 가슴 아플 일	中間存歿兩堪傷
지금 해내에 심히 고립되어 위급한 것이	如今海內孤危甚
참으로 계산의 성효장과 비슷하구나	政是稽山盛孝章[52]

---

51) 공치규, 『古今事文類聚』 권33, 「北山移文」. "蕙帳空兮夜鶴怨, 山人去兮曉猿驚."
52) 『도은집』 권3, 「寄圃隱」.

인용시는 칠언절구로 된 4수의 연작시 중 그 첫째 수와 네 번째 수이다. ①시에서 "포은이 높은 반열에서 묘당을 주관"한다고 했으니 이 시는 정몽주가 수문하시중守門下侍中이 되어 정권을 잡은 1390년(공양왕 2) 이후의 작품으로 여겨진다. 2구의 "청운에 지기가 있어 내가 도리어 빛이 나네"는 도은 본인이 포은에게 막역한 지기임을 말하고 또한 포은이 정권을 잡은 것이 자신에게 큰 기쁨이자 영광이라는 것이다. 그만큼 포은과 도은은 친형제 이상의 친분을 가진 정치적·학문적 동지였다. 3구의 "남쪽에 내려가 머무를 꾀를 어찌 감히 내겠는가"는 고려왕조가 기울어가는 시대적 상황 속에서 마음 같아선 고향에 내려가 은둔하며 한가롭게 보내고 싶지만, 포은이 정권을 잡고 국정에 헌신하는 이상 본인 역시 포은을 도와 정사에 참여할 수밖에 없음을 말하고 있다. 이는 도은이 국가에 대한 충성심은 물론 동지에 대한 의리 역시 매우 두터운 사람이었음을 여실히 보여준다. ②시 1구의 "한묵장翰墨場"은 원래 문인들이 모여 서로 시를 창화하는 곳을 의미하는데, 여기에서는 도은이 21세의 젊은 나이에 성균관의 학관이 된 이후로 포은을 만나 줄곧 함께 보냈던 인연을 말하는 것이다. 이처럼 한평생을 포은과 더불어 정치적 부침을 함께 했으니 둘 중 한 명이 먼저 죽으면 둘 다에게 가슴 아픈 일이라는 것이 2구의 의미다. 원시의 3-4구 아래에는 다음과 같은 세주가 달려있다.

공문거孔文擧가 성효장盛孝章을 논한 글을 예전에 읽었는데, 거기에 "해내에 알고 지내는 사람들은 영락하여 거의 다 없어지고 오직 회계의 성효장만이 남아 있을 뿐이다."라는 말이 있었다. '고위孤危' 두 글자도 그 글 속에 나오는 말이다.[53]

도은이 부기한 이 말의 의미는 후한의 공융孔融과 성헌盛憲의 고사

---

[53] "嘗讀孔文擧論盛孝章書, 云海內相識, 零落殆盡, 唯有會稽盛孝章在耳. 孤危二字, 亦書中語也."

로 공융은 후한 말기의 유명한 학자이고, 성헌은 오군태수吳郡太守를 지낸 오나라의 정치가이다. 위 인용문의 '문거'와 '효장'은 각각 공융과 성헌의 자이다. 오나라의 손책孫策은 성헌의 명성이 워낙 높자 그를 꺼려하여 죽이려 하였지만 자기가 먼저 죽게 되었고, 뒤를 이어 손권孫權 역시 성헌을 죽이려 하였다. 이를 안 공융은 평소 성헌과 깊은 친교가 있었기에 성헌의 구명을 위해 조조曹操에게 「논성효장서論盛孝章書」라는 글을 올리고, 이에 조조는 성헌을 기도위騎都尉에 임명하여 그를 구원하고자 했으나 임명장이 미처 이르기도 전에 성헌은 손권에게 죽임을 당하고 말았다는 고사다. 인용시 3-4구의 "지금 해내에 심히 고립되어 위급한 것이/ 참으로 계산의 성효장과 비슷하구나"는 포은이 처한 정치적 고립과 위기를 성헌에게 비유한 말이다. 성헌이 손책과 손권 형제에게 둘러싸여 고립무원의 위기에 빠진 것이 이성계와 정도전 일파에게 둘러싸인 포은의 상황과 비슷하다는 의미로, 위 세주의 "해내에 알고 지내는 사람들은 영락하여 거의 다 없어지고"라는 말 역시 포은을 도와줄 사람이 아무도 없었던 고려말의 상황을 빗대어 보여주고 있다. 도은은 고립무원의 포은과 함께할 사람은 자신밖에 없다고 생각한 듯하다. 도은이 끝까지 포은 곁에 남으려 했던 직접적인 이유는 인용시 2구 "중간에 죽거나 살면 둘 다 가슴 아플 일"이란 말에 잘 드러나 있다. 살아도 죽어도 포은과 함께하겠다는 것이다. 이로 보아 도은은 이미 이때에 생사를 포은과 함께하겠다고 굳은 결심을 한 것으로 보인다. 도은의 이 같은 결심의 기저에는 전술한 바와 같이 국가에 대한 충성과 절의 및 개인에 대한 의리를 무엇보다 중요시했던 그의 가치관과 기질이 자리 잡고 있는 것이다.

4. 결어

도은 이숭인은 고려말 파란만장했던 격동의 역사를 살다 비운에 사라져간 문인이자 학자이다. 그는 역사 속에서 목은 이색, 포은 정몽주와 함께 '여말삼은'의 하나로 불렸지만, 목은의 학문, 포은의 충절에 가려져서 일반 대중들에게 그 존재감이 약했던 것이 사실이다. 하지만 문학사 속에서 시인으로서의 면모는 목은, 포은에 비해 결코 뒤지지 않는 고려후기를 대표하는 시인이었다. 학문의 영역에 있어서도 성리학을 기저로 한 투철한 유학 사상가였으며, 절의라는 측면에서도 포은과 더불어 고려 왕조를 지키기 위해 끝까지 노력하였던 충신이었다. 사실 그의 집안은 성주이씨 명문가로 이숭인의 증조부는 이백년이고, 이백년의 동생 이조년은 도은에게 종증조부가 된다. 이조년의 손자로 공민왕 때의 문인이자 학자인 초은 이인복과 우왕 때의 권신 이인임 형제는 모두 도은과 7촌지간이다. 이처럼 좋은 가문적인 배경뿐만 아니라 도은 자신도 16세에 과거에 합격하고 21세에 성균관 학관이 될 정도로 영민하고 뛰어난 수재였으며, 목은 이색 역시 모든 제자들 중에서 도은을 가장 칭찬할 정도로 훌륭한 학문적·문학적 자질이 있었지만 불행하게도 그의 관직 생활은 그리 평탄하지 못했다. 만약 그가 선배인 포은 정몽주 편에 서지 않고, 동학이었던 삼봉 정도전과 더불어 이성계와 함께했다면 그는 조선조의 개국과 더불어 많은 업적을 이루고 부와 명예를 누렸을지도 모른다. 하지만 도은은 그가 공부한 유학사상의 절의에 입각하여 스스로 험난한 길을 선택했다. 그 결과 고려왕조가 망하기 마지막 몇 년간, 도은에게는 수차례의 투옥과 유배가 이어졌으며 1392년 포은이 선죽교에서 이방원이 보낸 자객에 의해 죽임을 당한 것처럼, 그 역시 그해 8월 평생의 친구인 정도전이 보낸 사람에 의해 장살당하고 46세의 짧은 생을 마감하게 된다.

본고에서는 그동안 많이 주목받지 못했던 도은의 충신으로서의 면모와 절의정신이 형상화된 시작품들을 살펴보았다. 한국한시사에서 도은은 섬세하고 감각적인 시쓰기와 당시풍의 시인으로 유명했지만, 사실 도은의 시 작품 속에는 나라와 백성에 대한 걱정, 경세제민의 포부, 충성과 절의에 대한 다짐, 우리 강산과 국토에 대한 애정 등 유학자적 가치관과 신념이 잘 드러난 작품들이 적지 않다. 도은 문학의 이러한 모습은 도은이 올곧은 기질을 갖고 있는 충신이었다는 것과 또 유자로서의 삶에 충실하였던 뛰어난 자질이 있는 학자였다는 점을 여실히 보여주는 실례라 할 수 있다. 본고에서는 도은시 속에서 그의 학문관과 사상을 검토하고 충절과 절의정신을 밝혀 보고자 하였다. 앞으로 필자는 이러한 연구의 폭을 좀 더 넓혀 목은이나 포은, 야은 등 고려말을 대표하는 충신들의 사상과 정치적 행보, 삶의 자세를 그들의 문학 작품을 통해 비교 검토하는 작업을 해보려고 한다. 이는 고려말의 문학사는 물론 정치사, 사상사 연구의 폭을 넓히는데 필요한 과제이기 때문이다.

야은埜隱 전녹생田祿生의 시문詩文에 나타난 고려후기 사대부의 면모와 정신

1. 문제제기

전녹생田祿生(1318-1375)은 자가 맹경孟耕, 호가 야은埜隱으로 두 동생인 뇌은耒隱 전귀생田貴生(?-?), 경은耕隱 전조생田祖生(?-?)[1]과 더불어 고려말엽 충절로 이름이 높았던 전씨 삼형제 중 장남이다. 두 동생 전귀생과 전조생은 고려멸망 후 두문동에 들어간 소위 '두문동 杜門洞 72인'에 속할 정도로 3형제 모두 충절이 있었다. 전녹생은 충혜왕 때 과거에 급제하여 환로에 오른 뒤 줄곧 정치·행정의 폐단을 개혁하는 일에 앞장섰다. 가령 염철별감鹽鐵別監의 폐단 건의, 왜구 방어에 대한 폐단 건의, 북원北元의 배척과 이인임에 대한 처단을 논하

---

1) 현재 전귀생·전조생에 대한 생몰년은 정확히 알 수 없다. 다만 담양전씨 가문에서 나온 일부 자료에 의하면 전귀생의 몰년을 조선 태종 때인 1417년으로 기록한 곳도 있으나 그 근거가 정확한지는 알 수 없다. 전조생에 대한 생몰년은 1318년에 태어나 1355년에 사망한 설[민족문화대백과사전]과 1318년에 태어나 1392년에 사망한 설[한국역대인물종합정보시스템] 두 가지가 있는데, 일단 1318년은 그의 형인 전녹생이 태어난 해이므로, 전조생과 전귀생이 전녹생과 쌍둥이 형제가 아니라면 1318년에 태어났을 가능성은 없어 보인다. 또한 몰년 역시 38세의 이른 나이에 죽었다는 『경은선생실기』의 기록을 바탕으로 1355년으로 보기도 하나, 이는 1318년이 생년이라는 전제 하에서 가능한 일이므로 믿을 수 없다. 1392년 사망설은 고려멸망 후 두문동에 은거한 것으로 보았을 때 성립될 수는 있겠는데, 현재 '두문동 72현'의 이름에 전조생이 들어가 있음을 놓고 본다면 일단 상당히 신빙성이 있기는 하지만, 이 역시 정확한 근거가 있는 것은 아니다. 따라서 본고에서는 전귀생·전조생의 생몰년을 일단 미정으로 두고 논의를 전개하기로 하겠다.

는 등 간관으로서의 역할이 두드러졌다. 1375년(우왕 1)의 북원 배척과 이인임 주살 건의는 이첨李詹과 전백영全伯英 등이 주도한 것인데, 전녹생은 박상충朴尙衷과 함께 이 사건의 배후로 지목되어 유배 도중 사망하게 되었다. 이처럼 그의 삶은 불의에 대한 저항과 부정·부패에 대한 시정으로 요약될 수 있을 만큼, 그는 평생을 올곧게 살아가려 노력하였다. 고려후기를 대표하는 수많은 사대부들의 시문에서 그의 이름이 언급되는 것도 이 때문이다.[2]

그의 시문은 사후 340여 년이 지난 조선후기 숙종조에 와서야 간행이 되었다. 후손인 전만영田萬英이 각종 사서와 개인 문집 등에 산재된 전녹생의 시문을 모아 편찬하였는데, 그 뒤 영조조에 이르러서는 후손 전일상田日祥이 1738년(영조 14)에 칠곡도호부사漆谷都護府使로 부임하여 송림사松林寺에서 목판으로 간행하였다. 이 간본은 권 끝에 전녹생의 동생인 전조생의 『경은집耕隱集』, 손자 전한노田漢老의 『부위공집副尉公集』, 종후손 전좌명田佐命의 『의정공집議政公集』, 후손 전유추田有秋의 『송담공집松潭公集』이 부집附集되어 있는 것이 특징이다. 그 후 약 150년 후인 1890년(고종 27)에는 후손 전병순田秉淳이 전녹생 및 동생 뇌은 전귀생·경은 전조생의 시문을 합하여 『삼은합고三隱合稿』로 제명題名하고, 홍직필洪直弼과 김낙현金洛鉉의 서序를 받아 목활자로 간행하기도 하였다.[3] 문집의 권1에 시가 총 12편이 실려 있으나, 그중 3편은 시제만 있고 원시는 결락되어 있기 때문에 실제로 작품이 전하는 시는 9편이다. 그 9편은 각각 『동문선』과 『동국여지승람』에서 편집한 시 7제題와 김제안金齊顏의 『사우명행록師友名行錄』에서 인용한 시 2제題이다.

전녹생의 시는 명승지의 풍광을 읊은 것이 5수, 특정 인물에게

---

2) 가령 익재 이제현을 비롯 목은 이색, 포은 정몽주, 둔촌 이집, 담암 백문보, 양촌 권근의 글에서 전녹생을 기리는 내용이 산견된다. 이는 전녹생이 당대 사대부들에게 존경을 받았던 인물이었음을 말해주는 것이다.

3) 이상 문집의 편찬 및 간행 사항에 대한 것은 신용남, 「야은일고 해제」, 『한국문집총간해제』 1, 한국고전번역원, 1991, 51면 참조.

주는 시 2수, 개인의 감회를 읊은 시 1수, 영물시 1수로 분류할 수 있다. 특히 풍광을 읊은 시가 많은 비율을 차지하는 것은 『동국여지 승람』에서 뽑은 시가 많기 때문이다. 산문으로는 비답批答 1편, 소疏 2편, 계사啓辭 1편 등 총 4편이 실려 있다. 일반적인 다른 시인들의 문집에 비해 작품의 양이 적은 편이지만,[4] 현재 전하는 작품으로도 전녹생의 문학세계를 살피는 데에는 무리가 없다. 본고에서는 전녹생 의 시문을 통해 그가 고려후기를 대표하는 사대부로서 어떤 사상과 철학을 견지했는지 살펴보고, 아울러 그의 시에 나타난 문학적 특징 도 함께 고구考究해 보기로 하겠다. 또한 전녹생과 교유한 다양한 인 물들의 시문을 통해 전녹생이 당대 지식인 사회에 어떤 영향을 끼쳤 는지, 그의 정치적·학문적 위상도 살펴보기로 하겠다.

지금까지 보고된 전녹생에 대한 선행 연구는 그의 시세계에 대 한 전반적인 특징, 의리사상과 경세론, 절의론, 그리고 생애에 대한 고찰 등으로 정리할 수 있다.[5] 그동안 우리 학계에서 전녹생은 주목 받지 못했던 것이 사실이다. 그 가장 중요한 이유는 그의 문집에 남 아 있는 작품이 너무나 적기 때문이 아닐까 싶다. 시가 9편, 산문이 4편이니 연구의 진행이 어려울 수 있다. 그러나 그의 문집에는 그와 관련된 각종 기사와 그와 주고받은 다른 문인들의 각종 시문들이 함 께 실려 있다.[6] 이들 기록을 꼼꼼히 검토해보면 전녹생의 학문과 사 상, 문학 및 교유관계를 살펴볼 수 있을 것이다. 본고의 이러한 작업

---

4) 이는 『야은일고』가 처음 간행되었을 때, 전녹생의 초고가 완전히 전해지는 상태에서 간행된 것이 아니라 각종 사서, 문집 등에서 뽑아 편찬했던 것이기에 태생적으로 작품 의 양이 매우 소략할 수밖에 없었다.

5) 지금까지 이뤄진 전녹생에 대한 연구는 많지 않은 실정이다. 그 대표적인 선행 연구들 을 살펴보면 다음과 같다. 김동욱, 「야은 전녹생의 생애와 시세계」, 『벽사 이우성교수 정년퇴직 기념논총－민족사의 전개와 그 문화』상, 창작과비평사, 1990; 정성식, 「야 은 전녹생의 의리사상과 경세론」, 『동양고전연구』 35집, 동양고전학회, 2009; 김인호, 「고려후기 전녹생의 삶과 절의」, 『포은학연구』 16집, 포은학회, 2016.

6) 한국문집총간 수록 『야은일고』는 모두 6권으로 구성되어 있는데, 그중 권1만이 전녹 생의 시문이고, 나머지 권2부터 권6까지는 모두 각종 사서나 개인 문집에 수록된 전녹 생 관련 일화, 행적, 遺事등을 수록한 것이다.

은 고려후기를 대표하는 사대부들의 교유관계와 함께 사대부들의 가치관, 학문관, 정치관 등을 좀 더 세밀하게 고찰하는 데 일조할 수 있을 것으로 기대해 본다.

2. 생애와 교유관계

전녹생이 살았던 시기는 14세기 중엽이며, 주로 공민왕대恭愍王代에 벼슬을 하였다. 그의 조부는 판사복시사判司僕寺事를 지낸 전영田永이며 부친은 지영주사知榮州事를 지낸 전희경田希慶이다. 전녹생은 본관이 담양인데, 담양전씨의 시조는 의종때 참지정사와 좌복야를 역임하고 담양군에 봉해진 전득시田得時이다. 그후 7세인 전녹생·전귀생·전조생 형제들에 이르러 분파가 되어 각각 야은공파·뇌은공파·경은공파로 나뉘게 되었다. 전녹생은 충혜왕 때 과거에 급제한 뒤,[7] 제주사록濟州司錄을 거쳐 1347년(충목왕 3) 30세 때에 정치도감整治都監의 정치관整治官이 되었다. 정치도감은 이제현李齊賢과 왕후王煦등의 주도하에 설치된 개혁기관으로 지방관리의 탐학, 정동행성의 작폐, 환관족속 및 권세가의 농장 설치와 이에 따른 토지탈점 등 12개 항목의 부정실태를 조사하고 그에 대한 시정조치나 위법자의 처벌을 목표로 1347년 2월에 설치되었다. 정치도감의 조직은 4명의 판사와 34명의 속관으로 이루어졌는데, 전녹생은 백문보 등과 함께 속관으로 참여하였다. 하지만 원황후元皇后의 족제族弟인 기삼만奇三萬이 장살되자 원나라에서 사신을 보내어 정치관들을 국문하고 장형杖刑에 처하였으며, 이 같은 시련 속에서 정치도감은 설치된 지 불과 3개월 만에 와해되었고, 1349년(충정왕 1)에는 폐지되었다.[8] 이러한 배경 속에서

---

7) 전녹생의 문집이나 각종 사료 등에서는 전녹생이 정확히 언제 급제했는지에 대한 기록이 없다. 한국학중앙연구원에서 펴낸 『한국역대인물종합정보시스템』의 「고려시대과거합격자명단」에서는 전녹생이 충혜왕대에 합격했지만, 정확한 연도는 미상으로 설명돼 있다. 이와 관련하여 김인호는 충혜왕 후 원년인 1340년에 지공거 김영돈, 동지공거 안축이 주시한 시험에 합격했고, 당시 동방으로는 이공수 등이 있었다고 추정하고 있다. 이에 대해서는 김인호, 앞의 논문, 56−57면 참조.

전녹생은 1347년 10월 백문보 등과 더불어 국문鞠問을 받고 투옥된 것이다.

이 사건은 전녹생의 생애를 살펴봄에 있어 시사하는 바가 크다. 일단 환로의 출발을 일종의 간관諫官으로 시작했는데, 국문과 투옥이라는 정치적 시련을 처음부터 맞게 되었다. 평생을 주로 간관직에 머물며 결국 죽음을 맞이한 그의 삶을 생각해볼 때, 이러한 정치적 행보는 그의 기질을 바탕으로 거기에 사대부로서의 사명과 의식이 뒷받침 되었던 것으로 생각된다. 사실 정치도감의 정치관을 역임했던 경력은 개인적으로는 그에게 정치적 이익보다는 손실을 가져다주었다. 정치관이 된 지 3년 후인 1350년(충정왕 2)에 그는 정동향시征東鄕試에 합격하여 원나라 제과制科에 나아갈 기회가 주어졌지만, 정치관으로 있으면서 기삼만 등 부원세력을 처단한 일이 빌미가 되어 결국 응시할 수 없게 되었기 때문이다. 하지만 그는 결코 후회하거나 아랑곳하지 않았다. 그 후에도 계속해서 잘못된 관리들에 대한 탄핵과 각종 제도의 폐단을 촉구하는 상소를 끊임없이 조정에 올렸기 때문이다.

염철별감鹽鐵別監의 폐단 건의, 왜구 방어에 대한 폐단 건의, 목인길睦仁吉에 대한 탄핵, 자칭 충혜왕忠惠王의 서얼이라고 주장하는 석기釋器를 잡아 참수한 사건, 북원北元의 배척과 이인임에 대한 처단을 논한 것 등이 그 대표적인 실례實例이다. 이들 사건들은 당대에 정치적·사회적으로 큰 반향을 일으켰던 것들이고, 특히 염철별감과 왜구 방어 문제는 백성들의 삶과 직결되어 있었다. 또한 목인길과 이인임에 대한 처단 건의는 이들이 왕의 최측근이자 권세가였음을 감안하면 목숨을 걸고 했던 것으로, 실제로 전녹생은 이 일로 인해 박상충과 더불어 귀양을 가게 되었고 결국 죽음을 맞이하게 되었다. 염철별감은 1358년 공민왕이 소금을 국가가 전매하기 위해 전국에 임시로 파견하였던 관리를 말한다. 이들은 백성들이 소금값으로 납부하는 일명

---

8) 이상 정치도감의 설립과 활동, 폐지 등에 대한 사항은 민현구, 「整治都監의 성격」, 『동방학지』23·24집, 연세대 국학연구원, 1980을 참조할 것.

'염포세鹽稅布'를 걷는 것이 주요 임무였다. 하지만 당시 염철별감은 세금을 지나치게 거두거나 부당하게 소금을 취득하는 등 그 폐단이 심각하였다.[9] 이처럼 백성들의 고충이 커지자 당시 간쟁諫爭과 봉박封駁을 담당하는 기거사인起居舍人으로 있던 전녹생은 이색, 이보림, 정추 등과 더불어 염철별감의 폐단을 논하는 소를 올리게 되었다. 이에 공민왕은 대간臺諫과 재상을 불러 염철별감의 장·단점 여부를 물었는데, 이색과 이보림은 병을 핑계로 나오지 않았고 전녹생과 정추는 앞서의 의견을 변함없이 주장했다. 1361년(공민왕 10) 봄에는 왜구 방어의 폐단을 조정에 전달하였다. 주지하다시피 왜구는 고려후기 백성들을 괴롭히던 국가적인 문제였다. 이에 고려 정부는 왜구의 침입을 방어하기 위해 왜구의 주요 출몰 지역에 산성과 읍성을 쌓고 일종의 간이 방어 시설인 수소戍所(일종의 수비대)를 증설하였다. 하지만 수소를 한 지역에 너무 많이 세우다보니 그 부작용이 발생하게 되었다. 수소의 장수들은 지역의 정규 군대인 주군州郡의 군대에 위세를 부리거나 과도한 요구를 하고, 그 지역의 백성들이 부담을 지게 되어 도망가는 사람들이 속출하였던 것이다. 전라도안렴사로 파견되어 이러한 상황을 목도한 전녹생은 이에 조정에 왜구 방어의 폐단을 상소하게 되었던 것이다.

목인길 파직을 상소한 것은 간관으로서의 전녹생의 면모를 유감없이 보여준 사건이라고 할 수 있다. 목인길은 공민왕이 왕자의 신분으로 원나라에 있을 때 측근에서 모신 공로로 공민왕이 즉위하자 중용된 인물이다. 평소에 이자송李子松과 유감이 있었는데, 이자송이 원나라에 가게 되어 전별연을 베풀 때 목인길은 술기운을 구실로 이자송의 목을 조르고 욕을 하였다. 이에 헌사憲司가 탄핵하니 목인길이 왕에게 호소하였으므로 헌사가 재차 탄핵하여도 왕은 듣지 않았다. 이에 전녹생 등이 목인길 탄핵의 상소를 올리게 된 것이다.[10] 요컨대

9) 염철별감의 제도와 그 폐해에 대한 사항은 최연주, 「고려후기 각염법을 둘러싼 분쟁과 그 성격」, 『한국중세사연구』 6집, 한국중세사학회, 1999 참조.
10) 이에 대한 사항은 『高麗史』 권114, 「睦仁吉列傳」을 참조.

왕의 최측근의 신하를 탄핵하는 쉽지 않은 일이었음에도 전녹생은 주저함 없이 간관으로서의 사명에 충실하였던 것이다. 1375년에 발생한 북원 사신 반대와 이인임 주살을 청한 사건은 전녹생 일생에 가장 중대한 일이자 정치적 운명이 걸린 사건이었다. 이 해 여름에 북원의 사신이 고려에 입조하려 하자 간관 이첨李詹·전백영소伯英 등이 북원의 배척과 이인임의 주살誅殺을 청했다가 투옥되었고, 이들을 국문하는 과정에서 이첨과 전백영에 동조하였던 인물로 밝혀진 김구용, 이숭인, 정몽주, 정도전, 박상충, 전녹생 등은 모두 유배를 가게 되었다. 하지만 전녹생은 유배지에 도착하기도 전인 그해 7월 도중에 죽게 되었다. 사건의 경위를 좀 더 파악하기 위해『고려사절요』에 실린 다음 글을 살펴보자.

북원이 사신을 보내어 말하기를, "백안첩목아왕[공민왕]이 우리를 배반하고 명나라에 붙었기 때문에 너희 나라의 임금을 죽인 죄를 용서한다." 하였다. 이때에 이인임과 지윤이 원나라 사신을 맞고자 하니, 삼사좌윤三司左尹 김구용金九容, 전리총랑典理摠郎 이숭인李崇仁, 전의부령典儀副令 정도전鄭道傳, 예문응교藝文應敎 권근權近이 도당에 글을 올리기를, "만일 원나라 사신을 영접한다면 온 나라 신민이 모두 난신적자의 죄에 빠지게 될 것입니다. 훗날 무슨 면목으로 현릉玄陵[공민왕]을 지하에서 뵐 수 있겠습니까." 하였다. 경복흥·이인임이 그 글을 물리쳐 받지 않고, 드디어 정도전으로 하여금 원나라 사신을 맞게 하였다. 도전이 복흥의 집에 가서 말하기를, "내가 마땅히 사신의 목을 베어 가지고 올 것이고, 그렇지 않으면 명나라에 묶어 보내겠다." 하여, 언사가 매우 공손하지 못하였고, 또 태후께 아뢰어, "사신을 맞는 것은 불가합니다." 하니, 복흥과 인임이 노하여 도전을 회진會津에 귀양보냈다. …(중략)… 간관 이첨李詹·전백영소伯英이 상소하기를, "시중 이인임이 몰래 김의와 공모하여 명나라 사신을 죽이고도 다행히 죄를 면하였으니, 이 점을 사람들이 이를 갈고 마음 아파합니다. …(중략)… 응양군상호군鷹揚軍上護軍 우인렬禹仁烈, 친종호군親從護軍 한리韓理가 인임의 뜻에 아부하여 글을 올려 아뢰기를, "간관이 재상을 논핵하는 것은 작은 일이 아니니 명백히 판별하지 않을 수 없습니다." 하였다. 이에 이첨과 전백영을 옥에 가두고, 최영崔瑩과 지윤을 시켜 국문하자 진술하는 말이 정당문학 전녹생田祿生과 박상충에게 관련되었다. 최영이 매우 참혹하게 녹생과 상충을 국문하였다. 인임이 말하기를, "이 무리들을 죽일 것은 없다." 하고, 귀양 보냈는데, 녹생과 상충은 모두 길에서 죽었다. 이첨·전백영·방순方旬·민중행閔中行·박상진朴尙眞은 곤장을 때려 귀양보내고, 또 정몽주·김구용·이숭인·임효선林孝先·염정수廉廷秀·염흥방廉興邦·박형朴形·정사도鄭思道·이성림李成林·윤호尹虎·최을의崔乙義·조문신趙文信 등이 자기[이인임]를 해하려고 모의하였다 하여 모두 귀양보냈다.11)

위 글을 보면 1375년(우왕 1)에 북원에서 고려 조정에 사신을 보내 죽은 공민왕을 비난하자 당시 집권자였던 이인임과 경복흥이 사신을 맞이하고자 하였다. 이에 김구용, 정도전, 이숭인, 권근 등이 사신을 맞이해서는 안 된다고 상서하였으나 받아들여지지 않았다. 이에 간관이었던 이첨과 전백영이 이인임의 죄를 논하고 주살할 것을 청하자 이인임은 이들을 장류시키고, 이들과 같은 입장을 취했던 김구용, 이숭인 등을 유배 보냈다는 것이다. 이때 김구용과 이숭인 외에 정도전, 정몽주, 박상충, 전녹생 등도 함께 유배를 당하였다. 김구용, 이

11) 『高麗史節要』 권30, 「신우-1, 을묘」. "北元, 遣使來曰, 伯顔帖木兒王, 背我歸明故, 赦爾國弑王之罪時, 李仁任, 池奫, 欲迎元使, 三司左尹金九容, 典理摠郞李崇仁, 典儀副令鄭遺傳, 藝文應敎權近, 上書都堂曰, 若迎元使, 一國臣民皆陷於亂賊之罪矣, 他日何面目, 見玄陵於地下乎, 慶復興, 李仁任, 却其書不受, 遂令道傳迎元使, 道傳, 詣復興第曰, 我當斬使首而來, 不爾則縛送于明, 辭頗不遜, 又白太后, 以爲不可迎, 復興, 仁任, 怒, 乃流道傳于會津. …(中略)… 諫官李詹, 全伯英, 上疏曰, 侍中李仁任, 陰與金義, 謀殺天使, 幸而獲免, 此國人所以切齒而痛心者也. …(中略)… 鷹揚軍上護軍禹仁烈, 親從護軍韓理, 阿仁任意, 上書, 以爲諫官論宰相, 非細故也, 不可不辨, 於是, 下詹, 伯英獄, 使崔瑩, 池奫, 鞫之, 辭連政堂文學田祿生, 及朴尙衷, 瑩, 杖鞫祿生, 尙衷甚慘, 仁任曰, 不須殺此輩, 乃流之, 祿生尙衷皆道死, 杖詹, 伯英, 及方旬, 閔中行, 朴尙眞, 流之, 又以鄭夢周, 金九容, 李崇仁, 林孝先, 廉廷秀, 廉興邦, 朴形, 鄭思道, 李成林, 尹虎, 崔乙義, 趙文信等, 謀害己, 竝流之."

숭인, 정도전, 정몽주 등은 각각 몇 년간의 유배를 겪은 뒤 풀려났지만, 박상충과 전녹생만은 유배지로 가는 도중 죽음을 맞이했으니 이 사건의 가장 큰 희생자라고 할 수 있다. 이상의 몇 가지 사건들을 통해 전녹생이 얼마나 사대부로서의 사명에 충실한 곧은 선비였으며, 또 애민정신이 강한 정치가였는지 짐작할 수 있다. 그는 환로에 있으면서 주로 간관의 직을 수행하였고, 왕이나 권세가의 눈치를 보지 않고 직언을 서슴지 않았다. 하지만 전녹생이 간언만 했던 것은 아니다. 전라도안렴사 같은 외직에 있을 때에는 염철별감의 폐해, 수소의 폐해와 같은 글을 올려 행정, 군사 제도의 개선에도 앞장을 섰다. 요컨대 그는 경세가로서의 탁월한 면모도 보여주고 있다.

전녹생과 가깝게 교유한 인물로는 이제현李齊賢(1287－1367), 이달충李達衷(1309－1385), 원송수元松壽(1324－1366), 이집李集(1327－1387), 이색李穡(1328－1396), 박상충朴尚衷(1332－1375), 정추鄭樞(1333－1382), 이강李岡(1333－1368), 정몽주鄭夢周(1337－1392), 이숭인李崇仁(1347－1392), 권근權近(1352－1409) 등을 꼽을 수 있다. 특히 이제현, 이달충, 이색, 이강, 정몽주, 권근 등은 전녹생에게 직접 증시贈詩한 시가 보인다. 이들 중 이제현은 스승뻘이고, 이달충은 선배이며, 나머지 사람들은 모두 동료 내지 후배들이다. 이제현은 고려후기 정계·학계·문단의 중심 인물이자 당대의 원로였는데, 1361년(공민왕 10) 전녹생이 전라도안렴사로 부임하게 되자 이를 축하하며 선정을 당부하는 시를 지어주었다. 이달충은 1367년(공민왕 16)에 전녹생이 경상도 도순문사都巡問使가 되어 합포合浦(지금의 경상도 마산)에 출진出鎮하였을 때 일본 술을 보내주자 그에 대한 답례로 시를 지었다. 이강은 호가 평재平齋로 공민왕 조에서 주로 벼슬을 하였는데, 여행 중에 전녹생과 함께 여관에 묵으며 써준 시가 있다. 이색은 전녹생에게 주었거나 그와 관계된 시를 4수나 썼다. 목은이 교유 관계가 넓고 다작의 시인이었음을 감안하더라도 전녹생에게 준 시들의 내용을 볼 때, 매우 가까운 사이였음을 알 수 있다. 특히 「애재행哀哉行」이라는 제목의 시에서는 능력과 재주에도 불구하고 평생 높은 벼슬에 오르지 못했던 전녹생의 아버지 전희경田希慶을 위로하고 더불어 북원의 사신을 배척하다가 적소에서 죽은 전녹생을 떠올리며 그 슬픔을 토로하고 있다. 이처럼 이색이 전녹생을 가까이한 영향으로 목은 주변의 인사들은 전녹생과 직접적으로 교유하지 않더라도 그를 존경하고 높게 평가하는 경향이 있었다. 그 대표적인 인물이 정몽주와 이숭인, 권근 등이다. 정몽주는 전녹생이 죽은 후 전녹생과 김해의 유명한 기생 옥섬섬玉纖纖과의 사랑 이야기를 시를 통해 소개하고, 그의 죽음을 슬퍼하기도 하였다. 권근 역시 전녹생이 옥섬섬에게 준 시에 목은과 더불어 차운한 시를 남기고 있어 이들의 교유를 짐작할 수 있다. 이숭인은 둔촌 이집이 전녹생의 추천으로 합포의 막료로 부임하게 되자 그를 전송하는 글에서 이집의 부임에는 전녹생의 힘이 작용했음을 소개하고 있다.

이상을 정리하자면 전녹생은 강직한 성품과 기질을 바탕으로 간관으로서 두각을 나타내었고, 경세가와 목민관으로서도 자질을 발휘하여 행정·국방 분야에서 정책을 제안하기도 하였다. 평생을 사대부로서의 면모와 정신을 지향하였고, 또한 이를 삶에서 그대로 실천했던 실천적 지식인이었다고 평가할 수 있겠다. 고려후기 사대부를 대표하는 이제현을 비롯, 이색, 이달충, 박상충, 정몽주 등과 교유를 맺었으며, 특히 이색은 전녹생을 선배로서 매우 높게 평가하였고 여러 수의 시를 증시하였다. 이러한 영향으로 목은의 제자 혹은 목은과 가까웠던 인사들은 대체로 전녹생을 존경하고 흠모하였으며, 전녹생 역시 이들 그룹의 인사들과 가까운 관계를 유지하였다. 요컨대 전녹생은 14세기 고려의 정계와 학계의 중심 인물로 활동하였고, 지식인층, 특히 사대부들에게 정치적·정신적인 영향을 끼쳤다고 할 수 있다.

3. 다양한 시문의 경향과 사대부적 풍모

전술한 바와 같이 전녹생의 삶은 곧은 기질과 선비로서의 강직한 면모, 경세제민을 꿈꾸는 사대부로서의 사명이 잘 드러나 있다. 야은이 조정에 올린 글들에는 간관으로서의 이러한 모습이 여실히 나타난다. 다음 글을 보자.

① 「기거사인으로서 염철별감의 폐단을 논한 소」
지금 특별히 별감을 파견하면서 염철鹽鐵이라 이름을 붙이니, 백성들이 듣고 놀랄 것입니다. 한 번 새로운 명령이 내리면 아전들이 농간을 부려 온갖 폐단이 생기는 법입니다. 별감이 필시 많은 세포稅布를 얻어 그로 인해 총애를 얻으려 할 것이니, 백성들이 소금을 받지 못하는 것은 평소와 같은데 포를 납입해야 하는 고통은 이제 더욱 심할 것입니다. 만약 존무사存撫使나 안렴사按廉使로 하여금 거행하게 한다면 백성들이 평상시처럼 생각하여 놀라지는 않을 것입니다. 그런 다음 세월을 두고 그 공적을 매긴다면 백성들은 감히 어기지 못하고, 반드시 성과도 있을 것입니다. 하물며 영릉永陵[충혜왕] 때에는 무릇 거두어들이지 않는 것이 없었지만, 유독 염철 별감만은 한 번 시행하고 다시는 논의하지 않았습니다. 하물며 지금 한결같이 조종祖宗의 법을 준수하여 청명한 정치를 하는 처지에서 의론이 여기에 미친다는 것은 아마도 성대盛代에 누가 될 것입니다.12)

---

12) 전녹생, 『야은일고』 권1, 「起居舍人時論鹽鐵別監之弊疏」. "今特遣別監, 以鹽鐵爲名, 民聽必駭. 下一新令, 吏緣爲奸, 弊生百端. 別監必欲多得稅布, 因而要寵, 民不受鹽, 無異平日, 納布之苦, 今益甚矣. 若令存撫按廉行之, 民以爲常, 不至驚駭. 持以歲月, 課其功緖, 民不敢違, 必有成效, 況永陵之時, 凡所聚歛, 無所不爲, 獨於鹽鐵別監, 一試之而不復議. 況今一遵祖宗之法, 以淸明爲治, 而議及於此, 恐爲盛代之累." 이상 국역문 인용은 박찬수, 『국역 야은일고』, 한국고전번역원, 2013을 인용하였다. 앞으로 본고에서 인용하는 『야은일고』는 모두 기본적으로 위의 책의 국역을 인용하되 부분적으로 필자가 수정을 가했음을 밝혀둔다.

② 공민왕 6년(1357년) 9월 여러 도에 염철별감을 나누어 보냈다. 우간
의 이색, 기거사인 전녹생, 우간의 이보림, 좌사간 정추 등은 글을 올려
염철별감의 폐단에 대하여 논하였다.[13]

위의 인용문 ①은 1357년(공민왕 6) 전녹생이 기거사인起居舍人으
로 있을 때 우간의右諫議였던 이색과 함께 상소한 글이다. 기거사인은
고려시대 중서문하성에 속한 정5품 관직으로 주로 간쟁諫爭과 봉박封
駁을 담당하는 관리이다. 별감은 고려시대에 특별한 임무를 띠고 왕
이 직접 파견한 것, 혹은 중앙과 지방의 각 관아와 여러 도감都監에
소속된 관직을 말하는데, 몽골군의 침략에 대비하기 위해 산성이나
성에 파견한 산성방호별감山城防護別監, 제성방호별감諸城防護別監, 군인
선발을 위해 지방에 보낸 초군별감抄軍別監, 지방에서 제작한 병기를
검열한 군기별감軍器別監, 권농을 장려하기 위해 파견한 권농별감勸農
別監, 일본 정벌을 위해 몽골이 설치한 둔전 경영의 물자 조달을 담당
한 농무별감農務別監, 지방의 공물을 징수한 공물별감貢物別監, 무신집
권기 교정도감敎定都監의 책임자로 무신정권의 권력자가 겸직한 교정
별감敎定別監 등 매우 다양한 목적의 다양한 업무를 띠는 별감이 존재
하였다.[14] 염철별감으로 파견된 자는 왕과 조정의 신임을 얻고자 백
성들에게 포를 가혹하게 걷을 것이지만, 백성들은 세금만 징수하고
소금은 받지 못하는 상황이 올 것이라고 전녹생은 경고하고 있다. 따
라서 굳이 염철별감을 파견할 필요가 없이 원래 그 지역의 행정 담당
자인 존무사나 안렴사에게 일체의 일을 맡겨서 진행하는 것이 효율적
이라는 것이다. 그러면서 이미 충혜왕 때 시행했다가 그 후 유야무야
없어져버린 그동안의 전례까지 언급하면서 염철별감 제도의 부당함
을 강조하였다. 인용문 ②는 『고려사』의 기록으로 염철별감의 시행

---

13) 『고려사』 권79, 「지」 33, <식화> 2. "恭愍王六年九月, 分遣諸道塩鐵別監. 右諫議
李穡, 起居舍人田祿生, 右司諫李寶林, 左司諫鄭樞等上書, 論鹽鐵別監之弊."

14) 고려시대 별감에 대한 사항은 김남규, 「고려의 별감에 대하여」, 『경남대학교논문집』 5
집, 경남대, 1978을 참조할 것.

시기는 물론 위의 전녹생의 상소가 언제 누구와 함께 작성되었는지를 보여주는 사료이다. 이 사건을 통해 전녹생이 간관으로서의 임무에 얼마나 충실했으며 또 능력이 있었는지를 알 수 있다. 다음 글은 왜구 방어의 폐단을 논한 것이다.

> 「전라도 안렴사로 있을 때 왜구 방어의 폐단을 진달한 계사」
> 왜적의 침구侵寇가 있은 이래, 한 도에 수소戍所가 18개 소나 되도록 많습니다. 장수들은 주군州郡을 침학侵虐하여 위세를 부리고 수졸戍卒을 동원하여 사욕을 채우니, 드디어는 백성들이 피폐하여 도망가 흩어지게 만들고, 왜구가 이르게 되면 다시 주군의 병사들을 징발하는데 연호군煙戶軍이라고 부릅니다. 왜구를 막는 것은 보지 못하고 단지 백성들에게 해만 끼치니, 여러 수소를 혁파하고 주군으로 하여금 봉수烽燧를 근실히 하여 척후斥候를 엄하게 함으로써 변란에 대응하도록 하는 것만 못합니다. 만일 그렇게 할 수 없을 경우 요해처를 조사하여 수소의 수를 줄인다면 백성들의 힘은 펴질 것이고 군량은 절약될 것입니다.[15]

전녹생이 전라도안렴사로 파견된 것은 그의 나이 44세인 1361년(공민왕 10)이었다. 안렴사는 '안찰사按察使'라고도 하며, 조선조에서는 '관찰사觀察使'로 불렸다. 각 지방의 행정과 치안, 조세수납권이 있었다. 주지하다시피 고려후기에는 왜구의 침입이 빈번하여 조정에서는 이를 막기 위해 여러 가지 대비책을 강구하였는데, 그중 하나가 연호군煙戶軍과 수소戍所였다. 연호군은 고려 후기에 이르러 기존의 정규군만으로 왜구의 침입을 막을 수 없게 되자 임시로 지방의 농민을 징발하여 왜구에 대비하였던 특수한 군사조직이었다. 수소는 왜구를 방어하기 위한 수비대가 주둔하는 일종의 간이 방어시설이다. 위의

---

15) 전녹생, 『야은일고』권1, 「全羅道按廉使時陳倭寇防禦之弊啓辭」. "自有倭寇以來, 一道置戍, 多至十八所. 軍將虐州郡以立威, 役戍卒以濟私, 遂使凋弊逃散, 及寇至更徵州郡兵, 謂之煙戶軍. 未見禦寇, 秖以害民, 不若罷諸戍, 令州郡謹烽燧, 嚴斥候以應變. 如不得已, 當審其要害, 省其戍所, 則民力舒而軍餉節矣."

인용문을 보면 왜구의 피해가 가장 심했던 전라도 지역에는 많게는 18개나 되는 수소가 있었던 것으로 보인다. 수소의 장교들은 그 지역의 행정관이나 군대에 위세를 부리고, 또 휘하의 군졸들을 동원하여 개인의 사욕을 채우는 일에 몰두하는 병폐가 발생하게 되었다. 이에 지역의 백성들은 수졸들을 피하여 도망을 가고, 수소의 병사들 또한 왜구를 막는 본연의 임무를 수행하지 못하였다. 따라서 수소를 없애고 지역의 군대로 하여금 평소 방비를 철저히 하고 왜구의 침입에 대비하게 하는 것이 군사적인 효과도 크고 군량미를 절약하여 경제적으로도 이익이 된다는 것이다. 실제로 연호군과 수소의 설치는 그 효과가 미비하였고 백성들을 임의로 차출시킴으로써 농민들을 실농失農시키는 결과만 초래하여, 결국 1376년(우왕 2) 조정에서는 연호군을 없애고 농민군을 귀농시키게 되었다.[16] 이 글을 통해 전녹생이 당시 행정과 제도의 장·단점을 누구보다 잘 파악하고 있으며, 또 백성들의 민생을 살피고 애민정신에 입각하여 정치하고 있다는 것을 알 수 있다. 요컨대 사대부 행정가로서의 경륜과 능력뿐만 아니라 정치에 임하는 기본 정신까지도 알 수 있는 것이다. 다음 글은 간관으로서 그가 얼마나 신념에 차있고 용기가 있었는지를 보여준다.

「간관으로 있으면서 지밀직사사 목인길을 파직하라는 내용으로 올린 소」
인길은 사리에 어둡고 음험하며 거칠고 포악한 자질로 미천한 신분에서 일어나 지위가 재상에 이르렀는데, 공로를 끼고 교만 방자하게 멋대로 광포狂暴를 부립니다. 이자송李子松을 능욕하였으므로 헌사憲司가 탄핵하니 부끄러워할 줄은 모르고 그 허물을 덮어 버리고자 도리어 대신臺臣을 모함했는데, 이는 단지 전하의 은혜를 믿고 전하의 이목耳目을 가린 것입니다. 전하께서는 어찌 말고삐나 잡은 하찮은 노고로 인하여 좌우에서 모시는 이목의 관직을 가벼이 여기실 수 있습니까. 공정한 법도

---

16) 연호군에 대한 사항은 권영국, 「고려말 지방군제의 변화」, 『한국중세사연구』 1호, 한국중세사학회, 1994를 참조할 것.

를 보여 주는 것이 아닙니다.[17]

위 글은 1362년(공민왕 11) 6월에 전녹생이 조정에 올린 글이다.[18] 전술한 바와 같이 목인길은 공민왕이 왕자의 신분으로 원나라에 있을 때 측근에서 모신 공로로 공민왕이 즉위하자 중용되어 왕의 총애를 받던 인물이었다. 그래서 조정의 대신들도 함부로 하지 못했고, 이에 목인길은 더욱더 오만 방자하게 행동하였다. 당시 간관으로 있던 전녹생은 목인길이 조정의 대신 이자송을 능욕하고 감찰사監察司의 탄핵을 받으면서도 도리어 대간臺諫들을 모함하는 데에 이르자 임금에게 직접 상소한 것이다. 인용문의 말미에 보면 전녹생은 단지 목인길의 잘못에 대해서만 이야기하는 것이 아니라 그를 방조한 공민왕에 대해서도 비판하고 있다. 전녹생이 제시한 임금의 잘못은 3가지로 요약된다. 첫째는 목인길의 공로는 적은데, 원나라에서 공민왕을 모셨다는 이유만으로 조정의 대신으로 임명한 것이다. 요컨대 자격에 미달된 자에게 함부로 관직을 준 것이다. 둘째, 목인길이 오만하게 행동하고 조정의 신하들에게 잘못한 점이 확실한데도 이를 묵과한 점이다. 셋째, 이것을 탄핵하고 논한 대간의 감찰을 묵과한 점이다. 임금으로서 이와 같이 일을 처리하는 것은 조정 신하들의 사기를 떨어뜨리고 또 공정한 법도가 아니라는 것이다. 전녹생은 왕의 최측근의 신하라 하더라도 잘못한 일에 대해서는 전혀 개의치 않고 탄핵을 했을 뿐만 아니라 심지어 왕의 잘못까지도 직설적으로 언급하였다. 이러한 행동은 용기와 신념 없이는 불가능하며, 전녹생이 간관으로서 얼마나 투철했는지를 여실히 보여주는 사례라 할 수 있다. 우왕 때의 권신인 이인임에 대한 탄핵도 사실 이 같은 그의 기질과 신념에

---

17) 전녹생, 『야은일고』 권1, 「諫官時罷知密直司事睦仁吉疏」. "仁吉暗險麤暴, 起自微賤, 位至宰輔. 挾功驕恣, 肆其狂暴. 凌辱子松, 憲司劾之, 曾不知愧, 欲蓋其愆, 反訴臺臣, 是特殿下之恩, 而蔽殿下之耳目也. 殿下豈可以負繩徽勞, 輕左右耳目之司乎? 非所以示公道也."

18) 『고려사절요』 권27, 「공민왕 11년, 6월」 기사에 대간에서 목인길을 탄핵하였고, 이에 왕이 목인길을 파직시키고 고향으로 돌려보냈다는 말이 보인다.

바탕한 것이며, 결국 전녹생은 죽음에까지 이르게 된다. 이러한 올곧은 신념과 대쪽같은 기질은 그의 시에서도 나타난다. 다음 시를 보자.

경상도 안렴사로 가는 부령 정우를 전송하며 정미년(1367; 공민왕16) 봄

그대는 보았지 「종수탁타전」을	君看種樹槖駝傳
다스리는 이치에 적용하면 백성을 잘 기를 수 있으리	移之官理可養人
백성을 편안히 하려면 일을 꾸미지 말아야 한다는	解道安民在無事
목은의 시어는 순수하고 진실한 말	牧隱詩語醇且眞
옛사람이나 지금 사람이나 본의는 멀지 않으니	古人今人意不遠
세상 법령 새로 많이 만들어지는 것 아파한 것이지	蓋傷世法多立新
하물며 지금 세태는 실 다듬는 것 같아	況今時勢如理絲
빨리 서두를수록 도리어 헝클어지기만 하네	欲速還自成紛繽
원컨대 그대는 일을 간소하기에 힘써서	願言爲事務從簡
털끝만큼이라도 백성에게 부담 주지 않도록	勿使一毫加諸民
정군을 강개한 선비라 모두들 일컫는데	鄭君共稱慷慨士
세상에 정군 아니면 내 누구와 친할까	世微鄭君吾誰親
상심함이 어찌 이별이 애처로워서이랴	傷心豈獨惜離別
남쪽을 바라보니 나도 모르게 옷깃이 젖네	南望不覺沾衣巾[19]

위 시는 전녹생이 50세 때인 1367년 봄에 쓴 것으로 경상도 안렴사로 발령을 받아 떠나는 정우鄭寓(?-?)에게 준 시이다. 정우는 공민왕 때에 주로 활동했던 문인으로 간의대부諫議大夫·좌상시左常侍 등을 역임하였다. 『급암시집』과 『목은집』을 보면 각각 귀양을 떠나거나 어버이를 뵈러 가는 정우에게 준 시[20]가 있는 것으로 보아 민사평이나 이색과도 친분이 있었던 것을 알 수 있다. 자세한 생평은 알

---

19) 전녹생, 『야은일고』 권1, 「送鄭副令寓按于慶尙 丁未春」.
20) 민사평의 「送鄭寓員外」(『급암시집』 권4)와 이색의 「次韻送鄭寓員外謁告省親」(『목은집』 권4)을 참조할 것.

수 없으나 본관이 진주이고, 그의 사위가 병부상서兵部尚書와 청주목
사淸州牧使를 지낸 진양하씨晉陽河氏 하자종河自宗21)임을 고려해 볼 때,
정우는 진주 지역의 명문가 출신이었음을 추측할 수 있다. 시의 형식
은 칠언고시인데 그만큼 전녹생은 정우에게 하고 싶은 말이 많았던
것 같다. 시의 처음은 「종수곽탁타전」을 언급하는 것으로 시작된다.
「종수곽탁타전」은 당나라 문인 유종원이 쓴 글로 나무 심는 데에 있
어서는 당대 최고의 명인이었던 곽탁타에 대한 이야기이다. 사람들은
나무를 심고 난 뒤 지나친 관심으로 물을 주기도 하고 인위적인 보살
핌을 가한다. 나무가 귀하거나 비쌀수록 더욱 심하게 한다. 하지만
곽탁타는 다른 이들과 달리 심을 때는 자식을 돌보듯이 최선을 다하
지만 일단 심고 난 후에는 자연에 맡기고 돌아보지 않는다. 그런데
곽탁타가 심은 나무가 다른 이들의 나무에 비해 훨씬 더 잘 자란다는
것이다.

요컨대 정치, 행정, 교육 등 무슨 일이든지 이와 같아서 지나친
관심은 과유불급이며 이치에 맞게 적당하게 대할 때 최선의 결과가
나온다는 것이다. 이제 막 지방관으로 발령을 받아 갖가지 포부와 계
획으로 떠나는 정우에게 전녹생은 너무 지나친 열정이나 관심이 때로
는 백성들을 힘들게 할 수도 있음을 깨우쳐 주고자 한 것이다. 시인
은 이를 제3구에서 "백성을 편안히 하려면 일을 꾸미지 말아야"한다
고 직접적으로 언급하고 있다. 자고로 백성들에게는 새로운 법이 많
이 만들어질수록 괴로운 법이다. 그것이 설령 백성을 위한다는 취지
로 만들어졌다 해도 실제 현실에서는 어떻게 적용될지도 미지수이다.
시인은 이를 6구에서 "세상 법령 새로 많이 만들어지는 것 탄식한 것
이지"라고 행정에 있어 법과 규정의 남발, 또는 제도의 취지와 이를
현장에서 적용하는 것 사이의 간극을 경계하고 있다. 제9구와 10구는

---

21) 하자종은 부친이 大司憲을 지낸 晉山君 河允源이며 조선전기의 문인 通亭 姜淮伯
(1357-1402)이 그의 외종이다. 조선초의 저명한 문인 私淑齋 姜希孟(1424-1483)
은 강회백의 손자가 된다. 세종 때 영의정을 지낸 명신 敬齋 河演(1376-1453)이 하
자종의 아들이니 하연은 정우에게는 외손이 된다.

정우에게 주는 당부를 총정리한 것이다. "원컨대 그대는 일을 간소하기에 힘써서, 털끝만큼이라도 백성에게 부담 주지 않도록"하라는 것이다.

11－12구는 정우에 대한 칭찬이다. 세상 사람들이 정우에 대해 "강개한 선비라 모두들 일컫는"다는 것인데, 주목할 부분은 정우를 칭찬하는 이유가 강개하다는 점에 있다. 시인이 수많은 기질 가운데 하필 강개한 것을 거론한 이유는 위에서 당부한 지방관으로서 가져야 할 자세와 행동을 실천하기 위해서는 강직한 성품, 대쪽 같은 기질과 함께 불의에 대해 비분강개하는 마음이 있어야 하기 때문이다. 사실 이 같은 기질들은 모두 시인 자신과도 너무나 닮아있는 것들이다. 그래서 시인은 자신을 닮은 정우에 대해 "세상에 정군 아니면 내 누구와 친할까"라고 애정과 극찬을 아끼지 않고 있다. 마지막 13－14구에서는 정우와 헤어지는 안타까움과 슬픔을 표현하며 시를 마무리 하고 있다. 다음에 살펴볼 시 역시 우국과 임금에 대한 신하로서의 충정이 잘 나타나 있다.

숙직하는 밤

물시계 소리 똑똑, 밤이 아직 다 가지 않았는데	玉漏丁東夜未央
베개 밀치고 일어나 먼저 탄식을 한다	推枕欲起先歎息
한방에 있는 이들의 코고는 소리 우레 같은데	同舍人人鼾如雷
말똥말똥 잠 안 오니 어찌할거나	奈何耿耿眠不得
시운時運을 상심하고 나라 걱정에 눈물은 되에 그득	傷時憂國淚盈升
탄식과 시름은 또 몇 자나 되던가	感慨閑愁復幾尺
슬프다 재능 없는 나는 오랫동안 시위소찬만 하고	嗟余不才久尸素
홀로 누워 이불조차 부끄러우니 어찌 잠자리가 편하랴	
	獨臥愧衾那安席
임금의 은혜 바다 같으나 보답할 길 없고	君恩如海報無門

따뜻한 햇볕과 미나리 향기도 한갓 허황된 말	暖日香芹徒謾說
무심한 세월은 늙음을 재촉하여	荏苒光陰催老大
어제의 소년이 오늘은 백발일세	昨日少年今白髮
문밖 나가 다시 보니 귀신이 야유하고	出門剩見鬼揶揄
매사에 속 썩이다 헛되이 지붕만 쳐다보네	萬事腐心空仰屋
밤새도록 억지로 엮은 한 편 시를	通宵強綴一篇詩
등불 켜고 직접 써서 다시 스스로 읽어 보네	呼燈自寫還自讀[22]

위의 시는 시인이 숙직을 하며 보내던 어느날 밤에 잠을 이루지
못하고 쓴 것이다. 인용시에 대해 『야은일고』의 세주에서는 "상고하
건대, 『사우명행록』에 이르기를 '「숙직하는 밤」 시가 있는데……'라
고 되어 있다. 이는 비록 심상尋常한 시편이지만, 나라를 걱정하고 임
금을 사랑한 마음이 이와 같은 것들이었다."[23] 라고 하여 이 시의 주
제가 우국과 충정임을 강조하고 있다. 시는 처음부터 매우 감각적으
로 시작한다. 물시계에서 물방울이 똑똑 떨어지는 소리[丁東]를 제시
하며 밤이 늦도록 시인이 잠을 이루지 못함을 말하고 있다. 누워 있
어도 잠을 이루지 못한 시인은 베개를 밀치고 자리에서 일어난다.
3-4구에서는 같은 방에서 잠을 자는 이들의 우레같은 코고는 소리
를 제시하며, 잠 못 이루는 시인과 매우 대조적인 모습을 그리고 있
다. 여기에서 물시계 소리와 코고는 소리는 대조를 이루며, 밤늦도록
깨어있는 시인의 고뇌를 매우 효과적이고 감각적으로 형용한다.

5-6구는 이 시의 핵심 주제이다. 시인은 고려말 기울어가는 나
라의 시운을 상심하고, 우국 충정에 눈물을 가득 흘린다. "탄식과 시름
은 또 몇 자나 되던가"라는 시구에 시인의 고뇌와 근심이 진정성 있게
그려져 있다. 7-10구는 시인이 자신을 돌아보고 반성하는 장면이다.
아무 재능도 없는 본인이 관직에 있으면서 하는 일도 없이 시위소찬

---

22) 전녹생, 『야은일고』 권1, 「直夜」.
23) 전녹생, 『야은일고』 권1, 「直夜」. "按, 名行錄曰, 直夜有詩曰, 云云. 雖是尋常篇什,
而其憂國愛君之心類如此."

尸位素餐만 하고 있다는 것이다. 그러므로 바다 같은 임금의 은혜에 보답할 길은 없다. 시의 후반부인 11-16구는 세월의 빠름과 잠을 자지 못하고 그저 시만 쓸 수밖에 없는 자신의 모습을 그리고 있다. "무심한 세월은 늙음을 재촉하여/ 어제의 소년이 오늘은 백발"이 될 정도로 세월은 빠르게 흘러갔다. 조정과 백성을 위해 무엇을 해야 하는지 생각하면 밤이 늦도록 잠을 이룰 수 없다. 잠자리에서 일어나 밖으로 나가보니 귀신들조차 자신을 희롱하고 비난하는 것 같아 시인은 부질없이 지붕만 바라본다. 간밤에 근심과 고뇌 속에 썼던 시를 다시 한번 천천히 읽어보는 것으로 시를 마무리하고 있다. 고려후기라는 시대적 상황을 고려해 볼 때, 사대부 지식인으로서의 신념에 투철했던 전녹생은 관직에 있던 매일의 삶이 걱정과 고뇌의 연속이었다. 물론 그 고뇌와 걱정은 기울어가는 나라와 임금에 대한 우국 충정의 발로였다.

계림의 동정

공문서 더미 속에서 정신없이 온종일 보내다가	終日昏昏簿領間
우연히 손님 맞으러 성 밖에 나왔네	偶因迎客出郊關
가는 물 굽어보며 흐르는 세월 탄식하고	俯看逝水歎流景
청산 마주하니 내 얼굴 양심에 부끄럽구나	坐對靑山多厚顔
반월성 쓸쓸한데 강물에 흰 달 비치고	半月城空江月白
고운이 신선 되어 간 뒤 들 구름은 한가롭네	孤雲仙去野雲閑
다시금 도연명의 「귀거래사」읊어 보지만	更尋陶令歸來賦
천년의 고아高雅한 기풍 따르기가 쉽지 않네	千載高風未易攀24)

인용시는 『야은일고』 외에 『동문선』에도 같은 제목으로 실려 있다. 시제詩題의 세주에 "『동국여지승람』을 상고하건대, 경주의 동정은 부府의 동남쪽 5리에 있다."25)라고 되어 있어서 "계림동정"은

24) 전녹생, 『야은일고』 권1, 「雞林東亭」.

경주 동남쪽에 위치한 정자임을 알 수 있다. 인용시는 1363년에 작시되었는데, 이때 전녹생은 경주 지역의 행정을 책임지는 계림윤으로 있었다. 1361년(공민왕 10) 11월에 홍건적이 대대적으로 쳐들어와 개경이 함락될 위기에 처하자 공민왕은 신하들을 이끌고 경상도 복주福州(지금의 안동)로 피신을 하게 된다. 이때 전녹생도 왕을 호종하는 대열에 참여하였는데, 약 1년 3개월 후인 1363년 2월 개경으로 환도한 뒤 전녹생은 호종공신 2등에 녹훈되었다. 그 후 계림윤에 제수된 전녹생은 경주로 내려가 산적한 행정업무를 처리하면서 바쁘게 보낸다. 위의 시는 그러던 중 손님을 맞이하러 경주 외곽으로 잠시 외출했다가 느낀 점을 표현한 것이다. 수련은 작시를 하게 된 이 같은 상황을 설명한 것이다. 함련은 흐르는 물과 청산을 대비시키며 빠르게 흘러간 세월의 무상함과 함께 자신을 돌아보는 자기 성찰의 모습을 보여준다.

경련에서 "반월성"과 "고운[최치원]"이 언급됨을 볼 때, "가는 물"과 "청산"은 반월성 밑을 흐르는 남천南川과 경주 낭산狼山을 지칭하는 것으로 보인다. 이 시를 지었을 때 전녹생의 나이가 46세였으니 세월의 무상함을 말한 것도 그리 과장된 것은 아니며, 20대에 출사한 이후로 대략 20여 년의 세월동안 줄곧 환로에 있었음에도 나라에 큰 공이 없었기에 "내 얼굴 양심에 부끄"럽다고 한 것이다. 물론 여기서 나라에 공이 없었다는 것은 실제 사실이 아니라 시인의 입장에서 볼 때 그렇다는 말이다. 경련에서는 시인이 현재 서있는 동정東亭의 위치가 남천이 내려다보이는 반월성 기슭에 있음을 말하고 있는데, 옛날 최치원이 이곳에서 공부했던 사실26)을 떠올리며 시인은 쓸쓸한 감회에 젖는다. 산천은 변함이 없는데 인간 세상의 변천은 너무나 심하니 최치원의 흔적은 간데없지만 강물과 달과 구름은 여전하다. 마지막 미련은 귀거래에 대한 동경과 실천하기 힘든 괴로움을 토로한 것이

---

25) 전녹생, 『야은일고』 권1, 「雞林東亭」. "案輿地勝覽, 慶州東亭在府東南五里."
26) 반월성 인근 낭산에는 최치원이 독서했다는 일명 독서당터가 남아 있다.

다. 인생은 짧고 허무하기에 모든 것을 내려놓고 옛날 도연명처럼 「귀거래사」를 읊으며 고향으로 돌아가고 싶지만, 막상 실천하기는 어려운 일이다. 시인은 이를 "천년의 고아高雅한 기풍 따르기가 쉽지 않네"라고 고백하고 있다. 인용시의 미주에는 『동국여지승람』과 『동경잡기』에도 실려 있는 위 시의 마지막 두 구가 "다시 왕찬의 등루부를 읊으니, 마음속 시정이 쉽게 너그러워지지 않네〔更尋王粲登樓賦, 方寸詩情未易寬〕"로 되어 있다고 소개하고 있다.[27) 만약 『동국여지승람』과 『동경잡기』에 전해지는 시구로 해석하더라도 시의詩意는 크게 변하지 않는다. 후한의 문인 왕찬王粲이 고향을 그리며 망향의 심정을 담아 써내려 갔던 「등루부登樓賦」를 생각하며, 시인 본인도 고향으로 돌아가는 시를 짓고 싶지만 마음처럼 쉽게 써지지 않는다는 것이다. 다음 시도 이와 비슷한 의경을 지녔으나 좀 더 격정적으로 자신의 심정을 토로하고 있다.

영호루 차운

북으로 서울 바라보니 겹겹이 산도 많고	北望京華[28)疊嶂多
누각이 높으니 나그네 한이 점점 더해 오네	樓高客恨轉來加
중선은 부를 지어 내 땅 아니라 했으며	仲宣作賦非吾土
강령은 돌아가기를 생각했으나 집에 이르지 못했네	江令思歸未到家
저절로 흔들리는 버들은 시름 속의 실가지이고	楊柳自搖愁裏線
목련꽃 처음 피니 난리 뒤의 남은 꽃일세	辛夷初發亂餘花
만약 저 강물을 봄 술로 변하게 할 수 있다면	若爲江水變春酒
가슴속 쌓인 찌꺼기 한 번에 털어버릴 수 있을 텐데	一洗胸中滓與槎[29)

---

27) 미주를 살펴보면 다음과 같다. "위 시는 『東文選』, 『東國輿地勝覽』, 『東京雜記』에 보인다. 『여지승람』과 『동경잡기』에는 마지막 구절이 '다시 왕찬의 등루부를 읊으니, 마음속 시정이 쉽게 너그러워지지 않네〔更尋王粲登樓賦 方寸詩情未易寬〕'로 되어 있다."
28) 인용시의 미주에 "『동문선』에는 '京華'가 '松都'로 되어 있다."라는 기록이 보인다.
29) 전녹생, 『야은일고』 권1, 「暎湖樓次韻」.

인용시는 선인先人이 쓴 영호루 시에 차운한 것인데, 원시는 고려후기의 문인인 우탁禹倬(1263-1342)이 쓴 것으로 추정된다.[30] 시의 운자는 하평성 6번째 마운麻韻이다. 우탁이 쓴 영호루 시에 전녹생이 차운한 이래로 고려후기의 많은 시인들이 차운을 남겼는데, 영호루를 제재로 쓴 시 중 고려후기의 시인만 살펴보면 우탁, 이집, 이색, 정추, 정몽주, 정도전, 김구용, 권근 등이다. 특히 우탁이 쓴 시의 운을 차운하는 전통은 조선전기와 중기를 거쳐 조선말기까지 계속되었음을 볼 때, 영호루를 읊는 것은 한국한시사에서 시인들에게 일종의 유행이자 문화적 현상이었음을 알 수 있다.[31] 시제에 부기된 세주를 보면, 영호루는 안동도호부의 남쪽 5리에 있다고 되어 있다.[32] 영호루는 낙동강변에 위치해 풍광이 아름다우며 밀양의 영남루嶺南樓, 진주의 촉석루矗石樓, 남원의 광한루廣寒樓와 더불어 남한을 대표하는 누대로 알려져 있다. 인용시의 수련은 시인이 영호루에 올라서 바라본 원경이다. 시인은 멀리 북쪽의 서울을 바라보았는데, 보이는 것은 첩첩산중일 뿐이다. 이는 물론 시인의 답답한 심정을 중의적으로 표현한 것이라 해석할 수 있다. 3구의 "중선"은 왕찬의 자이며, 4구의 "강령"은 육조六朝 양梁나라의 문인 강엄江淹의 별칭이다.

함련에서는 중국의 왕찬과 강엄의 고사를 인용하여 고향으로 돌아가지 못하는 서글픈 마음을 말하고 있다. 경련은 사경을 통해 시정詩情을 표현하는 전형적인 '흥興'의 기법이자 '선경후정先景後情'의 기법이다. 바람에 흔들리는 버들가지는 시름에 겨운 시인의 마음이요, 이제 막 피어난 목련꽃은 홍건적과의 전쟁의 상흔을 견뎌낸 희망의 씨앗이자 국운國運의 회복을 의미한다. 마지막 미련에는 시대 상황에

---

30) 참고로 우탁이 쓴 「영호루」 시는 다음과 같다. "嶺南游蕩閱年多, 最愛湖山景氣加, 芳草渡頭分客路, 綠楊堤畔有農家, 風恬鏡面橫煙黛, 歲久墻頭長土花, 雨歇四郊歌擊壤, 坐看林杪漲寒槎."

31) 예컨대 조선전기의 유방선, 이석형, 김종직, 성현, 유호인을 거쳐 중기의 김안국, 송순, 이현보, 이황, 후기의 남용익, 최석정, 조태억, 신정하, 오광운, 말기의 허훈 등에 이르기까지 수많은 시인들이 우탁이 사용한 운을 써서 시를 짓고 있다.

32) "按輿地勝覽, 安東暎湖樓在府南五里."

대한 고뇌이자 울적한 마음을 떨쳐내 버리고 싶은 시인의 희망이 그려져 있다. 도도히 흐르는 낙동강의 물을 술로 바꿀 수 있다면, 그 술을 다 마셔버림으로써 가슴 속에 맺힌 울분과 근심, 걱정을 잊고 싶다는 것이다. 곧 모든 것을 잊을 수 있을 만큼 크게 취해보고 싶다는 의미이니, 뒤집어 생각하면 시인의 괴로움은 지금 절정에 달해 있는 것이다. 물론 그 괴로움은 나라와 백성에 대한 걱정에 기인하는 것인데, 한 나라의 신하로서 또 양심적 지식인으로서 감당해야 할 짐이 너무 버겁게 느껴졌던 것 같다. 귀거래를 하려 해도 모든 책임을 던져 버리고 고향으로 가는 것도 사대부의 의무를 저버리는 것이다. 시인의 고뇌는 바로 여기에 있다. 다음에 살펴볼 시는 전녹생의 작품 중에서 가장 널리 알려진 것 중 하나이다.

김해 기생 옥섬섬에게 주다

바닷가 신선이 사는 칠점산은 푸르고　　　　海上仙山七點靑

거문고 속엔 한 바퀴의 밝은 흰 달　　　　　琴中素月一輪明

세상에 옥섬섬이 없었다면　　　　　　　　世間不有纖纖手

그 누가 능히 태곳적 옛 정을 탈 수 있으리　　誰肯能彈太古情[33]

　위의 시는 전녹생이 경주 판관으로 재직 당시 김해를 방문했을 때 만났던 김해 기생 옥섬섬에게 준 시이다.[34] 옥섬섬의 생평은 자세하지 않으나 거문고에 능숙했던 것으로 알려져 있다.[35] 전녹생 역시 거문고와 음악에 대한 조예가 깊었기에[36] 옥섬섬을 가까이 하며 사

---

[33] 전녹생, 『야은일고』 권1, 「贈金海妓玉纖纖」.

[34] 정몽주와 권근은 이 시에 차운한 시를 남겼는데, 『포은집』이나 『양촌집』에 "옛날 재상 야은 전선생이 雞林判官이 되었을 때 김해 기생 옥섬섬에게 준 것이다."라는 주가 보인다.

[35] 『양촌집』에 "기녀 옥섬섬이라는 자는 거문고를 잘 탔다. 그러므로 재상인 야은 田公이 계림의 판관으로 있을 적에 사랑스러워 시 한 수를 지어 주었다."라는 표현이 보인다.

[36] 인용시의 미주에 "상고하건대 『夢軒筆譚』에 이르기를 '야은 거문고 음률에 대해서

랑하게 되었다. 옥섬섬과 처음 만남이 있은 지 10여 년 후인37) 1367년에 전녹생은 경상도 도순문사都巡問使가 되어 합포合浦38)로 출진하였다. 당시 그의 나이는 50세였다. 위의 인용시는 원래 고려후기의 문인인 주열朱悅(?–1287)의 시에 전녹생이 차운한 것으로 추정된다.39) 주열은 주자朱子의 증손인 주잠朱潛의 손자이므로 주열은 주자의 6세손이 된다. 주열은 1271년(원종 12) 경상도안무사慶尚道按撫使로 합포에 부임하였는데, 아마도 그 즈음에 김해 연자루燕子樓에 올라 시40)를 지었고, 전녹생이 주열의 시에 차운한 것이 위의 인용시이다. 전녹생이 차운한 이래로 차운의 전통이 계속되어 정몽주, 권근, 조준 등이 같은 운자로 시를 지었다.41)

인용시의 제1구는 칠점산七點山에 대한 묘사이다. 칠점산은 경남 부산의 낙동강 하구 지역에 위치한 산으로 원래 봉우리가 7개였으나 인근 지역 개발 등으로 모두 훼파되고 현재는 1개의 봉우리만이 남아 있다.42) 예로부터 인근의 초선대招仙臺와 더불어 신선이 사는 산으로 유명하였다. 그래서 시인도 칠점산을 "바닷가 신선이 사는" 산이라고

이해가 깊고, 시어가 맑고 옛 정취가 빼어났다. 그래서 포은이나 양촌 역시 서로 이어 창화하면서 칭탄하고 부러워하기를 마지않았으니, 그 존경하고 사모한 뜻을 볼 수가 있다.'하였다."라는 기록이 보인다.

37) 『포은집』에 "10여 년 뒤에 야은이 合浦에 鎭撫하러 오니, 그때 옥섬섬은 이미 늙었다."라고 기록되어 있다. 전녹생이 도순문사로 합포에 부임한 것이 1367년이니 따라서 김해에서 옥섬섬을 처음 만난 것은 대략 1357년 무렵으로 추정이 된다.

38) 지금의 경상남도 창원시로 옛 마산 지역의 古名.

39) 인용시의 미주에 "『여지승람』을 상고하면, 이 시는 文節公 朱悅의 시 아래에 편집해 놓았다. 상상하건대 이것이 본래 김해 燕子樓의 韻인데, 선생이 역시 차운한 것인 듯하다. 그러나 원운과 차운을 다 수록하려면 너무 번거로우므로 지금은 본고와의 관계 여부에 따라 취사선택한다. 뒤에도 이와 같다. 또 『여지승람』을 상고하니, 김해의 연자루는 府城 안 虎溪가에 있다."라는 기록이 보인다.

40) 참고로 주열의 시는 다음과 같다. 朱悅의 시에, "연자루 없어진 지 몇 해나 되었나. 푸른 紗窓 붉은 난간이 벌써 티끌 되었네. 호계의 울어대는 물소리 어느 때에 다하리. 구름 흩어진 지 천 년에 사람 보이지 않네." 하였다.

41) 본문의 정몽주와 권근이 쓴 시외에 趙浚 역시 같은 운자로 「次金海燕子樓韻」(『송당집』권1)이라는 시를 남겼다.

42) 일제강점기에 시작된 낙동강 제방 축조등과 이후 김해공항 공사로 6개의 봉우리는 훼파되었으며 현재 김해공항 내에 작은 봉우리 형태로 1개가 남아 있는 상태이다.

소개하고 있다. 2구는 옥섬섬이 연주하는 거문고 소리와 밤하늘의 밝은 달의 조화를 말하고 있다. 전술한 것처럼 옥섬섬은 거문고에 능했기에 아마도 전녹생과 처음 만났던 그 날도 거문고를 연주했던 것 같다. 전녹생 역시도 거문고에 조예가 있었기에 옥섬섬의 아름다운 연주를 금방 알아차렸고, 마침 그때 밝고 환한 달이 하늘에서 비치며 분위기를 한껏 고조시키고 있었다. 『몽헌필담夢軒筆譚』의 "시어가 맑고[淸越] 옛정취가 빼어났다[秀古]"라는 비평은 이러한 의경을 지칭하는 것으로 이해된다. 마지막 3—4구에서 시인은 옥섬섬이 없다면 이렇게 아름다운 거문고 소리는 존재하지 않을 것이라고 하여 옥섬섬과 그의 연주에 대해 찬탄을 하고 있다. 4구의 "태곳적 옛정[太古情]"이란 옥섬섬의 연주가 옛날 가락국 시대에 칠점산에 살았다는 거문고의 명인 참시선인旵始仙人의 연주를 재현하고 있다는 의미이다. 참고로 정몽주와 권근의 시를 살펴보며 전녹생의 것과 비교해 보기로 하겠다.

① 정몽주

나에게는 어느 때나 반가운 이가 돌아올까	此生何日眼還靑
태곳적 남은 소리는 본디 맑고 깨끗한데	太古遺音意自明
십 년 만에 만난 옥인, 푸른 바다와 달	十載玉人滄海月
다시 노니 어찌 홀로 정이 없을 수 있으랴	重遊胡得獨無情[43]

43) 정몽주, 『포은집』 권2, 「昔宰相埜隱田先生爲雞林判官時, 有贈金海妓玉纖纖云, '海上仙山七點靑, 琴中素月一輪明, 世間不有纖纖手, 誰肯能彈太古情.', 後十餘年, 埜隱來鎭合浦, 時纖纖已老矣, 呼置左右, 日使之彈琴. 予聞之, 追和其韻題于壁上. 四絶」.

② 권근

가락국 옛터엔 풀과 나무 푸르고　　　　　　駕洛遺墟草樹靑

바다와 하늘 드넓어 눈이 활짝 트이네　　　　海天空闊眼增明

이날 연자루에 오른 나그네　　　　　　　　樓中此日登臨客

서울 떠난 애틋한 정 견디기 어렵겠네　　　去國難堪戀戀情[44]

　　정몽주가 쓴 ①번 시의 제목에는 시를 지은 경위가 밝혀져 있
다. 제목은 다음과 같다.

　　옛날 재상 야은 전선생이 계림판관鷄林判官이 되었을 때 김해 기생 옥섬
　　섬에게 준 것이다. …(중략)… 10여 년 뒤에 야은이 합포合浦에 진무鎭
　　撫하러 오니, 그때 옥섬섬은 이미 늙었다. 불러다 옆에 두고 날마다 거
　　문고를 타게 했다. 내가 그 이야기를 듣고 뒤따라 그 운에 차운하여 써
　　서 벽위에 걸었다. 절구 네 수이다.[45]

　　즉 정몽주는 야은과 옥섬섬 사이의 사랑 이야기를 누군가에게
전해 듣고 같은 운자로 절구 4수를 지었다는 것이다. 그런데 위의 글
에서 포은은 전녹생이 옥섬섬을 다시 재회했을 때 옥섬섬은 이미 늙
었다고 하고 있다. 하지만 이는 상당히 과장된 표현이다. 위의 ②번
과 같은 제목의 권근이 지은 또 다른 시에 "섬섬옥수의 16세(玉手纖
纖二八春)"라는 말로 미루어 보아, 전녹생이 옥섬섬을 처음 만났을
때 옥섬섬의 나이가 16세였음을 알 수 있다. 전술한 바와 같이 그때
는 1357년으로 당시 전녹생은 40세였다. 따라서 전녹생과 옥섬섬이
재회했을 때, 옥섬섬의 나이는 26세가 된다. 그렇다면 위의 인용문에
서 옥섬섬이 이미 늙었다라고 한 언급은 당시 기녀들이 주로 활동하

---

44) 권근, 『양촌집』 권7, 「次金海燕子樓詩三韵」.

45) 앞의 주 43)과 동일.

던 나이가 상당히 어렸다는 것을 감안하더라도 과장된 표현이었음을 알 수 있다. ②번 시에는 다음과 같은 자주自註가 달려있다.

"기녀 옥섬섬이라는 자는 거문고를 잘 탔다. 그러므로 재상인 야은 전공田公이 계림雞林의 판관으로 있을 적에 사랑스러워 시 한 수를 지어 주었다. …(중략)… 공이 뒤에 합포에 진무하러 나왔다가 불러서 옆에 두고는 날마다 거문고를 타게 하였다. 누각에 걸어 놓은 시들도 그 사실을 사용한 것들이 많다. 첫 번째 시가 바로 그 운이다."라고 하였다.[46]

시제의 「김해 연자루」 시에 차운하여 지었다는 말은 전술한 주열의 시를 의미한다. 전녹생의 시와 정몽주, 권근의 시 모두 운자가 하평성 8번째 경운庚韻이다. 위의 ①번 포은시를 보면 전녹생이 10년 만에 옥섬섬을 다시 만난 것을 무척이나 부러워하고 있다. 그래서 시인은 1구부터 "나에게는 어느 때나 반가운 이가 돌아올까"라고 쓰고 있다. 3-4구는 옥섬섬과 10년 만에 재회한 기쁨을 포은이 전녹생의 입장에서 쓴 것으로, 10년 만에 다시 만난 것이 사람만이 아니라 푸른 바다와 달까지도 포함하여 언급하고 있다는 점이 주목된다. 이 말은 전녹생과 옥섬섬, 그리고 그들을 비춘 그날 밤의 달빛과 바다가 어울려 아름다운 사랑의 낭만을 만들어냈음을 강조하고 있는 것이다.

②번 양촌시는 포은시와는 그 의경이 사뭇 다르다. 시의 1-2구는 김해 연자루에서 바라본 풍광이다. 연자루에 서면 멀리 바다와 하늘이 맞붙은 수평선까지 눈에 들어온다고 함으로써 탁 트인 조망과 아름다움을 강조하고 있다. 3-4구에서는 시적 화자의 시선이 옮겨져 연자루에 오른 나그네에게 초점이 맞춰진다. 시인은 나그네의 심정을 "서울 떠난 애틋한 정 견디기 어렵겠네"라고 하여 연자루의 나

---

46) 권근, 『양촌집』 권7, 「次金海燕子樓詩三韵」. "自注: 妓玉纖纖者善彈琴. 故宰相埜隱田公嘗倅雞林, 愛之贈一絶云. '海上仙山七點青, 琴中素月一輪明, 世間不有纖纖手, 誰肯能彈太古情.', 公後出鎮合浦, 呼置左右, 日使彈琴. 樓中題詠, 多用其事. 首篇卽其韵也."

그네가 매우 고독한 상태임을 말하고 있다. 여기에서 "나그네"는 물론 시인 자신을 의미한다. 위의 인용시가 『양촌집』안의 「남행록南行錄」에 수록되어 있고, 「남행록」이 1389년 유배를 당하여 1391년 고향으로 돌아올 때까지의 기록임을 감안하면, 위 시는 권근이 1390년 (공양왕 2) 4월 김해에 유배중이었을 때 지은 것이 확실하다. 아마도 이 시기에 권근은 김해 연자루에 종종 올랐던 것으로 보인다. 따라서 3 – 4구의 "나그네"는 곧 시인 자신이고, 서울을 떠나 멀리 남해 바다에까지 귀양을 온 자신을 "애틋한 정 견디기 어렵"다고 말한 것이다. 이와 동시에 "애틋한 정"은 30여년 전 같은 장소에서 아름다운 사랑을 나눴던 전녹생과 옥섬섬의 일화를 떠올리며 생긴 시인의 감회이자 추억을 의미하는 말로 보아도 좋다.

합포의 진영鎭營에 제하다

전일 이 땅에서 논 지 겨우 십 년인데	此地前遊僅十春
이제 또 이 곳에 올 줄 생각이나 했으랴	豈圖來鎭有今晨
저 벽 사이 못난 글자여 나를 아는가	壁間拙字知予否
일찍이 당시에 붓을 놀린 사람이다	曾是當年下筆人47)

시제의 합포는 지금의 경남 창원시 마산합포구를 의미한다. 전녹생은 옥섬섬과 처음 만난 뒤 10여 년 뒤인 1367년 합포로 진무鎭撫하러 나왔다가 그녀와 다시 재회한다. 당시 전녹생의 직책은 경상도 도순문사였고, 나이는 50세였다. 1 – 2구는 10년 만에 생각지도 않게 다시 합포로 오게 되었다는 시인의 감회이다. 3 – 4구는 10년 전에 옥섬섬과 달밤에 거문고를 들으며 시를 지어 벽에 써놓았는데, 이제 다시 그 시를 보니 감개가 무량하다는 의미이다. 여기서 벽에 써놓았다는 시는 앞에서 살펴본 「김해 기생 옥섬섬에게 주다(贈金海妓玉纖纖)」

---

47) 전녹생, 『야은일고』권1, 「題合浦營」.

일 가능성이 높지만, 옥섬섬을 처음 만났을 당시 혹시 이 시외에 다른 시도 지어서 주었을 가능성도 있다. 조선전기를 대표하는 문인 서거정徐居正은 그의 시화집 『동인시화東人詩話』에서 "공은 문장의 대가이면서 겸하여 군무軍務도 총괄했으니, 그 병기를 가로누이고 시를 읊은 기상이 시문의 자구字句나 다듬는 데 힘쓰고 감정이 메마른 자들이 지은 시에 나타나는 것과는 크게 다르다."[48] 하였다. 말하자면 전녹생의 시가 일반 문인들과는 다르게 시를 읊는 기상이 장대하여 마치 변새시와도 같은 풍모가 있다는 것으로 해석된다. 이는 물론 본고의 제2장에서 전술한 전녹생의 강하고 굳센 절개와 기질에 기인한 것이다. 시품詩品은 곧 시인의 인품人品이라는 중국시학의 오래된 명제[49]와 관련시켜 생각할 수도 있겠다. 다음에 살펴볼 시는 청주의 공북루에서 공민왕이 환도하는 길을 수행했던 여러 신하들이 권한공의 시에 차운했던 수편의 시들 가운데 하나이다.

공북루 응제

임금께서 이 누에 올라 바라보시던 날   一人登眺日
만물이 기뻐하며 우러러보던 처음일세   萬物喜瞻初
이 아름다운 광경 뉘 능히 읊을 수 있으리   美景誰能賦
거친 글 솜씨론 표현할 길이 없네   荒詞不用書
남면하신 옥안玉顏 가깝기도 하거니   面南顏甚邇
북쪽 향해 절하는 뜻은 헛되지 않겠지   拱北意無虛
눈길 닿는 곳마다 산수는 빼어났고   寓目山河秀
구름 안개가 또한 나를 반기네   雲烟亦媚予[50]

48) 서거정, 『동인시화』 권하. "兩公皆文章鉅手, 兼總戎兵, 其橫槊哦詩氣象, 大異於雕篆酸寒者之所爲也."
49) 원행패, 『중국시가예술연구』, 「자서」, 북경대출판부, 1986 참조.
50) 전녹생, 『야은일고』 권1, 「拱北樓應製」.

공북루는 충청북도 청주시 무심천 근처에 있었던 누각이다. 현재는 훼파되어 자취를 찾을 수 없다. 1362년 초에 공민왕은 홍건적에 의해 빼앗겼던 개경을 수복했다는 소식을 듣고 몽진해 있던 복주[안동]에서 환도할 것을 결심한다. 공민왕 일행은 2월에 복주를 떠나 8월에 청주에 도착한 뒤 수개월을 청주에서 보내게 된다.[51] 공민왕 일행이 다시 개경을 향하여 청주를 떠난 시점이 1363년 2월이니[52] 청주에 머무른 기간은 대략 6개월 남짓 된다. 그 기간 동안 공민왕은 청주에서 과거시험을 실시하고, 또 원나라에 사신을 파견하는 의식인 '배표拜表' 행사를 하는 등 청주는 왕이 체류하는 동안 임시 수도로서의 역할을 감당하였다. 당시 공북루에는 권한공權漢功(?—1349)이 지은 오언절구의 시가 걸려 있었다. 당시 상황을 좀 더 자세히 살펴보기 위해 다음 글을 보자.

때는 신축년(1361, 공민왕10) 임금의 수레가 복주福州[안동]로부터 상주尙州를 거쳐 청주에 머무르게 되었다. 임인년(1362) 가을 9월 19일에 임금이 여러 신하를 거느리고 교외에서 하정표賀正表에 배례拜禮하고, 이어 공북루에 납시어 일재一齋 권한공權漢功이 전에 지은 오언절구五言絶句를 보고서 곧 지신사知申事 원송수元松壽, 대언代言 이색李穡·성사달成士達에게 명하여 차운하여 지어 올리게 하였다. 이에 좌정승 홍양파洪陽坡[홍언박洪彦博], 이행촌李杏村[이암李嵒], 황회산黃檜山[황석기黃石奇] 및 여러 대부大夫와 유사儒士들이 모두 화답하는 시를 지어 올렸다. 문보文寶는 그때 마침 왕명을 받들고 서울에 가고 없었는데, 이 소식을 듣고 부러워하여 목을 빼고서 성대한 행사에 참여하지 못한 것을 한으로 여겼다.[53]

---

51) 『고려사절요』 권27, 「공민왕」2, <1362년, 8월 기사>. "을유일에 왕이 상주(尙州)를 떠나 임진일에 청주(淸州)에 이르렀다." 참조.

52) 『고려사절요』 권27, 「공민왕」2, <1363년, 2월 기사>. "2월 을해일에 청주를 떠났다." 참조.

53) 전녹생, 『야은일고』 권1, 「拱北樓應製」. "歲在辛丑, 宮駕遷自福而尙行駐淸州. 壬寅秋九月十九日, 上率群臣, 拜賀正表于郊, 因御州之拱北樓, 覽一齋權漢功舊題五言句, 郎命知申事元松壽, 代言李穡, 成士達次韻製進. 於是, 左政丞洪陽坡, 李杏村, 黃

위의 인용문은 『야은일고』·「공북루 응제」시에 달린 세주로 백문보白文寶가 쓴 것으로 되어있다. 내용을 요약해보면 1362년 9월 19일에 공민왕은 원나라로 보내는 하정표賀正表에 배례하고 공북루에 올라 호종扈從했던 원송수, 이색, 성사달 등의 신하들에게 현판에 걸려있던 시에 차운하게 하였다. 이에 그 자리에 있던 홍언박, 이암, 황석기 등 26명54)의 문사들이 참여하였고 전녹생의 위의 시도 그 가운데 하나였다. 백문보는 당시 왕명으로 서울에 갔기 때문에 그 자리에 있지 못했는데, 차운의 소식을 듣고 응제시에 차운한 시와 함께 응제시 서문까지 써서 보내게 되었다. 전녹생의 위 시를 살펴보면 전형적인 응제시의 성격을 띠고 있다. 1−2구는 임금이 공북루에 오른 날의 장관을 "만물이 기뻐하며 우러러" 보았다고 함으로써 공민왕의 덕을 칭송하고 있다. 아마도 홍건적에게 서울을 빼앗겼다가 다시 환도하는 과정이기에 신하된 자로서 벅찬 감정을 느꼈는지 모르겠다. 3−4구는 임금을 중심으로 수많은 신하들이 도열하여 함께 공북루에서 시를 짓는 장면을 그린 것이다. 이 역시 앞의 구와 마찬가지로 기쁨의 순간을 글로 표현하기에는 너무나 부족하다는 것이다.

5−6구는 배표의 의식을 묘사한 것으로 임금이 원으로 보내는 하정표에 배례한 것 자체가 전란을 극복하고 국가의 통치행위가 정상화되었음을 나타내는 것이라고 시인은 강조하고 있다. 특히 6구의 "북쪽 향해 절하는 뜻"은 중의적인 표현으로 원나라 황제에게 배례를 했다는 의미와 이 같은 의식을 치른 장소가 "공북루"라는 것을 동시에 말하고 있다. "공북拱北"이란 원래 『논어』·「위정爲政」에서 "정치를 덕으로 하는 것은, 비유하자면 북신北辰이 제자리에 있고 뭇별들이 그 둘레를 싸고 있는 것과 같다.[爲政以德, 譬如北辰, 居其所而眾星共

檜山曁諸大夫儒士皆和進. 文寶時適承命如京, 欲聞引頸, 自以不獲觀盛事爲恨."

54) 『신증동국여지승람』 권15, 「충청도·청주목」, "공북루" 조에 보면 당시 응제시를 썼던 시인들과 그들의 시가 소개되어 있는데, 모두 28명이다. 하지만 이 중 원래 현판에 걸려 있던 권한공과 신천은 전에 시를 써서 공북루에 시가 남아 있던 인물들이므로 실제로 당일 연회에 참석한 시인들은 모두 26명이 된다. 여기에 추후 시를 보내온 백문보의 시를 합하면 공북루 응제시는 총 29수가 된다.

之.]"라고 한 데서 따온 말로 보통 중국 황제에 대한 예를 지칭한다. 인용시에서는 배표의 의식과 행사를 치르는 공북루가 서로 맞아 떨어짐을 말하고 있는 것이다. 마지막 7-8구는 공북루를 둘러싼 주변의 풍광이 빼어나서 이날의 성대한 행사와 조화를 이루니 마치 자연조차도 함께 축하해주는 것 같다는 의미가 내포된 말이다. 물론 이 역시 응제시의 중요한 특징이자 전형이라고 할 수 있겠다.

화분의 소나무를 읊다

산중의 석 자 소나무가 예뻐	山中三尺歲寒姿
옮겨 와 분에 심으니 또한 하나의 특이함이네	移托盆心亦一奇
바람은 파도 소리를 베갯머리로 보내오고	風送濤聲來枕細
달은 성긴 그림자 당겨 창문 위에 지체시키네	月牽疎影上窓遲
가지가 자리 잡아 다시 자랄 힘 얻으면	枝盤更得栽培力
비와 이슬의 은택에 젖어 솔잎 빽빽이 나오리	葉密曾沾雨露私
후일에 동량이 될는지는 기필할 수 없지만	他日棟樑雖未必
초당에서 마주 보고 흉금 털어놓기 좋네	草堂相對好襟期[55]

위의 시는 현재 전하는 전녹생의 시 9수 중에서 유일한 영물시이다. 분재盆栽한 소나무를 읊은 것인데 일반적인 영물시에서 많이 보이는 우의寓意나 의인擬人의 기법은 보이지 않는다. 수련은 산속에 있던 소나무가 예뻐서 화분에 분재해 옮겨 심었다는 것인데, 고려시대에 이미 귀족이나 사대부 문인들 사이에 분재의 풍속이 있었음을 알 수 있다. 함련은 분재를 해놓은 방에 대한 외양 묘사로 표현이 매우 감각적이어서 시인의 시적 기교가 돋보이는 부분이다. 바람이 파도 소리를 베갯머리로 보냈다고 한 것으로 보아 시인이 거처하는 공간이 바닷가 근처임을 알 수 있다. 밝은 달빛이 환히 비치는 밤에 그림자

---

55) 전녹생, 『야은일고』 권1, 「詠盆松」.

는 오랫동안 창문에 아른거린다. 아마도 이 그림자는 시인이 새롭게 분재해 놓은 소나무 분재일 것이다. 바람이 파도 소리를 보내오고, 그림자가 창문 위에서 지체한다고 하여 시각과 청각을 아우른 감각적 시어들을 사용함으로써 매우 서정적인 의경을 만들어내고 있다. 경련과 미련은 분재한 소나무에 대한 시인의 바람이자 희망이다. 옮겨 심은 소나무의 가지가 자리를 잡고 힘을 얻으면 잘 자라서 장차 무성한 솔잎까지 기대해 볼 수 있다는 것이다. 영물시의 특징 가운데 하나인 대상물에 대한 시인의 감정 이입과 애정이 여기에서도 그대로 나타나고 있다. 마지막 미련의 "후일에 동량이 될는지는 기필할 수 없지만"은 기실 동량이 되기를 바란다는 의도가 내포되어 있는 말이다. 8구의 "마주 보고 흉금 털어놓기 좋"다는 것은 시인과 분재가 인격적인 관계를 형성했음을 보여준다. 적어도 시인에게 있어서만큼은 소나무는 그 누구보다도 좋은 친구라는 것이다. 위의 시는 분재한 소나무에 대한 섬세한 외양 묘사와 감각적인 표현이 돋보이는 수작이라 할 수 있겠다.

4. 결어

야은 전녹생은 고려후기를 대표하는 지식인들, 예컨대 이제현, 이색, 이집, 백문보, 정몽주, 권근 등과 광범위한 교유를 맺고 그들의 존경을 받았던 인물이다. 당대의 사대부들이 전녹생을 따랐던 가장 큰 이유는 그의 대쪽 같은 성품과 불의에 타협하지 않는 정신에 있었다. 그는 환로에 있었던 대부분의 기간에 간관諫官의 역할을 담당했고, 생의 마지막까지도 당대의 권신을 탄핵한 일에 연루되어 죽음을 맞이하였다. 그가 남긴 삶의 행적은 실천하는 사대부 지식인의 면모를 보여준 것이라 평가할 수 있으며, 또한 그의 각종 시문을 통해서도 사대부가 지향해야 할 지조와 절의의 정신을 살펴볼 수 있다. 따라서 전녹생의 절의 정신과 사대부로서의 지향을 고찰하면 14세기 정치, 학문, 문학 등 제 방면을 이끌었던 사대부 지식인을 좀 더 깊이 이해하는 방편이 될 수 있다.

그의 문집인 『야은일고』에는 모두 9수의 시가 실려 있는데, 명승지의 풍광을 읊은 것 5수, 특정 인물에게 주는 시 2수, 개인의 감회를 읊은 시 1수, 영물시 1수로 분류할 수 있다. 산문은 비답批答 1편, 소疏 2편, 계사啓辭 1편 등 총 4편이다. 시와 산문을 합해봐야 모두 13편에 불과해 양적으로는 다른 문인들에 비하여 매우 소략하다고 할 수 있다. 따라서 전녹생의 사상과 문학, 학문을 이해하기 위해서는 그의 시문뿐만 아니라 그와 교유하며 차운했던 시인들의 시, 그에 대해 언급된 각종 사서와 문집의 기록등도 모두 포함해서 살펴볼 수밖에 없다.

전녹생 시의 대체적인 특징을 살펴보면 사대부로서의 양심과 절의를 다짐하는 것, 목민관으로서 선정에 대한 다짐과 애민정신이 발현된 것, 귀거래에 대한 동경을 나타낸 것, 영물을 통해 시인의 심회를 감각적으로 나타낸 것, 사랑의 감정을 표현한 것 등으로 정리해 볼 수 있다. 전녹생의 산문 작품을 살펴보면, 비답은 「이색의 좌대언 사양에 대한 불윤의 비답[李穡辭免左代言不允批答]」이고, 계사는 전라도 안렴사로 있을 때 왜구 방어의 폐단을 간언한 것이며, 소 2편은 각각 염철별감鹽鐵別監의 파견 중지를 청한 것과 목인길睦仁吉의 파면을 청한 것이다. 이들 작품의 내용을 보면 알 수 있듯이, 4편 모두 간관 또는 국가의 중신으로서 나라를 염려하고 백성을 위하는 경세제민의 정신에서 나온 것이다. 이상을 통해 전녹생의 시문은 철저하게 사대부라는 그의 신분과 관련이 있음을 알 수 있다. 즉 전녹생은 삶의 구체적 행적에 있어서나 자신의 사상과 감정을 기록한 문학 작품을 통해서나 동일하게 시종 일관 사대부가 가져야 할 경세제민의 자세와 지조, 절개, 의리 등을 견지하였다. 당대 사대부 지식인들이 그와 교유를 맺고 존경했던 이유도 바로 여기에 있다. 이로 보면 전녹생은 고려후기 사대부의 전형을 보여준다고 말할 수 있겠다.

행촌杏村 이암李嵒 시의 작자 고증과 미적 특질

1. 문제제기

　행촌杏村　이암李嵒(1297－1364)은　14세기에　활동했던　문인이자 학자이다. 본관은 고성固城이고 충렬왕대忠烈王代에 판밀직사사判密直司 事를 역임했던 이존비李尊庇(1233－1287)의 손자이며 부친은 회양淮陽 과 김해부사金海府使를 역임하고 철원군鐵原君에 봉해진 이우李瑀이다. 이존비는 외숙인 백문절白文節에게 공부를 배웠고 1260년(원종 1) 등 제하였는데, 이때 시험을 주시한 이가 이장용李藏用과 유경柳璥이었다. 이장용과 유경은 모두 당대의 저명한 문인이자 정치가였기에 이들과 좌주－문생의 관계를 맺은 인연은 이존비의 일생에 중대한 전환점이 되었으며, 동시에 이존비－이우－이암으로 이어지는 철성이씨鐵城李 氏 가문이 고려후기 명문으로 도약하게 되는 중요한 계기가 되었다.[1] 백문절은 고려후기 성리학 수용과정에서 큰 역할을 하며 많은 제자를 배출했던 백이정白頤正의 부친이니, 백이정은 이존비와 외종간이며 행촌에게는 외종조外從祖가 된다. 백문절은 학문뿐만 아니라 문장에 도 능하였고, 그 밑에서 수학한 이존비는 문장과 글씨 모두에 능한 것으로 평가받았음을 보면,[2] 고려후기를 대표하는 명필로 알려진 이

---

1) 이에 대한 사항은 이익주,「행촌 이암의 생애와 정치활동」,『행촌 이암의 생애와 사상』, 일지사, 2002, 65－73면 참조.

2) 백문절에 대해서 『고려사』 기자는 "문장력이 풍부해 물이 콸콸 쏟아지듯 글을 써내려 갔기 때문에 당시 사람들로부터 추앙을 받았다. [文節, 文詞富贍, 下筆需然, 爲一時

암의 출중한 서예 실력은 그 선조들에게 물려받은 집안의 특징이라 할 만하다.

이암은 급암 민사평(1295-1359), 가정 이곡(1298-1351)과 비슷한 세대로 이들과 교유가 깊었다.[3] 이들의 우정은 다음 세대에서도 계속되어 이암의 아들인 평재平齋 이강李岡과 목은 이색은 막역한 사이였고, 인간적 교유와 주변 가문들과의 혼인을 통하여 여말선초의 지식인 사회를 구성하는 하나의 세력으로 성장해 나갔음을 볼 수 있다.[4] 이암은 1313년(충선왕 5) 과거에 합격하여 관직 생활을 시작하였는데, 이 때 지공거는 충선왕 대에 이제현과 함께 만권당에서 활약했던 저명한 문인 권한공이었다. 그의 관직생활은 비서성의 교감을 시작으로 도관정랑, 밀직대언을 맡는 등 비교적 평탄하였지만, 1332년 충숙왕이 복위하자 충혜왕의 사람이라 하여 유배를 가는 시련을 겪기도 하였다. 하지만 1340년 충혜왕이 다시 복위하자 곧 지신사, 성균대사성, 정당문학을 역임하며 중앙정계에서 크게 활약하였다. 충정왕 대에는 좌정승에 임명되었고 공민왕이 즉위하자 나이를 이유로 사직하고 춘천 청평산에 은거하였다. 하지만 곧 다시 공민왕의 부름을 받고 수문하시중에 제수되었다가 1361년(공민왕 10) 홍건적의 침입 때 왕이 안동으로 피난하자 호종하였고, 그 공으로 철성부원군에 봉해지게 되었다. 이와 같은 행적을 살펴보면 이암의 일생은 17세에

_____

所推.]"(『고려사』 권106, 「열전」 권19, <백문절>) 라고 기록하고 있다. 한편 이존비에 대해서는 "그(행촌)의 조부 李尊庇는 처음 이름이 李仁成으로 부친을 일찍 여의고 외숙인 白文節에게서 글을 배웠으며, 글을 잘 지었고 隷書에 뛰어났다. [祖尊庇, 初名仁成, 早孤, 學於其舅白文節. 善屬文, 工隷書.]"(『고려사』 권111, 「열전」 권24, <이암>) 라고 하여 이존비가 문학과 서예에 출중하였음을 소개하고 있다.

3) 이곡이 이암에게 준「寄李杏村」(『가정집』 권18)이라는 시를 통해 둘 사이의 교유관계를 짐작할 수 있다. 또한 급암 민사평은 이암과 사이가 매우 각별하였는데, 이는『급암시집』에 실린 행촌과 관계된 3수의 시를 통해 확인할 수 있다.

4) 가령 이암의 부인은 남양홍씨로 충렬왕 때 재상을 지낸 홍자번의 증손녀이고, 이암의 차남 숭은 청주이씨 및 파평윤씨와 결혼하였고, 그의 딸은 개국공신인 조준에게 시집을 갔다. 4남 강 역시 청주곽씨와 혼인하였으며, 또 강의 딸은 양촌 권근에게 시집을 갔고 거기에서 낳은 딸이 서미성에게 시집을 가서 낳은 아들이 조선초 문형을 잡은 서거정이니 이암 이후로 이 집안의 혼맥은 당대의 명문가와 복잡하게 얽혀져 있음을 알 수 있다.

과거에 합격한 후로 50여 년을 한결같이 관직에 머물며 나라의 중요한 일들을 담당했던 관료적 지식인이었다고 평가할 수 있겠다.

지금까지 이암 및 이원李原, 이주李胄 등 『철성연방집鐵城聯芳集』 소재 문인들의 문학연구는 이들의 생애, 교유관계, 시에 나타난 전반적인 특징 등을 중심으로 진행돼왔다.5) 본고에서는 그간의 연구 성과를 바탕으로 이암과 그 후손들의 시문을 엮어 편찬한 『철성연방집』에 실린 행촌시에 대한 작자 고증과 이암 시의 문학적인 특징을 살펴보고자 한다. 『철성연방집』에는 이암의 시로 모두 11수의 시가 전하고 있다. 문제는 이것들 중 상당수가 이암의 시가 아니라는 점이다. 정확히 말하자면 이 시들 중 4수만이 행촌의 작품이고, 나머지 7수는 모두 중국 시인들의 작품이거나 혹은 작자 미상이다. 현재 행촌의 문집이 전해지지 않는 상황에서 행촌에 대한 연구는 전적으로 후손들이 편찬한 『철성연방집』에 의존할 수밖에 없으며, 실제로 지금까지 많은 연구자들 역시 『철성연방집』에 기초하여 행촌에 대한 연구를 진행해왔다. 따라서 『철성연방집』 소재 행촌시에 대한 작자의

---

5) 기존에 보고된 이암의 문학 또는 서예 관련 연구로는 다음과 같은 것들이 있다. 정재철, 「행촌 이암 시의 연구」, 『한문학논집』 18집, 근역한문학회, 2000; 이성배, 「고려말 이암의 서예세계」, 『미술자료』 52집, 국립중앙박물관, 1994; 민덕식·이성배, 「이암의 생애와 서예」, 『강좌미술사』 6호, 한국미술사연구소, 1994; 손환일, 「고려말 조맹부체의 유입과 행촌 이암의 서체 연구」, 『한국사상과 문화』 4집, 한국사상문화학회, 1999; 한영우 외, 『행촌 이암의 생애와 사상』, 일지사, 2002; 이성배, 「고려말 이암의 서예와 송설체」, 『역사와담론』 49집, 호서사학회, 2008; 손환일, 『행촌 이암의 서예』, 서화미디어, 2013. 이상에서 알 수 있는 바와 같이 행촌에 대한 연구는 주로 서예와 관련된 것이 주를 이루고, 그의 문학을 다룬 것은 정재철의 논문이 유일한 것으로 보인다. 또한 한영우 등이 공저한 『행촌 이암의 생애와 사상』은 행촌 연구를 위한 좋은 지침서라고 할 수 있겠다. 그리고 손환일이 최근에 펴낸 『행촌 이암의 서예』는 서예가로서의 행촌의 면모와 그의 글씨를 감상할 수 있는 좋은 자료집이다. 다음으로 용헌 이원과 망헌 이주에 대한 논문은 아래와 같다. 정경주, 「망헌 이주 시의 풍격과 사화 전후의 변모양상」, 『고전문학연구』 7집, 한국고전문학회, 1992; 이상훈, 「망헌 이주의 시세계」, 『한문학연구』 8집, 계명한문학회, 1992; 강혜선, 「이주의 삶과 시세계」, 『한국한시작가연구』 3집, 한국한시학회, 1998; 이기동, 「용헌 이원의 철학사상」, 『동양철학연구』 33집, 동양철학연구회, 2003; 이병휴, 「조선초기 정국의 추이와 용헌 이원의 대응」, 『역사교육연구』 32집, 한국역사교육학회, 2004; 이정규, 「유배시를 통해 본 이주의 의식지향」, 『인문학연구』 34권, 충남대 인문과학연구소, 2007; 김보경·김성준·정현섭 역, 『재사당선생일집 망헌선생유고 용재선생유고 동계실기』, 점필재, 2014.

진위 문제는 매우 중요하고 심각한 것이며, 행촌문학에 대한 올바르고 심도 깊은 연구를 위해서는 이 문제를 반드시 짚고 넘어가야 한다고 생각한다. 이에 다른 자료들을 참고하여 『철성연방집』의 행촌시에 대한 작자 오류와 고증을 진행하고, 이를 바탕으로 행촌시의 전반적인 문학적 특징에 대해서도 살펴보고자 한다.

『철성연방집』에는 이암, 이강, 이원, 이륙李陸, 이주 등 5명의 문인들의 글이 실려 전한다. 그런데 이암의 후손인 나머지 네 분의 시문은 선조 이암의 시법과 상당 부분 닮아 있다. 따라서 『철성연방집』 소재 문인들의 연구를 위해서는 어느 한 개인의 시만이 아니라 이암과 그 후손들의 시를 종합적으로 살펴봐야 보다 심도 있고 타당한 연구가 진행될 수 있다고 본다. 특히 문학사에서 시인으로 이름이 있었던 이원, 이주의 연구는 선조인 이암을 비롯하여 다른 이들과의 비교를 통해 그 표현기법과 미의식을 살펴보는 것이 중요하다. 이러한 작업은 고성이씨固城李氏 가문 중 『철성연방집』에 실린 이암 후손 문인들의 문학적 특징과 교유 관계 및 사상적 지향점과 정치 행적 등 다양한 모습을 밝힐 수 있는 계기가 될 것으로 기대한다. 본고는 그 작업의 시작으로 우선 행촌 이암 시에 대한 고증과 문학성을 살펴보고자 하는 것이다.

2. 이암의 생애와 교유관계

이암은 17세에 과거 합격 후 중앙정계에 진출하여 당대의 저명한 많은 문인들과 교유를 가졌다. 그중에서도 특히 가정 이곡, 급암 민사평과 막역한 사이였다. 이는 아마도 13세기에 들어와서 새롭게 중앙정계에 진출했던 가문적 배경과 정치적 입지가 서로 비슷했고, 개인적인 기질이나 나이 등도 교유관계를 맺는 데 한 몫 했던 것으로 보인다. 이들 외에도 행촌과 가까웠던 인물로는 백문보, 이인복, 유숙, 전득량 등을 꼽을 수 있다. 행촌과 가까웠던 인물들의 면면을 보면 하나같이 강직한 성품에 청렴결백한 선비들이었다. 이는 행촌 자신의 성품 또한 그러했기 때문에 유유상종의 교유가 형성된 것이라 볼 수 있다. 먼저 행촌과 이곡과의 관계를 알 수 있는 다음 글을 보자.

> 지정至正 갑진년 5월 초 5일에, 추성수의 동덕찬화 익조공신 벽상삼한 삼중대광 철성부원군推誠守義同德贊化翊祚功臣壁上三韓三重大匡鐵城府院君 이공李公이 향년 68세로 병으로 인하여 자택에서 세상을 마치니, 태상太常에서 시호를 문정文貞으로 내리고, 소관 관아에서는 장례식에 따른 설비의 제공을 법전에서 정한 대로 하였으며, 6월 초 9일에 대덕산大德山에 있는 부인 홍씨洪氏의 묘역 속에 함께 묻었다. 다음해에 임금이 공을 생각하고 친히 화공畫工에게 명하여, 공의 모습을 비슷하게 그리고 술을 내려 제사지내게 하니, 막내아들 강岡이 감격하여 눈물을 흘리면서 사례하고, 물러와서는 나에게 명銘을 청하기를, "묘지명을 일찍 짓지 않은 것은 때를 기다린 것이었는데, 이제는 명을 지어야겠다." 하였다. 나는 강과 친밀한 벗이기 때문에 공을 아버지같이 섬겼으니 아, 어찌 차마 명을 지을 수 있겠는가.[6]

이 글은 이색이 쓴 이암의 묘지명이다. 위 인용문에서 "강"은 이암의 아들인 평재 이강을 가리킨다. 목은은 이강과 친밀한 벗이었고, 행촌을 아버지같이 섬겼다고 말하고 있다. 심지어 아버지 같은 분이 돌아가셨으니 어떻게 차마 손수 명을 지을 수 있겠느냐고 탄식한다. 이를 통해 볼 때 목은은 평소 친한 벗이었던 이강의 아버지를 극진히 섬기고 있었음을 알 수 있다. 사실 목은에게 있어서 행촌은 단지 친구의 아버지 정도가 아니라 존경하고 따랐던 스승이었다. 목은은 「장

---

6) 이색, 『목은고』 권17, 「鐵城府院君李文貞公墓誌銘幷序」. "至正甲辰五月初五日, 推誠守義同德贊化翊祚功臣, 壁上三韓三重大匡, 鐵城府院君李公年六十八以病卒于第, 大常諡文貞, 有司供葬事如典故, 六月初九日, 窆大德山夫人洪氏域中. 明年上思公, 親命工畫其形, 旣肖, 錫朋酒以祭, 季子岡泣謝, 退徵穡銘曰, 銘之不蚤若有待, 今可銘矣, 穡以岡故父事公, 嗚呼, 忍銘諸."

성현 백암사 쌍계루기」라는 글의 말미에서 "나는 일찍이 행촌杏村 이암李嵒 시중공侍中公을 스승으로 모시면서 자질子姪들과 어울려 놀았는데, 스님은 바로 그 계씨季氏이다. 그래서 내가 그 부탁을 거절하기가 어렵기에, 절간絶磵의 말에 따라서 쌍계루雙溪樓라고 명명하고 기문을 짓게 되었다."[7]라고 하여 「쌍계루기」를 짓게 된 동기를 밝히고 있는데, 여기에서 주목할 표현은 "행촌 이암 시중공을 스승으로 모셨다"라는 부분이다. 물론 여기에서 말하는 스승이라는 표현은 목은이 어려서부터 가까이서 모시고 학문을 배운 사람이라거나 또는 과거 급제할 때의 지공거를 의미하는 것은 아니다.[8] 학계의 큰 스승으로 존경하고 사숙했다는 의미 정도로 해석하는 것이 적당할 듯하다. 그렇지만 목은이 행촌을 평소에 존경하고 스승처럼 생각했다는 점은 분명해 보인다. 사실 목은이 행촌을 스승으로 모시게 된 것은 부친인 가정 이곡의 영향이 컸다. 이곡과 이암은 우선 나이가 한 살 차이로 비슷하고, 본인 대에 와서 중앙정계에 본격적인 진출을 했다는 가문적 배경 역시 유사하였다. 그래서인지 가정과 행촌은 다른 누구보다도 서로를 이해하는 친구로 가까워졌으며, 이들의 우정은 전술한 바와 같이 그 아들 대에까지 계속되었다. 이곡이 지은 다음 시를 보자.

이 행촌에게 주다

까마귀 머리가 하얗게 될 수는 있을지라도	烏頭容可白
속안을 어찌 끝내 푸르게 할 수 있으리요	俗眼豈終青
멀리서도 부럽다네 밝은 창 아래에서	遙羨明窓下
향 피우고 불경을 베끼는 그대의 모습	焚香寫佛經[9]

---

7) 이색, 『牧隱藁』 권3, 「長城縣白巖寺雙溪樓記」. "予嘗師事杏村侍中公, 與子姪遊, 師其季也, 重違其請, 用絶磵言名之曰雙溪樓."

8) 목은은 14세에 金光載가 主試한 成均試에 합격하고, 또 원나라 국자감 생원이 된 후 26세에 귀국하여 응시한 과거에 합격하였는데, 이때의 주시관은 익재 이제현이었으니 목은에게 지공거는 이제현과 김광재라고 할 수 있겠다.

9) 이곡, 『가정집』 권18, 「寄李杏村」.

이 시는 가정이 행촌의 모습을 떠올리며 쓴 것이다. 1구는 전국시대 연燕나라 태자 단丹의 고사로, 까마귀 머리가 흰 머리로 변하는 기적이 일어날 수는 있지만, 속안俗眼이 결코 청안靑眼이 될 수는 없다. 여기서 속안은 세속적인 삶에 물들어 있는 것을 의미하고, 청안은 세속의 부귀 영화와 거리를 둔 채 살아가는 무욕의 자유로운 삶의 자세를 말한다. 이것은 세속의 부귀 영화에 한 번 맛들이면 빠져나오기가 그만큼 힘들다는 것을 말하고자 한 것이다. 이 시의 주인공인 행촌은 세속적인 부와 명예를 내려놓고 조용히 서재에 앉아 향불을 피우며 불경을 읽고 쓰고 있다. 이것은 일반적으로는 세속의 영예를 누린 사람이 하기 힘든 일이다. 이 시가 정확히 언제 지어졌는지 알 수는 없지만, 내용으로 보아 공민왕 즉위 이후 행촌이 벼슬을 버리고 청평산에 은거할 때의 작품일 가능성이 크다. 시인은 행촌의 이 같은 처신을 높게 평가하며 한편으로는 부러워하고 있는 것이다. 이로 보아 가정과 행촌은 서로를 이해하고 존경하였던 외우畏友 사이였음을 짐작할 수 있다. 다음 글을 통해서도 행촌의 이와 같은 성품을 짐작할 수 있다.

공은 관청에서 공무를 처리할 적에는 부지런하고 성실한 자세로 법도를 준수하면서 털끝만큼이라도 사정을 봐주는 일이 있지 않았고, 집에서 지낼 적에는 살림살이를 전혀 묻지 않은 채 오로지 도서圖書로 시간을 보내면서 담담하게 혼자 즐길 뿐이었다. 그리고 선원사禪源寺의 식영息影 노인과 방외方外의 우정을 나누면서, 사원 경내에다 집을 짓고 해운海雲이라는 편액을 내건 뒤에 조각배를 타고서 왕래하곤 하였는데, 한번 가면 번번이 돌아올 줄을 몰랐다. 그 고아高雅한 흥치가 대개 이와 같았으며, 행촌杏村은 바로 공의 자호自號였다.
공이 일찍이 『서경書經』 「태갑편太甲篇」을 손수 써서 상에게 올리면서, 아들인 강岡에게 이르기를 "너는 이 일을 기억해 두도록 하라. 내가 이미 늙어서 맡은 관직도 없고 말씀을 올려야 할 책임도 없지만, 임금님의 마음을 바로잡아야 할 의무가 있기 때문에 이렇게 하는 것이다." 하

였다. 공은 비서秘書에서 출발해서 재상의 지위에 이를 때까지 꼭 전선
銓選에 참여하곤 하였는데, 관직을 주고 뺏을 적에 조금도 사정私情을 개
입시키지 않았으므로 종신토록 원망하는 말을 듣는 일이 없었다. 그리
고 전후前後의 문생들 중에서도 현달한 관원과 저명한 인사가 많이 배
출되었고, 여러 자제들이 모두 공을 수립하였으니, 아, 이를 통해서도
하늘이 선인善人에게 보답해 준다는 사실을 증험할 수 있다 하겠다.10)

위 인용문은 목은 이색이 쓴 행촌의 묘지명 중 일부이다. 앞부분
은 행촌이 공무를 처리함에 있어서 성실하면서도 공명정대하였고, 집
안의 살림살이와 경제에는 관심이 없었음을 말하고 있다. 선원사禪源
寺의 식영息影 노인은 고려후기에 승려로 문명文名이 있었던 식영암息
影菴을 가리킨다. 식영암은 당대의 저명한 문인들, 예컨대 이제현, 민
사평등과도 각별한 사이였는데, 사원의 경내에 집을 짓고 왕래하였다
는 위 인용문을 통해 행촌이 식영암과도 매우 두터운 교유를 나눴음
을 알 수 있다.11) 인용문의 후반부는 특히 행촌의 관직생활 중에서도
임금에게 직언을 하는 것과 인선人選의 공정함에 대해 강조하고 있는
대목이다. 행촌의 환로 경력에서 간관의 직은 매우 중요한 이력이다.
왜냐하면 간관직의 경력을 통해 관직에 임하는 행촌의 태도와 성품을

---

10) 이색, 『목은고』 권17, 「鐵城府院君李文貞公墓誌銘幷序」. "公於官勤謹守繩墨, 無一
毫假貸, 於家不問有無費, 圖書自娛, 淡如也. 與禪源息影老人爲方外友, 築堂寺中,
扁曰海雲, 扁舟往還, 至輒忘歸, 蓋其雅量如此. 杏村其自號也. 嘗手寫太甲篇以獻,
語其子岡曰, 汝志之, 吾旣老矣, 無官守, 無言責, 當以格君心爲務爾. 公自祕書以至
宰相, 必與銓選, 予奪不少私, 故終身無怨言. 前後門生, 多達官聞人, 諸子皆有所樹
立, 嗚呼, 天之報施善人, 其有徵哉."

11) 급암 민사평이 쓴 시에 다음과 같은 것이 있다. 「어제 행촌과 선방에서 어울렸는데 그
가 요사이 지은 게송 한 수를 보여 주자 식영암 대화상이 여기에 화답했다. 이 노인이
오래도록 시를 짓지 않다가 이 작품을 보고 자기도 모르게 신조를 어긴 것이니 어찌
매우 즐거워한 것이 아니랴. 내가 요사이 다소 이 법에 마음을 두고 있지만 공부해야 할
곳을 알지 못하였다. 이에 화운하여 화상께 바치노니 지도해 주시기 바란다(昨諸杏村禪
室蒙示近所作伽它一首息影菴大和尙和之矣此老久不作詩見此不覺破戒豈深肯之邪予
近稍留心此法但未知用功夫處妓用賡韻錄呈左右幸乞指南)」(『급암시집』 권4 수록) 급
암의 이 시를 통해서도 급암, 행촌, 식영암이 자주 만나 친교를 나눴음을 알 수 있다.

잘 알 수 있기 때문이다. 고려시대부터 조선조에 이르기까지 간관직은 대체로 성격이 강직하고 곧은 사람이 주로 맡았던 것이 상례였다. 행촌 역시 대쪽같은 성격에 임금에게도 직언을 마다하지 않는 강직함을 가지고 있었다. 위의 인용문에서 "임금님의 마음을 바로잡아야 할 의무가 있기 때문에 이렇게 하는 것이다"라는 표현이 이를 말해준다. 이 같은 강직함과 공명정대한 성품은 많은 사람들에게 칭송을 받았던 것으로 보인다. 이색은 이를 "종신토록 원망하는 말을 듣는 일이 없었다"라고 요약하고 있다. 실제로 충혜왕의 측근으로 알려진 이암은 충혜왕 사후에 충혜왕과 가까웠던 주변 인물들이 모두 처벌받거나 좌천될 때에도 거의 유일하게 정치적으로 살아남았는데, 이는 평소 행촌의 성품과 처신에 기인한 측면이 크다고 할 수 있다.[12]

이곡뿐만이 아니라 급암 민사평도 이암과 가까운 인물이었다. 급암은 이제현, 최해와 교유가 두터웠고 충혜왕, 충숙왕 등 주로 14세기 전반기에 활동한 문인으로 문학사에서는 소악부의 저자로 잘 알려져 있다. 다음 시를 보자.

행촌 서실의 매화

봄 내내 몹시 취해 지는 꽃 사이로 다니면서	一春泥酒走芳埃
비를 보며 매화를 맞이하고 또 매화를 보냈다네	見雨迎梅又送梅
순결한 바탕은 하늘이 부여한 바라 모두 좋아하거니와	素質共怜天所賦
붉은 얼굴인들 어찌 스스로 매파 노릇을 하리오	紅顔豈是自爲媒
분신인 육방옹은 취하고	分身陸放詩翁醉
흥을 탄 임포 처사가 오도다	乘興林逋處士來
청평산에 은거한 군자에게 알리노니	爲報淸平隱君子
꽃을 마주하여 술 마시지 않으면 꽃도 싫어하리라	對花不飮也應猜[13]

---

12) 이익주, 「행촌 이암의 생애와 정치활동」, 『행촌 이암의 생애와 사상』, 일지사, 2002, 129–130면 참조.
13) 민사평, 『급암시집』 권3, 「杏村書室梅花」.

인용시는 급암이 행촌에게 준 것으로 시제의 "행촌서실"은 이암이 공민왕 즉위 후 모든 관직을 사직하고 춘천 청평산에 은거했을 때 기거하던 집을 가리킨다. 매화가 피고 졌다는 것으로 보아 시를 쓴 시기는 봄철이다. 1−2구는 상당히 서정적인 어투로 봄이 시작할 때부터 끝날 때까지 술에 취하고, 또 꽃에 취했던 시인의 모습을 그리고 있다. 경련의 육방옹은 송의 시인 육유陸游이니 여기에서는 시인 자신을 가리키고, 홍을 탄 임포 처사는 행촌을 지칭한다. 아마도 행촌이 급암을 방문하여 오랜만에 두 사람이 서로 마주하며 회포를 풀었던 것 같다. 미련의 "청평산에 은거한 군자"는 이암을 말하는 것으로 술을 사양하지 말고 마음껏 마시라고 권주勸酒하는 장면이다. 인용시를 통해 급암과 행촌이 막역한 사이였음을 충분히 알 수 있다. 사실 급암은 행촌뿐만이 아니라 행촌의 동생인 도촌桃村 이교李嶠와도 각별하여 이교가 급암의 집을 방문하자 그와 술을 대하며 시를 써줄 정도였다. 그 시 중에 "행촌의 아우가 도촌이니/ 나를 형으로 섬겨한 집안과 다름이 없네(杏村之弟是桃村, 事我爲兄似一門)"라는 구절이 보이는바,[14] 급암은 한 집안이라고까지 언급하며 이암과의 친분을 표현하고 있다. 다음에 살펴볼 시는 행촌의 죽음을 추모하며 쓴 만시인데, 만시의 특성상 망자와의 교유가 두터운 친우들이 주로 쓰는 것을 생각하면 이 시들을 통해 행촌의 교유관계를 유추해 볼 수 있다.[15]

---

[14] 시제는 「도촌 학사가 찾아왔는데 취중에 말로 표현할 수 없는 기쁨이 있어(桃村學士見訪醉中其喜有不言之處)」이다. (『급암시집』 권2 수록)

[15] 현재 찾을 수 있는 행촌 관련 만시로는 이인복, 백문보, 유숙, 전득량 등 4인이 쓴 시가 있다.

행촌 이시중 만장

뜻을 가지기는 충과 효를 겸하였고	秉志忠兼孝
몸을 가지는 데에는 고난을 평탄할 때와 같이 여겼네	持身險若夷
근래에 바야흐로 너무나 기쁜 일이 있었는데	邇來方折屐
누가 알았으리요 갑자기 돌아가시게 될 줄을	誰謂忽乘箕
재상으로서의 명성은 멀리 사라지고	黃閣風聲遠
난정의 묵적만이 남았구나	蘭亭墨跡遺
말을 머금고 다시 눈물을 흘리는 것은	含言更流涕
비단 내 사사로운 정 때문만은 아니라네	非獨爲吾私16)

　　인용시는 행촌의 죽음을 두고 이인복李仁復(1308－1374)이 쓴 일
종의 만시挽詩이다. 이인복은 호가 초은樵隱이며 이조년李兆年의 손자
로 우왕 대의 권신 이인임李仁任의 친형이기도 하다. 그는 백이정白頤
正에게서 성리학을 수학하였으며 일찍이 원나라 제과制科에 합격할
정도로 학문에 뛰어났고, 이인임과는 달리 정치가로서보다는 학자로
이름이 있었다. 수련은 행촌의 삶의 자세를 요약한 것으로 유자의 기
본 덕목인 충과 효를 겸한 데다 처신함에 있어서는 고난의 때에도 평
탄할 때와 같이 하였다는 것이다. 함련은 이암의 조카 순珣이 전쟁에
서 이기고 돌아오는 경사가 있자마자 갑자기 세상을 떠나게 된 안타
까움을 말하고 있다. 경련은 죽음 앞에서 세상에서의 온갖 명성은 모
두 부질없음을 이야기하고 있다. 아무리 높은 관직과 뛰어난 문명文名
이 있었다고 하더라도 죽고 난 후에 그 명성과 명예는 멀리 사라져
갈 뿐이다. 6구의 "난정의 묵적만이 남았구나"라는 말은 행촌의 글씨
를 왕희지의 명필에 비기며 행촌은 죽었지만 그가 남긴 글씨는 영원
할 것이라는 칭송이다. 이를 통해서도 당시에 행촌이 고려 제일의 명

---

16) 李仁復, 『동문선』 권10, 「杏村李侍中嵓挽章」.

필가로 얼마나 이름이 있었는지를 짐작할 수 있다. 마지막 미련은 행촌의 죽음 앞에 눈물 흘리며 안타까운 심정을 피력한 것이다. 이인복은 강직하여 절개가 있었고 어눌하다고 할 정도로 말을 아끼고 함부로 하지 않았음을 볼 때,[17] 인용시의 표현은 망자에 대한 진심과 존경이 담긴 말로 여겨지며 행촌과의 교유의 폭이 깊었음을 알 수 있다.

이인복 외에도 백문보白文寶, 유숙柳淑, 전득량田得良 등이 이암에 대한 만시를 지었는데,[18] 이들 역시 모두가 행촌과 매우 가까운 사이였다. 특히 백문보는 행촌을 통해 공민왕 때의 왕사王師였던 나옹화상懶翁和尙을 소개 받고 나옹화상의 어록에 서문까지 쓰게 되었는데,[19] 이를 통해 행촌이 백문보뿐만 아니라 나옹과도 친분이 있었음을 알 수 있다. 이들 외에 행촌과 직·간접적인 교유가 있었던 인물로는 야은冶隱 길재吉再, 한방신韓方信, 야은壄隱 전녹생田祿生, 쌍매당雙梅堂 이첨李詹, 회산檜山 황석기黃石奇 등을 꼽을 수 있다.[20] 이들도 앞에서

---

17) 『고려사』 권112, 「열전」 권25, <이인복>. "仁復, 剛直有守, 聞人善, 雖小必喜. 一事失當, 必怒形于色, 然不發於口. 人謂口吃." 참조.

18) 참고로 백문보가 지은 시의 제목은 「행촌 이시중 암의 만사[挽杏村李侍中嵒]」(『담암일집』 권1)이며, 유숙은 「시중 이암을 곡하다[哭李侍中嵒黃檜山韻]」이고, 전득량은 「시중 행촌 이암을 곡하다[哭杏村李侍中嵒]」이다. 유숙과 전득량의 시는 개인 문집이 不傳하는 관계로 모두 『동문선』에 실려 전한다. 시의 형식으로는 앞에서 살펴본 이인복과 백문보의 시가 오언율시이고, 유숙과 전득량의 작품은 칠언율시이다.

19) 백문보의 문집인 『담암일집』(권2 수록)에 「나옹어록」에 대한 서문인 「懶翁語錄序」가 있는데, 여기에 "杏村 李嵒이 나에게 懶翁의 어록을 보여 주며 말하기를…(하략)…"이라는 구절이 보인다.

20) 길재는 「與杏村李嵒」(『冶隱集』 권상)을 통해 행촌의 고집스럽고 강직한 성풍을 기리고 있고, 한방신은 행촌의 아들인 평재 이강을 곡하는 시 「문경공 평재 이강을 곡하다[哭平齋李文敬公岡]」(『동문선』 권10)에서 "내가 행촌의 문하에서 나왔으므로/ 자네를 형제같이 여겼었지(我出杏村門/視君如弟昆)"라고 하여 본인이 행촌의 제자임을 분명히 밝히고 있다. 또한 이첨이 쓴 「文簡公墓碑陰記」(『雙梅堂先生篋藏文集』 권25)를 보면 본인의 백부와 安宗源(謹齋 安軸의 아들)이 행촌의 문하생이었음을 밝히고 있다. 전녹생은 고려조에서 존경할만한 인물들을 모아 「尊慕錄」(『壄隱先生逸稿』 권6)을 썼는데, 여기에 이암을 실어놓았다. 또한 행촌의 아들 평재 이강이 남긴 글씨인 친필 유묵에 「입추 전 어느 날 전녹생과 함께 잠을 자면서[立秋前一日與田郎中祿生同宿]」라는 시가 있으니, 이를 통해 전녹생이 이강과 친구처럼 지냈고 이강의 부친인 행촌도 평소 존경하며 따랐음을 알 수 있다. 이상으로 한방신과 길재는 물론이고, 이첨이나 전녹생도 행촌과 직·간접적인 교유가 있었음을 짐작할 수 있다.

살펴본 인물들과 마찬가지로 대체로 공민왕대 이후에 중앙정계에 진출했던 신진사대부들이다. 한방신은 행촌의 직계 제자이고 이첨은 목은 이색의 문하생인데, 앞에서 살펴본 목은과 행촌과의 관계를 생각해보면 목은과 친분을 맺은 인사들 중에 상당수가 행촌과도 교유를 맺었던 것으로 짐작된다. 황석기는 청주 공북루에서 공민왕을 모시고 여러 신하들이 시를 지을 때 함께 있었던 인물인데, 시와 글씨에도 뛰어나 행촌과 비슷한 성향을 가지고 있었기에 둘 사이에 교유가 있었던 것으로 보인다. 지금까지 살펴보았듯이 행촌과 깊은 교유를 나눴던 인물들은 대체로 성리학적 소양을 기본으로 하여 14세기에 들어와 중앙으로 새롭게 진출한 사대부들이 주를 이루고 있고, 기타 식영암이나 나옹화상과 같은 승려들도 있었음을 알 수 있다. 물론 이같은 현상은 고려후기 일반적인 사대부들의 교유관계의 폭이나 범위와 궤를 같이하는 것이라 할 수 있겠다.

3. 『철성연방집』 소재 행촌시의 작자 고증과 그 문학적 특징

행촌시의 문학적 특징과 문학사적 위상을 언급하기에는 어려움이 있다. 일단 개인 문집이 부전不傳할 뿐만 아니라 전하는 작품 수도 많지 않다는 점이 가장 큰 이유다. 더 큰 문제는 행촌의 작품들이 실려 전하는 유일한 문집인 『철성연방집』에 행촌시로 소개된 상당수가 사실은 다른 이의 작품이라는 점이다. 현재 『철성연방집』에서는 행촌의 시로 모두 11수를 실어 놓고 있다.[21] 이를 정리해 보면 다음과 같다.

---

21) 행촌시의 작품 수에 대해서 정재철 교수는 「행촌 이암 시의 연구」(『한문학논집』 18집, 근역한문학회, 2000)에서 모두 9수라고 하였고, 행촌의 시를 모아놓은 『철성연방집』(고성이씨용헌공파종중, 2008)에는 총 11수의 시를 행촌시로 소개하고 있다.

❖ 『철성연방집』 소재 행촌시 일람표

일련번호	작품 제목	형식	출전
(1)	應製	칠언절구	동문선
(2)	寄息影菴禪老	칠언절구	동문선
(3)	拱北樓應製詩22)	오언율시	신증동국여지승람
(4)	元巖讌集唱和詩23)	칠언절구	신증동국여지승람
(5)	渡江	오언율시	행촌실기습유
(6)	春雨	오언율시	행촌실기습유
(7)	奉賀壽春君之子登第	칠언절구	해동명적
(8)	草堂	오언율시	해동명적
(9)	聞琴	오언율시	해동명적
(10)	過密州次韻趙明叔喬禹功	칠언율시	해동명적
(11)	觀易	칠언절구	행촌실기습유

　　『철성연방집』에는 앞의 (1)에서 (4)까지를 『행촌선생일고』로, 나머지 (5)부터 (11)까지를 『행촌실기습유』로 분류하여 행촌시로 규정하였다. 하지만 결론적으로 말하면 (1)부터 (4)까지만이 행촌의 작품이고, 나머지 7수는 모두 다른 이의 작품들이다. 좀 더 구체적으로 살펴보면 (5)의 "渡江"과 (6)의 "春雨"는 송나라의 시인 진여의陳與義(1090-1139)24)의 작품이고, (8)의 "草堂"과 (9)의 "聞琴"은 당나라 때의 시인 제기齊己25)의 작품으로 원제는 각각 「夏日草堂作」과 「秋夜聽業上人彈琴」이며,26) (10)의 "過密州次韻趙明叔喬禹功"은 송나

---

22) 원 출전인 『신증동국여지승람』에는 제목 없이 '청주목·공북루' 항목에 시가 소개되어 있지만, 당시 시를 함께 지은 이들 중 문집이 남아있는 사람, 예를 들어 야은 전녹생의 『야은일고』 같은 문집에 '공북루응제시'로 제목이 달려 있기에 본고에서는 이를 취한다.

23) 이 시 역시 원 출전인 『신증동국여지승람』「보은현·원암역」 항목에는 제목 없이 시만 소개되어 있지만, 당시에 시를 짓게 된 상황을 자세히 기술한 목은 이색의 「元巖讌集唱和詩序」(『목은집』 권9)에 의거하여 본고에서는 시의 제목을 '元巖讌集唱和詩'라고 규정하겠다.

24) 南宋 洛陽人으로 자는 去非, 호는 簡齋다. 비탄과 恨別을 비장하게 그린 것으로 유명하며 특히 문학사에서는 '江西詩派'의 한 사람으로 꼽는다. 저서에 『簡齋集』16권이 전한다. 위의 두 편의 시 「도강」과 「춘우」는 각각 『簡齋集』 권10과 『簡齋集』 권9에 실려 있으며, 『철성연방집』에 실린 시들과 제목을 비롯하여 글자의 출입은 전혀 없다.

25) 晩唐의 유명한 詩僧으로 시에 뛰어났다. 그의 시는 '淸淡'한 품격으로 알려졌으며 저서로 『玄機分別要覽』과 시비평집인 『詩格』, 그리고 후세 사람이 그의 시들을 모아 편찬한 『白蓮集』이 전해진다.

26) 詩題만 『철성연방집』의 시와 약간의 차이만 있을 뿐이지 본문의 글자 출입은 전혀 없

라의 대표적인 시인 소식蘇軾의 작품이고,[27] (11)의 "觀易"은 송나라의 시인 육유陸游(1125－1210)[28]의 작품으로 원제는 「排悶」이다.[29] 마지막으로 (7)의 "奉賀壽春君之子登第"는 행촌과 동시대의 어떤 인물의 작품으로 보이는데, 정확한 작가는 찾을 수 없다.[30] 시제의 '수춘군'은 고려후기의 문신 이수산李壽山(?－1376)으로 1374년 공민왕이 시해되었을 때 우왕을 즉위시키려는 권신 이인임의 의견에 그 부당성을 지적하고 종친 가운데에서 후계자를 뽑자고 주장했던 인물이다. 앞에서 언급했던 목은 이색이 원암의 연회에서 왕을 따라 수창했던 당시의 상황을 쓴 「元巖讌集唱和詩序」에 등장하는 신하들 중의 하나이다. 당시의 모임에 행촌도 함께 있었기 때문에 여러 가지 정황상 수춘군은 행촌과 가까운 인물로 보이며, 위의 시 역시 당시 연회에 참여했던 어떤 인물에 의해 지어졌을 가능성이 높아 보인다.

지금까지 살펴본 것처럼 『철성연방집』에 행촌의 작품으로 실린 시들 중 7수는 모두 중국 또는 한국의 다른 시인들의 작품임이 판명되었다. 그렇다면 위의 7수의 작품들이 무슨 이유로 『철성연방집』에서 행촌의 작품으로 기록되었는가를 따져볼 필요가 있다. 이 작품들

다. 「夏日草堂作」은 『白蓮集』 권1에, 「秋夜聽業上人彈琴」은 『白蓮集』 권4에 각각 실려 있다.

27) 이 작품은 소식의 문집인 『동파전집』 권15에 같은 제목으로 실려 있다.

28) 자는 務觀, 호는 放翁으로 만 수에 가까운 다작의 시인으로 유명하며, 문집으로 『劍南詩稿』가 전해진다.

29) 해당시는 『劍南詩稿』 권28에 「排悶」이라는 제목으로 실려 있다. 이 시는 연작시 여섯 수로 되어 있으며 인용시는 그중 6번째 작품이다. 육유의 원시와 『철성연방집』에 실린 시를 비교해보면, 원 문집 제1구의 "風霜九月冷颼颼"가 『철성연방집』에는 "風霜九月冷颼颼"로 되어 있고, 3구의 "親見伏羲初畫卦"가 『철성연방집』에는 "親見伏羲欲畫卦"로 되어 있어 약간의 글자의 출입이 있다.

30) 「奉賀壽春君之子登第」 시에 대해 하강진 교수는 행촌의 작품으로 볼 수도 있지 않겠느냐는 의견을 제시해 주었다. 하지만 현재 간행되어 있는 『국역 철성연방집』에 실린 행촌시의 작자 고증에 심각한 문제점이 제기된 상황에서, 정확한 작자를 파악할 수 없는 작품은 일단 작자 미상으로 두는 것이 옳다고 본다. 따라서 본고에서는 『동문선』이나 『신증동국여지승람』에 행촌의 작품으로 정확히 명기된 작품만을 행촌의 작품으로 인정하고 위의 시에 대해서는 작자 미상으로 처리하고자 한다. 지면을 빌어 2015년 8월에 있었던 동양한문학회 하계학술대회에서 본 논문의 토론을 맡아 좋은 질의를 해주신 하강진 교수께 감사를 표한다.

의 공통점이 조선중기의 문인 신공제申公濟(1469-1536)가 역대 명가들의 글씨를 석각石刻한 뒤 탁본하여 엮어 만든 『해동명적海東名蹟』에 행촌의 글씨로 남겨있는 것을 고려하고, 또한 『철성연방집』에 행촌의 시가 첨부된 것이 1804년 후손 의수宜秀에 의해 발간된 중간본부터임을 참작한다면,[31] 행촌이 서예로 쓰기 좋은 중국의 명시들을 모아 글씨로 남긴 것을, 중간본을 저본으로 하여 『국역 철성연방집』을 편찬한 후인들이 행촌시를 수습하는 과정에서 행촌의 시로 실어 놓았을 가능성이 가장 높아 보인다.[32] 한 가지 흥미로운 점은 선정된 중국 시인들의 면모를 보면 진여의나 육유, 소동파, 그리고 당나라의 제기까지 모두 자연친화적인 서정시의 대가들이라는 점이다. 행촌이 글씨를 쓰기 위해 선정한 시 작품들 역시 마찬가지로 자연을 배경으로 매우 감각적이고 서정성이 뛰어난 것들이 주를 이룬다.

　『철성연방집』에 실린 시 중 행촌의 것으로 확실한 작품은 4수이므로 이를 가지고 행촌시의 문학적 특징과 의미를 파악하기에는 자료적 한계가 분명 존재한다. 하지만 비록 작품 수가 적기는 하더라도 지금 전하는 작품을 꼼꼼하게 따져보고 기타 관련된 자료들을 두루 찾아 조사해 보면 행촌시의 문학적 자리매김을 어느 정도는 그려볼

---

31) 주지하다시피 『철성연방집』의 초간본은 1475년 13세손 청파 이륙이 10세 평재 이강과 11세 용헌 이원의 시문을 모아 엮은 것으로 이 초간본에는 행촌의 시는 빠져 있고, 1804년 중간본에 이르러 편찬자인 의수가 행촌의 시와 遺墨를 첨가하여 발행하였다.

32) 학회 발표 후 학회지에 논문을 싣기 위해 본 논문을 정리하는 과정에서 고성이씨 관계자로부터 다음과 같은 질문이 들어왔기에 이에 대한 사항을 밝히고자 한다. 질문의 내용을 요약하면 다음과 같다. 본 논문에서 문제가 된 『국역 철성연방집』에서 행촌시로 규정한 11수의 시에 대해 행촌시가 확실한 4수는 「행촌선생일고」로 되어 있고, 논문에서 행촌시가 아닌 것으로 판명된 7수는 「행촌실기습유」로 구분하였으니, 이것은 7수의 시가 반드시 행촌의 저작이라고 말하는 의미는 아니라는 내용이다. 하지만 국역본에서 사용한 "습유"라는 단어는 일반적으로 초간집 등 기존 문집에서 누락된 작품을 일컬을 때 사용하는 말이므로 독자들은 「행촌실기습유」의 시들을 행촌시로 인식할 가능성이 높고, 현재 간행된 『국역 철성연방집』의 체재를 보더라도 7수의 「행촌실기습유」에 대해서 행촌의 작품이 아니라 행촌의 글씨를 의미하는 것이라고 이해하는 독자는 거의 없을 것이다. 또한 현재 행촌시를 가지고 서예 작품으로 작업하는 많은 서예가들조차 「행촌실기습유」에 실린 시들을 행촌시로 규정하고 글씨를 쓰고 있으며, 심지어 행촌 관련 기존 논문에서조차 행촌시의 저자 문제가 혼동되고 있는 상황에서 이를 바로잡고자 본 논문을 집필한 것임을 다시 한번 밝혀둔다.

수 있다. 행촌시의 특징을 언급할 때 가장 먼저 고려해야 할 사항은 서예가로서의 그의 위치와 예술적 기질이다. 전술한 바와 같이 행촌의 글씨는 당대 최고의 명필로 꼽혔다. 이는 이색의 묘지명에서뿐만 아니라 『고려사』, 기타 개인 문집류에서도 수차례 언급되어 있다.[33] 다음 글을 보자.

> 청천淸川 이상국李相國은 나의 부친과 친한 동지셨는데, 난파는 그의 호
> 이며, 수보壽父는 그의 자이다. 일찍이 시문을 유명한 공경들에게 구하
> 였는데, 지취가 매우 높아서 진실로 그가 허여하는 사람이 아니면, 비
> 록 능하고 교묘하다 할지라도 이를 취하지 않았다. 그러기에 그가 얻은
> 것은 행촌 이암의 글씨와 익재·초은·목은 두서너 분의 시와 문 몇 편
> 뿐이었다.[34]

위 인용문은 권근이 난파蘭坡 이거인李居仁(?-1402)이 편찬한 시선집에 쓴 발문이다. 이거인은 당대의 유명한 문인들의 시문을 모아서 책을 엮었는데, 거기에 실린 사람은 이제현, 이인복, 이색 등 몇명에 지나지 않는다는 것이다. 그만큼 시문을 찬집하는 이거인의 기준이 까다롭고 엄격했다는 것인데, 그 책에 행촌의 글씨도 함께 실려있었다는 것은 당대에 행촌의 글씨가 최고로 평가받고 있었음을 말해주는 것이다. 이는 비단 고려조에서뿐만이 아니라 조선조에서도 우리나라의 대표적인 명필가로 여러 사람들에 의해 행촌이 언급되고 있다.[35] 현재 전해지는 행촌의 글씨는 전서, 예서, 해서, 초서 등 다양

---

33) 예컨대 백문보는 이암을 추모하는 만시에서 "은 갈고리는 햇빛처럼 빛나고/ 시풍의 청
    신함은 유개부와 같았네(淸新庾開府, 銀鉤照日光)"라고 하였는데, 여기에서 '은 갈고
    리[銀鉤]'는 초서체의 명필을 의미한다.

34) 권근, 『양촌집』 권22, 「書蘭坡先生詩卷後居仁」. "淸川李相國, 吾父執也, 蘭坡其號,
    壽父其字. 嘗求詩文於名公卿間, 志尙甚高, 苟非其人, 雖工不取. 故其所得, 杏村書,
    益齋樵隱牧隱二三公詩若文數篇而已."

35) 가령 서거정의 『필원잡기』, 조신의 『소문쇄록』, 허목의 「朗善君書帖跋」(『記言』 권22
    수록), 이긍익의 『연려실기술』, 이유원의 「필법」(『林下筆記』 권12 수록) 등이 그 대
    표적인 글들이다.

하며, 한국서예사에서 보면 행촌은 이른바 '송설체松雪體'로 불리는 조맹부체를 수용하되 자기 식으로 계승 발전시켜 독특한 서체를 완성한 작가로 평가받는 인물이다.36) 우리나라 명필가들의 글씨를 모아 놓은 『해동명적』이라는 책의 서문을 보자.

> 진사 홍만희洪萬熙가 우리 해동의 명필을 모아 나에게 보여 주면서 서문을 써 주기를 청하였다. 그 세대를 상고해 보니 첫 번째가 김생金生이고, 그 다음이 행촌 이암이고, 그 다음이 안평대군安平大君이고, 그 다음이 청송聽松 성수침成守琛, 고산孤山 황기로黃耆老, 자암自菴 김구金絿, 이암頤菴 송인宋寅, 봉래蓬萊 양사언楊士彦, 옥봉玉峯 백광훈白光勳, 석봉石峯 한호韓濩, 남창南窓 김현성金玄成으로, 모두 11인이었다.
> 김생은 송나라 사람들이 그가 쓴 글씨를 보고는 크게 놀라면서 "오늘날 다시금 왕우군王右軍의 필적을 보게 될 줄은 생각지도 못하였다." 하였다. 그러나 시대가 멀리 떨어져 있어서 논할 만한 것이 없다. 행촌과 안평대군, 석봉 역시 중국에까지 이름이 나있는 것은 세상 사람들이 다 아는 바이다. 자암과 청송, 이암과 옥봉, 남창은 서체는 비록 같지 않으나 모두 다 현묘한 경지에 들어간 사람들이다. 우리 해동에는 글씨를 잘 쓴 사람이 많았다. 그런데 지역이 궁벽한 데 치우쳐 있고 또 여러 차례 병화를 겪어 옛사람들의 필적이 산실되어 전해지지 않기에 내가 항상 한스럽게 여겼다.37)

위 인용문은 동명東溟 정두경鄭斗卿이 쓴 것으로 한국의 서예사를

---

36) 행촌의 송설체 도입과 변용에 대한 것과 한국서예사에서의 위치에 대한 사항은 손환일, 『행촌 이암의 서예』, 서화미디어, 2013에서 자세하게 다뤄져 있다.

37) 정두경, 『東溟集』 권11, 「海東名迹序」. "洪進士萬熙, 集我海東名筆, 示余請識. 考其世代, 第一金生, 其次李杏村嵓, 其次安平大君, 成聽松守琛黃孤山耆老金自菴絿宋頤菴寅楊蓬萊士彦白玉峯光勳韓石峯濩金南窓玄成, 凡十有一人. 金生宋人見其書大驚曰, 不圖今日復見王右軍筆迹. 尙矣哉無可論者. 杏村安平石峯亦名聞中國世所知也. 自菴聽松頤菴玉峯南窓體雖不同, 同歸于妙者也. 我東善書者多矣, 地偏且屢經兵火, 古人筆迹散失不傳, 余常恨之."

요약해 놓은 것이나 다름없다. 이 책을 편찬한 홍만희는 모두 11인의 글씨를 모았는데, 그중 김생과 이암만 신라와 고려인이고 다른 사람들은 모두 조선조의 인물이다. 특히 동명은 행촌을 안평대군, 한석봉과 더불어 11명 중에서도 중국에까지 이름이 알려진 최고 명필가의 반열에 놓고 있다. 이상으로 보았을 때 행촌의 서예에 대한 심미안은 깊고 탁월했던 것 같다. 또한 행촌은 글씨뿐만 아니라 그림에도 능했다고 전해지니 그의 예술적 기질은 다분했던 것으로 보인다. 필자는 행촌의 이 같은 기질과 미적 감수성이 그의 시에도 다분히 반영이 되었을 것이라고 생각한다. 그도 그럴 것이 행촌의 글씨를 이야기할 때 그의 그림과 시도 함께 언급되는 경우가 많기 때문이다. 예부터 중국 예술에서는 시품과 서품과 화품을 하나로 취급하여 비평하는 선례가 많이 있었다. 필자는 행촌의 문학과 시에서 가장 특징적인 면모는 이러한 예술적 기질을 바탕으로 한 미적인 감수성과 이를 시화한 미적 특질에 있다고 생각한다. 실제로 지금 전해지는 행촌시를 보면 대체로 그림같은 이미지를 바탕으로 묘사와 사경에 능한 작품들이 주를 이루고 있다. 다음 시를 보자.

식영암 선사에게 드리다

덧없는 세상의 헛이름은 바로 정승 일 보는 것이요	浮世虛名是政丞
작은 창가의 한가로운 맛은 바로 산승의 즐거움이지	小窓閑味卽山僧
그중에서도 또한 풍류처가 있으니	箇中亦有風流處
한 송이 매화꽃이 불등에 비추고 있네	一朶梅花照佛燈[38]

위의 인용시는 행촌이 선승 식영암에게 준 것으로 행촌의 가장 대표작이라 할 수 있다. 식영암은 전술한 바와 같이 고려후기를 대표하는 선승으로 행촌과 남다른 교유가 있었다. 먼저 시의 정확한 이해

---

38) 『동문선』 권21, 「寄息影菴禪老」.

를 위해서 서거정이 『동인시화』에서 기술한 부분을 살펴보자.

> 문정공 행촌 이암이 재상의 벼슬에 있다가 만년에 사직을 청하여 물러
> 난 뒤, 선승 식영암과 방외의 교분을 맺어 서로 조각배로 왕래하다가
> 어떤 때에는 되돌아 갈 것을 잊기까지 하였다. 일찍이 그가 지은 시에,
> "덧없는 세상의 헛이름은 바로 정승 일 보는 것이요/ 작은 창가의 한가
> 로운 맛은 바로 산승의 즐거움이지/ 그중에서도 또한 풍류처가 있으니/
> 한 송이 매화꽃이 불등에 비추고 있네"라고 하였다. 두 분은 풍류가 고
> 상하고 운치가 있으니 마치 한 법도에서 나온 듯하다. 두 편의 시 역시
> 또한 '청절淸絶'하여 자랑할 만한데, 비록 시 속에 그림이 있다고 하여
> 도 역시 그럴법하다.39)

  위의 서거정의 글을 보면 행촌은 사직 후 춘천 은거 당시에 식
영암과 자주 왕래했던 것 같다. 배를 타고 가서 만나고 심지어는 되
돌아 갈 것을 잊기까지 하였다고 했으니 행촌과 식영암의 깊은 교유
를 짐작할 수 있다. 서거정은 이를 "방외의 교분"이라고 하였지만,
사실 유자와 승려와의 교유는 고려후기에는 흔한 일이었다. 더구나
식영암은 당대에 문명이 높아서 행촌 외에 다른 많은 문인들도 그와
시를 주고받은 기록이 많이 보인다.40) 서거정이 이를 모를 리가 없는
데 이와 같이 언급한 것은 『동인시화』를 기록한 조선전기의 상황과
시각에서 한 말이다. 인용문의 뒷부분은 행촌의 시를 소개하고 그에
대해 비평을 한 것인데, 서거정은 두 가지로 행촌시의 특징을 압축
하고 있다. 첫째는 '청절'하다는 것과 둘째는 그림같은 시, 일명 소위
'시중유화詩中有畵'의 경지라는 것이다. '청절'은 품격 용어로서 일반

---

39) 서거정, 『동인시화』 권하. "杏村李文貞公嵓, 再入台鼎, 晚年乞骸, 與息影菴禪老, 爲
方外交, 扁舟往還, 至輒忘返. 嘗有詩曰, '浮世功名視政丞, 小窓閑味卽山僧, 箇中亦
有風流處, 一朶梅花照佛燈.' 兩公風流高致, 同出一揆, 兩詩亦淸絶可愛, 雖曰詩中有
畵, 亦可也."
40) 앞의 주11) 참조.

적으로는 시의 의경이 맑고 빼어나다는 의미로 해석된다. 사실 '청절'과 같은 '청淸'자 계열의 시품詩品들, 가령 '청신淸新', '청섬淸贍', '청기淸奇', '청원淸遠', '청상淸爽' 등은 세속의 욕심이나 집착을 뛰어넘는 시의詩意를 가지고 있고 조어나 시격적인 면에서도 일반적인 범상함을 벗어나 새로움을 추구하는 시에서 많이 나타나는 품격이다.[41] 위 인용문에서 서거정이 말한 "풍류가 고상하고 운치가 있다"는 것도 기실 '청절'과 같은 청자 계열 시품의 특징을 요약한 것이라 할 수 있다.

또한 '청'자 계열의 시품들은 대체로 당시풍을 추구하는 시인들의 시에서 공통적으로 나타나는 양상을 보여준다.[42] 그리고 시 속에 그림이 있는 것 같다는 '시중유화'는 잘 알려진 바와 같이 소동파가 왕유의 시를 비평하면서 처음 쓴 말로 왕유의 시와 같은 자연시 계열, 그중에서도 특히 회화성이 강하고 이미지의 창출이 뛰어난 시들을 비평할 때 많이 쓰는 용어이다. 그렇다면 구체적으로 행촌시의 어떤 점이 이와 같은 면모를 지니고 있는 지를 살펴보기로 하자.

우선 위의 인용시는 비교적 명확하게 시의를 드러내고 있다. 기구와 승구를 보면 "덧없는 세상의 헛이름은 바로 정승 일 보는 것이요/작은 창가의 한가로운 맛은 바로 산승의 즐거움이지"라고 하여 세속에서 누리는 부귀영화를 헛되고 허무한 것이라고 말한다. 유자儒者라면 보통 경세제민의 포부가 있을 것이고, 이를 정치를 통해 잘 구현하고자 하는 것이 일반적인 자세이다. 정승의 지위는 그러한 선정을 베풀 수 있는 정점의 자리다. 실제로 행촌은 정승의 지위까지 오르는 행운을 누리기도 하였다. 하지만 모든 관직을 사직하고 시골에 은거해 있는 지금에 와서 보니 그 정승의 지위마저 "덧없는 세상의 헛이름"일 뿐이다. 오히려 지금 시인에게는 작은 창가에서 한가로움을 누릴 수 있는 산승의 삶이 부러울 뿐이다. 이 말은 일차적으로는 식영

---

[41] '청'자 계열 시품의 특징에 대한 사항은 하정승, 『고려조 한시의 품격 연구』, 다운샘, 2002, 36-44면을 참조할 것.

[42] 이에 대한 사항은 이종묵, 「조선중기 시풍의 변화 양상」, 『한국 한시의 전통과 문예미』, 태학사, 2002, 475-476면 참조.

암의 삶이 부럽고 그 같은 삶의 자세를 높이 평가한다는 의미이지만, 사실 행촌 본인 역시 현재 그러한 삶을 살고 있으니 관직에서 물러나 자연 속에서 살아가는 현재의 삶에 만족한다는 의미이기도 하다. 서거정이 인용시를 "청절"이라 평한 것은 이러한 주제의식을 염두에 두고 한 말이다.

시의 전반부가 시인의 생각을 그대로 서술한 것이라면, 후반부인 전구와 결구는 묘사로 이뤄져 있다. 특히 마지막 결구 "한 송이 매화꽃이 불등에 비추고 있네"는 이 시의 백미로서 1-3구에서 언급한 시인의 생각을 마치 한 컷의 사진처럼 인상적으로 그려내고 있다. 만약 마지막 4구까지 서술이나 진술로 마쳤다면 이 시의 맛은 현저히 떨어졌을 것이다. 매화꽃이 불등에 비추고 있다는 말을 좀 더 분석해 보면 시인이 2구에서 언급한 바로 "한가로운 맛[閑味]"의 실체이고, 또한 3구에서 말한 "풍류처"이기도 한 것이다. 이처럼 한 편의 그림 같은 묘사 속에 무궁한 의미가 담겨 있는 효과를 갖게 되니 이는 당시에서 흔하게 나타나는 이른바 "정경교융情景交融"의 기법이자 소동파가 말한 "시중유화"의 경지인 것이다. 위에서 서거정이 말한 "시중유화" 역시 이를 두고 한 말이다. 이상에서 알 수 있듯이 행촌은 시에서도 매우 뛰어난 솜씨를 보여 주고 있으며, 특히 당시풍의 감각적이고 회화성이 뛰어난 경지를 지니고 있다고 평가할 수 있겠다.

이와 같은 행촌의 당시풍 시들은 그의 손자인 용헌 이원이나 후손 망헌 이주의 시법에도 영향을 준 것으로 보인다. 예컨대 서거정은 용헌 이원의 시를 '청신아려淸新雅麗'라 하였고,[43] 권람權擥의 말을 빌려 평재와 용헌의 시법이 모두 행촌에게서 나왔다고 하였다.[44] 또한 망헌 이주의 경우에는 상촌象村 신흠申欽은 당의 시풍을 본받아 후일 최경창 등의 삼당파의 선구였다고 하였고,[45] 허균은 『성수시화』에서

---

43) 서거정, 『四佳集』 권5, 「鐵城聯芳集序」. "今觀平齋之平淡溫醇, 容軒之淸新雅麗." 참조.
44) 서거정, 『四佳集』 권5, 「鐵城聯芳集序」. "居正內兄吉昌權翼平公, 容軒之壻, 翼平嘗語居正曰, 平齋容軒詩法, 出於杏村李文貞公." 참조.
45) 신흠, 『象村集』 권60, 「晴窓軟談」 下. "我朝文章巨公, 非不蔚然輩出, 務爲專家, 至

성당의 풍격이 있다거나, 특히 「登通州門樓」시는 왕유, 맹호연의 시와 가깝다고 하였다.[46] 용헌시의 품격 '청신'은 앞에서 살펴본 행촌시의 품격 '청절'과 일맥상통하는 의경意境이며, 망헌의 경우에는 삼당시인의 선구자라고 할 정도이니,[47] 용헌이나 망헌 모두 권람의 말과 같이 선조인 행촌의 시법을 계승한 것이라 판단된다. 만약 행촌의 시들이 온전히 모두 전해졌다면, 한국서예사에서 그의 글씨가 우뚝했던 것처럼 문학사에서도 큰 평가를 받을 수 있지 않았을까 아쉬움이 남는다. 다음에 살펴볼 작품은 청주의 공북루에서 왕을 호종하며 여러 신하들이 함께 쓴 시들 중 하나이다.

공북루에서 응제로 쓴 시

옛 고을에 누각이 우뚝한데	古郡高樓逈
그 누가 처음 지었을 때의 일을 알까	誰知結構初
가을은 깊어 온 산의 나무들이 이를 알리고	秋深萬山樹
풍경은 몇 줄의 글로 들어온다	景入數行書
멧부리는 공북루의 서쪽으로 바라보이고	遠岫拱西望
푸른 구름은 빈 북녘을 메웠도다	靑雲補北虛
누에 올라 시종侍從에 참여하니	登臨忝侍從
그 영광 스스로를 부끄럽게 만드네	光寵自慙予[48]

於取法李唐者絶少. 沖菴忘軒之後崔慶昌白光勳李達數人最著." 참조.

46) 許筠, 『惺所覆瓿藁』 권25, 「惺叟詩話」. "李忘軒冑詩最沈著, 有盛唐風格…(中略)… 其通州詩曰…(中略)…亦咄咄逼王孟也." 및 『惺所覆瓿藁』 권26, 「鶴山樵談」. "忘軒李冑之詩, 沈着老蒼, 仲氏以爲近於大曆貞元." 참조.

47) 망헌 이주 시의 품격에 대한 사항은 정경주, 「망헌 이주 시의 풍격과 사화 전후의 변모 양상」, 『고전문학연구』 7집, 한국고전문학회, 1992에서 자세히 다루고 있어 참고가 된다. 특히 정경주 교수는 망헌시의 품격을 沈着·奇杰, 慷慨와 悲憤, 悲切 등으로 나누어 설명하고 있는데, 주지하다시피 沈着이나 悲慨는 司空圖 「二十四詩品」의 하나로 당나라 시인들에게서 많이 보이는 품격이며, 당시풍의 선구자로 불려진 망헌시의 시풍을 여실히 보여주는 사례라 하겠다. 침착, 비개와 사공도 시품에 대한 것은 하정승 (2002)의 앞의 책을 참조할 것.

48) 『신증동국여지승람』 권15, 「拱北樓應製詩」.

이 시의 창작 배경과 상황을 이해하기 위해 당시 응제시를 짓는 데 참여했던 백문보의 글을 살펴보기로 하겠다.

신축년(1361, 공민왕10)에 임금의 수레가 복주福州[안동]로부터 상주尚州로 옮겨 갔다가 청주로 가서 머무르게 되었다. 임인년(1362) 가을 9월 19일에 임금이 신하들을 거느리고 청주 교외에서 하정표賀正表에 절하고, 이어 청주 공북루에 납시어 일재一齋 권한공權漢功이 예전에 지은 오언절구를 보고 즉시 지신사知申事 원송수元松壽, 대언代言 이색李穡, 성사달成士達에게 명하여 차운시를 지어 바치게 했다. 이에 좌정승 홍언박洪彦博, 이암李嵒, 황석기黃石奇 및 여러 대부와 유사儒士들이 모두 화답하여 바쳤다. 나는 그때 마침 왕명을 받들고 개경에 갔는데, 이 일을 듣고는 매우 부러워서 목을 빼어 바라보며 스스로 성대한 일에 참여할 수 없게 된 것을 한으로 여겼다. 그러다가 때마침 부름을 받게 되었으므로, 삼가 뒤늦게나마 화운시를 지어 끝에 붙이게 된 것을 행운으로 생각하였다. 그런데 청주 고을의 원員인 김군金君 성갑成甲이 사암思菴 유숙柳淑의 말로 부탁하기를 "임금의 명에 의해 지은 시가 완성되어 장차 현판에 새기려고 하는데, 서문이 없을 수 없습니다." 하였다. 나는 글재주가 없다고 사양하였으나, 한 번 쓰면 사라지지 않고 영구히 전해질 것을 좋게 여겨 마침내 붓을 들어 머리를 조아리며 말하기를 "옛날 군신들이 노래를 서로 이어 부른 것은 본래 태평한 시대에 제작한 것들이다. 그런데 지난해 몽진한 이후로 어찌 오늘과 같은 성대한 일이 있으리라 생각이나 했겠는가. 아! 우리 전하께서 대국을 섬기고 명을 공경히 하는 정성과 공북拱北이라 이름 붙여 드러낼 수 있는 것이 이 누각에 있지 않겠는가." 하였다.[49]

---

49) 백문보, 『담암일집』 권1, 「伏次拱北樓應製詩韻 幷序」. "歲在辛丑, 宮駕遷自福而尙, 行駐淸州. 壬寅秋九月十九日, 上率群臣, 拜賀正表于郊, 因御州之拱北樓, 覽一齋權漢功舊題五言句, 卽命知申事元松壽、代言李穡・成士達次韻製進. 於是左政丞洪陽坡、李杏村、黃檜山曁諸大夫儒士皆和進. 文寶時適承命如京, 欽聞引頸, 自以不獲覩盛事爲恨. 及時承召, 竊嘗追和續尾, 亦以爲幸. 而州伯金君成甲以柳思庵之屬之曰: "命製詩成而將鏤板, 不可無序." 文寶辭以無文, 而幸其傳不朽, 遂操筆而拜稽首曰:

백문보에 의하면 1361년 공민왕이 안동에서 상주로 갔다가 다시 청주에 머무르게 되었는데, 이는 1361년 10월에 있었던 소위 홍건적의 2차 침입에 의해 개경이 함락되자 공민왕이 안동으로 피신한 사건을 가리킨다. 공민왕 일행은 12월에 안동에 도착하여 약 3개월 동안 머무르다 그 이듬해인 1362년에 청주로 이동하여 약 5개월 정도 머물렀는데, 위의 인용문은 당시의 상황을 설명하고 있는 것이다. 백문보는 정확히 1362년 9월 19일에 왕이 신하들을 이끌고 청주 공북루에서 연회를 베풀며 시를 쓰게 했다고 기록하고 있다. 당시 공북루에는 14세기 전반기에 활동했던 문신 권한공의 시가 걸려 있었는데, 왕이 이를 보고 호종한 신하들에게 차운시를 짓게 했다는 것이다. 이때 참여한 인사로는 원송수, 이색, 성사달, 홍언박, 이암, 황석기 등 여러 명이었는데, 백문보는 마침 개경에 일이 있어 그 모임에 참여하지 못하였고 대신 추후에 차운시만 지었다는 것이 인용문의 대체적인 내용이다.

『담암일집』에 실린 백문보의 연보에 의하면 공민왕 일행이 9월에 개경으로 돌아왔다고 되어 있으므로,50) 9월 19일의 공북루에서의 연회는 아마도 개경으로 떠나기 전 청주에서의 마지막을 기념하는 모임이었을 것으로 추정된다. 이 시의 출전인 『신증동국여지승람』에는 모두 28명의 시인들의 시가 실려 있는데,51) 물론 여기에 실린 시인들이 모두 1362년의 공북루 연회에 참여했던 것은 아니고 권한공, 신

"昔者君臣虞歌, 固是昇平製作, 而去年奔亂以還, 豈謂有今日勝事於乎? 吾王事大敬命之誠, 與名拱北而可表者, 不在斯樓歟?"

50) 백문보, 『담암일집』 부록 권2, 「편년」, "壬寅, 先生年六十, 八月, 承命如京. 九月, 王還都, 錄忠謙贊化功臣, 陞重大匡, 門下贊成事, 進賢館大提學, 兼知春秋館事. 因召對, 命和《拱北樓御製詩》, 先生虞和以進. 繼上《興學疏》. 十二月, 上時政八條箚子. 참조.

51) 이들의 명단을 정리해보면 다음과 같다. 權漢功, 辛蔵, 元松壽, 李穡, 成士達, 洪彦博, 李嵒, 李齊賢, 黃石奇, 柳淑, 金漢龍, 禹吉生, 李岡, 廉興邦, 田祿生, 崔龍, 權鑄, 朴仲美, 金君鼎, 華之元, 禹玄寶, 李靭, 韓昉, 曹繼芳, 許佺, 田得良, 李邦直, 韓相質. 이상의 명단은 『신증동국여지승람』 권15, 「청주목 · 공북루」조를 참조하여 작성하였음.

천 등은 예전에 이미 시를 써서 공북루에 그 시가 남아있던 사람이므로 위의 공북루 연회에 참여하여 시를 쓴 시인들은 정확히 26명이라고 정리할 수 있다. 그리고 백문보는 위 인용문에서 권한공의 원시를 오언절구라고 하였는데, 사실 권한공의 시는 오언절구가 아니라 오언율시이며 여기 차운한 시들은 모두 상평성 6번째 '어魚'운이다.

행촌의 시를 살펴보면 도입부인 수련은 공북루가 처음 만들어졌을 때의 상황에 대한 시인의 궁금증을 표출한 동시에 독자들에게도 공북루의 유래에 대해 환기시키는 장면이다. 함련은 가을날의 아름다운 경치에 대한 묘사이다. 시를 쓴 시점이 음력 9월 19일이라고 했으니 가을의 절정인 만추이다. 아마도 사방의 나무들은 단풍으로 물들었을 것이고 산에는 낙엽이 가득했을 것이다. 시인은 이를 "가을은 깊어 온 산의 나무들이 이를 알리고"라고 쓰고 있다. 제4구는 이와 같은 아름다운 풍경을 보고 그냥 있을 수 없으니 몇 줄의 시로 남기겠다는 것인데, 시인은 이를 "풍경은 몇 줄의 글로 들어온다"라고 함으로써 매우 생동감 넘치면서도 시적인 표현으로 그려내고 있다. 경련은 공북루에서 바라본 원경遠景이다. 시인은 멀리 공북루의 서쪽에 있는 산봉우리를 바라보다가 잠시 후 북쪽 하늘의 구름으로 시선을 옮긴다. 아마도 가을하늘은 푸른 구름으로 가득했던 것 같다. 시인은 이를 "푸른 구름이 빈 북녘을 메웠다"고 하였다. 마지막 미련은 공북루의 연회에 참여하여 임금을 모시고 여러 신하들과 함께 응제시를 지을 수 있는 기회를 가진 것에 대한 감사이다. 응제시에 전형적으로 나타나는 결말이라고 할 수 있겠다. 이 시의 구성을 살펴보면 도입부에서는 시를 짓는 장소와 유래에 대한 환기이고, 전개부인 함련과 경련에서는 묘사를 통해 시의를 표현하되 특히 앞의 함련은 근경近景에서 시작하여 경련의 원경으로 시선이 이동하고 있다. 마지막 미련에서는 시인의 감회와 임금에 대한 감사로 마무리 짓고 있으니 율시의 교과서라고 해도 좋을만큼 거의 완벽한 구성을 보여주고 있다. 이는 물론 시인으로서 행촌의 솜씨와 자질을 말해주는 것이다. 또한 앞의 인용시에서도 기술한 바와 같이 그림을 그리는 듯한 회화성과 뛰어난 묘사력이 여기에서도 그대로 드러나 있으니, 이 역시 서거정이 말한 바 "시중유화"의 경지요 당시풍의 면모를 보이는 행촌시의 문학적 특징이라고 할 수 있겠다.

4. 결어

이암은 14세기 초·중반에 활동했던 정치가이자 문인이다. 그는 충렬왕 때에 이름을 날렸던 이존비의 손자이며 급암 민사평, 가정 이곡과 비슷한 연배로 이들과 교유를 나누면서 정치적·문학적 활동을 함께 하였다. 현재 전해지는 이암의 유일한 문집인 『철성연방집』에는 행촌시가 모두 11수가 수록되어 있다. 하지만 그 작자의 진위문제를 고증한 결과 4수만이 행촌의 작품이고, 나머지는 모두 중국 시인들의 작품임이 밝혀졌다. 그렇지만 이것이 행촌시의 문학성을 폄훼하는 것은 결코 아니다. 오히려 행촌시의 정확한 고증이 우선시 되어야 행촌의 문학, 서예, 사상, 정치 행적 등에 대한 정확한 연구가 이뤄질 것이기 때문이다. 행촌은 그동안 잘 알려진 대로 고려 최고의 서예가일뿐만 아니라 훌륭한 시인이기도 했다. 이것은 당대의 수많은 문인들이 행촌에게 증시贈詩한 사실을 통해서, 특히 『동인시화』 같은 비평집에 뛰어난 시인으로 언급되어 있는 것을 통해 증명이 된다. 그의 문학적인 명성과 재주는 이미 동시대에 널리 알려졌음을 여러 자료들을 통해 확인할 수 있다. 본고에서는 행촌시로 전해지는 작품들에 대한 정확한 작자 고증과 함께 행촌의 시들을 시품詩品과 의상意象의 측면에서 주로 살펴보았다. 행촌시의 가장 큰 특징은 세속의 때를 벗어난 청신淸新·청절淸絕함과 회화성에 있다. 이 같은 요소들은 기실 당풍적唐風的인 면모와도 관련이 깊다. 문학사적인 측면에서 보면 행촌은 고려후기에 당시풍 한시를 주로 썼던 설곡 정포, 도은 이숭인, 척약재 김구용보다 한 세대 선배로서 고려후기 당시풍 시작의 흐름에 일정한 역할을 했다고 볼 수 있다. 이 점은 행촌의 후손인 용헌 이원이나 망헌 이주의 시를 보면 더욱 분명해진다. 주지하다시피 이주가 당시풍 한시의 대표적인 작가라는 점은 이미 많이 알려져 있다. 본고에서는 이원이나 이주의 당시풍 창작 경향과 문학적인 재능이 행촌으로부터 대대로 이어져 온 이 집안의 전통이자 가법으로 파악하였다. 후손들 중에서 특히 시에 재주가 있었던 문인들은 선조들의 이 같은 전통을 이어받아 자기 나름대로의 시세계를 보여주고 있다.

뿐만 아니라 행촌 이암은 성균대사성, 정당문학을 역임하며 중앙정계에서 활약하였고, 수많은 명문의 사대부들과 교유를 나누는 등 조부 이존비가 일군 가문의 성세를 궤도에 올려놓고, 후손들에게 길을 열어주었다는 점에서 고성이씨 가문으로서는 매우 중요한 인물이자 기념비적인 업적을 이룩하였다고 볼 수 있다. 아마도 행촌이 아니었으면 이원이나 이주와 같은 걸출한 문인이 배출되지 못하였을 것이다. 또한 행촌은 환로의 상당 기간을 간관직諫官職에 종사하며 왕과 조정에 간언과 직언을 하였고, 본인의 뜻에 맞지 않자 환로의 도중에 과감히 벼슬을 버리고 춘천 청평산에 은거한 것처럼 강직하고 직언을 마다하지 않는 성품도 그대로 계승되어 이주 역시 갑자사화 때 안타까운 죽음을 맞이하였다. 아마도 문학적인 측면에 있어서나 정치적인 행보에 있어서나 이암을 가장 많이 닮은 인물이 그의 현손 이주인 것 같다. 결론적으로 이암은 14세기 전반 고려의 정치사나 지성사, 문학사에서 나름의 중요한 역할을 담당했지만, 문집이 부전하는 자료적 한계성으로 인하여 그간 온당한 평가를 받지 못한 면이 있었다. 이번 학술대회를 통하여 앞으로 행촌을 비롯한 이원, 이주 등 그 후손들의 문학적 업적이 객관적으로 드러나서 여말선초의 문학사와 정치사, 학술사 연구에 도움이 될 수 있기를 기대해 본다.

형재亨齋 이직李稷의 문학활동과 시의 특질

1. 문제제기

『형재시집亨齋詩集』은 고려말, 조선초에 활동한 형재亨齋 이직李稷
(1362–1431)이 남긴 시집이다. 이직은 조선초기 정치사에서 상당한
비중을 차지하는 인물이지만, 그의 생애와 문인으로서의 모습은 동시
대의 저명한 인물들에 비하면 비교적 덜 알려져 있는 것이 사실이다.
김종직金宗直의 서문과 이응협李應協이 쓴 「신도비명」에 따르면 형재
가 직접 쓴 연보가 『형재시집』의 초간본에는 실려 전해진 것 같으나,
병란으로 인해 초간본은 일실되어 현재는 연보를 찾을 길이 없다.[1]

---

1) 『형재시집』의 간행과 판본. 『형재시집』은 이직 사후 34년이 지난 1465년(세조 11)에
손자 李永蓁에 의해서 초간본이 발간된 이후로 네 차례에 걸쳐 重刊을 거듭하였다. 이
를 정리해 보면 다음과 같다. (1) 초간본: 1465년 이직 선생의 손자 영진이 靈川郡守
로 있으면서 소장하고 있던 초고에 김종직의 서문을 붙여서 간행한 것이다. 이때 김종
직에게 문집의 편집 일체를 부탁하였는데 김종직은 고율시 296편을 모두 4권으로 묶
어서 편집하였고, 여기에 잡저 3편을 뒤에 붙이고 형재 선생이 직접 초해 놓은 연보까
지 붙여서 책을 만들게 되었다. 하지만 이 초간본은 현재 전해지지 않는다. (2) 重刊
本: 선생의 6대손인 강원도관찰사 李稶이 7대손 李興仁과 함께 초간본을 교정하여
1618년(광해군 10) 원주 강원감영에서 목판으로 간행하였다. 그러나 이미 이때 초간본
에 있던 잡저와 연보는 일실된 상태였다. 중간본 서문에 의하면 이욱은 일찍이 1587년
(선조 20) 靈山의 桂城村에 있는 종형 稗의 집에서 형재 선생의 유고인 『亨齋遺稿』
한 질을 얻어 보게 되었다. 이욱은 유고를 모두 繕寫까지 하였으나, 임진왜란으로 말
미암아 유실하였다. 그 후 翰苑의 記事官으로 부임하여 玉堂에 있던 『형재집』을 여러
달에 걸쳐서 읽고 틈이 날 때마다 등사하였다. 그 후 1618년 강원도 관찰사로 부임하
여 잘못된 것을 바로잡아 원주에서 간행하게 된 것이다. 현재 중간본으로 보이는 江原
監營本이 계명대학교 중앙도서관에 소장되어 있다. (3) 謄書本: [寫本] 공의 10대손
李誠儉이 1675년(숙종 1)에 沃溝의 동헌에서 등서한 것이다. 현재 전해지는 이 판본

따라서 형재의 일생을 연도별로 분류하여 자세히 조사할 수는 없다. 하지만 김종직이 지은 문집의 서문, 후손 응협이 지은 신도비명과 김녕한이 지은 묘갈명, 그리고 문집의 시들을 통해 형재의 생애와 사상, 교유관계, 인품과 기질, 『형재시집』의 간행 경위, 그리고 형재시의 문학적 특징 등을 가늠해 볼 수 있다.

『형재시집』에는 294 수의 시가 실려 전한다. 시체詩體별로 보면 칠언절구가 가장 많고 오언율시 및 칠언율시가 그 다음이다. 김종직은 서문에서 "형재 이선생은 고려말엽에 태어나 명문의 가문에서 자랐고 웅건雄建한 기상이 보통의 사람들보다 매우 뛰어났으며, 읽지 않은 책이 없어 안으로 쌓인 것이 바깥으로 모두 발산되었다. 그가 지은 시문은 넉넉하고[優游] 혼후渾厚하였고 법칙이 삼엄森嚴하였다."라고 하여 형재시의 특징을 우유優游·혼후渾厚·삼엄森嚴으로 밝히고 있다. 여기에서 우유와 혼후는 시의 내용적인 특징을 말한 것이고 삼엄은 형식적인 특징을 말한 것이다.

『형재시집』을 꼼꼼히 읽어보면 그의 시는 대체로 다음의 세 가지로 분류된다. 첫째, 사대부 관료로서 경세제민의 포부를 밝힌 것. 둘째, 낙향을 통해 자연친화적 삶을 노래한 것. 셋째, 중국에의 사행使行 또는 변새邊塞의 현장에서 쓴 것 등이다. 실제로 형재는 네 대에 걸쳐 임금을 섬겼고 벼슬은 영의정에까지 이르렀으며 또 명나라에 수차례나 사신으로 다녀왔다. 그래서 김종직은 문집의 서문에서 곤궁하

은 12대손 道鎭이 기존 중간본의 서문과 발문 외에 자기가 쓴 서문·발문을 덧붙인 것인데, 그 외에도 시집의 매 권 말미에 자기의 시를 부기해 놓은 특징이 있다. 이 등서본은 현재 국립중앙도서관에 보관되어 있다. (4) 補刻後刷本: 安峯影堂에서 보관 중이던 중간본의 판본이 글씨가 뭉개지고 좀이 먹자 후손 應協이 1737년(영조 13)에 중간본을 다시 補刻하여 後刷補寫한 것이다. 이 판본은 현재 연세대학교 중앙도서관(811.19-이직-형)에 소장되어 있다. 이 보각후쇄본을 다시 轉寫한 것으로 보이는 필사본이 규장각에 소장되어 있다. 본 번역서에서 저본으로 삼은 『한국문집총간』7 소재 『형재시집』은 바로 이 연세대 소장본인 보각후쇄본에 표점을 찍어 한국고전번역원에서 간행한 것이다. (5) 石版本: 후손 鍾鐸이 1926년 가을에 간행한 것이다. 종탁이 쓴 발문에 의하면 문경공 각 파의 족보를 수정 보완하는 과정에서 여러 종친들이 뜻을 합하여 전의 판본을 수정하고 좀이 먹은 글자들을 복원하여 활판으로 백 수 질을 찍어 내었다는 것이다.

게 된 뒤에라야 시를 잘 지을 수 있다는 소위 "시궁이후공詩窮而後工"
의 이론을 부정하고, 공후公侯나 귀인貴人같이 관직에 현달한 자 중에
서도 시에 능한 자가 얼마든지 많다는 것을 새삼 강조하고 있다. 김
종직은 후자의 대표적인 예로서 중국에서는 한기·범중엄, 우리나라
는 김부식·이규보·이제현·이색 등을 들고 이직 역시 그러한 경우
에 해당한다고 언급하고 있다.

2. 이직의 생애와 교유관계

이직의 자는 우정虞庭, 호는 형재亨齋, 시호는 문경文景, 본관은
성주星州이다. 고려후기의 문신으로 시문으로 이름을 떨친 이조년李兆
年이 그의 증조부가 된다. 부친은 고려조에서 정당문학과 대제학을
지낸 이인민李仁敏이다. 이직은 양천허씨와의 사이에 4남 4녀를 두었
다. 장남은 사후師厚로 판윤判尹을 지냈고, 차남은 사원師元으로 지중
추知中樞, 삼남은 사순師純으로 참판, 사남은 사형師衡으로 이조판서와
대제학을 역임하였다. 네 딸들 중 한 명은 각각 태종의 후궁으로 들
어간 신순궁주慎順宮主와 그 외 소윤少尹 유근柳瑾, 정랑正郎 권택權澤,
여원군驪原君 민무휼閔無恤 등에게 출가하였다.

형재는 16세 때인 1377년(우왕 3)에 문과에 급제하여 벼슬길에
나온 뒤로 우부대언右副代言을 거친 뒤 1388년(우왕 14)에 족친인 당
대의 실권자 이인임李仁任의 실각으로 이에 연좌되어 경산부로 유배
가게 되었다. 1392년에는 이성계가 나라를 세울 때 도운 공로로 개국
공신이 되고 지신사知申事에 임명되었다. 이 해에 모친상을 당하였다.
1394년(태조 3) 12월에는 사은사謝恩使로 중국에 사행을 다녀왔다. 이
직의 일생에서 사행은 그의 정치적 업적 중 대표적인 일이었다. 그는
태조 때 한 차례, 태종 때 두 차례, 세종 때 한 차례 등 모두 네 차례
에 걸쳐 명나라에 사신으로 다녀왔다. 말하자면 개국 초기 조선조의
대중국 외교관계에 있어서 핵심 인물이었던 것이다. 특히 세종 때의

사행은 63세라는 노구의 몸으로서 명나라 인종仁宗의 등극을 축하하는 진하사進賀使로 간 것이니, 그의 외교관으로서의 능력과 면모를 보여주는 상징적인 사례라 할 수 있겠다. 1399년(정종 1)에는 서북면도순문찰리사西北面都巡問察理使가 되어 평안도 지방의 민생을 돌아보았는데, 이때의 경험을 남긴 시들이 전한다.

형재의 행적 중 특이한 것은 태종이 왕위에 오른 뒤 태조 이성계가 영흥부의 함흥으로 떠나서 서울로 돌아오지 않자 형재가 자청하여 어명을 받들고 태조를 찾아가 눈물로 호소하였고, 이에 감동한 태조가 풍양행궁豐陽行宮으로 돌아왔다고 하는 것이다. 이 일로 태종은 형재에게 병조판서를 제수한다. 1401년(태종 1) 2월에는 태종의 등극에 대한 사은사謝恩使로 명나라에 가서 명의 장근章謹 · 단목례端木禮와 고명誥命 · 인장印章을 받들고 돌아왔다. 역시 『형재시집』에 이에 관한 시가 전하는데, 당시의 상황을 좀 더 자세히 알기 위해서 관련 시를 인용해 본다.

장사승의 서울을 떠나며 시에 차운하다

어주를 황궁의 섬돌 아래에서 기울이고	御酒傾天陛
궁궐에서 예복을 입었다네	宮衣着禁城
모신 신하들은 특별한 은총을 받았으니	陪臣殊荷寵
많은 선비들 모두 다 영광이라 칭송하네	多士共稱榮
발해의 파도도 처음으로 잠잠하고	渤海波初息
종산의 햇빛도 정말로 밝구나	鍾山日正明
사신과 함께 옥절玉節을 가지고 돌아가라 명하시니	言歸同使節
날듯이 전하며 몸이 가벼워짐을 알겠네	飛傳覺身輕[2]

위 인용시의 시제에서 "장사승"이란 위에서 언급한 장근을 말하

---

[2] 『형재시집』 권2, 「次章寺丞辭京詩韻」.

는데, 형재가 명나라의 황제로부터 고명과 인장을 받아서 명의 사신 장근·단목례와 귀국하였던 것이다. 인용시 제1구에서 4구까지는 명나라 서울에서 황제를 알현하는 장면을 묘사한 것이다. 5구에서 8구까지는 사은사로서의 임무를 무사히 수행하고 황제로부터 고명과 인장을 받아 돌아오게 된 상황을 말한 것이다. 사행의 책임을 다했다는 안도감이 마지막 구 "날듯이 전하며 몸이 가벼워짐을 알겠네"에 집약적으로 드러나 있다. 형재는 인용시의 부제副題에서 이 사행에서의 고명이 조선조 개국이래로 중국 황제에게 처음으로 받은 것임을 강조하며,[3] 사행의 완수를 매우 자랑스러워하고 있다.

그 후 1402년에는 대제학이 되었고, 1403년에는 주자소鑄字所의 제조提調가 되어 조선시대 최초의 구리활자로 유명한 소위 '계미자癸未字'를 만드는 데에 큰 공헌을 하였다. 1408년에는 그 해 치러진 과거의 지공거知貢擧가 되어 김자金赭 등 33인을 뽑았고, 1412년에는 하륜과 함께 조선초의 국가법전인 『경제육전經濟六典』을 수정·보완하여 편찬하였다. 원래 『경제육전』은 1397년 조준趙浚의 책임 하에 편찬된 것인데, 수정된 『경제육전』은 조준의 『경제육전』에서 이두를 빼고 옮겨 적었고, 여기에 1397년 이후에 이루어진 국왕의 수교조례受敎條例를 추가하여 새롭게 엮은 것이다. 1414년 9월에는 중국 황제의 북정北征을 축하하기 위해 진하사進賀使가 되어 세자와 함께 명나라의 서울에 들어갔는데, 중국 황제가 친히 연회를 베풀고 시를 지어주기도 하였다. 이것이 공의 세 번째 사행이었다.

1415년 5월에는 태종이 충녕대군(뒤의 세종)으로 세자를 바꾸려 하자 황희와 함께 이를 극력히 반대하다가 성주 천왕사에 안치되었다. 이 안치생활은 그 후 세종이 왕위에 오른 뒤 형재의 딸이 태종의 후궁으로 들어가는 1422년이 돼서야 끝이 나고, 형재는 성산부원군星山府院君이 되고 공신의 지위를 다시 회복한다. 공직을 떠난 7년여 간

---

3) 인용시의 부제에 "개국 이래로 처음 천자의 명을 받은 것이라 중국인들도 모두 영광으로 여겼다.(自開國以來初受命, 故華人亦皆榮之)"는 표현이 보인다.

의 야인생활은 형재에게 많은 생각을 하게 했으며, 이 시절 형재의 경험과 감정은 『형재시집』의 곳곳에 보이는 많은 시편詩篇을 통해 확인할 수 있다. 그중 다음의 시 한 수를 살펴본다.

느낌이 있어

①

급암의 직언은 본성에 따른 것이요	汲黯直言由本性
누공의 말없음이 어찌 다른 뜻이었으리	婁公不語豈他心
가의의 통곡이 무슨 뜻인지 알겠네	賈生流慟知何意
비방과 칭찬이 고금에 같다네	毀譽乘除自古今

②

세상사 위기를 하나로 헤아릴 수 없고	世路危機不一揆
성현도 오히려 시샘과 의심을 면하기 어렵다네	聖賢猶未免猜疑
어리석은 이 늙은이 우스꽝스럽지만	凡愚此老大可笑
충성을 자부함은 온 세상이 다 안다네	自負忠誠天地知[4]

위 인용시는 1416년 무렵에 지어진 것으로 짐작된다.[5] 전체적으로 성주에 안치된 시절의 형재의 감정이 어떠했는지 잘 나타나있다. 제1구와 2구의 급암汲黯과 누공婁公은 각각 한나라와 당나라 때의 문신으로 급암은 성품이 매우 엄정하고 직언을 잘 했던 것으로 유명하고, 누공은 누사덕婁師德을 지칭하는데 매사에 조심성이 있어서 행동에 참을성이 많고 말수가 매우 적었다고 한다. 3구의 "가의의 통곡"은 초나라 대부 가의賈誼가 개혁정인 정치를 주장하다가 다른 대

---

4) 『형재시집』 권4, 「有感」.

5) 『형재시집』에서 위 인용시의 바로 앞에 배치된 시가 朴訔이 좌의정이 된 것을 축하하는 것인데, 박은이 1416년에 좌의정에 올랐으므로 시집의 배열로 볼 때나 인용시의 내용으로 볼 때에도 위 시는 성주 안치기간인 1416년 무렵에 작시된 것으로 판단된다.

신들의 미움을 받아 외직으로 쫓겨나면서 자신과 비슷한 처지로 죽었던 굴원屈原을 조문하며 썼던 글인 「조굴원부弔屈原賦」를 지은 것을 의미한다. 2·3·4구 모두 표면적으로는 급암·누사덕·가의를 말하고 있지만, 실은 본인의 엄정함과 강직함 그리고 직언으로 인해 성주로 쫓겨나게 된 상황을 은연 중 암시하고 있는 것이다. 시인의 이 같은 감정은 둘째 수에서 더욱더 직접적으로 그려져 있다. 이 세상은 "성현도 오히려 시샘과 의심을 면하기 어려운" 세상이다. 하지만 자신의 충성심과 임금에 대한 진정성은 "온 세상이 다 안다"라고 확신하고 있다.

전술한 것처럼 세종이 왕위에 오른 뒤 복직된 형재는 1424년에 영의정부사가 되고 이 해 11월에는 명나라 인종황제가 등극한 것을 축하하는 진하사로 중국에 다녀왔다. 이때 공의 나이가 63세였으니 그의 외교적 능력과 국가에 대한 충성심을 짐작할 수 있다. 1426년(세종 8)에는 그 해 치러진 회시會試의 독권관讀券官이 되어 과거를 주관하였고, 또 좌의정으로 제수받게 된다. 1431년(세종 13) 8월 7일에 공은 70세의 나이로 자택에서 세상을 떠난다. 공의 죽음이 알려지자 세종은 몹시 슬퍼하며 친히 조문을 하였고 제관을 보내 치제致祭하게 했으며 장례물품을 하사하였다. 또 조정에서는 시호를 의논하여 '문경文景'으로 결정하였다. 공의 묘는 처음에는 여주의 북성산北城山에 있다가 1469년(예종 1) 영릉을 천장하게 되자 양주의 신혈리神穴里로 이장하게 되었다. 조정에서는 땅과 밭을 하사하고 묘지기를 두어 지키게 하였다. 1571년(선조 4) 성주의 안봉서원安峰書院 영당影堂이 건립되자 그곳에 제향祭享되었다.

형재의 교유관계를 살펴보기 위해서는 그에 대한 자료가 별로 없는 상황에서 『형재시집』에 나온 시들을 중심으로 추적해 보는 수밖에 없다. 문집에는 여러 사람과 나눈 차운시가 있고, 또 어떤 특정한 인물들에 대한 형재의 애정을 토로한 대목이 나타난 경우도 있다. 먼저 시에 언급된 대표적인 인물들을 추려서 표로 만들어 보면 다음과 같다.

◇ 교유 인물 일람표

일련 번호	이름	자	호 (시호)	『형재시집』에 수록된 시 제목	신분
(1)	공부孔俯	백공伯恭	어촌漁村	〈孔氏漁村四時〉	문신
(2)	조박趙璞	안석安石	우정雨亭	〈移居書懷, 寄舊里平原君趙雨亭璞, 二 首〉	문신
(3)	이래李萊	낙보樂甫	경절景節	〈聞雞城君下世 李公諱萊〉	문신
(4)	배중부 裵中孚		눌촌訥村	〈寄訥村裵先生〉	문신
(5)	조준趙浚	명중明仲	송당松堂	〈題松堂趙政丞詩卷得弟字〉	문신
(6)	이존오 李存吾	순경順慶	석탄石灘	〈題石灘李先生存吾 詩卷 得釣字〉	문신
(7)	성석린 成石璘	자수自修	독곡獨谷	〈奉次獨谷先生闕庭槐樹詩韻〉	문신
(8)	성석연 成石珚	자유自由	상곡桑谷	〈成判書妻氏挽詞〉	문신
(9)	정탁鄭擢	여괴汝魁	춘곡春谷	〈獨谷大先生以詩贈鄭司諫餘, 得上字〉	문신
(10)	이정간 李貞幹	고부固夫	효정孝靖	〈題李觀察 貞幹 卷上〉	문신
(11)	권근權近	사숙思叔	양촌陽村	〈權陽村挽〉	문신
(12)	연사종 延嗣宗	불비不非	정후靖厚	〈將適鏡城, 奉別都巡問使谷山君延公諱嗣 宗 還京〉	무신
(13)	하연河演	연량淵亮	경재敬齋	〈次河副令演 題龍津縣新山城詩韻〉	문신
(14)	김담金淡	거원巨源	무송헌 無松軒	〈次淸州金生員淡 新家詩韻〉	문신
(15)	노한盧閈	유린有隣	구산龜山	〈用前韻, 送全羅道都節制使盧摠制龜 山〉	문신
(16)	최이崔迤	유명惟明	희경僖景	〈甲午年冬十月, 奉使赴燕京, 奉別平安 道都巡問使崔公迤〉	문신
(17)	하륜河崙	대림大臨	호정浩亭	〈聞晉山府院君在定平府捐館〉	문신
(18)	배극렴 裵克廉	양가量可	금산錦山	〈次裵錦山見訪留詩韻〉	무신
(19)	권홍權弘	백도伯道	송설헌 松雪軒	〈送權知議政赴金陵諱弘〉	문신
(20)	허기許著	원덕元德	매헌梅軒	〈梅軒送西苽, 以詩答之〉	문신
(21)	허금許錦	재중在中	야당埜堂	〈梅叟詩卷, 得高字. 許判事書號〉	문신
(22)	허진許珒		공암孔巖	〈用許孔巖閒中有感詩韻〉	문신
(23)	탁신卓信	자기子幾	죽정竹亭	〈挽卓參贊〉	문신
(24)	이숭인 李崇仁	자안子安	도은陶隱	〈九日鄕中諸公邀李陶隱登高, 陶隱有詩奉 次韻〉	문신

(25)	정구鄭矩	중상仲常	설학재 雪壑齋	〈送同年鄭判書 矩 奉使朝京〉	문신
(26)	박은 朴블	앙지仰止	조은釣隱	〈聞錦川鐵城作左右相喜而賦之〉	문신
(27)	이원李原	차산次山	용헌容軒	〈奉別都巡問使鐵城君〉	문신
(28)	길재吉再	재보再父	야은冶隱	〈次冶隱先生卷上詩韻 吉再〉	문신
(29)	박초朴礎	자허子虛	토헌土軒	〈送慶尙道水軍都體察使朴公 楚〉	무신
(30)	김구덕 金九德		안정安靖	〈金判敦寧挽 諱九德〉	문신
(31)	황희黃喜	구부懼夫	방촌厖村	〈左相黃公母氏挽詞〉	문신
(32)	권경權擎	신지愼之	양정襄靖	〈次永嘉君賦雪〉	문신
(33)	이색李穡	영숙穎叔	목은牧隱	〈村居四節用牧隱韻〉	문신
(34)	박자청 朴自靑		익위翼魏	〈病中聞朴工書子靑 李永陽脣 往龍山 江〉	무신
(35)	이응李膺		정경貞敬	〈病中聞朴工書子靑 李永陽脣 往龍山 江〉	문신
(36)	이첨李詹	중숙中叔	쌍매당 雙梅堂	〈次雙梅先生紅梅詩韻〉	문신
(37)	맹사성 孟思誠	자명自明	고불古佛	〈憶騎牛居士〉	문신
(38)	여칭呂稱	중보仲父	저곡樗谷	〈哭呂判書〉	문신
(39)	배황정 裴黃庭			〈次韻寄金海裵黃庭〉	문신
(40)	화광和光			〈和光〉	승려
(41)	월창회장 月窓會長			〈寄法林月窓會長〉	승려
(42)	둔산선사 遁山禪師			〈贈遁山禪師〉	승려
(43)	난대사 蘭大師			〈次蘭大師詩韻〉	승려
(44)	해선海璿		기봉璣峯	〈璣峯〉	승려
(45)	심도승통 沈都僧統			〈題沈都僧統卷上〉	승려
(46)	법수사주 지法水寺 住持			〈登法水寺南樓, 次韻贈堂頭〉	승려
(47)	예장로 睿長老			〈次送睿長老〉	승려

(48)	우산장로 牛山長老 (일명 계 융契融)			〈次牛山長老卷上韻〉	승려
(49)	해봉상인 海峯上人			〈題海峯上人嶺月詩卷〉	승려

차운시를 지으며 서로 교분을 나눴던 인물들은 이상과 같이 대략 잡아서 49명 정도이다. 위 도표의 인물들은 중국 인사들을 제외하고 작성한 것이다. 이들을 신분별로 분류해 보면 문신이 대부분으로 가장 많은 수를 차지하고, 그 외 무신들과 승려가 있다. 이들 중 특히 깊은 교유를 나눈 사람으로 (4)번의 배중부裵中孚를 들 수 있다. 그의 호는 눌촌訥村으로 자세한 생평은 알 수 없지만, 형재와 같은 동향사람으로 일찍이 벼슬을 버리고 침촌砧村 시골에 은거하며 생활했던 선비로 여겨진다. 형재는 여러 번에 걸쳐 배중부와 관련된 시를 썼는데 대체로 배중부의 인품을 찬미하고 그의 은거생활을 부러워하는 내용이 주를 이룬다. 참고로 다음 시를 살펴보자.

눌촌 배선생의 서당에 쓰다

①

벼슬 버리고 서울을 떠나서	掛冠辭綺陌
심성을 수양하며 시골에 은거하네	養性隱村墟
커다란 나무는 그대로 정자가 되고	倚樹位爲榭
시냇물 갈라서 따로 도랑을 팠다네	分溪別作渠
봄 가을로 농사일에 바쁘지만	春秋催稼穡
밤낮으로 시서를 강의한다네	日月講詩書
지금 나는 다행스럽게도	今我亦何幸
그 근처에 살게 되었다네	於焉近卜居

②

부귀는 봄날의 꿈과 같은 것	富貴同春夢
어진 이나 어리석은 자나 모두 한 마을에 산다네	賢愚共草墟
단지 마음을 편하게 가질 뿐이지	但教心坦坦
집이 넓고 클 필요는 없다네	不必屋渠渠
항상 집안에 조용히 앉아서	靜坐常扃戶
독서에 게을러지면 한가롭게 졸기도 하지	閑眠懶讀書
울타리를 에워싼 소나무와 대나무는 멋지고	擁籬松竹秀
나 또한 나의 거처를 사랑한다네	吾亦愛吾居[6]

　　시의 내용으로 볼 때 배중부는 서울의 벼슬을 버리고 시골에 은
거한 채 심성을 수양하며 살아가는 선비이다. 첫 번째 시 제6구에 나
온 것처럼 그는 시골에서 젊은이들에게 시서를 강하며 후진양성에 힘
쓰고 있다. 제7－8구의 "지금 나는 다행스럽게도/ 그 근처에 살게 되
었네"라는 구절은 전술했던 바와 같이 1415년 세종의 세자 책봉에
반대하다가 성주 고향으로 안치된 상황을 말한 것으로, 낙향한 뒤 아
마도 형재는 배중부와 이웃하여 살았던 것으로 보인다. 두 번째 시에
서는 그 시절 형재의 심정이 잘 그려져 있다. 즉 부귀공명의 모든 욕
심을 버리고 자연을 벗삼아 살고자 하는 것이었으니 이는 배중부의
영향을 많이 받았음을 짐작할 수 있다.

　　배중부 외에 또 빼놓을 수 없는 사람이 (7)번의 성석린成石璘이
다. 그는 호가 독곡獨谷으로 태종 때에 영의정에까지 오르고 시문과
글씨에도 능한 문신이다. 형재는 세 번에 걸쳐 성석린과 관련된 시를
쓰면서 그와의 남다른 친분을 나타내었다. 또 (17)번 호정浩亭 하륜河
崙에게는 "대학자[大斯文]"라는 호칭을 쓰며 존경을 표하고 있다. 무
신 중에는 (18)번 배극렴裵克廉과 관계된 시가 가장 많다. 그는 일찍
이 이성계를 도와 위화도회군을 감행했으며 조선조에 들어와서는 무

---

6) 『형재시집』 권2, 「題訥村裴先生書堂」.

장으로 활약했던 인물이다. 승려 중에서는 (41)번의 월창회장月窓會長과 (48)번의 우산장로牛山長老와 깊은 교유를 한 것으로 보인다. 월창회장은 법림사法林寺의 주지로서 그와 주고받은 시가 무려 7수나 있다. 내용은 다양한데 월창의 수도修道를 칭찬하는 것, 그리고 월창이 보내준 물건들, 가령 부채, 향 등의 선물에 대한 감사 등 매우 다채롭다. 형재가 시를 주고받은 승려가 10여 명이나 되고 그 내용 또한 불가에 귀의하고 싶은 염원이 담겨 있음을 볼 때, 형재는 불교에 깊은 관심을 가졌을 뿐만 아니라 그의 사상 역시 불교로부터 큰 영향을 받았음을 알 수 있다.

3. 형재시의 문학적 특징과 그 의미

『형재시집』은 모두 4권 1책으로 이루어져 있으며 총 232제題 294수의 시가 실려 있다. 뿐만 아니라 어떤 인물과 차운을 했을 경우 원시까지 소개하고 있는데, 모두 7명의 시가 실려 있다.[7] 권수에는 김종직의 서序가 실려 있는데, 『형재시집』이 편찬·간행된 경위를 밝히고 있다. 서문을 보면 초간본에는 4권의 시집 외에 잡저 3편과 이직이 직접 쓴 연보가 아울러 있었던 것 같으나 초간본 이후로는 잡저와 연보는 유실되어 현재 전하지 않는다.

『형재시집』의 시는 김종직이 편차한 것으로 시체별로 편차되어 있다. 권1에는 오언고시와 칠언고시, 그리고 삼오칠언三五七言이 실려 있다. 권2에는 오언율시와 오언배율 그리고 습유拾遺 1편이 실려 있으며, 권3에는 칠언율시와 칠언배율, 권4에는 칠언절구와 육언시六言詩 한 수가 실려 있다. 권미에는 중간본이 간행되기까지의 경위를 밝힌 6세손 이욱李稶의 발문과, 1737년 중간본을 보각하여[중간본 후쇄

---

7) 이를 살펴보면 다음과 같다. 중국사신 陸顒이 쓴 칠언고시 1수(권1), 成石璘이 쓴 오언율시 1수(권1), 중국 사신 章謹이 쓴 오언율시 1수(권2), 조선초의 문신 許晝가 쓴 오언율시 1수(권2), 李崇仁이 쓴 칠언율시 2수(권3), 중국 사신 端木禮가 쓴 칠언율시 1수(권3), 裵仲孚가 쓴 칠언절구 1수(권4) 등 모두 7명의 8수의 시가 그것이다.

보사본] 후쇄할 때 쓴 후손 이응협李應協의 발문이 실려 있다.

형재의 시는 문학사적으로 보면 조선전기 관료문인들의 문학인 소위 '관각문학館閣文學'의 특징과 그 궤를 같이한다. 문집의 서문에서 김종직이 언급한 다음의 글은 형재시의 문학적 성격을 단적으로 보여주는 논설이라 할 수 있다.

세상에서는 말하기를 "문장과 운명은 서로 도모할 수 없다. 그러므로 오묘한 작품은 산림에 은거하거나 정처없이 떠도는 사람들에게서 많이 나왔으며, 현달한 사람의 경우에는 기氣가 가득하고 뜻을 이미 얻었기에 비록 공치工緻하게 잘 짓고자 하여도 그렇게 할 겨를이 없다."라고 하는데, 나는 그렇게 생각하지 않는다. 곤궁하게 된 이후에 작품이 뛰어나게 된 자가 비록 진실로 있지만 공후公侯나 귀인貴人으로서 능한 자가 또한 어찌 적다고 할 수 있겠는가? 그들은 국량局量이 넓고 분수가 높아서 높고 자랑스러운 벼슬을 마치 본래 있었던 것처럼 생각한다. 말을 내면 편종編鐘과 편경編磬이 서로 조화를 이루듯 들어맞으며, 한 번 생각이 미치면 바람과 구름이 절로 따르듯이 연상聯想이 일어난다. 인의仁義가 마음속에 가득 찬 것이 자연스럽게 시로 나타나는 것을 막을 수 없다. 또한 어찌 기가 가득하고 뜻을 얻은 것을 소인배들이 부귀에 거하는 것과 같다고 할 수 있겠는가? …(중략)…

이로써 말해 보건대 관직에 현달한 자들이라고 해서 일찍이 시에 뛰어나지 못했던 것은 아니라는 것을 알 수 있다. 형재 이 선생은 고려말엽에 태어나 명문의 가문에서 자랐고 웅건雄建한 기상이 보통의 사람들보다 매우 뛰어났으며 읽지 않은 책이 없어 안으로 쌓인 것이 바깥으로 모두 발산되었다. 그가 지은 시문은 넉넉하고 혼후渾厚하였고 법칙이 삼엄하였다. 젊어서는 혼탁한 세상에 처하여서 그 마음속에 쌓인 것을 나타내었고 우리 태조께서 나라를 일으키신 이후로는 임금을 보좌하여 공업을 이루었다. 네 대의 왕조를 차례로 거치면서 경세제민經世濟民의 정책을 펼쳐 선조들의 빛나는 공적을 계승하였고 또한 능히 시로써도

한 시대를 울렸다. 일찍이 두 번이나 중국에 사행을 가서서 연과 계에 이르고 장강과 회수를 건넜으며 육옹과 장근 등의 문사들과 창화하였다. 그 도읍과 산하의 크고 아름다움, 예악과 문물의 온화하고 풍성함을 보고 듣고 마음속에 간직하여 천하의 큰 볼거리를 다하였으니, 관직에 현달한 자 중에 시에 뛰어난 사람으로는 선생이 또한 그 같은 사람이라고 할 수 있겠다.8)

위의 김종직의 시론은 문학사에서 시와 시인의 관계를 설명할 때 자주 언급되는 소위 "궁이후공론窮而後工論"을 전면적으로 부정하는 것이다. "궁이후공론"이란 주지하다시피 송나라의 구양수歐陽脩가 「매성유시집서梅聖兪詩集序」에서 언급한 이래로 굳어진 시론의 하나로서 시인의 삶이 궁하게 된 이후에 그의 시가 뛰어나게 된다는 것이다. 결국 빈궁한 시인의 삶과 훌륭한 시의 창작이 밀접하게 연관되어 있다는 것이라 정리할 수 있겠다. 그런데 김종직은 위에서 구양수의 이론을 부정하고 있다. 간단히 말해 공후나 귀인으로서 시에 뛰어난 자가 얼마든지 있다는 것이다. 공후나 귀인들은 국량이 넓고 분수가 높아서 말을 내뱉으면 마치 편종과 편경이 서로 조화를 이루듯이 잘 들어맞는다. 따라서 그들의 마음속에 가득찬 인의仁義가 자연스럽게 시로 나타날 수밖에 없다는 것이다. 그러므로 관직에 현달한 자라고 해서 시에 뛰어날 수 없는 것은 결코 아니며, 오히려 시를 잘 지을 수 있는 유리한 조건을 갖춘 것이라 할 수 있다. 그리고 여말선초의 문인들 중 여기에 해당하는 대표적인 인물이 형재 이직이라는 것이다.

『형재시집』의 시들을 내용상 분류해보면, 대체로 다음의 세 가지로 분류된다. 첫째, 사대부 관료로서 경국經國에 대한 의지와 경세제민의 포부를 밝힌 것. 둘째, 귀거래를 통해 자연친화적 삶을 동경한 것. 셋째, 중국 사행使行의 현장에서 견문한 것을 쓴 것 등이다. 그럼 먼저 경국經國에 대한 의지와 포부를 밝힌 시를 살펴보자.

---

8) 김종직, 『亨齋詩集』권수, 「亨齋詩集序」.

(1) 경국에 대한 의지와 경세제민의 포부

길주 판상의 시에 차운하다

임금께 보답하기에는 다른 방법이 없고	報主無他策
백성에게 부지런히 정성을 다하는 것 뿐	勤民只此誠
말을 타고 북쪽 변방 돌아보니	一鞭循北塞
팔월이면 곡식 익음을 기뻐하네	八月喜西成
땅은 오랑캐 경계와 연결되어 있고	壤地連戎界
의관은 서울과 차이가 나네	衣冠隔漢城
기러기는 남쪽을 향해 날아가는데	鴻飛向南去
순풍에 그 날개도 가볍구나	羽翼順風輕9)

시제의 길주는 함경북도의 군명郡名인데 형재는 1407년(태종 7) 동북면도순문찰리사東北面都巡問察里使가 되어 함경도의 여러 고을을 순찰했으므로 인용시 역시 이 무렵 지은 것으로 생각된다. 제1-2구에서는 신하로서 나라와 임금에게 보답하는 길은 목민관으로서 정성을 다해 백성을 잘 돌보는 것밖에 없음을 말하고 있다. 형재가 이곳을 지날 때는 팔월 추수철이어서 곡식이 익어가고 있었다. 3-4구는 풍년을 백성과 함께 기뻐하는 관료로서의 애민의식이 나타나 있다. 다음 시는 시골에 은거하며 자연인으로서 살아가는 형재의 모습이 그려져 있다.

---

9) 『형재시집』권2, 「次吉州板上韻」.

단천 판상의 시에 차운하다

바쁘게 수레는 떠나가고	征車無暇日
길은 구름 속으로 들어간다	驛路入邊雲
육도삼략으로 차라리 장군이 되어	韜略寧爲將
온 마음을 다하여 임금께 보답하고 싶다	心肝欲報君
붉은 깃발 해안가에서 펄럭이는데	朱旗翻海岸
밝은 해는 대궐 문을 비추고 있겠지	白日照天門
머리 돌려보니 관원들의 행렬 저만치 있는데	回首駕行隔
어느 때에야 함께 말을 타고 달려볼까	何時共駿奔[10]

이 시 역시 형재가 동북면도순문찰리사로 여러 고을을 순찰하던 중 함경도 단천을 지나면서 쓴 것이다. 제1-2구는 누대에 올라 바라본 풍광이다. 변방 지대인지라 군진軍陣이 설치되어 있고, 병영에서 사용하는 수레, 마차 등은 끊임없이 어디론가 이동한다. 험준한 산이 굽이굽이 펼쳐져 있고, 그 사이로 난 길은 저 멀리 구름 속으로 들어가 사라진다. 3-4구는 문신으로 변방의 국경지대를 체험한 시인의 감회이자 포부이다. 책만 읽고 입으로 떠들기만 하는 서생보다는 차라리 장군이 되어 육도삼략의 병법을 펼치며 나라에 실질적인 도움을 주고 싶다는 염원이다. 서울의 조정에서는 느낄 수 없는 국경의 긴장감을 체험하고, 고생하는 병사들과 백성들을 보며 시인은 국가에 대한 충성을 새삼스레 다시금 떠올렸던 것으로 보인다. 5-6구는 같은 시간, 다른 공간에 대한 상상이다. 시인은 지금 함경도 해안가에 위치해 있다. 그곳은 최전방으로 군대의 진영이 있는 곳이다. 긴장감이 가득한 이 상황을 시인은 "붉은 깃발 펄럭인다"라고 생동감 있게 묘사한다. 반면에 서울 도성은 지극히 평화롭고 안정되어 있다. 이를

---

[10] 『형재시집』 권2, 「次端川板上韻」.

시인은 "밝은 해가 대궐을 비추고 있다"라고 말한다. 이 같은 평화는 사실, 전방 병사들의 수고의 덕택이다. 서울에서 관직에 있을 때에는 이러한 사실을 알지 못했지만, 변방의 상황을 직접 목도해보니 새삼스레 국경을 지키는 병사들과 백성들에게 감사의 마음이 생기는 것이다. 다음의 시는 지방을 돌며 수령의 선정을 기리는 것이다.

정주의 신 객사에서

성곽에는 터가 남아 있고	城郭留遺趾
황폐한 개암나무 밭은 오래도 되었구나	榛蕪不計年
새로운 객사를 지으니	經營新館宇
옛 산천을 누르고 서 있다네	控壓舊山川
백성의 산업을 영원히 보장해 주니	永保生民業
모두들 태수의 현명함 칭찬하네	皆稱太守賢
후세에 인물을 논할 때	他時人物論
위엄과 은혜 함께 전해지리라	威惠並流傳11)

　시제에서 정주의 신 객사라고 한 것으로 보아 아마도 그 즈음에 정주의 지방관이 객사를 새로 지었던 것 같다. 지리적으로 정주는 중국을 오가는 사행단의 행렬이 지나는 곳이다. 따라서 정주 객사는 사신들을 비롯한 수많은 여행자들의 숙소로 빈번하게 사용되었을 것이다. 1−2구의 내용으로 보아 정주의 객사는 허물어지고 그 자리는 황폐한 개암나무 밭으로 바뀌어 버린 것 같다. 정주의 수령이 새롭게 객사를 세우니 고을의 모든 백성들이 그의 현명함을 칭찬한다. 아마도 객사로 인해 고을의 경제적 수입이 창출될 것으로 여긴 것 같다. 마지막 7−8구는 백성들의 산업과 경제적 풍요를 위해 헌신한 수령의 선정이 길이 남을 것이라는 칭찬이다. 아마도 시인은 정주 수령의

―――――――――――――――――

11) 『형재시집』 권2, 「定州新客舍」.

선정을 통해 목민관으로서 자신의 모습을 되돌아보고, 경세제민의 포부를 새롭게 다짐했을 것이다. 이처럼 형재는 기본적으로 국가에 대한 충성과 백성들에 대한 선정을 다짐하는 유자儒者로서의 본연의 모습에 충실한 사람이었다. 그는 관직생활을 통해 자신의 배운 것을 활용하고, 자신의 꿈을 실현하고자 하였다. 다음 시는 이러한 형재의 세계관과 인생관을 여실히 보여준다.

화광에게

형형색색의 만물 중 그 무엇이 참인가	色色形形孰眞
진리의 끝에 이르기는 끝이 없다네	至眞極處無極
어찌 반드시 홀로 청산에 가리요	何須獨往靑山
달빛이 천지를 비추니 모두가 희고 흰데	月照乾坤俱白12)

시제의 "화광"은 화광이란 스님의 암자 이름이다. 앞의 2장에서도 말했다시피 형재는 불교에 상당한 관심과 호의를 가지고 있었고, 승려들과도 깊은 교유를 나눴던 인물이다. 하지만 둘 중에서 하나만 택하라고 한다면 그는 불교보다는 유교를 택했을 것이 분명해 보인다. 시인은 제1구에서 무엇이 참이고 진리인가라는 화두를 던진다. 그리고는 곧이어 진리의 길에 이르는 방법은 끝이 없다라고 답한다. 이 말은 진리를 찾는 길이 쉽지 않다는 의미와 더불어 진리를 찾는 방법은 다양할 수 있다는 두 가지 의미를 내포하고 있다. 이러한 시인의 생각은 3-4구에서 더욱 직접적으로 표현된다. 진리를 찾기 위해서 홀로 청산에 들어갈 필요가 없다는 것이다. 왜냐하면 도시나 산속이나, 이 세상 그 어디에나 달빛은 비추고 있기 때문이다. 여기에서 달빛은 진리의 빛을 상징한다. 이 말을 정리하면 진리를 깨우치기 위해서 반드시 산속으로만 들어갈 필요가 없다는 말이다. 진리는 사

---

12) 『형재시집』 권4, 「和光 僧菴名」.

람이 어깨를 맞대고 살아가는 속세에서도 얼마든지 찾을 수 있다. 아니 어쩌면 속세에서 찾아야만 한다. 인식이 여기에 이르면 적극적인 삶의 자세를 요구하는 유자적 방식의 생을 살아갈 수밖에 없다. 경세제민하려는 형재의 의지는 바로 이 같은 가치관에 기반한 것이다.

(2) 자연친화적 삶에 대한 동경

경국에 대한 의지와 적극적인 삶의 자세를 다룬 시들과는 대조적으로 자연에 대한 동경과 자연친화적 삶을 회구하는 시편들도 형재시에 여러 수가 보인다. 이 같은 대조적인 모습은 일견 모순된 것처럼 보이지만, 곰곰이 생각해보면 동전의 양면과도 같아서 하나는 다른 하나의 또 다른 모습이기도 하다. 다음 시를 보자.

차운하여 김해 배황정에게 주다

텅 빈 골짜기에 와서 한가한 사람 되어	歸來空谷作閑人
음풍농월하며 정신을 기른다	嘯月吟風養得神
학이 우니 선계가 가까이 있음을 알 것 같고	鶴唳似知仙府近
제비 날아가니 새로 지은 초가 축하하는 것 같네	燕飛猶賀草廬新
푸른 소나무와 대나무는 봄빛을 머금었고	靑松翠竹留春色
흰 돌과 푸르른 이끼는 물가와 함께하네	白石蒼苔共水濱
친구에게 시골의 정취를 알리니	爲報故人丘壑趣
질그릇이 이제부터 내 몸과 함께 늙어가리라	瓦盆從此老吾身[13]

시인은 지금 바쁜 서울에서의 관료생활을 청산하고 낙향하여 한가롭게 살아가고 있다. 그는 자연 속에서 자연을 벗하며 살아간다. 그가 매일같이 만나는 일상은 학, 제비, 소나무, 대나무, 흰 돌, 푸르른 이끼 들이다. 서울에서라고 어찌 이런 것들이 없었겠는가마는 자

---

13) 『형재시집』 권3, 「次韻寄金海裴黃庭」.

연 속에서 만나는 학과 제비들은 어제 보았던 그 학과 제비가 더 이상 아닌 것이다. 시인은 이것을 "선계"라고 표현하고 있다. 그리고 그는 이제부터 그 자연 속에서 늙어 가리라고 다짐한다. 다음 시는 침촌에서의 생활을 읊은 것이다.

침촌즉사

붉은 꽃 푸른 풀에 시냇물은 동쪽으로 흘러가는데	花紅草碧水東流
운명에 따라 거닐다보니 모든 일이 잊혀지네	信命逍遙萬事休
손님도 없어서 홀로 앉기도 하고 걷기도 하며	獨坐獨行無外客
곤하면 자고 배고프면 먹으면서 봄을 보낸다	困眠飢食送春秋[14]

시제의 '침촌'은 경상북도 성주군 선남면 취곡리 침곡마을로 형재가 귀양갔을 때에 머물렀던 곳이다. 전술했다시피 형재는 1415년 태종이 충녕대군으로 세자를 바꾸려는 시도에 극력 반대하다가 성주로 유배를 가게 되었는데, 이 시 역시 그 무렵 지어진 것으로 보여진다. 어느 늦은 봄날, 붉은 꽃잎은 떨어져 시냇물 위로 흐르고 있다. 시인은 모든 것을 운명이라 믿으며 마음을 비우고 산책에 나선다. 아마도 귀양에 처해진 본인의 처지를 운명으로 여긴 것 같다. 이렇게 자연을 걷다보니 자연스레 세속의 모든 일들이 잊혀져간다. 중앙정계에서 쫓겨난 유배객에게 찾아오는 손님은 아무도 없다. 이것이 시인을 오히려 자유롭게 만들어준다. 그는 앉고 싶으면 앉고, 걷고 싶으면 걷는다. 피곤하면 자고, 배가 고프면 먹는다. 잠자는 시간과 밥먹는 시간이 정해져 있지 않다. 그 무엇에도 행동의 제약이 없다. 예전의 서울에 있을 때에는 상상도 할 수 없는 일이다. 유배의 고된 시간을 오히려 자연 속에서 즐기고 있는 것이다. 이것은 형재가 오래 전부터 자연친화적 삶을 동경해 왔던 사실에 기인한 것이다. 자연 속에

---

14) 『형재시집』 권4, 「砧村卽事」.

서 물아일체의 경지를 누리며 살고 싶었지만, 그것은 바쁜 서울 관직 생활로 인해 한갓 이룰 수 없는 꿈에 불과했다. 하지만 한적한 시골로의 유배는 형재의 오랜 꿈을 자연스럽게 이뤄주었다.

가을날, 가솔들을 거느리고 초곡 시냇가에 유람하다

①

짚신 신고 지팡이 짚고 아이들을 데리고	芒鞋竹杖引兒孫
날씨도 화창한 날 시냇가에서 술을 마신다	對酒臨溪日色溫
귀하고 천함, 슬픔과 기쁨을 모두 버려버리고	貴賤悲歡都不管
취향에서 높아짐을 기쁘게 자부하노라	怡然自負醉鄕尊

②

이미 아내와 자식에 또 손자까지 있으니	旣具妻孥又有孫
허름한 집에서 세월을 보냄도 또한 족하다네	衡門亦足送寒溫
어느 곳에 있어서도 분수에 편안하는 법을 알았으니	己知隨處當安分
어찌 사람들에게 함부로 스스로를 높이겠는가	肯爲傍人妄自尊15)

시제의 "초곡계변草谷溪邊"은 성주군 선남면을 가로지르는 시내이니 이 시 역시 앞의 인용시와 마찬가지로 침촌에서 은거했을 때 지어진 것으로 보인다. 어느 화창한 가을날 시인은 가솔들을 데리고 바람을 쐬러 나선다. 푸르른 하늘에 날씨가 너무나 좋아 시냇가에 앉은 시인은 그만 술에 취해버린다. 취하고 나니 이 세상의 귀천과 인생의 희비는 별로 중요하지 않게 여겨진다. 그보다는 이렇게 자연을 벗삼아 마음껏 자유를 누리며 취할 수 있는 것이 더 소중하고 기쁘다는 것을 깨닫는다. 시인은 이미 화려한 서울의 관직 생활도 경험해 보았다. 게다가 자신에게는 아내와 자식은 물론 손자들까지 있다. 그러니

---

15) 『형재시집』 권4, 「秋日, 盡室遊草谷溪邊」.

이제 비록 시골의 허름한 집에서 세월을 보낸다 해도 만족할 수 있다는 생각에 이른다. 그리고 이러한 생각의 저변에는 어느 곳에 거하더라도 주어진 분수에 편안해하는 '안분지족安分知足'의 가치관이 자리잡고 있음을 알 수 있다. 다음 시 역시 이 같은 시인의 인식을 잘 보여준다.

회포를 풀다

①

인생 백 년에 사람들 바람처럼 지나가서	百年人物過如風
길든 짧든 한 꿈속으로 함께 돌아가네	脩短同歸一夢中
이 몸 마땅히 순리를 좇아야 함 깨달았으니	但覺此身當順事
단약 만드는 신선에게 물을 필요 없다네	不須丹竈問仙翁

②

띠집으로도 족히 비바람 피할 수 있고	茅茨亦足蔽寒風
화롯불로도 집안을 따뜻하게 할 수 있다네	爐火仍兼暖室中
가난한 살림살이라 재미없다 말하지 마라	莫道貧居無興味
이웃집 늙은이와 여러 차례 술잔도 기울였으니	屢將樽酒對隣翁16)

돌이켜보면 우리 인생은 바람처럼 지나가서 한바탕의 봄꿈처럼 사라져 버리고 만다. 인생이 이처럼 찰나요 짧은 것임을 깨닫는 순간, 순리대로 바르게 살아야겠다고 다짐하게 된다. 시인은 또한 순리대로 살면 되지 불로장생을 위하여 단약을 만들어 먹을 필요가 없다고 말한다. 앞에서 진리를 깨우치기 위해서 반드시 청산에 들어갈 필요는 없다는 유교적 삶의 자세를 다룬 시를 살펴보았는데, 이 시에는 도교의 불로장생 술을 부정하는 태도가 나타나 있다. 이러한 시들을

---

16) 『형재시집』 권4, 「遣懷」.

통해 우리는 형재의 세계관이 불교나 도교보다는 유교적 인식에 보다 가깝다는 것을 파악할 수 있다. 두 번째 시에서는 안분지족의 정신이 잘 드러나 있다. 초라한 띠집에 살아도 비바람은 피할 수 있고, 화롯불 하나로도 따뜻할 수 있는 것이다. 비록 살림살이가 가난해도 그 삶이 재미없는 것은 아니다. 마음에 맞는 벗과 술잔을 기울이며 회포를 풀 수 있다면, 가난은 그리 큰 문제가 되지 않는다. 보다 중요한 것은 스스로의 삶에 얼마나 만족감을 가지며 살아가고 있느냐의 문제이다. 형재는 지금 자연 속에서 삶에 순응하고 만족하는 법을 배우고 있는 것이다.

(3) 사행의 경험을 다룬 시

앞의 제2장에서도 언급했다시피 형재는 모두 네 차례에 걸쳐 명나라로 사행을 다녀왔기에 사행의 경험을 다룬 시들이 여러 수 보인다. 사행시들은 대체로 사행 도중에 목격한 풍물 및 풍속 인정세태를 쓴 것, 저명한 유적지나 역사의 현장을 방문하고 그 감회를 쓴 것, 중국 황제를 알현하고 황궁의 분위기를 적은 것, 사행 도중의 감회 및 여행의 고달픔, 고국에 대한 그리움 등을 쓴 것 등으로 세분해 볼 수 있다. 다음 시는 사행의 도중 회안淮安에 도착해서 느끼는 감회를 적은 것이다.

회안에 이르다

지난날 왕명을 받들고 회하淮河 가를 지날 때엔	往時將命過淮邊
검은 머리 붉은 얼굴 정말로 젊은이였는데	綠髮朱顔正少年
오늘날 다시 올 땐 두 볼의 귀밑머리만 희니	今日重來兩鬢雪
배에 기대어 물에 비쳐보니 아득하기만 하다	倚船臨水意茫然[17]

---

17) 『형재시집』 권4, 「到淮安」.

회안은 현재 중국 강소성에 속해 있는 지역이다. 시의 내용으로 볼 때 나이가 들어 떠난 사행이었던 것 같다. 그렇다면 전술했던 네 번의 사행 중 1424년 63세의 나이로 떠났던 사행이었을 가능성이 높다. 배에 기대어 물에 비친 자신의 모습을 보니 어느덧 두 볼에 귀밑머리가 희어졌다. 젊은 시절 이곳을 지날 때는 검은 머리에 붉은 얼굴이었음이 떠오른다. 국가를 위해 여러 차례의 사행을 기꺼이 감당해 낸 노 시인의 모습이 잘 그려져 있다.

갑진년 구월에 연경에 사신으로 가서 홍희황제의 즉위를 축하하다

홍무 건문 영락년간에	洪武建文永樂間
여러 차례 임금의 명을 받아 천자를 알현했지	屢承綸命覲天關
그 누가 나처럼 천조를 살폈었던가	觀光誰似吾今遇
두 눈으로 네 황제의 용안을 친히 보았다네	兩眼親瞻四聖顔18)

이 시 역시 앞의 시와 마찬가지로 1424년의 사행에서 쓴 작품이다. 형재에게는 네 번째 사행이자 마지막 사행길이었다. 시제의 홍희황제는 명나라의 제4대 황제인 인종(1378-1425)을 가리킨다. 제1-2구에 나와 있듯이 형재는 홍무洪武, 건문建文, 영락永樂년간 등 여러 차례에 걸쳐 이미 사행의 경험이 있다. 그래서 그는 "네 황제의 용안을 친히 보았다"고 말하고 있다. 실제로 조선초 대 중국 외교관계에서 사행의 횟수나 그 역할로 보아 형재는 상당한 역할을 담당했던 것으로 보인다. 사행의 횟수나 그 역할로 보아 "그 누가 나처럼 천조를 살폈었던가"라는 형재의 말은 그리 과장된 것이 아님을 알 수 있다. 다음 시는 황궁에서 베풀어지는 잔치에 대한 것이다.

---

18) 『형재시집』권4,「甲辰九月, 奉使赴燕京, 賀洪熙皇帝登極」.

갑오년 11월 11일에 황제가 종전에 납시어 잔치를 베풀어 주다

높고 높은 보좌는 하늘에 기댄 듯	寶座巍巍倚大淸
특별한 은혜 입어 푸른 하늘까지 올랐네	特承恩命上靑冥
몸을 비추는 밝은 햇빛에 따뜻한 바람은 불고	臨身白日薰風暢
붉은 구름 둘러싼 궁전은 서기瑞氣가 가득하네	遠殿紅雲瑞氣橫
연주되는 음악은 기夔 악사가 악기를 다루는 듯	奏樂如聞夔搏拊
드리운 옷은 순임금의 모습 다시 보는 듯	垂衣復見舜儀形
천자의 은택을 보답할 길 없으니	無由仰答皇天澤
봉인封人처럼 다만 작은 정성으로 기원할 밖에	祝效封人只寸誠[19]

시제의 갑오년은 태종 14년 즉 1414년이다. 이때의 사행은 형재
에게는 세 번째 사행이었고, 중국 황제의 북정을 축하하기 위한 진하
사進賀使의 성격이었다. 밝은 햇빛, 따뜻한 바람, 붉은 구름은 모두 황
제의 은택을 강조하기 위한 시적 장치이다. 황제의 궁궐은 서기瑞氣로
가득하고 연주되는 음악은 순임금 시대의 음악처럼 전아典雅하기 그
지없으며, 황제 역시 마치 순임금을 다시 보는 듯하다. 이 시는 중국
사행의 경험을 통해서만 체험할 수 있는 황실의 위엄과 장엄함, 그리
고 격조 높은 의례와 문화를 소개하고 그 감동을 전하는 데에 주된
목적이 있다.

봉래각

①

높은 봉래각은 푸른 바다에 임해 있고	蓬萊高閣臨滄海
바다 위에는 삼신산三神山이 놓여 있는 듯	海上三山若箇邊

---

19) 『형재시집』 권3, 「甲午十一月十一日 帝御樏殿賜宴」.

작은 배로 노를 저어 찾아가고 싶지만　　　　　欲棹扁舟尋得去

풍랑이 크고 거세니 그 뜻이 아득해진다　　　　浪翻風壯意茫然

②

산의 동쪽과 북쪽 바다는 하늘과 붙어있고　　　山東山北海連天

편하게 건너려면 커다란 배가 필요하네　　　　利涉須憑萬斛舡

예부터 얼마나 많은 뱃사공의 손 빌렸던가　　　今古幾多舟楫手

부열傳說의 현명함이 거듭 생각나네　　　　　令人重憶傅巖賢[20]

　　시제의 봉래각蓬萊閣은 중국 산동성 연태에 있는 건물로 송나라
때 축조되었다. 발해만 남쪽 기슭의 단애산丹崖山 최고봉에 위치하며
악양루, 황학루와 더불어 절경으로 유명한 누대이다. 8명의 신선이
이곳에서 술을 마시다가 바다를 건너는 놀이를 즐겼다는 전설이 전한
다. 북쪽으로 넓은 바다가 끝없이 펼쳐져 있고, 바닷가에서 멀지 않
은 곳에 경치가 빼어난 장산열도長山列島가 위치해 있다. 첫 번째 시
의 "작은 배로 노를 저어 찾아가고 싶지만/ 풍랑이 크고 거세니 그
뜻이 아득해진다"나 두 번째 시의 "산의 동쪽과 북쪽 바다는 하늘과
붙어있고/ 편하게 건너려면 커다란 배가 필요하네"는 모두 봉래각에
서 내려다 본 망망대해를 읊은 것이다. 봉래각엔 봄·여름·가을이
되면 예부터 신기루蜃氣樓 현상이 자주 나타나 구름안개 사이로 누각
과 정자, 도시 등이 나타났다 사라지고, 때로는 전쟁터에서 말들이
질주하는 광경 등이 순식간에 나타나기도 하는 등 기이한 현상을 목
격할 수 있다고 한다. 우리나라에서는 쉽게 보기 힘든 광경을 사행을
통해 목격하고 그 감동을 써내려간 것이다.

---

20) 『형재시집』 권4, 「蓬萊閣」.

4. 결어

형재 이직은 고려말엽에서 조선전기에 활약했던 인물이다. 첫 출사는 고려조에서 시작했지만, 조선조의 개국에 참여하여 개국공신에 녹훈된 뒤에 주요 관직 생활을 조선조에서 했고, 또 태종을 도와 소위 '왕자의 난'에도 깊이 개입했기 때문에 그의 행적은 조선초기 정치사와 연관시켜 보는 것이 타당하다. 이직의 생애는 대체로 평탄하고 안정적인 관직생활의 연속이었다. 그는 병조판서, 좌의정 등 높은 관직을 역임하였고 무엇보다 네 차례에 걸쳐 명나라로 사행을 다녀오는 등 조선초기 대 중국 외교사에서 중요한 역할을 담당하였다. 뿐만 아니라 학술적인 면에 있어서도 1402년에는 대제학이 되어 학문과 교육을 주관하였고, 1403년에는 주자소鑄字所의 제조提調가 되어 조선시대 최초의 구리활자로 유명한 소위 '계미자癸未字'를 만드는 데에 큰 공헌을 하였다. 1408년에는 그 해 치러진 과거의 지공거知貢擧가 되어 김자金赭 등 33인을 뽑았고, 1412년에는 하륜과 함께 조선초의 국가법전인 『경제육전經濟六典』을 수정·보완하여 편찬하기도 하였다. 이처럼 그는 정치, 외교, 학술, 문화 등 다방면에 걸쳐 커다란 족적을 남긴 조선초를 대표하는 인물이었다.

하지만 그에게도 시련이 아주 없었던 것은 아니다. 1415년 5월 태종이 충녕대군(뒤의 세종)으로 세자를 바꾸려 하자 황희와 함께 이를 극력히 반대하다가 성주 천왕사에 유배 안치되었다. 이 안치생활은 그 후 세종이 왕위에 오른 뒤 형재의 딸이 태종의 후궁으로 들어가는 1422년이 돼서야 끝이 났으니 대략 7년여를 유배지에서 보낸 셈이다. 하지만 이러한 인생의 시련은 그의 삶을 되돌아보는 계기가 되었으며 유배지의 자연 속에서 그는 많은 시편을 남길 수 있었다. 형재는 조선초기 역사의 현장에서 실제로 담당했던 역할에 비해 후대에 그에 대한 평가와 연구가 소극적으로 이뤄진 인물이라고 생각된

다. 앞으로 이직의 사상과 문학에 대한 활발한 연구가 계속되기를 기
대해본다.

3부,
고려후기 한시와 일상

고려후기 제야시除夜詩 작가의 삶에 대한 반성과 성찰

1. 문제제기

저무는 해를 아쉬워하고 새해를 기대하며 소망하는 것은 예나 지금이나 마찬가지다. 세밑이 되면 사람들은 대체로 자신을 돌아보고 지난 일 년의 세월을 반성한다. 누구나 해마다 한 번씩은 묵은해를 보내고 새해를 맞이한다. 자칫 해마다 맞이하는 신년을 큰 의미가 없다고 생각할 수도 있겠지만, 삶을 돌아보고 반성하는 자에게는 한 해 한 해가 새로운 의미로 다가오기 마련이다. 제야시란 섣달 그믐에 지난 한 해를 돌아보고 또 다가오는 새해를 맞이하며 쓴 시를 말한다. '제야除夜'는 '제석除夕', '제일除日', '수세守歲'라고도 불렀는데, 섣달 그믐밤을 지새우는 일은 우리 민족에게는 이미 고려시대부터 지키던 세시풍속이었다. 한 해를 돌아보면 좋은 일보다는 후회되는 일에 미련이 남고 더 집착하기 마련이다. 제야시에도 이러한 감정들은 그대로 드러난다. 하지만 부정적인 면만 있는 것은 아니다. 자기 돌아보기를 통해 새로운 통찰력과 삶의 희망을 가질 수도 있다. 바로 이 점이 제야시가 갖는 미덕이자 옛 문인들이 제야시를 즐겨 지었던 이유이기도 하다.[1]

---

[1] 하정승, 『반니』(인터넷잡지), 「한시를 통해 읽는 새해의 다짐: 제야시의 세계」(전문가 칼럼) 참조. (http://banni.interpark.com)

중국 한시사에서 제야시는 이미 당나라 때부터 활발하게 창작되었다. 가령 성당시대를 대표하는 시인인 맹호연은 4수의 제야시를 남겼으며,[2] 변새시파 시인으로 유명한 고적 역시 유명한 제야시를 남기고 있다.[3] 가장 활발하게 제야시를 창작한 작가로는 당나라의 경우에는 백거이, 송나라의 경우에는 소동파를 꼽을 수 있다.[4] 백거이와 소동파가 모두 당과 송을 대표하는 시인임을 감안할 때, 이후 중국문학사에서 제야시 창작이 활발하게 이뤄진 데에는 두 사람의 영향력이 직·간접적으로 작용했던 것으로 보인다. 중국의 경우에 당에서 송, 송에서 명으로 내려올수록 제야시의 창작이 활발하게 이뤄지는 양상을 보이는 것은 우리나라와 마찬가지다. 이는 아마도 한시 창작 문화가 성숙되고 작가가 늘어나면서 자연스럽게 한시 창작의 소재와 제재가 다양화되었고, 생활시에 대한 관심이 높아진 결과로 해석된다. 큰 틀에서 보면 문학사 발전 과정의 자연스러운 현상이라 할 것이다.

한국 한시사에서 제야시의 시작은 최치원이다. 최치원의 작품은 친구가 보내준 제야시에 화운을 한 것으로, 새해를 맞아 고향으로 돌아가고 싶은 소망과 자신의 뜻을 펼칠 수 있는 세월이 오기를 희구하는 내용을 담고 있는데, 이는 전형적인 제야시의 속성에 속한다고 할 수 있다.[5] 최치원 이후로 고려중엽에 들어서면 이규보가 있다. 이규보의 시는 섣달 그믐날 밤에 관청에서 숙직을 하며 지은 것으로, 이 작품 역시 한 해가 저무는 상황에서 자신을 돌아다보는 제야시의 전

---

2) 맹호연의 작품은 다음과 같다. 「除夜樂城張少府宅」(『孟浩然集』 권3), 「歲除夜會樂城張少府宅」(『孟浩然集』 권3), 「除夜」(『孟浩然集』 권4), 「歲除夜有懷」(『孟浩然集』 권4).

3) 고적의 작품 제목은 「除夜作」으로 다음과 같다. "旅館寒燈獨不眠, 客心何事轉悽然, 故鄕今夜思千里, 愁鬢明朝更一年"(『高常侍集』 권3).

4) 백거이의 문집인 『白香山詩集』을 보면 10여 수가 넘는 제야시가 보이고, 소동파의 문집인 『東坡全集』에도 대략 10여 수가 조금 못되는 작품이 보인다. 제야시라는 단일 소재로 하나의 문집 안에 있는 분량으로는 매우 많은 것이다. 이는 백거이와 소동파가 누구보다도 제야시 창작에 정열을 기울였음을 의미하는 것이다.

5) 최치원의 작품 제목은 다음과 같다. 「벗이 제야에 보낸 시에 화운하다[和友人除夜見寄]」(『桂苑筆耕』 권20).

형적인 유형에 속한다.6) 고려후기에 들어서면 제야시는 양적·질적
으로 많은 발전을 보인다. 『한국문집총간』을 기준으로 본다면 최해,
안축, 이곡, 이색, 이집, 정몽주, 원천석, 이첨, 이숭인, 권근, 권우,
정총, 이종학, 변계량 등 14명이 남긴 37수의 시가 전해진다. 물론
조선조에 들어서는 제야시의 작가와 작품을 이루 다 열거할 수 없을
정도로 그 숫자가 비약적으로 증가한다.7) 문집을 남긴 어지간한 시
인이라면 제야시 한 수 정도는 대부분 다 썼을 정도이다. 이것은 앞
의 중국문학사에서 백거이나 소동파의 경우와 마찬가지로 이규보, 이
색과 같은 고려조의 영향력 있는 시인들이 제야시를 창작했기에 그
제자 또는 후배 문인들에 의해서 제야시 창작이 다채롭게 이뤄진 것
이라 할 수 있다. 또한 이는 문학사의 발전에 따라 한시 창작이 일반
화되고, 한시의 경향이 다양하고 다채로워졌음을 의미하는 것이기도
하다. 제야시의 창작이 일반화된 또 다른 이유 중 하나는 전술한 바
와 같이 한 해를 마감하고 새해를 맞이하는 삶의 태도를 선비들이 중
요시했기 때문이다. 이는 유교적 수양에 기반한 유자들의 삶의 태도
라고 보아도 좋을 것이다.8) 물론 이것은 옛 선비들만이 아니라 현대
를 살아가는 우리들도 마찬가지 모습이다.9)

---

6) 시제는 다음과 같다. 「섣달 그믐밤 匡陵에서 숙직하면서 짓다[除夜宿匡陵有作]」(『동
국이상국집』 권10).

7) 한국고전번역원의 한국문집총간 DB를 활용해 검색해보면 제야시와 관련된 항목이
610여 건이 나온다. 물론 이 검색 항목 모두를 제야시로 볼 수는 없고, 단순히 시구 중에
'제야'를 언급한 것도 있으며, 또 시가 아닌 산문인 것도 있다. 하지만 610건 중 상당수는
제야시에 해당하는 것들이고, 그 대부분은 조선시대의 작품들임을 확인할 수 있었다. 더
구나 검색어를 제야가 아닌 '제석'등으로 확대하면 이루 셀 수 없을 정도의 시를 찾을 수
있으니 이로 보면 조선조에서 제야시가 얼마나 유행했는지를 유추해 볼 수 있다.

8) 주지하다시피 옛 선비들은 자아실현의 한 방법으로 자기를 돌아보고 반성하는 삶의 태
도가 몸에 배어 있었다. 사실 이 역시 유교적 수양과 훈련의 하나인데, 이는 이미 공자
시대부터 중요한 공부 방법이었다. "三省吾身"이나 "克己復禮"의 고사성어가 이를 대
변해 준다. 한시사에 있어서도 이러한 문인들의 태도는 그대로 반영되어 성찰과 다짐
을 주요 내용으로 하는 제야시가 유행하게 된 것이라 할 수 있겠다. 옛 선비들의 수양
과 성찰에 대한 사항은 금장태, 『한국의 선비와 선비정신』, 서울대출판부, 2000; 박균
섭, 『선비정신연구』, 문음사, 2015 등이 참고가 된다.

9) 현대 시인들도 제야시를 꾸준히 창작하였다. 가령 김영랑의 「除夜」나 노천명의 「除

본고에서 살펴 볼 고려후기의 제야시는 조선조에 제야시 창작이 유행하게 된 계기를 만들었다는 점에서 문학사적 의미가 있다. 특히 고려말 복잡했던 정치 상황 속에 있었던 시인들의 작품인 경우에는 시인의 감회가 뛰어나게 형상화된 것들도 많이 있어서 제야시의 문학성을 밝히는 좋은 자료가 된다. 지금까지 보고된 제야시에 대한 연구는 제야시만을 직접 다룬 논문은 드물고, 대개 섣달 그믐의 풍속을 읊은 수세守歲에 대한 연구가 많다.10) 제야시는 일종의 생활시生活詩이자 풍속을 읊은 기속시紀俗詩와도 밀접한 관련이 있다. 다양한 장르의 생활 한시에 대한 연구는 한시사 연구의 폭을 넓혀주는 것은 물론, 한시를 읽는 다채로운 맛과 멋을 제공해 준다는 점에서 중요하다.

한시사에서 제야시는 제석시除夕詩로도 불렸는데, 우리가 일반적으로 제야시라고 명명하는 기준은 다분히 소재 혹은 제재를 기준으로 한 것이다. 즉 한 해의 마지막 날에 지난해를 돌아보고 다가올 새해를 기대하며 쓴 시는 모두 제야시라고 부른다. 따라서 제야시는 작품마다 그 내용과 주제가 천차만별이다. 심지어 같은 시인의 작품인 경우에도 처한 상황에 따라 그 내용이 달라질 수 있다. 또한 제야시는 그 소재의 특성상 인생에 대한 시인의 성찰과 다짐이 잘 드러나게 된다. 그러므로 일반적으로 작가론을 진행함에 있어 그 어느 작품보다 제야시는 유용한 자료가 된다. 사실 제야시 창작의 가장 큰 미덕은 제재와 소재의 다양화라는 문학사의 발전 구도 속에서 바라볼 때 그

夕」은 물론이요, 최근에 도종환의 「除日」에 이르기까지 섣달 그믐은 현대시에서도 주요한 테마였음을 알 수 있다.

10) 지금까지 학계에 보고된 제야시 관련 논문으로는 다음과 같은 것들이 있다. 김상진, 「신계영의 <전원사시가> 고찰: '除夕'의 의미를 중심으로」, 『시조학논총』 24집, 한국시조학회, 2006; 이창희, 「옥소 권섭의 기속시 연구」, 『우리어문연구』 30집, 우리어문학회, 2008; 신장섭, 「歲時紀俗詩를 통한 조선후기 歲時風俗의 의미와 양상」, 『비교문학』 46집, 한국비교문학회, 2008; 맹영일, 「기속시를 통해 본 18C 민간생활상: 菊圃 姜樸과 慕軒 姜必愼의 기속시를 중심으로」, 『한문학논집』 31집, 근역한문학회, 2010; 윤재환, 「除夜, 放舟行二百里, 紀壯遊述客懷, 得二百韻排를 통해 본 南龍翼의 二元的 認識世界와 그 意味」, 『한민족어문학』 59호, 한민족어문학회, 2011.

의미가 있다.[11] 아울러 제야시에 대한 연구 역시, 같은 맥락에서 한시 연구의 다양성이라는 측면에서 생각한다면 상당히 중요한 과제이기도 하다. 본고에서는 한국의 한시사에서 제야시의 시발점이 되었던 고려후기 제야시의 작품 개황과 작가들을 정리하고 이 시들이 갖는 문학적인 의미와 특질을 고찰해 보고자 한다. 이 작업이 이뤄지면 차후 조선조나 중국의 제야시들과 비교도 가능할 것이며, 한국한시사 전체를 통해 제야시가 갖는 문학사적 의미까지 점검해 볼 수 있을 것이라 생각한다.

2. 고려시대 제야시의 작가와 작품 개황

나말여초 최치원부터 여말선초 권근, 권우, 정총, 변계량에 이르기까지 고려시대 제야시의 작가는 최치원을 포함하여 총 16명이고, 작품 수는 41수이다. 최치원을 제외하더라도 15명의 시인에 작품 수는 40수이니 적지 않은 분량이다. 이를 정리하여 도표로 만들어 보면 다음과 같다.

◇ 고려시대 제야시 작가 일람표

일련번호	작가	작품	형식
①	이규보	「除夜宿匡廬有作」/「守歲」/「二十九日入廣州贈曾書記公度」[12] (3수)	칠언절구/칠언절구/칠언율시
②	최해	「二十一除夜」(1수)	오언고시
③	안축	「除夜」(1수)	칠언절구
④	이곡	「除夜獨坐」/「守歲」/「丙戌除夜」(3수)	칠언절구/오언율시/칠언율시
⑤	이색	「守歲用唐詩韻 – 三首」/「除夜」/「立春前日」/「遁村來過云將與陶隱守歲靈隱寺中庵所居也」/「絕句 – 三首」/	오언절구/칠언절구/오언율시/오언율시/칠언절구/칠언절구

---

11) 제야를 다룬 작품은 한시만이 아니라 국문시가에서도 발견된다. 조선후기로 갈수록 한시와 더불어 국문시가에서도 제야를 다룬 작품들이 늘어가는데, 이 역시 국문시가의 제재와 소재의 다양화와 관련되어 있다. 춘하추동 일 년의 四時를 노래하는 '전원사시가'에서 '제석'은 춘하추동과 대등한 시간 개념으로 등장하기도 하는데, 이것은 그만큼 '제석'을 중요하게 여겼다는 반증이기도 하다. 이에 대한 사항은 김상진, 앞의 논문, 133 – 135면 참조.

		「除日 一二首」 (11수)	
⑥	이집	「歲除日拜母墳訪渠川李樂軒」 (2수)	오언율시
⑦	정몽주	「常州除夜呈諸書狀官」 (1수)	칠언고시
⑧	원천석	「除夜子誠弟携壺來共話作一絶」/「除夜」/「除夜」/「除夜」/「除日曉起」 (5수)	칠언절구/칠언절구/칠언율시/칠언율시/칠언율시
⑨	이첨	「除夜宿朱橋驛」/「癸丑歲除夜」 (2수)	칠언절구/오언율시
⑩	이숭인	「辛亥除夜呈席上諸公 二首」/「除夜用古人韻」 (3수)	오언율시/오언율시
⑪	권근	「癸亥除夜入直諫院」/「庚午除夜」 (2수)	오언율시/오언율시
⑫	정총	「丙寅年除夜」 (1수)	칠언절구
⑬	이종학	「除夜」/「守歲吟」 (2수)	오언율시/오언고시
⑭	권우	「除夜」/「守歲夜」 (2수)	오언율시/칠언절구
⑮	변계량	「除夜呈梅軒」 (1수)	오언율시

신라말의 문인 최치원을 제외하면 고려시대의 제야시는 이규보로부터 시작된다. 이규보가 남긴 제야시는 3수이므로 그의 다양하고 왕성한 작시 활동에 비한다면 많은 양은 아니지만, 제야시라는 장르를 개척했다는 점에 의미가 있다. 이규보를 이어 제야시를 쓴 사람은 최해와 안축이다. 최해의 시는 이규보의 것에 비해 오언고시 48구의 장편 거작이다. 형식만이 아니라 내용적인 면에 있어서도 21세의 젊은 청년 최해가 어머니를 여의고 난 뒤 겪는 인생의 슬픔과 또 앞으로 펼쳐질 환로에 대한 막연한 두려움 등이 복합적으로 그려져 있다. 최해 시 특유의 비탄적 정조와 냉소적인 미적 특질이 잘 형상화된 작품이라 할 수 있다. 이러한 면에서 보자면 최해의 제야시는 고려후기 제야시의 대표작이라 평가할 수 있겠다. 안축의 시는 50세를 앞둔 40대의 마지막 밤에 쓴 것으로 지난 삶에 대한 성찰과 새롭게 펼쳐질 내일에 대한 기대와 두려움으로 잠을 이루지 못하는 시인의 모습이 나타나 있다. 최해와 안축 이후 제야시의 작가는 이곡으로 이어진다.

---

12) 이 시는 詩題에 "29일에 광주에 들어가서 서기 진도에게 주는 것"이라고 되어 있으나 시를 쓴 시점은 정확히 12월 30일이었다. 『동국이상국집』의 「연보」에 의하면 1200년 이규보 나이 33세 때에 廣州에 이르렀는데 마침 섣달 그믐날이었다. 이때 妻兄인 晉公度가 書記로 있었으므로 그의 집에 들어가서 함께 過歲하면서 시 한 편을 써서 주었다."라는 기록 뒤에 이 시가 인용되어 있다. 뿐만 아니라 시의 내용 역시 삶을 회고하는 전형적인 제야시이므로 이 시는 제야시로 분류해야 옳다고 여겨진다.

이곡이 남긴 제야시는 3수인데, 한 수는 중국에서 새해를 맞이하며 지은 것이고, 다른 하나는 50세를 하루 앞두고 숨가쁘게 살아왔던 자신의 일생을 돌아보며 지은 작품이며, 나머지 한 수는 창작 연대를 정확히는 알 수 없다. 세 수 모두 제야시 특유의 삶에 대한 성찰과 반성, 그리고 앞으로의 기대감이 잘 그려져 있는 수작이라 할 수 있다. 이로 보면 제야시 창작 역시 고려후기로 접어들면서 그 작품성이 더욱 발전되고 완성도가 높아가는 현상을 보인다고 할 수 있겠는데, 그 출발 지점에 이곡이 있다고 생각된다.

이곡을 이어 제야시를 쓴 작가는 그의 아들 이색이다. 이색은 총 11수의 제야시를 남겨 고려시대 시인들 중에서는 가장 다작을 한 셈이다. 그 내용은 부친인 이곡의 시와는 사뭇 다르다. 한 수는 새해에는 복잡했던 그간의 관직 생활을 그만두고 시골로 돌아가고 싶은 희망을 그린 것이고, 다른 한 수와 칠언절구로 이뤄진 세 수 및 두 수의 연작시들은 제야와 원단元旦에 민간에서 행해지는 풍속을 그린 것이다. 또 다른 한 수는 당시唐詩의 운을 차운하여 지은 3수의 연작시로 빠른 세월과 덧없는 인생에 대한 회한이 주를 이루며, 나머지 한 수는 둔촌 이집이 도은 이숭인과 제야를 함께 보내고자 하면서 목은을 방문하자 이에 대한 답례로 지은 것으로 큰 범주에서는 제야시로 묶을 수 있다고 여겨진다. 여기 언급한 시들은 대체로 다른 시인들의 제야시에서는 쉽게 볼 수 없는 다양한 내용들을 담고 있는데, 이는 목은시 특유의 다작과 다양성을 보여주는 것이며, 특히 세시 풍속과 관련한 것은 제야시가 일종의 기속시로서의 성격이 있음을 보여주는 실례라 하겠다.13) 고려말 목은 이후의 세대에서 제야시를 남긴 작가는 이집, 원천석, 정몽주, 이첨, 이숭인, 권근, 권우, 정총, 이종학, 변계량을 꼽을 수 있다. 이집의 시는 섣달 그믐날에 모친의 묘소를 배

---

13) 일반적으로 한국의 기속시에서는 정월 초하루, 즉 원단의 갖가지 풍속을 다룬 것들은 많이 있지만, 제야시로서 기속과 관련된 시는 찾기 힘들다. 또한 고려시대의 작품들 중에는 귀거래를 소망하며 지은 것 역시 많지 않은데, 이 같은 면에서 목은의 제야시는 특별하다고 하겠다.

알하고 지은 것으로 오언율시로 이뤄진 2수의 연작시이다. 원천석은 모두 5수의 제야시를 남기고 있어 고려시대 시인들 중에서는 이색 다음으로 양이 많다. 시를 지은 시기도 대체로 만년의 작품이 많아[14] 고려말엽의 정치적 상황과 연관하여 시인의 심리적 상태와 생각을 읽을 수 있는 의미있는 자료로 생각된다. 정몽주의 작품은 중국에 사행을 가서 쓴 일종의 사행시이다. 칠언고시 22구의 장편인데, 중국에서 새해를 맞이하는 이국적 풍광, 정취와 함께 타향에서 느끼는 나그네로서의 수심, 고독감등이 잘 그려져 있어 고려후기 제야시의 대표작이라 할 수 있다. 이첨은 2수의 제야시를 썼는데, 하나는 국내에서, 다른 하나는 중국 사행에서 쓴 것이다. 특히 중국 사행시의 경우에는 정몽주가 중국에서 제야시를 쓴 것을 계승한 측면이 강하다.

이숭인은 3수의 시를 썼는데, 두 수는 지우知友들과 함께 새해를 맞이하는 자리에서 쓴 것이고, 다른 한 수는 섣달 그믐밤에 사찰을 찾아 고요한 산속에서 맞이하는 새해의 심경을 쓴 것이다. 특히 사찰에서 쓴 시는 절간 특유의 적막함과 더불어 새해를 맞이하는 쓸쓸한 심경이 잘 나타나 있어 이숭인 특유의 시적인 정취가 형상화된 작품이라 할 수 있겠다. 권근은 2수의 제야시를 남겼는데, 한 수는 32살의 젊은 시절에, 다른 한 수는 유배를 당한 해에 쓴 것으로 전자에는 미래의 환로에 대한 두려움과 불안함이, 후자에는 타향의 유배지에서 새해를 맞이하는 심회가 그려져 있다. 흥미로운 점은 후자의 시가 전자의 시에 비해 오히려 환로에 대한 집착이나 두려움에서 벗어나 있는 듯한 태도를 보이고 있다는 것이다. 이것은 아마도 벼슬살이를 통해 온갖 희노애락을 경험한 시인의 달관적 태도에 기인한 것이 아닌가 싶다. 조선초의 정계와 문단에서 지위와 명성을 누렸던 권근의 일생에 있어서 제야시를 남긴 이 시기가 가장 힘들고 괴로웠던 때일 것으로 추정해 볼 수 있다. 그렇다면 권근에게 있어서 제야시는 단순히

---

[14] 5수의 시중 시의 제목이나 내용상 시를 지은 시기를 짐작할 수 있는 작품이 4수인데, 그중 3수는 모두 50대 후반 이후의 작품들이다.

한 해를 보내는 소감을 피력한 시가 아니라, 인생의 가장 혹독했던 시기의 정신적 편린과 삶의 상처를 드러내주는 중요한 문학적 자산이라 할 것이다. 바로 이러한 점이 제야시의 당위성과 문학적 의의를 보여주는 실례라 할 것이다.

정총은 여말선초의 시단에서 매우 특이한 존재다. 그는 고려후기의 저명한 문인 설곡 정포의 손자요, 원재 정추의 아들로 조선조 개국 후 중국에 사신으로 갔다가 명 황제에 의해 유배를 당하여 운남 대리위로 가던 도중 사망한 특이한 삶을 살았다.[15] 지금 남아 있는 제야시는 그의 나이 29세(우왕 12) 때의 작품으로 젊은 시인의 감수성이 잘 나타나 있다. 이종학은 주지하다시피 목은 이색의 아들로 우왕 대에 과거에 급제하여 환로에 올랐으나 고려말 정치적 격변기 속에서 수차례의 유배 등으로 불우하게 보내다 급기야 1392년 죽음을 당하고 고려왕조와 그 운명을 함께했던 인물이다. 그는 2수의 제야시를 남겼는데, 특히 오언고시로 된 시는 말년의 유배 기간에 쓴 것으로 유배지의 쓸쓸함과 정치적 부침 속에서 겪는 마음의 고통과 괴로움이 잘 드러나 있다. 이종학의 제야시는 그의 조부 이곡과 부친 이색을 계승한 것으로 제야시 창작이 한산이씨 가문의 하나의 전통이 되었음을 알 수 있다.[16] 권우는 2수의 제야시를 남겼는데, 특이한 점은 제야만이 아니라 원일, 한식, 청명, 단오, 칠석, 중추, 중양절 등을 모두 오언율시로 작시하였다. 이른바 세시풍속을 읊은 기속시에 해당하는데, 제야, 원일부터 중추, 중양에 이르기까지 우리 민족의 대표적인 명절들을 모두 기속시로 남긴 것은 고려후기에는 찾아보기 힘든 사례라는 점에서 의미가 있다 하겠다.[17] 또한 형인 권근과 더불어 형

---

15) 정총의 삶과 문학에 대한 사항은 하정승, 「麗末鮮初 사대부의 雲南 유배와 流配詩의 미적 특질」, 『한국문학연구』 6호, 고려대 민족문화연구원 한국문학연구소, 2005를 참조할 것.

16) 이곡의 후손 중 조선조에 들어 제야시를 남긴 대표적인 문인은 石樓 李慶全과 大山 李象靖을 들 수 있다. 이로 보면 이곡에게서 시작된 한산이씨 가문의 제야시 창작 전통이 조선후기 문인으로까지 이어진 것을 확인할 수 있다.

17) 물론 목은 이색의 경우에도 제야나 한식, 단오, 중추 등을 읊은 기속시가 여러 수 있지

제가 모두 제야시를 남긴 것도 주목된다. 앞의 이곡·이색·이종학의 집안과 더불어 권근·권우 집안 역시 특정한 장르의 한시 창작이 가문의 전통이 된 재미있는 사례라 하겠다. 변계량은 시기적으로 고려말 문인의 계보를 잇는 마지막 인물이다.[18] 그가 남긴 제야시는 1수로 지우인 매헌梅軒 권우權遇에게 준 것이다. 이규보에게서 시작된 고려조의 제야시 창작 전통이 어떻게 변모되었는지를 알 수 있는 좋은 자료라고 생각된다.

이상으로 최치원을 제외한 고려조 제야시 작가 15명과 그들이 남긴 제야시에 대한 대략적인 개요를 살펴보았다. 여기에서 알 수 있는 사항을 몇 가지로 나눠서 정리해 보면 다음과 같다. 첫째, 한국의 제야시는 신라말 최치원이 처음으로 창작을 시작했고, 고려조에 들어서는 이규보가 3수를 지음으로 비롯되었으며, 이규보 이후에는 최해, 안축, 이곡으로부터 고려말엽의 권근, 변계량에 이르기까지 총 14명의 시인들이 37수의 시를 제작하였다.

둘째, 고려후기의 제야시는 이곡을 시작으로 그의 아들 이색, 손자 이종학으로 이어지고, 그 외 이집, 정몽주, 이숭인, 원천석, 이첨, 권근, 권우, 정총, 변계량 등이 주요 작가군을 이루고 있는데, 정몽주, 이숭인, 이첨, 권근 등 대부분의 문인들은 목은의 제자이거나 또는 목은과 학문적·문학적으로 밀접한 관계를 맺고 있는 인사들이라는 점이다. 이는 고려후기의 제야시 창작이 이곡과 이색의 주도 하에 이뤄진 것임을 반증하는 것이다.

셋째, 그렇다면 이곡이 처음 제야시를 짓게 된 계기는 그보다 앞서 지었던 이규보나 최해, 안축 등의 영향을 받았다기 보다는 오히려

만, 권우의 경우처럼 거의 모든 주요 세시풍속을 망라하지는 못했다는 점에서 권우 기속시의 의의가 있다고 하겠다.

[18] 변계량의 경우 환로의 대부분을 조선조 개국 후인 태종과 세종 시절에 했기 때문에 조선초의 인물로 볼 수도 있지만, 처음 과거에 급제하여 환로를 시작한 것이 우왕 때였고, 이때 과거를 主試한 이가 정몽주였기에 그는 정몽주 문인으로 알려져 있다. 따라서 학문적인 전통은 고려조의 문인을 계승한 측면이 강하기에 본고에서는 변계량을 고려말의 문인으로 취급하였음을 밝혀둔다.

중국 문단의 영향이 더 컸던 것으로 추정된다. 왜냐하면 이곡의 스승인 이제현의 경우에는 제야시를 전혀 남기지 않았고, 이곡이 평소 안축이나 최해와 밀접한 친분을 가지고 있지도 않았기 때문이다. 이곡은 원나라에 들어가 과거에 급제할 정도로 당시 원의 인사들과 친밀한 관계를 유지했고, 또 원나라 문단의 유행과 상황에 정통했던 인물이다. 그의 문집에 수많은 원의 인사들과 교유한 기록이 그 증거라할 수 있다.[19] 당시 원나라는 당나라의 맹호연·고적·백거이, 송나라의 소동파를 거쳐 이미 제야시 창작이 성행하고 있었던 상황이다.[20] 이러한 시대적 상황과 문학사적 흐름을 감안한다면 이곡의 제야시 창작은 중국 문단으로부터 영향을 받아 이루어진 것이라 할 수있다.

넷째, 한시의 형식적인 면에서 볼 때, 제야시는 초기 최치원이나이규보의 칠언절구에서 시작하여 오언·칠언율시와 오언·칠언고시로 발전하는 모습을 보이고 있다. 이 과정에서 중요한 역할을 담당한사람은 최해와 이곡이다. 최해는 48구나 되는 장편의 오언고시로 제야시를 지음으로써 새해를 맞이하는 심경과 다짐을 다양한 서술 형태로 그려내고 있다. 이는 일종의 서사시적 성격을 지니며 제야시의 범위와 폭을 한 단계 도약시킨 것으로 평가할 수 있겠다. 이곡은 율시형식으로 제야시를 지은 최초의 인물이다. 최치원이나 이규보, 안축등이 모두 칠언절구의 형식으로 지은 것에 비해 이곡은 율시 형식을취함으로써 제야시의 내용을 풍부하게 만들었다. 한시 창작에서 일반적으로 율시는 절구에 비해 시인의 숙련도와 시적 자질이 더 많이 요

---

19) 『稼亭集』 권말의 「稼亭雜錄」 등에는 陳旅, 歐陽玄, 宋本 등 원의 저명한 문인들이 이곡에게 증시한 것을 볼 수 있다. 이는 비단 「가정잡록」뿐만 아니라 『가정집』 전체의 많은 글들을 통해서도 확인할 수 있는데, 이를 통해 이곡이 당시 원나라의 문사들과 밀접한 교유를 가졌음을 알 수 있다.

20) 가령 원나라의 문인 王惲, 方回, 周霆震, 馬臻 등 많은 문인들의 문집에서 제야시를 찾을 수 있다. 특히 13세기 후반에 학자이자 시인으로 이름을 떨쳤던 왕운이나 방회 같은 경우에는 여러 수의 제야시를 썼는데, 이곡은 이들에게서 영향을 받았을 것으로 짐작된다.

구되는 형식이다. 또한 내용적인 면에서도 절구에 비해 율시는 더 풍부하고 깊은 감정과 사상을 담아낼 수 있다. 결국 이곡의 제야시 창작은 고려후기 한시사에서 제야시가 시인들의 주된 작시 장르로 자리매김할 수 있는 계기가 되었으며, 훗날 조선조 제야시[21]의 창작 유행과 성행에 도화선이 되었던 것으로 평가할 수 있다.

3. 제야시의 특징적 면모와 문학적 의미

이규보가 남긴 3수의 제야시는 자아성찰과 기속시라는 제야시의 두 가지 속성을 그대로 보여주고 있다. 먼저 섣달 그믐에 광릉에 숙직하면서 지은 시를 살펴보자.

섣달 그믐밤 광릉匡陵에서 숙직하면서 짓다

신령스러운 송악이 몹시 추운 줄 누가 걱정해 주랴	神兵苦寒誰更惜
광릉에서 한 해를 보내며 스스로 비웃는다	匡陵守歲自猶咍
푸른 관복의 대축이라고 웃지를 말라	靑衫大祝人休笑
매양 시 짓기 내기하면 내가 지은 시에 머리 돌린다네	每賭新試一首廻[22]

시제의 '광릉匡陵'은 개경과 경기 일대에 있던 59기의 왕릉 중 하나인데, 누구의 능인지는 밝혀져 있지 않다. 고려 조정에는 '위숙군圍宿軍'이라 하여 개경과 경기 일대 각 궁과 문을 담당하는 군대를

---

21) 김명순은 조선전기 기속시가 작품의 양이 적고 내용도 다양하지 않다고 하였다. 대체로 지방의 민간 풍속을 수집하고 지방의 민풍을 다룬 작품이 주를 이룬다고 했는데, 제야시 역시 조선 개국 후에도 고려후기를 계승하여 창작되기는 했지만, 조선초기 보다는 중기로 갈수록 본격화 됨을 알 수 있다. 선초의 기속시에 대한 사항은 김명순, 「조선전기 기속시 연구」, 『대동한문학』 21집, 대동한문학회, 2004를 참조할 것.

22) 이규보, 『동국이상국전집』 권10, 「除夜宿匡陵有作」. 이하 본고에서 인용하는 시들의 국역은 기본적으로 한국고전번역원 웹사이트를 이용하여 부분적으로 필자가 수정을 가하였으며, 고전번역원 DB에 있지 않은 시들은 필자가 새롭게 번역한 것임을 밝혀둔다.

두었는데, 광릉 역시 위숙군 관할이었다.[23] 인용시는 1201년(신종 4) 이규보 나이 34세 때의 작품으로,[24] 당시 이규보는 전주목사록全州牧司錄을 그만두고 경기도 광주를 거쳐 어머니와 함께 개경에 와 있었다.[25] 시의 내용으로 보아 당시 그는 광릉을 관리하는 임무로 근무했던 것 같다. 인용시는 개성의 날씨가 무척 추웠다는 말로 시작된다. 기구起句에 달린 세주에는 "동지 제사에 숙직할 때 송악松岳이 몹시 추웠다(冬至祭宿松岳苦寒)"라고 부연 설명되어 있다. 날씨가 매우 춥지만 아무도 걱정해 주는 사람은 없다. 승구承句의 "광릉에서 한 해를 보내며 스스로 비웃는다"는 말은 기구의 아무도 걱정해 주는 사람이 없다는 말과 연결되어 있다. 아무도 주목해 주지 않는 말직에 머무르고 있는 시인은 한 해를 보내며 자신의 처지를 스스로 자조하고 있는 것이다. 그러나 다음 구절인 전구轉句에서는 시의 어조가 바뀐다. 당시 이규보는 '대축大祝'의 관직에 있었는데, '대축'은 고려시대 제사와 증시贈諡를 관장한 봉상시奉常寺의 정9품 관직으로 품계가 비교적 낮은 말직이었다.[26] "푸른 관복[靑衫]"이라 함은 제향祭享 때 입는 관복을 지칭하니 여기에서는 대축이 입는 의복을 의미하고, 곧 시인의 관직이 말직임을 상징한다. 품계는 비록 미관말직에 머물고 있지만, 시인은 웃지 말라고 하면서 매번 시 짓는 내기를 하면 항상 자기가 지은 시에 다른 이들이 굴복하게 된다고 결구結句에서 밝히고 있다. 이는 벼슬은 내세울 것이 없지만, 문학에 있어서만큼은 누구에게도 지지 않을 시인의 자신감을 표출한 것이다. 결국 인용시는 벼슬에서는

---

23) 이에 대한 사항은 『고려사』 권83, 「지」 권37, <兵志>의 "위숙군"을 참조할 것.

24) 김용선, 『이규보 연보』, 일조각, 2013, 88면 참조.

25) 『동국이상국집』 권수에 실린 「연보」에 의하면 "이 해 정월에 廣州에서 왔다. 여름 4월에 竹州로 가서 어머니를 모시고 京師로 왔다. 이보다 앞서 姊壻가 黃驪에서 竹州監務에 보임되었기 때문에 자씨와 어머니가 그 任所에 가 있었는데, 5월에 어머니가 경사로 돌아오려고 하자, 공이 가서 모시고 온 것이다."라고 기록되어 있다.

26) 제4구의 세주에 "낮은 벼슬에 있으면서 늘 祝史가 되었었다.(以微官常爲祝史)"라는 말이 보이는데, 축사란 나라의 제사 때에 제문을 읽는 관리를 의미하니, 여기서는 대축의 벼슬을 맡은 시인 자신을 지칭한다.

꿈을 펼치지 못하고 있는 시인이 새해를 맞이하여 문학만큼은 뛰어나다는 자부심과 긍지를 펼치며 스스로를 위로하고, 또 보다 나은 내일이 오기를 참고 기다리겠다는 다짐이기도 한 것이다.[27) 이규보의 다음 시는 같은 제야시이지만, 앞에서 살펴 본 것과는 많이 다르다. 그 내용이 개인의 감정이나 생각을 읊은 서정시가 아닌 세시풍속을 읊은 기속시적 성격이 강하기 때문이다.

해지킴

대문 위에 복숭아나무 꽂은 것 얼마나 괴상한가	門上揷桃何詭誕
뜰 가운데 폭죽 소리는 어찌 그리 지루한가	庭中爆竹奈支離
벽온단으로 온역瘟疫 피함도 헛말이지만	辟瘟丹粒猶虛語
술 마시기 위해 짐짓 사양하지 않았노라	爲倒醇醲故不辭[28)

인용시는 고려조 제야시 중에서는 최초의 기속시라는 점에 문학사적 의미가 있다. 우리나라의 세시풍속에 섣달 그믐에는 온 집안 구석구석마다 불을 밝히고 잠을 자지 않고 밤을 지새우는 풍속이 있었다. 잠을 자면 눈썹이 하얗게 된다는 속설 때문이었다. 시제인 '수세守歲'를 우리말로는 보통 '해지킴'이라 부르는데, 밤을 지새우는 풍속을 의미한다. 1구에서 대문 위에 복숭아나무를 꽂았다는 것은 민간에서 행해지는 이른바 '도부桃符'의 풍속을 말하는 것으로 보인다. '도부'란 섣달 그믐날 복숭아나무 판때기에 갈대로 꼰 새끼줄을 들고 있는 두 신상神像[신도·울루]을 조각한 것을 대문 양 기둥에 세워 놓고, 큰 호랑이 그림을 그려 함께 붙여 놓은 것을 말하는데, 이렇게 하면

---

27) 이규보가 남긴 제야시 3수 중 본고에서 인용한 2수 외에 또 다른 한 편의 시(「二十九日入廣州贈晉書記公度」) 역시도 全州牧의 司錄겸 書記의 직에서 파직당하고 경기도 광주의 妻兄집에서 섣달 그믐에 過歲하며 쓴 것인데, 말직에 머무르다 그나마 파직당한 울분과 부끄러움 및 스스로에 대한 위로와 당당함이 잘 드러나 있다.

28) 이규보, 『동국이상국전집』 권 13, 「守歲」.

잡귀가 범접하지 못한다고 한다. 많은 나무들 중에 복숭아나무를 사용한 것은 복숭아나무에 축귀와 불로장생의 상징적인 의미가 있다고 믿는 민간의 신앙 때문이다. 이 도부가 세월이 흐르면서 종이에 그림을 그리고 글을 쓰는 것으로 바뀌어 이른바 '춘련春聯'이 되었고, 오늘날에도 입춘에 '입춘부立春符'를 써서 대문에 붙이는 민속이 전승되고 있는데 이 역시 도부가 입춘부로 바뀐 것으로 볼 수 있다.29) 그런데 시인은 이 같은 도부의 풍속을 "괴상하다"라고 하여 부정적인 입장을 취하고 있다. 이러한 부정적인 입장은 다음 구절인 2－4구에도 그대로 드러나니, 시인은 제야의 풍속인 폭죽 소리 역시 너무 오랫동안 계속되어 지루하기까지 하다고 말하고 있다. 이 시를 통해 고려중엽에 이미 제야의 세시풍속으로 폭죽놀이가 성행하고 있었음을 알 수 있다. 또한 3구의 '벽온단'은 여러 가지 약재를 섞어 만든 환약인데, 섣달 그믐에 이것을 임금에게 진상하면 임금은 새벽에 환약 형태의 향 덩어리를 태우는 풍습이 있었다. 또한 민간에서는 이 환약을 술에 타서 마시면 다음해에 각종 온역瘟疫에 걸리지 않는다는 속설이 있었기 때문에 사람들은 그믐밤에 벽온단을 술에 타서 마시곤 하였다. 이규보는 벽온단으로 온역을 피한다는 말은 "헛말[虛語]"이지만, 술을 마시기 위해서 일부러 사양하지 않겠다고 하고 있다. 일반적인 기속시에서는 시인이 작시의 대상이 되는 풍속을 긍정적으로 보고 찬양하는 경우가 많은 것에 비해 이규보의 시는 당시 제야에 행해지던 풍속을 부정적으로 보고 있다는 점이 매우 특이하다.

　　당시 풍속에 대한 부정적 자세는 이규보가 민간에서 전해지는 전통이나 각종 문화, 종교 등을 부정적으로 생각했기 때문인 것으로 해석된다. 가령 이규보는 고구려의 건국 시조인 동명왕에 대한 기사에 대해서도 처음에는 매우 부정적인 입장을 취하다가 나중에 생각이 바뀌게 되어 「동명왕편」을 짓기에 이르렀는데, 다음 「동명왕편」

---

29) '도부'와 逐鬼, 입춘부에 대한 사항은 이상희, 『꽃으로 보는 한국문화』 3, 넥서스북스, 2004, 92－94면을 참조할 것.

서문을 보자.

세상에서 동명왕東明王의 신통하고 이상한 일을 많이 말한다. 비록 어리석은 남녀들까지도 흔히 그 일을 말한다. 내가 일찍이 그 얘기를 듣고 웃으며 말하기를, "선조先師 중니仲尼께서는 괴력난신怪力亂神을 말씀하지 않았다. 동명왕의 일은 실로 황당하고 기괴하여 우리들이 얘기할 것이 못된다." 하였다. 뒤에 『위서魏書』와 『통전通典』을 읽어 보니 역시 그 일을 실었으나 간략하고 자세하지 못하였으니, 국내의 것은 자세히 하고 외국의 것은 소략히 하려는 뜻인지도 모른다. 지난 계축년(1193, 명종 23) 4월에 『구삼국사舊三國史』를 얻어 「동명왕본기東明王本紀」를 보니 그 신이神異한 사적이 세상에서 얘기하는 것보다 더했다. 그러나 처음에는 믿지 못하고 귀鬼나 환幻으로만 생각하였는데, 세 번 반복하여 읽어서 점점 그 근원에 들어가니, 환幻이 아니고 성聖이며, 귀鬼가 아니고 신神이었다. 하물며 국사國史는 사실 그대로 쓴 글이니 어찌 허탄한 것을 전하였으랴. 김부식金富軾 공이 국사를 중찬重撰할 때에 자못 그 일을 생략하였으니, 공은 국사는 세상을 바로잡는 글이므로 이상한 일은 후세에 보일 것이 아니라고 생각하여 생략한 것이 아니겠는가.[30]

이 글을 쓰던 당시 이규보의 나이는 26세였다.[31] 인용문을 통해 알 수 있듯이 이규보는 처음에는 동명왕편에 기록된 신이한 기사들을 믿지 않았다. 심지어 그는 "동명왕의 일은 실로 황당하고 기괴하여

---

30) 이규보, 『동국이상국집』 권3, 「동명왕편병서」. "世多說東明王神異之事, 雖愚夫騃婦, 亦頗能說其事. 僕嘗聞之, 笑曰, 先師仲尼, 不語怪力亂神, 此實荒唐奇詭之事, 非吾曹所說. 及讀魏書通典, 亦載其事, 然略而未詳, 豈詳內略外之意耶? 越癸丑四月, 得舊三國史, 見東明王本紀, 其神異之迹, 踰世之所說者, 然亦初不能信之. 意以爲鬼幻, 及三復耽味, 漸涉其源, 非幻也, 乃聖也, 非鬼也, 乃神也. 況國史直筆之書, 豈妄傳之哉. 金公富軾重撰國史, 頗略其事, 意者公以爲國史矯世之書, 不可以大異之事爲示於後世而略之耶."
31) 이규보, 『동국이상국집』 권수, 「東國李相國文集年譜」. "癸丑, 公年二十六, 是年, 作百韻詩, 呈張侍郎自牧, 張公厚遇, 每謁常置酒與飲. 四月得舊三國史, 見東明王事奇之, 作古詩以紀其異."

우리들이 얘기할 것이 못된다."라고 까지 말하고 있다. 하지만 이러한 그의 태도는 『구삼국사』를 보고 난 후에 완전히 바뀌게 된다. 젊은 시절의 이규보는 그 나이의 청년들이 흔히 그러하듯 매우 이성적이고 논리적이었음을 알 수 있다. 위 인용시의 세시풍속들도 같은 맥락으로 해석할 수 있다. 복숭아나무나 폭죽, 벽온단에 이르기까지 시에 소개된 제야의 풍속은 사실 모두 신이성을 가지고 있다. 이규보의 세시풍속에 대한 부정적인 입장은 신이성을 배제하고자 했던 이유에 기인한 것이다. 다음에 살펴볼 시는 21세 되던 해의 섣달 그믐 밤에 지은 것으로, 청년 최해의 자화상이다.

스물 한 살의 섣달 그믐날 밤

스물 한 살의 섣달 그믐날 밤	二十一除夜
등불을 켜고 글을 읽는다	燈火一書帷
오늘 저녁이 어떤 날 저녁인가	今夕是何夕
또다시 제야시를 짓네	又作除夜詩
시의 뜻은 어찌 그리 괴로운가	詩意一何苦
옛 일을 돌아보면 내 생각 수고롭구나	念昔勞我思
열 살 때엔 마음 아직 어렸으니	十歲心尙孩
기뻐하고 성냄을 어찌 알았으리요	喜慍安得知
내 나이 바야흐로 열 한 살 되어	我年方十一
글자를 배우고 비로소 스승을 따랐네	問字始從師
열 한 살에서 열 다섯까지	自一至於五
학해學海에서 길을 잃고 헤매었었네	學海迷津涯
열 여섯 살에 과거 응시자 틈에 섞여서	十六充擧子
선비들 판에 뛰어들어 서로 따르게 되었네	士版得相隨
열 일곱에 춘관春官에 도전하여	十七戰春官
합격하고 기뻐하며 눈썹을 날렸다네	中策欣揚眉

스스로 생각하기를 부모 계시니	自謂有怙恃
즐기지 않고 시름해 무엇하리	不樂愁何爲
이때부터는 몸 단속 적어지고	是時少檢束
방랑하면서 날마다 술 마셨네	放浪日舍卮
다만 나이 젊음을 믿었으니	但倚富年華
이름과 벼슬이 더딜 줄 어찌 알았으리	豈慮名宦遲
세상 일 어그러짐 많아서 괴롭구나	世事苦多乖
하늘이여! 사람의 마음대로 되지 않았네	天也非人私
어이 생각했으리 나이 겨우 스물에	何圖纔及冠
갑자기 어머님 여읠 줄을	倏忽閟母慈
괴로움이 창자 속에 들어갔나니	荼毒入中腸
통곡한들 어이 미칠 것인가	痛哭何可追
거기에다 늙으신 아버지마저	況今老夫子
첫여름에 나라의 부름을 받아	夏孟承疇咨
이내 동남쪽으로 말고삐 잡으셔서	仍按東南轡
뵙지 못한 지 일 년이나 되었네	違顔一歲彌
동생이 있었으나 멀리 노닐어	有弟亦遠遊
부질없이 할미새 노래를 읊조리네	空詠鶺鴒辭
외로이 서서 묵묵히 사방을 돌아보매	子立黙四顧
말하려 해도 그 누가 들어줄 것인가	欲言聽者誰
그래서 내 마음 상심하여	所以傷我神
하염없이 눈물만 흘러내리네	泣涕謾漣洏
진상秦相은 어릴 때에	秦相方乳臭
허리에 인끈이 주렁주렁 하였다네	斗印纍纍垂
공명이란 나이에 있지 않은 것	功名不在大
다만 때를 만나기에 달려 있구나	只在遭其時
나이 스물에도 적막하게 이름나지 않았으니	二十寂無聞
그 누가 대장부라 일컬을 건가	誰稱丈夫兒

나는 이미 그 나이 지났는데도	我今旣云過
일찍이 하나의 벼슬도 못 얻었구나	一命未曾靡
스물 한 살의 섣달 그믐 밤에	二十一除夜
헛되이 해를 보내며 슬퍼하노라	空作徂年悲32)

　인용시는 최해가 22세를 하루 앞둔 1307년(충렬왕 33) 12월 30일에 쓴 것이다. 시의 전체적인 분위기는 엄숙하고 때로는 숙연하기까지 하다. 자신의 지난 삶을 돌아보며 반성하고 있기 때문이다. 어렸을 때부터 10대 시절의 공부 과정, 과거 급제의 기쁨, 그 후의 방황, 원하던 관직을 받지 못한 것에 대한 두려움과 안타까움, 모친의 죽음과 부친의 시련, 가족 간의 이별 등 한 개인의 인생사가 시에 모두 드러나 있다. 5-6구의 "시의 뜻은 어찌 그리 괴로운가/ 옛 일을 돌아보면 내 생각 수고롭구나"는 바로 이 같은 정황을 말해주고 있다. 최해는 11살에 학문에 뜻을 두고 공부를 시작하여 16세에 사마시에 합격하고, 17세에 문과에 급제하였다. 9-10구 "내 나이 바야흐로 열 한 살 되어/ 글자를 배우고 비로소 스승을 따랐네"와 13-16구 "열 여섯 살에 과거 응시자 틈에 섞여서/ 선비들 판에 뛰어들어 서로 따르게 되었네/ 열 일곱에 춘관에 도전하여/ 합격하고 기뻐하며 눈썹을 날렸다네"는 최해의 공부과정과 과거급제의 기쁨을 표현한 것이다. 그러나 문제는 이때부터 시작되었다. 19-20구에 "이때부터는 몸 단속 적어지고/ 방랑하면서 날마다 술 마셨네"라고 한 것처럼, 그는 너무나 젊은 나이에 과거에 합격해 버려 스스로를 단속하지 못하고 날마다 술로 세월을 보낸 것이다. 하지만 벼슬길은 생각처럼 쉬운 것이 아니었다. 실제로 최해는 과거에 급제한 후 첫 해부터 성균학유成均學諭 자리를 놓고 이수李守와 경쟁하여 지게 되었고, 이 사건으로 그의 부친 최백륜은 고란도孤蘭島로 유배까지 가게 되었다.33) 그

---

32) 최해, 『東文選』 권4, 「二十一除夜」.

33) 이에 대한 사항은 하정승, 「최해 시에 나타난 졸박과 비개의 미」, 『한국한시연구』 15호, 한국한시학회, 2007, 219면을 참조할 것.

래서 젊은 시인은, 21-24구에서 "다만 나이 젊음을 믿었으니/ 이름과 벼슬이 더딜 줄 어찌 알았으리/ 세상 일 어그러짐 많아서 괴롭구나/ 하늘이여! 사람의 마음대로 되지 않았네"라고 괴로워한다. 설상가상으로 어머니마저 갑자기 돌아가시고, 아버지는 지방관으로 떠나는 등 온 식구가 뿔뿔이 흩어지게 되었다.

이와 같이 어렵고 힘든 상황 속에서 최해는 홀로 새해를 맞이하고 있었다. 꿈과 희망에 비례하여 좌절도 깊어 가는 것이다. 청운의 뜻을 품고 17세 젊은 나이에 과거 급제했지만 본인의 능력을 인정받지 못하게 되고, 또 가족이 헤어지는 등의 상황이 닥치자 그 슬픔을 견디지 못했던 것이다. 그래서 시인은 마지막 47-48구에서 "스물한 살의 섣달 그믐 밤에/ 헛되이 해를 보내며 슬퍼하노라"고 격정적으로 토로하고 있다. 이 시의 형식이 오언고시의 48구 장편이 된 것도 여러 가지 심회를 서술적인 어조로 길게 나열해야 했기 때문에 이같은 형식을 취하게 된 것이다. 위의 시는 개인사를 일기체 독백 형식으로 쓴 최초의 제야시로 훗날 다른 시인들의 작시에 영향을 주었으며, 시사적인 가치가 높다고 판단된다.[34] 다음에 살펴볼 시는 안축의 작품이다.

섣달 그믐날 밤에

등잔불 잦아들어 낡은 여관은 점점 어두워지고　　　　燈殘古館轉幽幽
나그네 길 견디기 어려운 세모의 수심　　　　　　　　客路難堪歲暮愁
잠을 깨면 내일 아침 내 나이 오십인데　　　　　　　　夢罷明朝年五十
밤 깊도록 누워서 산가지를 세네　　　　　　　　　　　夜深高臥數更籌[35]

---

[34] 조선조에 들어서면 제야시 중에서 1인칭 독백체의 서술형 장편고시 형태의 시들이 많이 등장한다. 가령 정약용의 「將學稼在寶恩山院 遂値歲除 除之夜心緒怊悵 率爾成篇 示兒」(『다산시문집』 권5), 윤기의 「除日悵然有作」(『무명자집·시고』 책4), 신흠의 「端川郡除夕口呼」(『상촌집』 권7), 김창협의 「敬次家君除夜感懷韻」(『농암집』 권1) 등이 그 대표적인 작품들이다. 이들은 하나같이 회고조의 독백체 시들인데, 문학사적으로 보면 이 시들의 원형은 13세기에 작시된 최해의 시가 될 것이다.

인용시는 1330년, 안축이 강릉도 존무사로 외직에 나가 있던 해의 마지막 제야에 지은 것이다. 시인은 지금 어느 시골, 낡은 여관에서 지난 일 년을 돌아보고 있다. 안축에게 있어서 1330년은 존무사로 파견되어 바쁘게 보낸 한 해였다. 시인은 자신의 지난 일 년을 "나그네 길[客路]"이라고 말하면서 수심愁心을 견딜 수 없다고 토로한다. 그래서 시인은 밤 깊도록 잠을 이루지 못하고, 시간을 계산하는 산가지를 세면서 뜬 눈으로 지새고 있다. 그렇다면 시인이 이토록 수심에 찬 이유는 무엇일까? 인용시를 통해서는 정확히 알 수 없지만, 아마도 존무사로서 감당해야 할 각종 업무에 대한 부담감, 더불어 중앙정계로의 복귀 등과 같은 미래에 대한 불안과 근심 때문이 아닐까 추측된다. 그래서 시에 사용된 시어들의 이미지 역시 "잦아드는 등잔불[燈殘]", "낡은 여관[古館]", "어두움[幽幽]" 등 주로 어두운 의상意象들로 구성되어 있다.36) 이 시는 새해에 대한 불안과 근심을 나타내는 제야시의 속성을 잘 보여주는 전형적인 작품에 속한다고 하겠다.

　　병술년 제야에

　　황도에서의 벼슬살이로 몇 번이나 봄을 보냈던가　　游宦皇都幾見春
　　새해마다 언제나 북당의 모친을 생각했네　　　　　　歲時常憶北堂親
　　가련타 오늘 저녁 등불 앞의 그림자여　　　　　　　　可憐此夕燈前影
　　당년에 대궐 아래 있던 몸과 똑같구나　　　　　　　　正是當年闕下身
　　초가집이나 재상의 집은 한 가지로 귀한 것인데　　草閣應同黃閣貴
　　비단 관복과 새로 만든 색동옷은 다툴 만하지　　　錦衣爭似綵衣新
　　내일 아침엔 오십이라 명을 아는 나이이니　　　　　明朝五十行知命
　　동서남북 떠도는 사람이 되어서는 안 되겠지　　　　莫作東西南北人37)

---

35) 안축, 『謹齋集』 권1, 「除夜」.
36) 안축 시에 나타난 이미지와 표현 양식에 대한 사항은 하정승, 「안축 시의 표현 양식과 미적 특질」, 『동방한문학』 34집, 동방한문학회, 34집, 2008을 참조할 것.
37) 이곡, 『가정집』 권18, 「丙戌除夜」.

시제의 병술년은 1346년(충목왕 2)이므로, 인용시는 이곡의 나이 49세 때의 작품이다. 사실 이곡은 이 시를 쓰기 6여 년 전인 1341년 (충혜왕 복위 2) 이후로 줄곧 원나라에 머무르고 있었다.[38] 그가 오랜 중국 생활을 정리하고 귀국한 것은 고려 조정에서 지밀직사사知密直司事와 정당문학政堂文學을 제수받은 1346년이 되어서였다. 이곡이 이렇게 오랫동안 원에 계속해서 체류한 이유는 당시 고려의 충혜왕 정권의 실정에 대한 불만 때문인 것으로 보는 견해가 유력하다.[39] 수련은 이곡이 원에서 중서사전부中瑞司典簿 등의 벼슬에 임명되어 6년여의 세월을 보낸 것을 가리킨다. 한 해를 보내고 또 새해를 맞이할 때마다 그는 고국의 어머니를 떠올린다. 함련은 고국을 떠나 타향에서 홀로 보내는 자신의 삶에 대한 자탄이다. 시인은 잠 못 이루는 제야에 등불 앞에서 고독하게 앉아 있다. 자신의 인생을 되돌아보니 중국에 있을 때나 고려에 와 있는 지금이나 항상 환로에 매여 있는 몸이었다. 3구의 "가련타"는 독백은 그러한 삶에 대한 후회와 탄식의 표출이다. 경련에서는 이러한 생각을 좀 더 구체적이고 직접적으로 말하고 있다. 평범한 초가집이나 고관대작이 근무하는 황각이나 귀한 것은 마찬가지이며, 오히려 비단옷을 입을 수 있는 높은 관직보다 차라리 노모 앞에서 색동옷을 입고 재롱을 피우는 편이 더 낫다는 것이다. 말하자면 세속적인 출세보다 부모님께 효를 행하는 것이 더욱 중요할 수 있다는 의미이다. 마지막 미련은 새해를 맞이하며 앞으로 살아갈 삶에 대한 자세를 다짐하는 말이다. 이제 하늘의 명을 알아야 [知天命] 한다는 50세가 되므로 동서남북으로 이리저리 떠돌아다니는 삶은 살지 않겠다는 것이다. 이는 물론 중국에 오랜 기간 머무르며 벼슬을 했던 자신의 삶에 대한 반성으로 해석할 수 있다.

이곡이 남긴 제야시는 모두 3수인데 그중 한 수는 중국에서 쓴

---

38) 이에 대한 사항은 『고려사』 권22, 「열전」 권109, <이곡>. "忠惠後二年, 奉表如元, 因留居凡六年." 참조.

39) 이에 대한 사항은 한영우, 「가정 이곡의 생애와 사상」, 『한국사론』 40호, 서울대 국사학과, 1998, 9면 참조.

것이고, 위의 인용시는 중국 생활을 정리하고 고국으로 돌아와 지은 것으로 지난 중국에서의 삶을 돌아보는 시이며, 나머지 한 수도 중국에서 지었을 가능성이 있다.[40] 이는 이곡이 제야시를 지은 동기와 상황을 말해준다. 이곡의 제야시에 삶에 대한 반성과 성찰의 의미가 매우 강하게 나타나는 것도 이와 관련이 있다. 문학사적으로 보면 이곡의 제야시는 양과 질적인 면에서 중요한 의미를 갖는다. 우선 이전의 시인들이 1–2수만 남긴 것과 비교해 3수를, 그것도 본인이 가장 힘든 시기를 보낸 중국 체류 기간에 집중적으로 작시한 것은 제야시를 시작활동의 주요한 장르로 인식했다는 의미로 해석할 수 있다. 또한 이전의 이규보나 안축이 모두 절구로 지은 것에 비해 이곡은 세 수중 두 수를 율시로 지었는데, 이 역시 시인이 제야시를 비중있게 생각했다는 반증이다. 형식뿐만이 아니라 내용면에서도 이곡의 제야시는 반성과 성찰이라는 제야시의 전형성이 잘 드러나 있다. 이상의 여러 요소를 생각해 볼 때, 고려후기의 제야시는 이곡에 이르러 새로운 국면을 맞게 되며 이는 그의 아들과 손자인 이색, 이종학으로 계승됨을 알 수 있다. 다음으로 목은 이색의 시를 보자.

섣달 그믐날 밤샘을 하면서 당시唐詩의 운을 사용하여 짓다

①

태양은 잡아맬 길이 없고	白日無由絆
황하는 다시 돌아오질 않는다네	黃河不復回
덧없는 인생은 나는 새 같으니	浮生一飛鳥
절로 가는 게지 그 누가 재촉했나	自去更誰催

---

40) 이곡의 제야시 「除夜獨坐」, 「丙戌除夜」, 「守歲」 중 「제야독좌」는 중국에서 쓴 작품이 확실하고, 「병술제야」는 오랜 중국 생활을 정리하고 고국에 돌아온 그 해에 쓴 것으로 지은 장소는 고려지만 그간의 중국 생활을 정리하는 시로 보아야 옳으며, 「수세」 역시 정확하지는 않지만 시의 내용으로 볼 때 중국 체류 기간에 지었을 가능성이 높아 보인다.

②

끊어진 줄은 이을 수 있고	絃斷猶能續
무너진 물결은 돌이킬 수도 있건만	波頹亦可回
세월을 머무르게 할 길은 없구나	無由駐光景
바삐바삐 괴롭게도 재촉을 하네	哀哀苦相催

③

막다른 음기는 한창 성하려 하고	窮陰方欲盛
봄기운은 또다시 돌아오려 하는데	淑景又將回
등잔불과 함께 쓸쓸히 있노라니	燈影共牢落
둥둥둥 북소리가 또 재촉을 하네	鼕鼕更鼓催41)

위의 인용시는 오언절구로 이뤄진 3수의 연작시이다. 3수 모두
'회回'와 '최催'가 운자이니 즉 상평성 10번째인 '회灰'운이다. 시의 내
용은 인생의 빠름과 덧없음에 대한 탄식이다.42) 첫 번째 시에서는
"덧없는 인생은 나는 새 같다"고 했고, 두 번째 시에서는 "세월을 머
무르게 할 길이 없다"고 했으며, 세 번째 시는 빠르게 흘러가는 세월
과 덧없는 인생에 대한 쓸쓸한 감회이다. 인용시는 3수 모두 운자 뿐
만이 아니라 구성 방식 또한 동일한데, 기구와 승구는 돌이킬 수 없
이 빠르게 지나가는 세월에 대한 자연법칙을 말하고 있고, 전구와 결
구는 그에 대한 시인의 감회를 적고 있다. 여기에서 시인의 감정이
들어간 시어를 살펴보면 "덧없는[浮]", "괴롭게도[苦]", "쓸쓸히[牢
落]" 등을 들 수 있다. 하나같이 모두 부정적인 측면이 강하다. 이는
그만큼 시인의 현재 감정 상태가 허무하고 괴롭고 쓸쓸함을 대변하는

---

41) 이색, 『목은시고』 권13, 「守歲用唐詩韻三首」.

42) 한시만이 아니라 국문시가 중 제야를 제재로 하여 쓴 작품에서도 늙음에 대한 아쉬움
과 인생의 빠름, 유한성을 노래한 것들이 많다. 이로 보면 제야시의 가장 보편적인 내
용은 빠르게 흘러가는 세월에 대한 아쉬움이라 해도 좋을 것이다. 제야를 노래한 국문
시가에 대한 사항은 김상진, 앞의 논문, 134면 참조.

것이다. 이러한 부정적인 감정의 기저에는 빠르게 흘러가는 세월 속에서 아무 것도 할 수 없는 인간 존재의 유한성有限性, 또는 허무감이 자리잡고 있다. "태양은 잡아맬 길이 없다"거나 "세월을 머무르게 할 길이 없다", "봄기운은 또다시 돌아오려 한다"와 같은 표현은 모두 변함없는 자연의 법칙 앞에서 무력할 수밖에 없는 인간의 나약함을 보여주는 것이다. 이처럼 목은의 제야시는 이전의 시들보다 한 단계 진전된 철학적 사유를 담고 있다. 요컨대 고려후기 한시사의 사적 흐름에서 가정 이곡은 본격적인 제야시 창작의 길을 열었으며, 그의 아들 목은 이색은 제야시의 수준을 한 단계 끌어 올렸을 뿐만 아니라 그의 제자와 후배 문인들에게 제야시 창작을 권하여 훗날 조선조에 이르러 제야시가 유행하고 일반화되는 데에 기여를 했던 것으로 정리할 수 있다. 다음은 목은의 아들 이종학이 쓴 제야시이다.

섣달 그믐 밤에

섣달 그믐에 밤을 새우는 건 해마다 해 온 일인데　守歲年年事

올해는 눈물이 범벅이 되어 수건을 적신다　　　今年淚滿巾

쓸쓸한 성에서 나그네 되어 있으니　　　　　　孤城方作客

밤새도록 어버이 그리움이 배나 더하네　　　　一夜倍思親

옹기종기 모여 있던 지난날이 떠오르니　　　　團聚憶前日

따로 떨어진 이 신세가 슬프기만 하구나　　　　分離悲此身

싸늘한 등불은 한쪽 벽을 비추고　　　　　　　青燈明半壁

잠 못 이룬 채 새봄을 기다린다　　　　　　　不寐待新春[43]

　　인용시는 1389년 12월 이종학(1361-1392)이 부친 이색과 함께 파직을 당하고 순천으로 유배되었을 때에 지은 작품으로 보인다. 1389년(공양왕1) 11월에 이성계는 창왕昌王을 폐위시키고 공양왕恭讓

───────────────

43) 이종학, 『인재유고』, 「除夜」.

王을 세웠는데, 이해 12월에 오사충吳思忠과 조박趙璞 등이 상소를 올려 이색 부자父子가 우왕禑王과 창왕을 추대했던 일을 논핵하였고, 그 결과 이색은 경기도 장단長湍으로, 이종학은 전라도 순천順天으로 유배되었던 것이다. 이종학의 문집인 『인재유고』 안에 실린 「남행록南行錄」은 이종학이 개경을 출발하여 순천에 이르러 유배 생활을 하는 동안에 지은 시를 모아 놓은 것이며, 위의 인용시는 「남행록」에 실려 있다.44) 이종학의 유배는 그 다음해인 1390년(공양왕 2) 5월에 이배移配되어 수감되어 있던 청주옥이 홍수로 인해 피해를 당하자 풀려나게 되었지만, 1391년 또다시 유배를 당하고 1392년 유배지에서 이배 도중 정도전이 보낸 사람들에 의해 32살의 젊은 나이로 죽음을 맞게 되었으니 그의 일생은 무척이나 비극적이었다고 할 만하다. 사실 이종학은 14살 되던 1374년(공민왕 23)에 성균시에 합격하고 2년 후인 1376년(우왕 2) 16살의 나이로 문과에 합격하여 벼슬을 시작했을 정도로 영민한 수재였다. 이곡 → 이색으로 이어지는 고려후기의 대표적 명문가인 한산이씨의 전통을 계승할 유력한 인물이었고, 역량도 충분해 보였다. 하지만 고려말 격변기의 시대 상황은 그를 평안하게 놔두지 않았다. 그의 학문적·문학적 잠재력을 감안할 때, 만약 그가 치세에 태어났더라면 부친인 이색이나 조부 이곡에 못지않은 업적을 이룩했을 가능성이 높다. 이종학을 비롯한 세 아들이 죽거나 귀양을 당하자 이색이 상심하며 쓴 시를 통해서도 아버지로서의 안타까움과 미안함, 슬픔이 잘 나타나 있다.45)

　　인용시의 2구 "올해는 눈물이 범벅이 되어 수건을 적신다"는 풍전등화와 같은 조국과 자신의 운명 앞에서 어찌할 바를 알지 못하고, 해가 바뀌는 마지막 제야의 날에 눈물로 밤을 지새우는 한 지식인의

---

44) 이상 이종학의 유배에 대한 사항은 『高麗史節要』 권34, 「恭讓王」 1년 11월, 12월조 참조.
45) 예컨대 「寄省郎諸兄」(『목은시고』 권 35)이라는 12수의 연작시 중 세 번째 시를 보면, "지난해에는 큰 아이가 황천으로 떠나더니/ 올겨울엔 둘째 애가 해변으로 귀양 갔네/ 듣자니 삼랑이 지금 탄핵을 받고 있다는데/ 천운을 어떡하겠는가 천운을 어떡하겠는가 (去年長子入黃泉, 仲氏今冬謫海壖, 聞說三郞方被劾, 奈何天也奈何天)"라고 하여 자식들이 겪는 고통을 안타까워하는 목은의 심경이 잘 그려져 있다.

자화상이다. 3구의 "쓸쓸한 성에서 나그네가 되었다"는 것은 전술한 바와 같이 멀리 전라도 순천에 유배되어 있는 자신의 처지를 설명한 것이고, 4구의 "어버이 그리움이 배나 더한다"는 것은 고향에 계신 어머니[46]에 대한 그리움과 함께 유배를 당한 부친 이색에 대한 걱정을 표현한 것이다. 경련頸聯은 4구의 연장으로 지난날 온 가족이 함께 지냈던 시절에 대한 추억과 아쉬움이다. 아마도 그 시절의 제야는 가족들이 옹기종기 모여앉아 희망에 부푼 채 새해를 맞이했을 것이다. 하지만 지금은 가족들이 흩어졌을 뿐만 아니라 본인과 부친은 유배의 몸이 되었다. 마지막 미련尾聯은 이 같은 상황에 대한 비유적 표현이다. 시인은 7구에서 "싸늘한 등불은 한쪽 벽을 비추고"라고 말한다. 하필 등불을 "싸늘하다[靑]"라고 한 것은 현재 시인이 처한 상황이 극도로 암울하기 때문이다. 그래서 시인은 8구에서 잠을 이루지 못하고 있다고 말한다. 하지만 이 같은 힘든 상황 속에서도 시인은 일말의 희망의 끈을 놓지 않는다. 마지막 구절인 "새봄[新春]을 기다린다"는 암담한 현 상황이 지나가고 새해에는 좋은 일들이 펼쳐지기를 바라는 시인의 간절한 소망이 담겨 있다. 이처럼 제야시에는 반성과 성찰이라는 요소만이 아니라 내일에 대한 기대와 희망도 작시의 주된 동기가 된다. 다음에 살펴볼 시는 포은 정몽주가 중국으로 사행을 가서 해가 바뀌는 제야에 서장관에게 준 것으로 포은시 특유의 객창감客窓感이 잘 드러나 있다.

상주에서의 섣달 그믐 밤

상주 성안에 날이 저물고 나니	常州城中日云暮
상주 성밖엔 사람 다니지 않네	常州城外人不行
집집마다 등불 밝혀 떠들썩 담소하며	家家明燈笑語喧

---

46) 이종학의 모친 안동권씨는 知密直司事를 지낸 權仲達의 딸로 조선조 개국 후인 1394년 (태조 3)에 죽었으니, 이종학이 이 시를 썼을 때에는 고향에 생존해 있었음을 알 수 있다.

곳곳의 폭죽놀이에 귀신들이 놀라네	處處爆竹神鬼驚
오늘이 바로 섣달 그믐 밤인데	今夕何夕是除夜
배 안에 묵는 길손은 마음 둘 곳 없도다	舟中宿客難爲情
우리가 만 리 밖으로 고국을 떠나와서	我從萬里辭古國
사명 받고 서쪽으로 와 천자에게 조회했네	奉使西來朝紫宸
봉천문 앞에서 천자를 배알하고	奉天門前謁天子
금릉 저자에서 벗들과 취했노라	金陵市上醉佳人
한나라의 예악은 새 규모를 보았고	漢家禮樂覩新儀
우공禹貢[47]의 산천에선 옛 자취 찾았다네	禹貢山川尋古跡
사나이 뜻한 바를 채울 수 있었지만	男兒志願足可償
나그네 길 어려움은 말할 필요 없다네	客路崎嶇不須說
함께 온 사신들 대여섯 사람으로	同來使臣五六輩
나이 젊고 재주 높아 모두가 호걸인데	年少才高盡豪傑
배를 옮겨 서로 뜸 밑에 앉아서	移船相就蓬底坐
깊은 밤에 단란하게 화촉 밝히네	深夜團欒燒畫燭
종횡으로 웅변하니 무지개 토하는 듯	縱橫雄辯吐虹蜺
좋은 글귀 창화하니 주옥이 되네	唱和佳聯落珠玉
인생에 술 있거늘 어찌 아니 마시랴	人生有酒胡不飲
내년에는 어디에서 이 밤 맞을까	明年何處逢今夕[48]

위 시의 상주常州는 중국 강소성江蘇省 남부에 있는 도시로 상해上海와 남경南京 사이에 위치해 있다. 이 시는 당시 포은이 중국으로 사행을 갔다가 남경에서 천자를 배알한 뒤, 돌아가는 도중에 새해를 맞이하여 상주에 머무르며 썼던 것으로 추정된다. 인용시의 1－4구는 섣달 그믐을 맞이하는 상주의 풍경이다. 12월 마지막 날 저녁이 되자 집집마다 등불을 켜고 가족과 친지들끼리 모여서 담소하며 시끌

---

47) 『書經』의 篇名. 禹임금이 10년 동안에 九州를 순시하면서 경계를 바루고 산을 따라 내를 파고 토지에 따라 貢賦를 정한 일을 사관이 적은 것이라 한다.
48) 정몽주, 『포은집』 권1, 「常州除夜呈諸書狀官」.

벅적 새해를 맞이한다. 지금도 중국에서는 음력설을 '춘절春節'이라 하여 가장 큰 명절로 지내고 있으며, 특히 이 날에는 온 하늘을 뒤덮을 정도로 화려한 불꽃놀이를 한다. 위 시를 보니 폭죽을 터뜨리는 불꽃놀이의 전통이 이미 14세기에 성행했을 정도로 오래되었음을 알 수 있고, 앞의 이규보 시에도 나와 있듯이 고려에서 행해지던 섣달 그믐의 폭죽놀이 또한 중국으로부터 들여온 것임을 알 수 있다.

화려한 축제의 현장에서 나그네가 된 시인이 느끼는 외로움과 소외감은 깊다. 현지인들은 가족과 친구들끼리 모여 저마다 즐기면서 새해를 맞이하는데, 배 안에서 하룻밤을 묵은 시인의 일행은 마음 하나 둘 곳이 없다. 7−14구까지는 시인 일행이 중국에 온 목적과 그간의 경과를 설명한 것이다. 천자를 배알하고 조회했으며, 중국의 발달된 각종 예악과 문물을 견문했다. 그래서 사행의 목적과 뜻한 바를 어느 정도 이뤘기에 "사나이 뜻한 바를 채울 수 있었지만", 그렇다고 고려에서 중국까지의 멀고먼 사행의 여정에서 겪은 수많은 어려움과 고통이 없어지는 것은 아니었다.

15−20구까지는 함께 사행을 온 동료들에 대한 소개이다. 이들은 모두 5−6인으로 대체로 나이가 젊고 학식이 뛰어난 호인들이었다. 그래서 시인은 이들과 함께 단란하게 화촉을 밝히고 서로 담소를 나누며, 밤늦도록 시를 창화하고 술을 마신다. 하지만 시인의 이역만리에서의 새해맞이가 행복하거나 즐거운 것은 결코 아니다. 이는 마지막 구 "내년에는 어디에서 이 밤 맞을까"라는 짧은 한마디 속에 잘 드러나 있다. 가족과 멀리 떨어진 타국에서, 나그네로 한 해의 마지막 밤을 보내는 시인의 쓸쓸한 감회를 뛰어나게 형상화한 고려후기 제야시의 수작이라 하겠다.[49] 다음은 도은 이숭인의 시이다.

---

49) 하정승, 『반니』(인터넷잡지), 「한시를 통해 읽는 새해의 다짐: 제야시의 세계」(전문가 칼럼) 참조. (http://banni.interpark.com)

제야

한 해의 마지막 날 절간을 찾았더니	除夜到山家
스님이 촛불의 불똥 자르면서 밤을 지키네	留僧翦燭花
차 끓이는 주전자에선 지렁이 우는 소리	煮茶鉼叫蚓
시를 쓰는 먹물은 까마귀 뒤집은 듯	題句墨翻鴉
시간을 알리는 북 세 번 모두 다 치자	更鼓三撾盡
천문에 북두칠성이 비껴 걸렸네	天文北斗斜
내일 아침은 해가 새로 바뀌건만	明朝歲華改
떠돌이의 뜻은 끝이 없구나	漂泊意無涯[50]

시인은 한 해를 보내면서 절을 찾았다. 절에서는 스님이 촛불의 불똥을 자르면서 밤을 지새우고 있다. 고요한 선방에는 차 끓이는 주전자만 요란하게 소리를 내고, 시를 쓰기 위해 갈아놓은 먹물은 까마귀처럼 검다. 절간 특유의 고요와 정적이 시의 분위기를 차분하게 만들며 제야를 맞는 시인의 경건함과 엄숙함을 은연중에 강조하고 있다. 앞에서 살펴봤던 다른 시인들의 제야시가 축제와도 같은 제야를 그리고 있는 것과는 매우 대조적이다. 경련은 잠을 자지 않고 밤을 새며 시간을 보내는 모습이다. 어느덧 시간을 알리는 북은 세 번이나 울리고 북두성마저 기울어가는 새벽이 되었다. 이는 물론 특별한 경우는 아니고 제야를 보내는 당시의 풍속이기도 하다. 마지막 미련은 이 시의 핵심이자 주제이다. 시인은 해가 바뀌었어도 여전히 나그네 신세로 떠도는 자신의 처지를 한탄하고 있다. 이 구절에는 시인이 나그네로 살아가는 것이 본인의 원하는 바가 아니라는 의미가 담겨있다. 정치적 환경이나 여건, 관계들 속에서 어쩔 수없이 떠도는 시인의 고독과 슬픔이 나타나 있다. 이처럼 제야시에는 종종 자신이 현재

---

50) 이숭인, 『陶隱集』 권2, 「除夜用古人韻」.

처한 상황에 대한 자탄과 자조가 내일에 대한 불확실성과 더불어 나타나기도 하는데, 이 역시 제야시를 구성하는 중요한 특징 중 하나로 볼 수 있다.

경오년 섣달 그믐밤

오늘이 섣달 그믐밤인데	此日是除夜
지금 나는 타향에 있네	今吾在異鄉
푸른 등불은 조는 눈에 비쳐 어둡고	靑燈照睡暗
흰머리는 근심을 띠고 자라네	白髮帶愁長
먼 곳에 떠도는 몸이라	山海身流落
부모 모습 꿈속에 아득하네	庭闈夢眇茫
오랜 고생을 달가워하지 않을 게 무엇인가	何慊憔悴久
날이 새면 봄빛을 얻을 텐데	明發得韶光[51]

　　권근이 남긴 제야시는 모두 2수로 인용시는 1390년(공양왕 2) 제야에 지은 것이다. 권근은 1369년(공민왕 18) 18세의 나이로 문과에 급제하여 환로에 오른 뒤 성균관 대사성을 비롯한 여러 관직을 거치며 승승장구했다. 하지만 1389년(공양왕 1) 중국에 사행을 다녀온 뒤 명나라에서 가져 온 예부자문禮部咨文을 도당都堂에 올리기 전에 봤다는 문제로 그해 10월에 유배를 가게 되었고, 그 후 몇 차례의 이배와 해배, 재유배 끝에 1391년 3월 충주의 양촌으로 귀향한 후에는 고려 왕조가 망하기까지 우거하였다. 물론 조선왕조 개국 후에는 다시 환로에 올라 각종 과거와 경연을 주관하는 등 조선초기 제도와 문물의 정비, 학문의 발전에 공을 세웠다. 따라서 1389년 이후 약 3－4년은 유배를 당하거나 시골에 은거하던 시절로 그의 일생에서 좀처럼 찾아보기 힘든 불운의 시기였다. 인용시는 바로 이 시기에 지어진 것으

---

51) 권근, 『陽村集』 권7, 「庚午除夜」.

로, 특히 한 해를 마무리하는 제야시라는 점을 감안하면 권근의 작품 가운데에서도 상당한 의미가 있는 시라고 할 수 있겠다.

　　시는 "오늘이 섣달 그믐밤인데/ 지금 나는 타향에 있네"라고 시 작된다. 유배지에 와있는 자신의 처지를 말하고 있는 것이기는 하지만, 그 행간에는 지금까지 겪어보지 못한 인생의 어려움과 좌절을 은연중에 표현하고 있다. 함련은 밤을 지새며 시를 쓰고 있는 자신의 모습을 묘사한 것으로, 3구는 졸음에 겨워 힘들게 밤을 새우는 장면을 해학적으로 그린 것이고, 4구는 "흰머리는 근심을 띠고 자라네"라고 시인이 겪고 있는 현재의 괴로움을 압축적으로 말한 것이다. 경련에서는 유배지에서도 그리운 가족의 모습, 특히 부모에 대한 그리움을 말하고 있다. 권근의 부친은 1398년에, 모친은 1405년에 세상을 떠났으므로[52] 이 시를 쓰던 당시에는 생존해 있었다. 이 시의 가장 두드러진 특징이자 권근의 기질과 가치관, 생의 이력을 짐작할 수 있는 구절은 마지막 미련이다. "오랜 고생을 달가워하지 않을 게 무엇인가/ 날이 새면 봄빛을 얻을 텐데"라는 말은 다음 몇 가지의 의미를 지니고 있다. 첫째, 지금 겪고 있는 유배는 오랜 기간의 심한 고생이다. 둘째, 하지만 그럼에도 꺼리거나 달가워하지 않을 필요는 없다. 셋째, 그 이유는 날이 새면 봄빛을 얻을 수 있기 때문이다. 사실 권근이 시를 쓴 시점은 1390년 12월이고 유배를 처음 가게 된 것은 1389년 10월이었으니 약 1년 2개월이 흐른 뒤였다. 따라서 관점에 따라서는 오랜 기간이라고 할 수도 있겠지만, 고려후기 일반적인 유배 기간을 보면 2, 3년이 넘는 경우가 흔하게 있었기에[53] 권근의 독백은 그만큼 그가 지난 시절 별다른 어려움 없이 인생을 살아왔고, 지금 겪는 고통이 생애 최대의 위기임을 대변해준다. 하지만 이 같은 인생의

---

52) 부친과 모친의 사망 년도는 『양촌집』 권수, 「양촌선생연보」에 의한 것임.

53) 가령 1375년 북원의 사신을 맞이하는 것에 반대하다가 유배를 가게 된 김구용의 경우 약 6년간의 유배생활을 하였고, 이때 함께 유배를 당한 정몽주, 이숭인 등은 2년 정도의 유배기간을 가졌다. 따라서 권근의 유배 기간은 당시의 다른 사람들에 비해서 특별히 긴 것은 아니었다고 말할 수 있다.

위기 속에서도 그는 날이 새면 봄빛을 얻을 수 있다고 하며 굉장히 긍정적인 자세와 가치관을 보여준다. 아무리 힘들어도 조금만 참고 견디면 좋은 날이 온다는 것이다. 이러한 특유의 긍정적 가치관은 물론 개인적인 기질에 기반한 것이기도 하지만, 그만큼 순탄한 인생을 살아온 시인이 갖고 있는 특유의 여유로움과도 관련 있어 보인다. 이 시는 현재의 고난과 내일의 극복의지가 모두 담겨 있다는 점에서 제야시의 특징을 보여주는 좋은 사례라 할 것이다.

섣달 그믐날 밤 매헌梅軒에게

가는 해와 오는 해가 오늘 밤에 갈라지니	兩年一夜隔
계절은 저절로 서둘러서 뒤바뀌네	節序自相催
붓을 잡아 새로운 시구를 쓰고 나서	秉筆有新句
술통을 열어 보니 술 아직 남아 있네	開樽餘舊醅
타고 남은 촛불 그을음 벽 이끼에 달라붙고	燭殘凝壁蘚
향불이 다 타자 화로에 재 떨어지네	香盡陷爐灰
내일은 틀림없이 봄날이 올 것이니	明日春應到
높은 난간에서 매화를 보시게	高軒請看梅54)

위의 인용시 역시 앞의 권근의 시와 마찬가지로 기본적으로 긍정적이고 희망적이다. 시제의 '매헌'은 여말선초의 문신 권우權遇(1363-1419)의 호다. 앞에서 살펴본 바와 같이 권우 역시 2수의 제야시를 남긴 제야시의 작가이기도 하다. 권우는 양촌 권근의 동생으로 변계량보다는 6살이 위였지만, 평생 지우로서 가깝게 지낸 절친한 사이였다.55) 섣달 그믐날 밤 자정은 가는 해의 마지막 날이기도 하지만, 오

---

54) 변계량, 『춘정집』 권1, 「除夜呈梅軒」.
55) 『춘정집』이나 『매헌집』을 보면 서로 주고받은 시가 많을 뿐만 아니라 변계량이 권우를 위해 「梅軒記」(『춘정집』 권5)를 써줄 정도로 변계량과 권우는 각별한 사이였다.

는 해의 첫날이 되기도 한다. 계절 역시 과거엔 음력을 기준으로 12월까지가 겨울이요, 1월부터가 봄이었으니 12월 30일은 계절이 서둘러 바뀌는 날이 된다. 3구를 보니 마지막 날 제야에 변계량은 붓을 잡고 새로운 시를 한 구 쓴다. 옛 선비들이 제야에 시를 쓰는 전통은 우리나라에선 고려에, 중국에서는 당나라 때에 이미 제야시가 창작되었음을 감안하면 매우 오래된 일이었다. 경련은 밤새도록 촛불을 켜고 화롯불을 피운 흔적을 묘사한 것이다. 지금까지 살펴본 바와 같이 제야에 밤을 새우는 전통 역시 당시의 세시풍속으로 지키던 것이기에 특이한 사항은 아니다. 주목해서 봐야 할 부분은 마지막 미련에 있다. 시인은 "내일은 틀림없이 봄날이 올 것이니/ 높은 난간에서 매화를 보시게"라고 친구인 권우에게 권하고 있다. 여기 봄날은 물론 계절을 의미하기도 하지만, 동서에 내일에 대한 희망을 상징하기도 한다. 매화는 그 따뜻한 봄날을 실증해주는 열매요 결과물이다. 즉 내년에는 봄에 매화가 피듯이 반드시 희망의 소식, 좋은 일들이 벌어질 것이라는 확신을 하고 있는 것이다. 또 한 가지 주목할 점은 매화의 이중성이다. 매화는 봄이 왔음을 알리는 전령이기도 하지만, 이 시의 대상자인 권우의 호이기도 하다. 말하자면 섣달 그믐에 시인은 친구인 권우에게, 매화가 활짝 피는 것과 같은, 친구의 이름에 걸맞은 기쁜 일들이 일어날 것이라고 시로써 덕담을 한 것이다. 제야시로서의 특징과 더불어 변계량의 시적인 재치를 엿볼 수 있다고 하겠다.

제야

빠르게 흘러가는 세월은 흰 수염으로 들어오고	鼎鼎流光入白髭
나이는 육십을 넘어 삼년이 더 흘렀네	年過六十又三朞
젊은 시절의 마음과 뜻을 가지고 있지만	妙齡心志雖然在
늘그막의 몸은 이미 쇠해졌다네	晚歲筋骸甚已衰
계속되던 올 겨울도 이제는 끝나가지만	直到今冬將盡處

내일은 아직 오지 않은 때라네	正當明日未來時
이 사이의 짧은 시간 누가 능히 헤아릴 수 있으랴	此間方寸誰能料
한밤 중 희미한 등잔불 아래에서 시 한 수 쓴다	更點殘燈寫一詩56)

　　원천석은 고려후기의 시인들 중 가장 활발하게 제야시를 창작한 시인이었다. 총 5수를 써서 고려시대의 제야시 작가 중 이색을 제외하곤 가장 많은 분량이다. 위의 인용시는 앞에서 살펴본 권근이나 변계량과 비교할 때 차이가 극명하게 나타난다. 앞의 시들이 희망과 긍정의 새해를 읊고 있는 것에 비해 이 시는 처음부터 어둡게 시작한다. 수련을 통해 이 작품은 시인이 63세 되던 해, 즉 1393년에 지은 것임을 알 수 있다. 이때는 고려왕조가 망하고 조선이 개국한 초창기로 원천석은 원주 치악산에 은거했던 시기였다. 시인은 함련에서 나이는 63세의 노인이지만 마음만은 젊은 시절 그대로라고 하면서도, 늘그막의 몸은 이미 쇠해졌다고 고백한다. 그러나 쇠한 것은 그의 몸만은 아니었다. 고려왕조에 끝까지 의리를 지키겠다며 조선왕조에 가담하지 않고 원주로 내려와서 치악산에 은거하고 있었기에 망국의 한탄과 전 왕조에 대한 그리움은 사무쳤을 것이다.57) 따라서 이 시절 그의 몸과 마음은 지쳐있었을 것이고 그것이 "늘그막의 몸은 이미 쇠해졌다네"라고 표현된 것이다. 그러기에 이제 곧 겨울이 끝나고 봄이 오겠지만, 시인에게는 그 봄이 정말 올지 확신이 들지 않고 불안하다. 6구의 "내일은 아직 오지 않은 때라네"라는 구절은 시인의 심리상태를 여실히 보여준다. 오늘 너무나 심한 추위에 떨고 있는 사람에게는 어쩌면 따뜻한 봄날이 오기를 기다리는 것도 사치일지 모른다. 모든 것이 불안하고 분명치 않으며 예측하기 힘든 상황에서 시인은

---

56) 원천석, 『운곡행록』 권5, 「除夜」.

57) 태종은 즉위하고 난 뒤 옛 스승인 원천석을 중용하기 위해 수차례 벼슬을 내리고 심지어 원천석을 만나기 위해 직접 찾아가기까지 했으나 그는 자리를 피하고 만나지 않았다. 이로 보면 원천석의 고려왕조에 대한 애정과 망국의 한탄에 대한 정도를 짐작할 수 있다.

새해가 되었다고 마냥 즐겁거나 기뻐할 수는 없었다. 내일은 와봐야 아는 것이다. 오기 전까지는 말 그대로 '올 날[來日]'인 것이다. 그래서 시인은 7구에서 "이 짧은 시간을 누가 능히 헤아릴 수 있으랴"라고 말한다. 그리고 그 불안한 마음을 달래기 위해 희미한 등불 아래 앉아 시를 쓴다. 새해를 맞이하며 매우 긍정적이거나 희망에 찬 모습은 없지만, 그렇다고 아주 부정적인 것도 아니다. 현실을 그대로 받아들이며 직시하겠다는 시인의 태도가 숨어 있다. 이 또한 제야를 보내는 또 다른 우리의 모습일 수 있다.

4. 결어

한국의 한시사에서 제야시는 최치원, 이규보 등 초창기의 시인들에게서 이미 작시되었다. 그러다가 고려후기에 이르면 여러 명의 시인들에 의해 많은 수의 작품이 창작되는데, 그 대표적인 작가로는 최해, 이곡, 안축, 이색, 정몽주, 이숭인, 권근 등을 들 수 있다. 작품 분량도 40수에 이를 정도로 늘어났는데, 고려후기의 이 같은 시작詩作은 조선조에 이르러 수많은 시인들에 의해 창작되는 비약적인 발전을 이루게 된다. 조선조 문인들의 경우에는 대부분의 문집마다 제야시가 실려 있을 정도로, 제야시는 시인들의 일상이며 일종의 생활시이자 기속시로서 보편화되는 양상을 보여준다. 조선조의 유행에는 전시대인 고려후기 제야시의 창작이 큰 영향을 끼쳤음은 물론이다. 특히 이색이나 정몽주, 권근과 같은 대가들이 제야시 창작에 적극적이었다는 점이 후대에 영향을 끼친 주요한 요인이 되었다. 이는 중국의 경우에도 백거이와 소동파가 제야시의 주요 작가였으며, 이들이 후대 제야시 창작에 큰 영향을 주었다는 점에서 한국과 중국의 문학사가 동일한 양상을 보여준다. 문학사의 거시적인 안목에서 보면 제야시의 창작과 유행은 한시의 다양화와 작가의 확산에 따른 결과물로 해석할 수 있다. 보다 다양한 시인들에 의해 여러 가지 경향의 시들이 지어지는 과정에서 소재와 제재의 다양성과 작시의 일상화라는 측면이 제야시 유행의 바탕이 되었던 것이다.

본고에서는 고려후기에 제야시를 창작했던 15명의 시인들 중 이규보, 최해, 이곡, 안축, 이색, 이종학, 정몽주, 이숭인, 권근, 변계량, 원천석 등 11인의 시를 중심으로 살펴보았다. 이들 시인 중 선배뻘에 해당하는 최해의 작품은 21살의 젊은 나이에 쓴 것으로 자신의 인생을 돌아보면서 동시에 앞으로 어떻게 살아가야 할지를 다짐하는 꽤나 무거운 주제의 시이다. 안축이나 이곡, 이색, 정몽주, 권근 시는 고향을 떠나 나그네로서 타향에서 맞이하는 새해의 소감을 쓴 경우인데, 이러한 유형은 당나라 고적 이후로 제야시의 중요한 한 축이 되어 왔다. 이숭인의 경우에는 벼슬살이의 험난함과 고단함을, 권근의 또 다른 작품은 이제 막 벼슬을 시작하는 시인의 선정에의 다짐과 포부를 그린 것이다. 원천석의 경우에는 앞의 최해처럼 알 수 없는 내일에 대한 불안과 걱정을 담고 있다. 이처럼 제야시는 매우 다양한 내용과 주제를 갖고 있는데, 이를 정리해 보면 대략 ① 인생의 새 출발을 맞아 포부와 기대감을 피력한 것, ② 지금까지 살아온 삶에 대한 반성과 성찰을 담은 것, ③ 고향을 떠나 객지에서 나그네로서 새해를 맞이하는 외로움과 객창감을 나타낸 것, ④ 앞날에 대한 불안과 걱정을 쓴 것 등으로 구별된다.

제야시의 가장 큰 문학적 매력은 반성과 성찰이라는 삶에 대한 진지한 태도이다. 지난 한 해를 돌아보고, 또 앞으로 다가올 새해를 맞이하는 시간은 누구에게나 소중하며 의미가 깊다. 그 시간이 혹 지난 삶에 대한 후회와 회한이든, 혹은 나그네로서의 고독감과 서러움이든, 새로운 내일에 대한 기대와 소망이든, 어떤 것이더라도 시인에게는 훌륭한 시적 동인이자 자산이 된다. 따라서 제야시는 대체로 시인의 섬세한 감정이 문학적으로 뛰어나게 형상화된 작품들이 많다. 이 같은 의미에서 보면 시인의 시세계 전반을 고찰함에 있어서 제야시는 매우 중요한 장르이다. 바로 이 점이 제야시가 갖는 문학사적 존재 의미이자 제야시를 연구해야 하는 중요한 이유이기도 하다. 우리 한시사에서 고려조의 제야시들이 조선조에 이르러서 어떻게 수용 발전되는지, 또 한국의 제야시와 중국 시인들의 제야시를 비교문학적 차원에서 검토하는 작업은 차후의 과제로 남겨둔다.

고려후기 한시에 나타난 새의 이미지와 문학적 의미

1. 문제제기

한시의 소재는 이미 중국 최고의 시집인 『시경』에서부터 매우 다양하였다. 인간의 삶과 관계된 모든 것이 시의 소재가 될 수 있기 때문이다. 특히 자연의 동·식물은 예부터 시인들의 주된 음영吟詠의 대상이었다. 그중에서도 꽃과 새는 더욱 시인들의 사랑을 받아 왔는데, 중국이나 한국의 문학사에서는 꽃이나 새를 노래한 시를 일명 '화조시花鳥詩'라고 하여 따로 구별할 정도로 한시의 주된 영역이었다. 우리 한문학사에서 새를 소재로 한 시에 대한 명칭은 일반적으로 '화조시', 또는 '금언체시禽言體詩'라고 칭해 왔다. 가령 18세기의 문인 오원吳瑗은 「낙수洛叟와 헤어지며」라는 시에서 "花鳥詩成莫憚傳"[1]라고 하여 본인이 쓴 시를 '화조시'라고 말하고 있고, 18-19세기의 문인 윤기尹愭 역시 「저물녘 돌아가며」라는 시에서 "花鳥詩篇逐意成"[2]이라고 말하고 있다. '화조시'의 명칭에 대한 이 같은 예는 다른 문인들에게서도 여럿 보인다. '금언체시' 또한 여러 군데에서 보이는데, 예컨대 서거정은 「소경小卿 축맹헌祝孟獻의 산금죽석도山禽竹石圖에 제

---

1) 吳瑗, 『月谷集』 권4, 「別洛叟」. "亭皐落日澹遙天, 客馬徘徊芳草前, 別意悠悠山對酒, 春愁黯黯柳生煙, 江湖興遠那能挽, 花鳥詩成莫憚傳, 憑子寄聲鷗鷺伴, 舊盟寥闊又新年."

2) 尹愭, 『無名子集詩稿』 책3, 「暮歸」. "閒來携杖路縱橫, 花鳥詩篇逐意成, 暮歸還有開心處, 學語稚孫帶笑迎."

題하다」에서 "금언禽言을 지어서 지극히 포장하고 싶으나/ 성유만한
재주 없음이 부끄러울 뿐이네"[3]라 하고 있고, 이유원李裕元은 시체詩
體를 설명하면서 풍유적諷諭的 시체로는 "배해체俳諧體, 풍인체風人體,
제언체諸言體, 제어체諸語體, 제의체諸意體, 자미체字謎體, 금언체禽言體가
있다."[4]고 하고 있다. 또 18세기의 여항문인 장혼張混도 「소단광악범
례騷壇廣樂凡例」에서 "잡곡雜曲" 부분에 "회문체廻文體, 수미음체首尾吟體,
잡명시雜名詩, 금언체禽言體, 연아체演雅體, 문답시問答詩"[5] 등의 시체를
나열하고 있다. 그런데 보통 꽃과 새를 노래한 시를 의미하는 '화조
시'라고 할 때, 꽃이나 새를 동시에 읊은 시는 많지 않고, 주로 꽃 또
는 새를 각각 노래한 것이 대부분이다. 하지만 회화 분야에서는 '화
조도花鳥圖'라 하여 꽃과 새를 동시에 한 화면에 집어넣고 그린 그림
이 많아서 한시의 경우와는 다른 양상을 보이고 있다.

　　중국문학사에서 가장 많은 화조시를 창작한 대표적인 시인으로
는 당나라의 두보杜甫와 이백李白, 백거이白居易, 송나라의 소동파蘇東坡
와 구양수歐陽脩, 매요신梅堯臣과 임포林逋를 들 수 있다. 하지만 사실
화조시의 창작 전통을 거슬러 올라가면 이미 『시경』에 등장하는 시
들에서부터 화조시는 존재해왔다. 예컨대 『시경』은 첫 번째 시인
「관저關雎」부터 '저구雎鳩'새가 시의 주요 제재로 등장하고 있고, 「빈
풍豳風·치효鴟鴞」편 같은 경우는 일명 '올빼미의 노래'로서 우의寓意
와 풍자를 담은 새의 노래로 널리 알려져 있다. 이처럼 새를 시의 주
요 테마나 모티브로 삼는 창작 전통은 당나라에 이르러서는 산수山
水·전원田園을 읊는 자연시自然詩나 영물시詠物詩의 유행과 발맞추어
성대한 양상을 보인다. 가령 왕유王維, 이백李白, 두보杜甫, 백거이白居

---

3) 徐居正, 『四佳集』 권30, 「題祝小卿盂獻山禽竹石圖」. "欲作禽言極張鋪, 只愧才薄非
　聖兪."

4) 李裕元, 『林下筆記』 권2, 「詼諧詩」. "有俳諧體風人體諸言體諸語體諸意體字謎體禽
　言體, 雖含諷諭, 實則詼諧."

5) 張混, 『而已广集』 권14, 「騷壇廣樂凡例」. "雜曲. 三言, 六言, 三五七言, 一字至十
　字. 廻文體, 顚倒韻體, 首尾吟體, 藏頭詩, 雜數詩, 雜名詩, 禽言體, 演雅體, 字謎體,
　兩頭纖纖體, 五雜組, 五仄體, 四聲詩, 疊韻詩, 問答詩, 詞."

易, 위응물韋應物, 유종원柳宗元, 유우석劉禹錫, 유장경劉長卿, 이상은李商隱, 두목杜牧 같은 시인들에 의해 화조시는 활발하게 창작되었다. 그후 송나라에 이르러서는 소동파蘇東坡, 구양수歐陽脩, 매요신梅堯臣, 임포林逋, 황장견黃庭堅 등에 의해 화조시 창작은 꽃을 피우게 된다. 송대宋代의 화조시 작가들이 당대唐代와 가장 다른 점은 특정한 시인에게서 특정한 새를 제재로 한 시가 집중적으로 지어졌다는 점이다. 가령 임포의 경우에는 평생을 '매화가 아내이고 학이 자식이다[梅妻鶴子]'라고 할 정도로 학을 사랑한 시인이었다. 반면에 두보의 경우엔 거의 모든 종류의 새를 시로 썼을 정도로 다양한 종류의 새를 다양한 시로 표현하였다.

한국한문학사에서는 고려시대를 대표하는 화조시의 작가로 목은 이색을 들 수 있다. 사실 목은은 고려조뿐만 아니라 한국문학사 전체를 통해서도 이 분야의 대표적인 시인이다. 목은이 남긴 화조시가 모두 몇 수인지는 가늠하기 힘들다. 본고에서 기준으로 삼은 몇 종류의 새만 두고 보더라도 어림잡아 수십 수가 넘는다. 화조시 분야에서 목은과 쌍벽을 이루는 시인으로는 이규보를 꼽을 수 있다. 이규보는 목은 다음으로 많은 수의 화조시를 남겼는데, 다루고 있는 새의 종류도 매우 다양하여 화조시의 특질을 살펴보는데 있어 목은과 더불어 가장 적합한 작가다. 이색과 이규보는 중국 시인에 비기자면 두보와 비슷하다고 할 수 있겠다. 그 외 임춘林椿, 이제현李齊賢, 민사평閔思平, 이곡李穀, 정몽주鄭夢周, 김구용金九容 등에서 화조시가 많이 보인다.

시로 형상화된 새를 그 종류별로 보면 '두루미[鶴]'와 '제비[燕]', '닭[鷄]'이 가장 많고, 그 다음으로 '기러기[雁]', '까마귀[烏]', '참새[雀]', '갈매기[鷗]', '꾀꼬리[鶯]', '까치[鵲]', '거위[鵝]', '오리[鴨]' 등을 들 수 있다. 이 중 학, 제비, 기러기, 갈매기, 꾀꼬리 등은 철새이고, 닭, 까마귀, 까치, 참새, 거위, 오리 등은 우리 주변에 항상 있는 텃새거나 집에서 키우는 가금류家禽類다. 새의 종류에 따라 시에서 상징하는 바나 시인의 감정 이입도 달라지는데, 이를 종류별로 살피는 것도 화조시 연구6)에 있어서 주요한 테마가 된다. 본고에서는 고려후기 화조시의 전반적인 창작 양상과 주요 작가와 작품, 구체적으로 어떤 새가 어떻게 시화詩化되었는지, 또 각 시에서 새는 무엇을 비유하고 상징하는지, 그리고 화조시에 나타나는 전반적인 미적 특질과 문학사적 의미를 살펴보기로 하겠다.

2. 화조시 창작의 사적史的 전개양상

중국에서의 화조시 창작은 전술한 바와 같이 『시경』으로까지 거슬러 올라가지만, 여러 시인들에 의해 본격적인 창작이 이뤄진 것은 당대唐代 이후다. 특히 왕유나 유종원, 유우석, 유장경, 위응물 같은 성당盛唐·중당中唐의 자연시파自然詩派들은 산수시·전원시를 즐겨 지었기에 시의 소재로 새가 많이 등장하였다. 당시唐詩 작가들 중에 화조시 창작의 정점은 단연 두보다. 두보는 일단 화조시의 분량이 많을 뿐만 아니라 그 다루고 있는 새의 종류도 제비, 기러기, 갈매기, 매, 앵무새, 두견새, 까마귀, 거위, 오리 등 매우 다양하며, 시의 내용 역시도 시인의 감정을 읊은 순수시에서부터 우언寓言·우의寓意로 새를 통해 비유적으로 풍자한 시에 이르기까지 가히 화조시를 통해 시인이 추구할 수 있는 모든 영역을 다루고 있다고 해도 과언이 아니다. 화조시는 송대宋代에 이르러서도 즐겨 지어졌는데, 가장 대표적인 시인

---

6) 지금까지 학계에 보고된 花鳥詩, 또는 禽言體詩 관련 주요 연구물들은 대략 다음과 같다. 이선형, 「朴昌珪의 烙畵 "花鳥圖"」, 『미술사연구』 3호, 미술사연구회, 1989; 송희준, 「연아체 한시에 대하여」, 『안동한문학논집』 6집, 안동한문학회, 1997; 정도상, 「연아체시 고찰」, 『한문학논집』 16집, 근역한문학회, 1998; 정민, 「금언체시 연구」, 『한국한문학연구』 27집, 한국한문학회, 2001; 하정승, 「연아체 한시 연구—15·16세기를 중심으로」, 『한국의 철학』 31권, 경북대 퇴계연구소, 2002; 정민, 『한시 속의 새, 그림 속의 새』, 효형출판, 2003; 여순종, 「동아시아 고전한시의 비교문학적 연구—'花鳥風月'의 미의식과 이미지의 형성」, 國學院大學(일본) 박사학위논문, 2008; 김재욱, 『목은 이색의 영물시』, 다운샘, 2009; 우현식, 「詠物詩 題目의 작품 속 노출 여부에 대한 小考—이규보 한시를 중심으로—」, 『동아시아고대학』 31집, 동아시아고대학회, 2013; 엄교홈, 「"古今和歌集"の特徵に関する考察 : 四季部と恋部を中心に : 四季部と 部を中心に」, 한국외대대학원 석사학위논문, 2013.

으로는 구양수와 매요신을 들 수 있다. 특히 매요신은 공작孔雀, 익더귀[鷐-새매의 일종], 제호조提壺鳥 등 남들이 관심을 별로 두지 않는 특이한 새들을 즐겨 시화詩化하였다. 또한 한시사에서 매요신은 소위 '금언체' 시를 처음으로 지은 것으로 유명하다. 금언체란 본래 새의 지저귀는 소리를 형용하여 지은 시를 말하는데, 시체詩體의 하나로서 시작된 것은 매요신의 「금언체 사수禽言詩四首」에서 비롯되었다. 송宋나라를 대표하는 시인 소식의 다음 글을 보자.

> 매성유[매요신의 자-필자 주]가 일찍이 금언시 네 수를 지었다. 내가 황주에 유배되어 정혜원에 우거하는데, 집 주위가 모두 무성한 숲에 키 큰 대나무와 황폐한 못가의 갈대 부들로 둘러싸여 봄과 여름 사이에는 울어 대는 새들이 종류가 하도 많아서, 그 지방 사람들이 흔히 그 새 소리와 비슷한 말로 그 새를 이름하고 있으므로, 마침내 매성유의 시체詩體를 사용하여 금언시 다섯 수를 짓는 바이다.[7]

위의 인용문을 통해서 새가 부르는 울음소리를 통해 새의 이름이 지어지고, 이를 처음으로 매요신이 시화詩化하여 '금언시'라고 하였음을 알 수 있다. 이를 요약해보면 금언체시는 새의 울음소리를 음차音借, 또는 훈차訓借하여 의미와 함께 읽는 일종의 잡체시雜體詩의 하나라고 할 수 있겠다. 그렇다면 금언체시는 본고에서 다루는 화조시와는 새를 제재로 하고 있다는 점에서는 동일하나 그 시적 구성과 진술방식, 그리고 시의 형식 등에서는 많은 차이가 남을 알 수 있다.[8] 금언체와 더불어 동·식물의 다양한 이름을 시화詩化한 '연아체

---

[7] 蘇軾, 『東坡全集』 권12, 「五禽言五首 幷敍」. "梅聖俞嘗作四禽言. 余謫黃州寓居定惠院, 遶舍皆茂林脩竹, 荒池蒲葦, 春夏之交, 鳴鳥百族, 土人多以其聲之似者名之, 遂用聖俞體作五禽言."

[8] 일반적으로 '화조시'라고 할 때에는 특정한 어떤 새를 소재로 하여 시인의 뜻과 감정을 읊는 것이고, '금언체시'는 새의 울음소리를 빌려서 풍자와 우의를 전달하는 이중적 의미의 노래로, 표면 진술과 이면 진술 사이에 긴장과 함축을 머금게 하는 독특한 형식의 詩體라는 점에서 일반적인 화조시와는 구별된다고 하겠다. 이상의 금언체 시의

演雅體'라는 시체詩體도 있는데, 금언체와 연아체 모두 송나라 때 시인들에 의해 주도적으로 창작되었다는 사실은 송대宋代 시인들의 습성과 송시의 전반적인 특징을 보여주는 것으로 해석할 수 있다.[9]

우리나라에서 화조시를 본격적으로 지은 최초의 시인은 최치원崔致遠이다. 최치원은 어린 나이에 당나라에 유학을 가서 그곳 시단의 흐름을 공부하였기 때문에, 특히 만당晚唐의 시풍에 정통했던 것으로 보인다. 최치원의 문집에 화조시가 보이는 것은 당나라의 역대 시인들이 화조시를 즐겨 지었던 중국한시사의 흐름과 작시법에 영향을 받았기 때문이다. 최치원이 한국한시사의 비조鼻祖임을 생각할 때, 그의 시집에 화조시가 보인다는 점은 이후 전개될 한국 화조시의 전개 양상에 직·간접적으로 최치원의 영향이 상당히 작용했음을 추측해 볼 수 있다. 최치원 이후 고려조에 들어와서는 12·13세기의 임춘과 이규보를 대표적인 화조시의 작가로 꼽을 수 있다. 임춘은 닭, 제비, 거위, 까치 등 주로 일상의 생활에서 쉽게 접할 수 있는 새를 소재로 화조시를 쓴 것이 특징이다. 이규보는 목은 이색과 더불어 고려조 시인들 가운데 가장 많은 양의 화조시를 남겼는데, 특히 학, 제비, 닭, 까마귀, 백로, 기러기에 대한 시가 많다. 까마귀와 백로, 학은 인간의 성품과 인격을 비유적으로 나타내는 경우가 많으므로, 이와 관련된 시가 많다는 사실은 이규보의 화조시가 우의와 풍자적 성격을 지니고 있다는 것을 암시한다. 또한 제비와 닭은 일상적인 생활 속에 등장하는 소재들이므로 그의 시가 일종의 생활시적인 면모도 있다는 것을 보여준다.

임춘이나 이규보보다 한 세기 정도 후배인 목은 이색은 고려조는 물론이고 한국한시사 전체를 통해서도 가장 활발한 시작 활동을 보여준 다작의 시인이다. 목은의 창작 범위는 한시의 거의 모든 형식

의미, 유래와 전개양상 등 전반적인 것에 대해서는 정민, 「금언체시 연구」, 『한국한문학연구』 27집, 한국한문학회, 2001, 66면을 참조할 것.

[9] 演雅體 시에 대한 전반적인 사항은 하정승, 「연아체 한시 연구-15·16세기를 중심으로」(『한국의 철학』 31권, 경북대 퇴계연구소, 2002)를 참조할 것.

과 장르를 아우르고 있기에 화조시 분야에서도 역시 많은 양의 작품을 남기고 있다. 다루고 있는 새의 종류도 당대唐代의 두보만큼이나 다양하고 다채롭다. 단순히 분량만이 아니라 그 내용적인 면이나 표현 기법적인 측면에서도 목은은 탁월하다. 아마도 조선시대 시인을 포함하더라도 한국 화조시 분야의 가장 대표적인 시인이 아닐까 싶다.

목은의 선배 문인들 중에서는 화조시의 주요 작가로 이제현, 민사평, 이곡을 들 수 있다. 사실 이 세 명은 모두 이색과 밀접한 관련이 있는 인물들이다. 이곡은 주지하다시피 이색의 부친이고, 이제현은 이색의 스승이며, 급암 민사평은 이제현과 문학적으로 교유를 가장 많이 나눈 인물이고, 또한 척약재 김구용의 외조부였다. 척약재는 목은이 성균관 대사성으로 있을 때 학관學官으로 채용되었고, 그 후 깊은 교유를 나누었으며 문학적으로도 많은 영향을 주고받았음을 생각한다면, 목은이 민사평과 직접적인 교유는 나누지 못했지만 우호적 영향관계 하에 있었음을 충분히 짐작할 수 있다. 급암은 특히 화조시를 비롯한 영물시의 창작에 뛰어난 인물이었다.[10] 목은이 화조시에 관심을 가지고 작품의 창작에 열을 올린 것도 이 세 명으로부터 일정한 영향을 받았던 것이라 짐작된다. 특히 가정 이곡은 목은의 부친이면서도 동시에 선배 문인으로 원元나라로 유학을 떠나 원의 과거에 합격하고 원의 문인들과 교유를 나누면서 당대當代 송宋·원元의 시단에서 유행하던 시풍들을 배웠던 것이 화조시 창작에도 영향을 주었을 것이다.[11]

목은 이후의 세대에서 새를 시의 중요한 제재로 삼아 창작한 시인으로는 정몽주와 김구용이 가장 대표적이다. 특히 김구용은 목은이

---

10) 급암 민사평은 화조시 중 새에 관련한 시도 많이 썼지만, 꽃에 관한 화조시가 더욱 돋보인다. 특히 모란을 소재로 한 소위 '목단시'는 고려후기 영물시의 백미로 곱히는 작품이다. 에에 대한 사항은 하정승, 「급암 민사평의 목단시 연구」(『수선논집』 24집, 성균관대대학원, 2000)를 참조할 것.

11) 가정이 원에 유학을 했던 14세기 전반기는 陸游, 楊萬里, 范成大 등 南宋을 대표하는 화조시 작가들의 유풍이 남아 있었고, 또 이것이 元의 시단에도 영향을 끼쳤던 것으로 보인다.

나 이규보보다는 적지만, 기타 다른 시인들과 비교해서는 상당히 많
은 양의 화조시를 남기고 있어 주목된다.[12] 이는 전술한 바처럼 김구
용이 민사평의 외손이었기에 민사평의 영물적詠物的 시풍을 배웠던
것[13]도 중요한 원인으로 작용했을 것으로 생각된다. 그가 시에서 다
루고 있는 새의 종류는 주로 기러기, 갈매기 등 먼 거리를 오가는 철
새가 많은데, 이는 중국으로 사행을 갔다가 그곳에서 명明의 황제에
의해 오지로 멀리 유배를 떠나야 했던 그의 고단했던 삶과 관계가 있
어 보인다.[14] 이들 외에도 고려조의 대표적인 화조시 창작 시인들로
는 홍간洪侃, 안축安軸, 이집李集, 이숭인李崇仁, 원천석元天錫, 성석린成
石璘, 권근權近 등을 꼽을 수 있다.[15]

　　조선조에 들어와서는 화조시를 많이 남긴 시인으로 조선전기에
는 서거정徐居正, 김시습金時習이 있고, 중기에는 김안로金安老, 신광한
申光漢, 노수신盧守愼, 소세양蘇世讓, 권호문權好文, 차천로車天輅, 김성일
金誠一, 이수광李睟光, 김상헌金尙憲, 이안눌李安訥, 17세기 이후인 조선

---

12) 김구용의 시에는 기러기, 갈매기와 같은 새가 많이 등장하기는 하지만, 다른 시인들의
　　경우처럼 새 자체를 주목하여 새를 시의 중심 제재로 삼은 경우는 드물고, 일반적인
　　시 속에 새를 등장시켜 詩意를 전개해가는 하나의 수단으로 삼는 경우가 대부분이다.
　　따라서 독립된 화조시라고 할 수 있는 작품은 많지 않다. 본고의 본론 부분에서는 총
　　9명의 작가와 9종의 새를 살펴보고자 하는데, 각각의 새의 종류와 그것을 다룬 화조시
　　의 특징을 고찰하고자 하는 본고의 의도상 김구용의 시는 논의에서 제외시켰음을 밝혀
　　둔다.
13) 실제로 목은 이색은 김구용의 시풍을 이야기 하면서, "급암 민선생의 시는 조어가 平
　　淡하고 用意가 精深하다. …(중략)… 외손 김경지씨는 급암 선생의 집에서 생장하였
　　다. …(중략)… 지금 『學吟』을 보니 그 詩法이 급암과 매우 비슷함을 알 수 있겠다."
　　라고 말하고 있다. (李穡, 『惕若齋學吟集』 권수, 「題惕若齋學吟後」) 이로 보면 김구
　　용의 시풍은 일단 민사평의 詩法을 배운 것으로 볼 수 있다.
14) 김구용은 고려후기의 명문인 안동김문의 후손으로 태어나 어렸을 때부터 두각을 나타
　　냈지만, 명나라 황제에 의해 雲南의 大理로 유배를 가는 도중에 객사했는데, 중국에서
　　의 유배뿐 아니라 고려에서도 이미 한 차례의 유배를 겪는 등 그의 정치인생은 파란만
　　장 하였다. 김구용의 삶과 문학에 대해서는 성범중의 『척약재 김구용의 문학세계』(울
　　산대출판부, 1997)가 참조가 된다.
15) 이는 필자가 한국고전번역원의 검색 시스템(http://db.itkc.or.kr)을 활용하여 검색해낸
　　결과에 의한 것으로, 현재 문집이 전하는 고려조의 시인들 가운데에서는 위에서 거론
　　한 인물들이 화조시 창작의 대표적인 시인들이라고 규정할 수 있겠다. 이하 본문에서
　　서술할 조선조의 화조시와 시인들도 같은 방법을 적용했음을 밝혀둔다.

후기로 가면 유몽인柳夢寅, 김창흡金昌翕, 신익상申翼相, 정약용丁若鏞, 김정희金正喜, 조수삼趙秀三, 조희룡趙熙龍, 김윤식金允植 등을 들 수 있다. 이들의 면모를 살펴보면 다음 몇 가지 특징을 발견할 수 있다.

첫째, 영물시 또는 잡체시의 일종인 금언체시의 주요 작가가 다수 포함되어 있다. 전술했던 금언체시의 주요 작가는 서거정, 김시습, 김안로, 유몽인, 김윤식 등을 들 수 있는데,[16] 이들은 일반적인 화조시의 주요 작가이기도 한 것이다. 또한 위의 명단을 보면 화조시의 큰 범주인 영물시의 주요 작가와도 다수 겹치는 것을 발견할 수 있다. 예컨대 서거정, 김시습, 차천로, 이수광, 정약용, 김정희, 조수삼 등은 한국한시사에서 대표적인 영물시의 작가이기도 하다.[17] 이들은 새가 아닌 다른 동·식물들, 예컨대 곤충, 동물, 꽃, 나무 등은 물론이고 무생물을 포함한 온갖 종류의 사물에 관한 시도 많이 썼음을 볼 수 있다. 이는 우리 주변의 사물에 관심을 가지고 시로 형상화하는 데 노력을 기울인 시인들이 일반적으로 화조시도 많이 썼다는 사실을 말해준다. 이것은 조선조의 시인들에게만 해당되는 것은 아니고, 고려조의 시인들에게도 동일하게 적용된다. 예컨대 전술한 이규보, 이색, 이제현, 민사평, 이곡 등은 모두 영물시도 많이 남긴 시인들이다.

둘째, 다양한 분야에 관심을 갖고 다채로운 여러가지 형식의 글을 남긴 시인들이 화조시도 많이 썼다는 점이다. 박학다식하고 백과적百科的인 지식인이 많다는 말이다. 가령 차천로, 이수광, 유몽인, 정약용 등이 이런 부류에 속한다고 하겠다. 이들은 잡록류雜錄類나 잡기류雜記類, 필기류筆記類 등의 글도 많이 남겼는데, 이러한 취향의 글을 쓴 작가들이 화조시의 주요 시인이라는 사실은 재미있는 공통점이라 하겠다. 사실 중국이나 우리나라의 화조시를 살펴보면 일상에서 쉽게 접하지 못하는 새를 포함하여 매우 다양한 종류의 새들이 등장한

16) 금언체 시의 주요 작가에 대한 것은 정민, 앞의 논문, 71-73면을 참조할 것.
17) 한국한시사를 대표하는 영물시의 주요 작가에 대한 것은 여러 가지 근거를 통해 밝혀 볼 수 있겠으나, 그중의 하나로 조선후기의 여항시인 劉在建이 엮은 『古今詠物近體詩』에 수록된 대표적인 영물시와 시인의 명단이 참고가 될 것으로 보인다.

다.[18] 이것은 화조시의 작가가 '조충화훼초목鳥蟲花卉草木'등 우리 주변의 수많은 자연물에 관심을 가지고 그에 대한 방대하고 깊은 지식까지 겸하고 있다는 사실을 말해준다.

셋째, 조선후기를 대표하는 소위 실학파 시인이 많다는 점이다. 정약용, 김정희는 대표적인 실학파 시인이고, 조수삼과 조희룡, 그리고 김윤식 역시 그 영향 하에 있는 시인이다.

이상으로 한국과 중국의 한시사에서 화조시가 창작된 양상을 주요 작가들을 중심으로 사적史的으로 고찰해 보았다. 마지막으로 또 한가지 주목할 점은 새나 꽃을 다루는 화조시는 '화조도' 등과 더불어 제화시題畵詩로 많이 창작되었다는 점이다. 물론 모든 화조시가 다 제화시인 것은 아니지만, 다른 장르의 시들에 비해 제화시가 많은 것은 분명해 보인다. 이는 이미 중국 당·송대로부터 내려온 전통이기도 하다. 당·송 이후로 명明·청대淸代에 이르러서도 화조시는 화조도와 더불어 많은 경우 제화시로 창작이 되었는데, 이는 우리나라에서 제화시가 본격적으로 지어진 조선조의 경우에도 비슷한 양상을 보이고 있음을 확인할 수 있다.[19]

또한 화조시는 기본적으로는 어떤 시대의 특정한 시인이나 시풍 등에 크게 관계됨이 없이 시인의 개인적인 기질이나 취향, 기호에 의해 창작되는 경향을 보이고 있다. 가령 금언체시나 연아체시 같은 경우에는 중국에서는 황정견黃庭堅, 진사도陳師道, 양만리楊萬里 같은 송

---

[18] 예를 들어 중국의 역대 대표적인 화조시를 모아놓은 『花鳥詩歌鑑賞辭典』(中國 旅游出版社 간행, 1992)을 보면 무려 73 종류의 새가 등장하고 있다. 물론 이 새들 중에는 '鴨'이나 '野鴨'처럼 그 종류가 비슷하여 하나로 묶을 수 있는 것도 있지만, 일상에서 쉽게 접해보지 못한 새들도 다수 등장한다. 이는 화조시의 시인들이 새에 대한 박학하고 방대한 지식이 있었음을 말해 주는 것이다. 이것은 우리나라의 경우도 비슷하여 『한국문집총간』을 가지고 조사해 보면 아주 다양한 종류의 새가 등장함을 알 수 있다.

[19] 가령 현재 비교적 각종 그림이 많이 남아있는 조선후기의 화조도 중에서 살펴보면, 위에서 언급한 시인들 가운데 김정희, 조수삼, 조희룡 등의 화조시에는 제화시가 많음을 발견할 수 있다. 이를 통해 화조시는 그 성격상 화조도등의 그림과 함께 제화시로 창작되는 경우가 많다는 것을 확인하게 된다. 화조시와 화조도의 관계 및 역대 대표적인 화조시, 화조도에 대한 소개는 정민, 『한시 속의 새, 그림 속의 새』(효형출판, 2003)가 좋은 참조가 된다.

시풍 시인들에게서 주로 보이고, 우리나라의 경우에도 특정한 부류의 시인들[20]에게서 집중적으로 나타나는 것과는 대조적이다. 다만 금언 체나 연아체처럼 뚜렷한 현상은 아니더라도 앞에서 기술한 바와 같이 영물시를 즐겨 짓는 시인들, 또는 박학하고 백과적인 시인들에게서 화조시가 많이 보이는 것은 화조시의 한 특징이라고 할 수 있을 것이 다. 이러한 특징이 연아체처럼 뚜렷한 집단의 특정 시인들에게서 나 타나지 않는 것은 아마도 화조시가 다루고 있는 범위가 워낙 광범위 하고 다양하기 때문이 아닌가 싶다. 예컨대 금언체나 연아체는 시의 형식만 놓고 보더라도 잡체시의 일종으로 작시법 또한 일정 부분 그 틀이 정해져 있는 것에 비하여, 화조시는 오언절구, 칠언절구, 오언율 시, 칠언율시, 오·칠언고시 등 그 형식이 정해져 있지 않고 작시법 역시 매우 자유롭기 때문이다. 요컨대 화조시라는 용어 자체가 시의 소재와 제재를 두고 이름 붙여진 개념이기에 특별히 정해져 있는 형 식이 없고, 그만큼 다양한 작가와 작풍作風을 보이고 있는 것이라고 보면 되겠다.

3. '새'의 문학적 형상화와 화조시의 시적詩的 특질特質

화조시는 큰 범주에서 보면 영물시의 일종이다. 영물시 중에서 도 동물을, 동물 중에서도 새를 읊은 것이 화조시가 된다. 따라서 화 조시의 창작 기법 역시 일반적인 영물시의 기법과 큰 맥락에서 동일 한 흐름을 보이고 있다. 가령 일반적인 영물시에서는 비유나 상징, 의인화와 같은 수사법이 많이 쓰이고, 또 영물시의 정확한 의미를 이 해하기 위해서는 그 비유나 상징들을 풀어내야 하는 것처럼 화조시

---

[20] 예컨대 연아체 한시의 경우에는 容齋 李荇을 중심으로 하는 해동강서시파와 그들의 후배격인 崔演, 嚴昕, 蘇世讓, 林亨秀 등을 중심으로 창작이 이뤄졌다. 이러한 현상은 조선후기에도 그대로 이어져 17-18세기의 대표적인 연아체 작가는 崔錫鼎, 趙顯命, 蔡彭胤 등인데, 이들 역시 서로 문학적 교유를 통해 연아체를 짓고 있는 것을 볼 수 있다. 연아체시와 특정 시인 집단의 창작 현상에 대해서는 하정승의 앞의 논문을 참조 할 것.

역시 동일하다. 음영吟詠하는 사물의 외형을 빌어 시인 자신의 감정과 이상을 담기도 하고, 우의寓意를 함축하기도 하는 영물시의 표현기법은 화조시의 특질을 이해하는 데에도 매우 중요하다.[21] 이른바 사물에 기탁해 시인의 뜻을 말하는 '탁물우의托物寓意'와 사물로 인하여 감흥을 일으키는 '인물기흥因物起興'은 고전시가의 중요한 수법으로, 특히 조선조 성리학자들의 문학적 형상사유로 널리 알려졌는데,[22] 이는 화조시의 창작기법에서도 중요하게 다뤄져야 할 문제다. 사실 '탁물우의'와 '인물기흥'의 수법은 그 근원을 따져보면 멀리 『시경』의 '육의六義'로 거슬러 올라간다. 육의에 대한 해석도 다양하게 존재하지만, '풍風'·'아雅'·'송頌'은 시의 내용에 따른 분류이고, '흥興'·'비比'·'부賦'는 시의 표현기법으로 분류한 것이라는 게 가장 일반적인 견해다.[23] 필자가 생각하기에는 '탁물우의'는 '흥'과 '비'의 수법을 보다 발전시킨 일종의 '흥'과 '비'의 변용이라는 측면으로 볼 수 있을 것 같다. '인물기흥'은 사실 '흥', '비', '부' 같은 시의 구체적인 표현기법에 대한 문제라기보다는 시인이 사물에 즉하여 흥을 일으킨다는

---

21) 이상 詠物詩의 개념 및 특징에 대한 사항은 『문학비평용어사전』(한국평론가협회 편저, 국학자료원 간행, 2006)을 참조할 것.

22) 고전시가에 보이는 '托物寓意'와 '因物起興'의 기법, 그리고 양자 간의 차이와 공통점 및 사림과 문인들의 문학 형상 사유에 대해서는 이민홍, 『조선조 시가의 이념과 미의식』, 성균관대출판부, 2000, 117-132면에서 자세히 다뤄져 있다.

23) 『시경』의 朱子集註에 의하면 주지하다시피 '興'은 아무 관계가 없는 물건을 빌어다가 자기의 뜻을 나타내는 표현법으로, 수사의 가장 세련된 기교로서 일종의 연상법이라 할 수가 있다. '賦'는 어떤 일을 직접 서술하여 바로 말하는 것이다. 즉 어떤 일이나 사건을 수사 없이 직접 서술함으로써 사실의 전달에 요긴한 표현법이라 할 수 있다. '比'는 저 사물에 의탁하여 이 사물을 비유하는 방법으로 비유법·은유법 등에 해당한다고 보면 되겠다. 이 같은 기본적 개념에서 조금 더 나아가 살펴보면 風은 풍속의 노래, 즉 '風俗歌'이고, 雅는 연회의 노래 즉 '賀宴歌'이며, 頌은 제의의 노래 즉 '祭儀歌'로서 이것은 주로 용도에 따른 양식별 구분이고, 부와 흥은 고대에 특유한 시의 표현 방법상의 구분으로 보기도 한다. 즉 부는 신의 말씀을 전하거나 신을 찬양할 때 직접적으로 이를 서술하는 것으로 일종의 서사시라고 할 수 있으며, 흥은 신과 사람을 매개하는 사물을 빌려 기원·축계·불운을 말하는 데서 비롯된 것으로, 그 서술이 상징적 의미를 가지고 통용되기에 서정시가 이것으로부터 전개되며, 비는 흥에서 발전한 修辭的 기교의 비유라는 설명이다. 이상 '육의'가 가지고 있는 문학적 수사법으로서의 설명은 임종욱, 『동양문학비평용어사전』(국학자료원, 1997)과 권영민, 『한국현대문학대사전』(서울대출판부, 2004)을 참조할 것.

시인의 감정과 시적 발흥에 대한 다분히 원론적인 이야기로 보인다.[24] 이는 단순히 사림파들의 문학, 또는 강호가도江湖歌道에만 적용될 문제가 아니라 한시, 특히 영물시나 화조시의 분석에 있어서 '탁물'과 '우의', 그리고 '흥', '비', '부'의 수법은 매우 중요한 문제다. 본고에서도 화조시를 분석함에 있어 이것을 염두에 두고 논의를 전개해 나가려고 한다.

　　본고에서 주로 다루게 될 고려조 시인들이 남긴 화조시는 작가별로 보면 이색, 이규보, 임춘, 이제현, 이곡, 정추, 안축, 정몽주, 권근 등 9명이고, 새의 종류를 따라 구분한 소재별로 보면 두루미[鶴], 제비[燕], 기러기[雁], 갈매기[鷗], 꾀꼬리[鶯], 닭[鷄], 까마귀[烏], 참새[雀], 까치[鵲] 등 9종류이다.[25] 물론 고려후기에 화조시를 1수라도 남긴 시인은 이보다 훨씬 더 많고, 다뤄지는 새의 종류도 위의 9종 외에 '오리[鴨]', '거위[鵝]', '꿩[雉]', '해오라기[鷺]', '앵무새[鸚]' 등 상당히 많지만, 비교적 다양한 종류의 화조시를 여러 수 남긴 시인들과 많이 등장하는 새를 기준으로 정리한 결과 위의 9명의 시인들

---

24) 이에 대해서 이민홍 교수는 '因物起興'에서 興은 興趣를 뜻하며, 『시경』 '육의'의 '흥'과도 관련이 있다고 설명하고 있다. 그는 16세기 중엽에 朱子의 시「武夷櫂歌」를 두고 이 작품이 '탁물우의'인지 '인물기흥'인지에 대해 벌어진 논쟁을 소개하고 있는데, 이 같은 관점에서 보면 '탁물우의'는 풍유와 교훈, 감계를 목적으로 하는 시가 되고, '인물기흥'은 이보다는 훨씬 더 서정시에 가깝게 된다. 이민홍 교수는 더 나아가 조선조의 시가는 '托物寓意'에서 '因物起興'으로, 또 '因物起興'에서 '觸物遣懷'로 진행됐다고 하여, '인물기흥'을 시인들이 사용했던 고도의 수사법의 일종으로 해석하고 있다. 물론 이 같은 의견이 상당 부분 일리가 있기는 하지만, 그러나 필자가 보기에는 '인물기흥'과 '촉물견회'에 대한 해석이 좀 과한 것이 아닌가 싶다. '탁물우의'는 이민홍교수의 의견처럼 고도의 수사법이라는 데에는 전적으로 동감하나, '인물기흥'과 '촉물견회'는 시인이 사물을 바라보고 감흥을 일으켜 시를 쓰는 데에 있어서 필수적으로 성립될 수밖에 없는 다분히 원칙적이고 원론적인 문제로 보인다. 어쨌든 '탁물우의', '인물기흥', '촉물견회'는 조선조 시가, 특히 '江湖歌道'를 이해하기 위한 매우 중요한 문제임은 틀림없다. 여기 이민홍 교수의 의견은 이민홍, 앞의 책, 131–132면을 참조할 것.

25) 여기에서 다뤄지는 9명의 시인과 9종류의 새는 고려후기라는 시기를 제한한 것에 비춰 보면 매우 많은 작가와 많은 종류의 새라고 볼 수 있다. 우리나라의 한시 속에 담겨진 새와 화조시를 엮은 대표적 저서인 정민 교수의 『한시 속의 새, 그림 속의 새』에는 수십 명의 시인과 도합 36종의 새들이 등장하지만, 이는 한국한시사 전체를 기준으로 삼은 것임을 감안하면 9명의 시인들과 9종류의 새는 적은 범위가 아니라고 판단된다.

과 9종류의 새를 확정하게 되었다. 그럼 이제 새의 종류에 따라 화조시를 소재별로 구분하여 각 시의 특징과 형상화 기법, 새가 상징하는 의미 혹은 시인이 그 새를 통해 어떠한 시의詩意와 시정詩情을 드러내려 했는지에 대해 구체적으로 고찰해 보기로 하겠다.

(1) 두루미[鶴]

중국이나 한국의 화조시에서 가장 많이 등장하는 새는 단연 '두루미[鶴]'다. 두루미는 예부터 신선이 타고 다니는 새로 알려져 있고, 또 십장생에 들만큼 천년을 장수하는 영물로 인식되어 왔다. 그래서 두루미를 부르는 한자어도 '선학仙鶴'·'선금仙禽'·'노금露禽'·'단정학丹頂鶴' 등 도교와 관련된 말들로 이뤄져 있다. 도교문학에 두루미가 많이 등장하는 것도 같은 이유다. 중국문학사에서 학鶴으로 가장 유명한 시인은 송나라의 임포다. 그는 '매처학자梅妻鶴子'로 불릴 만큼 학을 사랑했던 시인이었다. 한국문학사에도 학을 사랑한 시인들은 많다. 그 포문을 연 시인은 고려의 이규보와 이색이다. 이색의 다음 시를 보자.

학을 읊다

검은 치마 흰 저고리를 보기가 드물구나	裳玄衣縞見來稀
신선이 있지 않으니 누구에게 돌아갈까	不有神仙誰與歸
행동거지는 헌칠하고 모양은 고아하며	擧止昂藏形貌古
정신은 빼어나고 깃털은 아주 섬세하네	精神秀發羽毛微
천년 만에 화표주 꼭대기에서 말을 하고	千年華表柱頭語
만 리의 흰 구름 하늘 밖으로 날아갔네	萬里白雲天外飛
나도 그것을 타고 팔방 끝을 노닐고 싶지만	我欲駕渠游八極
인간은 세월을 붙잡을 방법이 없다네	人間無術駐斜暉[26]

---

26) 이색, 『牧隱詩藁』 권22, 「詠鶴」.

위의 시는 학의 외양은 물론이고 학의 기질, 행동거지, 정신, 학이 일반적으로 상징하는 바까지도 묘사하고 있다. 1구의 "검은 치마 흰 저고리"는 날개의 깃과 꼬리는 검고 몸통은 흰 학의 모습을 가리킨다. 2구의 "신선"은 신선이 학을 타고 다닌다는 전설을 말한 것인데, 문제는 지금 신선이 없다는 것이다. 신선이 존재하지 않는 세상에서 더 이상 학은 의미없는 존재다. 그래서 학은 돌아갈 데가 없다. 3−4구는 학의 외양묘사다. "행동거지는 헌칠하고 모양은 고아하며 정신은 빼어나고 깃털은 섬세하다"는 것이다. 실제로 학은 큰 키의 대형조류로서 머리는 붉고, 목과 날개, 꼬리는 검정색에 몸통은 흰 빛이어서 아름답고 멋진 자태를 지니고 있다. 5−6구는 한漢나라 때 요동인遼東人 정령위丁令威의 고사이다. 그는 신선술을 배워 학이 되었는데, 오랜 후에 고향땅으로 돌아와 화표주華表柱 위에 앉았다가 한 소년이 그를 쏘려 하자 "성곽은 예전과 같은데 사람은 간 곳이 없구나"라고 말했다는 고사를 인용한 것이다. 길재의 유명한 회고가 "산천은 의구하되 인걸은 간 데 없다"와 같은 의미이다. 마지막 7−8구는 시인의 소망이자 안타까움이다. 정령위처럼 학이 되지는 않는다 하더라도 학을 타고 자유롭게 하늘 끝까지 날아가고 싶지만, 새롭게 도가道家의 술법을 배우기엔 세월은 이미 흘러가 버렸고 나이는 너무 늙어버렸다. 이처럼 학은 한시에서 도가, 혹은 도사와 연관되어 등장하는 경우가 많다. 다음 권근이 지은 인용시에서는 학이 또 다른 모습으로 등장한다.

병든 학

가을 하늘에 청아한 학 소리	鶴聲嘹亮九秋天
그물에 걸려 날갯죽지 상했구나	毛羽摧傷罥弋邊
하지만 너 다시 구름 뚫고 올라가서는	知汝更穿雲漢去
바람 맑고 달 밝은 선경에서 놀리라	風淸月白戲靑田[27]

위의 시는 병든 학을 읊은 것이다. 가을하늘에 청아한 학의 울음이 울려 퍼진다. 예부터 두루미라는 이름이 '뚜루루'라는 울음소리에서 유래했다고 할 정도로 두루미의 울음은 맑고 큰 것으로 유명하다. 그런데 지금 인용시의 학은 기분이 좋아서 울고 있는 것이 아니다. 그는 온 몸에 상처를 입고 다쳤다. 그가 다친 이유는 2구에 잘 나타나 있다. 사람들이 쳐놓은 그물에 걸려 날갯죽지가 상한 것이다. 하지만 시인은 이 학의 회복과 소생을 믿는다. 지금 당장은 비록 날개를 다쳐 날지 못하지만, 언젠가는 다시 하늘의 구름을 뚫고 비상할 것이라는 믿음과 소망이 있다. 사실 이 시에서 학은 시인 자신의 모습을 대변하고 있다. 인용시가 정확히 언제 쓰여진 것인지 알 수는 없지만, 권근이 환로에 오른 뒤 정치인생에서 최대의 시련을 맞은 것은 고려말엽인 1389년(창왕1) 부사副使로서 명나라에 다녀올 때 가져온 예부禮部의 자문咨文이 화근이 되어 영해寧海·흥해興海·김해金海 등지로 유배된 때거나, 혹은 1390년(공양왕2) 이초彝初의 옥사獄事에 연루되어 청주淸州에 유배된 때였음을 생각할 때, 인용시도 그 무렵 지어졌을 가능성이 있다. 그렇다면 병든 학은 정치적 시련을 맞은 자신의 모습이기는 하지만, 결국 그 병든 학이 하늘 높이 다시 날아오를 것이라 표현한 것은, 본인이 암울한 정치적 시련을 극복하고 마침내 화려하게 재기할 것이란 소망과 기대를 나타낸 것이다.

마지막으로 생각해봐야 할 점은 시인은 많은 새들 중에 왜 하필 병든 학에다가 자신을 빗대어 표현했느냐는 것이다. 이것도 그리 단순한 문제는 아니지만, 일단 생각해 볼 수 있는 것은 시인이 학을 깨끗한 선비의 표상이라고 생각했기 때문이다. 실제로 학은 청정淸淨의 선경仙境에서 노니는 신선의 새로 널리 인식되어 왔다. 이는 물론 이 시를 쓴 권근만이 아니라 다른 사대부 시인들도 마찬가지였다. 아울러 학이 장수를 상징하는 동물이라는 점도 작용했을 것으로 보인다. 지금은 비록 다치고 병들었지만 끝내는 이 병을 극복하고 장수할 것

---

27) 권근, 『陽村先生文集』 권10, 「病鶴」.

이란 기대를 십장생의 대표적 새인 학을 통해서 나타내고자 했던 것이다. 다음 시는 학의 그림을 보고 쓴 것이다.

양연사養淵師를 방문하였다가 그가 가지고 있는 백학도白鶴圖를 보고 짓다

학은 세속 밖의 물건으로	鶴是塵外物
그 종족은 본래 선경仙境에서 나왔다네	族本出神仙
옥같은 새장에서 편안히 깃들다가	無心玉籠裏
아름다운 나무에서 날개를 펼친다네	拂翼瓊樹邊
이 때문에 지도림이	所以支道林
천 리 밖 창공에 놓아주었네	放之千里天
지금 대사는 얼마나 사랑하기에	師今何酷愛
그림까지 묘사해 두었을까	撲寫實眼前
실물도 기르기 어렵거든	眞猶不可蓄
그림까지 어떻게 간직하려나	況奈丹靑傳
그 까닭 차분히 물었더니	徐徐涉其理
대사는 그렇지 않다며	師意乃不然
놔주면 신같은 자태를 잃을까 염려되고	放恐失神態
기르면 외물外物에 끌려갈까 염려되지	養恐爲物牽
놔주지도 기르지도 않으려면	不放亦不養
그림보다 나은 것이 없기에	莫如畫手賢
선경仙境에서 노니는 진상을 묘사했으니	故寫靑田眞
가벼운 날개로 붉은 연기 박차는 모습이라네	逸翮凌紫煙
여윈 모습으로는 도모道貌를 관찰하고	瘦以觀道貌
맑은 모습으로는 천진天眞을 기른다 하네	靑以養天全
나는 지금 학의 그림만 볼 뿐	吾觀寫生圖
감히 글로는 지을 수가 없구나	未作寫生篇[28]

---

28) 李奎報, 『東國李相國集』 권5, 「訪養淵師賦所蓄白鶴圖」.

이규보가 양연사養淵師라는 스님을 방문하여 그가 소장하고 있는 '백학도白鶴圖'를 보고 지은 시인데, 그림에 적힌 시가 아니라 그림을 보고 쓴 시지만, 학의 그림을 논하고 또 후대에 학의 그림과 함께 전해졌다는 의미에서 광의의 제화시라고 볼 수 있다.[29] 1구에서 4구까지는 일반적인 학의 기질에 대해 읊고 있다. 전설에서 학은 신선이 타고 다니는 새이기에 세속과는 거리가 멀다. 그 종족이 선경仙境에서 나왔다는 의미는 도교에서 말하는 신선의 새임을 지칭한다. 5-6구의 "지도림이 천리 밖 창공에 놓아주었다"는 말은 진晉나라의 고승 지둔支遁[도림道林은 그의 자]이 일찍이 누군가가 학을 보내주자 "하늘 높이 나는 새를 어찌 가까이 두고 볼 수 있느냐."며 놓아주었다는 고사를 말한다. 7구 이하로는 양연사가 학을 놓아준 지도림보다 더 높은 수준으로 학을 사랑함을 말하고 있다. 양연사는 학을 너무나 사랑하기에 학을 놓아주는 정도가 아니라 학의 그림을 그려 간직하고 있다는 것이다. 만약 학을 놔주면 영영 신과 같은 학의 자태를 보지 못하게 되고, 그렇다고 학을 기르면 그 자체가 학이라는 외물에 이끌려 종속되는 것이니, 가장 좋은 방법은 그림으로 남겨 학을 감상하는 것이라는 양연사의 설명이다. 17-20구는 '백학도白鶴圖'에 그려진 학의 모습이다. 가벼운 날개로 붉은 연기를 박차고 오른다든지 여윈 모습이나 때로는 맑은 모습을 하고 있는 학의 다양한 외양을 그려내고 있다. 마지막 21-22구는 '백학도'에 대한 시인의 감탄이다. 학의 그림이 너무나 완벽하여 그 그림을 감상할 뿐, 감히 학에 대한 글을 쓸 수 없다는 것이다. 물론 이 말은 '백학도'의 높은 수준을 기리기 위한 시인의 과장이자 겸손이다. 왜냐하면 지금 시를 쓰고 있는 것 자체가 학에 대한 묘사를 하고 있는 것이기 때문이다. 이 시를 통해서 학은 유가儒家의 선비들만이 아니라 도를 닦는 도가道家나 불가佛家의 도사

---

[29] 일반적으로 제화시는 그림에 적힌 시를 의미하지만, 그림에 대해 읊은 시 역시도 그 그림과 함께 전해질 가치가 있다면, 넓은 의미의 제화시로 포함시키는 것이 通說이다. 이상 제화시의 개념 및 詩와 畵의 관계, 중국과 한국의 대표적 제화시에 대한 사항은 안현정·박상환, 『제화시-인문정신의 문화적 가치』(오스코월드, 2008)을 참조할 것.

와 승려들까지도 가장 좋아하는 새였다는 사실을 알 수 있다. 아울러 학에 대한 시와 그림이 이미 고려중기 이후에 널리 회자되고 유통되었다는 것도 확인할 수 있다.

(2) 제비[燕]

제비는 오래 전부터 우리 민족에게 매우 친숙한 여름철새다. 따뜻한 봄이 되면 찾아와서 우리와 더불어 동고동락하다가 서늘한 가을이 되면 떠나가는 모습을 누구나 쉽게 상상할 정도로 제비는 우리 삶과 밀접하게 얽혀 있다. 제비가 다른 철새들에 비해 더욱 우리에게 친숙한 것은 제비의 삶의 방식에 있다. 일반적인 다른 철새들은 산이나 강, 논밭에서 생활하지만, 제비는 우리가 살고 있는 집의 처마에 집을 짓고 새끼를 낳고 기른다. 또한 여름철새다 보니 한 해의 농사가 시작되는 봄철에 맞춰서 우리나라를 찾고 그 해의 농사를 마무리하는 가을에 떠난다는 것도 농부들에게는 더욱 친근하게 다가왔을 것이다. 말하자면 농부에게 있어서 제비는 한 해의 농사를 함께 지은 친구이자 동료처럼 생각이 드는 것이다. 옛 민담이나 민요에 제비에 관한 이야기가 많이 등장하는 것도 이와 같은 제비의 친숙성에 있다. 다음 시를 보자.

제비

처마 앞에서 마주보고 얘기 나누며	簷前相對語
객지생활 친구처럼 서로 의지했다네	客裏故相依
염량세태에 쫓기는 나의 신세	身世炎凉迫
세상 천지에 도와줄 이가 아무도 없구나	乾坤羽翼微
둥지를 만들고도 버리고 떠나다니	巢成還棄去
새끼들은 성장하여 각자 날아가 버렸구나	雛長却分飛
너를 보니 슬픔은 북받쳐 오르고	見爾增悲慨
금년에도 또 고향땅엔 돌아가지 못하겠구나	今年又未歸30)

인용시는 이곡의 「제비」다. 시인은 제비를 그저 단순한 새가 아니라 친구로 인식하고 있다. 처마 앞에 둥지를 튼 제비와 항상 대화를 나눴기 때문에 제비는 객지생활에서 시인이 유일하게 의지했던 친구같은 존재다. 3−4구에서 "염량세태에 쫓기는 나의 신세/ 세상 천지에 도와줄 이가 아무도 없구나"라고 한 것으로 보아 이 시는 아마도 이곡이 원나라에 머물며 과거 준비를 하다가 회시會試에 응시하여 낙방했던 1327년, 그의 나이 30세 무렵의 작품으로 보인다.[31] 부귀권세가 많을 때엔 친구가 붙고, 신세가 어렵고 초라하게 되었을 때엔 모두 떠나는 게 세상의 인심이다. 지금 시인의 신세도 마찬가지다. 곁에는 따뜻하게 위로해 주거나 작은 일이라도 도와줄 사람이 아무도 없다. 시인은 자신의 처지를 돌아보며 제비를 떠올린다. 애쓰고 수고하여 둥지를 정성껏 만들고 새끼들을 낳고 길렀더니 새끼들은 성장하여 모두 떠나버렸다는 것이다. 실제로 제비는 4월 하순에서 7월 하순 사이에 3−5개의 알을 낳아 13−18일 동안 품고, 새끼들은 부화한 지 20−24일이면 둥지를 모두 떠난다고 한다.[32] 5−6구는 제비 새끼들이 어미의 품을 떠나는 것이 친구 한 명 없이 홀로 있는 시인 자신의 모습과 닮아 있다는 것을 말하고 있는 것이다. 그래서 시인은 마침내 마지막 7−8구에서 제비를 바라보며 슬픔에 북받쳐 홀로 울며 탄식한다. 자신과 같은 처지의 제비를 보자 자기도 모르게 감정이 격해지고 고향 땅을 떠나 멀리 타국에 와있는 신세가 더욱 한스럽게 느껴지는 것이다. 8구의 "금년에도 또 고향땅엔 돌아가지 못하겠구나"라는 말은 봄이면 오고 가을이면 떠나가는 제비보다도 못한 자신

---

30) 이곡, 『稼亭先生文集』 권17, 「燕」.

31) 시에서 "객지생활"이라든가 "고향 땅에 돌아가지 못한다"라는 말로 보아 인용시는 분명히 타향이나 혹은 타국에서 생활하며 지어진 것으로 추측할 수 있다. 그런데 이곡의 인생에서 서울이나 고향을 장기간 떠나 있던 경우는 원나라에 가서 과거를 준비할 때와 그 후 원에서 관직생활을 할 때였기 때문에 인용시는 在元 시절의 작품으로 판단된다. 그리고 원에 있으면서 가장 큰 시련을 겪던 때는 30세 무렵 과거에 실패했을 때였기 때문에 이 시 역시 그 무렵 지어진 것이 아닐까 추측해본다.

32) 이상 제비의 생태학적 특징에 대한 사항은 『한국민족문화대백과사전』(한국학중앙연구원 간행)을 참조할 것.

의 처지를 한탄하는 말이다. 지금 시인에겐 고향과 가족은 있지만, 만날 수 없는 그리움의 대상일 뿐이다. 이 시는 제비를 통하여 시인 자신의 모습을 떠올리고, 또 비슷한 처지의 어미 제비를 통하여 그를 친구삼고 위로받는 상황을 그려내고 있다. 이처럼 제비는 일상에서 만날 수 있는 가장 친근한 벗이었다.

(3) 기러기[雁]

기러기는 가을에 우리나라를 찾아와 겨울을 나고 봄에 떠나는 대표적인 겨울철새다. 한문학에서 기러기는 '안서雁書'라고 하여 먼 곳에서 전해져온 편지나 소식을 뜻하는 말로 쓰였는데, 이는 『한서漢書』「소무전蘇武傳」에 흉노에 잡혀있던 소무의 편지를 기러기 발에 묶어서 한나라 조정에 알려왔다는 데서 유래한 것이다. 또한 기러기는 암수간에 의리 있고 정다운 새로 알려져 있는데, 우리 전통 혼례에 신랑이 나무로 깎은 기러기[木雁]를 신부집에 전하는 풍습도 여기서 나온 것이다. 현대에 들어와서도 신조어로 '기러기아빠'란 말이 유행하고 있는데, 이는 가족과 멀리 떨어져서 가족을 그리워하며 외롭게 살아가다 일 년에 겨우 한두 차례 만나는 아빠들을 철새인 기러기에 빗대어 표현한 말이다. 이처럼 기러기는 옛부터 지금까지도 우리 생활과 매우 밀접한 새로 인식되어 왔다. 이규보의 다음 시를 보자.

기러기를 읊다

천리 밖 친구의 소식이 드물어	故人千里訊音疏
가을 하늘에 기러기 오기만을 기다리네	只待霜天雁到初
새 또한 때에 따라서 인정이 박한가 봐	鳥亦隨時情意薄
날기가 무거울까봐 편지조차 가져오지 않았네	唯嫌翅重不將書[33]

---

33) 이규보, 『東國李相國集』 권11, 「詠鴈」.

인용시는 기러기를 읊으면서 기러기의 상징과 같은 편지와 소식에 대한 심회를 말하고 있다. 1-2구는 기러기가 오기 전의 상황이고, 3-4구는 기러기가 도착한 후의 상황이다. 멀리 떠나 있는 친구로부터 소식이 들리지 않는다. 그래서 시인은 기러기가 오기만을 기다린다. 간절한 기다림에 답하기라도 하듯 가을철에 맞춰 기러기가 날아왔다. 하지만 시인은 기다리던 그 기러기를 두고 "인정이 박하다"라고 말한다. 왜냐하면 그토록 기다리던 친구의 편지를 가지고 오지 않았기 때문이다. 그런데 기러기가 친구의 편지를 가지고 오지 않은 이유를 시인은 해학적으로 설명한다. 기러기가 편지를 발에 매고 오면 날기가 무거워서 가지고 오지 않았다는 것이다. 이는 물론 사실이라기보다는 과장되게 표현한 것이며, 소식이 오지 않은 것에 대한 슬픔을 골계적滑稽的으로 표현한 것이다. 3구의 "새 또한 때에 따라서 [隨時]"라는 말도 시인이 의미를 두고 한 것이다. 우선 "또한"이라고 했으니 인간이나 새들이나 마찬가지라는 말이고, 그 마찬가지의 내용은 때에 따라 인정이 박하다는 것이다. 즉 수시로 사람의 마음은 변하는데, 새들도 그러하다는 것이다. 물론 이것은 정말로 새들이 수시로 변심한다거나 인정이 없다는 것을 말하고자 함은 아니고, 인간세계를 기러기에 빗대어 풍자한 것이다. 이 같은 풍자諷刺나 풍유諷諭는 화조시의 중요한 기능이자 화조시가 영물시의 하위 범주임을 보여주는 현상이라고 해석할 수 있겠다.

기러기 소리를 듣고

나그네가 문득 기러기 소리를 듣고	行旅忽聞鴈
우러러 보니 하늘은 맑네	仰看天宇清
몇 차례 우는 소리가 지는 달과 어울리고	數聲和月落
비낀 구름 속으로 한 점처럼 들어가네	一點入雲橫
멀리 변방에서 회신이 오니	遠信回燕塞

새로운 수심이 서울에 가득하네 　　　　　　 新愁滿洛城

등불 깜박이는 외로운 여관에서 묵는 밤 　　 踈燈孤館夜

고향을 그리는 생각이 어찌 끝이 있으랴 　　 何限故園情[34]

　　위의 시는 정몽주의 작품인데, 그는 평생에 여러 차례의 종군과 사행 등으로 객지 생활을 하였다.[35] 인용시 역시 집을 떠나 명나라로 사행을 갔을 때의 작품으로 보인다. 1구의 "나그네"는 물론 시인 자신이다. 정확한 계절은 명시되어 있지 않지만, 기러기가 가을에 날아오고 또 "하늘은 맑네"라고 한 것으로 보아 가을철일 가능성이 높다. 가을밤에 떼를 지어 날아온 기러기들이 수차례 울어댄다. 기러기의 울음소리는 밝은 달과 멋진 조화를 이룬다. 어느 정도의 시간이 흐르자 기러기들은 비낀 구름 속으로 마치 하나의 점처럼 사라져간다. 시인은 사라지는 기러기들을 바라보며 잠을 이루지 못한다. 시인이 잠못 드는 이유는 5-6구에 나타나 있다. "멀리 변방에서 회신이 오니/새로운 수심이 서울에 가득하"기 때문이다. 변방에서 들려온 소식이 무엇인지 구체적인 내용은 알 수 없지만, 그 소식으로 인해 시인을 포함한 서울에 있던 여러 사람이 근심에 빠진 것은 분명해 보인다. 여기서 언급된 "서울"은 정몽주가 명明나라에 사행중이라고 본다면, 명의 서울인 남경南京을 의미한다. 더구나 6구에서 "새로운 수심"이라고 했으니, 시인이 수심에 빠진 것은 변방으로부터 소식이 들려오기 전부터 이미 진행중이었음을 짐작할 수 있다. 이렇듯 근심에 근심을 거듭하고 있었기에 시인은 잠을 이룰 수가 없었던 것이다. 3구에서 "지는 달과 어울리고"라는 말로 보아 잠 못 이루는 시인의 수심은 동이 트는 새벽까지 계속되었음을 알 수 있다. 마지막 7-8구는 등불도 꺼져가는 외로운 먼 이역의 여관에서 고향으로 돌아가기를 바라는 시인의 작은 소망이다. 이 시의 전체적인 주제는 나그네가 느끼는 객

---

34) 정몽주, 『圃隱集』 권2, 「聞鴈」.

35) 정몽주의 일생과 그의 시에 대한 사항은 하정승, 「정몽주 시에 나타난 표현양식과 미적 특질」(『포은학연구』 2집, 포은학회, 2008)을 참조할 것.

창감과 수심이며, 이 같은 주제를 드러내는 데 긴밀하게 사용된 시적 모티브는 기러기와 그 울음소리다. 이역의 밤하늘에 울려 퍼지는 기러기의 울음이 시인의 근심과 수심을 자극하고 작시作詩로까지 이어진 것이다. 이처럼 한시에서 특별히 기러기는 나그네, 수심, 객창감등과 어울리는 제재로 사용되어 왔다.

(4) 갈매기[鷗]

우리나라에서 서식하는 갈매기는 겨울철새와 한반도를 통과하여 지나가는 나그네새가 대부분인 것으로 알려져 있다. 갈매기는 옛날 문학이나 미술작품에서 주로 한가로움을 상징하는 새로 알려져 있다. 사립 쓰고 낚싯대를 든 어옹漁翁이 낚시질하는 바다나 강의 그림에서는 항상 갈매기가 등장하며, 옛 시에서는 주로 흰갈매기[白鷗]가 많이 등장한다.36) 다음 살펴볼 시 역시 흰갈매기가 주인공이다.

갈매기

나는 흰 갈매기를 사랑하니   我愛白鷗鳥
만리 밖의 물결을 흔들며 끌고가네   搖曳萬里波
울며 날아가는 모습 평화롭고 즐겁구나   飛鳴和且樂
평생에 그물에 걸릴 근심 없구나   生不憂網羅37)

인용시는 정추의 작품인데 여기에 등장하는 갈매기[白鷗]는 세상의 근심이나 삶의 고통과는 거리가 먼 평화롭고 한가로움을 즐기는 모습으로 그려져 있다. 시인은 갈매기가 울면서 하늘을 날아가는 모습을 3구에서 "평화롭고 즐겁구나"라고 말한다. 갈매기가 평화롭고 즐거운 이유는 4구를 보면 알 수 있다. 평생에 그물에 걸릴 근심이

---

36) 『한국민족문화대백과사전』, 한국학중앙연구원, 1991, '갈매기' 참조.

37) 정추, 『圓齋先生文稿』 권상, 「白鷗」.

없기 때문이다. 갈매기라고해서 어찌 그물에 잡히지 않겠는가마는, 시인이 그물에 걸릴 근심이 없다고 자신있게 말하는 것은 갈매기가 욕심을 버렸기 때문이다. 만약 갈매기가 물고기를 잡을 욕심에 지나치게 자주 강가에 출입하면 곧 그물에 걸려 잡히게 될 것이다. 인용시에 등장하는 갈매기는 만 리 밖의 물결을 흔들며 차고 날아오르는 자유로운 모습이다. 그러므로 사람이 놓은 그물에 걸릴 염려가 없는 것이다. 이는 물론 세속의 욕심을 버리고 자유롭게 살아가고자 하는 시인의 의지와 다짐, 소망을 갈매기에 빗대어 비유적으로 표현한 것이다. 이처럼 갈매기는 한시에서 어디에 구속받지 않는 자유롭고 한가로움을 즐기는 새로 상징되어 그려져 있다. 그러나 다음 시에서는 자유로움과 한가로움의 상징인 갈매기에게 위기의 순간이 닥치게 된다.

갈매기

주살은 원래 너 때문에 만든 것 아닌데   增弋元非爲汝施
만 리의 푸른 물결에 오히려 놀라고 의심하네   滄波萬里尙驚疑
고개 돌려 지금 세상의 공명을 바라보니   回看今世功名路
편안히 서 있을 곳 조금도 없구나   無地安然可立錐38)

1구에 등장하는 주살은 새사냥을 할 때 가장 많이 쓰이는 화살 도구다. 이 주살로 사냥을 하려고 했던 새는 원래 갈매기가 아니었다. 그런데 만 리의 푸른 강물 위를 날던 갈매기는 주살로 인해 다른 새들이 잡히자 자기를 잡는 도구가 아님에도 불구하고 공연히 놀라고 또 의심까지 하게 된다. 이는 갈매기의 오해였지만 결과적으로 갈매기는 더 이상 마음 놓고 자유롭게 날지 못한다. 곳곳에 위험이 있다고 믿어버렸기 때문이다. 갈매기에게 이제 세상은 더 이상 한가롭지도 않고, 평화롭지도 않은 곳이 되었다. 시인은 갈매기의 불행을 목

---

38) 안축, 『謹齋先生集』 권1, 「白鷗」.

격하며 고개를 돌려 세상을 바라본다. 그런데 시인이 바라본 세상은 갈매기가 위험을 겪는 것과는 비교가 되지 않을 정도로 가혹하다. 이 땅은 송곳 하나도 편안하게 서 있을 곳이 없을 정도로 위험하고 불안한 곳이다. 언제 어떻게 죽을지 모르는 백척간두百尺竿頭의 상황이라는 것이다. 시인은 자신이 경험했던 조정과 환로宦路를 갈매기의 눈을 빌려 이와 같이 표현한 것으로 보인다. 인용시에서는 자유와 평화, 한가로움의 상징인 갈매기가 오히려 정반대의 상황으로 그려져 시적효과를 높이고 있다. 안축의 시인으로서의 면모가 발휘된 것이라 하겠다.

(5) 꾀꼬리[鶯]

꾀꼬리는 제비, 두견새 등과 함께 우리나라를 찾는 대표적인 여름철새이다. 농촌의 산야에서 도심에 이르기까지 전국적으로 분포하는 새인데, 노란 빛깔의 아름다운 자태에 그 울음소리마저 맑고 청아하여 예부터 많은 사람의 사랑을 받아 왔다. 민간에서 목소리가 예쁜 사람을 가리켜 "꾀꼬리 같다"라고 하는 것도 이 새의 울음소리가 얼마나 아름다운지를 보여주는 것이라 하겠다. 특히 우리 문학사에서는 고전시가로 유명한 유리왕의 「황조가」에 꾀꼬리가 등장한 이후로 많은 시가와 한시 작품에서 주요한 소재로 사용되었다. 먼저 널리 알려진 임춘의 다음 시를 보자.

늦봄 꾀꼬리 소리를 듣고

삼월 농가에선 보리가 처음 익어가고　　　　　　田家三月麥初稠
푸른 나무 위 꾀꼬리 울음소리 처음으로 들려오네　　綠樹初聞黃栗留
꽃 아래 노니는 서울 손님을 알기라도 한다는 듯　　似識洛陽花下客
은근하게 여러 소리로 울기를 그치지 않네　　　　殷勤百囀未能休[39]

------

39) 임춘, 『西河先生集』권3, 「暮春聞鶯」. 이 시는 『동문선』에도 같은 제목으로 실려 있

위의 시는 어느 늦은 봄날에 꾀꼬리의 울음을 듣고 일어난 시흥
詩興을 즉흥적으로 스케치하듯이 그려낸 작품이다. 계절은 음력으로
3월이라 봄의 끝자락이다. 밭에는 보리가 익어가 농가에선 보리추수
를 앞두고 있다. 나무에는 푸르른 녹음이 우거졌는데, 자세히 보니
꾀꼬리가 둥지를 틀고 앉아 울고 있다. 전술했다시피 꾀꼬리는 여름
철새라 우리나라에 양력 4월말에서 5월초에 오니, 아마도 꾀꼬리가
번식을 위해서 나무 위에 자리를 잡고 난 직후에 쓴 시로 보인다. 시
인 역시 그 해에 꾀꼬리를 지금 처음 보았을 것이다. 그래서 시인은
2구에서 "처음으로 들려오네"라고 말한 것이다. 이 시의 핵심은
3-4구에 있다. 시인은 저무는 봄을 아쉬워하면서 마지막 꽃구경을
하고 있었던 것 같다. 그런데 꾀꼬리가 시인을 보고 마치 오랜 친구
처럼 아는 척을 한다. 이 꾀꼬리가 작년에도 같은 곳으로 왔었던 새
인지는 분명하지 않다. 아마도 제비와는 달리 꾀꼬리가 같은 곳을 기
억하여 해마다 같은 장소를 찾는 것은 거의 드문 일일 것이다. 그렇
다면 나무 위의 꾀꼬리는 분명 시인과는 처음 본 사이다. 그런데 무
슨 이유로 아는 척을 하는 것일까? 물론 이것은 꾀꼬리가 정말로 시
인에게 아는 척한 것이 아니다. 시인 스스로 그렇게 느꼈을 뿐이다.
시인이 그렇게 느낀 이유는 4구에 나타나 있다. 꾀꼬리가 은근한 소
리로 나무 아래 손님을 향해 끊임없이 울고 있다는 것이다. 마치 연
인을 향해 처절하게 구애하는 사람처럼 꾀꼬리가 자신을 향해 울어대
니 시인은 아는 척 한다고 오해할 만하다. 뒤집어 생각해보면 시인은
지금 누구라도 자기를 알아주는 사람이 나타나기를 간절히 기다리고
있는 것이라 해석할 수 있다. 그 바람이 얼마나 컸으면 꾀꼬리를 향
해서까지 이렇게 처절하게 자기를 바라보라고 절규하듯 노래하고 있
는 것일까. 전체적인 시의 분위기나 이미지는 봄날처럼 매우 밝고 경

는데, 『서하선생집』에 수록된 것과 약간의 차이가 있다. 즉 『동문선』에는 1구의 '三月'이
'甚熟'으로, '初'가 '將'으로 되어있고, 2구의 '初聞'도 '時聞'으로 되어 있다. 나머지는 모
두 같다. 약간의 글자상의 출입이 있지만 시의 내용이나 주제에 영향을 줄 정도는 아니라
고 판단된다. 본고에서는 일단 임춘의 문집인 『서하선생집』의 내용을 따르기로 한다.

쾌한 듯한데, 시의 의미를 곱씹어보면 매우 쓸쓸하고 처량하며 고독한 의경意境을 내포하고 있음을 발견하게 된다. 꾀꼬리라는 아름다운 새를 통해 시인의 고독이 매우 역설적으로 그려진 것이라 하겠다.

사제舍弟 우遇가 꾀꼬리 시 두 편을 전해 주었는데, 그 뜻이 완곡하여 이 세상 인정을 남김없이 말하였으니 받들어 읽는 동안에 감동되었다. 지극한 후의를 보답할 길이 없거니와, 어찌 보배로이 간직해서 스스로 반성하는 자료로 삼지 않겠는가. 이제 삼가 원운에 의해서 각각 그 뜻을 화답하여 쌍매당雙梅堂의 좌우에 바치니 더 교정하여 은덕을 끝내 드리우시기 바란다. 쌍매당은 문안공文安公 이첨李詹의 자호自號이다.

새 중에도 귀하게 여길 것 있으니	鳥有可貴者
그 이름을 꾀꼬리라 부른다	其名稱曰鶯
깃과 털이 모두 노란 빛이니	羽毛盡黃色
평화로운 기운이 이룬 바라네	冲和氣所成
능히 좋은 소리 가지고	能將載好音
산에서 나와 때때로 와서 운다	出谷時來鳴
언덕 모퉁이 숲에서 그칠 줄도 알고	丘隅自知止
종일토록 항상 지저귀네	終日常嚶嚶
슬프다 내 갈 곳을 나도 모르니	嗟我昧所適
속마음을 어찌 능히 밝히랴	中心詎能明
사람으로서 새보다 못하다는	人而不如鳥
성인의 말씀에 새삼 놀란다	聖訓眞堪驚
두견에게도 오히려 두 번 절하는데	杜鵑尙再拜
하물며 아름다운 소리임에랴	況此睍睆聲
동산 나무에 네가 감돌며	憐渠繞園樹
고당의 심정을 위로했는데	長慰高堂情
요즈음엔 갑자기 들리지 않으니	邇來忽不聽
무거운 근심을 깨뜨릴 수 없구나	無以破愁城

의탁할 꽃다운 나무가 있으니	芳根旣有托
깃들일 곳 그 누가 다투겠는가	棲宿夫誰爭
원컨대 봄이 가지 말아서	但願春不老
천년토록 길이 살게 했으면	千年以爲生
옛날엔 꾀꼬리 소리 좋더니	舊日喜聞鶯
오늘은 꾀꼬리 소리 슬프다	今日悲聞鶯
옛날 내가 시골에 있을 때엔	昔妾在鄉里
형과 아우가 함께 즐거워했지	忻忻弟與兄
이젠 아침은 동쪽 집에서 먹고	朝從東家食
저물면 서쪽 이웃 향해서 가네	暮向西隣行
이 같은 때에 이 새가 있어서	此時有此鳥
뽕나무에 날아올라 운다네	飛上桑樹鳴
누에가 잠자듯 몸은 한가롭고	蠶眠身多暇
지저귀는 소리는 사랑스럽네	耳愛綿蠻聲
지금 부모를 멀리 떠나 있는데	如今遠父母
가을 잎은 어찌 그리 떨어지는가	秋葉何飄零
산과 물을 몇 번이나 넘고 건너서	跋涉幾山水
천리 길 서울에 내가 왔노라	千里來玉京
서울이 비록 아름답긴 하지만	玉京雖信美
고향을 그리는 마음 어찌 없으랴	豈無懷土情
가고자 하여도 갈 수가 없으니	欲往不可得
밤낮으로 돌아갈 길 생각뿐이네	日夜念歸程
홀연히 꾀꼬리 소리를 들으니	忽聽栗留語
눈물이 줄줄 흘러내리네	涕淚縱橫成
눈에 가득한 고향 생각에	滿眼故園思
긴 한숨을 그만둘 길 없구나	感嘆無由平
들밭엔 보리가 벌써 익었겠지	原田麥已熟
고향에 가서 나의 생을 마치고 싶네	去去終吾生40)

권근이 지은 위의 인용시는 화조시로서는 보기 드문 46구의 오언장편 고시다. 시제詩題를 보면 작시의 동기가 나와 있다. 아우인 매헌梅軒 권우權遇(1363-1419)가 꾀꼬리 시 두 편을 지어서 보내주니 그것을 읽고 감동이 되어 원운原韻에 따라 시를 짓고 이를 친우親友인 쌍매당雙梅堂 이첨李詹에게 바친다는 것이다. 그런데 권근이 아우의 시에 감동이 된 이유가 주목된다. 그 뜻이 완곡婉曲하여 이 세상 인정을 남김없이 말하였기에 읽는 동안에 감동되었다는 것이다. 새를 제재로 쓴 시라면 보통 자연의 아름다움을 노래하는 것이 일반적인데, 세상의 인정을 곡진하게 말했다는 것은 권우가 쓴 그 시가 새를 가탁하여 쓴 우언과 풍유의 시라는 것을 짐작할 수 있다. 아우의 시에 감발되어 쓴 위의 인용시는 권우의 시와는 다르게 우언과 풍유의 성격보다는 꾀꼬리를 통한 감정이입이 성공적으로 이뤄져 있다. 전술했던 바 전형적인 '인물기흥'의 수법이라 하겠다. 1구에서 8구까지는 꾀꼬리의 아름다운 외양과 맑은 울음소리를 이야기하고 있다. 9구에서 12구에서는 갈 곳을 알지 못하겠다고 마음속의 답답함을 토로한다. 심지어 시인은 "사람으로서 새보다 못하다"라고까지 말한다. 시인의 답답한 마음과 괴로움이 무엇 때문인지는 시의 중반부 이후로 잘 나타나 있다. 13-14구에서는 여름철새 중에 꾀꼬리가 가장 아름다운 소리를 지니고 있음을 말하고 있다. "두견에게도 오히려 두 번 절하는데"라는 것은 옛날 촉蜀나라의 망제望帝가 두견새가 되었는데, 후인들이 망제의 덕을 사모하여 두견새의 울음을 듣고 절을 하였다는 고사를 말한 것이다. 여기에서는 왕의 후신인 두견보다도 꾀꼬리의 소리가 더 낫다는 것을 의미한다. 15-16구는 평소 아름다운 목소리로 사람들의 마음을 위로해 주었다고 하면서 꾀꼬리의 공덕을 칭송한 것이

---

40) 권근,『陽村先生文集』권8,「舍弟遇奉傳鶯詩二篇, 詞旨婉曲, 說盡人情, 奉讀之際, 深有所感發, 厚意之重, 無以報謝, 敢不寶藏, 晨昏諷詠, 以自觀省也. 今謹依韻各和 其意, 奉呈雙梅堂左右, 伏冀更加覊拂以終惠焉. 雙梅堂李文安公詹自號也」. 원시의 번역은 한국고전번역원 발행『국역 양촌집』의 번역을 참고하여 필자가 수정하였음을 밝힌다.

다. 그런데 근자에 꾀꼬리의 울음이 들리지 않으니, 시인은 한편으로
는 걱정이 되고 또 한편으로는 마음의 위로를 받을 길이 없다.
21−22구는 꾀꼬리에 대한 시인의 무한한 애정을 나타낸 것이다. 봄
날이 끝나지 말고 영원토록 계속되었으면 좋겠다는 것은 꾀꼬리가 여
름철새기에 가을이 오면 떠나게 될 것을 걱정하는 말이다.

　　22구 이하부터는 시인이 현재 처한 상황이 잘 설명되어 있다.
옛날 고향에서 형제가 함께 살 때에는 꾀꼬리의 소리를 들으면 사랑
스럽고 즐거웠다. 그러나 부모와 가족을 떠나 산과 물을 넘고 건너
천리 길 서울에 와 있지만, 시인은 전혀 즐겁지가 않다. 서울이 비록
아름다운 곳이기는 하지만 시인의 외로움을 달래 주지는 못한다. 그
래서 23−24구에서 "옛날엔 꾀꼬리 소리 좋더니/ 오늘은 꾀꼬리 소
리 슬프다"고 고백한다. 꾀꼬리 소리는 예나 지금이나, 또 고향이나
서울이나 한결같겠지만, 그 소리를 듣는 사람의 상황에 따라 전혀 다
르게 느껴질 수 있음을 말한 것이다. 시인의 고향을 그리는 마음은
끝이 없다. 하지만 그 고향은 가고 싶어도 갈 수가 없다. 서울에서 환
로에 매여 있기 때문이다. 돌아갈 수 없기에 더욱 밤낮으로 그리워하
고 있는데, 그때 꾀꼬리의 울음이 홀연히 들려온다. 시인에게 있어
꾀꼬리는 서울에 홀로 있는 자신과 고향의 가족들을 이어주는 유일한
매개체다. 꾀꼬리의 울음소리가 옛날 고향에서 놀던 추억을 회상시켜
준 것이다. 꾀꼬리의 울음을 듣고 시인은 눈물을 줄줄 흘리며 길게
한숨을 내쉰다. 마지막 45−46구에서 꾀꼬리의 울음을 들은 시인이
추수가 임박했을 고향의 보리밭을 생각하며 돌아갈 날을 꿈꾸는 것으
로 시를 마무리 짓고 있다. 인용시에서 꾀꼬리는 작시의 모티브가 되
었을 뿐만 아니라 시상을 전개하는 핵심적 역할까지 하고 있다. 이른
바 '인물기흥'이나 '탁물우의'가 영물시의 주요한 시적기법이라는 면
에서 본다면, 이 시는 꾀꼬리라는 '물物'에 시인의 근심과 슬픔이라는
'흥興'을 일으켜 작시에 성공한 좋은 예라 할 수 있겠다.

(6) 닭[鷄]

　　닭은 기원전 6−7세기부터 가금류로 인간에게 사육되었다고 하니, 아마도 모든 조류 중에서 가장 오래전부터 인간의 삶과 밀접하게 연관된 새일 것이다. 우리나라에서도 닭은 김알지金閼智를 비롯한 신라의 시조 설화에 등장하는 등 삼국시대부터 이미 민중의 삶에 깊이 들어와 있었음을 알 수 있다. 그래서인지 우리나라의 옛 민담, 설화, 속담 등에는 닭과 관련된 이야기가 무수히 등장하고, 고전시가와 한시에서도 닭을 제재로 한 작품들이 다른 새들에 비해 훨씬 많이 보인다. 이규보의 다음 시는 닭의 덕을 기리고 칭송하는 대표적인 작품이다.

　　닭을 읊다

　　　바다에 해 뜨기가 아직 멀었으니　　　　　　　出海日猶遠
　　　우주가 아직 밝지 않았구나　　　　　　　　　乾坤尙未明
　　　모든 사람들 단잠에 빠져 있는데　　　　　　　沈酣萬眼睡
　　　하나의 울음소리가 놀라 깨우네　　　　　　　驚破一聲鳴
　　　먹이를 찾으면 암컷 불러 함께 먹고　　　　　索食呼雌共
　　　수컷임을 과시하며 적과 싸운다네　　　　　　誇雄遇敵爭
　　　오덕五德 모두 갖춤을 내 어여삐 여기노니　　吾憐五德備
　　　기장과 함께 삶지 말라　　　　　　　　　　莫與黍同烹[41]

　　아직 동이 트기 전 온 세상이 어둡고 모두가 잠에 빠져 있을 때, 하나의 울음소리가 들려오며 새벽을 깨운다. 그가 바로 닭이다. 만약 닭이 존재하지 않는다면 온 우주는 잠들어 있을 것이다. 이 세상을 깨우는 것, 그것이 바로 닭의 첫 번째 덕이다. 5−6구는 닭 중에서도 수탉의 덕을 노래한 것이다. 먹이를 발견하면 암컷과 새끼를 불러 배부르게 먹이며, 적을 만나면 자기 목숨을 걸고 싸워서 가족을 지켜낸

---

41) 이규보, 『東國李相國集』 권10, 「詠鷄」.

다. 이것이 두 번째 덕이다. 시인은 닭이야말로 오덕五德을 모두 갖추고 있는 보기 드문 새라고 설명한다. 일반적으로 오덕이란 유자儒者가 갖춰야 할 다섯 가지 덕, 즉 온화[溫]·양순[良]·공손[恭]·검소[儉]·겸양[讓]을 지칭하거나, 또는 무인武人이 갖춰야 할 다섯 가지 덕, 즉 지혜[智]·어짊[仁]·용맹[勇]·믿음[信]·엄위[嚴]이다. 하지만 여기 시에서 말한 닭의 오덕이란 문文·무武·용勇·인仁·신信을 지칭하는데, 문은 머리의 벼슬, 무는 발톱, 용은 싸움에서의 용맹함, 인은 먹이를 나눠먹는 습성, 신은 어김없이 정확한 시각을 알려주는 것이다.42) 마지막 7-8구는 닭은 오덕을 고루 갖춘 새이므로 귀한 존재이니, 몸 보신을 한다고 삶아 먹어서는 안 된다는 것이다. 이처럼 인용시는 닭이 지닌 다섯 가지 덕을 유자나 무인의 오덕과 비교하며 닭을 칭송하고 기리고 있다. 다음에 살펴볼 시는 오덕 중에서도 특히 마지막 '신信'에 초점을 맞추고 있다.

닭

평생을 산속에 가지 않고 인가에 있으며	生不山林在里闆
때를 알고 의리 지켜 세월을 보내었네	知時守義送居諸
가장 예쁜 건 비바람 치는 깜깜한 날에도	最憐風雨天沈黑
일각조차 남거나 모자람이 없었다는 것	一刻何曾有欠餘43)

닭은 사람과 가장 가까운 새다. 그는 결코 산이나 들로 나가지 않는다. 소나 돼지처럼 평생을 사람과 함께 인가人家에서 보낸다. 닭은 인간에게 여러 가지로 고마운 존재다. 암탉이 낳은 계란은 사람들

---

42) 『韓詩外傳』에 닭이 지닌 다섯 가지 덕에 대해 다음과 같이 설명되어 있다. "머리의 벼슬은 文이고, 날카로운 발톱은 武이며, 적과 용감하게 싸우는 것은 勇이고, 먹이를 서로 나누어 먹는 것은 仁이고, 어김없이 새벽의 시간을 알리는 것은 信이다."(『韓詩外傳』 권2).

43) 이색, 『牧隱詩藁』 권17, 「雞」.

이 가장 좋아하는 반찬과 간식이 되고, 삼계탕이니 백숙이니 통닭이
니 하여 죽어서도 영양식이 되어 준다. 그러나 그중에서도 가장 중요
한 닭의 업적은 수탉에게 있다. 날씨가 맑거나 비가 오거나 춥거나
덥거나 상관하지 않고, 일 년 내내 새벽이면 어김없이 정확한 시간을
알려준다. 그가 알려주는 시각은 너무나 정확하여 "일각조차 남거나
모자람이 없"다. 요즈음처럼 시계가 흔하지 않던 시대에 새벽을 깨우
는 닭은 그야말로 너무나 고마운 존재였을 것이다. 그래서 시인은 이
를 "가장 예쁜 것"이라고 표현하고 있다. 2구에서는 이 같은 닭의 미
더움[信]을 가리켜 "때를 알고 의리 지켜 세월을 보내"었다 라고 칭
송하고 있다. 이 시는 표면적으로는 닭의 '신덕信德'을 기리는 것이지
만, 그 이면에는 믿음이 있어 때를 알고 의리를 지키는 것이 사람에
게도 가장 중요한 덕목임을 말하고자 하는 의도가 숨어 있다. 이 같
은 풍유나 가탁은 앞에서 거론했던 시들과 마찬가지로 화조시를 비롯
한 영물시가 갖는 주요한 시적인 기법이자 특징이라 할 수 있다.

(7) 까마귀[烏]

까마귀는 그 종에 따라 겨울철새도 있고 텃새도 있는데, 우리 주
변에서 항상 보이는 새는 까마귀속에 속하는 텃새들이다. 까마귀는
민간에서 앞일을 예언하거나 해야 할 일을 인도해주는 신령한 새로
자주 등장한다. 『삼국유사』 「사금갑射琴匣」에 등장하는 까마귀는 왕
을 인도하여 불륜을 저지른 분수승焚脩僧을 잡아내는 데 공을 세운다.
또한 까마귀는 자라서 자기를 돌봐준 어미에게 먹이를 물어다 주는
반포조反哺鳥로 알려져 있다. 동물 중에서는 거의 유일하게 부모에게
효를 행하는 효조孝鳥라는 것이다. 반면 까마귀는 죽음이나 질병을 암
시하는 불길한 징조로도 알려져 있다. 많은 경우 우리의 속담이나 민
요, 무가巫歌등에 등장하는 까마귀의 울음은 죽음과 불운의 상징으로
나타난다. 다음 시에서 까마귀는 칭찬과 칭송의 대상으로 그려져 있다.

오두백烏頭白으로 박인간朴仁幹을 전송하다

까마귀 생김새 칠처럼 검다고	烏之生兮黑如漆
사람들 볼 때마다 모두 미워하지만	人之見兮心共嫉
가련한 연나라 단丹의 수치를 풀어주려고	可憐解爲燕丹羞
하룻밤 애쓰고 나니 머리가 희어졌다네	一昔舍冤成白頭
나는 네가 태양 속에 있다는 것도 괴이하게 생각되고	我嘗怪汝日中處
또 서왕모가 너를 부렸다는 말도 허망하게 여겼는데	又怪金母常使汝
지금에야 비로소 재잘거리는 많은 새들 중에	今乃知啾蹌萬類中
너처럼 일편단심인 새가 없다는 것 깨달았네	一點丹心無汝同
지저귀면서 날아왔다 또 날아가면서	啞啞飛來復飛去
어미 돌보느라 숲 속에서 온갖 고생을 다하네	反哺林間受辛苦
들어오면 효자요 나가면 충신이니	入爲孝子出忠臣
아! 너는 새 모양을 한 사람이라네	嗟哉汝是禽頭人
세상사람 그 누가 너를 좇을 수 있겠느냐	世人與汝誰能伍
원컨대 사람의 옷으로 갈아 입어라	願把襟裾換毛羽[44]

이제현이 쓴 위의 인용시는 까마귀 찬가라고 할 수 있다. 시제의 "오두백烏頭白"은 "오두백마생각烏頭白馬生角"의 준 말이다. 이 말은 『사기史記』「자객열전刺客列傳」"연태자燕太子"조에 나오는데, 전국시대 연나라 태자인 단丹이 진秦나라에 인질로 잡혀있으면서 고국으로 돌려보내 줄 것을 요구하자, 진왕秦王이 말하기를 "까마귀 머리가 희어지고 말 머리에 뿔이 나면 보내 주겠다."고 한데서 나온 말이다. 여기에서 전하여 절대 일어날 수 없는 일, 또는 절대 허락할 수 없는 어떤 일을 지칭할 때 쓰는 말이 되었다. 이런 의미로 시의 제목을 해석하면 박인간을 떠나보내기 싫은데 어쩔 수 없이 보낸다는 의미가

---

44) 이제현, 『益齋亂稿』 권2, 「烏頭白送朴仁幹」.

된다. 박인간(미상-1343)은 고려후기의 문신으로 1315년(충숙왕 2) 이제현의 부친인 동암東菴 이진李瑱이 주시主試한 과거에서 장원으로 급제하였다. 이것을 계기로 이제현과 인연을 맺게 되었고, 위 시도 이 같은 바탕 위에서 지어지게 된 것으로 보인다. 그는 또한 1320년 충선왕忠宣王이 토번吐蕃으로 유배를 떠나게 되었을 때 끝까지 시종侍從했던 충신이기도 하다.

　1-2구는 까마귀의 외양묘사이다. 세상 사람들은 까마귀가 까맣게 생겼다고 모두 싫어하지만 이는 외모만을 보고 판단한 실수라는 것이다. 3-6구는 각각 연나라 태자 단과 서왕모西王母의 고사를 인용하여 까마귀의 공적을 칭송한 것이다. 즉 태자 단의 간절한 소망에 부응하듯 까마귀의 머리가 희어졌고, 태양 속에 산다는 세 발 지닌 까마귀인 삼족오三足烏는 항상 성실하게 서왕모를 위해 먹을 것을 가져다 바친다는 것이니, 즉 충忠과 성誠을 의미한다. 7-8구에서 시인은 이 같은 고사를 통해 알 수 있다시피 까마귀야말로 수많은 새들 중에서도 가장 정이 많고 일편단심으로 의리를 지키는 새라는 것을 강조한다. 9-12구는 효조孝鳥로서의 까마귀를 설명한 부분이다. 까마귀 새끼는 다 자란 뒤에, 어미 까마귀에게서 얻어먹은 만큼의 먹이를 다시 늙은 어미 까마귀에게 물어다 먹인다고 한다.[45] 까마귀의 별칭이 반포조反哺鳥 또는 효조인 것도 여기에서 온 말이다. 새는 물론이고 모든 짐승 가운데에도 이같이 어미에게 효를 행하는 동물은 찾기 힘들다. 그래서 시인은 12구에서 "너는 새 모양을 한 사람이라네"라고 까마귀의 덕을 기리고 있다. 심지어 마지막 13-14구에서는 사람조차도 까마귀만한 효성을 하는 자는 보기 드물다며 차라리 새의 외양을 버리고 사람의 옷을 입으라고 하면서 시를 마무리 짓는다. 또한 이 시는 까마귀가 온 몸이 검정색인 외양과는 달리 그 누구보다 충성스럽고 효성이 지극하며 성실한 새임을 말하면서 겉모습만 가지

---

45) 『本草綱目』「禽部」"慈烏"에 "까마귀가 처음 나면 60일 동안은 어미가 먹이를 물어다 먹이고, 자라나면 새끼가 어미에게 먹이를 60일 동안 물어다 먹인다."라는 기록이 있다.

고 남을 판단해서는 안 된다는 교훈과 풍유도 내포하고 있다. 하나의 새를 등장시켜서 인간 세상의 여러 가지 현상을 비유적으로 표현하고 있다는 점에서 화조시의 수작이라 할만하다.

(8) 참새[雀]

참새는 우리나라 전역에 분포하는 텃새이기 때문에 우리에게 매우 친숙한 존재다. 크기가 작고 몸무게가 얼마 나가지 않지만, 대개 무리를 지어 생활하기 때문에 눈에 자주 띄게 된다. 그래서인지 옛 민화나 민담, 민요 등에서 참새를 발견하는 것은 어려운 일이 아니다. 다음 시를 보자.

참새들

밤에는 마당의 나무 위에서 잠을 자고	夜宿庭中樹
아침에는 성 밖의 벼 이삭을 쪼아 먹네	朝啄城外禾
떼를 이룬 날것들 정녕 자기 뜻대로 살아가며	羣飛政得意
각자 안락한 생활이라 말들 하겠지	各謂安樂窩
하지만 어찌 알겠는가 짓궂은 동네 아이들이	那知豪俠兒
새총을 손에 쥐고 그물을 벌여 놓을 줄을	挾彈張罻羅
고니는 사해를 돌아다니겠지만	黃鵠游四海
희망이 끊어졌으니 장차 어찌하리요	望絶將奈何[46]

인용시는 참새가 겪는 고난과 불행을 빗대어 불운한 인간의 삶을 풍자적으로 쓴 것이다. 1−4구는 참새의 일상이다. 아침에는 논밭으로 나아가 벼 이삭을 쪼아 먹고, 저녁이면 마당의 나무 위에서 편안하게 잠을 잔다. 떼를 지어 살아가며 모든 것이 부족함이 없어 자기 뜻대로 되고 있는 것처럼 보이기도 한다. 그래서 참새들은 스스로

---

46) 이색, 『牧隱詩藁』 권34, 「群雀」.

자신들의 인생을 안락한 삶이라고 말한다. 5-6구는 참새에게 닥친 예기치 못한 위기를 말하고 있다. 이렇게 마냥 행복할 것 같은 삶을 살아가던 참새들에게 어느 날 뜻하지 않은 불행이 찾아온다. 짓궂은 동네 꼬마들이 새총을 손에 들고 그물까지 벌이며 참새 사냥을 한 것이다. 이로 인해 많은 참새들이 사로잡혀 죽음을 맞게 되었다. 마지막 7-8구는 참새를 고니와 비교하며 희망이 없는 것처럼 보이는 참새들의 운명에 대한 시인의 자탄自嘆이다. 고니는 몸집이 커서 쉽게 잡히지만, 대신 사해를 유유히 날며 마음껏 돌아다닌다. 이에 비해 참새는 조그만 덩치로 인해 쉽게 눈에 띄지 않지만, 한 번 일이 잘못되면 한꺼번에 수많은 무리가 일망타진될 수 있다. 고니와 참새를 비교한 이 구절은 다분히 사람의 삶을 풍자한 것이다. 고니처럼 우아한 자태를 뽐내며 멋지게 하늘을 날고, 물위를 유영하는 삶은 포수나 천적에게 잡힐 위험이 큰 반면 화려하고 자유로운 삶을 살 수 있다. 여기에서 포수나 천적은 물론 인생의 고비와 위험을 가리킨다. 반면 참새처럼 무리를 이루고 주어진 환경에 잘 적응하며 나름대로 안락한 삶을 사는 인생은 한편으로는 안정되고 편안해 보이기도 하지만, 쳐놓은 그물에 모든 참새들이 한꺼번에 걸려들듯이 한 번 닥치는 위험을 극복하지 못하고 쉽게 무너지는 양상을 보인다. 시인의 표현대로 하면 이러한 인생은 "희망이 끊어진" 삶이다. 어떤 인생이 더 행복하고 잘 사는 것인지에 대해서는 시인은 정확한 답을 주지 않았다. 그것은 시를 읽는 독자의 몫이기 때문이다.

(9) 까치[鵲]

까치는 우리나라에서 가장 흔하게 볼 수 있는 전형적인 텃새이다. 『삼국사기』나 『삼국유사』 등에 까치 관련 설화[47]가 등장하는 것으로 보아 이미 삼국시대 이전부터 우리나라에 널리 분포했던 것으로

---

[47] 예컨대 신라 건국 신화 중 昔脫解 신화라든가 '鵲岬寺' 등 수많은 사찰 이름의 유래 이야기 등에 까치 설화가 많이 등장하고 있다.

추정된다. 민간에서는 반가운 소식이나 반가운 사람, 행운이 찾아오는 것을 알려주는 상서로운 새로 인식되었다. 그래서 수많은 민요나 동요, 민담, 속담 등에 까치 관련 이야기와 노래가 퍼져 있을 만큼 우리 민족에게는 친근한 새이다. 특히 앞에서 살펴본 까마귀가 흉조凶鳥인 것과는 대조적으로 길조吉鳥로 널리 알려져 있기에, 까마귀와 관련된 시나 이야기 등과 함께 비교해서 읽으면 더욱 흥미롭다. 다음에 살펴볼 시에도 길조로서의 까치의 특성이 잘 나타나있다.

까치집

내 본디 운명이 기구하여	我本賦命奇
벼슬길 늦어짐을 한탄했더니	名宦歎遲暮
너 장차 무슨 기쁜 소식 전하려고	汝將報何喜
정남쪽 나무위에 집을 짓느냐	棲樹正當午
오락가락 가지를 물어오는데	翩翩含枝來
까마귀 털에 백로 깃이 섞여 있구나	鴉毳挾鷺羽
나는 듣건대 점잖은 군자는	吾聞君子人
화와 복을 하늘에 맡긴다 했으니	禍福任天賦
황새가 모여 온다고 축하할 것 없고	鸛集不足賀
부엉이 앉았다 해서 겁낼 필요 없다네	鵩止不爲懼
그런데 내 늙을수록 의혹이 많아져	而我老多惑
영험을 좋아하기가 무당과 같구나	好怪類巫瞽
하물며 또한 오랜 궁함에 질려서	況復懲久窮
좋은 일 점쳐 보고 요행을 바랬는데	占端儻有遇
이 영험한 새가 집 지음을 보고	見此靈鳥栖
눈가에 기쁜 빛을 띠면서	喜色見眉宇
초조하게 집짓기를 기다리며	汲汲望巢成
눈을 들어 높은 나무 우러러 본다	攙眼仰高樹[48]

위의 인용시는 제목이 "까치집[鵲巢]"이다. 일반적인 다른 화조시들이 새 자체에 주목을 하는 것과는 달리 이 시는 새집에 주목을 하고 있는 점이 특징이다. 시인이 새집에 주목하는 이유는 까치의 집이 빨리 완성되기를 바라는 마음에서다. 또한 까치집이 빨리 완성되기를 바라는 이유는 까치가 속히 찾아와서 둥지를 틀고 거주하기를 원하기 때문이다. 그리고 까치가 빨리 거주하기를 바라는 것은 시인 자신에게 좋은 소식과 행운이 오기를 소망하기 때문이다. 시인은 고난에 찬 인생길에서 까치에게 희망을 걸고 있는 것이다. 그만큼 까치는 행운을 가져다주는 전령사로 이미 오래 전부터 민중들에게 각인되어 있었다. 1-2구는 시인이 자신의 불운한 인생을 자탄하는 장면이다. 그가 자신을 불행하다고 인식하는 이유는 벼슬길이 늦어지고 있기 때문이다. 실제로 이규보가 최충헌崔忠獻에게 발탁이 되어 벼슬길에 오른 것은 32세 무렵으로 알려져 있다. 그의 20대 시절은 좌절과 은둔의 시기였다.[49] 인용시가 지어진 때도 이 무렵일 것으로 추정된다. 지독한 시련과 좌절 속에서 이규보가 찾은 유일한 탈출구는 재미있게도 까치다. 그는 까치를 보며 행운이 자신의 인생에 찾아오기를 희망했다. 3-4구에서는 까치가 날아와 남쪽의 나무 위에 집을 짓자 시인이 관심을 갖기 시작하고 있다.

7-10구는 군자라면 화와 복을 모두 하늘에 맡기고 일희일비一喜一悲하지 말아야 함을 말하고 있다. 9구의 "황새가 모여 온다"는 것은 벼슬길에 오를 길조吉兆를 의미하는데, 옛날 한나라 때 양진楊震이라는 사람의 집에 황새가 전어鱣魚 세 마리를 물고 오자 도강都講이라는 자가 말하기를 "전어는 경대부卿大夫들의 옷의 상징이요 셋은 삼태三台를 의미하니, 선생님은 앞으로 높은 벼슬에 오를 것입니다." 라고 했다는 고사에 바탕을 둔 것이다.[50] 10구의 "부엉이가 앉았다"는

---

48) 이규보, 『東國李相國集』 권10, 「鵲巢」.
49) 이규보의 삶과 문학에 대해서는 김진영, 『이규보 문학 연구』(집문당, 1988)를 참조할 것.
50) 이에 대한 사항은 『後漢書』 권54, 「楊震傳」 참조.

것은 수명이 길지 못함을 알리는 흉조凶兆라는 뜻이다. 한나라 때 가의賈誼는 부엉이가 자기 옆으로 날아오자 본인의 수명이 얼마가지 못할 것을 예측했다고 한다.[51] 결국 황새가 온다고 축하할 필요 없고, 부엉이가 앉았다 해서 겁낼 필요 없다는 것은 인생을 살면서 일희일비 하지 말라는 의미이다. 그러나 마음과는 달리 작은 일 하나에도 집착하는 자신을 보며 시인은 "영험을 좋아하는 것이 무당과 같다"라고 한탄한다. 그리고 자신이 이렇게 된 것은 너무도 오래 계속되는 궁벽한 생활 때문이라고 변명하기도 한다. 마지막 15-18구는 오랜 궁벽한 생활 끝에 드디어 희망을 발견한 시인의 기쁨을 묘사한 것이다. 까치가 집을 짓자 시인은 기쁜 눈빛으로 계속해서 바라본다. "초조하게 집짓기를 기다리며/ 눈을 들어 높은 나무 우러러 본다"는 마지막 구절을 읽으면, 세속적인 출세를 희구하는 시인에 대해서 비난이나 책망보다는 오히려 안스럽고 가련한 마음이 일어나게 된다. 혹여라도 까치가 나무 위에서 집을 짓다 실수할까봐 너무나 초조하게 기다리는 시인에 대한 모습이 생생하게 그려졌기 때문이다. 시인으로서의 이규보의 시적 솜씨가 유감없이 드러난 대목이라 할 수 있겠다. 이처럼 까치는 희망이냐 절망이냐의 기로에 선 인생을 다시 소생시킬 정도로, 위대한 행운의 전령사 역할을 했음을 인용시는 잘 보여주고 있다.

4. 결어

우리 삶의 모든 영역은 시의 소재가 된다. 특히나 인간의 삶과 밀접하게 연관된 동·식물의 경우에는 예부터 시인들이 더욱 즐겨 찾는 소재였다. 한문학사에서는 그중에서도 새를 읊은 시를 '화조시' 또는 '금언체시'라고 불러왔다. 본고에서는 화조시 창작의 전개양상을 사적으로 고찰해 보고, 주요작가와 작품을 특히 고려시대를 중심으로

---

51) 이에 대한 사항은 『文選』 권13, 「鵩鳥賦」 참조.

살펴보았다. 고려조 한시사에서 화조시 창작의 가장 대표적인 시인은 이색과 이규보를 꼽을 수 있다. 이 두 시인이 남긴 화조시만 해도 수십 수가 넘는다. 두 시인을 정점으로 하여 그 외 임춘, 이제현, 민사평, 이곡, 정몽주, 김구용 등이 화조시를 많이 남긴 시인들이다.

한시사적인 맥락에서 보면 화조시나 금언체시의 창작은 중국의 시인들에서 비롯되어 그것이 고려로 들어오게 되었고 계속해서 조선조의 시인들에게로 계승되었다. 일반적인 화조시는 이미 『시경』에서부터 있어 왔고, 그 후 두보를 비롯한 당나라의 수많은 시인들도 즐겨 지었다. 우리 문학사에서도 당·송시의 영향을 많이 받은 고려조 이후로 화조시가 본격적으로 창작되었지만, 사실 엄밀한 의미에서 보면 한시가 지어지기 전에 이미 우리의 옛 노래들에서부터 화조시의 창작 전통은 있어왔다. 가령 고대가요 '황조가黃鳥歌'라든지 고려속요 중 '정과정鄭瓜亭'이나 '청산별곡靑山別曲'에도 새는 주요 제재로 등장하므로 화조시의 창작전통은 뿌리가 깊다고 하겠다.

화조시의 제재는 매우 다양하다. 우리 주변의 모든 새는 다 시적인 형상화가 이뤄질 수 있다. 하지만 그중에서도 특히 '두루미[鶴]'와 '제비[燕]', '닭[鷄]'이 일반적으로 시인들에게 가장 많은 사랑을 받은 새들이다. 그 외 '기러기[雁]', '까마귀[烏]', '참새[雀]', '갈매기[鷗]', '꾀꼬리[鶯]', '까치[鵲]', '거위[鵝]', '오리[鴨]' 등이 화조시의 제재로 많이 등장한다. 주목할 점은 각 새들마다 그 새가 갖는 고유의 상징성이 있어서 시인의 감정과 처한 환경에 따라 음영의 대상인 새의 종류도 달라진다는 것이다. 가령 남북으로 이동하는 철새의 대표인 기러기는 여행 중의 외로움이나 고독감을 나타내는 경우가 많고, '십장생十長生'의 대표적 조류인 학은 고결함, 순결함, 장수 등을 상징한다. 또한 꾀꼬리는 사랑하는 연인의 아름다움이나 혹은 사랑의 감정을 빗대어 표현하는 경우가 많다. 반면 닭이나 오리, 거위, 참새 등은 우리의 삶에서 빼놓을 수 없는 한 부분으로 전원시田園詩나 일종의 생활 현장을 다룬 생활시生活詩에서 자주 등장한다.

화조시 역시 큰 범주에서 보면 영물시詠物詩의 일종이다. 영물시 중에서도 동물을, 동물 중에서도 새를 읊은 것이 화조시가 된다. 따라서 화조시의 창작 기법 역시 일반적인 영물시의 기법과 큰 맥락에서 동일한 흐름을 보이고 있다. 가령 일반적 영물시에서 비유나 상징, 의인과 같은 수사법이 많이 쓰이고, 또 시의 정확한 의미를 이해하기 위해서는 그 비유나 상징들을 풀어내야 하는 것처럼 화조시 역시 동일하다. 우리 한시사에서 고려시대에 시작된 화조시는 이 같은 영물시의 한 장르로서 조선말기까지 수많은 시인들에 의해 계속해서 창작되었다. 본고에서 고찰한 고려조 화조시의 창작 전통과 시적 특질, 문학적 의의 등이 조선조 시인들에게 어떻게 계승되고, 또 어떻게 변모되어 가는지는 차후의 과제로 남겨둔다.

4부,
고려후기 한시와
처완·비개의 미

인재麟齋 이종학李種學의 유배시에 나타난 의경意境과 미적 특질

1. 문제제기

이종학李種學(1361-1392)은 고려말기 격동의 정치사에서 파란만장한 삶을 살다간 인물이다. 그는 비록 32살의 젊은 나이로 죽었지만, 그의 인생 여정 속엔 격변과 혼돈의 정치사가 그대로 담겨 있고, 그의 문학 속엔 거대한 세계 앞에 덩그러니 놓인 작고 연약한 개인의 운명이 여실히 드러나 있다. 그의 삶은 마치 풍전등화처럼 언제 꺼질지 모르는 위태로움이었다. 그리고 그 위태로움은 상당 부분 본인의 의지와 관계없이 숙명적으로 주어졌기 때문에 더욱 비극적이었다고 말할 수 있다. 그의 문집 『인재유고麟齋遺稿』에 남겨진 113제 123수[1]의 시는 그 비극적 삶의 결과물이다.

이종학은 자가 중문仲文, 호가 인재麟齋로, 14세기 후반 고려의 정치·사상·학문·문학사의 중심에 있었던 목은牧隱 이색李穡(1328-1396)의 둘째 아들로 태어났다. 1376년(우왕 2) 16세의 나이로 진사시에 합격하여 환로에 들어선 후 첨서밀직사사僉書密直司事와 후덕부윤厚德府尹을 역임한 뒤, 1389년(공양왕 1) 12월 부친과 함께 파직되어 순천으로 유배되었다. 이때 지은 시가 『인재유고』에 실린 「남행

[1) 『麟齋遺稿』에는 총 113제 123수가 실려 있으나 『동문선』에 실린 「謫居卽事」를 포함하면 현재 전해지는 인재의 시는 모두 114제 124수가 된다. 이에 대한 사항은 김동욱, 「국역 인재유고 해제」, 『국역 인재유고』, 한국고전번역원, 2012를 참조.]

1) 『麟齋遺稿』에는 총 113제 123수가 실려 있으나 『동문선』에 실린 「謫居卽事」를 포함하면 현재 전해지는 인재의 시는 모두 114제 124수가 된다. 이에 대한 사항은 김동욱, 「국역 인재유고 해제」, 『국역 인재유고』, 한국고전번역원, 2012를 참조.

● 인재麟齋 이종학李種學의 유배시에 나타난 의경意境과 미적 특질   353

록南行錄」이다. 이듬해인 1390년(공양왕 2) 5월에는 윤이尹彝·이초李初의 사건에 연루되어 부친인 이색 및 이숭인 등과 청주옥淸州獄에 갇혔으나, 홍수가 나서 석방되기도 하였다. 1391년 6월에는 간관諫官의 탄핵을 받아 상산常山[지금의 충북 진천]에 유배되었다. 이때 지은 시가 「남천상산록南遷常山錄」이다. 1392년은 이종학에게 운명 같은 해였다. 4월에 정몽주가 피살된 후 그의 당黨으로 몰려 순군옥巡軍獄에 갇혔다가 함창咸昌[지금의 경북 상주]에 유배되었고, 8월에 다시 장사현長沙縣[지금의 전북 고창]으로 이배移配되던 중 손흥종孫興宗이 보낸 사람에게 무촌역茂村驛[지금의 경남 거창]에서 교살絞殺당하였다.

이종학이 자신의 재주를 미처 다 펼쳐보지도 못하고 요절하게 된 데는 목은의 아들이라는 점이 크게 작용하였음을 부인할 수 없다. 주지하다시피 목은은 고려말기의 정치사에서 이성계와 대척점에 있었다. 특히 창왕昌王과 공양왕대恭讓王代에는 고려왕조를 유지하려는 수성파의 중심에 있었기 때문에 목은은 줄곧 이성계 일파의 견제를 받아야만 했다. 그 결과로 일어난 사건이 소위 김저金佇 사건과 윤이·이초의 사건이다.[2] 이색은 이 사건에 연루되어 정치적으로 큰 타격을 입게 되었고, 급기야는 1389년 이후로 고려가 망하는 1392년까지 계속해서 유배와 해배, 투옥과 석방을 거듭하게 된 것이다.[3] 문제는 이종학 역시 부친인 이색과 정치적 궤를 같이했기 때문에 1389년 12월 유배 이후로 1392년 사망 시점까지 시련의 연속이었다는 점에 있다. 『인재유고』에 실린 대부분의 시들이 유배지에서 쓴 유배시라는 점이 이를 말해준다.[4]

---

2) 김저 사건에 대한 것은 김당택, 「고려 창왕 원년의 김저 사건」, 『역사학연구』 12집, 호남사학회, 1998; 이형우, 「고려말 정치적 추이와 김저 사건」 『포은학연구』 16집, 포은학회, 2015을 참조할 만하고, 윤이·이초 사건은 조계찬, 「조선 건국과 尹彝·李初 사건」, 『두계이병도박사구순기념한국사학논총』, 지식산업사, 1987; 이형우, 「공양왕대 윤이·이초 사건」, 『포은학연구』 18집, 포은학회, 2016을 참조할 만하다.

3) 이를 간단히 정리해서 해배와 석방은 생략하고 유배와 투옥된 것만 살펴보면 다음과 같다. 1389년 12월 長湍 流配, 1390년 4월 咸昌 移配, 5월 淸州獄 투옥, 8월 咸昌 유배, 1391년 6월 咸昌 유배, 1392년 4월 衿州 유배, 6월 驪興 이배, 7월 長興 이배 등이다.

4) 『麟齋遺稿』를 구성하고 있는 「南行錄」, 「關東錄」, 「南遷常山錄」 중 「관동록」을 제

그의 유배시는 전라도 평양平陽[順天]과 충청도 상산常山[鎭川]에서 유배를 당했을 때 지은 시로 구성되어 있는데, 시의 격조는 전반적으로 유배지에서의 쓸쓸함과 고독, 유배인으로서의 좌절과 비개감을 드러낸 것이 주를 이루고, 기타 자연에 대한 동경과 은일적 삶의 추구, 사대부로서 갖는 경세제민의 포부 등으로 구분할 수 있다. 이에 본고에서는 이종학 유배시의 품격品格을 처완悽惋으로 규정하고 그 미감을 고찰해 보기로 하겠다. 특별히 유배시, 그중에서도 처완의 미에 주목하는 것은 『인재유고』를 구성하고 있는 시들이 대체로 유배시라는 이유도 있지만, 그 유배시야말로 이종학의 시인으로서의 자질과 면모를 보여주고 있기 때문이다.5) 대체로 한국한시사에 등장하는 유배시의 일반적인 의경意境은 고독과 슬픔이라고 할 수 있다. 이는 고려조 시인들의 경우에도 동일한데, 그 대표적인 인물로 척약재惕若齋 김구용金九容(1338-1384)을 꼽을 수 있다. 김구용은 1375년 북원의 사신을 맞이하는 일에 반대하다가 정몽주·박상충·이숭인·정도전 등과 함께 유배되었고, 그 후 1384년에는 명나라에 사신으로 갔다가 명황제에 의해 운남성으로 유배를 당해 도중에 객사한 비운의 시인이다. 척약재의 시에는 유배지에서의 비감을 다룬 뛰어난 작품들이 많은데,6) 이종학의 시 역시 그와 같은 부류에 속한다고 할 수 있겠다. 본고에서는 1389년 처음 유배를 떠날 때부터 도중의 기나긴 여정에서 시인이 목도한 많은 것, 그리고 감정의 변화 및 유배지 도착 후

외한 나머지 두 부분이 유배시이며, 그 외 문집 부록에 실린 시 11수도 모두 「남천상산록」과 마찬가지로 진천에서의 유배 생활 시절 지은 것들이다.

5) 지금까지 보고된 이종학의 문학에 대한 연구들도 대체로 그의 유배시에 대해서 주목하고 있다. 필자가 찾을 수 있었던 이종학 한시에 대한 연구는 현재까지 3편만이 있어서 앞으로 좀 더 활발하게 연구가 이뤄져야 할 것으로 생각된다. 선행 연구는 다음과 같다. 박희, 「인재의 문학세계」, 『동국어문학』 8집, 동국어문학회, 1996; 김동욱, 「인재 이종학의 생애와 시세계」, 『외교문학연구』 11호, 한국외국어대학교 외교문학연구소, 2002; 김동욱, 「研究飜譯에 있어서 註釋에 관한 연구: 『麟齋遺稿』 국역의 사례를 중심으로」, 『반교어문연구』 28집, 반교어문학회, 2010.

6) 척약재 김구용의 유배시에 대한 것은 하정승, 「척약재 김구용 시의 품격 연구」, 『한문교육연구』 15호, 한국한문교육학회, 2000 및 하정승, 「여말선초 사대부의 운남 유배와 유배시의 미적 특질」, 『연행록연구총서』 3, 학고방, 2006을 참조할 것.

새해를 맞이하는 등의 일상을 통해 이종학 시의 큰 특징과 의경, 미감을 살펴보고자 한다. 본고의 작업은 궁극적으로 고려후기 유배시의 문학사적 의미와 문학적 특징을 밝히는 데 그 목적이 있다.

2. 시대적 배경과 생애

이종학은 1361년(공민왕 10)에 개경 한천동寒泉洞에서 아버지 목은 이색과 어머니 정신택주貞愼宅主 안동권씨安東權氏 사이에서 차남으로 태어났다. 위의 형은 종덕種德이고 동생은 종선種善이다. 이종학이 태어나던 해에 목은은 34세로 한창 환로에 있으면서 두각을 나타내기 시작하던 때였다. 이종학은 14세 때인 1374년(공민왕 23)에 성균시成均試에 합격하였고, 2년 뒤인 1376년(우왕2) 사마감시司馬監試에 동진사同進事로 합격하여[7] 예문관검열藝文館檢閱에 임명되면서 본격적으로 벼슬길에 들어섰다. 1388년(우왕 14) 8월에는 성균시를 주관하여 맹사겸孟思謙 등 99인을 선발하였고, 그 다음해인 1389년(창왕 2)에는 동지공거同知貢擧가 되어 김여지金汝知 등 33인을 선발하였다.[8] 이처럼 20대 후반에 과거 시험의 시관試官이 된 것은 그의 학문이 뛰어났고 또 널리 인정받았음을 보여주는 것이다.[9] 하지만 1389년 겨울 이후로는 그의 인생에 정치적 시련이 찾아온다. 11월에 창왕이 폐

---

[7] 이때 치른 과거의 급제자는 모두 33명이고 동지공거는 韓脩였다. 復齋 鄭摠이 장원을 하였고 급제자 중 주요 인물로는 孔俯, 姜淮伯, 安景恭, 禹洪得, 洪吉旼 등이 있다. 이상에 대한 사항은 『한국역대인물종합정보시스템』, 「고려시대과거급제자명단」(http://people.aks.ac.kr/index.jsp) 참조.

[8] 이상 이종학의 생애에 대한 사항은 김동욱, 「인재유고 해제」, 『국역 인재유고』, 한국고전번역원, 2012 참조.

[9] 『태조실록』에서는 이종학에 대해 "천성이 영특하고 호걸스럽다.[天性英豪]"라고 그의 뛰어난 자질을 칭찬하고 있다. 매해마다 이종학이 과거의 試官을 맡자 당시에 이를 비난하는 여론이 있을 정도였는데, 『태조실록』에서는 이에 대해 다음과 같이 기록하고 있다. "무진년에 成均試를 주관하여 僉書密直司事에 승진되고, 기사년에 知貢擧에 임명되었다. 이때 이색이 나라의 政務를 맡고 있었으며, 종학이 해마다 시험을 관장하게 되니, 사람들이 자못 이를 비난하였다."(이상은 『태조실록』 권1, "임신년 8월 23일 기사" 참조).

위되고 공양왕이 즉위하자 정국은 공양왕 추대를 이끈 이성계와 정몽주 중심으로 재편되었다. 이때 포은 정몽주는 이성계와 함께 공양왕 추대에 가담하였지만, 목은 이색은 창왕의 폐위에 반대하다가 전라도 평양平陽[순천]으로 유배를 당하였다.

당시 공양왕을 추대했던 측의 명분은 이른바 '폐가입진廢假立眞'이었다. 폐가입진이란 우왕이 신돈의 핏줄이므로 그의 아들 창왕을 폐위시키고 왕씨를 왕으로 옹립해야 한다는 주장이다. 폐가입진을 주도한 세력은 1388년 위화도회군을 단행한 이성계 등인데, 이들이 회군을 정당화하고 곧이어 우왕과 창왕을 폐위 및 처형하는 과정에서, 그리고 우왕과 창왕을 지지하며 회군 세력에 맞섰던 정치세력을 숙청하는 과정에서, 폐가입진의 논리는 매우 중요한 명분으로 작용하였다. 목은 이색은 폐가입진을 주장한 세력과 반대 입장에 있었기 때문에 창왕의 폐위와 맞물려 정치적으로 큰 타격을 입고 유배를 당하게 된 것이라 할 수 있겠다. 말하자면 우왕이 폐위될 때, 새로운 왕은 반드시 전왕의 아들이어야 한다는 이색의 강력한 주장에 따라 창왕이 세워졌기 때문에 창왕이 폐위되자 이색은 정치적인 책임을 지게 된 것이다.[10] 이성계가 창왕을 폐위시킨 직접적인 이유는 김저 사건과 윤이·이초 사건 때문이었다.

김저 사건이란 1389년 11월에 전前 대호군大護軍이었던 김저가 왕에서 쫓겨나 경기도 여흥에 머물던 우왕의 명을 받들어 이성계를 제거하고 우왕을 복위시키려 하다가 발각되어 붙잡힌 사건으로 이에 우왕은 강릉으로 옮겨졌고, 아들인 창왕은 폐위되어 서인庶人으로 강등되고 강화도로 쫓겨난 사건이었다. 이 사건의 결과로 우왕 복위에 가담한 것으로 알려진 조방흥趙方興을 비롯한 변안렬邊安烈, 이림李琳, 우현보禹玄寶, 우인렬禹仁烈, 왕안덕王安德, 우홍수禹洪壽 등이 귀양을 당하거나 죽게 되는 일이 발생하였다. 목은 또한 이에 연루되었다고 하

---

10) 위화도회군과 昌王代 폐가입진의 전개에 대한 것은 이명미, 「고려말 정치권력 구조의 한 측면」, 『동국사학』 58집, 동국역사문화연구소, 2015, 85–107면 참조.

여 경기도 장단長湍으로 유배되었고, 이종학 역시 12월에 순천으로 유배를 가게 되었다.[11] 한편 이듬해인 1390년 5월에는 윤이·이초의 사건이 발생하였다. 파평군坡平君 윤이와 중랑장中朗將 출신인 이초가 당시 새롭게 일어난 명나라의 황제 주원장을 찾아가 이성계가 명을 치려 한다고 무고한 사건이다. 이들은 이성계가 옹립한 공양왕은 사실 종실이 아니라 이성계의 인척姻戚이며, 이성계가 명나라를 치는 것에 반대한 이색李穡·조민수曺敏修·이림李琳·변안렬邊安烈·권중화權仲和 등이 살해 또는 유배될 것이라며 명 태조에게 이를 토벌해 주기를 요청하였다. 그러나 당시 공양왕의 즉위를 알리러 사신으로 명나라에 가 있던 왕방王昉과 조반趙胖이 고려 조정에 이 사실을 알림으로써 정계가 큰 소용돌이에 휩싸이게 되었다. 당시 집권하였던 이성계 세력은 공양왕과 정몽주 등의 반대에도 불구하고 반대파를 숙청하는데 이 사건을 이용하였다. 그 결과 이색, 우현보, 조민수, 이숭인, 권근, 이종학 등 김저 사건으로 이미 정치적 타격을 입었던 세력들이 다시 한 번 피해를 보게 되었다. 그러나 사실 이들 중 대부분의 인물들은 이미 유배중이었거나 아니면 유배를 마친지 얼마 되지 않은 상태였기 때문에 김저 사건과 관계없이 피해를 입은 사람은 윤우린, 홍인계, 경보, 진을서 등 무장들이었다. 다시 말해 윤이·이초 사건은 이성계와 대척점에 있거나 적어도 동조하지 않던 무신 세력들을 제거하기 위한 정치적 사건이었음을 알 수 있다.[12]

김저 사건과 연달아 발생한 윤이·이초 사건으로 이색과 이종학은 정치적으로 회복이 불가능할 정도의 큰 타격을 입게 되었다. 특히 이종학은 정계에 입문한 지 얼마 되지 않은 신진관료였기에 정치적인 타격은 물론이고, 무엇보다 정신적 충격과 상처가 컸을 것으로 짐작

---

11) 김저 사건과 관련하여 이색·이종학 부자가 유배가게 된 사항은 이형우, 「고려말 정치적 추이와 김저 사건」, 『포은학연구』 16집. 포은학회, 2015에서 상세히 다뤄져 있어 참고할 만하다.

12) 이형우, 「공양왕대 윤이·이초 사건」, 『포은학연구』 18집, 포은학회, 2016, 191-203면 참조.

된다. 그의 시에는 당시 그가 겪었던 심적 고뇌가 곳곳에 드러나 있다. 예컨대 "대성에는 지금도 모두가 거유인데/ 이 몸은 홀로 귀양 와서 길게 탄식 하는구나(臺省如今盡巨儒, 小生流落獨長吁)"[13]라든지 "그는 절제사가 되어 철성으로 향했지만/ 나는 오히려 탄핵받아 순천으로 귀양 왔지(初爲節制向鐵城, 却被彈劾流昇平),"[14] "적적한 띠집에 밤이 어둠침침한데/ 이렇게 귀양 온 길손의 심정을 누가 알랴 … (중략)… 아직도 머리 위 하늘엔 천도가 있어/ 인정의 비뚤어짐을 굽어보고 계신다네(茅齋寂寂夜沈沈, 誰識如今作客心 …(중략)… 頭上從來天道在, 人情邪曲自監臨)"[15]와 같은 시구들이 그것이다. 동료들은 관료로서 승승장구하며 자신의 뜻을 펼쳐가고 있는데, 본인만 서울에서 멀리 떨어져 귀양살이를 하는 비참함을 토로하고 있다. 전술한 바와 같이 이종학은 그 누구보다도 먼저 두각을 나타내었고, 남들의 시기를 받을 정도로 학문을 인정받기도 했지만, 이제는 누구보다도 더 비참한 시련을 겪고 있는 것이다. 시인은 이러한 현상을 "인정의 비뚤어짐"이라고 부르며 본인에게 닥친 시련과 당대의 정치 현실을 비판하고 있다.

이종학과 가장 깊은 교유를 가진 인물로는 복재復齋 정총鄭摠 (1358－1397)과 양촌陽村 권근權近(1352－1409)을 들 수 있다. 정총은 조부가 설곡雪谷 정포鄭誧이고 부친은 원재圓齋 정추鄭樞인데, 정포는 가정 이곡과 정추는 목은 이색과 깊은 교유가 있었기에 이종학과 정총의 집안은 3대에 걸쳐 인연이 깊었던 셈이다.[16] 정총은 조선 개국 초기인 태조대太祖代에 명나라에 사행을 갔다가 명 황제의 노여움을 받아 그곳에서 유배를 당하고 운남성 대리大理로 가는 도중 객사했던 비운의 인물이다.[17] 『인재유고』에는 이종학이 정총에게 쓴 시가 1수

---

13) 李種學, 『麟齋遺稿』, 「南行錄」, <卽事>.

14) 李種學, 『麟齋遺稿』, 「南行錄」, <有懷三畏堂>.

15) 李種學, 『麟齋遺稿』, 「南行錄」, <卽事>.

16) 가정과 설곡, 목은과 원재의 교유에 대한 것은 하정승, 「고려후기 만시에 나타난 죽음의 형상화와 미적 특질」, 『동방한문학』 50집, 동방한문학회, 2012, 51면 참조.

17) 정총의 유배에 대한 사항은 하정승, 「여말선초 사대부의 운남 유배와 유배시의 미적 특질」, 『연행록연구총서』 3, 학고방, 2006 참조.

보이고, 『복재집』에서는 정총이 이종학에게 쓴 시가 1수 전한다. 정총과 이종학은 나이차가 3살이 나지만, 1376년(우왕2)의 과거에 함께 급제한 동년同年이기에[18] 친구처럼 지냈던 것으로 보인다. 이종학이 정총에게 쓴 시를 살펴보자.

정복재를 그리워하며

문득 복재가 그리워지니	忽憶復齋子
이별의 시름이 참으로 아득하구나	離愁正渺然
도와 정을 나와 함께하였고	道情惟我共
시는 집안 대대로 내려오는 전통이었네	詩法是家傳
그대 자취는 청운 속에 부쳐 있는데	跡寄青雲裏
이 몸은 바닷가로 돌아가고 있네	身歸碧海邊
언제나 다시금 서로 마주하여	何當更相對
등불 앞에서 시를 읊조려 볼까	嘯詠一燈前[19]

인용시는 1389년 12월 18일 즈음에 이종학이 첫 유배지였던 전라도 순천으로 가는 도중 쓴 것으로 보인다.[20] 이종학은 유배의 고통과 참담한 심경을 친구에게 시를 쓰는 것으로 조금이나마 풀어보려 했던 것 같다. 많은 친구들 가운데 하필 정총이 떠오른 것은 그만큼 두 사람 사이의 우정이 두터움을 말해준다고 하겠다. 시인은 수련에서 "이별의 시름이 참으로 아득하"다고 함으로써 서울에서 정총과 이별하고 순천을 향해 가고 있는 자신의 심경을 밝히고 있다. 사실 혜

---

18) 앞의 주 7) 참조.

19) 李種學, 『麟齋遺稿』, 「南行錄」, <有懷鄭復齋>. 앞으로 본고에서 인용하는 시는 김동욱, 『국역 인재유고』, 한국고전번역원, 2012를 따르되 부분적으로 필자가 수정을 가했음을 밝혀둔다.

20) 「남행록」의 시들이 대체로 일자에 따라 순차적으로 기록되었음을 볼 때, 인용시의 앞의 시가 17일 새벽에 쓴 것[十七日曉吟]이고 다음 시는 19일 새벽에 쓴 것이므로[十九日曉起紀夢], 인용시는 18일 즈음 쓴 것이 된다.

어진 지가 그리 오래되지는 않았겠지만, 그 이별이 아득하게 느껴지는 것은 친구에 대한 그리움이 크기 때문이다. 함련에서는 정총과의 개인적 친분에 대해 좀 더 구체적으로 밝히고 있다. "도와 정을 나와 함께 하였"다는 말은 정치적·학문적·사상적으로 같은 길을 걸어왔을 뿐만 아니라, 조부와 부친, 그리고 본인들에 이르기까지 3대에 걸친 변함없는 우정을 이어오고 있음을 말한 것이다. 더구나 이종학은 정총과 같은 해에 과거 급제를 한 동방同榜이었기에 그 어느 누구보다 인간적인 인연이 깊은 것이다. 제4구는 정총의 집안이 정포 → 정추 → 정총에 이르기까지 시로써 당대에 문명이 높았음을 말하고 있다. 경련은 분위기가 전환되어 정총은 조정에서 승승장구하며 관료로서의 꿈을 실현하고 있는데, 본인은 유락流落하여 유배를 가고 있다고 한탄한다. 당시 정총은 춘추검열春秋檢閱, 대간臺諫, 응교應敎에 제수되어 국가의 표表·전箋을 도맡아 작성하고 있었다. 과거 시험의 동기이자 친한 벗은 조정에서 꿈을 펼치고 있는데, 본인은 인생 최대의 정치적 시련을 겪고 있다. 시인의 그 비통한 심정을 충분히 이해할 수 있는데, 정작 시인은 마지막 미련에서 오랜 벗과 다시 만나 시를 주고받을 수 있는 날이 속히 오기를 갈망하고 있다. 그 어디에도 원망이나 서운한 감정을 직접적으로 표출한 것은 보이지 않는다. 그만큼 정총과의 우정이 깊고 두터움을 말해주는 것이기도 하지만, 이종학의 온유돈후한 성품과 기질을 보여주고 있기도 하다. 실제로 이 같은 개인적 기질은 이종학 시에 계속해서 나타나고 있다.

권근 역시 이종학을 매우 아꼈던 것으로 보인다. 그 주된 이유는 권근이 목은의 문생이기도 하지만, 고려말 혼돈의 정치 현실 속에서 줄곧 목은과 같은 정치적 입장을 견지했기 때문이다. 『양촌집』에는 권근이 이종학에게 쓴 시가 2수 보이고, 『인재유고』에는 이종학이 권근에게 쓴 시가 1수 보인다. 권근은 이종학보다 9살이나 위지만, 정치와 학문의 선배이자 같은 관료로서 교유를 가졌던 것 같다. 다음 시를 보자.

9일에 길을 가다가 함께 유배된 여러 선생을 삼가 그리워하며

양촌공은 내가 존경하는 분으로	陽村吾所敬
악을 미워하고 군센 마음을 지니셨지	嫉惡抱剛腸
도은공은 문장이 절묘하고	陶叟文章妙
호정공은 계책이 훌륭하네	浩公籌策良
지금은 모두가 뿔뿔이 흩어졌으니	卽今俱異處
어느 저녁에야 다시 한자리에 모이려나	何夕更同床
쫓아냄이 제아무리 공론이라 해도	廢黜雖公論
저 푸른 하늘이 내려다보고 계시네	監臨有彼蒼21)

이종학이 서울에서 유배를 떠난 시점은 정확히 1389년 12월 8일인데,22) 위의 인용시는 시제에서 9일이라고 언급하고 있으니 유배를 떠난 지 불과 하루 만에 쓴 것임을 알 수 있다. 환로에 오른 지 얼마되지 않은 정치신인이 유배를 당하게 되자 정신적인 불안감과 좌절감을 겪게 되고, 평소에 가까이 모시며 교유했던 여러 선배들을 떠올리게 된다. 1구의 "양촌공", 3구의 "도은공", 4구의 "호정공"이 그들인데, 이들의 공통점은 모두 다 목은의 대표적인 제자들이라는 점이다. 권근과 하륜은 이성계가 조선을 개국할 때까지도 스승인 목은과 정치적인 노선을 같이하였지만, 개국 후에는 신왕조의 정착에 가담하여 정치적 영화를 누렸다. 이에 비해 이숭인은 고려왕조의 멸망과 끝까지 함께하다가 1392년 조선조 개국 직후 정도전의 심복인 황거정에 의해 피살되었다. 하지만 위의 시가 작시될 때만 하더라도 권근,

---

21) 李種學, 『麟齋遺稿』, 「南行錄」, <初九日途中奉懷同時見黜諸先生>.

22) 「남행록」의 첫 번째 시가 <홍무 기사년(1389, 공양왕 1) 12월 8일 순천부에 유배되어 가다가 청교 길가에서 형제들과 헤어지며>라는 시이다. 靑郊驛은 개성 교외에 있던 역이므로 이를 통해 이종학이 유배의 명을 받고 떠난 시점이 1389년 12월 8일이었음을 알 수 있다.

이숭인, 하륜은 모두 목은이 가장 신뢰하던 오른팔이었고, 이종학 역시 이들을 무척이나 의지하고 따랐던 것으로 보인다. 그중에서도 특히 권근에 대한 존경과 신뢰가 가장 컸는데, 위 시의 수련에서도 이종학은 권근에 대해 "양촌공은 내가 존경하는 분으로/ 악을 미워하고 굳센 마음을 지니셨지"라고 하여 "문장이 절묘"한 이숭인이나 "계책이 훌륭"한 하륜보다도 좀 더 존경을 표시하고 심적인 의지를 하고 있음을 나타내고 있다. 경련은 권근, 이숭인, 하륜, 이종학이 모두 정치적인 위기를 맞아 유배를 가거나 시골로 쫓겨나 있는 상황을 말하고 있다. 당시 권근은 영해寧海[지금의 경북 영덕]로, 이숭인은 경산부京山府에, 이종학은 평양[순천]으로 유배를 당한 상태였고, 하륜은 광주光州로 쫓겨나 있었다. 심지어 목은조차 장단長湍에 유배 당한 상황이었다. 시인은 제6구에서 "어느 저녁에야 다시 한자리에 모이려나"라고 함으로써 동지들이 다시 만날 날을 고대하면서도 앞날에 대한 불안감을 드러내고 있다. 마지막 미련은 본인을 비롯하여 동지들이 모두 유배를 가게 된 상황이 옳지 못하다는 시인의 항변이자 당시 조정 관료들에 대한 비판이다. 조정의 관료들은 이색 등을 유배시키기로 공론을 조성하고 이를 실현시켰지만, 하늘이 모든 사실을 알고 있다는 것이다. 여기서 말하는 조정의 관료들이란 일차적으로는 1389년 12월에 좌사의左司議로 있으면서 상소를 올려 이색 부자父子가 우왕과 창왕을 추대한 일을 논핵했던 오사충吳思忠과 조박趙璞 등을 가리키지만,[23] 그 이면에는 전술한 바와 같이 김저 사건을 계기로 집권한 이성계와 그의 추종 세력을 지칭하기도 한다. "푸른 하늘이 내려다보고" 있다는 것은 자신들의 결백이 확실하고 또 정치적 신념이 옳다는 것을 확신한다는 의미이다.

이처럼 이종학은 정총, 권근을 비롯 이숭인, 하륜 등 주로 목은의 직계 제자 그룹과 교유가 깊었음을 알 수 있다. 이외 『인재유

---

23) 오사충과 조박이 이색, 이종학을 탄핵한 것은 『高麗史節要』 권34, 「恭讓王 1年 11月·12月」 기사를 참조할 것.

고』에 등장하는 주요 인사로는 조운흘趙云仡(1332–1404), 윤소종尹紹宗 (1345–1393), 안축安軸(1282–1348)과 그 아들 안종원安宗源(1325–1394), 손자 안경량安景良(?–1398)·안경공安景恭(1347–1421), 한수韓脩(1333– 1384)와 그의 아들인 한상환韓尙桓, 남재南在(1351–1419), 길재吉再 (1353–1419), 김여지金汝知(1370–1425) 등을 꼽을 수 있다. 조운흘과 윤소종은 학문과 인품이 뛰어나 당대 선비들에게 존경을 받던 인물이 고, 남재와 길재는 목은의 문인으로 전술한 권근, 이숭인, 하륜 등과 같은 그룹으로 보아야 할 것이다. 특히 이종학은 길재에 대해 "선생 은 지금 어떻게 지내실까/ 나를 가엾이 여기는 마음 가장 진실한 분 이거늘(敎授今何似, 憐余意最眞)"24)이라고 하여 길재와의 인간적 유 대와 친밀감을 표시하고 있다. 또한 김여지는 우왕 때 밀직제학密直提 學을 지냈던 김도金濤(?–1379)의 아들인데, 1392년(태조 1) 계림부판 관鷄林府判官으로 있을 때 함창군咸昌郡으로 유배되어 온 이종학을 손 흥종孫興宗이 해치려는 것을 구해준 일이 있다. 주목할 것은 이종학의 교유관계에 있어서 안축 → 안종원 → 안경량·안경공처럼 몇 대에 걸 쳐 계속해서 인연을 맺고 있는 경우가 많다는 점이다. 한수와 한상환 도 같은 맥락이다. 특히 한수는 1376년(우왕 2) 이종학이 진사시進士試 에 합격했을 때 동지공거同知貢擧였기에 이종학에게는 좌주가 된다.25) 이처럼 고려말 사대부들의 교유 혹은 인간 관계는 가문 대대로 형성 된 측면이 강하며, 집안과 집안, 문중과 문중으로 인적 네트워크가 형성되기 시작했음을 보여준다. 이는 고려말에 이르면 사대부 계급이 대를 이어 출사할 정도로 이미 정치적인 기반을 확고하게 다졌음을 말해 주고 있는 것이기도 하다.

---

24) 李種學, 『麟齋遺稿』, 「南遷常山錄」, <初五日>.

25) 李穡, 『柳巷詩集』 권수, 「韓文敬公墓誌銘」. "夏五月, 同知貢擧, 取今判書鄭摠等三十三人, 時稱得士."

3. 유배시의 의경意境과 형상화形象化

이종학이 유배의 명을 받고 전라도 순천으로 떠나면서 도중途中
에 쓴 시들에서는 서울에 있는 지인들에 대한 그리움과 함께 벼슬에
대한 미련이 곳곳에 나타나 있다. 다음에 살펴볼 시도 그 가운데 하
나이다.

24일에

새벽 일찍 일어나 듣는 종소리에	曉起聽鍾聲
끝없이 온갖 감회가 솟아나네	無端百感生
이 몸 쓸쓸히 먼 곳에 유배를 당하고	身孤仍遠謫
어버이는 연로하신데 또 한 해가 저무네	親老又新正
학문하려는 마음은 아직도 게으르고	學問心猶怠
공명에 대한 꿈은 여전하니 놀랍구나	功名夢尙驚
아이 불러 짧아진 머리 빗기게 하니	呼童梳短髮
벽에 비치는 등불만 환하게 아른거리네	照壁一燈明26)

인용시는 1389년 12월 24일에 유배 가는 도중에 쓴 것이다. 이
종학이 개경에서 유배를 떠난 날이 12월 8일이었으니, 이 시는 개경
출발 후 약 16일이 지난 시점에 쓴 것이 된다. 장소는 전라도 익산과
남원 사이 어디쯤이었을 것으로 추정된다.27) 시인은 새벽에 일찍 일
어나 종소리를 들으며 온갖 감회에 젖는다. 본인이 유배중인데다 또
한 해가 저물어가는 연말이라 여러 가지 생각이 교차했던 것 같다.
일단 시인이 가장 먼저 걱정한 것은 연로하신 어버이다. 부친인 목은

---

26) 李種學, 『麟齋遺稿』, 「南行錄」, <二十四日>.

27) 인용시의 앞에 「익주를 떠나며[發益州]」가 있고, 뒤에 「저물녘 남원산성에 들어가며[晩
入南原山城]」가 있으므로 익산과 남원 사이의 어디쯤이 인용시의 공간배경이 된다.

은 당시 62세로 연로했을 뿐만 아니라 경기도 장단에 유배 중이었다. 모친인 정신택주貞愼宅主 안동권씨(1331-1394) 역시 59세로 나이가 많은 상태였다. 부모가 나이 많고 게다가 부친은 유배를 당했으니 자식으로서 걱정하는 것은 당연한 일이었다. 시의 전반부가 부모님에 대한 걱정이라면, 후반부는 자신에 대한 것이다. 경련에서 시인은 학문에 대한 열정은 게으른 대신, 공명에 대한 욕심은 여전하니 놀랍다고 말한다. 재미있는 점은 정치적 시련을 겪고 유배를 떠나면서 쓴 시에서 공명에 대한 꿈을 말하고 있다는 것이다. 시인 본인도 그런 자신이 "놀랍"다고 말한다. 그만큼 아직까지도 시인은 환로에 대한 미련과 집착이 강하게 남아 있음을 보여준다. 마지막 미련은 자신에 대한 성찰이다. 흐트러진 머리를 빗고 다듬으면서 벽에 비치는 그림자를 응시한다. 이는 환로에 대한 미련이 남아있는 자신을 스스로 점검하고 새로운 마음가짐을 가져보겠다는 시인의 다짐이기도 하다. 이처럼 출사에 대한 미련을 보이는 시는 여럿 보인다. 예컨대 앞장에서도 언급한 "대성에는 지금도 모두가 거유인데/ 이 몸은 홀로 귀양 와서 길게 탄식 하는구나(臺省如今盡巨儒, 小生流落獨長吁),"[28] "그는 절제사가 되어 철성으로 향했지만/ 나는 오히려 탄핵받아 순천으로 귀양 왔지(初爲節制向鐵城, 却被彈劾流昇平)"[29]와 같은 것들이 그것이다. 동료들은 모두 환로에 있으면서 관료로서의 포부를 실현하고 있는데, 본인만 그렇지 못하다는 내용이 주를 이룬다. 이러한 표현의 내면에는 환로에 대한 미련이 아직 강하게 남아 있음을 보여준다. 다음 글에는 이 같은 시인의 내면 상태가 잘 나타나 있다.

> 홍무 19년 정묘년(1387, 우왕 13) 봄에 나는 판전교 벼슬을 하며 송도에 있었다. 어느 날 지금의 우상시右常侍 벼슬을 하고 있는 무송 윤공과 더불어 산사에서 함께 자게 되었다. 그날 밤 꿈에 어떤 이인異人이 나타

---

28) 李種學, 『麟齋遺稿』, 「南行錄」, <卽事>.

29) 李種學, 『麟齋遺稿』, 「南行錄」, <有懷三畏堂>.

나 내게 말하기를 "이 절 북쪽에 재상대가 있는데 자네가 오를 곳일 세." 하고는 나를 이끌어 이른바 재상대 위로 데리고 갔다. 이에 내가 사방을 둘러보니, 기름진 들판이 한없이 넓게 펼쳐져 있는데 구름이 일어 비가 내리고 있었다. 농부들이 함께 오가고 있었는데, 어떤 이는 소를 끌고 어떤 이는 말을 먹이며 바야흐로 봄 농사가 한창이었다. 이인이 나에게 말하기를 "자네는 이 광경을 시로 지을 수 있겠는가?" 하므로 내가 "못 하겠소." 하니, 이인이 억지로 권하였다. 내가 어쩔 수 없어 오언율시 한 편을 지어서 보여 주니, 이인은 "묘하게 잘 지은 시로군. 내가 이 시를 보니 자네는 틀림없이 재상이 될 걸세." 하였다. 그 말이 채 끝나기도 전에 꿈에서 깨고 말았다.

꿈속에서 지은 시를 더듬어 보니, "빗방울 떨어져 쟁기질을 재촉하고, 구름은 너른 들판을 덮어 오누나."라는 두 구절만 기억나고 나머지는 모두 잊어버렸다. 이에 윤공에게 그 두 구절을 마치 평소 재상대에 올라서 읊조렸던 것처럼 외워 읊조렸다. 그것을 들은 윤공은 "그 시에는 대인의 기상이 있어 참으로 시를 잘 짓는 사람이라도 감히 흉내내지 못할 걸세."라고 하였다. 내가 "공께서는 그걸 어떻게 아셨습니까?" 하니, 윤공은 "대개 구름과 비는 능히 만물을 윤택하게 하는 것이고, 높다란 누대는 또한 뭇사람이 우러러보는 것일세. 자네가 누대에 올랐을 때 마침 구름이 일어 비가 내리는데 이런 시를 지었으니, 자네는 장차 묘당에 올라 생민들을 윤택하게 할 걸세. 이 시가 바로 그 조짐이지. 이 시는 후일의 예언임에 의심할 여지가 없네." 하였다. 윤공의 말씀은 꿈에 본 이인의 말과 같으니, 윤공 또한 기이하지 않은가. 이듬해 봄에 대언이 되었다가 여름에 지신사로 옮겼고, 겨울에는 제학에 임명되었다. 비록 백성들을 윤택하게 한 공로는 없었다 할지라도 윤공이 했던 말이 차츰 증명되기 시작하였다.

기사년(1389, 공양왕 1) 겨울 동짓달에 수 문하시중 완산 이 아무개가 아무개들과 더불어 힘써 대의를 내세우며 신씨를 내쫓고 왕실을 부흥시켰다. 실로 삼한을 다시 처음으로 돌려놓기는 하였으나, 나 종학은 성질이 곧은 까닭에 사문의 용납을 받지 못하고 남해의 바닷가로 멀리 귀양을 가게 되었다. 윤공께서 한 말이 처음에는 조금 맞는 듯하다가 마침내 이렇게 된 것은 어째서일까? 나는 실로 이를 슬퍼하며 다시는 높은 벼슬에 오르려는 바람을 갖지 않았는데, 어젯밤에 또 전에 꾸었던 꿈을 꾸었다. 나는 실로 기이하게 여기며 한 수의 시를 기록하여 훗날 잊어버릴 경우에 대비한다.[30]

위의 글은 「남행록」에 실린 45번째 시이다. 시제가 곧 작시의 상황까지 설명해주는 병서幷序의 역할까지 아우르고 있다. 시를 직접 지은 때는 1389년 12월 유배 도중이지만, 작시의 배경은 1387년 봄으로 거슬러 올라간다. 그 해 어느 봄날에 이종학은 윤공이라는 인물과 산에 오른다. 여기 윤공은 고려후기의 문인 윤소종尹紹宗(1345-1393)을 지칭한다. 이종학은 밤에 잠을 자다가 꿈을 꾸게 되었는데, 어떤 도인이 나타나 이종학을 이끌고 재상대 위로 데리고 갔다. 그곳에서 내려다보니 드넓은 벌판에서 농부들이 봄농사에 열심이었다. 도인이 이종학에게 이 광경을 시로 지을 것을 권하여 오언율시 한 수를

---

30) 李種學, 『麟齋遺稿』, 「南行錄」, <洪武十九年, 丁卯之春, 予以判典校在松都, 一日 與今右常侍茂松尹公 同宿山寺. 夢一異人來語予曰, '寺北有宰相臺, 子所登也.', 道 予至其所謂臺上, 余於是縱目四顧, 沃野千里, 雲興雨作, 農夫田父, 提携往來, 或牽 牛, 或放馬, 春事方輿焉. 異人謂余曰, '子能賦此乎?', 余曰'不能.', 異人强之. 余不 得已, 乃作五言四韻詩以示之, 異人曰, '妙哉! 予觀此詩, 子必爲宰臣者矣.', 言未訖 而夢已覺矣. 追念夢中之作唯記, '雨催一犁去, 雲含大野來'十字, 而餘皆忘也. 於是 爲茂松誦十字, 若平日登臺之時, 所嘗吟詠也, 茂松聞之曰, '此詩有大人氣象, 固非工 於詩者, 所敢勞驁也.'. 余曰, '公何以知之?', 茂松曰, '盖雲雨者, 能潤萬物, 而高臺 者, 又衆所瞻仰也. 子之登臨, 適當雲雨之興而賦此詩, 子將登廟堂, 而澤生民, 此其 兆矣. 此詩爲他日之識無疑也.', 茂松之言, 與夢見異人同, 茂松亦異哉! 明年春, 拜代 言, 夏移知申事, 冬拜提學, 雖未有澤民之功, 而茂松之言稍始驗矣. 己巳冬十一月, 守門下侍中完山李與某某力陳大義, 黜辛氏, 復興王室. 實三韓之再初也, 而種學以性 直, 不見容於斯文, 遠竄南海之濱, 尹公之言, 始以稍驗, 而終乃如此何也? 余實悲之, 無復有飛騰之望, 於去夜又得前夢, 余實異之, 乃錄爲一首, 以爲他日之備忘云.>. 이 시는 『한국문집총간』에 실린 『인재유고』에는 落張으로 되어 있지만, 『국역 인재유고』에 부록으로 실린 교감표점에는 온전하게 실려 전한다. 한국문집총간본은 국립중앙도서관 소장본 『인재유고』를 저본으로 하였는데, 중앙도서관본이 결락되어 있기 때문에 그 부분을 종손 李海瀋氏가 소장하고 있는 온전히 보전된 판본을 가져다가 결락된 부분을 보충한 것이다. 이상에 대한 사항은 『국역 인재유고』, 213면, 「범례」를 참조할 것.

짓게 되었고, 시를 읽은 도인은 재상의 기상이 있다고 칭찬했다는 것
이다. 꿈에서 깨어난 후 옆에 있던 윤소종에게 그 시의 한 구절을 들
려주었더니 윤소종 역시 앞으로 재상이 되어 백성들의 삶을 윤택하게
할 기상이 보인다고 하였다. 이 일이 있은 후 1년 뒤인 1388년에 과
연 대언, 지신사, 제학을 역임하게 되어 도인이나 윤소종의 언급이
현실화되는 것처럼 보였는데, 이제 먼 남쪽 바닷가로 귀양을 가게 되
었으니 어찌 된 영문이냐고 스스로 자문하고 있다. 이종학은 실로 이
를 슬퍼하며 다시는 높은 벼슬에 오르려는 바람을 갖지 않고자 결심
하였는데, 어젯밤에 또다시 전에 꾸었던 꿈을 꾸었다며 이를 경계하
기 위해 시를 쓴다고 말하고 있다. 여기서 유의할 사항은 재상이 되
는 꿈을 반복해서 꾸고 있다는 점이다. 유배 도중에도 2년 전에 꾸었
던 꿈을 다시 꾸었다는 것은 재상에 오르고자 하는 이종학의 기대가
변하지 않았음을 말해준다. 물론 시인 본인은 스스로를 경계하고 잊
지 않기 위해 시를 짓는다고 언급하고 있지만, 이는 역으로 환로에
대한 미련이 아직도 많이 남아 있음을 보여주는 것이기도 하다. 이러
한 미련은 해배에 대한 기대와 희망으로 표출되기도 한다.

길 가다가

절기가 동짓날을 지나가려니	節候過冬至
천심이 발양하려 하네	天心欲發揚
눈 녹으니 진흙 길이 금세 축축해지고	雪融泥乍濕
구름이 걷히자 해가 바야흐로 길어지는구나	雲卷日初長
만물이 조화될 날 머지않아 오리니	交泰應非久
나뉘어 헤어짐도 상심할 일은 아닐세	分離不足傷
남녘 고을은 따스하다고 알려진 데다	南洲稱地暖
지금은 봄조차 가까이 다가오고 있으니	況復近春光31)

---

31) 李種學, 『麟齋遺稿』, 「南行錄」, <途中>.

인용시를 쓴 시점은 1389년 12월 17일 이전이며, 장소는 지금의 충청남도 연기군 전의면에 있었던 금지역金池驛 부근이었을 것으로 추정된다.32) 제2구의 "천심이 발양하려"한다는 말은 절기가 동지를 지나서 양의 기운이 점차 커져 추위가 가고 따뜻한 기운이 찾아오게 될 것이라는 의미다. 여기에서 '따뜻한 기운'이란 문자 그대로 봄의 기운을 의미하기도 하지만, 유배의 몸인 시인의 입장에서는 해배, 더 나아가서는 관직에의 복귀 등을 염원한다는 의미로 해석할 수도 있다. 이런 의미로 보면 함련의 "구름이 걷히자 해가 바야흐로 길어"진다는 것 또한 "구름"은 나쁜 재앙의 상태, 또는 시련의 상태를 의미하고, 해는 광명한 기운 즉 희망찬 앞날을 상징한다고 볼 수 있다. 이같은 해배에 대한 희망과 기대는 경련에서도 계속되어 시인은 "만물이 조화될 날 머지않아" 올 것이라 하면서, 따라서 가족·친구들과 헤어진 지금의 "나뉘어 헤어짐도 상심할 일은" 아니라고 스스로 위로하고 있다. 생각이 여기까지 미치자 시인의 가슴은 더욱 희망으로 차오르게 된다. 마지막 미련은 귀양가는 사람이 지은 시구라고 믿어지지 않을 정도로 긍정과 희망으로 가득차 있다. 유배지인 남녘의 마을은 따뜻하다고 알려져 있고, 게다가 이제 봄이 가까이 오고 있으니 걱정할 것이 없다는 것이다. 여기에서 봄이 다가온다는 말은 단순히 날씨가 따뜻해진다는 정도의 의미가 아니라 인생의 봄을 의미하니, 즉 미래에 대한 희망과 기대를 말하는 것이다. 하지만 유배지에 도착하고 유배의 기간이 길어질수록 희망과 기대는 점점 사라져가고, 자신의 억울함을 하늘에 호소하거나 또는 자신을 돌아보며, 특히 자신의 기질에 대해 후회하고 반성하는 내용으로 시의 내용이 전환된다. 다음 시를 보자.

---

32) 「남행록」에서 인용시의 바로 앞에 배치된 시가 <금지역에서 짓다[金池驛作]>이며, 인용시의 바로 다음에 배치된 시는 <17일 새벽에 읊다[十七日曉吟]>이므로 인용시는 12월 17일 이전, 금지역 근처에서 지어진 것이 된다. 1구의 "節候過冬至"는 동지가 지났다는 의미 보다는 절기상 동지가 지날 무렵이라는 의미로 해석하는 것이 좋을 듯하다.

즉사

적적한 띳집에 밤이 어두침침한데	茅齋寂寂夜沈沈
이렇게 귀양 온 길손의 심정을 누가 알랴	誰識如今作客心
달 그림자 차려 할 때 창 밑에 서 있고	月影將中窓下立
등잔 불꽃 떨어질 때 베갯머리에서 읊조리네	燈花欲落枕邊吟
몸이 한가하니 시름 더해짐을 알기가 쉽고	身閑易識愁添緒
어버이 늙으시니 옷깃 가득한 눈물 가누기 어렵네	親老難禁淚滿襟
아직도 머리 위 하늘엔 천도가 있어	頭上從來天道在
인정의 비뚤어짐을 굽어보고 계신다네	人情邪曲自監臨33)

위 시는 유배지인 순천에 도착하여 생활하던 중 1389년 2월 중
순 무렵 지은 것이다.34) 제1구의 "적적한 띳집"은 물론 유배지에서
이종학이 기거했던 집을 지칭한다. 서울에서 죄를 입고 온 것이기에
아무도 찾아 주는 이가 없다. 그래서 띳집은 적막하기만 하고, 시인
은 마음을 나눌 사람이 하나도 없다. 밤은 깊었지만 잠은 오지 않고
베갯머리에서 그저 시를 읊조릴 뿐이다. 가장 먼저 드는 생각은 유배
중인 부친과 서울에 계신 늙으신 모친이다. 당시 목은의 장남, 즉 이
종학의 백씨인 이종덕李種德(1350-1388)은 이미 세상을 하직한 상태
였고,35) 동생인 이종선李種善(1368-1438)만이 모친과 함께 있었던 것

---

33) 李種學, 『麟齋遺稿』, 「南行錄」, <卽事>.

34) 인용시의 앞부분에 「8일 새벽에 읊다[初八日曉吟]」라는 시가 보이고, 인용시의 바로
다음에는 「식후에[食後]」라는 시가 보이는데, 거기에 "때는 바야흐로 순천 땅의 이월
이로다(政是平陽二月時)"라는 구절이 있다. 또한 그 다음에 있는 시에 「14일 이른 아
침에 지난밤 내린 큰 눈을 읊다[十四日早吟去夜有大雪]」라는 말로 보아 인용시는 2
월 8일에서 14일 사이의 중순 무렵에 작시된 것으로 추정된다.

35) 한산이씨 문중의 인터넷 족보인 『한산이씨 뿌리정보』에 의하면 이종덕은 1388년 이성
계가 위화도회군을 단행한 뒤 禑王을 폐위시켜 귀양 보내고 崔瑩을 죽이는 과정에서
그 부당함을 꾸짖으며 반대하다가 소인배들의 노여움을 받아 투옥되어 杖刑을 받고 죽
은 것으로 되어 있다. 이상에 대한 사항은 『한산이씨 뿌리정보』(www.hansanlee.
or.kr)를 참조할 것.

같다. 따라서 부친이 부재중인 상황에서 시인은 어머니에 대한 걱정으로 "옷깃 가득" 눈물이 쏟아진 것이다. 마지막 미련은 이 시의 핵심으로 시인은 천도가 여전히 존재하여 "인정의 비뚤어짐을 굽어보고"있다고 말한다. 이 말의 의미는 작금의 정치 현실은 비뚤어졌지만 [邪曲], 천도가 살아있기 때문에 언젠가는 사필귀정事必歸正하게 될 것이라는 말이다. 유배의 부당함과 억울함을 하늘에 호소하고 있는 것이다. 이러한 현상은 다른 시에서도 종종 보이는바, 예컨대 "고개 숙여 생각하며 운명이려니 하다가도/ 이것이 어찌 하늘의 본심일까 싶네(低頭知有命, 豈是上天心)"36)와 같은 시에서도 자신이 현재 당하는 정치적 시련이 결코 하늘의 본심은 아니라고 항변하고 있다. 여기 하늘의 본심이 아니라는 말은 부당하게 고난을 겪고 있다는 의미로 해석된다. 유배 생활이 길어지자 나타난 현상 가운데 하늘에 호소하는 것 외에도 자신의 기질을 돌아보고 스스로에 대해 굳게 다짐하는 시들도 보인다.

실제失題

나의 천성은 본래 우활하고 게으른데	我性本疎慵
잇속에 약삭빠른 말을 하려 들겠나	出言肯趨利
현인을 보면 나도 닮아지려고 생각해서	見賢却思齊
의심을 품거나 시기한 적이 없었네	何曾有疑忌
이로 인해 도리어 배척을 당했으나	以此返見斥
마음속엔 조금도 부끄러움이 없노라	中心無少愧
세상일이란 위태로운 경우가 많고	世事多傾危
아첨하기 십상인 게 인지상정이네	人情足諂媚
윗대의 일은 이미 멀어졌는데	上世旣遠矣
이러니저러니 따지는 말이 어지럽네	紛紛多物議

---

36) 李種學, 『麟齋遺稿』, 「南遷常山錄」, <初六日寄呈韓州李金兩判事>.

대체 누가 그르고 누가 옳다는 건지	孰非定孰是
하늘을 우러러 때때로 한숨을 내뱉네	仰天時一喟
시를 지어 좌우명을 삼노니	題詩爲座銘
삼가 처음 세운 뜻을 저버리지 말지라	慎勿負初志[37]

  인용시에서는 시인이 본인의 천성과 기질을 말하면서 동시에 자신이 옳다는 확신을 다짐하고 있다. 시인은 자신의 천성이 본래 "우활하고 게으르"다고 말한다. 우활하다는 것은 현실적이지 못하거나 현실감이 떨어진다는 말이다. 그러니 이익을 위해 "약삭빠른 말"은 해본 적이 없다. 3-4구는 평소 옛 현인을 닮고자 생활했기에 남을 의심하거나 시기한 적이 없었다는 것이다. 하지만 그로 인해 도리어 남들에게 배척을 당했고 유배라는 시련을 겪기까지 이르렀으나 "마음속엔 조금도 부끄러움이 없"다고 자신한다. 하지만 "세상일이란 위태로운 경우가 많고", 남들에게 "아첨하기 십상인 게 인지상정"이다. 그러므로 권력자에게 아첨하지 못하고 본인이 옳다고 생각되는 길을 걸었기에 지금의 고난이 있다는 것이다. 세상 사람들은 이를 두고 "이러니저러니 따지는 말이 어지럽"지만, 시인은 "누가 그르고 누가 옳"은 것인지에 대한 신념이 확실하다. 그러나 세상 사람들은 권력자의 편에 있기 때문에 아무도 알아주는 사람은 없어 "하늘을 우러러 때때로 한숨을 내뱉"을 뿐이다. 마지막 13-14구는 외부의 시련에 흔들리지 말고 계속해서 본인이 옳다고 생각하는 길을 걸어가겠다는 시인 스스로의 다짐이자 결단이다. 시를 지어서 좌우명을 삼아 "처음 세운 뜻을 저버리지 말"자는 것이다. 이 시를 작시한 이유가 바로 거기에 있다는 것이다.

---

37) 李種學, 『麟齋遺稿』, 「南行錄」, <失題>. 이 시 역시 앞의 각주 30) 시와 마찬가지로 『한국문집총간』에는 결락이 되어 일부만 실려 있지만, 『국역 인재유고』에는 온전한 형태로 교감이 되어 있기 때문에 본고에서는 국역본을 따랐음을 밝혀둔다.

길 가다가 감회가 있어

나의 삶은 미치광이 같고 망령됨이 심하여	吾生狂妄甚
언행이 매번 시대와 거슬렸네	言動每違時
떠도는 유배 길에 어버이 생각은 갑절로 간절하고	漂泊思親倍
험난한 길 가자니 도성 떠나는 발걸음 더디네	艱危去國遲
시름을 잊자면 술을 찾아야 하고	遣愁須覓酒
속마음을 말하니 바로 시가 이루어지네	言志卽成詩
나그네 길에 끝없이 떠오르는 생각들은	客裏無窮意
언제까지고 나 혼자만 알고 있을 뿐	悠悠只自知38)

인용시에서 시인은 자신의 삶을 "미치광이 같고 망령됨[狂妄]이 심하"다고 하면서 그 때문에 "언행이 매번 시대와 거슬"리게 되었다고 말한다. 결국은 세상의 일반적인 흐름에 역행하는 길을 택한 것도 자신의 기질 때문이었다는 것이다. 이종학의 이 같은 고백은 그리 과장되지 않은 말 같다. 이종학뿐만 아니라 그의 형인 이종덕 역시 전술한 바대로 위화도회군 이후의 정치 상황 속에서 어찌보면 다른 선택을 할 수 있었음에도 소신 있는 발언을 하다가 투옥과 죽음을 맞이한 측면이 있다. 이종학의 경우에도 본인이 노력했다면 그의 동생 이종선이나 절친한 벗인 정총의 경우처럼 신왕조에 가담하여 벼슬을 했을 수도 있었을 것이고, 그렇다고 그것이 결코 비난받거나 잘못된 행동이라고 정죄될 수 없는 일이었다. 당장 고려왕조가 망하기 직전까지도 목은과 정치적 노선을 함께했던 권근이나 하륜 같은 이들도 조선조 개국 이후에는 신왕조에 가담하여 활발하게 활동했기 때문이다. 하지만 이종학은 끝까지 정치적으로 이성계와 맞서는 삶을 살다가 죽음을 맞이하였다. 이 같은 관점에서 보면 시인 스스로 말한 "미치광

---

38) 李種學, 『麟齋遺稿』, 「南行錄」, <途中有感>.

이 같고 망령됨[狂妄]"이 아주 과장된 말은 아니라고 할 수 있다. 좀 더 긍정적인 단어로 말하자면 "광망" 보다는 "용기" 또는 "호기"라고 표현하는 것이 좋을 듯하다. 하지만 시인 역시 현실을 거스르거나 현실과 맞서 싸우는 것은 결코 쉬운 일은 아니었다. 이때 시인이 선택한 방법은 술과 시였다. 5-6구의 "시름을 잊자면 술을 찾아야 하고/속마음을 말하니 바로 시가 이루어지네"라는 말은 시인이 시름을 잊기 위해[遣愁] 술을 마셨고, 회포를 풀 사람이 아무도 없는 상황 속에서 속 마음을 말하기 위해[言志] 시를 썼다는 것을 보여준다. 이와 같이 외롭고 고독한 상황 속에서, 또한 홀로 어쩔 수없는 현실의 거대한 장벽 앞에서, 시인은 슬픔을 토로하고 시절을 잘 만나야 된다는 한탄에 이르게 된다.

절구

온종일 몇 수의 시를 읊조리노라면	終日吟成數首詩
인정과 세상의 도리 모두 슬픔인 것 견뎌야하네	人情世道兩堪悲
고적한 등불 밝힌 한밤에 잠을 이루지 못하고	孤燈半夜還無夢
학자는 때를 잘 알아야 함을 바야흐로 알겠노라	學者方知要識時[39]

시인은 하루 종일 시를 읊조린다. 시를 읊조리다 보면 세상사와 세상 인정이 모두 슬픔뿐인 것을 알게 된다. 한밤중까지 시를 쓰면서 등불을 밝히고 잠 못 이루다보면, 학자는 때를 잘 알아야 함을 깨닫게 된다. 공자 이래로 나라에 도가 있으면 나아가 벼슬을 하고, 도가 없으면 물러나 은거해야 하는 것[40]이 유가의 출처관이다. 그렇다면 선비의 출처에 있어서 핵심은 나라에 도가 있는지 없는지를 판단하는 것이 된다. 그래서 시인은 학자는 때를 잘 알아야 한다고 말한 것이

---

39) 李種學, 『麟齋遺稿』, 「南行錄」, <絶句>.
40) 『論語』·「衛靈公」. "君子哉, 蘧伯玉. 邦有道則仕, 邦無道, 則可券而懷之."

다. 때를 알아야 한다는 말은 공자 식으로 이야기하면 나라에 도가 실현될 수 있는지 없는지를 잘 판단해야 한다는 의미다. 이종학은 자기의 신념을 굳게 지키며 왕도정치를 실현하려고 했지만, 결과는 실패로 끝나고 유배를 당하게 되었으며 나라의 운명은 한 치 앞을 알 수 없는 백척간두의 상황이 되어 버렸다. 이종학은 당대當代를 "방무도邦無道"의 상황으로, 그리고 사도斯道가 회복되지 못하는 암담한 현실로 인식하고 있었다. 다음 시를 보자.

8일 새벽에 읊다

수만 리 먼 하늘에 외로운 기러기 소리가	萬里長空一雁聲
귀양 와 홀로 자는 내 심정을 아는 듯하네	幽人枕上若爲情
한 해가 지나도록 서울 소식은 감감하고	經年洛下信從絶
한밤 외로운 신세에 시름이 절로 이는구나	半夜天涯愁自生
맑은 세상에서 비방을 받으니 스스로 부끄럽지만	自愧淸時還得謗
훗날 나도 이름을 남기게 될는지 어찌 알겠는가	那知異日亦留名
시비가 예전에는 참다운 공론에 따라 그쳤거늘	是非終古眞公論
사도斯道는 어느 해에나 다시금 크게 형통할까	斯道何年更泰亨41)

유배지에서 하루하루를 쓸쓸하게 보내는 시인에게 친구라곤 수만 리 창공을 날아온 기러기밖에 없다. 기러기 울음소리를 듣자니 시인의 답답한 심정을 알고 있다는 듯, 마치 시인에게 말을 걸어오는 듯하다. 유배지에서 해는 바뀌어 새해를 맞이했지만, 서울로부터 반가운 소식은 들려오지 않고, 시름만 더 깊어갈 뿐이다. 경련에서 시인은, 지금은 비록 세상 사람들에게 비방을 받는 몸이지만, 훗날엔 의로운 이름으로 기억될지 알 수 없는 일이라고 자위하고 있다. 마지막 미련은 시인의 현실인식을 잘 보여주고 있는데, 예전에는 시비是非

---

41) 李種學, 『麟齋遺稿』, 「南行錄」, <初八日曉吟>.

가 일어나도 공론公論에 따라 그치곤 하였는데, 요즈음은 그렇지 못하니 사도斯道는 어느 때에야 회복이 되겠느냐는 것이다. 이 말의 저의底意는 본인이 당하고 있는 정치적인 시련이 옳지 못하다는 의미이며, 좀 더 확대 해석하자면 앞에서 이야기한 "방무도邦無道"의 상황을 지칭하는 것이다. 나라에 도가 없는 상황인데도 지금까지 벼슬을 했으니, 유가의 선비로서 부끄러운 일이다. 그래서 시인은 지금까지 살아온 삶을 반추하며 반성하는 시간을 갖는다.

22일에

아무 하는 일 없이 세월만 보내고   悠悠空送日
말없이 하늘을 향해 호소만 할 뿐   默默但呼天
봉새는 천 길 높은 하늘로 날아가고   鳳鳥飛千仞
신룡은 깊은 물속에서 잠자고 있네   神龍蟄九淵
명리에 분주했던 나 스스로를 뉘우쳐보지만   馳名方自悔
의리를 중시했던 나는 누가 가엾게 여겨줄까   重義有誰怜
출처에 있어서 마음속으로 미혹되어 잘못했지만 出處迷心曲
옛 어진 이들 사모하는 일이야 해낼 수 있지   猶堪慕古賢[42]

인용시는 1390년 1월 22일에 지은 것이다. 이종학은 전년도인 1389년 12월 8일에 개경을 떠나 유배에 오른 뒤 1390년 1월 15일 즈음에 유배지인 순천에 도착한 것으로 보인다.[43] 유배지에서의 생활은 "아무 하는 일 없이 세월만 보"낼 정도로 지루하고 따분한 생활

---

42) 李種學, 『麟齋遺稿』, 「南行錄」, <二十二日>.

43) 1월 15일에 지은 시 「十五日」에 "승평에서 찰밥을 배불리 먹고(飽喫昇平粘飯)"라는 구절이 보이는데, 여기 "昇平"은 전남 순천의 옛이름이다. 1월 7일에 지은 시에 「7일에 선원사에 묵다. 고선달과 양진사가 뒤늦게 위로하다[初七日宿禪院寺高先達梁進士追慰]」라고 되어 있는데, 여기 "禪院寺"는 전라북도 남원 인근의 절이므로, 남원과 순천의 거리를 감안하면 이종학이 순천에 도착한 시점은 1월 15일이 거의 다 되었을 무렵으로 추정된다.

이었다. 2구의 "말없이 하늘을 향해 호소만" 하는 것은 해가 바뀌었음에도 해배의 소식이 없자 막막한 현실의 장벽 앞에서 하늘에 호소라도 한다는 의미이다. 이 시의 주제는 후반부인 경련과 미련에 있다. 5−6구 "명리에 분주했던 나 스스로를 뉘우쳐보지만/ 의리를 중시했던 나는 누가 가엾게 여겨줄까(馳名方自悔, 重義有誰怜)"에서 명리에 분주했던 자신을 뉘우친다는 말은 지금까지 정신없이 분주하게만 살아왔던 환로에 대하여 후회하고 탄식한다는 의미이다. 자신은 나름대로의 정치 철학과 소신을 가지고 살아왔고, 특히 의리를 중시하기에 망해가는 왕조에 끝까지 충성을 다하고 있지만, 그 결과는 유배라는 참담한 현실이었다. 이 같은 일이 벌어지게 된 것은 궁극적으로 나라에 도가 없는 상태임에도 욕심을 부리고 환로에 계속 있었기 때문이었다. 그래서 시인은 마지막 7−8구에서 "출처에 있어서 마음속으로 미혹되어 잘못했지만/ 옛 어진 이들 사모하는 일이야 해낼 수 있지(出處迷心曲, 猶堪慕古賢)"라고 하여 사대부의 진퇴 · 출처에 있어서 공자의 가르침대로 하지 못한 부분을 자성하고 있다. 이러한 심적 상태는 1390년 순천 유배에서 해배 된 이후에는 더욱 강해져 이후 1391년 기록된 「관동록關東錄」과 「남천상산록南遷常山錄」에 수록된 시편들에서는 환로에 대한 미련이 없어지고 자연에 귀의하려는 경향이 점점 강해지게 된다. 가령 강원도 강릉 북쪽에 있었던 연곡역連谷驛을 방문하고 지은 시에서는, "이제 강산을 마음껏 구경하고 나니/ 예전의 명리가 내 마음을 놀라게 하네/ 오래도록 별 탈이 없게 된다면/ 다시 한번 푸른 바닷가를 찾아오리라(江山今縱意, 名利昔驚心, 若得長無事, 重來碧海潯)"[44]라고 하여 예전에 추구했던 명리에 마음이 깜짝 놀랄 정도로 세속과 환로에 거리를 두는 모습을 보여주고 있다. 이와 같이 자연에 귀의하려는 모습은 다음 시에 매우 자세히 그려져 있다.

---

44) 李種學, 『麟齋遺稿』, 「關東錄」, <連谷驛>.

19일 새벽에 일어나 꿈을 적다

전라도와 인접한 평천 땅에	全羅交界是平川
쓸쓸한 띳집은 대나무로 서까래를 얹었네	茅舍蕭條竹作椽
도적이 두려워 밤늦도록 잠 못 이루나	半夜無眠因畏盜
평생에 세운 뜻은 성현을 본받는 것이었네	平生立志在希賢
이 세상은 잠깐 사이에 고금이 되고	乾坤俯仰成今古
명리의 부침에는 다만 앞뒤가 있을 뿐	名利升沈但後先
풀려나 돌아가게 되더라도 벼슬은 그만두고	縱得賜環將乞退
주경야독하며 초야에서 늙으리라	朝耕夜讀老林泉45)

위의 시는 1389년 12월 19일 유배지로 가는 도중에 평천平川에
서 지은 것이다. 평천은 지금의 충청남도 논산시 연산면에 있었던 역
이름이다. 수련에 나온 것처럼 이곳은 전라북도 익산과 인접한 지역
이다. 시인은 함련에서 "평생에 세운 뜻은 성현을 본받는 것"이었지
만, 나라의 죄인이 되어 유배를 가게 되었다고 자탄한다. 생각해보니
"이 세상은 잠깐 사이에" 고古가 금今으로 바뀌게 되고, "명리의 부침
에는 다만 앞뒤가 있을 뿐"이다. 그만큼 세속의 명리名利는 허무하고
일회적이어서 추구할 가치가 없다는 말이다. 그리고 그같은 명리만을
쫓았던 지금까지의 삶이 후회스러울 뿐이다. 급기야 시인은 마지막
미련에서 "풀려나 돌아가게 되더라도 벼슬"을 그만두겠다고 선언한
다. "주경야독하며" 학문에 몰두한 채 "초야에서 늙"겠다는 것이다.
그만큼 환로에 대한 혐오가 커졌고, 자연으로 돌아가려는 열망이 가
득하다는 의미다. 물론 시인의 이 같은 희망은 실현되지 못하고 해배
후에도 정계에 남아 있다가 고려왕조와 운명을 함께했지만, 이러한
언급이 과장되거나 거짓은 아니었다. 왜냐하면 순천 유배에서 풀려난

---

45) 李種學, 『麟齋遺稿』, 「南行錄」, <十九日曉起紀夢>.

후에 강원도 오대산·경포대 등 관동 지방을 유람하며 시를 썼기 때문이다. 이는 이종학이 자연으로 돌아가려는 의지를 실천하지는 못했지만, 적어도 그같은 희망이 마음속에 있었음을 보여주는 것이다. 자연으로 돌아가기에는 당대의 정치현실이 너무나 급박했고, 또 부친인 목은을 보좌해야 하는 막중한 임무가 있었던 것이다. 전라도 순천이나 그 후 있었던 충청도 진천의 유배 생활은 정신적인 측면에서 고통스러웠을 뿐만 아니라 경제적으로도 힘든 생활이었다. 심지어 시를 쓸 붓과 먹이나 종이조차도 없어 구걸해야 할 지경이었다. 다음 시를 보자.

향교의 생도들에게 붓을 구걸하는 시를 지어 부치다

새로 시를 지어 써서 벗에게 부치려 하나	欲寫新詩寄故人
털 빠지고 모지라진 붓마저 사라져 버렸네	摧頹毛穎已藏身
그대에게 청하노니 깃대 같은 붓 좀 보내 주게나	請君須送如杠者
남은 힘만으로도 변방의 티끌 잠재울 수 있다네	餘力猶堪靜塞塵46)

위 시는 진천 유배 시절 쓴 것이다. 향교의 여러 유생들에게 붓을 구걸하고 있다. 1-2구에는 새로 시를 써서 친구에게 부치려 했는데, "털 빠지고 모지라진 붓마저" 어디로 갔는지 사라져 버렸다는 것이다. 그래서 향교의 유생에게 "깃대 같은 붓"을 좀 보내달라고 부탁하고 있다. 인용시는 붓 대신에 댓가지로 억지로 쓴 것이었다. 하지만 부탁을 받은 유생들은 아무도 반응이 없었다. 다만 그 지역의 관리인 태수만이 소식을 듣고 붓 한 자루, 먹 한 개, 두루마리 종이 한권을 보내왔다. 다음 글을 보자.

---

46) 李種學, 『麟齋遺稿』附錄, <寄呈鄕校諸生乞筆>.

내가 쫓겨난 뒤로 사람들이 모두 팔을 뿌리치며 등을 돌렸다. 나와 상종하는 것이라고는 오직 모지라진 붓 한두 자루뿐이었다. 이제는 그것마저 잃어, 가슴속에 응어리진 심정을 장차 무엇으로 옮겨 쓸 것인가. 절구 한 수를 짓고는 댓가지로 붓을 삼아 써서 생도들에게 보여 주었으니, 대개 새 붓을 얻고자 해서였다. 그런데 생도들은 아무도 반응이 없고 태수로 있던 이공만이 그 시를 듣고는 즉시 붓 한 자루, 먹 한 개, 두루마리 종이 한 권을 돌아오는 사람 편에 보내 주었다. 그가 나를 아끼는 것이 어찌 다만 붓을 상종하는 것으로 끝나겠는가. 나도 이제부터는 등을 돌리지 않는 사람을 얻게 된 것이다. 비록 그렇기는 하나 시구절이나 다듬는 하찮은 일이 어찌 능히 풍속의 교화에 도움이 되겠는가. 그저 훼방이나 불러들이기에 알맞을 뿐이므로, 그대로 이 일을 기록해 둔다.[47)

이 글은 위의 인용시에 딸린 병서 형식의 글이다. 글을 살펴보면 유배 이후로 모든 사람이 이종학에게 등을 돌렸던 것 같다. 그야말로 냉혹한 염량세태炎凉世態의 세상인심이었다. 이종학의 곁을 지켜준 것은 오로지 붓 한두 자루뿐이었다. 하지만 이마저 닳아빠져서 쓸 수가 없게 되었다. 붓은 이종학에게 단순히 문방구文房具가 아니라 가슴 속에 응어리진 심정[壹結之情]을 풀어주는 유일한 수단이었다. 하지만 붓을 살만한 여유가 없었기에 마을의 유생들에게 도움을 요청한 것이었다. 당시 이종학의 경제적인 상태는 붓 한 자루 사지 못할 정도로 처량하리만큼 어려웠다는 것을 알 수 있다. 물질적·정신적인 극한의 고통이었다. 자존심을 다 버리고 붓을 요청했지만, 유생들의 반응은 냉담했다. 아무도 붓을 보내오지 않은 것이다. 아마도 붓을 구걸했을

---

47) 李種學, 『麟齋遺稿』 附錄, <寄呈鄕校諸生乞筆>. "自予遭放逐, 人皆掉臂而背馳, 相從者唯敗筆一二枚耳. 今又失之, 壹結之情, 將與誰而輸寫哉? 吟得絶句, 以竹枝爲筆而書之, 以示諸生, 蓋欲得新筆也. 諸生皆無答也, 太守李公聞其詩, 卽以筆一枚墨一丁紙一卷, 付回人而送之. 其愛予也, 豈直筆之相從而已哉? 予亦自是當得不背馳者矣. 雖然鉛槧微功, 豈能有補於風化哉? 適足以招毀謗而已. 仍以志之."

때보다 더 큰 상처를 받았을 것이다. 그때 마을의 관리인 태수가 붓과 먹과 종이를 보내왔다. 이종학은 너무나 감격하여 "그가 나를 아끼는 것이 어찌 다만 붓을 상종하는 것으로 끝나겠는가. 나도 이제부터는 등을 돌리지 않는 사람을 얻게 된 것이다."라고 다소 격앙되고 과장된 감정으로 태수에게 감사하고 있다. 붓 한 자루를 보내왔다고 해서 등을 돌리지 않을 사람을 얻었다고 하는 것은 지나친 해석이다. 그만큼 당시 이종학은 외로웠고 심적으로도 지쳐 있었던 것이다. 사실 이종학은 감수성이 매우 예민하고 문학적인 재주 또한 뛰어난 시인이었다. 아마도 부친인 목은의 문학적인 능력을 그대로 닮았던 것 같다. 예컨대 "땅거미 질 무렵 밥 짓는 연기가 마을에 가득한데/ 텅 빈 마당에 선비 한 사람 홀로 서 있네(薄暮炊煙滿小城, 空庭獨立有書生)"[48] 라든지 "숲 그림자는 바람 따라 비스듬히 눕고(林影隨風偃)"[49] 등과 같은 표현은 묘사가 너무나 뛰어나 이종학의 시인으로서의 재주와 감수성을 유감없이 보여주는 명구이다.

고려말엽이라는 암울한 정치적 상황이 아니었다면, 혹은 계속된 유배와 투옥, 그리고 요절하지만 않았더라면 지금의 『인재유고』보다 훨씬 더 많은 시편들이 전해져 고려후기의 한시사를 풍성하게 했을 것이다. 그의 유배시에 나타난 처완慄惋한 의경과 품격은 단순히 슬픔 또는 애통이라기보다는 삶에 대한 자성과 반추, 후회, 해배에 대한 기대와 절망, 자신의 억울함에 대한 호소, 그리고 유자로서 자신이 옳다고 생각하는 것에 대한 신념, 그 신념을 펼칠 수 없는 시대에 대한 안타까움과 분노, 염량세태의 세속적 가치들에 대한 상처, 연로하신 부모에 대한 걱정, 모든 것을 버리고 자연으로 돌아가고 싶은 희망, 그러나 귀거래할 수 없는 자신의 처지, 붓 한 자루 살 수 없을 만큼의 가난 등 복합적인 여러 가지 요소가 바탕이 된 시적 표출이었다고 할 수 있겠다.

---

48) 李種學, 『麟齋遺稿』, 「南行錄」, <卽事二首>.

49) 李種學, 『麟齋遺稿』, 「關東錄」, <途中>.

4. 결어

인재 이종학의 삶은 고려말엽의 혼란했던 정치 상황과 맞물려 파란만장하였다. 그는 당대의 대학자이자 정치가인 목은 이색의 아들로 태어났으나, 우왕 사후 창왕과 공양왕조에서 목은이 김저 사건과 윤이·이초 사건으로 곤경을 당하자 그 역시 부친과 똑같이 정치적 박해를 받아야만 했다. 또한 그는 포은 정몽주가 선죽교에서 죽음을 당하면서 고려 왕조가 기울어 가자, 순군옥에 투옥되고 함창에 유배되는 등 시련을 겪다가 결국 이배移配 도중 교살당하는 가혹한 운명에 놓이게 되었다. 하지만 고려말엽의 정치사에서 그는 항상 소외당해왔다. 이종학이라는 본인의 이름보다는 평생을 목은의 아들로 일컬어졌고, 또 포은의 충절에 가려져 이종학의 충성과 절개는 그동안 주목받지 못했던 것이 사실이다. 이는 그의 삶만 그러한 것이 아니라 그의 문학도 마찬가지인데, 그가 남긴 상당한 분량의 유배시들은 그 뛰어난 문학성에도 불구하고 그간의 한국한시사에서 언급되지 않거나 혹 언급은 되더라도 비중있게 다뤄지지 않았다. 하지만 한국 유배시의 사적 흐름에서 그의 시는 초기에 등장했던 가장 중요한 작품들 중의 하나인 것으로 생각된다. 본고에서는 이종학의 생애를 재점검해보고, 그가 남긴 유배시의 의경과 문학적 특징들을 살펴보았다. 본고에서 특별히 유배시에 주목한 것은 일단 113제 123수로 이뤄진 『인재유고』의 구성 자체가 대부분 유배시라는 것도 그 이유이지만, 유배시들이 보여주는 문학성이 뛰어났기 때문이다.

이종학은 비록 32살의 짧은 생을 살았지만, 그는 자기의 신념을 굳건하게 지킨 지조있는 학자이자 정치가였다. 문학적인 측면에서 보더라도 그의 시편들은 격조가 뛰어나, 특히 한국 한시사의 사적 전개 과정에서 초기를 대표하는 시들로 자리매김해야 할 것이다. 그의 시에 나타나는 주요 정서는 슬픔과 고독이라고 할 수 있다. 본고에서는 인재시의 이 같은 품격을 처완悽惋으로 규정하고 유배시들의 의경을 살펴보았다. 처완의 품격은 슬픔과 고독을 그 정서적 배경으로 하며, 대체로 유배시에서 자주 나타난다. 이러한 측면에서 보면 인재의 유배시는 유배시의 전형적인 의경을 그대로 계승하고 있다. 하지만 그의 시는 고려말엽 유배시인의 대명사격인 선배 척약재 김구용이나 지기였던 복재 정총과 또 다른 면모를 보여주고, 부친인 목은시와도 다른, 인재시만의 독특한 모습을 가지고 있다. 예컨대 척약재는 유배지의 풍광을 보고 느끼는 즉흥적 감흥에 좀 더 치우쳐 있다면, 복재는 가족에 대한 그리움을 호소한 시들과 타향에서 겪는 쓸쓸한 감정을 다룬 시들이 많다. 인재의 경우에는 척약재나 복재의 특징들이 모두 보인다. 시인으로서의 자질을 볼 때, 인재는 부친인 목은의 문학적 재능을 그대로 이어받았다고 할 수 있다. 만약 정치적 격변기에 희생되지만 않았더라면 『인재유고』는 지금보다 훨씬 더 풍성한 시편들로 구성되었을 것이기에 아쉬운 면이 있다. 하지만 123수의 시들만으로도 그의 문학적 진가를 충분히 살펴볼 수 있으며, 이제는 고려후기 한시사에서 그의 위상과 문학적 의미를 재조명해야 할 것이다.

임춘林椿 시에 나타난 허무의식과 비개미悲慨美

1. 문제제기

문학사에 이름을 남긴 시인들 중에서도 유독 비극적인 삶을 살다간 사람들이 있다. 여기에서 "비극적"이라는 말의 의미는 구체적으로 다음 몇 가지 경우로 나뉜다. 첫째, 자신의 꿈과 포부를 다 펼치지 못했다는 의미다. 이것은 넓은 의미에서 보면 단순히 정치적 불우나 경제적인 궁핍만을 지칭하는 것은 아니고 자신의 이상실현을 이루지 못했음을 말하지만, 그렇게 된 배경이나 실제 시인의 삶을 살펴보면 정치적·경제적 이유가 핵심 사항임을 부인하기 힘들다. 둘째, 수명이 길지 못하고 요절한 경우다. 시인으로서의 문학적 능력이 출중함에도 명이 짧아 그것을 다 발휘하지 못한 것이다. 셋째, 전쟁이나 반란 같은 시대적·외부적 상황에 의해 힘들게 인생을 살다간 경우다. 넷째, 실질적인 문학적 역량이나 성과에 비해 동시대 사람들에게는 저평가 되었다가 후대에 와서야 주목받은 경우다. 다섯째, 타고난 문학적 역량은 탁월하나 미천한 신분으로 출생하여 자신의 재능을 발휘하지 못한 경우다. 위의 다섯 가지 경우 중 어느 한두 가지에 해당되는 사람도 있지만, 드물게는 위의 경우를 여러 개 아우르는 사람도 있다. 그 대표적인 인물로 12세기 후반기에 활동했던 죽림고회의 임춘을 들 수 있다.

임춘은 위의 마지막 경우만 제외하고 나머지 네 가지 모두에 해당된다고 볼 수 있다. 본고에서는 무신란 이후에 펼쳐진 그의 비극적인 삶을 문집[1]에 남아 있는 여러 편의 산문을 통해서 살펴보고, 특히 그의 시에 나타난 허무의식과 미적 특질로서 '비개미悲慨美'를 중심으로 고찰해 보기로 하겠다. 이러한 작업은 12-13세기 문학사의 주요 축이었던 이른바 '죽림고회'의 문학을 이해하는 기반이 될 수 있을 것이다. 특별히 본고에서 '허무의식'과 '비개미'에 주목하고자 하는 이유는 이 두 가지 요소가 임춘 시의 핵심적인 미적 특질이라고 판단했기 때문이다. 달리 말하면 이것이 임춘을 문학사에서 주목할 만한 시인으로 만들어준 핵심 요소라고 할 수 있다. 사실 동서고금의 문학사에서 시인을 평가함에 있어 이 요소는 언제나 빠지지 않는 중요한 기준이었다. 이는 그것이 시의 문학성과 미학적 완성도를 높이는 인자로 작용하기 때문이다.

자고로 천재성을 보여주었던 시인들 중에는 정치적으로 불우하고 경제적으로 가난하며 거기에 요절까지 한 경우가 적지 않다. 그렇다면 시인의 천재성 때문에 불우하고 가난하고 요절하게 된 것인가, 아니면 그 반대로 불우하고 가난하고 요절했기에 천재성이 나타나게 된 것인가를 좀 더 깊이 따져볼 필요가 있다. 사실 이 문제는 시가 사람을 궁하게 만드는 것인지, 아니면 시인이 궁하고 난 후에야 비로소 좋은 시를 창작할 수 있는 것인지에 대한 오래된 담론인 "시능궁인론詩能窮人論"과 "시궁이후공론詩窮而後工論"과도 관련이 되어 있다. 이 질문은 물론 쉽게 판단할 수 없는 문제일지도 모르고, 혹은 답이 없는 문제일 수도 있다. 하지만 일찍이 당나라의 대문호 한유가 했던 언급은 이 문제에 대한 하나의 실마리를 제공할 수도 있다. 한유는 뛰어난 문학적 자질이 있었지만 계속해서 과거에 낙방하다가 나이 50이 되어서야 지방의 현위로 떠나는 맹교孟郊에게 다음과 같이 말하였다. "마음에 불평[평안하지 못한 심적 상태]이 있어야 울게 된다."[2]

---

[1] 본고에서 사용한 저본은 『한국문집총간』에 실려 있는 것으로, 이 판본은 1713년 간행된 6권 1책의 서울대 규장각 소장본이다.

[2] 韓愈, 『五百家注昌黎文集』 권19, 「送孟東野序」. "大凡物不得其平則鳴."

맹교의 정치적 불우가 오히려 그의 마음을 격동시켜 뛰어난 작품으로 승화될 수 있음을 말한 것이다. 이와 비슷한 언급은 송나라를 대표하는 문인 구양수도 한 적이 있다. 그는 시인이 궁하게 된 뒤에라야 그 시가 뛰어나게 된다고 하였다.[3] 이른바 "시궁이후공詩窮而後工"이라는 것인데, 여기에서 '궁窮'의 의미는 앞의 한유의 언급처럼 정치적 불우와 경제적인 궁핍을 포함해서 시인이 처한 외적 환경을 모두 지칭하는 말이다. 한유와 구양수의 논의를 받아들인다면, 임춘이나 오세재를 비롯한 죽림고회의 문인들은 그들의 불행했던 인생 여정과는 대조적으로 뛰어난 문학적 자질을 발휘할 외적 조건을 모두 갖춘 셈이다.

임춘은 자가 기지耆之, 호는 서하西河로 정확한 생몰년은 미상이나 의종 무렵에 태어나 40대 무렵까지는 살았던 것으로 추정된다.[4] 부친은 상서尚書 벼슬을 한 임광비林光庇이고, 한림원학사를 지낸 임종비林宗庇는 큰아버지인데, 특히 임종비는 최자가 고려조의 주요 문인들을 언급할 때 거명이 될 정도로[5] 문학적인 명성이 있었다. 임춘은 임종비 밑에서 공부를 하며 문학과 학문적 기초를 쌓았다.[6] 그의 가문은 이미 조부 때부터 명성이 있을 정도로 명문가였지만, 1170년 발생한 무신의 난은 그의 생애를 완전히 뒤집어 놨다. 집안은 멸문에 가까운 화를 당했고, 국가로부터 지급받았던 공음전功蔭田마저 빼앗겼

---

3) 歐陽脩, 『歐陽文忠公集』 권42, 「梅聖兪詩集序」. "然則非詩之能窮人, 殆窮者而後工也."

4) 임춘의 몰년에 대해서는 대략 두 가지 설이 있다. 전통적인 견해로는 30세에 죽었다는 설인데, 이는 신석회가 쓴 임춘 행장이나 후손들이 쓴 문집 발문에 의거한 것이다. 하지만 임춘 본인이 쓴 시에 "나이 40에 귀밑머리가 희어졌다"는 표현들을 근거로 『서하집』을 번역한 진성규같은 근래의 학자들은 40세 무렵까지 생존했던 것으로 보는 견해가 대두되었다. 이규보가 30세 무렵에 지은 글에 "근년에 임춘이 죽었다."라는 기록으로 보아 본고에서는 임춘의 몰년을 1190년대 중·후반 무렵으로 추정해본다. 또한 1170년에 일어난 무신의 난 때 임춘의 나이가 적어도 성년이었음을 감안하면, 임춘은 적어도 40대 초반 이후에 사망한 것이 확실해 보인다.

5) 최자는 『보한집』 서문에서 위로는 박인량, 김부식부터 아래로는 이규보, 김극기, 진화, 함순에 이르기까지 고려의 주요 문인들을 여러 명 언급하며 이들이 금과 돌처럼 사이 사이에 일어나고, 별과 달처럼 서로 빛을 발하여 고려시대에 漢文과 唐詩가 성대하게 되었다고 하였는데, 여기에 임종비도 같이 언급되어 있다.

6) 이에 대한 언급은 1865년에 후손 林德坤 등이 간행한 판본의 말미에 실린 문집 발문에 기록되어 있다.

다. 임춘은 가족을 이끌고 영남지방으로 피신하여 약 7년간을 은신하였다. 그 와중에도 벼슬을 구하는 편지를 쓰고, 다시 개경으로 올라와 과거 준비를 하기도 했지만, 결국에는 뜻을 이루지 못하고 실의와 빈곤 속에 방황하다가 생을 마치고 말았다.

지금까지 임춘에 대한 연구는 생애 및 죽림고회에서의 활동, 이규보나 이인로 같은 동시대 다른 문인들과의 비교, 현실주의 경향을 띤 시문학, 불우한 삶과 소외의식·도피의식을 다룬 시에 대한 것, 자연에 대한 인식과 은둔, 국순전·공방전 등 가전체 문학, 서간문을 비롯한 산문에 대한 연구, 유학·철학사상 및 정치관, 출사의식 및 은현관 등 다양한 분야에서 상당히 심도 있게 이루어졌다.[7] 필자는 이와

---

7) 임춘에 대한 선행 연구를 정리해 보면 다음과 같다. 임병학, 「서하 임춘의 철학사상」, 『인문과학』, 연세대 인문과학연구소, 2011; 유명종, 「고려 해동칠현의 사상」, 『석당논총』, 동아대 석당학술원, 1983; 엄연석, 「임춘의 유학사상 이해와 출처은현관의 특징」, 『인문연구』, 영남대 인문과학연구소, 2014; 박성규, 「임춘의 문학세계」, 『한국사 시민강좌』, 일조각, 2006; 윤채근, 「궁귀에 패배하다, 천재 시인 임춘」, 『시인세계』, 문학세계사, 2005; 홍성표, 「임춘의 시문에 나타난 도피 은둔의 과정과 그 성격」, 『고황논문집』, 경희대논문집, 1987; 황병성, 「임춘의 거사론과 정치관의 성격」, 『역사학연구』, 호남사학회, 2001; 이동철, 『이규보·임춘 시의 연구』, 형설출판사, 1994; 손정인, 「임춘의 사의식과 은현관」, 『동방한문학』 14집, 동방한문학회, 1998; 김진영, 「임춘 연구」, 『서울여대논문집』, 서울여대, 1980; 이동철, 「고려중기 문인들의 자아 인식의 양상－임춘과 이규보의 경우」, 『어문학』 62집, 한국어문학회, 1998; 여운필, 「임춘의 생애에 대한 재검토」, 『한국한시연구』 4호, 한국한시학회, 1996; 최은진, 「서하 임춘의 문학연구」, 『한문교육연구』 7호, 한국한문교육학회, 1993; 심호택, 「임춘의 문학사상연구」, 『대동한문학』 1집, 대동한문학회, 1988; 윤경희, 「임춘 문학 연구」, 『한국어문교육』 1집, 고려대 한국어문교육연구소, 1986; 박유리, 「임춘의 생애와 의식세계」, 『동양한문학연구』 1집, 동양한문학회, 1985; 박유리, 「임춘의 시에 나타난 현실주의적 성향에 대하여」, 『어문학교육』 5집, 부산교육학회, 1982; 서정화, 「고려 무신집권기 산문의 일고찰－임춘의 산문세계와 문학사적 성취를 중심으로」, 『고전과해석』, 고전문학한문학연구학회, 2008; 엄경흠, 「이규보와 임춘 시에 표현된 청산의 대비 연구」, 『수련어문논집』 수련어문학회, 2003; 정선모, 「고려 시단에 있어서의 두시 수용 양상 고찰－임춘의 두시평가를 중심으로」, 『한문학보』, 우리한문학회, 2005; 곽정식, 「가전의 올바른 이해를 위한 방법론 탐색－임춘의 공방전을 중심으로」, 『국어교육』 92호, 한국어교육학회, 1996; 김창룡, 「임춘 가전의 연구」, 『동방학지』, 연세대 국학연구원, 1995; 고동근, 「임춘 서간의 수사 특성」, 『동양예학』 14집, 동양예학회, 2005; 임무화, 「임춘 시의 한 연구－비애조의 한시를 중심으로」, 안동대 석사학위논문, 2003; 홍성욱, 「임춘 산문의 연구－무신집권기 산문 창작 경향의 변화와 관련하여」, 『민족문화연구』, 고려대 민족문화연구원, 1999; 안영훈, 「임춘의 장검행 평설」, 『경희어문학』, 경희대학교, 2009; 김응환, 「임춘의 시세계 고찰」, 『한국언어문화』 5호, 한국언어문화

같은 선행 연구를 바탕으로 특별히 비극성과 그 기저에 자리 잡고 있는 허무의식을 임춘 문학의 핵심으로 파악하고 논의를 진행하고자 한다. 특히 임춘의 비판적인 세계인식이나 허무의식은 '호기豪氣'라는 매개체를 통해 시라는 옷을 입고 발현되었다. 따라서 임춘 시의 특질을 미학적으로 규정하면 비개미라고 할 수 있다. 본 연구가 한국문학사에서 천재성을 보여주었으나 정치적·경제적 불우와 궁핍, 그리고 요절 등으로 인해 후대에 저평가 되었거나 잊혀졌던 시인들의 온전한 자리매김을 위해 필요한 작업이 될 것을 기대해 본다.

2. 불우不遇한 삶과 자조적自嘲的 세계관

임춘의 정확한 생몰년은 미상이지만, 고려 제18대 왕인 의종 때 나서 19대 왕인 명종 때에 사망한 것으로 알려져 있다. 임춘의 조부는 평장사平章事를 지낸 임중간林仲幹이고 부친은 상서尚書를 지낸 임광비이며 백부 임종비는 전술한 바와 같이 최자의 『보한집』에서 고려시대를 대표하는 문인 중 하나로 지목될 만큼 문명이 있었다. 따라서 그의 가계는 12세기에 귀족 사회의 중요한 일원으로 상당히 행세하던 집안이었다고 할 수 있다.8) 이렇듯 좋은 가문적 배경을 가지고 출생하였지만, 의종 24년(1170년)에 발생한 무신의 난은 그의 인생을 완전히 바꿔 놓았다. 다음 글을 보자.

학회, 1987; 이동철, 「궁핍한 시대의 지식인의 한-임춘의 경우」, 『교육과학논문집』, 관동대 교육과학, 2004; 손정인, 「임춘 산문성 한시의 이해」, 『대동한문학』, 대동한문학회, 1996; 윤상림, 「서하 임춘의 고문론」, 『동양고전연구』, 동양고전학회, 1997; 윤용식, 「서하 임춘 문학 연구」, 단국대 박사학위논문, 1993; 리성, 「임춘의 창작과 의인전기체 산문」, 『퇴계학과 유교문화』 35호, 경북대 퇴계연구소, 2004; 윤주필, 「국순전, 국선생전의 우언적 독해-가전의 새로운 이해를 위하여」, 『한국한문학연구』 47집, 한국한문학회, 2011; 진성규, 「임춘의 생애와 현실인식」, 『한국사연구』 45집, 한국사연구회, 1984.

8) 이는 임춘의 여러 글들을 통해서도 확인할 수 있는데, 아래 각주 9)의 「上刑部李侍郎書」를 비롯하여 「上吳郎中啓」(『서하집』 권6)와 같은 글들에 잘 나타나 있다. 가령 "대개 생각하건대 우리 집은 伯叔 이래에 當代의 문장이라는 칭찬이 있어서 翰林院에 넘나들고, 承明殿에 출입하였다."(「上吳郎中啓」)와 같은 것이 그것이다.

① 저의 선조先祖께서 일찍이 나라를 건국할 때를 당해서 한마汗馬의 공로를 이룩하여 얼굴이 능연각凌煙閣에 그려졌으며, 단서丹書 철권鐵券과 토지를 하사받아 길이 대를 이어 끊이지 않게 되었던 것이 도리어 군사들에게 빼앗긴 바 되었으므로 성밖 두어 이랑을 찾을 날이 없고, 도연명陶淵明의 귀거래歸去來도 읊을 길이 없게 되었습니다.9)

② 내 어릴 때부터 다른 기술을 좋아하지 않아서 장기·바둑·투호·음악·활쏘기·말달리기 등 한 가지도 아는 바 없으며 다만 글을 읽고, 문장을 배워서 이것으로써 자립自立하되, 문호의 여음餘蔭을 빙자하여 벼슬을 요구함을 부끄러워하였으므로 선군先君이 집권하셨을 때에도 어찌 녹리祿利를 구하는 것으로서 제 몸의 영광을 삼았겠습니까. 하물며 선군께서 간혹 벼슬할 것을 말씀하였으나, 여러 차례 따르지 않았던 것입니다. 이것 역시 나이가 젊고 기운이 날카로워서 세변世變을 겪지 못하고 마음만을 믿고서 줄곧 행해서 기미幾微를 몰랐던 것입니다.10)

③ 나는 난難을 당한 뒤로부터 앞뒤로 구애됨이 많아서 몸을 숨기고 깊이 엎드려 남에게 구제하여 줄 것을 요구한 것이 여러 차례였으나, 모두 개돼지로 간주하여 돌보아 주지 않았던 까닭으로 서울에 있은 지 무려 다섯 해나 되었으나 주림과 추위가 더욱 심해졌는데도 친척까지도 문에 들여놓는 이가 없었으므로 이에 가족을 이끌고 동으로 갔던 것이었소.11)

---

9) 임춘, 『西河集』 권4, 「上刑部李侍郎書」. "僕之先祖嘗從草昧之際, 功成汗馬, 圖畵凌煙, 以丹書鐵券, 錫之土田, 永世無絶, 而反爲兵士所奪. 故郭外數畝, 無日可得, 而淵明之歸去來, 久不能賦." 이상 본고에서 인용하는 임춘 문집의 시와 산문은 한국고전번역원 DB(db.itkc.or.kr)의 『국역동문선』을 참조하여 필자가 부분적으로 수정했음을 밝혀둔다.

10) 임춘, 『西河集』 권4, 「與王若疇書」. "僕自幼不好他技, 博奕投壺音律射御, 一無所曉, 唯讀書學文, 欲以此自立, 而恥藉門戶餘陰以干仕宦. 故先君柄用時, 豈非取祿利, 以爲己榮哉. 況先君或強之仕, 而不從者屢矣. 此亦年少氣銳, 未更世變, 信心直遂, 不識幾微耳."

11) 임춘, 『西河集』 권4, 「與洪校書書」. "僕自遭難, 跋前躓後, 隱匿竄伏, 投於人而求濟者數矣. 皆以犬豕遇之而不顧, 故居京師凡五載, 飢寒益甚, 至親戚無有納門者, 乃挈家而東焉."

④ 저는 여쭙니다. 예로부터 과거에 떨어진 자가 드디어 매몰埋沒되기에 이른 이가 많았으되, 나와 같은 이에 이르러서는 더욱 알지 못할 일이 있으니, 유사儒司에서 과거를 두 차례나 보았으나 합격되지 않았고, 뒤에는 난難을 만나서 그럭저럭 지내다가 이제까지 이르렀으며, 근근이 세 차례를 응시하여 수염이 거의 희어졌고, 또 병으로서 폐기되었으니, 저 막막한 하늘이 시켜서 그런 것이라 생각되는 바이외다. 이것은 항우項羽의 이른바, "하늘이 나를 망치는 것이요, 나의 죄는 아니다."라고 한 것이외다.12)

위의 인용문 ①을 살펴보면 임춘의 선조는 고려 왕조의 개국에 공을 세워 국가로부터 단서철권과 토지를 하사받았음을 알 수 있다. 단서철권이란 국가에 공이 있는 자에게 내려주던 문서로 쇳조각에 지워지지 않게 주서朱書하여 공신功臣에게 주어 대대로 죄를 면하게 하던 일종의 표창장이다. 토지는 고려 개국 초기 공신들에게 주었던 '공음전시과功蔭田柴科'를 지칭한다. 공음전은 대대로 상속할 수 있기에 임춘의 집안은 경제적인 안정 속에서 큰 걱정 없이 살았을 것이다. 하지만 무신의 난으로 권력을 쥔 군부는 이 토지를 강제로 몰수하였고, 이때부터 경제적 어려움을 겪게 되었다. 임춘은 이를 가리켜 "도연명陶淵明의 귀거래歸去來도 읊을 길이 없게 되었습니다."라고 말하고 있다. 즉 도연명처럼 귀거래하고자 해도 돌아갈 땅이 없다는 의미다. 임춘은 공신의 후손이었기에 본인이 원하면 음서로 관직에 진출할 수 있었다. 하지만 그는 과거가 아닌 음서로 벼슬하는 것을 거부하였다. 인용문 ②에서 "문호의 여음餘蔭을 빙자하여 벼슬을 요구함을 부끄러워하였으므로 선군先君이 집권하셨을 때에도 어찌 녹리祿利를 구하는 것으로서 제 몸의 영광을 삼았겠습니까."라는 언급은 임

---

12) 임춘, 『西河集』 권4, 「與趙亦樂書 同前書」. "某啓. 自古困場屋者, 遂至汨沒者多矣. 至於僕則尤有所不可曉者, 求試于有司, 凡二舉而不中, 後遭難依違, 遷就至今, 纔三舉而鬚鬢幾白, 又輒廢以疾病, 則彼漠漠者, 固有使之然耳. 此項羽所謂天亡我, 非戰之罪也."

춘이 음서로 진출하는 것을 부끄럽게 여기고 거절했던 상황을 보여준다. 하지만 곧 바로 "이것 역시 나이가 젊고 기운이 날카로워서 세변世變을 겪지 못하고 마음만을 믿고서 줄곧 행해서 기미幾微를 몰랐던 것입니다."라고 함으로써 관직에 음서로라도 진출했어야 했다는 후회를 표하고 있는데, 이는 그만큼 과거에 여러 차례 낙방했기 때문이다. 임춘은 음서에 대해 거부했던 것을 철없던 젊은날의 경솔한 태도라고 고백하고 있다. 무신란 이후의 삶이 녹록치 않았다는 의미다.

인용문 ③을 보면 임춘은 선대에 국가로부터 받았던 토지를 모두 빼앗기고 곤궁한 살림으로 근근이 살아가다 5년간의 서울 생활을 청산하고 동쪽의 영남 지역으로 내려가게 되었음을 알 수 있다. 그는 무신란 이후 자신의 삶을 설명하며 "개돼지"라는 극한 용어를 사용하였다. 추위와 굶주림에 가족이 고통을 겪고 있지만 친척들마저도 돌봐주지 않는 상황을 그렇게 설명한 것이다. 이 같은 극한의 고통 속에서 마지막 탈출구로 생각한 것이 과거 응시였다. 하지만 불행하게도 수차례 과거에 응시하였지만 번번이 실패로 끝나고 만다. 인용문 ④는 과거에 낙방한 심정을 적은 글이다. 당시 임춘에게 과거는 단순한 시험이 아니라 삶의 마지막 희망이자 구원이었다. 그런데 다섯 번이나 응시한 시험에서 모두 떨어지게 되자 임춘은 본인의 실력이 문제가 아니라 "저 막막한 하늘이 시켜서 그런 것이라"고 말한다. 즉 천운이 따르지 않았다는 의미다. 이는 항우가 유방에게 패한 뒤 "하늘이 나를 망친 것이요, 나의 죄는 아니다."라고 말한 상황과 비슷한 것이라고 임춘은 부연하고 있다. 무신란 이후 하루아침에 몰락한 그의 상황을 고려해보면 이와 같은 임춘의 태도가 이해되기도 한다. 임춘은 실력이 뛰어난 본인이 과거에 떨어졌다는 것은 곧 과거제가 잘못되었기 때문이라는 의견을 펼친다. 그는 "근세에 과거보임이 성률聲律에 구애를 받았으므로 가끔 젊은 아이들의 무리가 능히 모두 갑과甲科·을과乙科에 합격되고는 박식[宏博]한 선비는 많이들 버림을 받게 되었으므로 조야가 모두 슬퍼하고 원통히 여겼던 것이외다."13)라고 하여 성률 위주의 과거 시험으로 인해 박학다식한 선비들은 합격하지 못하는 폐해가 많음을 지적하고 있다. 이는 실제로 당시 과거제의 모순일 수도 있겠으나 임춘 스스로가 자신에 대한 합리화와 마음속의 불만을 표출한 것으로 볼 수도 있다.

임춘은 자신의 성격이나 기질에 대해 여러 차례 언급하고 있는데, 대체로 광달曠達·소광疎狂·소활疎闊·거야倨野·오물傲物 정도로 요약이 된다. '광달'이란 사전적 의미로는 도량이 넓고 큰 것을 의미하는데, 타고난 기질이 활달하고 국량이 커서 사물에 지나치게 얽매이거나 집착하지 않으며, 자유방임의 달관한 경지에 이른 시풍을 의미하는 말로도 쓰인다.14) '소광'이나 '소활'은 서로 비슷한 의미로 행동이 자유분방하여 남에게 구속되기를 싫어하고, 세상 물정에는 어두우며 비현실적인 사람을 지칭하는 말로 쓰인다. '거야'·'오물'은 모두 거만하고 오만한 기질, 태도를 지칭한다. 이상을 정리해보면 다음과 같이 요약할 수 있다. ① 타고난 기질이 활달하고 도량이 커서 작은 일에 집착하거나 얽매이지 않는다. ② 자유분방한 성격을 지녔다. ③ 세상 물정에는 어둡고 비현실적이다. ④ 자존감이 무척 크고, 다른 이를 대하는 태도가 대체로 거만하고 오만하다. 이러한 임춘의 기질과 성격은 그의 삶의 모습을 결정지은 중요한 인자로 작용하였다. 이규보가 쓴 다음 글은 평상시 임춘의 행동거지와 임춘에 대한 당대인들의 평가를 짐작할 수 있게 해준다.

그때 마침 조용히 담소談笑하는 틈을 타서 각하께서는 재삼 저에게 눈길을 보내시며 말씀하시기를, "선비는 마땅히 공손과 근신을 뜻으로 삼아야 하는 법이오. 근세에 임춘林椿이라는 시인이 있었는데 그는 재주를 믿고 남을 업신여기더니 결국은 과거에도 한 번 급제하지 못하고 가난하게 살다가 굶어 죽고 말았소이다. 그런데 그대는 재주가 그보다 못하

---

13) 임춘, 『西河集』권4, 「與皇甫若水書」. "近世取士, 拘於聲律, 往往小兒輩咸能取甲乙, 而宏博之士多見擯抑, 故朝野嗟冤."
14) 사공도 「이십사시품」 23번째.

지도 않고 또 항상 공손하고 겸양하여 교만스러운 기색이 없을 뿐만 아니라, 상모相貌도 충실하고 윤택하니 반드시 원대한 일을 할 수 있는 사람이오." 하셨습니다.[15]

위의 인용문은 이규보가 당시 상시 벼슬에 있던 민식閔湜(?－1201)을 찾아가 대화를 나누는 장면이다. 민식은 최충헌崔忠獻이 권력을 장악하고 1197년(명종 27) 명종을 폐위시킬 때 다른 70여 명의 측근과 함께 축출되었으나, 이듬해 우산기상시로 발탁되었고 벼슬이 형부상서에 이르렀던 당대의 유력한 정치인 중 하나였다. 이규보가 민식을 찾아 간 것은 구관求官을 위해서였다. 민식의 몰년이 1201년이고 상시 벼슬을 한 것이 1198년이니, 이 글은 민식이 형부상서를 하기 전인 1198년 무렵 지어진 것이고 이때 이규보의 나이는 30세였으며, 또한 임춘의 몰년은 위의 인용문에서 "근세에 임춘이 죽었다"라는 말로 보아 1190년대 후반 무렵으로 추정할 수 있다. 민식은 젊은 이규보에게 임춘을 언급하며 "재주를 믿고 남을 업신여기더니 결국은 과거에도 한 번 급제하지 못하고 가난하게 살다가 굶어 죽고 말았다"라고 평가하고 있다. 이를 통해 당시 사람들은 임춘을 재주는 있지만, 남을 업신여기고 거만한 태도를 지닌 인물로 평가하고 있음을 알 수 있다. 물론 임춘에 대한 민식의 평가가 정당한 것인지는 따져볼 필요가 있으나, 앞에서 살펴본 것처럼 임춘 스스로도 본인을 거만하고 오만한 성격이라고 했던 것을 보면, 임춘이 독선적이고 고집스러우며 특히 윗사람들에게 불손했음을 짐작할 수 있다.

무신란으로 인해 멸문의 화를 입은 데다 과거시험에도 수차례 낙방하고, 거기에 기질마저 남에게 호감을 주는 성격이 아니었으니 임춘이 어려운 삶을 살았으리라는 것은 명약관화한 일이다. 임춘은 본인의 인생을 "매양 슬프게 행로난行路難을 읊고, 더러 수산부囚山賦

---

15) 이규보, 『동국이상국집』 권26, 「上閔上侍湜書」. "方從容笑談間, 再三目予曰, 士當以謙恭畏愼爲志. 近世有詩人林椿者, 恃才傲物, 竟不登一第, 至窮餓而死. 觀子之才, 不後林生, 常謙恭卑損, 略無怠傲之色, 又相貌充澤, 必當遠到者."

에 회포를 쓰니, 어찌하여 제배儕輩들은 이미 다 운한雲漢에 올라 날고 있는데 나만은 진흙을 털지 못하는 것인지 모르겠습니다."16)라고 자탄한다. 동료들은 승승장구하며 환로에 올라 있는데, 본인의 인생은 너무나 힘들고 외롭기에 이백의 「행로난」과 같은 작품을 읊조리고 유종원이 귀양가서 지은 「수산부」와 같은 심회를 쓸 수밖에 없다는 것이다. 일종의 상대적 박탈감에 따라 임춘이 겪는 정신적 상처와 울분을 보여준다. 이러한 인식은 하늘[조물주]은 원래 불공평하다는 세계관으로 직결된다. 다음 글을 보자.

① 생각하건대 조물주의 하는 일이 후하고 박함이 크게 고르지 못하구나. 복은 간악한 사람에게 주고 화는 곧은 사람에게 베풀어서 너로 하여금 마침내 귀양가서 죽게 하였으니, 천하의 말을 다해도 그 슬픔을 펼 수 없고, 해내海內의 입을 다해도 그 원통함을 하소연할 수 없구나. 저 귀하고 또 오래사는 것이 어찌 선악에 있다 하겠는가. 내가 보니 궤탄詭誕한 사람은 다 영화롭고, 완악한 사람은 오래 살더라.17)

② 사람의 좋아하고 미워하는 것이 하늘과는 크게 다르도다. 어진 이에게 화를 주고 악한 이에게 복을 주며, 모진 이를 오래 살게 하고 어진 이를 일찍 죽게 하며, 세상이 다같이 싫어하는 사람은 나이를 빌려 주고, 세상이 다같이 오래 살았으면 하는 사람은 잠시도 연명을 해 주지 않는구나. 주고 빼앗는 것이 이와 같으니 누가 그 권리를 주장하고 있는가. 이제 그대가 죽음에 더욱이 저 하늘이 원망스럽다.18)

---

16) 임춘, 『西河集』 권6, 「上吳郎中啓」. "每哀吟乎行路難, 或寫意於囚山賦, 何同儕已飛於雲漢, 而唯我未振於泥塗."

17) 임춘, 『西河集』 권6, 「祭皇甫源文代父行」. "惟造物之所爲, 大不均乎厚薄. 福則必加乎姦回, 禍則必施乎甕諰, 使汝之身, 乃終流落, 窮天下之辭, 無以宣其哀, 盡海內之口, 無以訴其虐. 彼貴而且壽, 豈在善惡. 吾見夫詭誕皆榮, 冥頑亦老."

18) 임춘, 『西河集』 권6, 「祭錄事李惟諒文代湛之作」. "人之好惡, 大異於天. 禍仁祐賊, 壽虐夭賢, 世所共厭, 或假之年, 欲其久存, 晷刻莫延. 與奪如是, 孰主其權. 今子之死, 愈怨蒼然."

인용문 ①은 황보원을 제사지내는 글로, 그의 아버지를 대신하여 임춘이 지은 것이다. 황보원은 본관이 영천으로 자세한 생평은 알려져 있지 않으나 죽림고회의 일원이었던 황보항과 관계된 인물로 추정된다. 임춘은 조물주의 하는 일이 고르지 못하다고 말한다. 그 이유는 간악한 사람에게 복을 주고, 곧은 사람에게는 화를 주기 때문이다. 이는 일차적으로 귀양 가서 죽은 황보원의 억울함을 말하는 것이지만, 그 이면에는 불우한 자신의 처지를 호소하는 것이기도 하다. 그러므로 귀하고 오래사는 것은 선악에 달려있지 않다고 임춘은 결론짓는다. 임춘이 부귀를 누리지도 못하고 또 요절했음을 생각할 때, 임춘은 자신과 같은 처지의 사람들을 옹호하면서 자신들이 겪은 불운이나 단명이 결코 개인적 책임이 아니라 사회적·국가적 책임임을 천명하고 있는 것이다. ②는 이유량을 제사지내는 글로, 제목에 "이담지를 대신하여 짓는다"라는 언급이 있다. 이유량 역시 자세한 생평을 알 수 없으나, 죽림고회의 일원인 이담지와 관계된 인물이라는 점에서 앞의 인용문 ①과 글의 저작 동기, 배경, 내용 등이 매우 유사하다. 글의 내용으로 볼 때 이유량도 요절한 것으로 보인다. 임춘은 세상 사람들이 모두 오래살기를 바라는 사람은 일찍 죽고, 사람들이 모두 싫어하는 사람은 오히려 오래 산다고 하면서 사람들의 뜻과 하늘의 뜻은 너무도 다르다고 한탄한다. 이처럼 임춘에게 하늘은 공평하지 못하고 정의롭지도 못한 원망의 대상이다. 이제 임춘이 할 수 있는 일은 은자로 숨어 지내는 것이다. 은일이야말로 그의 자존감을 지탱해주는 거의 유일한 방법이었다. 임춘은 숨어지내는 것[隱]과 벼슬길에 나아가는 것[顯]은 동전의 양면과도 같아서 서로 대척점에 있는 것이 아닌, 사실은 한 몸에 두 얼굴을 지닌 것과 같은 것이라는 논리를 펼친다. 다음 글을 보자.

진실로 숨어서 살 수 있는 덕을 가진 사람은 출세할 수 있는 역량도 있으며, 출세할 역량이 있는 사람이면 숨어서 살 수도 있는 것이다. 대저 벼슬하는 것을 더럽게 여기며 부귀를 천하게 생각하고, 흰 돌을 베개 삼고 맑은 물에 이를 닦는 자는 잘 드러나지 않는 것을 파고들며 괴상한 짓을 행할 뿐이니, 그에게 출세할 역량이 있겠는가? 공명심에 사로잡히고 벼슬에 골몰하여 머리에 감투를 쓰고 허리에 관인官印을 차고 다니는 사람은 세력을 얻기 위하여 허덕이며 이익을 쫓아다닐 뿐이니, 그에게 숨어 있을 덕이 있겠는가. 적당한 시기에는 물러나올 수 있어서 백이伯夷가 아니면 숙제叔齊 노릇을 하며, 적당한 시기에는 벼슬에 나아가서 고요皐陶가 아니면 기夔가 될 수 있어 출세와 은퇴, 오고 감에 있어서 언제나 스스로 만족스럽지 않음이 없는 사람이라야 정말 숨을 수도 있고 출세할 수도 있는 사람이다. 숨어 있을 때에는 도道도 함께 간직되며 출세하면 도도 함께 행하여지는 것이다.[19]

임춘은 위 글에서 출세할 역량이 있는 사람이 숨어 살 수도 있다고 말한다. 벼슬하는 것을 더럽게 여겨 자연에만 은거하는 자나 혹은 공명심에 사로잡혀서 벼슬에만 골몰하고 이익을 쫓아다니기만 하는 자 모두를 비판하고 있다. 시대 상황에 맞게 은거하기도 하고, 벼슬을 하기도 하여 때로는 백이·숙제가 되고, 또 때로는 고요와 기가 되는 것이 가장 바람직하다고 말한다. 이와 같이 처신하는 자는 숨어 있어도 출세를 해도 모두 도가 행해지는 것이다. 기실 숨어지내는 것[隱]과 벼슬길에 나아가는 것[顯]은 동전의 양면과도 같다는 임춘의 이 같은 논리는 항상 벼슬을 추구하여 관직에 오르기를 희망했지만, 실제 삶에서는 뜻을 이루지 못하고 자연에 은거할 수밖에 없었던 자신의 삶을 대변하고 있다. 요컨대 임춘에게 있어서 벼슬을 추구했던

---

19) 임춘, 『西河集』 권5, 「逸齋記」. "眞隱者能顯也, 眞顯者能隱也. 凡涕唾爵位, 粃糠芻豢, 枕白石漱淸流者, 索隱行怪而已, 於顯能之耶. 桎梏名撿, 汨溺朝市, 首蟬冠腰龜印者, 奔勢循利而已, 於隱能之耶. 必有不苟同不苟異, 時乎退, 不夷而齊之, 時乎進, 不皐而夔之, 一浮沈一往來, 無適而不自得者乃眞隱顯. 而隱與道俱藏, 顯與道俱行也."

자신의 태도는 결코 부끄러운 것이 아니었으며, 같은 맥락에서 자연에 묻혀 지냈던 것 역시 부끄러운 것이 아니었음을 밝히고 있는 것이다. 다음 글은 소유와 만족에 대한 것이다. 인생에 있어서 만족은 소유의 양에 달린 것이 아니라 그 마음먹기에 달려 있는 것이라고 역설하고 있다.

나는 그에게 대답하기를, "물상이란 한이 없으며 몸은 끝이 있는 것이니, 반드시 물건의 좋은 것을 다 차지한 뒤에야 만족스럽다고 할 수 있겠는가. 저 남의 치질痔疾을 핥아주고 수레를 얻는다든가 시장에 들어가서 돈을 훔쳐내는 자라면, 죽기까지 허덕거릴지라도 오히려 만족할 줄을 모를 것이다. 만일 그 마음을 비워두고 그 분수에 맡겨두어 그것을 운명처럼 편안하게 여긴다면, 곧 나뭇가지 하나에도 몸을 의탁할 수 있으며, 조금만 먹어도 배가 부를 것이니, 어디를 간들 만족하지 않겠는가. 이 암자에 살자면 궁벽하고 비좁아서 겨우 바람과 비를 가릴 정도이지만, 마음을 편히 가지고 이 가운데서 즐겁게 지낸다면, 반드시 시원한 대臺나 따뜻한 방이 많고 지붕이 연달아 찬란히 겹치지 않더라도, 나의 몸을 용납하기에 만족스러울 것이다. 또한 암자 아래에는 시냇물이 쏟아져 내려오는데 그 콸콸 흐르는 소리가 듣기에 좋을 것이니, 삼강三江과 칠택七澤의 물결이 출렁거리며 거세게 울리어 지축地軸을 흔드는 듯하고, 많은 군대가 몰아 닥치는 듯한 성난 부르짖음을 듣지 아니할지라도, 나의 귀를 맑게 하기에 만족할 것이다. 암자 앞에는 산봉우리가 싸고 돌았으니, 그 기상을 바라보기만 해도 무성한 모양을 맞이한 듯하다. 그러니, 저 숭산嵩山이나 태산泰山처럼 험준하고 높아서 양지바른 벼랑과 응달인 골짜기가 어둡고 밝은 것이 변화를 일으키며, 짙은 구름과 급한 우레가 서로 일어나는 듯한 것을 보지 않을지라도, 나의 눈으로 보는 데 만족스러울 수 있을 것이니, 만족한다는 것은 이러한 것일 뿐이다. 비록 그러나, 실체가 있고 난 다음에 명칭이 있는 것이며 내가 있은 뒤에 물건이 있는 것이다. 공은 장차 물질을 버리며 형태를 잊고 독자적으로 서 있으려 하는 것이니, 그렇다면 자기 자신도 소유하는 것이 아닌데 하물며 이 암자에 있어서이겠는가." 하였다.[20]

물건을 소유함에는 한도 끝도 없는 것이니, 그렇다면 만족이란 좋은 물건을 모두 차지하고 난 뒤에야 얻어지는 것은 아니다. 마음을 비우고 모든 것을 운명으로 받아들이고 편안하게 여긴다면 나뭇가지 하나에도 몸을 의탁할 수 있고, 조금만 먹어도 배가 부르게 되어 모든 것에 만족할 수 있게 된다. 임춘은 본인이 거처하는 암자가 사실 겨우 비바람을 가릴 정도로 궁벽하지만 몸을 용납하기에는 충분하니 만족할 수 있다는 것이다. 암자의 이름을 '족암足庵'이라 이름한 것도 이와 같은 맥락이다. 이러한 논리를 확대해서 적용하면 집앞의 작은 시냇물도 삼강과 칠택의 거센 물소리로 들리게 되고 조그만 산봉우리도 숭산이나 태산의 험준함과 다름없게 되니, 그렇다면 반드시 큰 강과 산을 보아야 마음에 만족함이 있는 것은 아니다. 요컨대 모든 만족함은 마음먹기에 달려 있는 것이다. 전술했던 은隱과 현顯이 동전의 양면과 같다는 것과 만족함은 마음에 달려 있다는 철학은 임춘 사상의 근간을 이루는 매우 중요한 요소이다. 왜냐하면 이 같은 자족의식 自足意識은 때로는 현재의 삶에 대한 긍정과 수용으로, 또 때로는 현재의 삶에 대한 비극적 냉소와 풍자, 그리고 허무의식으로 발현이 되고 있기 때문이다. 따라서 임춘 시의 근간을 이루는 요소는 자족의식 과 허무의식, 그리고 그 허무의식에서 나오는 비개미라고 정리할 수 있겠다. 앞에서 은과 현이 같은 내용의 다른 두 모습이라고 했듯이, 자

---

20) 임춘, 『西河集』 권5, 「足庵記」. "余應之曰, 夫物無窮而身有涯, 必欲盡物而後爲足耶. 則彼舐痔而得車, 入市而攫金者, 役役至死, 而猶不知足矣. 苟虛其心委其分, 而安之若命, 則一枝滿腹, 烏往而不足哉. 以居是庵之側僻湫隘, 纔庇風雨, 而優游逸樂乎其中, 則不待夫凉臺館之比棟連甍, 璀璨錯峙, 而足以容吾身也. 又庵之下有溪瀉出, 聽其聲漾然可愛, 則不待夫三江七澤之洶湧轟磕, 驚裂地軸, 若萬軍之怒號, 而足以淸吾耳也. 庵之前有峯環互, 望其氣蔚然可挹, 則不待夫嵩南泰華之陽崖陰壑, 晦明變化, 有濃雲迅雷之俱發, 而足以適吾目也, 謂足者如是而已. 雖然有實而後有名, 有我而後有物, 公方將遺物忘形, 而立於獨, 則自身不有, 而況於是庵乎."

족과 허무도 임춘 내면에 공존했던 서로 다른 두 가지 의식이 공존하는 양상이라 할 수 있다. 이는 결국 불우한 삶을 표현하는 임춘만의 독특한 미학이자 세상에 대한 자아의 생존 방식이었다고 말할 수 있다.

3. 허무의식의 발현과 비개미^{悲慨美}의 미적 특질

무신란에 의해 멸문의 화를 당한 임춘은 자신의 처지를 받아들이지 못했다. 무신란 이후에 그가 처음 보인 반응은 자신의 불우한 처지에 대한 불만과 원망이었다. 사실 무신의 난 때 모든 가문이 멸문의 화를 당한 것은 아니므로 임춘의 불만은 일리가 있다. 더구나 무신의 난으로 인해 오히려 중앙정계로 진출한 사람들도 있음을 생각하면, 그의 불운은 더욱 두드러진다. 임춘은 무신란의 화를 당한 이후에도 끊임없이 중앙정계로의 진출을 꾀했다. 하지만 그의 시도는 번번이 실패로 끝났다. 심지어 인맥이 아닌 과거라는 공식적인 시험을 통해서도 수차례 시도했지만, 그 역시 실패로 끝났다. 그렇다고 임춘의 학문과 문학에 대한 실력이 부족했다고는 할 수 없다. 시인으로서의 그의 능력은 이미 당대 '죽림고회'의 모임을 통해서, 그리고 후대의 문학사적 평가를 통해서 입증되었다고 할 수 있다. 요컨대 임춘은 무신란과 과거 낙방이라는 두 가지 불운을 동시에 경험해야 했다. 다음 시에는 이 같은 불운에 대한 원망과 울분이 잘 드러나 있다.

친구의 시에 차운하다

얼굴에 먼지 가득 십년간 기구한 신세	十載崎嶇面撲埃
조물주는 나를 늘 시기했네	長遭造物小兒猜
나루 길은 멀어 뗴로 이르기 어렵고	問津路遠槎難到
선단을 달이는 일이 늦으니 솥을 열지도 못하었네	燒藥功遲鼎不開
과거급제에 대한 나은의 한이 아직도 남아 있어	科第未消羅隱恨

이소에 부질없이 굴평의 설움을 부처본다 離騷空寄屈平哀

양양이 제 스스로 지기가 없었던 것이지 襄陽自是無知己

현명한 임금이 어찌 일찍이 재주 없다 버리셨던가 明主何曾棄不才[21]

제1구 "얼굴에 먼지 가득 십년간 기구한 신세"라는 말로 보아
위 시는 무신란 발발 이후 약 10여 년의 세월이 지난 시점에 지어진
것으로 짐작된다. 임춘이 무신란 직후 개성에서 약 5년, 그 이후 상
주에서 약 7년을 은거했던 사실에 비추어 볼 때, 인용시는 상주 시절
에 작시된 것이다. "얼굴에 먼지 가득[撲埃]"하다는 말은 전원생활을
의미하는바, 조정의 관료로 봉직하지 못한 신세를 자탄한 것이다. 시
인은 자신의 불우한 신세를 "기구한 신세"라고 규정하고 있다. 그리
고 자신이 기구하게 된 것은 전적으로 조물주가 시기했기 때문이라고
말한다. 즉 자신의 불우를 하늘에게 돌리고 있는 것인데, 얼핏 생각
하면 비겁한 자기 변명쯤으로 여겨질 수도 있으나, 다른 한편으로 생
각하면 사방이 꽉 막힌 듯한 자신의 초라한 처지와 어찌해 볼 도리
없는 현실의 무거운 장벽 앞에 선 시인의 울부짖음이자 절규로 이해
할 수도 있다. 함련 역시 수련을 이어서 시인에게 닥친 현실이 녹록
지 않음을 말하고 있다. 여기서 나루터는 중앙으로 진출할 수 있는
발판을 비유한다 할 수 있고, 뗏목은 시인의 미약하고 불우한 처지
정도로 해석이 가능하다. 4구의 '선단'은 신선이 될 수 있는 약인데,
이 시에서의 '신선'은 시인이 꿈을 이룬 어떤 상태, 예컨대 관직 진출
과 같은 것을 상징한다고 할 수 있고, 선단은 그 꿈을 이루기 위한
수단으로 보면 되겠다. 따라서 "솥을 열지도 못하였네"라는 말은 신
선이 될 수 있는 기회를 원천적으로 봉쇄당했음을 의미한다. 4구 역
시 3구와 마찬가지로 현실에서 느낀 깊은 좌절감을 표현한 것이다.
　경련에서는 나은과 굴원의 고사를 인용하여 과거 시험과 관직에
대한 미련을 표시하고 있다. 나은은 당나라 말기에서 오대 초기에 활

---

21) 임춘, 『西河集』 권3, 「次友人韻」.

동했던 시인으로 10여 차례에 걸쳐 과거에 응시했으나 낙방했던 인물이다. 임춘은 자신의 처지를 나은에 빗대어 과거 합격에 대한 미련과 더불어 재주가 뛰어난 인물도 과거에 낙방하는 모순을 말하고 있다. 6구의 굴평은 초나라 시인 굴원으로, 그가 중앙정계에서 축출당한 뒤 「이소離騷」를 지은 사실을 인용하여 임춘 본인이 위 시를 작시할 수밖에 없는 당위성을 밝히고 있다. 마지막 미련은 당나라 시인 맹호연이 현종에게 바쳤던 시 "재주가 없으니 명주가 버리시고, 병이 많으매 친구도 성겨지누나.[不才明主棄 多病故人疏]"를 용사한 것으로, 맹호연이 불우했던 것은 임금이 현명하지 못해서가 아니라 훌륭한 인물을 임금께 천거하지 못했던 지우에게 있음을 지적하여 임춘 본인의 주변 인물들에 대한 허물을 간접적으로 말하고 있다. 이처럼 위 시는 불우한 처지에 대한 좌절감, 조물주와 주변 인물들에 대한 원망, 과거에 대한 미련과 과거제의 모순 등 현실의 거대한 장벽 앞에 서있는 시인의 처지를 솔직하게 토로하고 있다. 다음에 살펴볼 시 역시 비슷한데, 앞의 시에 비해 특히 과거에 대한 언급이 두드러진다.

병중 유감

해마다 부질없이 지나가는 과거가 시행되고	年年虛過試圍開
몸은 늙어도 마음만은 아직 정정하네	臨老猶堪矍鑠哉
과거란 원래 뛰어난 선비만 뽑는 것이지	科第由來收俊士
공경 중에 그 누가 재주 없는 자 천거하리	公卿誰肯薦非才
큰 고래가 누비고자 하나 물결이 말랐고	長鯨欲奮波濤渴
병든 학이 날려 했지만 날개가 꺾였네	病鶴思飛羽翼摧
강동의 숨어살던 땅 전부터 있으니	舊有江東隱居地
머리 희어 비로소 돌아갈 내 신세 가련하구나	自憐頭白始歸來22)

---

22) 임춘, 『西河集』 권3, 「病中有感」.

시제에 "병중유감"이라고 한 것으로 보아 시인은 당시 정신적인 고통뿐만 아니라 육체적 질병까지 있었던 것으로 보인다. 물론 그 병이라는 것이 어떤 심각한 질병이 아니라 정신적 고통에 기반한 것일 가능성은 높다. 과거는 해마다 시행되지만, 시인에게는 부질없는 것이다. 왜냐하면 앞의 2장에서 살펴본 것처럼 실력이 있는 자가 반드시 과거에 합격하는 것이 아니기 때문이다. 함련은 과거란 원래 뛰어난 선비들을 선발하는 것이기에 본인처럼 재주 없는 사람은 뽑히기 어렵다는 것인데, 이는 여러 차례 과거에 응시했지만 번번이 낙방한 현실을 냉소적으로 표현한 것이다. 경련은 현실 정치의 장벽 앞에 주저앉아 있는 시인의 모습을 풍유한 것이다. 큰 고래는 바다를 누비며 살아가고 싶지만 바닷물이 고래를 용납하기에는 터무니없이 부족하고, 학이 큰 날개를 활짝 펼치고 웅비하려 해도 그 날개는 이미 꺾이고 말았다. 여기서 고래와 학은 물론 시인 본인을 지칭하는 비유어이며, 바닷물이 말랐다거나 날개가 꺾였다는 것은 자신을 용납하지 않는 현실을 의미한다. 이처럼 현실은 시인의 웅대한 뜻을 펼칠 수가 없기에 이제 시인의 선택은 은거지로 숨어 들어가 여생을 마치는 수밖에 없다. 7구에서 "강동의 숨어살던 땅 전부터 있으니"라고 한 것은 서울에서 뜻을 펼치지 못한 임춘이 고향인 경상도 예천과 상주 등지로 내려가 살았던 사실을 지칭하는바, 인용시는 개성에서 경상도로 내려가기 직전에 지었을 것으로 추정된다. 경상도에서 약 10여 년간 은거한 뒤 마지막으로 과거를 치루고자 상경했던 임춘은 끝내 뜻을 이루지 못하고 경기도 감악산紺嶽山 아래 임진강가 장단長湍 근처에 초당을 짓고 우거하다가 요절했다.

　　그의 지우 이인로는 『파한집破閑集』에서 이 당시의 상황을 "강남으로 피지避地한 지 거의 10여 년 만에 서울로 돌아왔으나 송곳을 꽂을 만한 땅도 없어서[無托錐之地] 우연히 한 절에서 지내게 되었다."23)라고 기록하고 있다. 임춘은 자신은 하늘이 내려준 재주를 갖

23) 이인로, 『파한집』 권하. "耆之避地江南幾十餘載, 携病妻還京師, 無托錐之地, 偶遊一

고 있지만, 이 땅에는 자신을 알아줄 사람이 아무도 없다는 인식을 줄곧 가지고 있었다. 심지어는 본인 스스로를 하늘에서 귀양 온 신선[謫仙]이라고 지칭하기도 하였다.[24] 이는 물론 다분히 당나라의 이백에 자신을 견준 것이니, 즉 뛰어난 재주를 가지고 있음에도 그에 걸맞는 관직을 갖지 못한 것이 이백과 닮아 있다는 의미이다. 이러한 높은 자존감은 임춘을 지탱하게 만드는 힘이기도 했지만, 동시에 때로는 자조적이고 냉소적인 세계관을 갖도록 만들기도 하였다. 다음 시를 살펴보자.

방문을 받고 감사하다

장맛비 뒤의 장안에	長安霖雨後
나를 생각해 멀리 찾아왔네 그려	思我遠相過
이 적막한 달팽이집 앞에	寂寞蝸牛舍
네 필 마차가 배회하고 있네	徘徊駟馬車
항상 굶주리는 궁한 두자미	恒飢窮子美
참 병 아닌 늙은 유마거사	非病老維摩
문간에 이름을 적지 말고 가소	莫署吾門去
세상에 내 명성이 더욱 날까 두렵네	聲名恐更多[25]

인용시는 지인이 방문한 것에 대한 감사의 시이다. 1−2구의 내용으로 보아 무신란 이후 시인이 개성 인근에 거주하던 무렵 어느 해 여름철에 지은 것으로 추정된다. 3−4구는 방문자의 신분을 보여주는 동시에 시인의 처지와 극명한 대비를 이루고 있다. 시인은 자신의 거처를 "달팽이집[蝸牛舍]"이라 부르고 있는데, 그만큼 초라하고 가

蕭寺."

24) 가령 임춘은 「追悼鄭學士」라는 시에서 "그 누가 이 내 적선의 재주를 알아줄꼬(誰能知我謫仙才)"라고 본인을 '적선'이라 표현하고 있다.

25) 임춘, 『西河集』 권1, 「謝人見訪」.

난함을 의미한다. 게다가 아무도 찾는 이가 없으니 항상 적막하기만 하다. 이러한 누추한 집에 어느날 적막을 깨고 반가운 손님이 찾아왔다. 네 필 마차를 타고 온 것으로 보아 손님은 대단히 높은 신분이었음을 알 수 있다. 시인은 의도적으로 "달팽이집"과 "네 필 마차[駟馬車]"를 대비시켜 자신의 불우한 처지를 극명하게 드러내고 있다. 경련에서는 자신과 비슷한 처지라고 생각되는 중국 시인 두보와 인도 승려 유마거사를 등장시켜 자신의 삶의 모습을 독자들에게 보다 선명하게 인식시키고, 더불어 자신을 두보나 유마거사에 비기는 이중적 효과를 거두고 있다. 주지하다시피 두보는 평생을 가난과 병마에 시달렸던 고독한 시인이었고, 유마거사는 석가모니와 동시대에 살았다는 인도의 고승인데 큰 부자였음에도 항상 이웃과 사회에 관심을 가지고 구제에 앞장섰다고 한다. 특히 그는 "중생의 병, 탐욕이 남아 있는 한 내 병도 계속될 것이다. 만일 중생이 병들지 않는다면 내 병도 없어질 것이다."[26]라고 말한 것으로 유명한데, 당나라 시인 왕유는 평생 유마거사를 존경하여 자신의 호까지도 "마힐"이라고 했다 한다. 따라서 이 시에서 "노유마老維摩"는 일차적으로는 유마거사를 지칭하지만, 이면으로는 왕유까지도 염두에 두고 쓴 것으로 해석할 수 있다. 여기에서는 임춘이 자신의 병도 유마거사처럼 세상과 중생을 향한 병이라 천명하고, 더불어 시인으로서 자신의 위치가 왕유에 버금가는 것임을 말하고 있는 것이다.

마지막 미련에서는 세상을 향한 시인의 자조와 냉소가 두드러진다. 자기를 찾아온 저명한 손님에게 자기를 만난 사실을 알리지 말라는 것이다. 왜냐하면 그렇지 않아도 많이 알려진 이름이 더욱 더 세상에 알려지는 것이 싫기 때문이라는 것이다. 현실적으로 보면 임춘은 당시 과거 급제도 하지 못한 그리 큰 명성을 지닌 문인이 아니었고, 더욱이 집안은 몰락하여 궁벽하게 살아가는 처지였다. 그런데도 이와 같이 언급하는 것은 자신의 재주를 알아주지 않는 세상에 대한

---

26) 남회근, 『유마경강의』 중, 마하연, 2016 참조.

풍자이자 매우 냉소적인 태도라 할 수 있다. 이 같은 냉소와 자조적 태도는 때로 허무적인 세계관으로 나타나기도 한다.

다점茶店에서 낮잠 자면서

몸을 던져 평상에 누워 문득 이 몸 잊었더니	頹然臥榻便忘形
한낮 베개 위에 바람부니 잠이 절로 깨누나	午枕風來睡自醒
꿈속의 이 몸은 머물 곳이 없더라	夢裏此身無處着
건곤이란 도무지 이 한 장정인 것을	乾坤都是一長亭27)

인용시는 칠언절구로 구성된 두 수의 연작시 중 첫 번째 작품이다. 어느 멋진 봄날, 시인은 다점茶店의 평상에 누워 낮잠을 즐기고 있다. 한낮의 시원한 바람은 베개 위로 불어오고, 잠에서 깨어난 시인은 조금 전 꿈속의 일을 우두커니 생각해본다. 현실에서나 꿈속에서나 자신이 머물 곳은 어디에도 없었다. 하지만 이 세상은 잠시 머무는 "장정長亭"에 불과할 뿐이다. 장정은 요즈음으로 치면 길 떠나는 이를 배웅하는 일종의 정거장이라 할 수 있다. 그러므로 머물 곳이 없다고 그리 슬퍼할 필요가 없다. 우리 인생은 어차피 잠시 머물다 가는 나그네일 뿐이다. 이 같은 허무적인 세계관은 꿈을 읊은 또 다른 시 「영몽詠夢」에서도 그대로 나타나는데, 시인은 "깨고 나면 한바탕 뜬구름 같은 인생에 비할까(一場曾把浮生比)"28)라고 꿈같은 인생, 혹은 인생 같은 꿈을 노래하고 있다. 임춘에게 이 세상은 한바탕의 허무한 꿈과 같을 뿐이었다. 아니 어쩌면 꿈과 같기를 바라고 있는 지도 모른다. 그만큼 그는 현실에 실패하였고, 또 현실을 부정하고 싶었다.

---

27) 임춘, 『西河集』 권1, 「李郞中茶店晝睡」.

28) 임춘, 『西河集』 권1, 「詠夢」.

빈 누대에서 꿈을 깨니 바로 오후 네 시[29] 무렵　　虛樓夢罷正高舂

흐릿한 두 눈으로 멀리 산봉우리 바라본다　　雨眼空濛看遠峯

누가 알겠는가 유인의 한가한 멋을　　誰識幽人閑氣味

한 자리의 봄잠은 천종과 맞먹는다　　一軒春睡敵千鍾[30]

　　인용시는 위에서 살펴본 「다점주수茶店晝睡」 시의 두 번째 작품
이다. 첫 번째 작품과는 달리 허무적 세계관보다는 한가로움 속에서
누리는 여유와 자족적인 삶의 모습이 그려져 있다. 시인은 봄날에 어
느 누대에서 늘어지게 잠을 자고 오후 네 시가 다 돼서야 일어난다.
아직 잠에서 덜 깬 눈으로 바라보니 저 멀리 산봉우리가 들어온다.
3－4구는 이 시의 핵심이다. 시인은 본인을 "유인幽人"이라 지칭한
다. 즉 은자라는 말이다. 그리고 은자가 삶에서 누리는 행복감을 "한
가한 멋[閑氣味]"이라 부르고 있다. 이렇듯 편안하게 오후의 단잠을
즐길 수 있는 것은 은자이기 때문에 가능하다. 그러므로 시인은 자신
이 누리는 봄잠으로 대표되는 여유로운 삶을 고관대작의 녹봉인 천종
千鍾과 맞먹는다고 말하고 있다. 이 같은 시에서 나타나는 미의식은
율곡 이이가 『정언묘선精言妙選』에서 분류한 기준으로 보면 "한미청
적閑美淸適"이라 할 수 있는데, 자연에 동화되고 순응하며 살아가는
시인들의 시에서 그려지는 전형적인 품격이라 할 수 있겠다.[31] 그렇
다면 자조와 냉소, 허무로 대변되는 세계관을 보여줬던 시인이 자연
친화적이며 자족적인 삶으로 바뀌게 된 것은 무엇 때문일까? 이것을
시인이 현실에 순응하고 받아들인 것으로 판단하는 것은 무리가 있어
보인다. 다음 시를 보자.

---

29) 원문의 "高舂"은 오후 네 시 무렵으로 곧 저녁 준비를 위해 방아를 찧을 때라는 뜻
　　이다.

30) 임춘, 『西河集』 권1, 「李郞中茶店晝睡」.

31) 이에 대한 사항은 하정승, 『고려조 한시의 품격 연구』, 다운샘, 2002, 214면 참조.

친구에게 부치며 진퇴격進退格32)

십년 동안 떠돌면서 허비한 반평생	十年流落半生涯
가는 곳마다 어찌 차마 경치를 대하겠는가	觸處那堪感物華
봄바람 가을달에 시는 준비되었고	秋月春風詩准備
나그네 시름 유랑의 회포는 술로 없애버리지	旅愁羈思酒消磨
천추에 전할 만한 공업은 없을망정	縱無功業傳千古
문장은 일가를 이루었구나	還有文章自一家
성세에 한가함도 과히 나쁘지 않은 일	盛世偸閑殊不惡
내 신세 불우해도 그대로 맡겨두리	從敎身世轉蹉跎33)

위 인용시에는 시인의 복잡다단한 감정이 잘 그려져 있다. 즉 표
면적으로는 나름대로 삶의 보람과 자족을 말하는 듯 보이지만, 그 이
면에는 어찌할 수 없는 현실에 대한 자조와 포기의 심정이 담겨 있
다. 시인은 수련에서 지난 십년간을 떠돌아 다녔다고 하면서 자신을
"생애를 저버린 몸[負生涯]"이라 말하고 있다. 시인은 이곳저곳 가는
곳마다 아름다운 경치를 대하곤 시를 쓴다. 때로는 바람부는 봄날에,
때로는 달뜬 가을날에 바라보는 자연은 그대로 시가 된다. 하지만 나
그네로 떠돌며 시인으로서 살아가는 삶이 마냥 행복하고 즐거운 것만
은 아니다. 수없이 생겨나는 수심과 회포 때문이다. 아마도 그 수심
과 번민의 기저에는 벼슬에 대한 미련과 자기 삶에 대한 불만이 자리
잡고 있다고 보여진다. 그때마다 시인은 술을 통해 수심과 회포를 잊
어버리려 애쓴다. 경련은 시인이 본인에게 던지는 위로이다. 비록 후
대에 전할 큰 공업은 없지만, 문장으로는 나름대로 일가를 이루었다

---

32) '진퇴격'이란 두 개의 서로 비슷한 韻部를 가지고 하나씩 건너뛰어 번갈아 운자를 놓
   는 방식이다. 즉 이 시의 짝수구 운자인 '華'·'磨'·'家'·'跎'는 각각 '麻'운, '歌'운,
   '麻'운, '歌'운에 속하는데, '麻'운과 '歌'운은 각각 하평성 5번째와 6번째 운목이다.
33) 임춘, 『西河集』 권1, 「寄友人」.

고 자부한다. 그러면서 미련에서는 본인과 같이 한가롭게 사는 것도 나쁜 일이 아니라고 말한다. 왜냐하면 그 한가한 삶이 본인으로 하여금 시를 쓰게 만들었고, 시를 썼기 때문에 문학으로 일가를 이룰 수 있었기 때문이다. 하지만 이것은 시인이 자신의 삶을 기뻐하고 만족하고 있다는 의미는 아니다. 마지막 8구에서 자신의 삶을 "불우하다[蹉跎]"라고 고백한 것처럼, 한거閑居와 자연친화적인 삶은 거대한 현실의 장벽 앞에서 꿈을 이루지 못한 시인이 선택할 수밖에 없었던 차선의 방법이었다.

이 같은 의미에서 보면 임춘에게 은거와 자족의 삶은 주어진 현실 자체를 기쁘게 수용하고 순응하며 선택한 것이 아니라 세계와의 싸움에서 패배한 자아가 취했던 생존의 방법이었다고 보는 편이 좋을 듯하다. 그렇다면 임춘시의 가장 큰 미적 특징은 슬픔을 형상화한 '페이소스(pathos)'이자 '비개미'라고 할 수 있다. 이상으로 임춘 시에서 시인이 세상에 대하여 가졌던 울분과 원망이 자조적이고 냉소적인 태도로 변모되고, 또 때로는 허무적인 모습으로 나타나기도 하며, 또 때로는 자연에 순응하며 한가롭고 자족적인 삶의 태도로 표출되는 것을 살펴보았다. 다음 시는 가장 많이 알려진 임춘의 대표작 중 하나로 페이소스와 비개미가 매우 함축적으로 숨겨진 걸작이라 할 수 있다.

겨울날 길 위에서

첫 새벽에 혼자 낙주의 성을 나왔네   凌晨獨出洛州城
장정 단정 몇 군데나 지나왔던가   幾許長亭與短亭
말에 올라 싸락눈 흰 데를 밟으며 가고   跨馬行衝微雪白
채찍 들고 푸른 봉우리들을 읊으며 세어보네   擧鞭吟數亂峯青
하늘 가에 해가 지니 돌아갈 맘 서둘러지고   天邊日落歸心促
벌판에 바람이 차니 취한 얼굴이 깨는구나   野外風寒醉面醒
적막한 외로운 마을에 하룻밤 묵으려 하나   寂寞孤村投宿處
집집마다 일찍이 문을 잠가 버렸구나   人家門戶早常扃[34]

위 시의 가장 큰 문학적 특징은 고독감과 인생의 시련, 역경을 함축적으로 표현한 데 있다. 겉으로 드러나는 과도한 감정의 과장은 최대한 배제하고, 비유적 표현과 상징적 기법을 동원하여 함축미와 절제미의 아름다움을 보여주고 있다. 그러면서 시 전반에 걸쳐 외로운 인생길을 홀로 걷는 한 인간의 고독과 슬픔, 그리고 그가 겪는 시련이 잘 묘사되어 있다. 우선 시의 제목부터가 심상치 않다. 지금 시인이 있는 곳은 길 위이고 계절은 겨울이다. 겨울은 사계절 중에서도 가장 혹독한 시련의 철이다. 차가운 바람과 눈, 추위 등은 겨울의 시련을 상징한다. 길 위가 지닌 의미는 나그네와 떠돎이다. 안정적으로 정착한 것이 아니기에 무엇인지 모르게 불안하고 걱정되고 고뇌에 차 있다. 임춘의 인생 여정과 딱 들어맞는 이미지이다. 수련을 보면 시인은 신새벽에 홀로 낙주성을 빠져나왔다. 여기서 주목되는 표현은 "새벽[晨]"과 "홀로[獨]"이다. 모두가 잠들어 있는 새벽에 시인은 홀로 깨어 도시를 빠져 나온다. 극대화된 고독감의 표현이다. 또한 이것은 항상 홀로 깨어 시를 써야 하는 시인의 숙명과도 같다. 함련은 성을 빠져 나온 시인이 말을 타고 가는 구체적 모습이다. 겨울철이기 때문에 곳곳에 눈이 쌓여 있는데, 시인은 말을 탄 채 눈을 밟고 지나간다. 주위를 둘러보니 푸른 봉우리들로 가득하고, 채찍을 든 손으로 봉우리들을 하나하나 세어본다. 경련에서는 그 사이 시간이 흘러서 벌써 저녁이 가까워짐을 묘사하고 있다. 서산으로 해가 지고 벌판에서 부는 바람은 너무나 차갑고 매서워서 점심 식사 때 먹었던 술이 다 깰 정도다. 여기에 사용된 "해가 지니[日落]"·"바람이 차니[風寒]"라는 시어는 시인이 맞닥뜨린 매섭고 암울한 현실을 상징한다. 마지막 미련은 시간이 좀 더 흘러 밤이 된 상황이다. 해가 완전히 져서 더 이상 갈 수 없기에 시인은 마을에 들려 하룻밤 묵고 가고자 한다. 하지만 이미 모든 집들은 문을 굳게 걸어 잠가 버려서 머물 곳은 그 어디에도 없다. 이 역시 백방으로 온갖 노력을 기울이며 중앙 정

---

34) 임춘, 『西河集』권1, 「冬日途中」.

계로 진출하기를 도모했지만, 번번이 실패하고 자신을 용납해주는 사람이 아무도 없었던 임춘 본인의 외롭고 처절한 심경을 시적으로 그린 것이다.

인용시는 처음 시작부터 마지막 미련까지 시·공간적인 흐름에 따라 시상이 전개되고 있다. 즉 새벽에 성을 빠져 나와서 장정長亭과 단정短亭을 거치고 이곳저곳을 지난 후, 날이 어두워지고 낯선 마을에서 하룻밤 묵으려는 상황으로 마무리 된다. 또한 새벽, 싸락눈, 지는 해, 찬바람, 잠겨진 문 등 다분히 의도된 시어들을 사용하여 시인의 현실을 상징과 비유의 수법으로 그려내고 있다. 요컨대 감정의 과장이나 드러냄 없이도 시인이 겪은 암울한 현실의 장벽과 인생의 아픔과 슬픔, 고독의 경지를 효과적으로 표현한 것이다. 이는 인용시의 시적 형상화가 얼마나 뛰어난 것인지를 보여주며, 시인으로서 임춘의 재능을 유감없이 발휘한 것이라 할 수 있겠다. 마지막으로 김극기가 임춘이 죽었다는 소식을 듣고 쓴 만시挽詩를 살펴보자.

임태학 춘의 시집을 읽고 시로 조문하다

옥인 양 얼음인 양 검정물 아니 들었으니	玉潔冰淸不受緇
꽃다운 그 이름이 서울에 자자했네	芳名藉藉動京師
솔개처럼 우뚝 선 예형을 사람들은 미워했고	禰衡鶚立人皆嫉
용처럼 날뛰는 한유를 세상은 의심했네	韓愈龍驤世盡疑
조개무늬 비단 같은 참언이 성했으나	錦貝巧言雖大盛
무지개, 별 같은 호기는 끝내 아니 쇠하였네	虹星豪氣未全衰
서럽다 그릇이 크면 당시에 못 쓰여지느니	可嗟器大無時用
남겨 둔 자취만이 후인을 서럽게 하는구나	陳跡空敎後世悲[35]

12세기 후반을 대표하는 또 다른 시인 김극기는 임춘의 죽음을

---

[35] 김극기, 『東文選』 권13, 「讀林太學椿試卷爲詩弔之」.

매우 격정적인 어조로 슬퍼하고 있다. 뛰어난 재주를 제대로 펼치지 못하고 미관말직에 머문 자신의 처지를 돌아보며 임춘과 동병상련의 아픔을 느꼈던 것으로 보인다. 제1구는 『논어』에 나오는 공자의 말[36]을 용사한 것으로 임춘의 인품과 재주를 칭송한 것이다. 세속적 가치들이 아무리 갈고 물들이려 해도 조금도 갈려지거나 물들여지지 않는 성품을 지녔다는 것이다. 함련은 임춘을 중국의 예형과 한유에 비긴 것이다. 후한말의 예형은 후한 말의 선비로 자는 정평正平이다. 그는 언변이 뛰어나고 재능도 있었지만 지나친 독설과 광기로 세상에서 지탄을 받았고, 결국에는 재능을 다 펼쳐보지 못하고 죽게 되었다. 김극기는 임춘의 성격과 기질, 그리고 인생 행적 등이 예형을 닮아 있다고 본 것이다. 경련에서는 참언이 횡행하는 이 세상에서 무지개와 별처럼 빛나는 임춘의 호기는 결코 쇠하지 않았고 또 앞으로도 영원할 것이라 기리고 있다. 여기서 주목할 표현은 "호기豪氣"이다. 김극기는 임춘의 기질을 한마디로 "호기"라고 규정하고 있다. 그가 세상에서 배척당하고 쓰임을 받지 못한 것도 김극기의 표현을 빌리자면 호기와 밀접한 관련이 있다. 비록 가난과 벼슬에 대한 포기할 수 없는 미련 때문에 때때로 비굴하게 청탁을 하고 머리를 조아리는 모습도 분명 있었지만, 그것은 임춘의 진면목이 아니었다. 결국 뛰어난 학식과 문학적 역량을 펼치지 못한 이유도 기실 그의 자존감과 호기에서 비롯되었기 때문이다. 마지막 미련은 임춘이 뜻을 다 펴지 못하고 죽은 것에 대한 안타까움의 표현이다. 시인은 임춘의 그릇이 너무 컸기에 당시 사회가 그를 용인하지 못했다고 말하면서 진심으로 그의 죽음을 비통해한다. 위 시는 만시로서도 매우 뛰어난 수작이라 할 수 있지만, 임춘이 동시대의 문인들에게 모두 폄하되거나 배척만 당했던 것은 아니라는 사실을 보여준다는 점에 큰 의의가 있다.

---

36) 『논어』, 「양화」. "不曰堅乎, 磨而不磷, 不曰白乎, 涅而不緇."

4. 결어

우리 문학사에서 천재성을 가졌으나 불우하게 생을 마친 시인들은 시대마다 존재했다. 이와 같은 부류에 해당하는 시인 중에, 한시사에서 비교적 초창기에 해당하는 12세기를 대표하는 인물이 임춘이다. 임춘은 명망있는 집안 출신이었고 특히 그의 숙부인 임종비는 『보한집』에 언급이 될 정도로 저명한 문인이었지만, 무신의 난을 겪으면서 멸문의 화를 당하였다. 임춘은 난을 피하여 가족들을 데리고 경상도 지방으로 내려가 은거했지만 그의 삶은 고단함의 연속이었다. 우선 국가로부터 받았던 공음전을 환수 당했기에 경제적인 어려움이 있었다. 하지만 가난보다 더 그를 힘들게 했던 것은 정신적인 박탈감과 소외감이었다. 이인로·오세재 등과 함께 죽림고회를 결성하여 활동했지만, 환로에 대한 꿈이 없었던 것이 아니었다. 그는 계속해서 중앙정계로의 진출을 시도했는데, 이는 죽림고회가 처음부터 은거 지향을 목표로 결성된 것이 아니라 현실 정치에서 소외된 이들의 동질감과 정서적 만족감을 위해서 만들어진 단체임을 보여주는 것이다.

임춘은 자기가 겪는 고난과 고독감, 정서적 상처를 이겨내기 위해 자신과 비슷한 삶을 살다간 옛 시인을 동경하고 그들의 시를 읽는 방법을 택하였다. 그 대표적인 시인이 당나라의 두보와 맹교였다. 실제로 그들의 삶은 시간을 뛰어 넘어 서로 비슷한 모습이 많이 있었다. 임춘은 한 시에서 "옛날부터 우리 같은 이들은 으레 곤액을 당했으니/ 하늘의 이 뜻은 진정 알기 어렵구나"라고 하여 자신의 고난을 두보, 맹교와 동일시하고 있다. 이렇게라도 하지 않으면 단 하루를 살아가기가 힘들었기 때문이다.

임춘 시의 가장 큰 문학적 특질은 내적인 소외감과 울분을 표현하는 방식에 있다. 본고에서는 이를 '호기'와 '허무의식'으로 지칭하고 이 같은 시에서 나타나는 미적 특질을 '비개미'로 규정하였다. 그의 시에는 유독 '나그네'라는 시어가 많이 등장하고 일종의 나그네 의식이 자주 표출된다. 또한 시적 제재로 '꿈'과 '술'이 사용되는데, 이 역시 현실의 삶을 부정하거나 초월하려는 시인의 내면의식의 발로 이며, 임춘 시의 중요한 동인動因 중의 하나인 호기의 또 다른 모습이 라고 할 수 있다. 이 같은 속성들은 그의 시로 하여금 필연적으로 허 무감, 혹은 허무의식을 갖게 만든다. 따라서 허무의식은 임춘 시에 나타나는 중요한 미의식 중 하나라고 할 수 있다.

어떤 시인에게 있어서 호기나 광기狂氣는 시를 쓰지 않을 수 없 게 만드는 동인이 되기도 한다. 하지만 모든 시인이 호기 때문에 작 시를 하는 것은 아니고, 또 호기가 있다고 해서 모든 사람이 시를 쓰 는 것도 아니다. 이 같은 면에서 보면 한 시인에게서 나타나는 호기 는 매우 개인적인 속성을 지니고 있고, 그의 시세계를 설명해 줄 수 있는 중요한 요소 중 하나가 된다. 더구나 그 호기가 외부적인 환경 들, 예컨대 정치적인 불우와 경제적인 가난 등에 의해 도저히 어찌해 볼 수 없는 상황에서 발생한 것이라면, 비극적인 속성을 지니게 된 다. 거대한 세계 앞에서 한없이 무력하고 초라한 자아의 슬픔과 고독 이라고 할 수도 있다. 이 슬픔과 고독이 '호기'라는 모습으로 발현되 어 시라는 옷을 입고 태어나는 것이다. 때문에 이 같은 시에서 나타 나는 미적 특질은 필연적으로 비개미를 지닐 수밖에 없다. 이는 한 개인에게는 불행이고 슬픔일 수 있지만, 좀 더 넓은 시각에서 보면 시인의 개인적 불행으로 인해 문학사는 풍요롭고 다채롭게 채워지며 독자들은 카타르시스를 경험하게 된다. 동시대의 이규보나 이인로와 는 또 다른 임춘으로 인해 12세기 고려 문단은 다양한 시적 경향을 갖게 되었고, 이는 결국 문학사를 발전시키는 역할을 하게 되었다. 고려중·후기 한시사에서 임춘의 존재 의미는 바로 여기에 있다.

5부,
고려후기 한시와 노래

고려후기 사문학詞文學의 전개 양상과 미적 특질

1. 문제제기

중국문학사에서 당唐나라 때 발생하여 오대五代를 거쳐 송대宋代에 가장 흥왕했던 장르로 알려진 사詞는 '시여詩餘', '곡자曲子', '신성新聲', '장단구長短句'로도 불린다. '시여'란 시인이 시를 짓는 나머지 여가에 짓는 것이라 하여 붙여졌고, '곡자'란 악곡 또는 노래로 불리는 것을 의미하며, '신성'이란 기존 문학사에 없었던 새로운 장르란 의미이고, '장단구'란 형식적인 측면에서 한시의 자수 규칙을 벗어났다는 의미이다. 한편 한국의 문학사에서는 당악 정재 공연 때 여기女妓들이 노래로 부르는 칠언절구 형식의 구호口號와 군왕을 축수하는 낭송 형태의 사륙체 변려문으로 된 치어致語라는 독특한 장르도 있는데, 구호와 치어를 합쳐 보통 '창사唱詞'라고도 불렀다. 이는 물론 전통적인 사와는 다른 것이지만, 노래의 가사로 불리고 낭송되었다는 점에서는 넓은 의미에서 사와 일정한 연관이 있다. 그래서 그 명칭을 창사라고 했던 것이다. 위에서 언급한 시여, 신성, 장단구라는 명칭에서도 알 수 있다시피 사는 기본적으로 한시와 밀접하게 연관되어 있으면서도 한시와는 또 다른 장르이다. 시인이 삶을 노래한다는 측면에서는 한시와 동질적이지만, 자수나 평측 등 형식적인 측면에서는 이질적이며 별개이다. 한시사 전체를 놓고 보면 사는 한시의 변종 내지 이종이라고 할 수도 있을 것 같다.

우리 문학사에서 사작詞作을 처음 시도한 사람은 고려 13대 왕인 선종宣宗(1049-1094)이라고 알려져 있다. 선종은 요나라의 사신을 접대하는 향연에서 양류지楊柳枝의 사조詞調에 따라 요제遼帝의 생일을 축하하는 「하성조사賀聖朝詞」를 지었는데, 이것이 한국문학사에 등장하는 최초의 사이다.[1] 주지하다시피 사는 원래 당대唐代에 유행했던 음악의 악곡에 붙여진 가사를 지칭하는 말이었다. 따라서 기본적으로 사작詞作은 이미 유행하고 있는 음악의 가락에 맞추어 가사를 짓는 소위 '의성 전사倚聲塡詞'의 형식을 취하는 것이 보통이다. 그러므로 사를 짓기 위해서는 사의 근간이 되는 사조詞調를 비롯한 각종 사의 형식에 대한 이해가 필수적이다. 한자나 중국어의 성조, 운율 등에 능통해야 사를 자유롭게 지을 수 있는 것이다. 다시 말해 사작詞作을 위해서는 문학적인 측면 이외에도 음악적인 측면까지 고려해야 한다는 의미이다. 한국 문학사에서 사의 창작이 활발히 이루어지지 못했던 것도 이와 관련이 있다고 판단된다.

이는 처음 중국의 사를 수용했던 고려 문단의 상황도 마찬가지였다. 고려 문단에서 활동한 시인들 중 사 작품을 남긴 인물들로는 선종宣宗, 김극기金克己, 이규보李奎報, 이제현李齊賢, 이곡李穀, 정포鄭誧, 김구용金九容, 정도전鄭道傳, 권근權近, 혜심慧諶 정도를 들 수 있다. 고려 문단의 전체적인 규모를 고려하면 작가층과 작품의 수 모두 매우 빈한하다 하지 않을 수 없다. 조선조에 이르면 한문학의 성숙과 작가층의 확대 등으로 인해 사의 창작도 그 양과 질적인 측면에서 모두 상당한 발전을 이루게 된다. 하지만 조선조 역시도 문단 전체의 규모 면에서 보자면, 한시에 비해 사의 창작이 훨씬 제한된 범위의 작가층에 의해 이루어졌음도 사실이다.

문학 장르로서 사가 갖는 가장 큰 매력은 문학성과 음악성을 함께 갖춘 뛰어난 예술성에 있다. 노랫말의 가사는 예나 지금이나 대체로 서정적이다. 특히 사랑의 감정을 담은 것이나 또는 개인적인 외로

---

[1] 이에 대한 사항은 차주환, 『중국사문학논고』, 서울대출판부, 1982, 241면 참조.

움 등을 읊은 가사는 필연적으로 감성이 풍부하고 문학성이 빼어난 경우가 많다. 악곡 즉 노래와 관계없이 가사만 존재하는 사의 경우도 이 같은 예술적 취향의 작품들이 많이 존재한다. 이것은 중국이나 한국문학사에 공통된 현상이다. 사를 그 내용에 따라 분류해보면 기본적으로는 일반 한시와 마찬가지로 다양한 경향을 띠고 있어서 일률적으로 말하기 힘들지만, 시대에 따라 특정한 풍조와 경향을 가진 사들이 유행했던 경우는 존재한다. 가령 중국의 경우 만당이나 오대五代, 북송 시대에는 대체로 남녀간의 애정이나, 여인의 아름다움을 노래하는 화간집풍花間集風의 개인적인 고백조의 노래들이 유행했다면, 남송 시대에는 외세의 침입과 국력의 쇠퇴를 반영하여 애국·우국의 호매豪邁한 기풍의 사들이 유행하였다. 본고에서는 섬세한 감정을 서정적으로 풀어내는 사가 갖는 문학적인 매력 혹은 특징에 주목하여 고려시대 대표적인 사의 작가와 작품들의 흐름 및 주요 사 작품을 분석해보고자 한다.

우리 문학사에서 사의 창작이 제한된 범위 안에서 이뤄졌던 이유 중 하나는, 기본적으로 사는 노래를 부르기 위한 가사인데, 한국에서는 사를 위한 악곡이 거의 작곡되지 않았고 따라서 작사를 할 필요성이 없었다는 점도 중요한 원인이 된다. 물론 악곡과는 전혀 무관한 순전히 문학으로서의 사를 지을 수는 있었지만, 이 역시 한시라는 이미 일반화된 장르가 있는 실정에서 굳이 한시가 아닌 사를 지을 필요는 없었을 것이다. 하지만 그럼에도 불구하고 한국문학사에서 사의 존재가 묻혀 있거나 미미했던 것만은 아니다. 고려조는 물론이요 조선말까지 계속해서 소수의 작가들에 의해 항상 사는 창작되었다. 필자는 이 같은 현상을 시인들의 새로운 장르에 대한 도전과 모색이라 해석하고 싶다. 운문문학 전체를 놓고 보면 장르의 확대와 작품의 다양성이라는 긍정적인 측면이 강하다. 다양한 사작 활동이 유사 장르인 시작 활동에도 일정한 영향을 주었다고 할 수 있다.

사작에 있어서 고려의 문단을 대표하는 작가는 이규보와 이제현이다. 이규보는 한국문학사에서 사작을 본격적으로 시작한 최초의 시인이라는 점에 의미가 크다. 그는 12수의 사를 남겼는데, 내용은 대체로 서정적이고 감성적인 독백체의 시들이 많다. 이제현은 53수를 써서 일단 분량면에서 가장 많은 양을 차지하고 있는데, 이는 조선조 작가들과 비교해도 압도적으로 많은 양이다.[2] 특히 이제현은 단순히 양적인 측면만이 아니라 중국어와 한자의 성조, 음률에도 밝아 15조나 되는 다양한 곡조를 사용하여 능숙하게 사를 지었으니 한국문학사를 대표하는 사의 작가라고 지칭해도 무방할 것이다. 이들 외에 고려조의 사인詞人으로는 김극기, 이곡, 정포, 김구용, 정도전, 권근, 그리고 승려시인으로 혜심이 있다.

고려조의 사 창작은 몇 가지 점에서 문학사적으로 의미가 있다. 우선 당대當代 성행했던 중국문학의 적극적인 수용이라는 점이다. 이는 최신의 문예사조를 수입하여 결국은 고려조 한문학 발전에 기여를 했다는 면으로 해석할 수 있다. 다음으로 조선조 사 창작에 영향을 주었다는 점이다. 조선전기에서 말기까지 사를 창작한 시인은 백 명이 훨씬 넘고 그들이 남긴 작품은 천 수가 넘는다.[3] 고려조의 사인이 10명을 넘지 않고 작품도 110수인 것과 비교해 보면 폭발적인 성장을 이룬 것이라 평가할 수 있다. 이렇게 된 주된 이유는 문학사의 발전에 비례하여 사의 작가층도 늘어난 것이겠지만, 초창기 사인들, 특히 이규보와 이제현의 영향력을 간과할 수 없다. 이규보는 고려중기

---

[2] 조선조에서 사를 남긴 수많은 작가 중에서 이제현보다 많은 작품을 쓴 사람은 옥수 조면호 정도가 유일하다. 옥수는 모두 63수를 남기고 있다. 이에 대한 사항은 이승매, 『한국사문학통론』, 성균관대출판부, 2006, 207면 참조. 조면호는 단순히 사의 분량만 많을 뿐만 아니라 한국한시사에서 가장 다채롭고 다양한 내용, 그리고 서정성과 문학성이 뛰어난 사를 창작한 대표적인 사의 작가라 할 수 있다. 이상 조면호의 사와 문학적 특징에 대한 사항은 조창록, 「옥수 조면호의 사에 대하여」, 『한문학보』, 12집, 우리한문학회, 2005 및 김용태, 「옥수 조면호 한시 연구」, 성균관대대학원 박사학위논문, 2004를 참조할 것.

[3] 이승매는 한국의 詞人을 정리하면서 조선전기는 43인 369수, 후기는 92인 768수로 밝혀 놓았다. 하지만 작자 미상의 작품들도 많기 때문에 실제로는 백 수십 명에 천 수백 수로 보아야 옳을 것이다. 이상은 이승매, 앞의 책, 185-213면을 참조.

이후 가장 주목할만한 시인으로 후대에까지 널리 읽혔다는 점이, 그리고 이제현은 단순히 사의 작가일 뿐만 아니라 이색, 정몽주, 길재 등을 거쳐 사상적으로나 문학적으로 그 계보가 조선조 문인에게 닿아 있기 때문이다. 만약 고려조 시인들이 사의 창작에 관심이 없었거나 소극적이었다면 조선조에 들어서 사 창작의 전통은 뿌리내리기 힘들었을 것이다. 본고에서는 고려조에서 중국사가 어떻게 수용되고 발전했는지를 살펴보고 고려조 사의 작가와 작품 개황, 그리고 주요 작품들의 분석을 통해 사의 문학적 특질을 고찰해 보고자 한다.

2. 중국사中國詞의 수용과 창작 양상

나말여초의 대표적인 문인 최치원은 당에 유학하여 그곳의 문인들과 교유를 갖고 창작 활동을 하였기에 중국 문단의 흐름에 정통하였다. 중국문학사에서 사는 당말에 이르면 이미 널리 확산되어 있었기에 최치원은 당에서 사를 접하였고, 또 지었을 가능성이 매우 높다. 그러나 그의 문집인 『계원필경』이나 『고운집』 등에는 사가 존재하지 않는다. 이는 아마도 재당 유학시절 최치원이 지은 수많은 시들이 온전히 전해지지 않고 있기 때문일 것이다.[4] 어쨌든 우리 문학사에서 현재 전해지는 최초의 사는 고려 13대 왕인 선종이 지은 「하성조사」이다. 이 작품은 다음과 같다.

---

[4] 『桂苑筆耕』에서 최치원이 쓴 자서를 보면 본인이 저술한 시문을 올리면서, "雜詩賦 및 表奏集 28권을 올립니다. 그 구체적인 내용은 다음과 같습니다. 私試今體賦 5수 1권, 五言七言今體詩 100수 1권, 잡시부 30수 1권, 『中山覆簣集』 1부 5권, 『계원필경집』 1부 20권"이라고 밝히고 있다. 따라서 그의 저서 중 상당수가 지금은 전해지지 않고 있음을 알 수 있다.

하성조사

이슬 차고 바람 높아 가을밤이 맑으니,
달이 휘영청 밝네.
피향전 안은 삼경이 되려 하는데,
노래 소리 드높네.

> 露冷風高秋夜清, 月華明.
> 披香殿裡欲三更, 沸歌聲.

뒤숭숭한 우리 인생 모든 일 허망하니,
영화를 탐내지 마오.
좋은 술 금잔에 채워,
마음껏 즐겨보세.

> 擾擾人生都似幻, 莫貪榮.
> 好將美醞滿金舫, 暢懷情.5)

위의 시는 '첨성양류지添聲楊柳枝'의 사패詞牌에 맞춰 작사된 것인데,
첨성양류지의 형식은 쌍조사십자雙調四十字, 전단사구사평운前段四句四
平韻, 후단사구양측운양평운後段四句兩仄韻兩平韻으로 구성되어 있다.6)
전단은 작사 과정상의 시·공간적 배경을 읊은 것이고, 후단은 사인
의 감정을 표출한 것으로 구별된다. 이 작품은 1089년 9월 요나라의
사신이 고려에 오자 선종이 그를 맞아 궁궐에서 향연을 베풀고 여흥
의 자리에서 지은 것이다.7) 당시 요나라에서는 고려 왕의 생일을 축

---

5) 『고려사』 권10, 「세가」 10, <宣宗六年·己巳>. 인용사의 국역은 동아대학교 고전연
   구실, 『역주 고려사』, 태학사, 1987을 참조.
6) 이에 대한 사항은 王奕清, 『御定詞譜』(『문연각사고전서』에 수록), '添聲楊柳枝'를 참
   조할 것.
7) 『고려사절요』 권6, 「宣宗思孝大王·己巳六年」에 "九月, 遼遣永州管內觀察使楊璘,

하하기 위해 사신을 보내는 관례가 있었다. 선종 때에도 동왕 6년·7년·10년 9월에 요사遼使가 세 차례 방문했는데, 모두 선종의 생일을 축하하기 위해 온 것이었다.[8] 전단 1−2구에서 가을밤이 맑고, 달이 밝다고 한 것으로 보아 9월 보름임을 알 수 있다. 이때는 가을의 절정으로 경치도 아름답고 향연을 베풀기 가장 좋은 때이다. 3−4구는 이 날의 잔치가 피향전에서 벌어졌음을 말해준다. 잔치는 성대하였고, 여흥이 좋았던지 삼경(자정 무렵)이 될 때까지도 노랫소리는 계속되었다. 전단이 향연의 유흥을 노래한 것이라면, 후단은 향연에서 느끼는 사인의 감정을 읊은 것이다. 그런데 "뒤숭숭한 우리 인생 모든 일 허망하니/ 영화를 탐내지 마오"라고 하여 왕이 하는 말치고는 꽤나 무겁고 냉소적이다. 일국의 왕이, 그것도 외국 사신을 접대하는 향연의 자리와는 어울리지 않는 말을 한 이유는 정확히는 알 수 없지만, 이 작품이 공적인 외교문서가 아니라 사적인 문학 작품임을 감안하면 그리 이상한 것도 아니다. 더구나 3−4구에서는 "좋은 술 금잔에 채워/ 마음껏 즐겨보세"라고 하며 잔치의 여흥으로 돌아오고 있다. 이 작품은 개인적인 감상을 주로 노래하는 북송사北宋詞 특유의 정서를 볼 때,[9] 고려전기 사단詞壇이 북송의 영향 하에 있었음을 보여주는 실례라 하겠다.

고려조의 작사作詞는 선종이 사를 지은 지 100여 년이 지난 후 12세기 말엽에 활동했던 시인 노봉老峯 김극기金克己에게로 계승된다. 김극기는 모두 3조 3수의 사를 남겼는데,[10] 현재 그의 문집이 전해

來賀生辰, 以天元節, 宴遼使于乾德殿, 王製賀聖朝詞."라는 기록이 보인다.

8) 『고려사절요』권6,「宣宗思孝大王」조에는 6년·7년·10년 9월에 요나라 사신이 와서 왕의 생일을 축하했다는 기록이 있다.

9) 일반적으로 송사의 특징을 설명할 때 북송사는 만당풍의 영향을 받아 아름다운 여인의 자태, 남녀간의 사랑 등 화간풍의 경향을 띠고, 남송사는 시대 상황을 반영하는 애국적이고 호방·호매한 품격의 사가 주를 이룬다고 알려져 있다. 이에 대한 사항은 이수웅, 『중국문학사』, 다락원, 2014의「북송사」,「남송사」조를 참조할 것.

10) 이승매는 김극기의 사를 3수로 규정하고 그 근거로 그의 문집 『지월당유고』와 『동국여지승람』에 실린 작품을 제시했지만, 『지월당유고』는 고려중기의 문인 노봉 김극기가 아닌 고려후기의 문인 지월당 김극기(1379−1463)이므로, 『지월당유고』를 근거로

지지 않는 상황에서 현전하는 사는 모두『신증동국여지승람』에 실린 작품들이다. 따라서 그 내용 역시 산하와 자연 풍광 등을 읊은 것들인데, 묘사가 뛰어나고 도가적인 선미仙味가 느껴지는 작품들이 주를 이룬다.[11] 이는 고려시대 작사의 과정에서 초창기 사가 어떤 성격을 갖는지를 보여주는 것으로 그 의미가 있다고 하겠다. 백운白雲 이규보 李奎報는 모두 6조 12수의 사를 지었는데, 그가 이처럼 상당한 분량의 사를 지은 것은 이규보 특유의 작시 활동 특징으로 보아야 할 것이다. 그는 12-13세기 고려 시단에서 가장 활발하고 다양한 작시 활동을 하였다. 특히 다양한 소재와 제재를 가지고 시를 썼으며, 절구, 율시, 배율, 고시, 부賦 등 각종 형식을 모두 구사하였다. 시의 내용에서도 서정시는 물론 각종 장편의 영사시, 영물시, 기속시, 염정시, 만시 등 다양하고, 시체詩體에 있어서도 이전까지 고려 시인들이 즐겨 짓지 않던 잡체시, 구호까지 거의 모든 영역을 다루었다고 해도 과언이 아니다. 사작 역시 그의 다양한 창작 욕구와 실험정신이 빚어낸 결과물이라고 보인다.

익재益齋 이제현李齊賢은 고려조 시인들 중 가장 중요한 사의 작가이다. 그는 15조 53수[12]의 사를 남겨 일단 양적으로도 가장 많은 사를 지었고, 질적인 면에서도 다양한 사패를 활용하여 고려후기 사작의 다양성과 품격을 높인 것으로 평가할 수 있다. 이제현이 이와

노봉 김극기의 사를 3수라고 규정한 것은 잘못되었다. 최이자 역시 김극기의 사를『동국여지승람』소재 3수로 규정하고 있다(최이자,「김극기 시, 사의 형식 연구」,『어문논집』, 27집, 민족어문학회, 1987 참조). 김건곤 교수가 김극기의 시문을 모아 편찬한『김극기유고』(한국정신문화연구원 간행) 역시 최이자와 마찬가지로 김극기의 사를『신증동국여지승람』을 근거로 3수로 소개하고 있다. 문제는『동국여지승람』소재 3수의 사가 지월당 김극기가 아닌 노봉 김극기의 작품이라는 증명을 해야 한다는 점이다. 이 문제는 김건곤,「노봉 김극기와 지월당 김극기의 유고 귀속 문제」,『한국한시연구』6호, 한국한시학회, 1998에서 자세하게 다뤄져 있으므로 본고에서는 일단 김건곤 교수의 설을 받아들여『동국여지승람』소재 3수의 사를 노봉 김극기의 작으로 인정하고 논지를 전개하고자 한다.

11) 최이자, 앞의 논문, 533면 참조.

12) 이제현의 문집인『익재난고』권10에는「장단구」항목에 14조 22수,「무산일단운」항목에 "소상팔경"·"송도팔경" 1조 31수 등 모두 15조 53수의 사가 실려 전한다.

같이 작사에 깊은 관심과 열의를 보인 것은 아마도 오랜 중국 생활동안 교유를 나눈 중국 문인들의 영향이 컸을 것이다. 이제현이 중국에 체류했던 14세기 원나라 문단에는 이미 송조宋朝의 영향으로 사가 활발히 창작되던 시기였다.[13] 또한 오랜 중국 생활을 바탕으로 중국어와 음률, 중국 음악 등에 능통하였던 점[14]도 사의 창작에 적극적이었던 한 요인이었다. 이제현을 이은 사의 작가는 가정稼亭 이곡李穀이다. 이곡이 사의 창작을 했던 가장 중요한 이유는 이제현의 문인으로 학문적·문학적인 면에서 익재의 영향을 크게 받았기 때문이다. 이곡은 모두 3조 10수의 사를 남겨서 분량면에서도 상당히 활발한 사작을 하였다. 특히 설곡 정포의 「울주팔경蔚州八景」에 차운하여 무산일단운巫山一段雲으로 지은 8수의 사는 사작으로는 드물게 시인들끼리 서로 차운한 것으로, 운자는 물론 사패까지도 일치한다. 14세기에 들어서면 이미 작사하는 것이 문인들에게 보편화된 하나의 현상으로 발전하였음을 보여주는 매우 흥미로운 현상이다.

설곡雪谷 정포鄭誧는 모두 3조 12수[15]의 사를 지었다. 이제현을 제외하곤 상당히 많은 분량이다. 정포가 사의 창작에 애정을 쏟은 것은 여러 가지 원인이 있겠지만, 우선 친구인 이곡이나 선배인 이제현과 마찬가지로 원의 조정에서 벼슬을 할 정도로 당대 중국의 문단과 활발하게 접촉했고, 이에 따라 중국에서 유행하는 사작의 영향을 받았을 것으로 추정된다. 이는 물론 설곡만이 아니라 이제현, 이곡 등 고려후기 시단에서 사작을 선도했던 다른 문인들의 경우도 마찬가지이다. 척약재惕若齋 김구용金九容 역시 활발한 작사를 하였다. 그는 7조 7수의

---

13) 원대에는 기본적으로 사에서 변형 발전된 曲(또는 散曲)의 창작이 활발하던 시기였기에 詞作이 당·송만큼 활발하지는 못했다. 하지만 남송말에서 원대 초까지 활동했던 張炎은 활발하게 작사를 하였고, 이 같은 전통이 14세기에 들어 虞集, 吳澄, 趙孟頫와 같은 사의 대가들을 배출하게 되었다. 특히 우집과 조맹부는 이제현의 재원시절 교유가 있었기에 이제현의 활발한 작사는 이들로부터 영향을 받았을 것으로 생각된다.

14) 이제현이 중국어와 중국 음운에 능통했던 사항은 이가원, 『조선한문학사』 상, 태학사, 1995, 323면 및 민병수, 『한국한시사』, 태학사, 1996, 171면 등을 참조할 것.

15) 이승매는 정포의 사를 1조 8수라고 하였으나(앞의 책, 184면) 이는 잘못이다. 필자가 검토한 결과 『설곡집』에는 모두 3조 12수의 사가 실려 있었다.

사를 지었는데, 모든 작품마다 서로 다른 사패를 사용했다는 점이 특이하다. 이는 김구용이 그만큼 다양한 사작을 시도했다는 것이며, 김구용에게 작사는 일종의 새로운 시도이자 실험이었음을 의미한다.

삼봉三峯 정도전鄭道傳의 경우에는 문집의 분류만 놓고 보면 1조 1수의 사를 남겼는데,16) 그가 운문보다는 산문에 비중을 두고 글을 썼음을 감안하면,17) 사의 창작은 상당히 이례적이다. 그의 사는 병서에 의하면, 명明에 사행을 다녀온 뒤 동료들과 평양 대동강에서 뱃놀이를 하며 지은 것이다.18) 전체적으로 사경寫景을 하는 가운데서도 부귀는 구름과 같은 것이고, 군자가 소중히 여길 것은 오직 의라고 함으로써 삼봉 특유의 출사의식出仕意識과 가치관을 보여주고 있다. 양촌陽村 권근權近은 정도전이 조선조 개국 후 새롭게 수도가 된 한양을 찬미하는 육언절구의 「진신도팔경시進新都八景詩」(『삼봉집』 권1)를 짓자 이에 차운하여 8수로 된 무산일단운체의 사를 지었다. 사제詞題는 「신도팔경」인데, 제목처럼 새로운 수도의 아름다움과 활기를 노래하는 작품이다. 삼봉의 원시는 사가 아닌 시의 형식인데,19) 양촌이 이를 사로 바꾼 것은 다분히 이제현의

---

16) 정도전의 문집인 『삼봉집』 권2 소재에 「江之水詞」라는 詞가 제시되어 있기는 하지만, 이 작품은 詞라기 보다는 辭로 보는 것이 더욱 타당하다. 가장 큰 이유는 「江之水詞」는 총 141자로 되어 있는데, 여기에 해당하는 사패가 없고, 또한 '兮'자를 구사하는 작법상 이 작품은 辭賦의 장르로 보는 것이 옳을 듯하다. 그럼에도 불구하고 본고에서 정도전을 詞의 작가로 규정한 것은 권근이 제작한 사인 「신도팔경」의 전작으로 보이는 육언절구의 「進新都八景詩」(『삼봉집』 권1)외에 무산일단운체의 「신도팔경」 詞도 지었다는 기록이 있기 때문이다. 다만 정도전이 지었다는 사는 현재 전해지지 않는다. 이에 대한 사항은 이은주, 「조선초기 신도팔경 시의 제작과 성격」, 『한국한시연구』 22호, 한국한시학회, 2014, 72면 참조.

17) 실제로 『삼봉집』은 모두 14권으로 구성되어 있는데, 시는 권1에서 권2로 모두 2권에 불과하다.

18) 병서의 내용은 다음과 같다. "門下侍郎 삼봉선생의 작이다. 선생이 金陵에 奉使하여 만 수천여 리를 왕반하는 동안 산길로 뱃길로 온갖 고생을 다하고 돌아와서 동행인 盧同知・趙副樞 및 漢城尹 李公・平壤尹 趙公과 함께 大同江에서 뱃놀이하였다. 선생은 술이 반쯤 취하자 산천의 절승과 풍경의 아름다움을 관람하고서 개연히 감회를 일으켜 마침내 「강지수」의 노래를 지어 스스로 그 뜻을 보였다." (『삼봉집』 권2, 「江之水詞」).

19) 권근은 「신도팔경」(『양촌집』 권8) 사의 제목에서 "三峯 鄭道傳의 詩韻을 차운하여 巫山一段雲의 체로 짓는다."라고 밝히고 있는데, 여기에서 정도전의 시운이라는 것은 육언절구의 「진신도팔경시」를 지칭한 것으로 보인다. 하지만 현재 전해지지는 않지만,

「소상팔경」·「송도팔경」을 비롯하여 이곡, 정포의 팔경시들을 모방한 것이다.

혜심慧諶(1178-1234)은 2조 3수의 사를 남겼다. 혜심의 호는 무의자無衣子이고 진각국사眞覺國師로 알려져 있는 승려이다. 그의 사는 승려 특유의 인생무상을 노래하고 있는데, 13세기에 이르면 작사作詞가 이미 승려시인들에게까지 퍼졌음을 보여주는 실례實例라 할 수 있다. 지금까지 언급한 고려후기 시인들의 작사 현황을 표로 정리해보면 다음과 같다.

◇ 고려시대 사 작가 일람표

일련번호	작가	제목 (괄호 안의 숫자는 편수)	사패명詞牌名	비고
①	선종	賀聖朝詞(1)	添聲楊柳枝	1수
②	김극기	江南樂(1), 採桑子(1), 無題(1)	望江南, 采桑子, 錦堂春	3수
③	이규보	希禪師方丈觀碁(1), 籠中鳥詞(1), 衿州客舍次孫舍人留題詞韻(1), 登家園遙聽樂聲卽作詞(1), 重九日無聊有空空上人盧同年來訪小酌泛菊因有感作詞一首(1), 雨君見和又作(1), 丙申年門生及第等設宴慰宗工朴尙書予於筵上作詞一首(1), 是日三朴學士見和復次韻(1), 又別贈門生(1), 次韻李侍郞需和桂枝香詞見寄(2), 六月一日朴學士暄華筵會客幷邀予參赴酒酣作詞一首贈之(1)	臨江仙, 望江南, 望江南, 漁家傲, 浪淘沙, 浪淘沙, 桂枝香慢, 桂枝香慢, 桂枝香慢, 桂枝香慢, 淸平樂	12수
④	이제현	沁園春(1), 江神子(1), 鷓鴣天(5), 太常引(1), 浣溪紗(2), 大江東去(1), 蝶戀花(1), 人月圓(1), 水調歌頭(2), 玉漏遲(1), 菩薩蠻(1), 東仙歌(1), 滿江紅(1), 木蘭花慢(2), 瀟湘八景(15), 松都八景(16)	沁園春, 江城子,[20] 鷓鴣天, 太常引, 浣溪紗, 念奴嬌,[21] 蝶戀花, 人月圓, 水調歌頭, 玉漏遲, 菩薩蠻, 東仙歌, 滿江紅, 木蘭花慢, 巫山一段雲, 巫山一段雲	53수
⑤	이곡	眞州新妓名詞(1), 次鄭仲孚蔚州八詠(8), 次平海客舍詩韻(1)	浣溪紗, 巫山一段雲, 南柯子	10수

정도전이 지었다는 기록이 있는 「신도팔경」 사를 권근이 보았을 가능성은 매우 높다. 따라서 권근은 정도전이 지은 육언절구의 「신도팔경」 시 및 「신도팔경」 사의 영향을 받아 「신도팔경」을 지었을 것으로 추정된다.

⑥	정포	臨江仙(1), 浣紗溪(2), 蔚州八景(8), 辛水原席上贈妓(1)	臨江仙, 浣溪紗,22) 巫山一段雲, 巫山 一段雲23)	12수
⑦	김구용	畫堂春(1), 卜算子(1), 長相思(1), 巫山一段雲(1), 鷓鴣天(1) 少年行(1), 朝中措(1)	畫堂春, 卜算子, 長相思, 巫山一段雲, 鷓鴣天, 少年游,24) 朝中措	7수
⑧	정도전	江之水詞(1), 新都八景(1)	辭, 巫山一段雲	1 수25)
⑨	권근	新都八景(8)	巫山一段雲	8수
⑩	혜심	更漏子(1), 漁父詞(2)	更漏子, 漁家傲	3수

　　위 표를 살펴보면 고려의 사인은 총 10명이고 작품은 110수이다.26) 작가의 신분은 왕 1명과 승려 1명을 빼면, 나머지는 모두 문인이다. 12세기 말엽 김극기에서 시작하여 14세기 말엽 정도전, 권근에

---

20) 詞題 「江神子」는 사패 江城子의 별칭이다.

21) 詞題 「大江東去」는 사패 念奴嬌의 별칭이다.

22) 정포가 지은 詞題는 「浣紗溪」나 이것의 일반적인 사패명은 浣溪紗이며, 당이나 송에 서는 둘 다 혼용해서 사용하였다.

23) 류기수는 「辛水原席上贈妓」에 대해 사패명을 失調라고 하여 미상으로 처리하였으나 필자가 검토한 바로는 쌍조 44자로 구성된 전형적인 무산일단운체이다(이상 류기수, 「고려시대의 사인 및 사문학의 발전배경 고찰」, 『중국학연구』 29집, 중국학연구회, 2004 참조).

24) 『척약재학음집』에는 사패명이 '少年行'으로 되어 있으나 이는 '少年游'의 오기이므로 바로잡는다.

25) 전술한 바와 같이 정도전의 「江之水詞」는 문집에는 '詞'로 되어 있으나 사실은 '辭'라 고 할 수 있으며, 무산일단운체의 詞인 '신도팔경'을 제작했다는 기록은 있으나 현재 『삼봉집』 권2 「詞」 항목에는 보이지 않고, 오직 「江之水詞」 1수만이 있을 뿐이다.

26) 고려말·조선초에 걸쳐 활동했던 문인들의 경우에는 고려조의 사인으로 해야 하는지, 아니면 조선조의 사인으로 처리할지가 애매한 경우가 있다. 가령 元天錫이나 成石璘, 權遇 같은 이들이 그러한데, 본고에서는 일단 이들을 고려조의 사인으로 처리하지 않 았다. 그 이유는 과거 급제 후의 주요 벼슬 이력, 사망 시점 등을 종합적으로 고려한 결과이다. 예컨대 성석린은 몰년이 세종 5년으로 주로 조선조에서 중요한 벼슬을 했 고, 권우 역시 몰년이 세종 1년으로 성석린과 마찬가지로 조선조에서 의미 있는 벼슬 을 했다. 원천석은 정확한 몰년을 알 수 없기에 제외하였다. 반면 본고에서 고려조 작 가로 인정한 정도전이나 권근은 고려조에서 과거 급제를 했을 뿐만 아니라 상당히 유 의미한 정치활동을 했기에 고려조 사인으로 규정하였다. 하지만 원천석 등 3인의 경우 에는 고려조의 사인으로 처리해도 무방하다는 것을 밝혀둔다. 참고로 원천석은 3조 6 수, 성석린은 2조 9수, 권우는 2조 9수의 사를 남겼다. 이들 사의 작품수에 대한 사항 은 류기수, 앞의 논문, 128면 참조.

이르기까지 약 200여 년 만에 고려문단에서 작사의 풍조가 널리 유행했음을 알 수 있다. 사의 내용을 살펴보면 선종은 인생의 부귀영화에 너무 집착하지 말자는 것이고, 김극기의 사는 주로 명승지의 승경을 노래한 경물사景物詞가 주를 이룬다. 이규보의 경우에는 그 작품 수만큼이나 다양하다. 친우들과 풍류를 즐긴 것이 있는가 하면 인생의 허무도 있고, 아름다운 경치를 읊은 것, 바둑을 구경하며 인생사가 바둑판에 담겨 있다고 노래한 것, 새장 안에 갇힌 새를 통해 인생을 비유한 것, 태평성대를 노래한 것 등 실로 다양하다. 특히 이규보 사에는 이수李需, 박훤朴暄, 손사인孫舍人 등 지우들과 주고받은 사가 많다는 점이 특징이다. 이는 이규보 시대에 이미 문인들 사이에서 사의 창작이 보편화되었음을 의미한다.

이제현은 고려 문단에서 가장 많은 사를 지은 사의 대표적인 작가이다. 그가 이렇게 사의 창작에 심혈을 기울이게 된 데에는 여러 가지 이유가 있겠으나 중국 문인들과의 교유를 빼놓을 수 없다. 특히 조맹부趙孟頫, 장양호張養浩, 우집虞集 삼인은 중국 문단에서도 사의 작가로 명망이 높았는데, 재원在元 시절 이들과의 문학적 교유는 이제현으로 하여금 사의 매력에 빠지게 만들었던 것 같다.[27] 이제현의 사는 「소상팔경」 15수, 「송도팔경」 16수를 중심으로 모두 53수인데, 단순히 사의 분량뿐만 아니라 사조 또한 무산일단운을 비롯한 15조나 되어 당대 문인들에게 작사의 교과서 같은 역할을 했을 것으로 생각된다. 그 내용은 팔경사 31수는 일반 한시인 팔경시들과 마찬가지로 아름다운 경치를 사경寫景한 것이고, 나머지 22수는 나라와 임금에 대한 걱정을 비롯하여 부귀공명에 대한 회의, 중추절에 느끼는 세월의 덧없음, 지우들과의 즐거운 모임의 기쁨, 나그네로서 중국을 기행하며 견문한 것과 느낀 점 등 매우 다양하다.

이곡은 모두 10수의 사를 지었는데, 그중 절친한 시우詩友 정포와 차운한 울주팔영蔚州八詠이 8수이고, 나머지 두 수는 주연酒宴에 참

---

27) 조맹부·장양호·우집과의 교유에 대해서는 차주환, 앞의 책, 261－262면 참조.

여한 기생과 가을날의 쓸쓸함을 읊은 것이다. 울주팔영 시는 정포가 먼저 지은 「울주팔경」에 차운한 것인데, 운자는 물론 무산일단운의 사체까지 같다. 이들의 팔경사는 전술한 익재의 「소상팔경」이나 「송도팔경」을 모방한 것이다. 이규보 시대에 있었던 문인들 사이에 차운하여 작사하는 현상이 한 세기 후인 14세기에 이르러 더욱 성행하였고, 이는 고려후기 문단에서 사의 창작이 보편화되었으며 시인들의 주요 장르로 자리매김하였음을 보여주는 중요한 사례라 하겠다. 정포는 이곡과 차운한 「울주팔경」 8수 외에 4수가 더 있는데, 임강선臨江仙 1수와 완계사浣溪紗 2수, 그리고 무산일단운巫山一段雲 1수이다. 내용은 밤에 들은 피리소리의 쓸쓸함과 주연에서의 기생을 읊은 것으로 「울주팔경」외 나머지 4수도 이곡의 사와 내용이 유사하다. 따라서 이곡과 정포의 사작은 철저하게 두 사람 사이의 교감과 상호 영향 하에 이루어진 것임을 알 수 있다.

김구용은 중국에 사행을 갔다가 잘못되어 명의 황제에 의해 유배를 당하고 유배지로 가던 도중에 죽은 매우 특이한 경력의 시인이다.[28] 그가 지은 7수의 사는 여강驪江(경기도 여주의 남한강)의 경치를 읊은 것, 절렴사節廉使로 떠나는 지우를 전송한 것, 외롭고 쓸쓸한 심경을 피력한 것 등 다양하다. 특히 7수의 사를 모두 다른 사패로 지었다는 점이 특이하며 전술한 바와 같이 이는 김구용이 작사를 하나의 문학적 실험이자 새로운 장르에 대한 도전으로 인식했음을 의미한다. 기타 정도전, 권근, 혜심의 사가 있는데 정도전은 대동강에서의 여흥을 읊은 것이고, 권근은 앞의 익재나 가정, 설곡의 팔경사들을 모방하여 조선 개국과 새로 조성한 한양에 대한 찬미를 무산일단운의 사체로 지었다. 승려 혜심의 3수중 2수는 사패가 어가오漁家傲인데, 승려 특유의 인생무상을 자연친화의 노래인 어부가 계열로 읊은 것이다.

이상에서 살펴본 고려의 시인들이 가장 즐겨 사용했던 사패는

---

28) 이에 대한 사항은 하정승, 「여말선초 사대부의 운남 유배와 유배시의 미적 특질」, 『한국문학연구』 6호, 고려대 민족문화연구원, 2005의 논문에서 상술하였다.

'무산일단운'이었다. 위의 도표를 보면 무산일단운의 사패를 사용한 사는 이제현의 「소상팔경瀟湘八景」과 「송도팔경松都八景」을 비롯 이곡의 「차정중부울주팔영次鄭仲孚蔚州八詠」, 정포의 「울주팔경蔚州八景」, 「신수원석상증기辛水原席上贈妓」, 김구용의 「무산일단운」 등 모두 49수임을 알 수 있다. 전체의 절반에 가까운 분량이다. 고려의 시인들이 특히 무산일단운을 애용한 이유는 이 사패의 형식적인 특징 때문이다. 즉 쌍조 44자 전·후단 각 4구로 이뤄졌는데,[29] 전·후단의 세번째 구만 칠언이고 나머지 구들은 모두 오언구여서 마치 오언율시를 짓는 기분으로 지으면 되기 때문에, 장단구에 익숙하지 않아도 율시에 능통하기만 하면 충분히 지을 수 있다는 장점이 있다.[30] 또 한 가지 재미있는 점은 전기보다는 후기로 갈수록 무산일단운의 사용이 빈번해진다는 점이다. 가령 김극기나 이규보, 혜심의 경우에는 단 한수도 사용하지 않은 것에 비해 이제현, 이곡, 정포, 권근 등은 매우 많이 사용하고 있다. 무산일단운 다음으로 많이 사용된 사패는 완계사浣溪紗, 어가오漁家傲, 계지향만桂枝香慢, 망강남望江南, 임강선臨江仙 등을 들 수 있다. 이 체들은 모두 송사에서도 흔하게 사용되는 형식으로 고려 시인들의 작사에 당대 중국 문인들의 영향이 컸음을 반증하는 것이다. 특히 어가오는 북송의 안수晏殊에게 비롯된 것으로 '어부가'·'어부사' 계열의 노래에서 많이 보이는 사패라는 점에서 이를 사용한 이규보와 혜심의 작사 경향을 알 수 있으며, 어부가 계열의 시조 또는 한시와 관련시켜 고찰해 볼 필요가 있다.

3. 고려후기 사의 정취情趣와 격조格調

전술한 바와 같이 현재 작품이 전해지는 고려시대 사의 작가는 10명이고 작품 수는 110수이다. 이들이 사용한 사패는 30여 가지가

---

29) 王奕淸, 『御定詞譜』(『문연각사고전서』에 수록), 「巫山一段雲」 참조.
30) 이태형, 「이곡과 정포의 사에 투영된 울주팔경 형상 考」, 『선도문화』 9호, 국제뇌교육종합대학원 국학연구원, 2010, 557면 참조.

넘고, 그중 가장 즐겨 사용한 것은 무산일단운이며 그 외 망강남望江南, 완계사浣溪紗, 계지향만桂枝香慢 등도 자주 사용되었다. 사의 내용을 보면 개인적인 감정을 읊은 서정적인 북송사 계열의 작품들이 대다수이나, 북송사의 가장 큰 특징인 남녀간의 사랑을 읊은 화간풍의 작품보다는 인생의 허무와 같은 애상조의 작품이 주를 이룬다. 작가의 신분은 왕과 승려 각 1인을 제외하곤 모두 사대부 문인들이다. 따라서 작품에서도 사대부 특유의 정치의식, 목민사상, 애민의식, 출처관 등이 나타나고 있다. 거기에 이들 사의 작가들은 대부분 작시에도 매우 능한 당대를 대표하는 시인들이었기에 사의 문학성이 뛰어나고, 그 정취와 품격 또한 높다. 본고에서는 시인으로서의 특징이 사에서는 어떻게 구현되고 있는지에 초점을 맞추고, 이들 사에 나타난 문학성 등 미적인 측면에 주목하여 논지를 전개하고자 한다.

처음에 살펴볼 작품은 김극기의 「망강남望江南」이다. 김극기는 고려 무신정권기 인물로 시에 매우 뛰어났던 것으로 알려져 있지만, 문집은 전해지지 않는다. 그는 평생 관직에 연연하지 않고 전국을 유람하며 시를 지었는데, 이때 지은 시편들이 『신증동국여지승람』에 지금까지 전하고 있다.[31] 현전하는 김극기의 사 3수도 모두 『신증동국여지승람』에 실려 있는데, 하나는 전라도 나주목 금성산錦城山 항목에 있고, 다른 하나는 평양부 다경루多景樓이며, 마지막 하나는 평안도 가산군嘉山郡 항목이다. 이 중에서 금성산을 읊은 사를 보자.

망강남

강남의 즐거움이여,
신령스러운 멧부리는 매우 높네.
깊숙한 골짜기에 호랑이도 일찍이 돌을 차고 갔고,

---

31) 김극기의 삶에 대한 부분은 김건곤, 『김극기유고』, 한국정신문화연구원, 1997, 10-14면 참조.

옛 못에는 용이 또한 구슬을 안고 조는데,

달밤에는 뭇 신선이 내려온다.

江南樂, 靈嶽莫高焉.

幽谷虎曾跑石去, 古湫龍亦抱珠眠, 月夜降群仙.

매우 높아,

하늘과의 거리가 겨우 한 뼘이다.

솔숲의 절에선 저녁 종소리가 깊은 골짜기까지 전해지고,

버드나무 마을에선 쓸쓸한 방앗소리가 외로운 연기 너머로 들리는데,

산속의 오솔길은 위로 꾸불꾸불 이어졌다네.

高不極, 一握去靑天.

松寺晚鍾傳絶壑, 柳村寒杵隔孤烟, 鳥道上鉤連.32)

사패는 "망강남望江南"으로 일명 '억강남憶江南'·'몽강남夢江南'으로도 불려진다. 단조 27자체와 쌍조 54자체 두 가지가 있다.33) 인용한 김극기의 사는 쌍조 54자체이고, 글자 수는 각 조마다 3·5·7·7·5이다. 사의 대상이 된 금성산은 전남 나주시의 진산으로 실제로는 그리 높은 것은 아니지만, 나주평야에서 솟아 있기 때문에 상당히 높고 험준해 보인다. 전단의 제2구 "신령스러운 멧부리"는 금성산이 고려시대부터 국가에서 산신제를 지냈던 영산靈山의 기능을 했던 것을 말한다. 매년 봄과 가을이면 전국 각지에서 사람들이 모여들어 한 해의 풍년과 태평을 기원하였다고 한다. 3구에서 5구는 금성산이 영산으로서의 모습을 가지고 있다는 것을 강조한 것이다. 골짜기에는 호랑이가 있었고, 오래된 못에는 용이 살았으며, 밤이 되면 하늘에서 신선들이 내려올 정도라는 것이다.

---

32) 김극기, 『신증동국여지승람』 권35, 나주목, 산천, 금성산, 「望江南」. 본고에서 사용한 한시 국역은 한국고전번역원에서 국역이 안 된 시들을 제외하곤, 기본적으로 한국고전번역원의 인터넷 사이트를 인용하되 필자가 부분적으로 수정한 것임을 밝혀둔다.

33) 王奕淸, 『御定詞譜』(『문연각사고전서』에 수록), 「望江南」 참조.

이에 비해 후단은 매우 서정적인 필치로 구성되어 있다. 그 핵심은 3-5구인데, 소나무 숲속의 절에서 시작된 저녁 종소리가 멀리까지 울려 퍼진다. 그 아랫마을 어느 집에선 방아 찧는 소리가 나고 굴뚝으론 한 줄기 연기가 피어난다. 이 구절의 특징은 우선 매우 감각적인 이미지로 이뤄졌다는 점이다. 저녁 종소리[晩鐘], 쓸쓸한 방앗소리[寒杵], 외로운 연기[孤烟], 산속의 오솔길[鳥道]이 그 예인데, 시각과 청각적인 시어들이 어우러져 쓸쓸한 의경을 만들고 있다. 또한 3구와 4구가 매우 정교한 대장對仗으로 이뤄진 점도 주목된다. 솔숲의 절[松寺]과 버드나무 마을[柳村], 저녁 종소리와 쓸쓸한 방앗소리, 전해지고[傳]와 너머로[隔], 깊은 골짜기[絶壑]와 외로운 연기[孤烟]가 모두 완벽한 대장이다. 심지어 명사엔 명사로, 청각적 이미지엔 청각적 이미지로, 피수식어＋수식어 구조엔 역시 피수식어＋수식어 구조로 대응되어 있어 품사와 단어 구조까지 맞춰져 있다. 이는 김극기가 이미 율시 등에 노련한 솜씨가 있는 시인이었기에 가능한 일이다. 마지막 5구는 마치 영화의 엔딩처럼 하늘과 닿을 듯한 오솔길을 보여줌으로써 사를 마치고 있다. 이 같은 보여주기(showing) 기법 역시 작품의 의상意象을 매우 서정적으로 만드는 데 기여하고 있다.

농중조籠中鳥의 노래

새장 안의 새,
몇 천 번이나 돌았나.
비록 울 수 있는 부리는 있으나,
사방에 충돌하여 깃 꺾이니 어찌하랴,
먹이에 굶주리니 더욱 슬프다.
籠中鳥, 竟日幾千廻.
縱有一鳴脣舌在, 那堪四觸羽毛摧, 餒食益哀哀.

하늘 길,

돌아보니 꿈같이 아득한데.

다시 봉지鳳池에 들어가고자 하는 뜻 있으니,

새로 어사대에 있으려면 어찌 중매가 필요 없으리,

다시 때가 되어 오길 기다리네.

天上路, 回首夢悠哉.

再浴鳳池猶有意, 新栖烏府豈無媒, 且復待時來.[34]

인용한 사는 이규보의 작품이다. 시인은 '농중조籠中鳥', 즉 새장
속에 갇힌 새를 노래한다. 사패는 앞의 김극기의 사와 마찬가지인 "
망강남"으로 쌍조 전·후단 54자체이다. 여기에서 새장 속의 새는 시
인 본인을 지칭한다. 일종의 은유법이자 우화적 수법이다. 전단에서
는 새의 고통과 현재적 상황을 보여준다. 지금 새장에 갇힌 새는 좁
은 공간에서 몇 천 번을 날며 몸부림치고 있다. 새의 목적은 새장을
벗어나 밖으로 나가는 것이다. 그러나 그럴수록 사방에 충돌하여 깃
털만 꺾이고, 먹이도 하나 없는 굶주림의 고통만 돌아온다. 마지막 5
구는 새장을 탈출하려는 새에 대한 응징으로 주인이 먹이를 주지 않
았음을 의미한다. 이 비유는 시인의 현재적 삶에 대한 고통과 불만을
보여준다. 이규보는 끊임없이 자신의 꿈을 펼치기 위해 노력하였다.
그것은 새장 속 새의 몸부림과도 같은 처절한 절규였다. 그러나 현실
은 냉혹하여 이규보가 꿈을 펼칠 수 있도록 기회를 주지 않았다. 오
히려 몸부림을 칠수록 돌아오는 것은 배고픔과 가난이었다. 실제로
이규보의 삶을 보면 첫 출사하기까지 오랜 시간이 걸렸고, 출사 후에
도 미관말직에 낙망하여 실의에 차 있었다. 그가 날개를 폈던 것은 무
신정권의 집권자인 최우崔瑀를 만나고 난 인생 후반기였다.[35] 그렇다

---

34) 이규보, 『동국이상국집·전집』 권15, 「籠中鳥詞 望江南令」.

35) 이상 이규보의 삶과 처세관·인생관 등에 대한 사항은 이동철, 『백운 이규보 시의 연
구』, 국학자료원, 1994 및 신용호, 『이규보의 의식세계와 문학론 연구』, 국학자료원,
1990을 참조할 것.

면 새는 왜 밖으로 나가려는 것인가. 그 답은 다음 후단에 있다. 3구의 "봉지鳳池"란 원래 당나라 중서성中書省에 있던 연못이니 재상과 같은 높은 벼슬을 의미하고, 4구의 "오부烏府"는 어사대御史臺를 지칭한다. 즉 중서성이나 어사대의 고관이 되는 때를 기다리겠다는 것이다.

앞에서 살펴본 김극기의 사가 매우 서정적인 것에 비해 이규보의 사는 본인의 암담한 현실과 이를 인내하고 결국에는 꿈을 펼치겠다는 자기 다짐을 노래하고 있다. 이 같은 두 작품의 차이는 실제로 두 사람의 인생에서도 그대로 구현되었으니, 한 명은 은자와 같은 삶을 살았고 또 다른 한 명은 무신집권기 최고의 재상자리에까지 오르게 되었던 것이다. 다음에 살펴볼 사는 이제현의 작품이다.

저물녘에 길을 가면서

잠자리 찾는 까마귀들 다 가버리고 먼 산 푸른데,
어둠이 교외로 들어가는 것이 보인다.
등불은 반딧불보다 작고,
사람은 보이지 않으며 이끼 낀 문짝이 반쯤 닫혀 있다.
棲鴉去盡遠山青, 看暝色入林坰.
燈火小於螢, 人不見苔扉半扃.

말안장 비추는 서늘한 달,
옷에 가득히 내린 흰 이슬.
말을 매어놓고 추운 대청에서 자는데,
오늘밤 새벽별 기다리니,
또 어디가 장정이며 어디가 단정일까.
照鞍涼月, 滿衣白露.
繫馬睡寒廳, 今夜候明星, 又何處長亭短亭.[36]

---

36) 이제현, 『익재난고』 권10, 「大常引 暮行」.

위 사의 사패는 태상인太常引이다. 태상인은 태청인太淸引이라고도 하는데, 전·후단 쌍조이며 전단은 4구, 후단은 5구이다. 전단 제2구가 5자인 경우와 6자인 경우의 두 가지가 있는데, 이에 따라 총 글자 수가 49자와 50자인 이체二體가 있다.37) 인용사는 후자에 속한다. 사제는 「모행暮行」으로 제목부터가 상당히 감성적이다. 이 사는 익재가 중국 기행 중에 지은 것으로 보이는데,38) 시인은 지금 나그네가 되어 말을 타고 어느 마을로 들어가고 있다. 날은 이미 저물어 까마귀들도 제 집으로 돌아갔고 마을은 어둠에 잠겨있다. 집집마다 등불을 켰는데 반딧불보다도 작게 보인다. 이는 물론 과장이기도 하지만, 불빛이 비치는 집과 시인과의 거리가 그만큼 멀리 떨어져 있음을 말한다. 날이 이미 저물었기 때문에 거리엔 사람이 보이지 않고, 이끼 낀 문짝만이 반쯤 닫혀있을 뿐이다. 여기에서 이끼가 꼈다는 것은 집들이 오래되었음을 의미하며, 반쯤 닫혀있는 것은 아무 것도 가져갈 것이 없는 시골마을의 여염집이기에 문을 굳이 닫을 필요가 없지만, 가족들이 모두 귀가한 저녁이기에 형식적으로 문을 얼마간 닫아둔 것이다. 좀 더 의미를 확대해보면 이는 마을사람들이 외부인에 대하여 완전 개방이나 폐쇄가 아닌 반개방성을 지니고 있음을 상징한다고 볼 수도 있다. 겉으로는 사경寫景을 하고 있지만 그 속에 무궁한 의미가 담겨있는 전형적인 정경교융情景交融의 기법이다.

후단에서는 시인의 시선이 마을에서 본인에게로 옮겨져 있다. 시간은 더욱 흘러 밤이 되었고 달빛이 말안장을 비추고 있다. 밤이 늦도록 돌아다녔기에 옷에는 이슬로 가득하다. 아마도 시인은 머물 곳을 찾지 못했는지, 어느 집에 대충 말을 묶어놓고 본인은 차가운 대청마루에서 잠을 청한다. 하지만 이미 밤은 깊었기에 얼마 후 새벽별이 뜨면 곧 일어나 다시 먼 길을 떠나야 한다. 전체적으로 보면, 전단에서 원경으로 시작하여 후단에서 근경으로 끝을 맺고 있다. 전단

---

37) 王奕淸, 『御定詞譜』(『문연각사고전서』에 수록), 「太常引」참조.

38) 이에 대한 사항은 차주환, 앞의 책, 270면 및 지영재, 『서정록을 찾아서』, 푸른역사, 2003 참조.

만 놓고 보더라도 처음 시작은 하늘의 까마귀와 먼 산을 제시하고 점점 뒤로 갈수록 마을집의 창문과 대문으로 시선이 옮겨지는 원근법을 사용하고 있다. 특히 후단에선 "서늘한 달", "흰 이슬" 등 매우 차가운 느낌을 주는 시각적·촉각적 이미지를 구사하여 시인의 내적 심정을 암시하고 있다. 또한 전술한 바처럼 반쯤 닫혀 있는 문과 같은 시상은 하나의 문학적 은유로 작용하고 있다. 이처럼 위의 작품은 시어의 구사, 이미지의 활용, 고도의 수사법등 문학적 장치가 적절히 활용되어 경물사가 도달할 수 있는 하나의 경지를 이루었다는 평가를 내려도 좋을 만큼 완성도가 높은 익재사의 대표작이라 할 수 있겠다.

서강의 눈보라

바다를 지나가니 차가운 바람 세차고,
구름에 잇닿아 눈이 까마득하다.
꽃이 지듯 버들개지 날아오르듯 강 마을에 가득하여,
때 아닌 미친 봄이 날뛰듯 하네.
過海風凄緊, 連雲雪杳茫.
落花飄絮滿江鄕, 倫放一春狂.

어촌 장터는 문 여는 것 이르고,
돛배는 포구로 들어가느라 바쁘다.
술집이 어디길래 관현 가락 울려서,
맹양양을 시름겹게 하는가.
漁市開門早, 征帆入浦忙.
酒樓何處咽絲簧, 愁殺孟襄陽.[39]

위의 사는 「송도팔경」 중 하나이다. 「송도팔경」은 경기도 개성을

---

39) 이제현, 『익재난고』 권10, 「松都八景·西江風雪」.

대표하는 8가지 풍경을 읊은 것인데, 전편과 후편으로 구성되어 있다. 팔경을 살펴보면 「자하동으로 중을 찾아가다[紫洞尋僧]」, 「청교역에서 객을 전송하다[靑郊送客]」, 「북산의 안개비[北山煙雨]」, 「서강의 눈보라[西江風雪]」, 「백악의 비 갠 구름[白嶽晴雲]」, 「황교의 저녁놀[黃橋晚照]」, 「장단의 석벽[長湍石壁]」, 「박연폭포(朴淵瀑布)」 등 8가지이다. 이것이 전편과 후편으로 구성되어 실제로는 총 16수이다.[40] 사실 「송도팔경」은 전작인 「소상팔경」을 모방하여 지은 것인데, 「소상팔경」은 주지하다시피 송나라의 화가 송적宋迪이 소상의 풍경을 8폭으로 그린 「소상팔경도」에서 비롯되었고, 송나라의 시인 소식이 이 그림을 보고 제화시를 지음으로써 후대 문인들이 차운하게 되었다. 고려조에서도 이제현 이전에 이인로나 진화 등에 의해 송적팔경도 시가 창작되었다.[41] 익재의 「소상팔경」과 「송도팔경」 사의 사패는 모두 무산일단운으로 되어 있는데, 이후 고려조의 팔경사들, 예컨대 이곡이나 정포, 권근의 팔경사들은 모두 익재의 팔경사를 모방하여 무산일단운으로 창작되었고, 이러한 전통은 조선조 시인들에게도 그대로 계승되었다.[42]

인용사는 전편의 네 번째 작품이고, 사제의 서강은 개성을 흐르는 예성강의 지류로 서해 바다 항구인 벽란도까지 연결된다. 전단 1구의 "바다를 지나가니 차가운 바람 세차고"는 이러한 지리적 배경을 바탕으로 읊은 것이다. 구름에 잇닿은 눈이 까마득하다는 말로 보아 세찬 바람에 많은 눈이 흩날리고 있음을 알 수 있다. 3구는 눈발이 날리는 외양 묘사로 꽃이 바람에 날리듯 버들개지가 날아오르는 듯하다는 것이고, 4구는 봄철에 눈이 오는 것을 "미친 봄이 날뛰듯 하네"

---

40) 이 중 3번째 北山煙雨와 4번째 西江風雪 및 7번째 長湍石壁과 8번째 朴淵瀑布는 후편에서는 각각 순서가 바뀌어 있다.

41) 이에 대한 사항은 안장리, 「한국팔경시연구」, 한국정신문화연구원 한국학대학원박사학위논문, 1996 및 최경환, 「이인로와 진화의 송적팔경도 시 대비」, 『한국고전연구』 1집, 한국고전연구학회, 1995를 참조할 것.

42) 고려조의 시인들뿐만 아니라 조선조에 들어서도 팔경사를 창작한 시인들, 가령 徐居正, 李承召, 姜希孟, 申光漢, 崔演, 申楫 등 많은 시인들은 무산일단운체를 사용하여 팔경사를 창작하였다. 이로 보면 익재 이후 팔경사 창작은 무산일단운이라는 단일 사패로 짓는 것이 하나의 전통처럼 되었음을 알 수 있다.

로 표현하였다. 전단이 눈 내리는 장면을 묘사한 것이라면, 후단은
서강 포구의 묘사이다. 어촌의 시장은 이른 아침부터 열리고 고기잡이
배들은 저마다 잡은 고기를 싣고 포구로 들어온다. 이처럼 활기찬 포구
에 어부들과 상인들의 고단함을 달래줄 술집이 빠질 리 없다. 어느 술
집에서 들려오는 풍악 소리에 시인은 더욱 시름에 젖는다. 활기찬 어촌
의 풍경과 시름에 겨운 시인의 모습이 대비적이며 거센 눈보라, 바쁘게
움직이는 돛배, 울리는 풍악 등은 마지막 구절 시인의 수심을 두드러지
게 하는 장치로 활용되고 있다. 익재의 노련한 시적 기교가 잘 나타난
작품이다. 다음에 살펴볼 시는 정포와 이곡의 「울주팔경」이다.

벽파정碧波亭

첩첩이 쌓인 돌은 가을 언덕에 기울어 있고,
대나무 숲 저녁 강가에 누워 있네.
뱃사공은 말하길 이곳이 벽파정이라는데,
비석은 파괴되어 비명조차 없구나.
疊石欹秋岸, 叢篁臥晚汀.
舟人云是碧波亭, 碑壞已無銘.

비 지나가니 백사장은 하얗고,
안개가 걷히니 물빛은 더욱 파랗다.
당시의 노랫소리 차마 들을 수 없으니,
노에 기대 부질없이 눈물만 흘린다.
雨過沙痕白, 煙消水色青.
當時歌調不堪聽, 倚棹涕空零.

이 마을에 벽파정곡이 있다.
俚里有碧波亭曲.[43]

위의 사는 정포의 「울주팔경」이다. 이곡에게도 같은 「울주팔경」
이 있는데, 정포가 먼저 읊은 것에 대해 이곡이 차운한 것이다.[44] 사
패는 무산일단운인데 전술한 바와 같이 이제현이 「소상팔경」을 무산
일단운체로 지은 이래 고려조 팔경사의 작가들은 대개가 다 익재를
따라 무산일단운으로 짓는 것이 전통이 되었다. 물론 이곡이 차운한
울주팔경 사도 사패가 같고 심지어 운자까지 동일하다. 사실 다른 시
인의 사에 차운하여 사를 지은 것은 이곡이 처음이 아니고, 그 앞 세
대인 이규보 시대에도 흔하게 있었기에 그리 특이한 일은 아니다. 하
지만 이규보의 경우에는 서로 차운한 작품이 이규보의 것만 남아 있
는 것에 비해 정포와 이곡은 두 사람의 작품이 모두 온전하게 남아
있다는 점에서 의미가 있다. 같은 경치를 놓고 쓴 작품이라 하더라도
내용이 전혀 달라 서로 비교가 가능하기 때문이다. 이곡과 정포는 아
주 막역한 사이였다. 『가정집』이나 『설곡집』에 서로 주고받은 시가
많이 보이고 그 내용 역시 서로를 아끼고 애틋함을 표현하고 있다.[45]
그들의 우정은 대를 이어 계속되는데, 이곡의 아들 목은 이색과 정포
의 아들 원재 정추 역시 가장 가까운 지우였다. 『목은집』에 원재와
주고받은 시가 여러 수 보이고, 정포의 문집인 『설곡집』의 서문을 목
은이 썼으며, 한걸음 더 나아가 정포와 정추의 집안 내력을 정리한
글인 「정씨가전鄭氏家傳」까지 기록한 것은 목은과 원재와의 깊은 우정
을 보여주는 실례라 할 것이다. 이곡이 정포의 사에 차운한 것도 이
와 같은 맥락에서 이뤄진 것이다.

정포가 「울주팔경」을 지은 것은 그의 나이 34세 때인 1342년으

---

43) 정포, 『설곡선생집』 권하, 「蔚州八景·碧波亭」.

44) 이곡이 지은 사의 제목은 "정중부가 지은 울주팔영에 차운하다[次鄭仲孚蔚州八詠]"이
다. 여기 중부는 설곡 정포의 자이다. 이 제목을 통해 설곡이 먼저 울주팔경을 지었고,
여기에 이곡이 차운하여 지은 것임을 알 수 있다. 또한 『설곡집』을 살펴보면 사의 제
목이 「蔚州八景」으로 되어 있는데, 이곡은 이를 "蔚州八詠"으로 고쳐서 말하고 있음
을 알 수 있다.

45) 가령 정포가 죽었다는 소식을 듣고 이곡이 애도하며 지은 시인 「哭仲孚司議贈其兄鄭
判事」(『가정집』 권18)을 비롯하여 서로 차운한 시가 10여 수가 훨씬 넘는다.

로, 충혜왕에 의해 좌천을 당하여[46] 울주군수로 부임하게 된 설곡이 울주의 아름다운 풍광을 사로 옮기게 되었다. 전단의 1구 "첩첩이 쌓인 돌은 가을 언덕에 기울어 있고"로 보아 계절은 가을이고, 2구 "대나무 숲 저녁 강가에 누워 있네"로 보아 시간은 저녁 무렵에 지은 것이다. 이 작품의 배경이 되는 벽파정은 울산의 삼산三山(일명 삼신산三神山)에 있었다는 정자인데, 전단 4구의 "비석은 파괴되어 비명조차 없구나"라는 말로 보아 현재는 물론이고, 정포가 사를 지었던 당시에도 이미 정자가 온전하게 보전되지는 않은 것 같다. 작품의 미주에 "이 마을에 벽파정곡이 있다"라는 것으로 보아 아마도 고려시대에는 벽파정의 풍광과 감흥을 노래하는 곡이 있었음을 짐작할 수 있다. 노래의 성격을 정확히 알 수는 없지만, 후단의 제3구 "당시의 노랫소리 차마 들을 수 없으니"라는 말로 보아 애상조의 노래로 추정되며 이 노래를 바탕으로 정포와 이곡의 사가 제작된 것이다. 이 작품은 전반적으로 매우 애수를 띠고 있으며 표현이나 사어의 구사가 감성적이고 서정적이어서 정포의 「울주팔경」 8수 중에서도 가장 문학성이 뛰어난 작품이라고 할 수 있겠다. 다음은 이 작품에 차운한 이곡의 사를 보자.

벽파정碧波亭

산에 비가 내리니 꽃잎이 물 위에 둥둥,
강이 맑게 개자 달빛이 물가에 가득.
고인의 시안으로 지금의 정자가 되었나니,
누가 감히 새로 지어 바꿀 수 있으리오.
山雨花浮水, 江晴月滿汀.
古人詩眼此爲亭, 誰敢換新銘.

---

46) 정포의 울주 좌천에 대한 자세한 사항은 『고려사』 권106, 「열전」 권19, <鄭瑎>附 "鄭誧"조를 참조할 것.

서울을 떠나도 여전히 붉은 마음이요,

시대를 걱정해도 아직 검은 머리로세.

어부의 노래를 정녕 그대와 듣고 싶어,

놀라서 일어나니 물총새 깃털이 떨어지네.

去國心猶赤, 憂時鬢尙靑.

漁歌政欲共君聽, 驚起翠毛零.[47]

　　전단의 마지막 글자 "명銘"과 후단의 마지막 글자 "령零"이 운자로
정포의 사와 동일하다. 동일한 벽파정을 두고 읊은 것인데도 앞의 정포
의 작품과 많은 차이가 있다. 이를 비교해 보면 이 작품의 성격이 두드러
지게 드러난다. 전단의 1–2구는 정포와 마찬가지로 매우 서정적인 필
치로 시작된다. 삼신산에 비가 와서 꽃잎이 강물에 떠가더니 밤이 되자
달빛이 꽃잎 대신 강물 위에 떠 있다. 3구 "고인의 시안으로 지금의
정자가 되었다"는 말은 수많은 시인 묵객들이 이 정자를 방문했음을
말해준다. 실제로 벽파정은 태화강의 아름다운 풍광과 시원한 바람을
맞을 수 있는 곳이었기에 시인들이 제영하기 좋은 장소였다.[48] "서울을
떠나도 여전히 붉은 마음이요/ 시대를 걱정해도 아직 검은 머리로세"라
는 후단의 1–2구는 작가의 정체성을 잘 보여주며, 앞의 정포와 가장
두드러진 차이를 나타낸다. 정포의 사가 깨어진 비석, 애수의 노랫소리,
눈물 등 전반적으로 슬프고 비통한 의상을 드러내고 있는 것에 비해
이곡의 작품은 나라와 임금에 대한 충성, 시대에 대한 걱정 등 우국·애
민의식을 보여준다. 이는 정포가 당시 울산군수 신분이기는 했으나, 서
울에서 좌천되어 유배를 당한 것이나 다름없는 처지였음에 비해 이곡은
원나라와 고려 조정에서 관리로서 승승장구하고 있었기 때문에[49] 같은

---

47) 이곡, 『가정집』 권20, 「次鄭仲孚蔚州八詠·碧波亭」.

48) 조선전기 태종 때에 형조판서와 경상도관찰사를 역임했던 安騰도 이곳 벽파정을 두고
　　노래한 시가 『신증동국여지승람』 권22, 「울산군」, <題詠>조에 전한다.

49) 정포의 사는 1342년 가을에 지어진 것임에 비해 이곡의 사가 정확히 언제 제작된 것인
　　지는 알 수 없다. 하지만 정포의 사를 차운한 것이기에 일단 1342년 이후임은 분명하
　　고, 1342년 이후 이곡의 정치적 행적이 원나라와 고려 조정을 계속해서 오가며 관직생

경치를 보아도 서로 다른 느낌과 생각을 가질 수밖에 없었다. 후단의
3-4구는 어부가漁父歌를 등장시키며 앞의 정포의 작품처럼 매우 서정적
으로 끝맺음을 하고 있다. 특히 "놀라서 일어나니 물총새 깃털이 떨어지
네"는 매우 감각적인 표현으로 이곡의 시적 기교가 사에서도 그대로
유감없이 드러나고 있음을 보여준다. 다음에 살펴볼 사는 척약재 김구용
의 작품이다.

　　복산자卜算子 대인代人

　　지게문에 기대어 바라보니 저녁의 햇빛은,
　　정말로 외로운 마을의 나무에 걸려있네.
　　눈물 흐르는 두 눈은 침침하고 새는 널리 날아가는데,
　　서울이 어디쯤일지 알겠네.
　　倚戶望斜陽, 正在孤村樹.
　　淚眼昏昏鳥遠飛, 京國知何處.

　　한 번의 이별 천년 같으니,
　　이 한을 누구에게 말할까.
　　멀리 바라보니 산은 첩첩산중인데,
　　어느 곳이 낭군께서 돌아오는 길인가.
　　一別似千秋, 此恨憑誰語.
　　極目千山又萬山, 底是郎歸路.50)

　　인용사의 사패는 '복산자'이다. 복산자는 '초천요楚天遙'라고도
하는데, 쌍조에 전·후단 각 4구로 3구만 7언이고 나머지는 모두 5언

　　활을 했던 것을 볼 때, 이곡의 사는 환로의 정점에 있던 1342년 이후 어느 시기에 제
　　작되었을 것으로 추정된다.
50) 김구용, 『惕若齋先生學吟集』 권하, 「卜算子 代人」.

으로 구성된다.[51] 사제에서 대인代人이라고 하였으니 다른 이를 대신하여 지었다는 것인데, 내용을 보면 전형적인 화간집 풍의 염정시 계열임을 알 수 있다. 화자는 님을 떠나보내고 돌아오기를 기다리는 여성이며, 시인이 그 여인을 대신하여 노래를 읊고 있는 것이다. 사대부 남성 시인이 짓는 시와 사에서 여인의 목소리로 시상을 전개해 나가는 것은 흔한 일인데, 특히 이러한 현상은 염정시 계열에서 두드러진다.[52] 여인은 님이 떠나간 뒤에 저물녘이면 집앞에 나와 지게문에 기대어 동구 밖을 바라본다. 시상은 매우 회화적인데, 문에 기대어 하염없이 바라보고 있는 여인, 뉘엿뉘엿 서산으로 지면서 나무에 걸려 있는 저녁 해, 저녁 햇빛을 받아 더욱 어두워 보이는 나무, 멀리 날아가는 새 등이 시각적 조화를 이루며 시의 의상意象을 더욱 침통하게 만들어 준다. 후단 제1구의 "한 번의 이별 천 년 같으니"라는 말은 그만큼 이별의 고통이 크다는 것을 암시한다. 님이 과연 돌아오기나 할지, 또 온다면 그때는 언제인지, 여인에게는 이 모든 것이 불안하고 걱정이다. 후단의 3-4구, 사방을 아무리 둘러보아도 첩첩산중뿐이니 그 어디가 님이 돌아오는 길인가라는 독백은 불안하고 걱정스런 여인의 심정을 그대로 보여주는 말이다. 사실 분명히 산에 난 길이 있음에도 불구하고, 그녀의 눈에는 길은 보이지 않고 오직 꽉 막힌 산만 보일 뿐이다. 그만큼 여인은 지금 이별의 고통과 끝없는 기다림으로 지쳐 있는 것이다.[53] 이 작품은 고려후기 사 가운데에서는 드물게 보이는 염정시 계열로 이후 전개되는 조선조 화간풍의 사 창작에 영향을 주었을 것으로 생각된다.

---

51) 侯健, 『新編詩詞曲賦辭典』, 중국강서인민출판사, 1982, 「복산자」 참조. 전·후단 각 5·5·7·5의 구조는 무산일단운과 동일하나, 복산자는 2·4구에 측성운을 사용하는 것에 비해, 무산일단운은 평성운을 사용한다는 차이점이 있다.

52) 이에 대한 사항은 하정승, 「염정시의 면모와 미적 특질」, 『동방한문학』 37집, 동방한문학회, 2008, 90-91면 참조.

53) 하정승, 위의 논문, 99면.

조중조朝中措 여강驪江

인간만사 부질없으니,

한평생이 마치 봄꿈과 같네.

할 일 없이 강가에 한 번 누우니,

밝은 달과 맑은 바람만 서로 따르네.

人間萬事到頭空, 春夢百年中.

一臥江墺無賴, 相從明月淸風.

산에서 나물 캐고 강가에서 낚시하니,

맛있는 음식이 상에 가득하고,

청주와 탁주는 술잔에 가득.

하루 종일 홀로 마시고 또 홀로 시 읊으며,

평생토록 기꺼이 시골 늙은이 되련다.

採山釣水, 鮮美滿案, 賢聖盈鍾.

獨酌獨吟終日, 平生甘作村翁.[54]

인용사는 저자가 경기도 여흥에 유배 당했을 때 지은 작품으로
보인다. 사패는 '조중조'로 일명 '부용곡芙蓉曲'이라고도 하는데, 쌍조
이며 전단은 4구, 후단은 5구로 이뤄져 있다. 글자 수는 총 48자이
다.[55] 김구용은 1375년 북원北元의 사신을 맞이하는 일에 반대하다
정몽주, 박상충, 이숭인, 정도전 등과 함께 유배를 당했다. 김구용은
모향인 여흥으로 유배되어 1381년 해배될 때까지 햇수로만 따지면
무려 7년간이나 기거하였다.[56] 그는 이 시기 '여강어우驪江漁友'라 자

---

54) 김구용, 『惕若齋先生學吟集』 권하, 「朝中措 驪江」.

55) 후건, 앞의 책, 「조중조」 참조.

56) 김구용의 여흥유배와 한시에 대한 사항은 하정승, 『한국 한시의 분석과 해석』, 역락,
2011을 참조할 것.

호하고, 여강의 집에 '육우당六友堂'이라는 편액을 내걸고 친구들과 시를 주고받았다.[57] 당시 척약재와 교유했던 친구들은 포은 정몽주, 도은 이숭인, 삼봉 정도전, 호정 하륜, 둔촌 이집 등이었다.[58] 위 작품의 내용을 보면 전단은 인생의 허무를, 후단은 여강에서 자연과 더불어 사는 삶을 노래하고 있다. 시인은 인생은 일장춘몽으로 인간 만사가 부질없는 일이라고 말한다. 이는 물론 중앙정계에서 쫓겨나 여흥의 유배지로 오게 된 자신의 처지를 생각하며 한 말이다. 유배지에서의 삶은 딱히 바쁠 일이 없다. 그저 할 일없이 강가에 눕기도 하며 자연 속에서 자연과 함께 누릴 뿐이다. 척약재가 '육우당'이라고 내걸은 육우는 강, 산, 눈, 달, 바람, 꽃이다.[59] 모두 일상에서 쉽게 접할 수 있는 자연 친화물이다. 이 사에서도 달과 바람을 등장시켜 물아일체의 삶을 표현하고 있다.

후단은 전단에 비하여 자연에서의 삶의 모습이 구체적으로 드러난다. 전단이 산수시의 의경意境이라면 후단은 전원시의 의경이다. 전원에서의 삶은 산에서 나물 캐고, 강가에서 낚시하는 일이 주를 이룬다. 덕분에 밥상에는 제철 나물과 생선들로 진수성찬이다. 거기에 청주와 탁주까지 더해지니 더 이상 부러울 것이 없는 밥상이다. 시인은 종일토록 홀로 술을 마시며 또 홀로 시를 쓴다. 그러면서 마지막 구에서 기꺼이 시골 늙은이로 평생을 살겠다고 말한다. 그만큼 전원의 삶에 적응하고 있음을 의미한다. 이 작품은 한시로 치면 전형적인 산수·전원시의 의경을 드러내고 있으며, 유배지에서 자연과 더불어 살아가는 유배문학으로서의 한 측면도 보여주고 있다.

---

57) 이에 대한 사항은 정도전이 쓴 「惕若齋學吟集序」(『척약재학음집』 권수)에 자세히 나와 있다.

58) 척약재의 교유 양상은 그의 아들 김명리가 쓴 「先君惕若齋世係行事要略」(『척약재학음집』 권수) 참조.

59) 김명리, 「先君惕若齋世係行事要略」(『척약재학음집』 권수), "以樂江山雪月風花之興, 乃六友堂者自此始也."

별처럼 늘어선 관공서 [列署星拱]

활줄 같은 곧은 거리 넓기도 한데,
별처럼 여러 관청 나눠져 있다.
궁궐로 구름같이 모여든 관리들,
제제다사濟濟多士가 밝은 임금 보좌하네.
弦直長街闊, 星環列署分.
天門冠盖藹如雲, 濟濟佐明君.

정사는 모두 공을 이루고,
인재도 사람마다 뛰어나구나.
거리에 가득한 '물렀거라' 소리 번갈아 들려오니,
퇴식 때라 한창 시끄럽구나.
庶政皆凝績, 英材惣出群.
籠街喝道遞相聞, 退食正紛紛.[60]

　　인용사는 권근이 지은 「신도팔경」이다. 「신도팔경」은 조선 개국
후 한양으로 천도한 것을 기념하여 정도전이 새롭게 수도가 된 한양
을 찬미하는 육언절구의 「진신도팔경시進新都八景詩」(『삼봉집』 권1)를
짓자, 권근이 이에 차운하여 8수로 된 무산일단운체로 지은 사이다.
사패를 무산일단운으로 쓴 것은 전술한 바와 같이 이제현 이후 팔경
사의 전통을 따른 것으로 보인다. 하지만 그 내용에 있어서는　팔경
시·팔경사들의 공통적인 특징인 승경지를 유람하고 아름다운 풍광을
노래하는 전통에서 벗어나 신도읍지의 번영과 희망을 노래하고 있다
는 점에서 새로운 팔경시의 전통을 수립했다고 볼 수도 있다.[61] 8수

---

60) 권근, 『양촌선생문집』 권8, 「新都八景·列署星拱」.
61) 정도전과 권근의 팔경시·팔경사의 문학적인 의미에 대해서는 이은주, 앞의 논문, 92면

의 제목은 각각 "서울의 산하[畿甸山河]", "도성의 궁원[都城宮苑]", "별처럼 늘어선 관공서[列署星拱]", "바둑판처럼 펼쳐진 여러 마을[諸坊碁布]", "동문의 군사 훈련장[東門教場]", "서강의 조운[西江漕泊]", "남쪽 포구의 행인들[南渡行人]", "북쪽 교외의 목장[北郊牧馬]"인데, 이 역시 원시인 정도전의 것과 일치한다. 이 중 위의 인용 작품은 3번째의 것으로 신도읍지의 관청들이 도성의 중앙에 궁궐을 중심으로 벌어 있는 것을 묘사한 것이다. 웅장한 거리 및 관청과 더불어 그곳에서 일하는 관리들의 활기찬 모습을 통해 새 나라와 새 수도의 정당성, 나아가 앞날에 대한 밝은 희망, 국가의 청사진 등을 제시하고자 한 것이다.

　전단의 1–2구는 경복궁 앞의 넓은 대로에 수많은 관청들이 저마다 늘어서 있는 것을 묘사하고 있다. 3–4는 관복을 입고 관모를 쓴 관리들이 궁궐로 모여들어 임금을 보필하며 정사를 펼치고 있는 장면이다. 시인은 이 관리들을 "제제다사濟濟多士"라고 표현함으로써 태조를 주나라 문왕에, 선비들을 주나라 때의 인재들에게 비기고 있다. 후단은 퇴근 때의 분주함과 시끌벅적함으로 능동적이고 활기로 가득한 신도읍지의 일면을 보여주고 있다. 관청이 파하고 관리들이 퇴근하는 무렵엔 거리마다 종들이 외치는 "물렀거라[喝道]" 소리로 시끄럽다. 그만큼 서울 중심의 관청거리는 사람들로 넘쳐나고, 새롭게 개국한 나라답게 모든 것에 활력이 있는 것이다. 이는 결국 백성들에게 새 나라와 새 왕조에 대한 충성심과 기대 심리를 유도하는 역할을 하고 있다는 점에서 기존 고려후기의 사 작품들과는 다른 성격을 보여준다고 할 수 있겠다. 다음에 살펴볼 사는 승려 시인 혜심의 작품이다.

참조.

갱루자更漏子

가을바람 급하고,

가을서리 괴롭더니,

세월은 볼수록 저물어간다.

뭇 나뭇잎 지고,

사면의 모든 산 누렇지만,

소나무 대나무는 홀로 파릇파릇.

秋風急, 秋霜苦, 歲月看看向暮.

群木落, 四山黃, 松筠獨蒼蒼.

인간세상,

몇 살이나 살 수 있나,

총총한 시간 번개처럼 지나네.

깊이 반성하고,

세밀히 생각하소,

한바탕 꿈이어늘 어찌하려나.

人間世, 能幾歲, 忽忽光陰電逝.

須猛省, 細思量, 無奈一夢場.[62]

위의 작품은 제목은 없고 '갱루자更漏子'라는 사패만 보인다. 갱루
자는 쌍조 12구로 전·후단 각각 3·3·6·3·3·5의 자수이고 각 6구
로 구성되어 있다.[63] 작가인 혜심은 이규보와 비슷한 시대의 승려로
호는 무의자이고, 시호는 진각국사이다. 보조국사 지눌의 뒤를 이어 조

---

62) 慧諶, 『無衣子詩集』, 「更漏子」. 이 시의 국역은 배규범, 『국역 무의자시집』, 지만지고
전천줄, 2008 참조.
63) 王奕淸, 『御定詞譜』(『문연각사고전서』에 수록), 「更漏子」 참조.

계종 2대조가 되었는데, 특히 시에 뛰어난 것으로 알려져 있다.[64] 위의 인용사는 선시 특유의 인생에 대한 허무의식과 관조가 잘 그려져 있다. 급한 가을바람처럼 세월은 빨리도 지나가며, 낙엽이 지고 온 산에 단풍이 들어도 소나무와 대나무는 홀로 푸르다. 여기에서 시인이 소나무와 대나무를 끌어들인 이유는 상대적으로 낙엽과 단풍의 부질없음을 강조하기 위해서다. 물론 낙엽과 단풍은 우리 인생의 유한성, 허무함을 비유하는 말이다.

후단에서는 이 같은 시인의 생각이 좀 더 구체적으로 드러나 있다. 인간의 수명은 너무나 짧다. 아무리 많이 잡아도 기껏해야 백 년이다. 그 짧은 인생에 그나마 시간은 번개처럼 빨리도 간다. 이는 만민에게 동일하게 적용된다. 권세가나 미천한 자나, 부자나 가난한 자나, 남자나 여자나 모두가 평등하다. 그렇기에 우리 인생은 한바탕 꿈과도 같은 것이다. 시인은 이 점을 잘 생각하여 자신의 삶을 반성하라고 말한다. 위 작품은 선시 특유의 허무의식을 보여주면서도 문학적으로 알맞은 비유와 수사법의 구사가 이뤄져 높은 수준에 이르렀다고 할 수 있다. 특히 사대부 문인들의 사가 대개 유흥이나 화간풍의 염정, 명승지의 승경, 또는 자연을 즐기는 물아일체의 삶 등을 노래하고 있는 것에 비해 이 작품은 인생의 존재 문제, 허무성 등을 말함으로써 보다 폭넓고 깊이 있는 사의 세계를 보여주고 있다는 점이 주목된다. 문학사적으로 보았을 때는 13세기에 이르면 사대부 문인들뿐만 아니라 승려시인도 작사를 할 정도로 고려후기 문단에서 사의 창작이 보편화되었고, 그중에 문학적 성취도가 높은 작품들도 나왔다는 점이 중요하다고 할 수 있다.

---

[64] 그의 시를 묶은 시집인 『무의자시집』이 전해지는데, 그는 한국 선시의 대표적인 시인으로 알려져 있다. 혜심의 시문학 전반에 대한 사항은 유영봉, 「무의자 혜심이 남긴 선시의 세계」, 『대동한문학』 15집, 대동한문학회, 2001 참조.

4. 결어

중국문학사에서 사는 매우 독특한 장르라 할 수 있다. 단순한 문학으로서의 모습만이 아니라 음악적인 요소까지 가미되었기 때문이다. 사는 원래 노래를 위한 악곡의 가사로 출발했다. 하지만 후대로 갈수록 악곡과는 관계없는 사, 즉 순전히 독서를 위한 사들이 많아졌다. 이는 한국문학사에서도 마찬가지였다. 고려시대 송으로부터 사가 들어온 이후로 한국한시사에서 사는 원래의 목적인 악곡과는 큰 상관없이 창작되었다. 그렇게 된 데에는 노래로서의 말과 시로서의 글이 일치하지 않게 되는 한국한문학 특유의 장벽이 가장 큰 이유였다고 생각된다. 게다가 일찍부터 지어져 왔던 비슷한 장르인 한시가 활발히 창작되고 있었기에 시인들 입장에서는 악보와 평측, 음률 등이 부담이 되는 사의 창작에 열의를 쏟을 필요가 없었다. 그러나 이같이 창작하기 힘든 상황에서도 고려조에 시작된 사의 창작은 조선말기까지 꾸준히 그 명맥을 유지하였을 뿐만 아니라 시간이 갈수록 사의 작가와 작품 수가 비약적으로 증가하게 되었다. 그 이유는 좀 더 구체적으로 살펴봐야 하겠지만, 일단 시인들의 다양한 창작 욕구와 실험 정신, 그리고 시인의 저변 확대가 가장 큰 원인이었을 것으로 보인다. 어쨌든 우리 문학사에서 사를 남기고 있는 사인은 100여 명이 훨씬 넘고, 작품 수 역시 1000수가 넘는다는 점만 놓고 보더라도 한국한시사에서 사의 역할을 결코 과소평가할 수 없을 것이다.

현재 전해지는 고려조 최초의 사를 지은 이는 제13대 왕인 선종이다. 그는 요나라의 사신을 접대하는 향연에서 양류지의 사조詞調에 따라 요나라 황제의 생일을 축하하는 「하성조사」를 지었다. 이후 13세기에 들어 이규보에 의해 사는 시인들의 중요한 창작 장르로서 자리매김한다. 물론 이규보 이전에 김극기가 3수의 사를 지었지만, 본격적인 사작을 시도한 이는 이규보라고 할 수 있다. 그는 12수의 많은 작품을 남겼는데, 작품 수에 있어서뿐만 아니라 내용면에서도 사본연의 개인적이고 감성적인 경향이 잘 드러나 있다. 이규보의 사작은 한 세기 후인 이제현으로 계승되고, 다시 이곡과 정포 등을 거쳐 조선조로 넘어가 조선말기에 이르기까지 풍성한 작품과 작가를 배출하게 되었다.

사가 갖는 가장 큰 매력은 특유의 감성적인 문학성이다. 사는 기본적으로 노랫말로 시작했기에 감성적이고 서정적인 작품들이 많다. 또한 애틋한 사랑의 감정을 노래하거나 지극히 섬세하고 개인적인 독백체의 주정적인 경향이 강하다. 물론 중국의 경우에 남송사에서는 애국과 우국의 호매한 사들도 많이 지어졌으나, 고려조에서는 남송풍의 사보다는 북송풍의 감성적인 사들이 주를 이룬다. 한국한시사에서 사를 주로 창작한 작가층을 살펴보면 한 가지 공통된 특징이 발견된다. 잡언시나 잡체시와 같은 다양한 시체詩體를 실험적으로 시도했던 시인들이 사도 즐겨 지었다는 점이다. 물론 사인들의 숫자가 100여 명을 넘기 때문에 이들 모두가 그러한 경향을 지니는 것은 아니지만, 역으로 다양한 경향의 창작 양태를 보여주는 시인들은 대체로 사작을 시도했다고 요약할 수 있다. 이는 한국한시사에서 사작이 시인들에게 일종의 변격의 실험과 같은 의미를 지녔음을 말해준다. 고려조를 계승한 조선전기의 사작 양상과 작가 및 작품 개황, 문학적 특질은 차후의 과제로 남겨둔다.

색인

저자 약력

하정승河政承

1969년 전라북도 정읍의 내장산 자락에서 태어났다. 성균관대학교와 동대학원에서 한국한문학 전공으로 공부하였고, 『고려후기 한시의 품격 연구』로 박사학위를 받았다. 학위 취득 이후 줄곧 한국 한시의 미적 특질과 미의식, 한시비평, 고려조 작가들에 관심을 가지고 공부해 오고 있다. 현재 한림대학교 교양기초교육대학 한문교육분야 교수로 재직 중이다. 그간에 쓴 책으로는 『고려조 한시의 품격 연구』, 『한국 한시의 분석과 해석』, 『포은 정몽주 한시 연구』, 논문으로는 「고려후기 한시에 나타난 사대부 문인들의 현실 참여의식과 내적 갈등」, 「고려후기 사詞문학의 전개 양상과 미적 특질」 등 여러 편이 있고, 역서로는 『국역 형재시집』이 있다.

고려후기 한시의 미적 특질

초판발행   2017년 12월 31일

지은이   하정승
펴낸이   안종만

편 집   문선미
기획/마케팅   송병민
표지디자인   조아라
제 작   우인도·고철민

펴낸곳   (주) **박영사**
             서울특별시 종로구 새문안로3길 36, 1601
             등록 1959. 3. 11. 제300-1959-1호(倫)
전 화   02)733-6771
f a x   02)736-4818
e-mail   pys@pybook.co.kr
homepage   www.pybook.co.kr
ISBN   979-11-303-0495-3 93810

정가   32,000원